第五届中国韵文学暨海南诗词文化国际研讨会论文集

刘亮 主编

凤凰出版社

图书在版编目（CIP）数据

第五届中国韵文学暨海南诗词文化国际研讨会论文集/
刘亮主编. -- 南京 : 凤凰出版社, 2014.6
ISBN 978-7-5506-1368-3

Ⅰ. ①第… Ⅱ. ①刘… Ⅲ. ①韵文－文学研究－中国
－国际学术会议－文集②诗词研究－中国－国际学术会议
－文集 Ⅳ. ①I207.2-53

中国版本图书馆CIP数据核字(2014)第119729号

书　　名	第五届中国韵文学暨海南诗词文化国际研讨会论文集
主　　编	刘　亮
责任编辑	李相东
出版发行	凤凰出版传媒股份有限公司 凤凰出版社(原江苏古籍出版社) 发行部电话025-83223462
出版社地址	南京市中央路165号,邮编:210009
出版社网址	http://www.fhcbs.com
经　　销	凤凰出版传媒股份有限公司
照　　排	南京凯建图文制作有限公司
印　　刷	江苏凤凰通达印刷有限公司 南京市六合区冶山镇,邮编:211523
开　　本	960×1304毫米　1/32
印　　张	16.25
字　　数	516千字
版　　次	2014年6月第1版　2014年6月第1次印刷
标准书号	ISBN 978-7-5506-1368-3
定　　价	65.00元

(本书凡印装错误可向承印厂调换,电话:025-57572508)

目录

序

2011年下半年，海南大学人文传播学院承办了第五届中国韵文学暨海南诗词文化国际研讨会。像这样既能增进学术交流，促进学科建设，又可以为海南地方文化建设服务的研讨会以后应该多开。

今年上半年，人文传播学院提出要正式出版会议论文集。在我看来，只有论文集正式出版了，一次大型的学术会议才算是有了一个完美的句号。此项工作由刘亮副院长牵头，学院多位老师积极参与。经过几个月的努力，9月份开学伊始，一部沉甸甸的书稿摆在了我的办公桌上。刘副院长说，学院想请我给论文集写个序。我本人并非中文专业出身，对古典文学也知之甚少，如果由我来作序，实有班门弄斧之嫌。无奈盛情难却，只得勉力为之了。

在中国传统的文学领域中，韵文学一直占据着重要地位，而对于韵文学的研究也是当代中国古代文学研究的重要内容。这部论文集给我的第一个突出的印象就是它的全面性和丰富性。从作者上看，包括了来自于海内外各高等院校和研究机构的诸多名家学者，既有年过八旬的前辈专家，也有三十多岁的后起之秀，显示出中国韵文学研究薪火相传、欣欣向荣的特点；从研究内容上看，不仅涵盖了中国传统的诗、词、曲、赋、楹联等，还延伸到日本和朝鲜半岛的韵文学。的确，从历史上看，日本文化和朝鲜文化都属于广义的汉文化圈，而且日本和朝鲜半岛的韵文学显然都受到了中国韵文学的深刻影响。他山之石，可以攻玉。在学术研究领域打破界限，进行广泛交流是非常必要的。

给我印象比较深的第二点是论文集中有相当一部分文章是和海南本土文学与文化有关的。海南从历史上来说文化并不发达，已有的文化资源也没有得到较好的开发。这和当前国家建设海南国际旅游岛的战略极不相符。令人欣喜的是，在这部论文集中，专门开辟出一个有关海南诗词文化的版块，研究对象涉及苏东坡、白玉蟾、丘濬等历史名人。更重要的是，这些文章的作者不仅有我们海大自己的老师，还包括来自于海南师范大学、琼州学院等省内高校以及内陆各省份和台湾地区的专家学者。我想，如果能够沿着这个路子继续走下去，一定可以为海南建设文化强省做出更大的贡献。

以上两点只是我个人的一些粗浅的感受。其实在这个序言里我想表达的更多是感谢和祝愿。首先，感谢长期以来关注、关心和支持海南大学中国古代文学学科的海内外专家学者们，你们的帮助对于学科的发展至关重要。其次，感谢在筹备、举办会议以及编纂论文集书稿过程中付出辛勤劳动的人文传播学院的各位老师，你们辛苦了！最后，祝愿海南大学人文传播学院及中国古代文学学科越办越好，多出优秀成果，不断创造新的佳绩。

陈封椿

2013.10

《杨文公谈苑》所收日本汉诗考

[日]蔡　毅

摘　要：古代中国人所见到的日本汉诗，是笔者近来关注的课题。本文围绕宋代杨亿《杨文公谈苑》所收日僧寂照之作，对寂照入宋经过及其与杨亿、丁谓等人的交游，该诗在中日典籍中的收录等史实加以考察，以期查明宋代日本汉诗西传的一个轨迹。

关键词：日本汉诗；《杨文公谈苑》；寂照；丁谓；成寻

日本汉诗的西传，是笔者近年来感兴趣的一个课题。迄今为止，但凡谈到中日汉诗交流，均无一例外地瞩目中国古典诗歌对日本汉诗的压倒性影响，而反之日本汉诗也曾传入中国，并或多或少引起若干反响的现象，却几乎无人染指。其原因是显而易见的：这种日语称之为"逆输入"的中日汉诗往还，若就数量而言，双方完全不成比例，更谈不上对中国诗坛有什么反转性影响，偶或有人提及，也多止于搜奇猎异，以助谈资，而非对其作深入的历史考察和文化观照。正缘于此，这个课题被打入冷宫，束之高阁，也就似属理所当然。

然而，按诸史籍，自遣唐使以迄近代，日本汉诗的西传轨迹，虽不能说触目皆是，却也斑斑可考，不绝如缕。这种史实的确认，对中日文化交流史的研究，有着不可忽视的认知意义：首先，它再次强有力地说明了在古代东亚，汉字文化作为一条特殊的纽带，把文明互异的各国紧密地联系在一起；其次，它印证了文化交流在有主从、强弱、高下之分的同时，也是双向互动的产物，而非"单边贸易"，有往无还；再次，它还作为来自"诗书之国"的信使，对古代中国人的日本印象，起到了相对积极的作用。因此，笔者这一看似"边缘"、"非主流"的研究课题，应该并非小题大做，而自有其一定的学术价值。

本文拟选取宋代杨亿《杨文公谈苑》所收日本汉诗加以考述，以显示这种逆向反馈文化现象的一个侧面。

一、《杨文公谈苑》所收日僧寂照诗

杨亿《杨文公谈苑》收有一首日本汉诗，见“寂照”条。为便于一览全貌，先将该条具引如下：

> 景德三年，予知银台通进司，有日本僧入贡，遂召问之。僧不通华言，善书札，命以牍对，云：“住天台山延历寺，寺僧三千人，身名寂照，号圆通大师。国王年二十五，大臣十六七人，群僚百许人。每岁春秋二时集贡士，所试或赋或诗。及第者常三四十人。国中专奉神道，多祠庙，伊州有大神，或托三五岁童子，降言祸福事。山州有贺茂明神，亦然。书有《史记》、《汉书》、《文选》、《五经》、《论语》、《孝经》、《尔雅》、《醉乡日月》、《御览》、《玉篇》、《蒋鲂歌》、《老》、《列子》、《神仙传》、《朝野佥载》、《白集六帖》、《初学记》，本国有《国史》、《秘府略》、《日本记》、《文观词林》、《混元录》等书。释氏论及疏钞传集之类多有，不可悉数。”寂照领徒七人，皆不通华言。国中多有王右军书，寂照颇得其笔法。上召见，赐紫衣束帛，其徒皆赐以紫衣，复馆于上寺。寂照愿游天台山，诏令县道续食。三司使丁谓见寂照，甚悦之。谓，姑苏人，为言其山水可见，寂照心爱，因留止吴门寺，其徒不愿住者，遣数人归本国。以黑金水瓶寄谓，并诗曰：
>
> 提携三五载，日用不曾离。晓井斟残月，春炉释夜澌。鄱银难免侈，莱石自成亏。此器坚还实，寄君应可知。
>
> 谓分月俸给之。寂照渐通此方言，持戒律精至，通内外学，三吴道俗以归向。寂照东游，予遗以印本《圆觉经》并诗送之。后寄书举予诗中两句云：“身随客槎远，心与海鸥亲。”不可忘也，《圆觉》固目不暂舍云。后南海商人船自其国还，得国王弟与寂照书，称野人若愚，书末云：“嗟乎！绝域殊方，云涛万里。昔日芝兰之志，如今胡越之身。非归云不报心怀，非便风不传音问，人生之限，何以过之？”云云，后题宽弘四年九月。又左大臣藤原道长书，略云：“商客至，通书：谁谓宋远？用慰驰结。先巡礼天台，更攀五台之游，既果本愿，甚悦。怀土之心，如何再

会？胡马独向北风，上人莫忘东日。”后题宽弘五年七月。

又治部卿源从英书，略云：“所谘《唐历》以后史籍，及他内外经书，未来本国者，因寄便风为望。商人重利，唯载轻货而来。上国之风绝而无闻，学者之恨在此一事。”末云：“分手之后，相见无期，生为异乡之身，死会一佛之土。”书中报寂照俗家及坟墓事甚详悉。后题宽弘五年九月。凡三书，皆二王之迹，而野人若愚章草特妙，中土能书者亦鲜及，纸墨尤精。左大臣乃国之上相，治部九卿之列。

寂照（？—1034），日本平安时代僧人。出身贵族，为平安朝廷参议大江齐光第三子，俗名大江定基，任三河守时妻亡，感于无常，永延二年（988）出家，从源信、仁海修行天台宗、密教，为延历寺僧。长保五年（宋咸平六年，1003）八月与元灯、念救、觉因等八人入宋，翌年于汴京朝见真宗，以笔札答问日本国内诸般事项，诏号圆通大师、赐紫方袍。后应丁谓之邀移住吴郡寺院，终未归国，最后死于杭州。

关于寂照，大江匡房《续本朝往生传》有云：

早遂祖业，续为夕郎，容爵之后，任参河守。长于文章，佳句在人口，梦必可往生。未发心之前，唯事狩猎，闻人笑曰：“不可是往生之人业。”其后于任国，所爱之妻逝去，爰不堪恋慕，早不葬敛，观彼九相，深起道心，遂以出家（原注：法名寂照）。多年之间，修行佛法，或次第乞食，不屑今生之事。住如意轮寺，以寂心为师。寂心迁化之后，长德年中条状，申依本愿可拜大宋国清凉山之由，幸蒙可许，既以渡海。

文中言寂照亡妻而拒不下葬，似有恋尸之癖，然亦可见其用情之专。其皈依佛门后所师“寂心”，乃庆滋保胤的法名，“寂照”的得名，即为其师所赐。庆滋保胤（934？—1002）为当时文坛泰斗，后遁入空门，多有诗文传世，寂照作为弟子，自然对汉诗也有所染指，上引“黑金水瓶”诗，应属其来有自。而直接促使寂照入宋的，则是他的另一位老师源信。源信（942—1017）为天台宗延历寺宗主，其所著《往生要集》由宋商周文德送往天台山后，深受国清寺僧众欢迎，由此他便更希望弟子能去“本场”巡礼求法，于是乃有寂照入宋之旅。遗憾的是，寂照结果滞宋不归，有负老师厚望。

《杨文公谈苑》的作者杨亿(974—1020),字大年,建州浦城(今属福建)人。少有文名,官至翰林学士兼史馆修撰、判馆事。《宋史》卷三五〇有传。《杨文公谈苑》由杨亿口述,其门人黄鉴笔录,最初取名《南阳谈薮》,后由宋庠删订,分为二十一门,改名《杨文公谈苑》。因上引日僧寂照事曾被杨亿录入他主笔的《太宗实录》,此后《宋史》卷四九一外国传日本国条、马端临《文献通考》卷三二四四裔考一"倭"条、《元史》卷二〇八外夷传日本条记寂照事迹时,均本此书。《杨文公谈苑》后来散佚,然宋人随笔集《梦溪笔谈》、《涑水纪闻》、《湘山野录》、《渑水燕谈》、《归田录》、《皇朝事实类苑》中均有摘引,其中尤以江少虞《皇朝事实类苑》收录为多。上海古籍出版社1993年出版的李裕民辑校本,根据诸书共辑得二百三十四条,七万余字,是迄今为止最接近原貌的文本,本文所引主要依据该书,同时参照其他各本略有改订,恕不一一标出。

《杨文公谈苑》所引日僧寂照的这首汉诗,后收入清厉鹗《宋诗纪事》卷九十一:

> 照寂　照寂,日本僧,号圆通大师。景德中入贡,三司使丁晋公悦之,为言姑苏山水奇秀,因留止吴门僧寺。(随后录此诗,题曰《以黑金水瓶寄丁晋公》,末云据《杨文公谈苑》)。

按"照寂"即寂照。厉鹗《宋诗纪事》是20世纪90年代《全宋诗》问世之前最具影响的宋诗总集,寂照的这首诗也由此进入中国读者的视野。

二、寂照与宋代文士的交往

寂照入宋后,与文人学士多有交往,除了上文提及的杨亿、丁谓之外,还有王洙父子等人。

先看寂照与杨亿。

上引《杨文公谈苑》云:"景德三年,予知银台通进司,有日本僧入贡,遂召问之。"检《续资治通鉴长编》卷六三、景德三年五月丙午:

> 时知制诰杨亿知通进银台司,兼门下封驳事。

可知杨亿与寂照的会面，当在该年五月之后。杨亿“留心释典、禅观之学”（《宋史》本传），此前已参与《景德传灯录》等佛教典籍的刊定，对外国禅僧抱有兴趣，当为情理中事。此后杨亿复为传法院润文官，《大中祥符法宝录》卷一八录有他与赵安仁联名奏请入藏太宗撰《妙觉集》之文，末以译经润文者名义，署曰“翰林学士尚书户部郎中知制诰，臣杨亿”。据《景祐新修法宝录》卷一三，该奏文作于大中祥符八年(1015)。考虑到寂照入宋后三年与杨亿会面，到“渐通此方言”，需要一段时间，而传法院亦为当时外国僧人主要居留之地，故“寂照东游，予遗以印本《圆觉经》并诗送之”，很可能就发生于杨亿任传法院润文官的大中祥符年间。

“寂照东游”，乃应丁谓之邀。

丁谓(966—1037)，字谓之，后更字公言，苏州长洲人。太宗淳化三年进士，善于权谋，真宗朝官至参知政事，历任工、刑、兵、吏四部尚书，进尚书左仆射，同中书门下平章事，封晋国公。仁宗即位后被贬。《宋史》卷二八三有传。

丁谓与寂照的交往，始于其任三司使时。检《续资治通鉴长编》卷六十、景德二年五月癸丑：

> 刑部员外郎知制诰丁谓为右谏议大夫权三司使事。

而丁谓正式任三司使是在大中祥符二年。《续资治通鉴长编》卷七一、大中祥符二年二月甲寅：

> 以枢密直学士权三司使事丁谓为三司使。

丁谓卸三司使任，则在大中祥符五年。《续资治通鉴长编》卷七八、大中祥符五年九月戊子：

> 三司使礼部侍郎丁谓为户部侍郎参知政事。

因此，如果以正式任三司使职为限，丁谓邀寂照赴吴，则应在大中祥符二年(1009)至五年(1012)之间，这和前文认定杨亿任传法院润文官送别寂照也在大中祥符年间，大致吻合。

丁谓邀寂照赴吴事，其他宋代典籍亦有记载。朱长文《吴郡图经续记》卷中"寺院"条之五云：

> 普门禅院在报恩寺旁。景德中日本僧寂照，号圆通大师，来贡京师。上召赐紫衣束帛。寂照愿游天台山，诏令县道续食。丁晋公时为三司使，为言姑苏山水奇秀，寂照愿留吴门，遂居此院。朝宰诸公并作诗送之，刻石院中。

按该书有朱长文元丰七年(1084)自序，若"寂照东游"事在大中祥符年间，则距此约七十余年。朱文云"朝宰诸公并作诗送之，刻石院中"，其中应该包括杨亿的赠诗，可惜刻有这些诗作的石碑，至南宋已不存。周必大《文忠集》卷一六七《泛舟游山录》"庚戌"条：

> (普门禅院)景德中日本僧寂照尝居此，旧刻朝宰诸公送行诗，今亡。

看来周必大也只是耳食旧闻，未得目睹。

《杨文公谈苑》未提及的王洙父子，也和寂照有过交流。王洙之子王钦臣笔录《王氏谈录》(《说郛》卷二四上引)云：

> 公言祥符中日本僧寂照来朝，后求礼天台山。先中令守会稽，寂照经由来谒。寂照善书，迹习二王，而不习华言，但以笔札通意。时长兄为天台宰，中令以书告之，兼赠诗云：
>
> 沧波泛瓶锡，几月到天朝。乡信日边断，归程海面遥。秋泉吟里落，霜叶定中飘。为爱华风住，扶桑梦自消。
>
> 既至天台，致书来谢，累幅勤至，其字体婉美可爱。杨文公在禁中识之，亦尝序其事。

王洙(997—1057)，字原叔，应天宋城(今属河南)人。仁宗天圣年间进士，累迁史馆检讨、知制诰、翰林学士，出知濠、襄、徐、亳等州。博学多闻，有

《易传》、《王氏谈录》等著述。《宋史》卷二九四有传。

细审《王氏谈录》所引诗意，其时寂照似已决心留宋不归。厉鹗《宋诗纪事》卷九十六亦录此诗，题曰《赠日本僧寂照礼天台山》，末云出《王氏谈录》，然未标明作者。

三、日僧成寻《参天台五台山记》的有关记述

《杨文公谈苑》关于寂照的记述，在日本文献中也可以找到佐证，这就是日僧成寻的《参天台五台山记》。

成寻(1011—1081)，平安时代后期天台宗僧，京都岩仓大云寺寺主。宋熙宁五年(日延久四年，1072)三月十五日，成寻在要求入宋巡礼未得批准的情况下，一行人私自乘坐宋人商船渡海，四月十六日从杭州上陆后，赴台州天台山巡礼，宿于国清寺。同年八月依敕旨上京，十月抵达汴京，住在当时翻译佛经的机构传法院，随后朝见神宗皇帝，不久被允许去大相国寺等京城著名寺院烧香，接着又实现了五台山巡礼。翌年三月被召参加祈雨并应验。四月为去天台山修行而辞京之前，得赐新译经，并被授予“善惠大师”称号。六月十二日成寻将神宗皇帝颁给日本的御笔文书、新译经等于浙江明州托付给即将启程归国的弟子五人，自己却留在中国，后死于汴京开宝寺。

《参天台五台山记》即成寻这段时期的旅行日记，全书共八卷，记述时间从熙宁五年三月十五日至熙宁六年六月十二日，约一年零四个月，几乎每天均有记述，共四百六十八条。成寻在日记中不仅详细记叙了入宋的旅途见闻，出于对中国事物的强烈关心，他作为一个“有心人”，还随时抄录了公文、信函以及诗文等大量有关文献，使该书对研究宋代政治、经济、社会、宗教、文化、交通等各个方面都具有重要的参考价值，同时也成为中日文化交流史上一部极其珍贵的史料。仅以涉及汉籍交流的记载为例，卷一成寻《上神宗皇帝表》云“所随身天台真言经书六百余卷”，就堪称宋代日藏汉籍的最大规模的西传。该日记与入唐僧圆仁的《入唐求法巡礼行记》一起，被誉为日本僧侣中国旅行日记的双璧。

《参天台五台山记》现存版本以京都东福寺藏手抄本为最古(被指定为日本重要文化财)，20世纪以来有多种整理排印本，然以王丽萍《新校〈参天台五台山记〉》(上海古籍出版社，2009)最为后出转精，本文所引即据该本。

《参天台五台山记》卷五延久四年十二月廿九日癸卯：

> 于梵才三藏房，见奝然法桥并寂照大师来唐日记，即借取，书取《杨文公谈苑》如左……（以下在抄录《杨文公谈苑》关于奝然的记事后，全文抄录了本文前引关于寂照的记事，唯字句略有差异。）

按奝然和寂照的《来唐日记》今已不存。对《杨文公谈苑》，成寻此时只是"书取"，即抄录，但他后来也得到了这本书。《参天台五台山记》卷六大宋国熙宁六年癸丑正月二日丙午：

> 惟观等买来《历》一卷，《传灯语要》三卷，《杨文公谈苑》三帖，《百官图》二帖，《太上老君枕中经》一帖。

成寻和寂照一样，也滞留不归，但他将在宋收集的大量典籍文物托归国的弟子随船带回，其中就有《杨文公谈苑》。《参天台五台山记》同月廿三日条云：

> 《百官图》二帖，《百姓名》帖，《杨文公谈苑》三帖八卷，《天州府京地里图》一帖，《传灯语要》三帖。宇治御经藏奉纳。

文末的"宇治御经藏奉纳"，指的是奉纳于成寻曾长期做过护持僧的宇治平等院的经藏。由此可知，在现有记载中，最初接触到《杨文公谈苑》的日本人是成寻，经他之手，该书在熙宁六年（1073）就已经传到了日本，寂照的这首汉诗，也由此实现了对故乡的回流。

关于《杨文公谈苑》所收日僧寂照之作，姑且考订如上。其他宋代典籍中所收日本汉诗的检核，则请待来兹。

基金项目：南山大学2013年度PACHE研究奖励费Ⅰ—A—2

作者简介：蔡毅，日本南山大学外国语学部教授，出版过专著《日本汉诗论稿》等。

朝鲜末期女诗人崔松雪堂的羞耻感

［韩］金　鲜

摘　要：崔松雪堂是出生于朝鲜末期的女性作家，前人对崔松雪堂的研究主要局限在她的韩文歌辞与汉诗的总述，大部分学者重视她的成就与慈善事业，不能深入分析她的情感与内心世界。本论文拟探索扎根于崔松雪堂内心深处的羞耻感，首先说明崔松雪堂的羞耻感产生的背景，并探讨她掩盖羞耻感的假面具，最后察看崔松雪堂的羞耻感症候群，以深入了解崔松雪堂的真实情感。

关键词：朝鲜；女性；崔松雪堂；羞耻感

一、绪　论

崔松雪堂是出生于朝鲜末期的女性作家，曾为朝鲜最后一位皇太子英亲王的保姆，因得到高宗与严妃的赏识，终于为祖先伸冤。在被日本统治的殖民地时期，她为了培养朝鲜人才，将自己的所有财产捐给金泉高等普通学校，成为被后代称赞的育英事业家。崔松雪堂的文集有《松雪堂集》，收录汉诗167题242首、韩文歌辞49篇，她将其文集捐赠给世界各国图书馆收藏。

羞耻感(shame)是人的主要情绪中之一，根据《圣经·创世记》的内容，代表人类的亚当(Adam)渴望成为与神同等的存在，受夏娃的诱惑，把神所禁止的善恶果摘下来吃，犯罪以后亚当才发觉自己的存在极其羞耻，无法接受裸体的自己，因此远离神。Freud将羞耻感看成是人对性冲动的控制，与裸露癖或窥淫癖有关，认为男根期的儿童渴望露出自己的身体而观察别人的身体，羞耻感与厌恶感使这个欲望被压制下来①。Erickson 提出生理周期理论，强调第二阶段产生自律性与羞耻感，认为羞耻感是肛门期所发生的特定情感，他观察儿童当克服肛门期的课题时候的情感或者当儿童犯小错误时候的情感，发现它与矜持、羞耻感、罪恶感连结起来②。

崔松雪堂是出生于朝鲜末期的女性作家，前人对她的研究主要局限在她的韩文歌辞与汉诗的总述，大部分学者重视她的成就与慈善事业，不能深入分析她的情感与内心世界③。本文拟探索扎根于崔松雪堂内心深处的羞耻感，首先说明崔松雪堂的羞耻感产生的背景，并探讨她掩盖羞耻感的假面具，最后察看崔松雪堂的羞耻感症候群，以深入剖析崔松雪堂的真实情感。

二、崔松雪堂的羞耻感产生的背景

据 Martha Nussbaum 的理论，每一个人都有最根深蒂固的羞耻感(primitive shame)，这是来自幼儿时期的经历，持续地影响人的最根本的情感。婴儿在母亲的子宫里享受平稳，不断渴求初期完美的状态，如果幼儿时期无人能满足自己的需求，容易执着于完美主义，隐藏软弱的自我，戴上假自我的面具④。崔松雪堂在母胎里的时候就受到父亲的拒绝，产生最根深

---

① Song Uk，《The Relationship between Christian's Religious Propensity and Shame or Guilty Conscience》，高丽大学教育研究所 2005 年，第 11 页。

② Song Uk，《The Relationship between Christian's Religious Propensity and Shame or Guilty Conscience》，高丽大学教育研究所，2005 年，第 12 页。

③ 历来对崔松雪堂的研究现况如下：许米子《近代化过程中的文学所流露的性别葛藤——特以崔松雪堂与吴孝媛为中心》(《人文科学研究》第 12 辑，1992 年)、林明姬《崔松雪堂研究》(成均馆大学教育大学院硕士学位论文，1993 年)、Baek Sun-cheol《崔松雪堂歌辞的文体与现实认识》(《古诗歌研究》第 15 辑，2005 年)、Lim Hye-young《崔松雪堂歌辞研究》(高丽大学教育大学院硕士学位论文，2005 年)、Kang Pil-gu《崔松雪堂研究》(Kumoh 工科大学教育大学院，硕士学位论文，2006 年)、韩硕洙《崔松雪堂的文学世界与现实意识——以"谚文词藻"为中心》(《韩中人文学研究》13，2008 年)、金钟顺《崔松雪堂文学研究》(景仁文化社，2008 年)、Son Aeng-hwa《崔松雪堂歌辞所描绘的花朵之象征意义》(《古典与解释》第 8 辑，古典文学汉文学研究学会，2010 年)

④ Park Eon-Ju，《羞耻感与自我矫正——Martha Nussbaum 的羞耻感理论批判》，高丽大学政治外交研究所，2010 年，第 4—5 页。

蒂固的羞耻感,《松雪堂序》云:

> 幸值其配有孕,指腹为誓曰,期得贤嗣,快湔所冤矣。及其解娩,乃是非男伊女,仰天叹恨曰,从兹以往,吾门坎坷,永无湔涤之日,而吾死未得瞑目也。夫人年甫六七岁时,习闻此语,而愕然誓志曰,为祖雪冤,奚论男女哉,永不适他而伸雪家祸,至死不变,铭于心肝矣。①

崔松雪堂的父亲崔昌焕当妻子怀孕的时候在梦里看到奇异的情景,以为会生下男孩,不料妻子生下女儿,他受到极大打击,因此崔松雪堂在胎儿时期觉得自己不应该出生,对自己的存在感到羞耻。当母亲生下崔松雪堂的时候,一出生就受到父亲的拒绝,其主要原因有二。第一,崔松雪堂的父亲原本与延安金氏结婚,不久与她死别,五年后与崔松雪堂的母亲郑玉琼结婚,他身为家门的长子,渴望得到能传宗接代的儿子,这反映出传统社会的男尊女卑思想。第二,崔松雪堂的父亲出生于没落的家门,曾祖父的外家参与洪景来之乱,曾祖父崔凤宽身为副护军,当被叛军攻陷的时候,没有去镇压而死于狱中,因此祖父崔翔文与三兄弟都被放逐到全罗道古阜,崔松雪堂的父亲期待能重新振兴家门的长子之出生。崔松雪堂身为无男三女之长女,平生对自己的存在感到羞耻,如:

> 毳幕风寒梦亦稀,边天七月早鸿飞。此身恨不为男子,却羡苏郎白首归。(《昭君怨》)②
>
> 三才我亦参人品,却恨终为女子身。……他生做得何因果,忠孝家中快活人。
>
> 共作贤良伊傅侣,遭逢圣代帝尧君。东西事业经营后,百世遗芳发达文。(《自述》)③

---

① 崔松雪堂纪念事业会编,《松雪堂集》Ⅰ,Myeong sang 出版社 2005 年版,第 283 页。

② 崔松雪堂纪念事业会编,《松雪堂集》Ⅰ,Myeong sang 出版社 2005 年版,第 120 页。

③ 崔松雪堂纪念事业会编,《松雪堂集》Ⅰ,Myeong sang 出版社 2005 年版,第 145 页。

业坠箕裘情靡极，身为巾帼恨须长。人间多少风霜劫，他日吾将诉玉皇。(《松雪堂原韵》)①

梦见金刚已十秋，今来得上凌波楼。看吾眉黛僧休笑，宁是男儿始壮游。(《表训寺凌波楼》)②

初次生我，连生下两个女儿，没有希望生男儿，我家为祖先的宗孙，我身为父亲的长女，怎敢忽视呢！

父亲所叹息的话语昼夜留在耳边，虽然我小，怎敢忘记！……哀哉！恨我身为女子！(《自述》)③

崔松雪堂在母胎里和出生后都不被父亲接纳，在情绪上成为被遗弃的孩子，使她产生孤儿意识，好像一个人活在世上。因此她为了生存，抛弃自己的真自我，按照父亲所要求的人生剧本生活，学会戴上假自我的面具。当孩子被父母遗弃的时候，心底产生羞耻感。所谓遗弃，是指使当事者的自我与精神上的力量被抹杀掉，这可以说是一种人的灵魂空洞的状态。若孩子为了生存，听从父母的话，已算是被父母遗弃的。

三、崔松雪堂的掩盖羞耻感的假面具

在机能不健全家庭(Dysfunctional Family)④里的孩子为父母存在，却无人为孩子而存在。在这样的环境之下成长的孩子不能培养自爱，照顾自己的机会也彻底被剥夺了。一个缺乏自爱的人全力以赴埋头于外部的事，

---

① 崔松雪堂纪念事业会编，《松雪堂集》Ⅰ，Myeong sang 出版社 2005 年版，第 160 页。

② 崔松雪堂纪念事业会编，《松雪堂集》Ⅰ，Myeong sang 出版社 2005 年版，第 166 页。

③ 崔松雪堂纪念事业会编，《松雪堂集》Ⅱ，Myeong sang 出版社 2005 年版，第 39 页。

④ “机能不健全家庭，由于家族组织较为松弛，而造成功能障碍，亦称之为病理家庭。专制家长追求完美无缺，对孩子的要求太高，容易造成不切实际，互相指责，面临过去未解决的问题。”Dr. N. Bruce Litchfield & Petranella J. Litchfield，《Let's Stand Up Straight》，YWAM Publishing，Korea，1997，第 85 页，第 92 页。

渴望受到别人的认可，但这对自己毫无所用，心底有忧郁、空虚、疏远感、罪恶感与羞耻感。她从小就不被父母接受，自己认为唯有成就才被接纳，因此在情绪上被遗弃了，失去自我，强欲以行为来被肯定，这样的孩子容易成为重视行为的人，只依靠行为，却不肯定自己的存在。一旦孩子心存羞耻感，不容易接受自己，将自己看为有缺陷的存在，产生假自我。假自我为了防御羞耻感而伪装自己，Carl Jung 学派称之为 Persona，意谓假面具。《先茔事送锡台至定州宣川》云：

> 门户何零替，逮今百四年。遗训思图报，先茔久失传。对羹难饱吃，臨卧不甘眠。孜孜如负泰，洞洞若深渊。慕先瞻北雪，送汝向西天。神灵歆感否，子职尚油然。改莎又竖石，庶竭此心悬。[①]

Scott Peck 认为所谓神经症，是指过度负责任，而所谓性格障碍则是自己不愿负责任。例如，患有神经症的人认为世上的困难与问题在于自己，但患有性格障碍的人却将自己的问题归咎于世事与他人[②]。心存羞耻感的人因不喜欢自己，而以假自我来伪装，追求完美主义，扮演在机能不健全家庭里唯一成功的英雄，或者成为家族的牺牲者。互相依赖(Codependency)起源于幼年时期的失落感，互相依赖的人一切从外部追求，爱情、幸福，甚至对自己的感受也依赖于外部[③]。崔松雪堂为了找回遗失的祖先的坟墓，以此复兴四百年以来衰退的家门，从小就牺牲自己，入宫成为英亲王的保姆，终于使家门的名誉恢复了，修筑坟墓，重立碑石，达成心愿。《高阳先山石物毕役，有感而作》(三十一韵)云：

> 呜呼己丑冤，欲语涕四滂……残孽坠先业，零丁滞南乡。诚难知礼节，贫乏自不遑……每闻先垄事，心焉自悲伤。鸠财谋设石，一念未敢

---

① 崔松雪堂纪念事业会编，《松雪堂集》Ⅰ，Myeong sang 出版社 2005 年版，第 151 页。

② M. Scott Peck 著、Sin Seung-Cheong 译《The Road Less Traveled》，Yeul Eum Sa Publishing，Korea，2002，第 50 页。

③ John Bradshaw 著、Kim Hong-Chan 译《Healing The Shame That Binds You》，社团法人韩国心理咨询研究院，Korea，2004 年，第 32 页。

忘。维岁丙辰春，天气日载旸。召彼良工来，汉模暨凤祥。爰送寝郎侄，董役山之冈。光弟蹑其役，旬朔事奔忙。载诹辰之吉，三墓排石床。……大父翰振氏，肃恭拜侑觞。邈矣三百年，万事屡变沧。先灵犹不泯，愀然见洋洋。顶祝万千世，遗孙庶无殃。不觉悲欢并，感泪满沾裳。①

她叹息己丑年(1589)祖先因牵连郑汝立叛乱事件，成为逆贼家门，后孙迁移南方。此首描写过去贫穷生活与祖先坟墓之遗失，身为女子的崔松雪堂从小就听到父亲叹息的话，决心为家门复兴而牺牲自己，恢复祖先的坟墓，重新复兴三百年以来衰退的家门。崔松雪堂为了替祖先伸冤，1894 年到汉阳，住在积善洞，归依于佛门，摸索伸冤的方法。1897 年她亲近严妃的妹妹而入宫，成为皇太子英亲王的保姆，入宫四年后，高宗使她的逆贼家门复权，将养子崔光翼封为英陵参奉，后来被提升为正三品。此外，从兄弟崔汉翼与崔海翼被提升为六品官职，因着她周密的计划与不惜一切达到目标的性格，终于实现家门复权之梦②。1908 年崔松雪堂出宫时钱财很多，至于殖产过程：第一，严妃把土地下赐于崔松雪堂；第二，与她同居的李瑢教当昌原郡守与金海郡守的时候获取的③。她的慈善活动如下：

从 1911 年到 1912 年，她买入金海 500 石土地，将钱财捐赠给 30 个寺庙。

1920 年 9 月将 100 元捐给金陵学院与金陵幼儿园。

1930 年为设立金泉高等普通学校，与李汉骐签契约，从 2 月 26 日到 3 月 5 日之间，由东亚日报、朝鲜日报、中外日报等报道崔松雪堂将所有财产捐给金泉高等普通学校④。

崔松雪堂以帮助别人来证明存在价值，因为当帮助别人的时候，自以为自己是好人，借此脱离羞耻感。根据 John Bradshaw 的理论，审判与道德主

① 崔松雪堂纪念事业会编，《松雪堂集》Ⅰ，Myeong sang 出版社 2005 年版，第 163—165 页。

② 金钟顺，《崔松雪堂文学研究》，景仁文化社 2008 年版，第 28 页。

③ 金昌庆编，《崔松雪堂——韩国育英事业的母亲》，景仁文化社 2008 年版，第 10 页。

④ 金昌庆编，《崔松雪堂——韩国育英事业的母亲》，景仁文化社 2008 年版，第 216—217 页。

义是完美主义的产物，定罪于别人，把自己看为义人，她以完美主义的角度论断别人，把自己的羞耻转到别人身上，自己却理直气壮地好像没有羞耻感的样子[1]。崔松雪堂虽然将所有财产捐给金泉普通高等学校，而成为万人的母亲，但她却容不下养子的奔放性格而终尽破养，由此可见她的矛盾与双重性。崔松雪堂虽然显露出善良的形象，但背后执着于钱财与权力，不择手段而殖产，她的一生渴望别人的认可与称赞，以外部成就来证明自己是有价值的人，强调自己是值得活在这世上的人。

四、崔松雪堂的羞耻感症候群

据 Gershen Kaufman，羞耻感引起使内心的混乱、绝望、疏远感、对自己的怀疑、孤独、寂寞、偏执症和精神分裂症、强迫障碍、自我分裂、完美主义、根深蒂固的自卑感、自认为存在的不妥当、界线性格障碍和恶性自恋[2]。崔松雪堂虽然中年已经达到自己所追求的目标与成就，但晚年得了忧郁症，过孤独的日子。她常用“独”字来表达独守空房之感，夜晚患失眠症。《春闺怨》云：

> 谁作人间离别字，一朝离别最伤心。不来只是郎情薄，莫道山高水又深。死而离别更何知，莫恨人间死别离。烧尽青青生草木，相思不见又相思。人间亦有可怜人，不怨郎君恶鬼神。独宿空房消息绝，此身欲死奈青春。黄鸡三唱五更迟，月上梧桐上上枝。一去何曾来梦里，待人难是出门时。……清江绿水恨多情，波荡鸳鸯梦不成。一死若能如尔愿，青春寡妇几人生。[3]

人活在世上最悲哀的就是离别，其中与自己亲近的人死别会带来极大

---

① John Bradshaw 著、Kim Hong-Chan 译《Healing The Shame That Binds You》，社团法人韩国心理咨询研究院，Korea，2004 年，第 139 页。

② John Bradshaw 著、Kim Hong-Chan 译《Healing The Shame That Binds You》，社团法人韩国心理咨询研究院，Korea，2004 年，第 12 页。

③ 崔松雪堂纪念事业会编，《松雪堂集》Ⅰ，Myeong sang 出版社 2005 年版，第 108—109 页。

的痛苦。崔松雪堂虽然小时候听到父亲的叹息,决心放弃结婚,一生为家门复兴献身,但二十三岁遇到凶年,由于家里贫穷而不得已嫁给白某,不久丈夫白某死亡,还归娘家。崔松雪堂在作品里没有直接提到丈夫的死亡,但她需要发泄当青春寡妇的打击与悲惨处境,充分表达内心的哀伤。崔松雪堂在歌辞里抒写对结婚的幻想。如:

凤凰游在凤凰台上,像凤凰一样,夫妇感情和睦,海枯石烂的爱情成为佳话,流传至今。金陵山川因此成名,出生在此地的男女结婚以后,成为一双君子淑女,像一双凤凰一样飞翔。(《金陵风景》)①

鸭头新绿涨春流,来亦无穷去不休。大觉浮生同此水,闲心羡尔一双鸥。(《次人龙湾八景韵》)②

自我心理学提出"自我不一致理论"(self-discrepancy),当在他人眼中的理想自我与实际自我不一致的时候,人容易感到羞耻感,当在自己眼中的义务自我与实际自我不一致的时候,人容易感到罪恶感③。崔松雪堂心底盼望过幸福美满的结婚生活,但没有遇到好的伴侣,这是她一生最大的遗恨。她在母胎里被父亲拒绝,一生出来就不受欢迎,缺乏父爱,总有被遗弃的感觉,因此她为了得到父亲的认可与称赞,抛弃一切自己的梦想。崔松雪堂中年与酒幕客人李瑢教同居,有夫妻之缘,一起上京共谋家门复兴,后来李瑢教发迹,与她诀别。不过晚年她对李瑢教缄口不言,想维护个人隐私。她在汉诗中很少提到自己的结婚或与情人之关系,甚至有关爱情的作品寥寥无几,可见其对读者有不坦白之处。崔松雪堂觉悟人生如寄,羡慕一双白鸥,表达自己的孤独与忧愁,她常夜晚感到世上好像只有自己一个人活着,无人爱她,因此叹息而流泪。如:

① 崔松雪堂纪念事业会编,《松雪堂集》I,Myeong sang 出版社 2005 年版,第 129 页。

② 崔松雪堂纪念事业会编,《松雪堂集》Ⅱ,Myeongsang 出版社 2005 年版,第 124 页。

③ Song Uk,《The Relationship between Christian's Religious Propensity and Shame or Guilty Conscience》高丽大学教育研究所,2005 年,第 15 页。

夜阑境自寂，独坐净尘襟。……吟罢无人知，千秋慷慨心。[①]（《夜咏》）

愁与更深梦不成，开门独坐少心情。（《深夜独坐》）[②]

怜渠此世无人爱，那得移根在峄阳。（《桐》）[③]

失群何处飞归鹤，清泪时时彻九天。（《月夜闻鹤泪》）[④]

无端半夜虚檐雨，添却愁中一倍愁。（《夜雨》）[⑤]

东来西去长奔走，谁是人间失路人。（《题堠人》）[⑥]

苍松偃石崖，下有一白鹤。独立刷霜毛，何时奋长翮。（《画鹤》）[⑦]

心存羞耻感的人，自认为是有缺陷的，持有这样的错误信念体系，自认世上没有一个爱我的[⑧]。诗中描写崔松雪堂独守空房而深夜失眠，没有人与她唱和，表现感慨之心，通过失群而彷徨的归鹤形象来表达自己的精神上的痛苦及疏远感。每当听到夜雨时，她更加感到孤独，自己好像成为世上迷失的人，因此她认为世上没有人爱自己，孤独而没有依靠之处，其实她不是别人没有爱自己，而是自己不爱自己。崔松雪堂不仅以悬崖上的苍松来表达自己的危殆生活，也以白鹤皎洁的形象来比喻高尚的自己，但却描述平常

① 崔松雪堂纪念事业会编，《松雪堂集》Ⅰ，Myeong sang 出版社 2005 年版，第 101 页。

② 崔松雪堂纪念事业会编，《松雪堂集》Ⅰ，Myeong sang 出版社 2005 年版，第 89 页。

③ 崔松雪堂纪念事业会编，《松雪堂集》Ⅰ，Myeong sang 出版社 2005 年版，第 79 页。

④ 崔松雪堂纪念事业会编，《松雪堂集》Ⅰ，Myeong sang 出版社 2005 年版，第 94 页。

⑤ 崔松雪堂纪念事业会编，《松雪堂集》Ⅰ，Myeong sang 出版社 2005 年版，第 62 页。

⑥ 崔松雪堂纪念事业会编，《松雪堂集》Ⅰ，Myeong sang 出版社 2005 年版，第 62 页。

⑦ 崔松雪堂纪念事业会编，《松雪堂集》Ⅰ，Myeong sang 出版社 2005 年版，第 96 页。

⑧ John Bradshaw 著、Kim Hong-Chan 译《Healing The Shame That Binds You》，社团法人韩国心理咨询研究院，Korea，2004 年，第 34—35 页。

畏缩而不能展翅的自我。她在汉诗中表达秋天时孤独心情，如：

> 愁依曲栏可限意，一秋庭绿候虫吟。……世间多少伤心事，都付风前一啸长。（《夜吟》）①
>
> 松雪堂前种芭蕉，新枝初展长称腰。柴门客去秋萧瑟，也傍幽人慰寂廖。（《芭蕉》）②
>
> 气始生成形似卵，技能游泳族于鱼。三春禽语秋蝉响，总慰幽人寂寞居。（《咏蛙》）③

凄凉的秋天崔松雪堂听到蟋蟀的声音而忧愁，想起过去所经历的苦难而伤心。当秋天来临时，她感到寂寞，既以隐者的形象描绘自己的孤独形象，也表达她不能与别人沟通的隐者之心。Wheeler 提出社会领域（field）理论，认为羞耻感的反义词是归属感，如果人从社会领域脱离，因为与别人的关系被切断，从而与别人疏远，心底就产生羞耻感，经历从社会脱离、从人际关系分离、从自己属于的集团分离④。崔松雪堂到了晚年以后，才明白富贵功名都是虚无的，故感到人生无常，如：

> 莫遣顽根穿蚁穴，功名富贵此中过。（《槐》）⑤
>
> 一沤才灭一沤浮，浮世浮生有异不。世间夸夺纷纷予，无限功名拟久悠。（《观沤有感》）⑥

---

① 崔松雪堂纪念事业会编，《松雪堂集》Ⅰ，Myeong sang 出版社 2005 年版，第 93 页。

② 崔松雪堂纪念事业会编，《松雪堂集》Ⅰ，Myeong sang 出版社 2005 年版，第 65 页。

③ 崔松雪堂纪念事业会编，《松雪堂集》Ⅰ，Myeong sang 出版社 2005 年版，第 87 页。

④ Song Uk，《The Relationship between Christian's Religious Propensity and Shame or Guilty Conscience》高丽大学教育研究所，2005 年，第 13—14 页。

⑤ 崔松雪堂纪念事业会编，《松雪堂集》Ⅰ，Myeong sang 出版社 2005 年版，第 78 页。

⑥ 崔松雪堂纪念事业会编，《松雪堂集》Ⅰ，Myeong sang 出版社 2005 年版，第 91 页。

崔松雪堂平生以自己的成就与能力来证明自己的价值，但她晚年觉悟到都是虚无的，感慨人生如泡沫，自己平生所追求的功名富贵也毫无意义。她抱着不能忍受的痛苦，觉得自己独自活着，渴望从外部或别人身上得到安慰①。当崔松雪堂心里有压力的时候，借酒解愁，如：

人生如梦里，春序属愁中。瓶底拳明月，归来却笑空。（《与文醉山共赋》）②

白云栖桂閴，绿草绕芸窗。此乐无人共，独斟酒一缸。（《拨闷》）③

花香闲坠砚，松籁乱傅窗。诗癖今成轴，酒贪每半缸。（《赠人》）④

睡余携屐步林皋，树树花残树影高。树已逢秋人易老，其何不醉满缸醪。（《散步》）⑤

问尔团团皎皎月，青天万里几时来。阅尽吾生今古恨，千秋停一谪仙杯。（《对月问怀》）⑥

崔松雪堂惋惜无人与她一起享受快乐，借酒来安慰人生的孤独。秋天悲哀自己年老，喝酒忘却人生的痛苦，稍得安慰自己。她经历过去与现在之恨，举起被贬谪的神仙之杯子安慰内心的痛苦。有时以弹琴来安慰自己，如：

柴门无事昼常关，独坐弹琴我自闲。水色平分青草外，野心留住白

① John Bradshaw 著、Kim Hong-Chan 译《Healing The Shame That Binds You》，社团法人韩国心理咨询研究院，Korea，2004 年，第 145—146 页。

② 崔松雪堂纪念事业会编，《松雪堂集》Ⅰ，Myeong sang 出版社 2005 年版，第 122 页。

③ 崔松雪堂纪念事业会编，《松雪堂集》Ⅰ，Myeong sang 出版社 2005 年版，第 127 页。

④ 崔松雪堂纪念事业会编，《松雪堂集》Ⅰ，Myeong sang 出版社 2005 年版，第 128 页。

⑤ 崔松雪堂纪念事业会编，《松雪堂集》Ⅰ，Myeong sang 出版社 2005 年版，第 129 页。

⑥ 崔松雪堂纪念事业会编，《松雪堂集》Ⅰ，Myeong sang 出版社 2005 年版，第 147 页。

云间。(《独坐》)①

独夜虫声万思悠,悲丝急管伴孤楼。纵非一旋多相感,通计三秋总是愁。(《虫声》)②

人生草草真如寄,世事纷纷总是空。已矣知音今不遇,床头尘满峄阳桐。(《闲居信笔》)③

白天无人与她交流,好像隐者一样过悠闲生活,她特别到了秋天忧愁过忧郁的日子,尤其是晚上听到的虫声让她悲哀,以弹琴安慰孤独,三个月以来胸襟里的遗恨与痛苦没有消失掉。崔松雪堂感到人生如寄,世上一切事都归空虚,平生没有遇到知己,过孤独寂寞的生活,唯有琴才能成为她唯一的朋友。此外,她平常以作诗来浇愁,如:

山虚古木如相待,夜久鸣虫不尽愁。独坐题诗心绪乱,今年又向此中游。(《早秋初夜》)④

绿阴如滴碧山深,情友不来我独吟。似慰空斋寥寂甚,黄鹂清啭送余音。(《消寂》)⑤

崔松雪堂身为寡妇,孤苦零丁,以创作汉诗来表达内心的忧愁。没有一个朋友与她交流感情,空房独吟,描绘孤独形象。有时崔松雪堂以抽烟解愁,《烟竹》云:"青烟细细吸且休,山窗夜雨罢闲愁。"⑥听夜雨以抽烟来安慰

---

① 崔松雪堂纪念事业会编,《松雪堂集》Ⅰ,Myeong sang出版社2005年版,第137页。

② 崔松雪堂纪念事业会编,《松雪堂集》Ⅰ,Myeong sang出版社2005年版,第143页。

③ 崔松雪堂纪念事业会编,《松雪堂集》Ⅰ,Myeong sang出版社2005年版,第140页。

④ 崔松雪堂纪念事业会编,《松雪堂集》Ⅰ,Myeong sang出版社2005年版,第142页。

⑤ 崔松雪堂纪念事业会编,《松雪堂集》Ⅰ,Myeong sang出版社2005年版,第129页。

⑥ 崔松雪堂纪念事业会编,《松雪堂集》Ⅰ,Myeong sang出版社2005年版,第135页。

内心的忧愁。自我心理学认为若无人响应孩子就引起羞耻感，使人感到存在毫无价值、慢性的空虚、对遗弃的惧怕、不安、不幸感、忧郁、混乱、自尊心弱、矛盾与紧张①。崔松雪堂平生在心理上无法接纳自己的存在，晚年患有严重的忧郁症，因此靠饮酒抽烟、作诗奏琴来安慰内心的空虚与孤独。

作者简介：金鲜，韩国首尔人，韩国高丽大学国际语学院讲师，主要从事韩中近现代女性诗词研究。

① Song Uk，《The Relationship between Christian's Religious Propensity and Shame or Guilty Conscience》高丽大学教育研究所，2005 年，第 14 页。

天使岛上百年诗泪
——《埃仑诗集》

廖一瑾

摘　要：位于美国旧金山湾的天使岛(Angel Island)在一百年前至六十年前的1910—1940之间，先后羁留了十余万刚到美国的中国移民(大半来自广东)，他们在囚禁的木楼墙上镌刻了数以百计的古典诗歌。这些诗歌诉说了那个时代华人移民遭受苛待的无奈、愤懑与哀愁。1980年著名的华裔历史学者麦礼谦(Him Mark Lai)、杨碧芳(Judy Yung)、林小琴(Genny Lim)经过校勘、整理并译成英文，出版了中英对照的《埃仑诗集 Island：Poerty and History of Chinese Immigrants on Angel Island，1910—1940》，为早期美国的华人文学留下了极为珍贵的史料，堪称华美文学的先行者、开拓者。它在华美文学的意义好比《诗经》之于中国文学的意义。

关键词：埃仑诗集；天使岛；羁留；移民；囚中诗；题壁诗；华美文学；Angel Island

一、前　言

十九世纪末及二十世纪初的美国，由于修筑中央太平洋铁路，以及加州发现了金矿，从民不聊生的中国吸引了大量的华工前去从事苦力的工作。铁路通车后，他们的贡献不但没有受到重视，反而引起美国种族主义者的排斥。美国政府几次颁布“排华法案”，禁止华人入境。然而1906年4月，旧金山发生大地震，震后引起大火灾，把整个旧金山摧毁，旧金山政府的人口档案也随之遗失。这使得当时颇受歧视出生在中国的华人，有机会大翻身——透过律师，申请补领出生纸，摇身变成“土生土长”的美国公民。这些

“公民”不受排华法案的限制，拥有宪法保护的权利，可以自由出入美国，回乡省亲；更可以在公民权利范围下，办理子弟（有部分是“假子弟”）移民美国。当时所有入境的人都被关进移民局的“候审所”等待审查，决定入境或遣返。在这如监狱生活的等待期间，少则数日，多则数月或数年。从1910年至1940年大楼火灾为止，天使岛的木楼前后大约羁留过十八万华人和六万日本人。

十八万华人中，能文之士在木楼墙上留下满腹委屈和不平的血泪心声。

1980年麦礼谦(Him Mark Lai)等人将这些题刻在木楼的诗句，编辑并译成英文，而出版了中英对照的《埃仑诗集》。它反映了早期华侨在海外的心酸血泪，同时也是最早创作于美洲的中国古典诗集。

书影

等候体检

二、作者及时代背景

19世纪中国积弱，列强崛起。1910—1940年的中国正逢辛亥革命，战乱频仍，天灾人祸，民不聊生的时期。广东（特别是香山——今中山、台山、番禺、南海、顺德、新会、新宁、开平、斗门等地）的居民，为了更好的生活，沾亲带故，寻找移民美国的机会。1906年旧金山的大地震，给华人开了一个移民的小门缝。这批华人远渡重洋，历尽艰辛来到美国，却全部羁留在天使岛，需经过盘查再判定是否入境或遣返。三十年间先后大约羁留了十八万人（同一时间人数在三百人到七百人之间）。这些华人，绝大多数是青壮年，以十四岁到十八岁的年轻人最多。他们中间有些人在家乡上过学，初识中国古文，有的学过书法。从一些水平较高的诗歌看，作者年龄应该年龄偏大，有一定的古典文学修养①。

作者之中，绝大部分是无名氏，姓名已不可考。偶有以不同方式署名者如：

1. 以姓名署名。如“石宁题”、“亚程”等。

2. 以籍贯及姓氏署名。如“台邑李镜波题”、“玉清氏作　台山溏溪”、“台山　南村李海题”、“香山人题”、“香山许生勉客题”、“台山余题”、“阮题”、“香山许生自慰题”、“香山题”、“往墨侨题”、“台山氏翁题”、“陈题”、“辛和”、“民国七年尾月下沅浣香山隆都”、“民国拾年三月初三铁城”、“子题”、“船客作”、“台山次郎金”、“朱题”、“三重县人”、“广岛县人”。

3. 以绰号署名。如“香山荡子题”、“民国十三廿肆晨铁城闲笔”、“铁城道人题”、“华侨　铁城山僧题赠”、“台山助苗长者题”②。

三、诗歌内容风格

来自广东沿海的这群移民，离乡背井，满怀憧憬，历尽苦辛，甚至倾家荡产才换来远涉重洋的机会，原以为踏上金山的美梦马上要成真，未料却被关进这音讯不通、没有人权的囚牢。其中失望、愤懑、忧愁、痛苦等等情绪，透过诗歌写下了满腹心酸与不平。

1. 弱国无外交的哀叹

1924 年从香山来的黄氏本是文人，他说：黄家子弟本香城，挺身投笔赴美京。买棹到了金山地，谁知拨我过埃仑。我国图强无此样，船泊岸边直可登。（民国十三廿肆晨　逍遥子铁城闲笔）（P87＃36）③

第三十七首无名氏也写下了弱国子民的悲哀：方今五族为一家，列强未

---

①　从其中一首诗：“读罢诗书四五担，老来方得一青衫。佳人问我年多少，五十年前二十三。”（P164＃52）看来作者年龄已七十三岁。

②　据王性初《诗的灵魂在地狱中永生》提到还有以团体署名者，如：“自治会”、“爱群社黄黄叶食题”。

③　P指页码，＃指题号，依麦礼谦《埃仑诗集》次序。下同。

认我中华。究因外债频频隔，逼监财政把权拿。(P87＃37)

第三十八首无名氏的七律对仗工整，有诗人意境：木屋闲来把窗开，晓风明月共徘徊。故乡远忆云山断，小岛微闻寒雁哀。失路英雄空说剑，穷途骚士且登台。应知国弱人心死，何事囚困此处来？(P89＃38)

“国弱心死”与其坐以待毙，不如远走他乡，追求活生生的生命，没料到未到金山市却囚困在这名为“天使”的恶魔岛，多么无奈！多么心酸！后世子孙若知此诗是父祖所写，能不痛哭悲愤？

2. 去国怀乡的悲怨

为乜来由要坐监？只缘国弱与家贫。椿萱倚门无消息，妻儿拥被叹孤单。纵然批准能上埠，何日满载返唐山？自古出门多变贱。从来征战几人还？(P85＃34)

抛离乡井别椿萱，远盼云山泪盈珠。游子志欲陶朱富，谁知被圄埃仑间？(P91＃41)

3. 对种族歧视的愤怒

1863—1869 年间美国兴建中央太平洋铁路，大量华工为它流汗流血，甚至惨死在崇山峻岭，沿途白骨累累。有良知的美国记者称这批华工为“美国真正的开路先锋”。然而他们的贡献并未受到重视，他们被利用完之后，美国白人掀起排华潮，1870 年 7 月旧金山白人种族主义者组织加州排华大会，滥杀华人。1876 年白人种族主义者钱尼氏更煽动旧金山市民，组织沙地党，以驱逐中国人为党纲，四处暴动杀害中国人。1885—1886 年间华盛顿、奥立冈、怀俄明等州亦先后掀起排华运动，烧杀劫掠，惨遭杀害打伤的中国人无处可诉，一直到 1943 年中国人才正式获准归化入籍。在这漫长的违反人道、人权的岁月里。埃仑悲歌只诉说了其中之一斑：

伤我华侨留木屋，实因种界厄瀛台。摧残尚说持人道，应悔当初冒险来。(P101＃47)

详恨番奴不奉公，频施苛例逞英雄。凌虐华侨兼背约，百般专制验勾虫。(P101＃48)

医生苛待不堪言，勾虫刺血更心酸。食了药膏又食水，犹如哑佬食

黄连。(P85＃35)

4. 对羁留国的报仇心态

留笔除剑到美洲,谁知到此泪双流?倘若得志成功日,定斩胡人草不留。(P85＃35)

万望革军成功竣,维持祖国矿务通。造多战舰来美境,灭尽白人誓不休。(P85＃35)

椎膺中华囊阮籍,利权外溢国耻兼。同胞知机图奋志,誓夺美国报前仇。(P93＃43)

特劝同胞不可忧,虽然被困在木楼。他日中华兴转后,擅用炸弹灭美洲。(P160＃41)

5. 路途艰辛的描述

抛离家乡作营谋,风霜捱尽为名求。路经此地来古巴,谁知拨我入山囚?(P41＃9)

本拟旧岁来美洲,洋蚨迫阻到初秋。织女会牛郎哥日,乃搭林肯总统舟。餐风尝浪廿余日,幸得平安抵美洲。以为数日可上埠,点知苦困木楼囚。(P39＃7)

6. 对韶光虚度的惊心

怀着美好梦想,希望把握年少时光,为前途、为家人,期待好好奋发,没料到大好时光虚困木楼,心中的焦虑岂能言喻?

忆昔当年苦未从,坚心出外觅陶公。岁月蹉跎仍未了,至今犹困岛孤中。(P43＃11)

美里受囚何日休?裘葛已更又一秋。满腹牢骚难罄竹,雪落花残千古愁。(P57＃20)

今日为冬末,明朝是春分。交替两年景,愁煞密楼人。(P53＃12)

乞巧少四日,搭轮来美洲。光阴似箭射,又已过凉秋。屈指经数

月，尚在此路头。至今未曾审，悬望心悠悠。（P37＃5）

夜凉僵卧铁床中，窗前月姊透照侬。闷来起立寒窗下，愁把时计已秋中。吾侪也应用敬赏，菲仪无备亦羞容。（《中秋偶感》P53＃14）

7. 囚禁生活的写实

未知的忐忑、漫长的等待、焦虑、无奈、何时能够时来运转？

北游咸道乐悠悠，船中苦楚木楼愁。数次审查犹未了，太息同胞被逼留。（香山人题　P39＃6）

无限沧桑感，羁身此楼中。青山飞不去，绿水阻英雄。率尔投笔去，徒劳反无功。慎言诚在我，无语怨东风。（阮题　P61＃25）

愁似浓云拨不开，思量愁闷辄徘徊。登楼王粲谁怜苦？去国庾郎只自哀。（P63＃26）

沧海圜孤峰，崎岖困牢笼。鸟踈寒山致，鸿使莫寻踪。……（《感景拙咏》 P129＃64）

8. 对未来的期许与自我慰勉

生活在漫长等待中，对未来若有些许盼望，或许能够激励人心，使枯寂的日子得到安慰。木楼中幸有几位留下姓名以正面态度看待囚居生活的"善心人"，写下篇章，劝慰同囚，好比在暗寂的环境中点上一盏光明灯：

雄鹰亦易驯，能屈始能伸。也历千年劫，曾困七日陈。伟人多本色，名士乐天真。得失萦怀抱，心猿证悟禅。（P65＃28）

壁墙题咏万千千，尽皆怨语及愁言。若卸此牢升腾日，要忆当年有个编。日用所需宜省俭，无为奢侈误青年。幸我同胞牢紧念，得些微利早回旋。（香山题　P67＃31）

寄语同胞勿过忧，苛待吾侪毋庸愁。韩信受袴为大将，勾践忍辱终报仇。文王囚羑而灭纣，姜公运舛亦封侯。自古英雄多如是，否极泰来待复仇。（P125＃59）

9. 被拒遣返

……留难经半载，愁恨积满容。今将归国去，空劳精卫功。（P129＃64）

木楼永别返香江，从使兴邦志气扬。告我同胞谈梓里，稍余衣食莫飘洋。（P131＃65）

10. 吊亡
在囚禁中或因病逝，或因自缢，令人不胜唏嘘。

噩耗传闻实可哀，吊君何日裹尸回？无能瞑目凭谁诉？有识应知悔此来。千古含愁千古恨，思乡空对望乡台。未酬壮志埋坏土，知尔雄心死不灰。（P107＃55）

祝君再渡巡环日，莫做贫家贱命郎。（据说有一同胞悬梁弃世，翌日即有人写下以上两句。（P168＃66）

四、作品意境、用韵、用辞举隅

第一，把客观的物境和主体的情意最大限度地展现出来，生动含蓄，富于暗示性，各极其胜，便产生了意境。集中的作者中，有些受过古典诗学的训练，作品亦颇富意境。特别是这些作品，多半都有署名，例如：第三十首《台邑李镜波题》：

牢笼跃入出无能，无任伤悲血泪横。精卫衔砂填夙恨，征鸿诉月哀频生。子卿绝域谁怜问？阮籍途穷空哭行。芳草幽兰怨凋落，那时方得任升腾？（P67＃30）

此诗意涵丰富，有帝女精卫溺海，含石补恨，期望海平后终能返回故土的神话传说；有苏武背负使命，绝域牧羊，十九年漫漫等待的历史；有位列竹林七贤，醉饮避祸，才华横逸，途穷痛哭的阮籍。这些悲剧人物形象鲜明。

作者自比兰蕙芳草，品行高华，可惜生不逢时。暗示自己好比苏武一般远赴异国，好比帝女精卫一样思乡含恨，好比阮籍一般途穷痛苦。

第二，多押哀痛沉重的“十一尤韵”。

《埃仑诗集》收正文六十八首诗，所押韵脚，以“尤韵”最多，共有十七首。附录六十六首中更有二十首用“尤韵”。其次是用“十四寒、十五删韵”，正文有十四首；附录有九首。

中国文字是单音节，容易表情，乃有所谓“义本于声，声即是义”亦即某一种音，代表某一种义的音响效果“声义相切”的说法。周济《宋四家词选目录序》云：“东真韵宽平，支先韵细腻，鱼歌韵缠绵，萧尤韵感慨，各有声响，莫草草乱用。”

清代训诂学家黄春谷曾归纳字根，认为字义起于字音，所以同韵字，意义也大致相近。

傅庚生《中国文学欣赏举隅》中举《诗经・黍离》的“苗、摇、悠、求”为例，以为有助其哀远的情绪。

萧涤非在《杜诗的韵律和体裁》中，以尤、幽、侵、覃较适合表达忧愁。

刘师培师承黄春谷归纳出各古韵中共同的含义，他的《正名隅论》曾云：侯类幽类萧类的字，多有“曲折有棱”、“隐密敛缩”两种意义”。

根据以上诸家的对声义根切的条例，且看《埃仑诗集》第七首诗：

> 本拟旧岁来美洲，洋蚨迫阻到初秋。织女会牛郎哥日，乃搭林肯总统舟。餐风尝浪廿余日，幸得平安抵美洲。以为数日可上埠，点知苦困木楼四。番奴苛待真难受，感触家境泪双流。但愿早登旧金山，免在此间倍添愁。（P39＃7）

诗人本拟去年就启程来美，因为盘缠的（迫阻）乃延到初秋（也就是行程因旅费的问题而“曲折”生变），等到七巧节才辗转乘船，餐着风、乘着浪来到美洲。原以为可以顺利上岸，没想到被困在此“隐密敛缩的”木楼多么悲“哀”。遭受番奴（白人）苛待，想到贫穷的家境，费了九牛二虎之力，却不能如愿，怎不令人“感慨”流泪。期盼早日获准上岸免得在此“哀愁连连”。

全诗弥漫着尤韵的声情：“曲折”、“隐敛”和“哀远”氛围。从《诗集》所见其中有三十七首，将近三分之一押“尤韵”的诗，几乎可探知诗集的大部分的所展现的诗人情绪的集体样貌。

其次《诗集》有二十一首押寒删韵，傅庚生以为收音属于“乌”、“庵”字皆极“沉重哀痛”，刘师培的条例以为押真、元类的字，多有“联引”的意义，据此则《诗集》次多的情绪似是一种漫长（联引）的“沉重和哀痛”了。

第三，用辞。

1. 诗中引用的历史人物典故众多，且上下数千年，这些典故依其出现的频率列出如下：

伍子（伍子胥）、苏武、阮籍、阻逖、陶朱公/范蠡、周文王、孔子（仲尼）、越王（勾践）、韩愈、王粲、庾信、颜常山/颜杲卿、韩信、姜太公、（拿）破仑、李陵、西施、南霁云、冯唐、李广、孙膑、林肯总统等。此外，光绪和项羽则分别由“厄瀛台”和“无面见江东父老”点出。除此，还有些民间传说中的人物，如织女、牛郎、精卫等也出现在诗中。

2. 间有口语化的语词

诗集作者几乎全是来自广东的华人，诗句用辞颇多白话形式，间或广东方言：

为乜来由要坐监？只缘国弱与家贫。椿萱倚门无消息，妻儿拥被叹孤单。纵然批准能上埠，何日满载返唐山？自古出门多变贱。从来征战几人还？（P85＃34）

本拟旧岁来美洲，洋蚨迫阻到初秋。织女会牛郎哥日，乃搭林肯总统舟。餐风尝浪廿余日，幸得平安抵美洲。以为数日可上埠，点知苦困木楼囚。番奴苛待真难受，感触家境泪双流。但愿早登旧金山，免在此间倍添愁。（P39＃7）

五、《埃仑诗集》的文学价值

《埃仑诗集》是华人在美的最早一部诗人集体题壁诗作。内容绝非无病呻吟，对照当时中国国内的诗坛正在风起云涌于现代诗的创作，古典诗日渐式微。相反的远在太平洋彼岸的天使岛上正有一群为求生活，离乡背井，历尽艰辛远渡重洋的华裔子弟，集体以中国极精美的文体——古典诗歌写出他们心中的忧闷与哀痛。它的价值：

1. 见证了美国移民史上排华的黑暗之一幕。

2. 反映了华人在“国弱家贫”的困境下不得不移民的悲哀。

3. 中国古典诗歌发挥了抒发情志的功能，安慰了远方游子。

4. 二十世纪初中国域外文学重要的集体创作，创华美文学的先声。

5. 华文文学的历史中，绝无仅有的集体创作之题壁、囚中诗。

孔子云：“礼失而求诸野。”《论语·阳货》又云：“诗可以兴，可以观，可以群，可以怨。”吾人从《埃仑诗集》见到诗歌寄托情志、抒发情绪的伟大功能，以及中华文化的无远弗届——它飘洋过海诉说了 1901—1940 前后那段时间华侨先民的前往美洲的辛酸，以诗作史，泪痕斑斑。

作者简介：廖一瑾，台北“中国文化大学”教授。

楚调作品考论

龙建国

摘　要：楚调是一种由楚歌发展而成的音乐种类。它流行于汉代，是相和曲的重要组成部分，具有相和曲的艺术特点。汉代房中乐皆用楚调。楚调作品所剩不多，是研究汉魏音乐的重要资料。楚调作品所呈现出来的主导风格是悲怨。这一风格的形成与楚调作品的创作环境、创作动机和题材诸因素有着密切的关系。

关键词：楚调作品；相和曲；悲怨

楚调是相和曲五调之一，是汉代较为流行的俗乐。宋代郭茂倩《乐府诗集》"相和歌辞"类录有《楚调曲》三卷。作品数量虽不算很多，但艺术特色较为突出，并从一个侧面反映了当时诗歌的创作水平和艺术成就。东晋以后，楚调式微，相和五调演变成清商三调。自隋唐至清代，楚调虽已成古曲，而借题言事者或好古仿作者仍然不少，足见其源流之长、影响之大。

一、楚调的渊源及其艺术特征

楚调源自古代楚国音乐，是一种由楚歌发展而成的、带有明显地方色彩的音乐种类。由于楚歌是古代南方音乐的主体或代表，因此而被称为"南风"或"南音"。

楚歌（南音）起源很早。在遥远的夏禹时代，楚国的先民就创造了音乐。《吕氏春秋·音初篇》认为，涂山氏《候人歌》为南音之始：

禹行功，见涂山之女。禹未之遇而巡省南土。涂山氏之女乃令其妾候禹于涂山之阳。女乃作歌,歌曰:“候人兮猗。”实始作为南音。[1]

《候人歌》虽只有“候人兮猗”一句歌辞,但已显露了楚歌多用虚词的特点。春秋时期,南音楚歌已向北方传播。《左传·成公九年》记载了钟仪操南音,不忘本的故事[2]。可见,南音在当时不仅构成了独特的音乐体系,而且与人的生活情趣和值价观念联系起来了。

据古代文献资料记载,楚歌拥有大量的古老名曲,如《孟子·离娄上》所记的《孺子歌》,《吴越春秋》所记的《渔父歌》,《论语·微子》所记的《接舆歌》,《史记·滑稽列传》所记的《优孟歌》,《新序》所记的《徐人歌》、《越人歌》、《楚人歌》。屈原在《大招》中还提及“伏戏《驾辩》,楚《劳商》只”。《劳商》应是楚国的传统名曲,故与伏羲的乐曲《驾辩》相提并列。

到了战国时期,楚国音乐更为兴盛,除了汉代刘向《楚辞》所录屈原的《离骚》、《九歌》、《九章》外,还有宋玉在《对楚王问》中所提及的《下里》、《巴人》、《阳阿》、《薤露》、《阳春》、《白雪》等。这些曲子应是当时楚国常见的雅曲和俗曲。

秦汉之际,楚歌更为流行。据史书记载,当时的两大军事首领——项羽、刘邦皆好楚音,能唱楚歌。《史記》卷七记载项羽曾作《垓下歌》[3]。宋郭茂倩《乐府诗集》名之为《力拔山操》,编入《琴曲歌辞》[4]。而从歌辞看,它是一首典型的楚歌。又据《史记》卷八《高祖本纪》记载:

> 高祖还归,过沛,留,置酒沛宫,悉召故人、父老、子弟纵酒,发沛中儿得百二十人教之歌。酒酣,高祖击筑,自为歌诗曰:“大风起兮云飞扬,威加海内兮归故乡。安得猛士兮守四方。”令儿皆和习之。高祖乃起舞,慷慨伤怀,泣数行下。

---

① 《吕氏春秋》卷六,《百子全书》本,岳麓书社 1993 年版,第 2662 页。

② 《春秋左传正义》卷二十六,《十三经注疏》本,中华书局 1980 年版,第 203—204 页。

③ 《史记》卷七《项羽本纪》,《二十五史》本。

④ 宋郭茂倩《乐府诗集》卷五十八,上海古籍出版社 1998 年版,第 653 页。

此歌是刘邦登基后还乡所作的《大风歌》，也是一首楚歌。刘邦不仅自创歌词、亲自歌舞，而且还挑选家乡（沛中）少儿一百二十人组成歌队，并教习之，在客观上有助于楚歌的广泛流传。

楚歌在汉代发展成为一种独具特色、十分流行的乐种——楚调。宋郭茂倩《乐府诗集》卷二十六说：

> 《唐书·乐志》曰："平调、清调、瑟调，皆周房中曲之遗声，汉世谓之三调。"又有楚调、侧调。楚调者，汉房中乐也。高帝乐楚声，故房中乐皆楚声也。侧调者，生于楚调，与前三调总谓之相和调。①

这段话文字虽不多，但透露出丰富的信息。一是平调、清调、瑟调是周代遗留下来的宴饮音乐，汉代称之为"三调"，即"相和三调"，后又递变为"清商三调"。二是楚调、侧调是汉代新兴的宴饮音乐，而侧调乃从楚调派生而出。三是由于汉高祖刘邦喜好楚调，故楚调兴盛——"房中乐皆楚声"。四是平调、清调、瑟调、楚调、侧调共同构成相和曲——"总谓相和调"。这些信息披露了楚调在汉代的发展态势及其音乐特点。

楚调是汉代的房中乐，由于历代的房中乐用俗乐，故楚调虽走进了宫庭，但仍具有俗乐的特点。房中乐出现于周代，是一种专用于宴饮之际的音乐。《仪礼》第六《燕礼》记载："若与四方之宾燕……有房中之乐。"汉代郑玄注云："弦歌《周南》、《召南》之诗，不用钟磬，谓之房中者，后夫人之所诵讽，以事其君子也。"②房中乐施用于宴饮宾客的小型场合，故只用管弦乐器而不用钟磬等打击乐器。它不像祭祀太乐那样庄重和雅正，而是更倾向于轻快和娱乐。房中乐所弦歌的《周南》、《召南》即《诗经》中的"二南"，皆属"国风"（民歌），因而可知，周代房中乐当以俗乐为主。秦代将房中乐改名为"寿人乐"，汉惠帝又改名为"安世乐"③。名称虽改，而其俗乐的性质未变。汉

---

① 宋郭茂倩《乐府诗集》卷二十六《相和歌辞》，上海古籍出版社 1998 年版，第 309 页。

② 《仪礼注疏》卷十五，《十三经注疏》本，中华书局 1980 年，第 81 页。

③ 《汉书》卷二十二《礼乐志》记："周有房中乐，至秦名曰寿人。凡乐乐其所生，礼不忘本。高祖乐楚声，故房中乐楚声也。孝惠二年，使乐府令夏侯宽备其箫管，更名曰安世乐。"

代房中乐都用楚调,其原因有二:一是继承周朝以来房中乐用俗乐的传统;二是刘邦喜好楚调。

楚调是相和曲的重要组成部分,故具有相和曲的艺术特征。相和曲又名相和歌,是在民间歌谣的基础上发展而成的一种歌舞艺术。"相和"的演唱形式虽早已有之,而相和歌作为一种歌舞艺术样式,在西汉才兴起,并成为当时音乐的主流。它既名之为"相和歌",固然是以"相和"为重要特征。"相和"的形式主要有两种:一是以人声相和。这是相和歌演唱最常见的方式,有以下几种情形:或一人唱一人和。早在《诗经》中,就有这种相和情形。《郑风·萚兮》云:"叔兮伯兮,倡!予和女。"或一人唱众人和。《晋书·乐志》:"但歌四曲,出自汉世,无弦节,作伎,最先一人倡,三人和。"①或众人众人和。司马相如《上林赋》描绘了上林苑相和歌表演的情形:"奏陶唐氏之舞,听葛天氏之歌,千人唱,万人和。山陵为之震动,川谷为之荡波。"二是以管弦乐器相和。《晋书》卷二十三《乐志》记:"相和,汉旧歌也,丝竹更相和,执节者歌。"

早期的相和歌是以人声相和的但歌,后来才出现"丝竹更相和"的相和诸曲。《晋书》卷二十三《乐志》云"凡乐章歌辞存者,并汉世街陌讴谣,《江南可采莲》、《乌生十五子》、《白头吟》之属。其后渐被于弦管,即相和诸曲是也。"相和诸曲中又有相和大曲。相和大曲的曲式结构为:前有"艳",中有正曲("解"),后有"趋"或"乱"。宋郭茂倩《乐府诗集》卷二十六《相和歌辞》云:"又诸调曲皆有辞、有声,而大曲又有艳、有趋、有乱。"

"艳"一般在正曲前,相当于引子或序曲。"艳"本为楚歌之别名,晋左思《吴都赋》云:"荆艳楚舞。"刘渊林注曰:"艳,楚歌也。"②《乐府诗集》卷八十三引梁元章《纂要》云:"楚歌曰艳。"③可知,"艳"即楚歌。或者说,"艳"作为相和大曲的一个音乐段落(序曲),用楚调来表演。

"解"是相和曲的重要组成部分。何谓"解"?历来有两种解释:一说"解"即乐章。《乐府诗集》卷二十六云:"所谓清商正声,相和五调伎也。凡诸调歌辞,并以一章为一解。《古今乐录》曰:'伧歌以一句为一解,中国以一

---

① 《晋书》卷二十三《乐下》,《二十五史》本。

② 梁萧统《文选》卷五,上海古籍出版社 1986 年版,第 231 页。

③ 宋郭茂倩《乐府诗集》卷八十三,上海古籍出版社 1998 年版,第 883 页。

章为一解。'王僧虔《启》云:'古曰章,今曰解。'"一说"解"为音乐种类,古有"解音"、"解曲"之名称。《新唐书》卷二十二记载:"初,隋有法曲,其音清而近雅。……隋炀帝厌其声淡,曲终复加解音。"①宋陈旸《乐书》卷一百六十四云:"解曲,凡乐以声徐者为本声,疾者为解。自古奏乐,曲终更无他变,隋炀帝以清曲雅淡,每曲终多有解曲。"②杨荫浏《中国古代音乐史稿》认为,歌曲部分偏重抒情,"解"偏重力度;歌曲比较缓慢,"解"比较快速。两者相间而出,形成一种反复对比的艺术效果③。第二种说法是正确的。从目前所见的相和歌词看,"解"在正曲的中间或后面。正曲的一个乐章唱罢,便表演"解",然后再唱下一个乐章。一般说来,正曲有几个乐章,便有几个"解",故容易将"解"当作乐章。楚调曲也有"解",如《宋书》卷二十一所录曹植《楚调怨诗》(明月),共有"七解",也分七个乐章,每个乐章四句,每句五言。

"趋"在正曲之后,曲辞的内容和情感都比较紧张强烈,音乐和舞蹈比较快速急促。"乱"是乐曲的最后一个乐章,元代马端临《文献通考》卷一百二十八云:"乱,乐之卒章也。"④其特点是八音齐奏,众声高唱,洋洋盈耳。从现存的相和歌词看,"乱"用得较少,大概是可以用"趋"代替它。楚调曲中的名篇《白头吟》是现存相和曲唯一有"乱"的作品。《乐府诗集》卷四十三云:"其《罗敷》、《何尝》、《夏门》三曲,前有艳,后有趋。《碣石》一篇,有艳。《白鹄》、《为乐》、《王者布大化》三曲,有趋。《白头吟》一曲,有乱。"此引《宋书》卷二十一所录《白头吟》:

皑如山上雪,皎若云间月。闻君有两意,故来相决绝。(一解)

平生共城中,何尝斗酒会。今日斗酒会,明旦沟水头。躞蹀御沟上,沟水东西流。(二解)

郭东亦有樵,郭西亦有樵。两樵相推与,无亲为谁骄?(三解)

凄凄重凄凄,嫁娶亦不啼。愿得一心人,白头不相离。(四解)

竹竿何袅袅,鱼尾何离簁?男儿欲相知,何用钱刀为?(五解)

---

① 《新唐书》卷二十二《礼乐志》,《二十五史》本。

② 宋陈旸《乐书》卷一百六十四,文渊阁《四库全书》本。

③ 杨荫浏《中国古代音乐史稿》,人民音乐出版社1981年版,第119页。

④ 元代马端临《文献通考》卷一百二十八,中华书局1986年版,第1143页。

踦如（五）马啖萁，川上高士嬉。今日相对乐，延年万岁期。（一本云：词曰："上有紫罗，咄咄奈何？"）①

全篇五解。最后四句当为"乱"。篇末所注"上有紫罗，咄咄奈何"当为和声。

二、楚调曲名"题解"

楚调流行于汉代，作品应不少。然而，东晋以后，由于楚调渐不流传，楚调作品多已散佚，所剩不多，如宋郑樵《通志》卷四十九所记：

楚调十曲：《白头吟行》、《泰山吟行》、《梁甫吟行》、《东武吟》（亦曰《东武琵琶吟行》）、《怨诗行》（亦曰《怨歌行》，亦曰《明月照高楼》）、《长门怨》（亦曰《阿娇怨》）、《班婕妤》（亦曰（婕妤怨》）、《娥眉怨》、《玉阶怨》、《杂怨》。（右王僧虔《技録》五曲，自《长门怨》以下五曲续附）②

王僧虔《大明三年宴乐技录》只收录楚调曲五首，郑樵《通志》又增补五首，共十曲。《乐府诗集》卷四十一记载：

楚调曲，《古今乐录》曰：王僧虔《技录》，楚调曲有《白头吟行》、《泰山吟行》、《梁甫吟行》、《东武琵琶吟行》、《怨诗行》。其器有笙、笛弄、节、琴、筝、琵琶、瑟七种。张永《录》云：未歌之前有一部弦，又在弄后。又有但曲七曲：《广陵散》、《黄老弹飞引》、《大胡笳鸣》、《小胡笳鸣》、《鹍鸡》、《游弦流楚》、《窈窕》，并琴、筝、笙、筑之曲。王《录》所无也。其《广陵散》一曲今不传。

据此可得楚调曲十七首。其中有"丝竹更相和"者十首，但歌七首。然

① 《宋书》卷二十一《乐志》三，《二十五史》本。原题为："《白头吟》，与《棹歌》同调，古词，五解。"而作品只标有一、二、三解，四、五解为笔者所加。

② 宋郑樵《通志》卷四十九《乐府总序》，万有文库"十通"本。

而，前文所引刘邦衣锦还乡所作的《大风歌》、为戚夫人所作的楚歌《鸿雁高飞》并不包括在内，可见遗漏不少。

由于楚调曲多已散佚，故现存者弥足珍贵。笔者不揣浅陋，谨择数首名曲略作“题解”。

《白头吟》，又作《白头吟行》，今存古辞二首。关于《白头吟》的本事或创作动机有三种说法。一是卓文君因怨恨丈夫司马相如欲娶茂陵女为妾而作，如《西京杂记》卷上所记：“司马相如将聘茂陵人女为妾，卓文君作《白头吟》以自绝。相如乃止。”①二是作者（佚名）因“自伤清直芬馥而遭铄金玷玉之谤”而作，如《乐府解题》曰：“古辞云：‘皑如山上雪，皎若云间月。’又云：‘愿得一心人，白头不相离。’始言良人有两意，故来与之相决绝。次言别于沟水之上，叙其本情。终言男儿重意气。何用于钱刀。若宋鲍照‘直如朱丝绳’，陈张正见‘平生怀直道’，唐虞世南‘气如幽径兰’，皆自伤清直芬馥而遭铄金玷玉之谤，君恩以薄，与古文近焉。”②三是因“疾人相知，以新间旧，不能至于白首”而作，如《乐府诗集》卷四十一所记：“一说云：《白头吟》疾人相知，以新间旧，不能至于白首，故以为名。”今人多认为此诗是写一位被遗弃的女子向用情不专的男子表示决绝。后世继作者有刘宋之鲍照、陈朝之张正见、唐代之刘希夷、李白、张籍等。白居易曾作《反白头吟》，即反鲍照诗哀怨纡结之致。元稹有《决绝词》三首，皆承《白头吟》之旨。

《长门怨》，取材于汉武帝皇后陈阿娇废居长门宫的故事。《乐府诗集》卷四十一引《乐府解题》曰：“《长门怨》者，为陈皇后作也。后退居长门宫，愁闷悲思，闻司马相如工文章，奉黄金百斤，令为解愁之辞。相如为作《长门赋》，帝见而伤之，复得亲幸。后人因其赋而为《长门怨》也。”陈阿娇所作的原词已佚。后世因旧题作词者有梁朝柳恽、费昶，唐代徐贤妃、沈佺期、李白等二十余人。刘禹锡题作《阿娇怨》。

《班婕妤》，又名《婕妤怨》，不知作者为何人。其本事为汉成帝时宫闱争斗。《汉书》卷九十七记载：“孝成班婕妤，初入宫为少使，俄而大幸，为婕妤，居增成舍。”自鸿嘉后，帝稍隆内宠，李平得幸，为婕妤，赐姓卫，所谓卫婕妤。其后，赵飞燕姊妹得宠，班婕妤和许皇后皆被冷落，稀复进见。“赵氏姊弟骄

---

① 汉刘歆《西京杂记》卷上，《丛书集成新编》本。

② 引自《乐府诗集》卷四十一，上海古籍出版社 1998 年版，第 470 页。

妒，倢伃恐久见危。求共养太后长信宫。上许焉。倢伃退处东宫，作赋自伤悼”[①]《乐府解题》曰：“《婕妤怨》者，为汉成帝班婕妤作也。婕妤，徐令彪之姑，况之女，美而能文，初为帝所宠爱，后幸赵飞燕姊弟，冠于后宫，婕妤自知见薄。乃退居东宫，作赋及《纨扇诗》以自伤悼。后人伤之，而为《婕妤怨》也。”班婕妤所作诗赋今存，情思哀怨，笔调凄恻。《婕妤怨》的原始歌词已佚，今所见较早的作品是晋代陆机的《婕妤怨》(《乐府诗集》作《班婕妤》)。后世继作者甚众，因此而形成了诗歌的“宫怨”题材类型。

《梁甫吟》，也作《梁父吟》，汉代丧葬之曲，即挽歌。据《乐府诗集》卷四十一记载，《古今乐录》曰：“王僧虔《技录》有《梁甫吟行》，今不歌。”又记：“李勉《琴说》曰：《梁甫吟》，曾子撰。《琴操》曰：曾子耕泰山之下，天雨雪冻，旬月不得归，思其父母，作《梁山歌》。”曾子所作《梁山歌》是否就是《梁甫吟》，已不得知。前人姑妄言之，后人只能姑妄听之。晋陈寿《蜀志》卷五：“亮躬耕陇亩，好为《梁父吟》。”[②]可知此曲于汉末仍然流行。梁甫，山名，在泰山下。《乐府诗集》卷四十一云：“《梁甫吟》，盖言人死葬此山，亦葬歌也。又有《泰山梁甫吟》，与此颇同。”

《泰山吟》，汉代挽歌。据《乐府诗集》卷四十一记载：“《古今乐录》曰：王僧虔《技录》有《泰山吟行》，今不歌。《乐府解题》曰：《泰山吟》，言人死精魄归于泰山，亦《薤露》、《蒿里》之类也。”又有《泰山梁甫行》，也是挽歌，曹植将它改名为《八方》[③]。

《东武吟行》，即《东武吟》，又名《东武琵琶吟行》。东武，地名。《元和郡县志》卷十二记：“诸城县，本汉东武县也，属琅琊郡，乐府章所谓《东武吟》者也。”[④]它原为齐地的民歌，后入楚调。《文选》卷二十八《东武吟》题下李善注云：“《东武吟》，五言。左思《齐都赋》注曰：《东武》、《太山》皆齐之土风，弦歌讴吟之曲名也。”[⑤]《东武吟》的古辞已佚，不知其主题为何。《乐府诗集》卷四十一引《乐府解题》云：“鲍照云‘主人且勿喧’，沈约云‘天德深且旷’，伤

① 汉班固《汉书》卷九十七《外戚列传》，二十五史本。

② 晋陈寿《三国志》，《蜀志》卷五，二十五史本。

③ 《乐府解题》云：“曹植改《泰山梁甫》为《八方》。”见《乐府诗集》卷四十一。

④ 唐李吉甫《元和郡县志》卷十二，文渊阁《四库全书》本。

⑤ 梁萧统《文选》卷二十八，上海古籍出版社 1986 年版，第 1277 页。

时移事异，荣华徂谢也”。此可备一说。

《怨诗行》，又名《怨歌行》。后人因曹植之作首句为“明月照高楼”，故又名之《明月照高楼》。《乐府诗集》卷四十一引《琴操》云：“卞和得玉璞，以献楚怀王。王使乐正子治之，曰：非玉。刖其右足。平王立，复献之，又以为欺，刖其左足。平王死，子立，复献之，乃抱玉而哭，继之以血，荆山为之崩。王使剖之，果有宝，乃封和为陵阳侯，辞不受，而作《怨歌》焉。”今存《古辞》（天德悠且长），感叹人生短暂，当及时行乐，与卞和献玉无涉。班婕妤曾作《怨歌行》，借咏团扇，以感伤自身遭遇。后世借题发挥者不少，皆自伤时命乖蹇，人生悲苦。

《广陵散》，为楚调但曲。南朝齐代王融《散曲》云：“楚调《广陵散》，瑟柱秋风弦。”此曲与嵇康密切相关。《晋书》卷四十九记载：

> 康将刑东市，太学生三千人请以为师，弗许。康顾视日影，索琴弹之，曰：“昔袁孝尼尝从吾学《广陵散》，吾每靳固之。《广陵散》于今绝矣！”时年四十，海内之士莫不痛之。帝寻悟而恨焉。初，康尝游乎洛西，暮宿华阳亭，引琴而弹，夜分忽有客诣之，称是古人，与康共谈音律，辞致清辩，因索琴弹之，而为《广陵散》，声调绝伦，遂以授康，仍誓不传人，亦不言其姓字。①

据此可知，《广陵散》古已有之，无名氏传授给嵇康，因嵇康未传给他人而失传。然而，后世仍有此曲流传，如《宋史》卷二百二记载：“李约琴曲《东杓谱序》一卷，琴调《广陵散谱》一卷。”②这不足为怪，后代流传的《广陵散》皆为好事者沿用其名而别作另造的，不是原曲，如郑樵《通志》所云：“《广陵散》，嵇康死后，此曲遂绝，往往后人本旧名而别出新声也。”③

楚调但曲还有《大胡笳鸣》、《小胡笳鸣》。从曲名看，此二曲与域外音乐有关。也就是说，汉代楚调吸收了胡曲的音乐元素。因限于篇幅，此暂不详加申述。

---

① 《晋书》卷四十九《嵇康传》，二十五史本。

② 《宋史》卷二百二《艺文志》，二十五史本。

③ 宋郑樵《通志》卷四十九《乐府总序》，万有文库“十通”本。

三、楚调作品的主导风格

楚调作品虽所存不多,但主导性的艺术风格非常明显。在现存楚调作品中,直接标明"怨诗"者就有多个,如班婕妤的《怨诗行》、曹植的《楚调怨诗》(明月照高楼)、陶渊明的《怨诗楚调示庞主簿(遵)邓治中》等。据此可作如是断语:"怨"是楚调作品的情感基调。而这一基调规定了楚调的音色,也规定了楚调作品的主导风格。其主导风格是什么?可一言以蔽之:悲怨。这种主导风格的形成与歌曲创作的动机和特定环境密切相关,也与创作题材密切相关。

从现有的资料看,楚调曲的创作环境都是灰暗和压抑的。刘邦所作的楚歌《鸿雁高飞》的环境是无奈而伤感的:刘邦"欲废太子,立戚夫人子赵王如意",而阻力过大,难以实施,戚夫人因此而悲泣。刘邦为安慰戚夫人,亲自创作和歌唱了这首楚歌。"歌数阕,戚夫人嘘唏流涕,上起去,罢酒"①。《婕妤怨》的创作环境是悲愤哀怨的:"赵氏姊弟骄妒,婕妤恐久见危。求供养太后长信宫。上许焉。婕妤退处东宫,作赋自伤悼。"《长门怨》是陈阿娇因废居长门宫、愁闷悲思而作。在这种灰暗而压抑的环境中,创作主体的内心只能滋生否定性的情感(如愤怒、怨恨、悲怆等),决不可能表达出赞美、愉悦之类的肯定性情感。

从创作动机和主题看,楚调作品悲凉凄怨的氛围十分浓烈。《白头吟》古辞的主题虽有多种说法,然而,无论是卓文君因怨恨丈夫欲娶茂陵女为妾而作,还是因"自伤清直芬馥而遭铄金玷玉之谤"而作,或者因"疾人相知,以新间旧,不能至于白首"而作,都映射出怨恨悲凄的情绪。有人认为《怨诗行》为卞和所作。其创作动机是卞和献美玉于楚王,而楚王不但不识宝,反而认为卞和欺君,且施以刖刑。卞和悲愤怨怼不已,因而创作了此曲。从历代诗人所作的歌辞看,《东武吟行》的主题一般都是伤感的,如《乐府解题》云:"鲍照云'主人且勿喧',沈约云'天德深且旷',伤时移事异,荣华徂谢也"②。鲍照、沈约的《东武吟》今存,作品确实充溢着人生可悲,福祸无常,

① 汉班固《汉书》卷九十七《外戚列传》,二十五史本。

② 《乐府解题》,见《乐府诗集》卷四十一。上海古籍出版社1998年版,第475页。

世俗混浊，才士不遇的思想意识。可见，许多楚调作品的创作动机都是为了宣泄悲怨的情绪，其主题的色调往往是悲怨感伤的。

楚调作品的题材都浸透了悲怆哀怨的情感。从《乐府诗集》所收录的楚调作品看，其题材大致可分为四类。一是闺怨类，代表作品有《白头吟》、《杂怨》。如唐聂夷中《杂怨》：

> 良人昨日去，明日又不还（一作"明月又不圆"）。别时各有泪，零落青楼前。

作者站在一位青楼女子的角度，揭示她与情人离别后的哀怨心理：离别时恋恋不舍的情形仍在眼前，而前期后约何日方能实现？明月缺而会圆，而有情人能否散而复聚、离而再合？悲伤愁苦之情溢于言表。

二是宫怨类，代表作品有《长门怨》、《婕妤怨》。如晋陆机《班婕妤》：

> 婕妤去辞宠，淹留终不见。寄情在玉阶，托意唯团扇。春苔暗阶除，秋草芜高殿。黄昏履綦绝，愁来空雨面。

此诗咏题。班婕妤先因李平得宠而失宠，后又因赵飞燕姊妹骄妒而自请侍奉太后于长信宫，但她仍希望君王能够回心转意，自己能够重获恩宠，故"寄情在玉阶，托意在团扇"。然而，君王因有了新宠，早把自己弃置于脑后。君王的履綦永久地销声匿迹了。长信宫前的阶除已布满春苔，宫殿周围也被秋草遮掩，呈现出一派荒芜凄凉的境况。自己的青春与幸福也被埋葬在春苔秋草之中。这是何等的悲哀和愁苦的遭遇！正如班婕妤《自悼赋》所云："神眇眇兮密靓处，君不御兮谁为荣？俯视兮丹墀，思君兮履綦。仰视兮云屋，双涕兮横流。"

三是悲世类，代表作品有《东武吟行》、《怨诗行》。如梁沈约的《东武吟行》：

> 天德深且旷，人世浅而浮。东枝裁拂景，西壑已停辀。逝辞金门宠，去饮玉池流。霄辔一永矣，俗累从此休。

诗人以生动妥帖的比喻表达了自己的人生观：人生短暂，荣辱无常，功名虚幻，俗累沉重，要求策马宵遁，永别金门（官场），归隐林泉，恢复本性。这是诗人对社会、人生有了痛苦的感悟后作出的无奈抉择。

四是挽歌类，代表作品有《泰山吟》、《梁甫吟》。此二曲的古辞皆佚，惟陆机的《泰山吟》较为接近本意：

> 泰山一何高，迢迢造天庭。峻极周已远，层云郁冥冥。梁甫亦有馆，蒿里亦有亭。幽涂延万鬼，神房集百灵。长吟泰山侧，慷慨激楚声。

这四类题材都是抒写人生的悲哀和不幸，都以悲怨为基调。

由于楚调作品的主导风格表现为悲怨，故人们一听楚调曲便会感发出否定性的审美情感。宋黄庭坚《次韵叔原会寂照房》：

> 风雨思齐诗，草木怨楚调。（《山谷外集》卷四）

宋朱熹《次韵别林择之》：

> 暂时相别不须悲，楚调凄凉政尔为。（《晦庵集》卷五）。

元倪瓒《九日过彦行和韵》：

> 临流发悲叹，援琴歌楚调。（《清闷阁全集》卷一）

明林鸿《三月夜闻李生弹筝歌》：

> 初闻楚调声激烈，志士报仇思饮血。（《闽中十子诗》卷三《林膳部集》）

所谓"怨"、"凄凉"、"悲叹"、"激烈"（悲愤），都是人们对楚调作品的审美感受，也是对楚调主导风格的认识。

作者简介：龙建国，江西财经大学教授。

南朝五言八句乐府诗溯源

曾 肖

摘 要:南朝五言八句式乐府诗成为大宗,主要来源于汉魏乐府以及南朝民歌。南朝诗人继承了汉魏乐府的爱情题材及某些八句乐府诗的写作手法,并大量沿用汉乐府古题来创作五言八句式乐府诗;而且,还向南朝乐府民歌学习,深受其题材、形式及语言的影响,自制新曲、自创新题,创作五言八句式乐府诗。诗人们在写作过程中同时受到"声律说"的影响,讲究声律和谐。

关键词:五言八句乐府诗;汉魏乐府;南朝民歌

南朝以前,五言诗篇无定制,以长篇、中篇为主。诗歌篇幅长则多达几百句,如《孔雀东南飞》。短只两句,如联句诗;短篇以四句为多,集中在民间清商乐府。晋末宋初,五言诗篇制出现了有规律的变化。五言诗主要有采用乐府体与非乐府体徒诗两类,这两类诗歌的篇制都逐渐集中于四句、八句、十句与十二句这四种形式,尤其是八句式发展最快、使用频率最高。南朝齐梁年间,五言八句式得到进一步发展,走向成熟定型。采用乐府体的五言八句诗,以汉鼓吹曲《铙歌十八曲》和横吹曲为题,形成组诗;采用非乐府体的诗歌则较多酬唱应和之作,题材集中在咏物、艳情两类当中。随着永明体诗人对诗歌声律的讲究以及宫体诗的发展,五言八句式基本定型,其中乐府体制的五言八句诗,数量和非乐府体徒诗的比例接近。

五言八句乐府诗在南朝时期发展如此迅速,数量之多,这一现象颇为令人思索,有必要考察它的渊源所自。本文从乐府诗的传统、民歌的影响以及诗歌体制在南朝的发展,这几方面来讨论,试图揭示出南朝五言八句乐府诗蔚为大观的因素。

一、汉魏乐府传统的继承与创新

自汉至晋，一直有一根描写闺思怨情的文学红线在悄悄延伸。从古诗十九首到曹植、傅玄、张华、陆机等，都不乏吟咏美人情怀的五言八句诗，尤其是采用乐府体制，如曹植《杂诗七首》其四“南国有佳人”、《诗》“双鹤俱遨游”、傅玄《秋兰篇》、张华《情诗》、翾风《怨诗》、陆机《婕妤怨》等。这些诗歌为南朝五言八句诗的创作确立了重要的借鉴模式，而翾风《怨诗》、陆机《婕妤怨》更是直接开启了南朝八句式乐府诗写作的繁盛局面。

南朝五言八句乐府诗主要是继承文人诗歌春思秋怨、游子佳人的传统题材。试看《古诗十九首》其十八：“客从远方来，遗我一端绮。相去万余里，故人心尚尔。文彩双鸳鸯，裁为合欢被。著以长相思，缘以结不解。以胶投漆中，谁能别离此。”鲍令晖《拟客从远方来》：“客从远方来，赠我漆鸣琴。木有相思文，弦有别离音。终身执此调，岁寒不改心。愿作阳春曲，宫商长相寻。”古诗十句，鲍诗八句，两诗相较，首二句与末二句结构相似，内容相近，仅中间部分展开描绘有微小差别。古诗中间六句先表明距离遥远但心意坚定，再描绘绮象征的相恋情意，再诉相思难解之意；鲍诗中间四句先点明琴的特征寓别离相思之意，再二句表明心志坚定。相比之下，鲍诗比古诗更为精炼，结构也更为精巧，古诗则多一些铺叙，但鲍诗学古诗的痕迹依然很明显，题材、内容基本一样。再如古诗《饮马长城窟行》：“青青河畔草，绵绵思远道。远道不可思，宿昔梦见之。梦见在我傍，忽觉在他乡。他乡各异县，展转不相见。枯桑知天风，海水知天寒。入门各自媚，谁肯相为言。客从远方来，遗我双鲤鱼。呼儿烹鲤鱼，中有尺素书。长跪读素书，书中竟何如？上言加餐饭，下言长相忆。”余冠英指出此诗“并合两篇联以短章”①。再看沈约的《拟青青河畔草》：“漠漠床上尘，心中忆故人。故人不可忆，中夜长叹息。叹息想容仪，不言长别离。别离稍已久，空床寄杯酒。”沈诗显然是模拟古诗前面一个部分而成，同抒发思远人之情。古诗前八句为一个部分，用了顶针的手法，两句一转韵，沈诗同样使用顶针手法、两句一韵。但沈诗手法更为高超，抒情意味更为浓厚。

---

① 余冠英《汉魏六朝诗论丛》，古典文学出版社1956年版，第27页。

赋题法即“采用专就古题曲名的题面之意来赋写的作法，抛弃了旧篇章及旧的题材和主题”。南朝文人拟乐府往往依照题面之意进行阐发[①]，这类紧绕题目展开的五言八句诗可以追溯到傅玄《秋兰篇》、陆机《班婕妤》、鲍照《萧史曲》等。试看陆机《班婕妤》，萧绎、刘孝绰、孔翁归、何思澄、何楫等有同题诗，以陆机诗与萧绎诗作比：

婕妤去辞宠，淹留终不见。寄情在玉阶，托意惟团扇。春苔暗阶除，秋草芜高殿。黄昏履綦绝，愁来空雨面。（陆机《班婕妤》）

婕妤初选入，含媚向罗帏。何言飞燕宠，青苔生玉墀。谁知同辇爱，遂作裂纨诗。以兹自伤苦，终无长信悲。（萧绎《班婕妤》）

《班婕妤》，又名《婕妤怨》，取自《汉书》记载班婕妤事及其诗《怨歌行》。陆诗主要描写婕妤失意之时，萧诗则写其由受宠与失意的对比。两诗相较，体制、用词、风格皆有相似之处，都是抓住班婕妤这一人物的事迹与情感来写。可见两诗之间的承继关系。再如以《铜雀妓》为题的诗，事出《邺都故事》魏武帝临死遗命，《乐府解题》曰：“后人悲其意而为之咏也。”[②]谢朓、何逊、刘孝绰、张正见等人的《铜雀妓》，都是围绕题面及武帝遗命来描写。

南朝乐府诗常用古题是汉鼓吹曲辞的《铙歌十八曲》和汉横吹曲辞名。关于汉《铙歌十八曲》，《宋书·乐志》有记载，诗意复杂难解，字句多有讹误，正如吴竞在《乐府古题要解》指出：“自《上之回》皆汉曲。又有《朱鹭》、《思悲翁》、《艾如张》、《拥离》、《战城南》、《巫山高》、《上陵》、《将进酒》、《君马黄》、《芳树》、《有所思》、《雉子斑》、《圣人出》、《上邪》、《临高台》、《远如期》、《石留》等十八曲，字多纰缪不可晓。”[③]魏晋以降，多有重造乐曲以代汉曲，如缪袭作《魏鼓吹曲》十二曲，曲名也都改变，《晋书·乐志》即一一指出其改汉曲曲名为新题，如改《有所思》为《应帝期》，改《芳树》为《邕熙》。吴鼓吹曲与晋鼓吹曲都是依准此法，改变曲名。至晋义熙末何承天私造鼓吹铙歌十五篇，

① 钱志熙《齐梁拟乐府诗赋题法初探》，《北京大学学报》1995年第4期。

② 郭茂倩《乐府诗集》卷三十一，中华书局1979年版，第454页。

③ 吴竞《乐府古题要解》卷上，丁福保辑《历代诗话续编》，中华书局1983年版，第39页。

重新用汉曲名，但其义与古辞多不合。至南朝时期，《铙歌十八曲》成为当时诗人拟作的主要对象。如《有所思》、《朱鹭》、《芳树》、《雉子斑》、《战城南》、《临高台》、《巫山高》等，都属于《铙歌十八曲》。这些鼓吹曲辞原来都是杂言诗，在宋人何承天手中，还是五言或杂言长篇，但到了南齐，在王融、谢朓、沈约等人手中却成了整齐的五言八句式。当时以此为题的乐府诗出现了其他形式，如王僧孺的《朱鹭》是五言十句，王僧孺、费昶的《有所思》是五言十句，谢朓的《有所思》是五言四句，萧悫的《临高台》是五言十二句。但采用其他形式的毕竟是少数，绝大部分都是五言八句式。试以汉乐府、何承天与王融的乐府诗《芳树》为例，分析比较它们的异同。

> 芳树日月君乱如于风。芳树不上无心。温而鹄，三而为行。临兰池，心中怀怅。心不可匡，目不可顾。妬人之子愁杀人。君有它心，乐不可禁。王将何似，如丝如鱼乎。悲矣。（汉乐府《芳树》）
>
> 芳树生北庭，丰隆正徘徊。翠颖陵冬秀，红葩迎春开。佳人闲幽室，惠心婉以谐。兰房掩绮幌，绿草被长阶。日夕游云际，归禽命同栖。皓月盈素景，凉风拂中闺。哀弦理虚堂，要妙清且凄。啸歌流激楚，伤此硕人怀。梁尘集丹帷，微飚扬罗袿。岂怨嘉时暮，徒惜良愿乖。（何承天《芳树》）
>
> 相望早春日，烟华杂如雾。复此佳丽人，含情结芳树。绮罗已自怜，萱风多有趣。去来徘徊者，佳人不可遇。（王融《芳树》）

汉铙歌由二言、三言、四言、五言、六言、七言、九言等句子自由组合，体制灵活，句式多变；何诗由 20 个五言句子组成，有一定的体制，全诗押韵；王诗则是整齐的五言八句式，体制严密，讲究声韵谐和。由此可知乐府诗体制的变迁趋势，由杂言逐渐变为齐整的五言，篇制由长短不定向八句式发展，而诗歌的声律和押韵也越来越讲究。

上述三诗的共同特点都是与爱情有关。细细比较，三首诗歌内容与写作手法都不一样。汉乐府有艰涩难晓之处，但依然可以看出语言的直率、声辞的激烈与情感的真挚。何诗前四句采用写实的方式详细描述芳树的生长情况，接着四句描绘佳人的住处环境，再四句写眼前美好的夜景，四句写弹琴唱歌而琴声凄清歌声激越，最后四句点出良人久已未归，只有佳人独对闺房怀怨。全诗描绘详尽而具体，用词丰富，善于铺排景象。如写芳树，点出它的方位、生长情况、叶子与花等。再如写弹唱，弹琴地点、琴声与歌声的特征及效果等。而王诗围绕着定情之树来抒发淡淡的相思与愁怨，前四句写迷蒙春日里与佳人相遇定情芳树，后四句写独自在路上寻觅佳人的怅惘之情。王诗用词凝练，出现的人与物多为虚写、略写，往往是一点即止，没有铺排，叙事性弱。

汉横吹曲歌辞早已不存，"《晋书·乐志》曰：'……李延年因胡曲更造新声二十八解……魏晋以来，二十八解不复具存，而世所用者有《黄鹄》等十曲。'其辞后亡，又有《关山月》等八曲，后世之所加也"①。南朝文人拟作常用古题有《折杨柳》、《陇头水》、《梅花落》、《关山月》、《洛阳道》、《长安道》、《紫骝马》、《雨雪曲》、《骢马驱》、《刘生》、《出塞》、《入塞》等。汉古辞不存，南朝乐府诗无所依傍，仅仅是沿用这些古题而改用新的诗歌体制。试看萧纲的《折杨柳》："杨柳乱成丝，攀折上春时。叶密鸟飞碍，风轻花落迟。城高短箫发，林空画角悲。曲中无别意，并是为相思。"首二句解题，次四句写景，最后二句点出诗意。再看徐陵《梅花落》："对户一株梅，新花落故栽。燕拾还莲井，风吹上镜台。娼家怨思妾，楼上独徘徊。啼看竹叶锦，簪罢示能裁。"前四句描写栽有梅的住处环境，后四句写独自一人的娼家哀怨，语言精炼，第三、四句对仗工整，两组动词"拾还""吹上"相对，而且平仄相对，全诗两句一韵，韵脚平整。这些诗歌采用的是具有格律化倾向的永明新体，这是与汉魏乐府不同之处，不仅表现在体制的严整，还表现在中间部分对仗的妥帖、声韵的谐对。

对于南朝文人拟乐府，前人评价不高，如沈德潜指出："乐府之妙，全在繁音促节，其来于于，其去徐徐，往往于回翔屈折处感人，是即'依永'、'和声'之遗意也。齐梁以来，多以对偶行之，而又限以八句，岂复有咏歌嗟叹之意耶？"②沈德潜对于齐梁乐府诗体制谨严、讲究对偶颇有微辞，认为齐梁乐府诗失却了乐府应有的音乐美和反复咏叹的抒情意味。这一看法有所偏颇，他强调了乐府诗的音乐传统，却没有看到诗歌重视形式美的发展趋势。文人的拟乐府尽管在内容上重复，了无新意，格调卑下，但在文体形式美方

① 郭茂倩《乐府诗集》卷二十一《横吹曲辞》，第309页。
② 沈德潜《说诗晬语》，人民文学出版社1979年版，第198页。

面下了较大工夫。南朝文人的拟乐府诗,更多的是练笔之作,在题目、题材、吟咏对象相对固定的情况下,不断的锤炼文字,有助于诗歌技艺的提高,也在这种拟作的练习当中,发现了五言八句式对于诗歌的文字、声韵所产生的美感。

总体来看,齐梁时期的文人拟乐府属于低水平的重复,但不容忽略的是,他们在挖掘五言八句式、对偶的特点有所贡献。而且,把人们对于追求诗歌应和外部的音乐美,转而讲究诗歌从文字的抑扬顿挫中显示出来的内部声律美。

二、南朝乐府民歌的学习与模仿

汉魏至南朝,社会几经丧乱,古乐多已不存,也不再为时人所喜好,新声艳曲逐渐兴于南朝。南朝乐府诗吸取民歌的形式体裁、语言特色和内容题材,依照晋以后新兴的乐声曲调重新谱曲、填辞,迎合当时社会的趣味与风尚。自鲍照开始有意学习乐府民歌,如他的《吴歌三首》、《采菱歌七首》等皆为清商曲辞中吴声歌、西曲歌的拟作,都是五言四句短篇。至梁陈,模拟民间乐府民歌的风气更盛。“南朝乐府,以前期民歌为主干,梁陈拟作,则其附庸。然不有此种拟作,则民歌影响,亦莫由而著。溯自东晋开国,下迄齐亡,百八十余年间,民间乐府已达于其最高潮;而梁武以开国能文之主,雅好音乐,吟咏之士,云集殿庭,于是取前期民歌咀嚼之,消化之,或沿旧曲而谱新词,或改旧曲而创新调,文人之作,遂盛极一时。”①由此可知,乐府民歌对于南朝文人乐府诗的影响尤著,文人有依旧曲而重新填词的拟作,也有另谱新曲另填新词的新作,无论是拟作或新作,都可以从中寻绎出民歌的影响。依照民间旧曲所作的乐府诗模拟民歌的写作手法,题材、形式如出一辙,采用五言四句式,如萧衍的《欢闻歌》、《碧玉歌》等。

有的乐府诗是改造新兴乐曲,另造新题,自制新词,相当一部分是用八句式,如《江南曲》和《采莲曲》,《乐府解题》曰:“江南古辞,盖美芳晨丽景,嬉游得时。若梁简文‘桂辑晚应旋’,歌游戏也。”郭茂倩按:“梁武帝作《江南

① 萧涤非《汉魏六朝乐府文学史》,人民文学出版社 1984 年版,第 243 页。

弄》以代西曲，有《采莲》、《采菱》，盖出于此。”①可见《江南曲》、《采莲曲》、《采菱曲》等题目出自古辞，所依乐曲却是梁武帝改西曲而制的《江南弄》新曲。古辞《江南》曰：“江南可采莲，莲叶何田田。鱼戏莲叶间，鱼戏莲叶东，鱼戏莲叶西，鱼戏莲叶南，鱼戏莲叶北。”共有七句，而萧纲、柳恽、沈约等的《江南曲》，萧纲、萧绎、刘孝威等的《采莲曲》，陆罩、费昶、徐勉等的《采菱曲》多是八句式。试看萧纲的《采莲曲》：“晚日照空矶，采莲承晚晖。风起湖难度，莲多摘未稀。棹动芙蓉落，船移白鹭飞。荷丝傍绕腕，菱角远牵衣。”全诗清新自然，尤其末两句以拟人手法，富于生趣。诗歌的题材、用语与风格明显带有民歌的风味。再看柳恽的《江南曲》：“汀洲采白苹，日落江南春。洞庭有归客，潇湘逢故人。故人何不返，春华复应晚。不道新知乐，只言行路远。”该诗四句一转韵，前为平声韵，后为仄声韵，酷似乐府民歌四句一韵，如《子夜歌》前两首组合为：“落日出前门，瞻瞩见子度。冶容多姿鬓，芳香已盈路。芳是香所为，冶容不敢当。天不夺人愿，故使侬见郎。”前一首四句仄韵，后一首四句平韵。南朝文人乐府诗与民歌的密切关系由此可见一斑②。

当时还有不少文人自度新曲，另填新词，如沈约制《携手曲》，郭茂倩指出：“《携手曲》，梁沈约所制也。《乐府解题》曰：‘《携手曲》，言携手行乐，恐芳时不留，君恩将歇也。’”③再如《夜夜曲》，郭茂倩指出：“《夜夜曲》，梁沈约所作也。梁《乐府解题》：‘《夜夜曲》，伤独处也。’”诗曰：“河汉纵且横，北斗横复直。星汉空如此，宁知心有忆。孤灯暧不明，寒机晓犹织。零泪向谁道，鸡鸣徒叹息。”该诗取《古诗十九首》“迢迢牵牛星”的本事，融入了南朝民歌的风格，口吻颇肖当时的民间女子。此外，如《小垂手》、《夹树》、《城上麻》、《独不见》、《起夜来》等也是南朝诗人自度新曲而制。试看柳恽的《起夜来》：“城南断兵骑，阁道覆青埃。露华光翠网，月影入兰台。洞房且莫掩，应门或复开。飒飒秋桂响，非君起夜来。”诗歌描绘一个思念情郎盼望深夜相约的民间女子，前四句扣紧一个夜字来写，后四句点明起夜来的原因。该诗题材显然来源于民歌。

五言四句式的乐府民歌，以其清新的民间题材和简短质朴的语言，对于

---

① 郭茂倩《乐府诗集》卷二十六，第384页。

② 吴小平《论五言八句式诗的形成》，《文学遗产》1985年第2期。

③ 郭茂倩《乐府诗集》卷七十六《杂曲歌辞》，第1068页。

文人创作五言八句式的乐府诗提供了内容上的创新和形式上的变化。

三、诗歌体制的演变与南朝宫廷文化的影响

乐府诗与音乐的密切关系，使其歌辞具有音韵铿锵、抑扬顿挫、富于节奏等特点。南朝五言八句乐府诗的繁兴，与诗歌篇制的演进、声律的讲究、对偶的骈俪有一定联系。

诗歌篇制与声律之间存在相互制约的关系，"声律理所当然要求篇幅以八句为制，使自身的音乐美获得最佳显现"①。不长不短的八句诗，适合于声律的妥帖安排、对偶的工整精美，易于吟唱。从永明体开始，诗人用对更为精巧，《颜氏家训·文章》指出："今世音律谐靡，章句偶对，讳避精详，贤于往昔多矣。"②指出齐梁诗歌的对偶讲究字义与声律的对仗。如沈约、谢朓、吴均、萧纲、阴铿、何逊等人的诗歌用对，技法更高明，对偶种类更多，遍照金刚在《文镜秘府论》一书中所提到的二十九种对大部分都可以从他们的诗歌中找到③。"永明体"诗歌对偶精工，声韵和谐，篇幅多在八句至十四句之间。以谢朓诗为例，其诗中的对偶句注重声律的协调，每一句中轻重不同，两句中字词的声律多数相对，使句子具有铿锵之美，如《晚登三山还望京邑》一诗，"灞涘"对"河阳"、"绮"对"练"、"喧鸟"对"杂英"等。重视对偶运用的技法与声律的探讨相互促进，而诗歌篇制大小对于对仗的工整与声律的协调又有一定的影响。诗歌篇幅过长，对偶句多，声律重复单调，体现不出诗歌"精妍新巧"之美④；追求对仗的新巧则有助于诗歌句式的凝炼、结构的紧凑与篇幅的适中。

经过齐梁诗人对于对偶、声律、用事等诗歌技巧的精心琢磨，诗歌对偶的运用更加熟练，声律的对仗也更为妥帖，对偶句子精工整饬而又自然流畅。对偶还是影响诗歌结构的关键因素，所处的位置影响着诗歌的整体结构。如果全诗皆用对仗句，易使诗歌显得板滞。诗人在实践中摸索出对仗

---

① 吴小平《论五言律诗的形成》，《文学遗产》1987 年第 6 期。

② 颜之推撰、王利器集解《颜氏家训集解·文章》，上海古籍出版社 1980 年版。

③ 弘法大师撰王利器校注《文镜秘府论》，中国社会科学出版社 1983 年版。

④ 朱光潜《诗论》，安徽教育出版社 1997 年版，第 179 页。

句的位置安排，最佳是放在中间几句。试看沈约的五言诗，对偶句多放置在前面部分，末句用对相对较少，他的五言八句诗前六句几乎都用对偶，末句用对只见几首。至萧纲诗中首二句用对的比例减小，对偶基本集中在中间部分，五言八句诗中的对偶句与沈诗相比，首句用对少得多，大部分对偶是中间四句。对偶句集中在中间部分，既易于展开描绘，又在相对独立的结构中固定了首尾部分，从而形成了一个较为紧密的诗歌整体。对偶有助于诗歌结构的圆合与紧密，从而促使诗歌的篇幅无形中缩短，逐渐趋向于八句式。

在诗歌日趋骈偶化的过程中，八句式越来越凸显出它的优势：最适合于对偶句子的安排与声律的对仗。胡震亨《唐音癸签·体凡》曰："自古诗渐作偶对，音节亦渐叶而谐。宫体而降，其风弥盛。徐、庾、阴、何，以及张正见、江总持之流，或数联独调，或全篇通稳，虽未有律之名，已寖具律之体。"①这一段话指出了南朝诗歌讲究对偶与声律的运用，而八句式篇制与对偶、声律的结合逐渐接近五律的体制。

五言八句式的发展和成熟与南朝社会环境有密切关系，是当时浓厚的文学氛围的产物。南朝时期，上层统治者普遍爱好文学，有较高的文学修养。围绕在帝王和各宗室身边有一群相对固定的文学侍从，形成不同的文学集团。宫廷、王府或官邸经常举行各种文学活动。《梁书·文学传序》载："（高祖）每所御幸，辄命群臣赋诗，其文善者，赐以金帛，诣阙庭而献赋颂者，或引见焉。"②在这些活动中，诗人们往往依某题应令或依某曲即席进行创作。据《南史·王僧孺传》记载："竟陵王子良尝夜集学士，刻烛为诗。四韵者则刻一寸，以此为率。文琰曰：'顿烧一寸烛，而成四韵诗，何难之有！'乃与令楷、江洪等共打铜钵立韵，响灭则诗成，皆可观览。"③这类文学活动多带有比赛的性质，同赋一题，同用一形式，且限韵作诗，以四韵为一停顿，两句一韵，四韵即八句，以比较诗思的敏捷、诗才的高下。以王融、沈约为首的永明体诗人的同题乐府诗较多，如《同沈右率诸公赋鼓吹曲》二首、《同赋杂曲》、《同王主簿有所思》等，都是产生在交际场合，题材相近，内容离不开离

① 胡震亨《唐音癸签·体凡》，上海古籍出版社 1981 年版，第 3 页。

② 姚思廉《梁书·文学传序》，中华书局 1973 年版。

③ 李延寿《南史·王僧孺传》，中华书局 1975 年版。

愁思绪等男女之情，形式相同。

综上所述，南朝五言八句乐府诗主要来源于汉魏乐府传统以及南朝民间民歌，它兼取两者营养，并深受永明声律说的影响，在诗歌体制的演进历程中形成自己的特色。它具有某些共同特征，如体制整齐划一，普遍运用了对仗、声韵等技巧，诗歌主题以表现离愁别绪相思为主，因此，出现了“《落梅》、《芳树》，共体千篇；《陇水》、《巫山》，殊名一意”的局面[1]。

作者简介：曾肖，暨南大学文学院古籍所副研究员。

① 卢照邻《乐府杂诗序》，祝尚书笺注《卢照邻集笺注》，上海古籍出版社 1994 年版，第 34 页。

庾信诗歌中的隐逸心态

杨清之

摘　要：由于受祖父庾易的影响，庾信早年就曾与隐士有过接触，且留下一些诗作。入北之初，因为家国破亡，自己又羁留他乡，庾信心境很不好，其隐逸之志也更加明显。即便多年以后，庾信得到重用，可其心里还是存有隐逸之志，其处世心态可谓亦官亦隐。

关键词：庾信；诗歌；隐逸

庾信祖父庾易，是南齐隐士，“志性恬隐，不交外物”，不就征辟，隐耕以文义自乐①。父庾肩吾，为梁太子中庶子，掌管记。庾信“幼而俊迈，聪敏绝伦，博览群书”，十五岁便为昭明太子东宫侍读。当时，东海徐摛为右卫率，摛子陵及信并为抄撰学士，“父子东宫，出入禁闼，恩礼莫与比隆。既文并绮艳，故世号为徐、庾体焉。”②侯景之乱起，庾信奉简文帝之命，率宫中文武千余人，营于朱雀航，后溃败而西奔江陵。梁元帝承制，庾信于承圣三年受命出使西魏，至长安，值大军南征，江陵沦陷，元帝被杀，庾信只得羁留长安，直至隋开皇元年卒。这是庾信的身世及简单的经历，也正是这样的身世经历，铸就其诗歌中的隐逸心态。

一

由于受祖父庾易的影响，庾信早年就曾与隐士有过接触，且留下一些诗作。周弘让是梁朝著名的隐士，性简素，博学多通，始仕不得志，便隐于句容

① 《南齐书》卷五十四，中华书局1972年版，第940页。

② 《北史》卷八十三，中华书局1974年版，第2793页。

之茅山，频征不出①。庾信与之来往，并作有《赠周处士》、《寻周处士弘让》二诗。其中，《赠周处士》一诗，主要表现周弘让隐居山中的清闲生活与高逸情趣，诗曰：

> 九丹开石室，三径没荒林。仙人翻可见，隐士更难寻。篱下黄花菊，丘中白雪琴。方欣松叶酒，自和游仙吟。

闲居深山，服食养生，怡娱性情，是大多数隐士隐居生活的基本特征。诗人在此以仙人可见、隐士难寻来写周处士的深居简出；而"黄菊花"、"白雪琴"则点出其生活情趣的高雅；后两句写诗人自己一边品尝松叶酒，一边与处士唱和游仙诗，悠然而自适。《寻周处士弘让》则写自己入山探访隐士的亲身经历与感受：

> 试逐赤松游，披林对一丘。梨红大谷晚，桂白小山秋。石镜菱花发，桐门琴曲愁。泉飞疑度雨，云积似重楼。王孙若不去，山中定可留。

"赤松子"相传是神农时代的雨师，"服水玉以教神农，能入火自烧。往往至昆仑山下，尝止西王母石室中，随风雨上下。炎帝少女追之，亦得仙俱去"②。后人常以从赤松子游表达隐遁求仙的愿望，譬如，汉代名臣张良曾表示："愿弃人间事，欲从赤松子游"③。在这里，"赤松子"既指隐居山中的周处士，同时，也含有尝试隐逸生活的愿望。中间六句描写入山所见到的美景：梨红桂白，云积泉飞，再加上菱花石镜与桐门琴曲，可谓幽静而清丽，声色俱尽；后两句实际上也含有双关之意："王孙"既指周处士，也含有自指的成分，意谓山景如此地美妙，是隐居的绝好去处，自己也可以留下。

以上二诗，大致可以看出庾信与周弘让之间非常交情。不仅如此，入北以后，庾信还作有《和王少保遥伤周处士》一诗，进一步显示其间的亲密关系。诗曰：

---

① 《南史》卷三十四，中华书局1975年版，第900页。

② 《中国神话传说词典》，上海辞书出版社1985年版，第195页。

③ 《史记・留侯世家》，中华书局1982年版，第2048页。

冥漠尔游岱，凄凉余向秦。虽言异生死，同是不归人。昔余仕冠盖，值子避风尘。望气求真隐，伺关待逸民。忽闻泉石友，芝桂不防身。怅然张仲蔚，悲哉郑子真。三仙犹有鹤，五柳更应春。遂令从渭水，投吊往江滨。

诗歌题目显示，本篇是应和王褒遥伤周处士之作(王褒诗已佚)。所谓“遥伤”，指长安与江南相距遥远，只能通过诗歌的形式遥寄哀思，末二句“遂令从渭水，投吊往江滨”，所表达的正是此意。诗歌回顾了往日自己与周弘让虽然选择了不同的人生道路，一隐一仕，然心会神交，忽闻噩耗，悲从中来。其中，“虽言异生死，同是不归人”二句，可见诗人伤痛至极。在他看来，友人离世，已是不归之人；自己远滞他乡，同样是不归人。因此，诗人在伤悼友人逝世的同时，也有明显的自伤之意。

二

入北之初，因为家国破亡，自己又羁留他乡，庾信心境很不好[①]，因此，其隐逸之志也更加明显。在此期间，他曾作有《望野》、《山斋》、《卧疾穷愁》以及组诗《奉和永丰殿下言志十首》，其中一些作品就是表现其隐逸志趣。譬如《望野》：

试策千金马，来登五丈原。有城仍旧县，无树即新村。水向兰池泊，日斜细柳园。涸渚通沙路，寒渠塞水门。但得风云赏，何须人事论！

诗人登高望野，触目即兴。若将其中的几个地名串连起来，就会看到这里曾经承载着厚重的历史，从秦到汉，再到三国：有秦始皇遇盗的兰池，有汉文帝亲自慰问将军周亚夫的细柳，还有诸葛亮六出祁山驻军及最终病逝之地五丈原。按说，置身此境，诗人会有满腹的怀古幽情，一吐为快。然而，他

① 其《伤心赋》序曰：“余五福无征，三灵有谴，至于继体，多从夭折。二男一女，并得胜衣，金陵丧乱，相守亡殁。羁旅关河，倏然白首，苗而不秀，频有所悲。一女成人，一外孙孩稚，奄然玄壤，何痛如之。既伤即事，追悼前亡，唯觉伤心，遂以《伤心》为赋。”

不但没有这样做，甚至还有意回避了它。所谓“但得风云赏，何须人事论”，表明他所在意的，只是眼前的风景，哪管他人事是非！显然，此时的诗人需要一个幽静的地方，好好地修养身心，而《山斋》一诗，正是表现他的这种心态。诗曰：

寂寥寻静室，蒙密就山斋。滴沥泉浇路，穹窿石卧阶。浅槎全不动，盘根唯半埋。圆珠坠晚菊，细火落空槐。直置风云惨，弥怜心事乖。

与早年“出入禁闼”的显赫相比，入北之初的庾信只是一个没有家国、寄人篱下的他乡之客。这样的人生剧变，使他强烈地感受到“直置风云惨，弥怜心事乖”。于是，寂寥之心驱使他寻找到静室山斋，在这深山密林中，他面对的是如此清幽的景致：蜿蜒的溪流，横卧的巨石，盘根错节的树墩，甚至连晚菊坠下的露珠、古槐飘出的磷火，都在其细微的观照中。

远离尘俗，品味山中之景，使他可以暂时忘却世事，诗人曾将自己称作“山人”，他《幽居值春》一诗中说：“山人久陆沈，幽迳忽春临。决渠移水碓，开园扫竹林。欹桥久半断，崩岸始邪侵。短歌吹细笛，低声泛古琴。”尽管平静的山斋生活，暂时安抚诗人的伤痛，但人生剧变的伤痛还是给他留下后遗症，他在《卧疾穷愁》中说：“危虑风霜积，穷愁岁月侵。留蛇常疾首，映弩屡惊心。稚川求药录，君平问卜林。野老时相访，山僧或见寻。有菊翻无酒，无弦则有琴。讵知长抱膝，独为梁父吟。”诗歌的前半部分所讲的就是头痛心惊的症状，而能够医治后遗症的，除求药问卜外，还有山间野老、僧人，以及前代隐士如严君平、葛洪、陶渊明等人的精神慰籍。

《奉和永丰殿下言志十首》是一组唱和之作，其一曰：

立德齐今古，资仁一毁誉。无机抱瓮汲，有道带经锄。处下唯名惠，能言本姓蘧。未论惊宠辱，安知系惨舒。

永丰殿下即梁武帝侄儿萧总，性温裕，有仪表，辞令可观，在梁朝被封为永丰县侯，后以益州城归降于西魏①。本篇居组诗之首，从总体上阐发自己

① 《北史》卷二十九，中华书局 1974 年版，第 1061 页。

的人生志趣。首二句谓“立德”、“资仁”是古往今来评价一个人的标准;中间四句分别用了四个典故:“抱翁汲”出自《庄子·天地篇》,写汉阴丈人为防机心而抱翁浇灌之事;“带经锄”出自于《三国志》卷二十三注所引《魏略》,说的是汉末儒生常林带经而耕的故事;“处下”句用春秋鲁国大夫柳下惠之典;“能言”句指曾被孔子称赞的蘧伯玉。诗人用这些典故,无非是表达自己隐居独善、淡泊自守的志向。其三亦谓:

茫茫实宇宙,与善定冯虚。大夫伤鲁道,君子念殷墟。程乡既开国,安平遂徙居。讵能从小隐,终然游太初。

老子曾谓“天道无亲,恒与善人”(第七十九章),可是,诗人从所经历的乱世中并没有亲眼看到这样的“天道”,所以首二句怀疑“与善”之说;中间四句,写梁亡之痛以及永丰殿下徙居魏国之事;末二句直接用王康琚《反招隐诗》之典,表达其“大隐”之志。还有其九、其十两篇,诗曰:

崩堤压故柳,衰社卧寒樗。野鹤能自猎,江鸥解独渔。汉阴逢荷蓧,缁林见杖拏。阮籍长思酒,嵇康懒著书。(其九)

披林求木实,拂雪就园蔬。浊醪非鹤髓,兰肴异蟹胥。野情风月旷,山心人事疏。徒知守瓴甓,空欲报璠玙。(其十)

前篇以“崩堤”、“衰社”开篇,写故国灭亡后,旧臣犹如故柳、寒樗,处境堪忧;接着又以“野鹤”、“江鸥”均能适性生存、自由自在,暗示自己将也像它们那样,寻求自适的生活方式;后四句分别提及古代的四个隐士:荷蓧丈人、渔父、阮籍与嵇康,言外之意是,我将效仿他们,避世自适。后篇具体写到自己闲居之趣,或上山采果,或就园摘蔬,在兰肴与浊酒中享受着独处的快乐。这样的闲适生活,在他稍后所作的《奉报穷秋寄隐士》亦有表现。诗曰:

王倪逢齿缺,桀溺耦长沮。藜床负日卧,麦陇带经锄。自然曲木几,无名科斗书。藜花聊饲雀,穿池试养鱼。小村治涩路,低田补坏渠。秋水牵沙落,寒藤抱树疏。空枉平原骑,来过仲蔚庐。

题中的“隐士”虽不详所指，但并不妨碍我们理解诗作。本篇非常详细地描写了自己隐居田园的恬静生活，首二句，以“王倪逢齿缺，桀溺耦长沮”写自己与对方的亲密关系，王倪、齿缺、桀溺、长沮都是古代隐士，前两个出自《庄子》，后两个出自《论语》，对方已是隐士身份，显然，诗人在此也将自己当成隐士。而后面所写的生活内容，也确实能证实其隐士的身份：闲居无事，或躺在藤床上晒太阳，或带经锄去麦田，或凭几看书，或饲雀、养鱼，或平整道路、修补坏渠。再闲着，就去河边、树林看看风景。能这样逍遥世外、优游从容的，只有隐士。所以，末句中，诗人将自己与汉代隐士张仲蔚联系在一起①，重申自己的隐士身份，也是在表达其隐逸志趣。

三

即便多年以后，庾信得到重用，可其心里还是存有隐逸之志，其处世心态可谓亦官亦隐。譬如《任洛州酬薛文学见赠别》、《奉报寄洛州》二诗，所表现的都是如此心态。前篇作于离开长安赴任洛阳之时，其中有“白石仙人芋，青林隐士松”二句，分别以隐士焦先、戴安道的典故，表示自己到任后，将亦官亦隐；后篇作于洛州刺史任上，诗歌的后半部谓：“无庸奉天眷，驱传牧南秦。繁词劳简牍，杂俗弊风尘。上洛逢都尉，商山见逸民。留滞终南下，唯当一史臣。”言辞之中，流露出不堪任上繁杂公务的厌倦心理，而且，“商山见逸民”也暗示自己隐居洛州、与“四皓”为伍之意。他在《伤心赋》曾谓：“况乃流寓秦川，飘飖播迁，从宦非宦，归田不田。对玉关而羁旅，坐长河而暮年。……冀羊祜之前识，期张衡之后身。”讲的也是这样的亦官亦隐心态。还有，晚年所作的《园庭》一诗，表现的是郊居园庭的闲适之趣，诗曰：

杖乡从物外，养学事闲郊。穷愁方汗简，无遇始观爻。谷寒已吹律，檐空更剪茅。樵隐恒同路，人禽或对巢。水蒲开晚结，风竹解寒苞。古槐时变火，枯枫乍落胶。倒屣迎悬榻，停琴听《解嘲》。香螺酌美酒，

① 晋皇甫谧《高士传》载：张仲蔚者，平陵人也。与同郡魏景卿俱修道德，隐身不仕。明天官博物，善属文，好诗赋。常居穷素，所处蓬蒿没人。闭门养性，不治荣名。时人莫识，唯刘龚知之。

枯蚌藉兰肴。飞鱼时触钓，翳雉屡悬庖。但使相知厚，当能来结交。

《礼记·王制》曾谓“六十杖于乡”，故从“杖乡”一词可以判断诗人已经六十岁了。此时的他已完全淡薄名利，闲居郊外，留意于物色的变迁，当然，也希望有知心的友人到来，一起钓鱼射鸟、说笑解闷。《寒园即目》、《归田》二首，所表现的也是这种恬静心态：

寒园星散居，摇落小村墟。游仙半壁画，隐士一床书。子月泉心动，阳爻地气舒。雪花深数尺，冰床厚尺余。苍鹰斜望雉，白鹭下看鱼。更想东都外，群公别二疏。（《寒园即目》）

务农勤九谷，归来嘉一廛。穿渠移水碓，烧棘起山田。树阴逢歇马，鱼潭见酒船。苦李无人摘，秋瓜不值钱。社鸡新欲伏，原蚕始更眠。今日张平子，翻为人所怜。（《归田》）

前篇写冬天的背景下，诗人于园庭即目所见之景：远处村庄零散的屋舍，空中飘落的雪花，地面上的积雪与冰层，身边的壁画、杂书，犹如一幅疏淡简约的水墨画，而画中的泉心、地气与苍鹰、白鹭却能和苍凉的背景形成鲜明的对比，显示出生机与活力。看到眼前的景象，诗人想到的是汉代“二疏”辞官归田时的情景，意思很明显，就是寒园适合隐居，希望自己也能辞官归园。后篇侧重于田园生活的描写，诗人以农事为乐，具体写到筑渠引水、烧山起田的活儿，也写到游猎归来于树荫下小憩，垂钓时在酒船上闲饮，还有路边的苦李、秋瓜，农家的社鸡与原蚕等等。如此不厌其烦的罗列中，表现了诗人田园之趣。所以，篇末二句，诗人以喜好张衡表达自己辞官归田之志。

要之，入北后的庾信，经历了国家与个人的多重苦难，正是这些苦难，诱发其早年就已存在的高尚之志。所以，身羁北朝的他，亦官亦隐，尤其是在晚年，归隐之心越发强烈。因此，其诗真实而生动地表现了这样的隐逸心态，也代表着北朝隐逸文学的最高成就。

作者简介：杨清之，海南师范大学文学院教授，出版过《唐前隐逸文学研究》等。

应制诗在初盛唐转变之际的发展趋向与文学地位

——以张说应制诗为例

周　睿

摘　要：本文以初盛唐转变之交朝中要臣与文坛盟主张说的应制诗为例，在梳理各期应制诗的创作情况下探讨其对应制诗体的开拓之功，从而管窥应制诗在初盛唐之交应有的艺术价值与文学史地位。

关键词：应制诗；张说；初盛唐之交

汉武帝柏梁诗肇君臣唱和之始，是为应制诗之滥觞。此种诗在初唐宫廷十分流行。张说深受宫廷生活的浸淫，其奉和应制之篇有八十首左右。这些台阁诗作，《韵语阳秋》对其有如下评论："应制诗非他诗比，自是一家句法，大抵不出于典实富艳尔。"①内容不太充实，思想略显浮泛，粉饰太平，是对应制诗的普遍看法。但是应当看到每朝各代大量的应制之作，都是一时风气的反映。从这些应制诗中，既可以了解到帝王朝士的活动，又可以了解主流文坛的艺术趣尚。此种诗作在初唐宫廷十分流行；随着初唐向盛唐的文化转型，应制诗在量上有增无减，但在质上却呈现出些许太平盛世的盛唐气象。本文试以初盛唐转变之交身兼朝廷重臣和文坛翘楚双重身份的张说的约八十首奉和应制之篇为切入点，探寻张说历经武后、中宗、睿宗、玄宗各期应制诗创作情况及其对应制诗体的开拓之功，从而管窥应制诗的发展趋势与文学地位。张说部分作品预示了盛唐文学的整体走向和发展态势，同时他对盛唐文化建设作出了巨大的贡献，促进了盛唐文化高潮的到来。对张说的蕴含新变气象的应制诗进行研究，有其特定的文学和历史价值。

① 葛立方《韵语阳秋》卷二，陶宗仪《说郛三种》，上海古籍出版社，1986年版。

武后圣历、久视年间，张昌宗诏撰《三教珠英》。张氏“引文学之士李峤、阎朝隐、徐彦伯、张说、宋之问、崔湜、富嘉谟等二十六人，分门撰集，成一千三百卷，上之”①。《玉海》卷五四引《唐会要》云：“《志总集》有《珠英学士集》五卷，崔融及学士李峤、张说等四十七人诗总二百七十六首。”②张说由是进入核心文人的群体，成为珠英学士集团的代表人物之一。大足元年，《三教珠英》修成，张说迁右史，兼知考功贡举。随着官职的迁升，张说所参加的规模宏大的游宴活动开始多了起来。武后时代张说的应制诗以奉酬应制为主，有《修书学士奉敕宴梁王宅赋得树字》、《安乐郡主花烛行》、《长安应制侍宴武三思山第赋得风字韵》等，很多应制诗随着《珠英学士集》的亡佚而不存于世。

中宗朝兴起宴乐游赏之风，常令“中书门下供奉官五品已上、文武三品已上并诸学士等”宴集于梨园亭、九曲亭子、新丰温泉、白鹿观、骊山、浐水、渭亭、桃花园、隆庆池、安乐公主山亭、安乐新宅、韦嗣立山庄等地，规模盛大。神龙、景龙年间，张说频迁兵部员外郎、兵部郎中、工部侍郎、兵部侍郎，兼修文馆学士，得以常随中宗游览，多与李峤、沈佺期、宋之问、徐彦伯、崔湜、苏颋、阎朝隐等朝中宰执大臣同行，赋诗作序，诗名与李、沈、宋诸人相近③。张说此间应制诗包括《奉和圣制温泉言志应制》、《幸白鹿观应制》、《扈从幸韦嗣立山庄应制》、《奉和登骊山瞩眺》、《侍宴浐水应制赋得浓字》、《奉和春日幸望春宫》、《侍宴临渭亭应制》、《景龙应制侍宴隆庆池》、《奉和送金城公主应制》、《奉和观拔河应制》等。有些律体诗写得很熟练，存世数量甚至超过沈佺期、宋之问，应该说，张说此时应制诗的写作，与沈宋、崔李共同完成了初唐律诗的定型④。

睿宗朝延续中宗朝“天下靡然争以文华相尚”之风气⑤，宴乐游赏蔚然成风，两京的庄园别业大兴，以韦嗣立为例，其在骊山有幽栖谷，在洛阳有龙门北溪别业。山水吟咏以庄园为对象，张说不少应制诗就作于此。如《酬崔

① 刘昫《旧唐书·张昌宗传》卷七八，中华书局 1975 年版。

② 王应麟《玉海·珠英学士集》卷五四，江苏古籍出版社 1987 年版。

③ 丁放《张说、张九龄集团与开元诗风》，《文学评论》2002 年第 2 期。

④ 陈铁民《论律诗定型于初唐诸学士》，《文学遗产》2000 年第 1 期。

⑤ 司马光《资治通鉴》卷二〇九，中华书局 1963 年版。

光禄冬日述怀赠答》，流连于庄园别业的景观。庄园的狭小格局使诗人只能从细微处着笔，以巧思丽藻见长，缺少弘大气象和清朗意境，限制了庄园山水诗的进一步发展。张说此时应制诗传承大于革新，如《先天应令》，对偶工整，音律流畅，宫廷诗风明显，但身受排挤，分司东都，多了些林泉之思，多了些真情实感①。《奉和春日出苑应令》、《先天应制奉和同皇太子过慈恩寺》、《东都酺宴》等均作于睿宗朝。

贬谪荆岳重诏归京之后，玄宗对张说颇为信赖，深见亲敬，“朝廷每有大事，上常遣中使访之”，史称“宠顾不衰”②。张说适逢明主，故应制诗多颂扬帝王生平与太平气象，志在粉饰盛世。略加分别，可有三类。

其一，宫廷宴游，寓歌功颂德于饮宴之间。玄宗朝盛行宫宴赋诗，张说为丽正殿修书使、集贤殿知院事以来，率领众学士宫中宴饮赋诗，一度传为佳话。玄宗屡有赐宴，仅举一例：

> （开元）十三年三月，因奏封禅仪注，敕学士等赐宴集贤殿，上制诗序，群臣赋诗。上于坐上，口诏改为集贤殿。时预宴者宰臣源侍中、张燕公、学士徐坚、贺知章、康子元、赵冬曦、侯行果、敬会真、赵玄默、韦述、李子钊、陆元泰、吕向、咸廙业、毋煚、余钦、孙季良、冯朝隐等。时新进樱桃，上令遍于席上散布，各令诸官拾取之，饮以醇醪清酤之酒。酒酣，廉内出彩笺，令燕公赋宫韵、群臣赋诗。并出彩罗，令掷双六头子，得重彩者分之。宴讫，赐银盘、杂彩有差。……
>
> 时又频赐酒，馈学士等宴饮为乐，前后赋诗奏上凡数百首。时院内既有宰臣及侍读，屡承恩渥，赐以甘瓜绿李及四方珍异。燕公诗曰：“东壁图书府，西园翰墨林。诵诗闻国政，讲易见天心。”当时词人称为尤美。前后令赵冬曦、张九龄、咸廙业、韦述等为诗序，学士等赋诗，编成篇轴以进上，上每嘉赏焉。③

《奉和千秋节宴应制》、《奉和恩赐乐游园宴应制》、《三月二十日诏宴乐

① 葛晓音《汉唐文学的嬗变》，北京大学出版社 1990 年版。

② 司马光《资治通鉴》卷二一三，中华书局 1963 年版。

③ 韦述《职官分纪》卷一五，中华书局 1988 年版。

游园赋得风字》、《三月三日诏宴定昆池官庄赋得筵字》、《皇帝降诞日集贤殿赐宴》、《奉和花萼楼下宴应制》、《奉和春中兴庆宫酺宴应制》、《恩制赐食于丽正殿书院宴得林字》、《春晚宴两相及礼官丽正殿学士侍宴探得开字》、《奉和圣制送赴集贤院应制得辉字》、《清明日诏宴甯王山池赋得飞字》、《药园宴武辂沙将军赋得洛字》、《晦日诏宴永穆公主亭子赋得流字》等皆是这类作品。

其二，随圣同巡，感皇恩浩荡于御辇之侧。开元十年至十八年间，精熟礼乐仪式的张说颇为玄宗器重，多次担任各种巡幸的礼仪顾问，随辇同行。开元十一年正月至三月，车驾北巡并州、潞州、晋州，张说有《奉和圣制爰因巡省途次旧居应制》、《奉和过晋阳宫》、《奉和太行山中言志应制》、《扈从南出雀鼠谷》、《奉和早度蒲关》、《奉和初入秦川路寒食》等。十二年十一月车驾至东都，有《奉和途中经华岳》、《奉和途次陕州》等诗。十三年十月至十二月，封禅泰山，车驾至东都，有《奉和行次成皋途经先圣擒建德之所缅怀功业感而赋诗》、《奉和经邹鲁祭孔子而叹之》等诗。尚可系年的还包括，《玄武门侍射》作于开元元年，《奉和幸凤汤泉》作于开元十一年，《奉和温汤对雪》、作于开元十四年等等。这些应制诗大致勾勒出张说开元年间的活动轨迹，对认识张说对玄宗以及开元政治的影响有一定的价值。

其三，酬答迎送，传盛世雍容于离别之中。盛唐的离别是“无为在歧路，儿女共沾巾”的豪荡。张说把握时代特征，在本是虚与委蛇的应制送别中寄寓了深刻的情感，并透露出盛唐文脉的走向。“燕许处太平之世，以凝重见长。”①开元十年，张说将赴朔方巡边，玄宗诏百官祖饯郊外，亲制御诗，令百官奉和。张说的《将赴朔方军应制》写出了开元初期人们由国力强盛所生发的民族自豪感和渴望建功立业的积极进取精神。“礼乐逢明主，韬钤用老臣”、“从来思博望，许国不谋身”，是对玄宗的知遇感恩。胡应麟极赞此诗，认为“起句……最为得体”、“可法”②。开元十六年，玄宗亲择廷臣为诸州刺史，赐诗以题，张说和诗《奉和赐诸州刺史应制》，“文明”四句，先言遴选刺史的重大意义；“先言”六句，又陈玄宗意旨，最后“寄情”四句，安治天下，希望天下人明了圣心。此类应制诗还有《奉和送宇文融安辑户口应制》、《奉和赐

① 刘麟生《中国骈文史》，东方出版社 1996 年版。

② 胡应麟《诗薮》内编卷四，上海古籍出版社 1979 年版。

崔日知应制》、《奉和送王晙巡边应制》、《洛桥北亭诏饯诸刺史》、《奉萧中令酒并诗》等。

张说是在初唐宫廷诗风熏染之下成长起来的新一代诗人，他入选珠英学士，侍行中宗游宴，与前辈宫廷诗人过从实多，对宫廷诗有难以割舍的认同与继承。宇文所安将初唐的宫廷诗归结为三部式的结构："首先是开头部分，通常是两句诗介绍事件。接着是可延伸的中间部分，由描写对偶句组成。最后部分是诗歌的'旨意'，或是个人愿望、感情的插入，或者巧妙的主意，或是某种使前面的描写顿生光辉的结论。"①这种先言主题，次接描写式的展开，结以情感反映的"三部式"的结构，成为张说应制诗直接的参鉴。

《先天应制奉和同皇太子过慈恩寺》二首其一云：

翼翼宸恩永，煌煌福地开。离光升宝殿，震气绕香台。上界幡花合，中天日月来。愿君无量寿，仙藻屡徘徊。②

首联点明临幸寺院的主题，中四句写寓目所见，结尾二句是诗人情感的反映，归结到颂圣的主题上，是典范的合乎"三部式"的应制诗。《奉和圣制春日幸望春宫应制》云：

别馆芳菲上苑东，飞花澹荡御筵红。城临渭水天河静，阙对南山雨露通。绕殿流莺凡几树，当蹊乱蝶许多丛。春园既醉心和乐，共识皇恩

① 宇文所安《初唐诗》，三联书店 2004 年版，（原文是：First，there is an opening section，usually one couplet，setting the occasion，followed by an expandable middle section of parallel descriptive couplets. The final section is the "message" of the poem，some intrusion of personal wish or sentiment，some witty idea，or some observation that casts a new light on what precedes. Stephen Owen，The Poetry of the Early T'ang，Yale University Press，1977，pp. 234）。

② 张说《先天应制奉和同皇太子过慈恩寺》，清光绪乙巳仁和朱氏结一庐丛书椒花吟舫影钞本，卷一，文物出版社 1982 年版；明嘉靖丁酉伍氏龙池草堂家藏校刊本，卷一《四部丛刊初编·集部》，商务印书馆 1929 年版。

造化同。①

全篇按照"介绍背景—铺叙写景—颂圣谢恩"的结构,遵循三部式的写作规则,从春宫御筵写起,进而进入模山范水的描摹,最后在歌颂皇恩浩荡的感激中收结。中二联写京城宫阙依山临水的形势,既有对卢照邻"百丈游丝争绕树,一群娇鸟共啼花"(《长安古意》)的承继,也有对杜甫"留连戏蝶时时舞,自在娇莺恰恰啼"(《江畔独步寻花七绝句》)、白居易"几处早莺争暖树,谁家新燕啄春泥"(《钱塘湖春行》)、李商隐"流莺舞蝶两相欺,不取花芳正结时"(《樱桃花下》)的启发,对偶工整,宏丽有色,已然宕开应制诗歌功颂德的格调。张说的应制诗中,《长安应制侍宴武三思山第赋得风字韵》、《奉和温汤对雪》、《奉和圣制送赴集贤院应制得辉字》、《幸白鹿观应制》、《奉和同玉真公主过大哥山池题石壁应制》、《侍宴浐水应制赋得浓字》、《晦日诏宴永穆公主亭子赋得流字》、《奉和花萼楼下宴应制》等,都基本上符合三部式结构。

张说的应制之作,景龙年间以游春赏雪、林泉胜致之作为多,表述颂圣之情感,较之初唐,"不像龙朔诗人那样主要靠辞藻的繁缛、富丽来粉饰太平,歌功颂德,而是开始直接面对具体场景,注重气势,渲染气氛,写出皇家气派,盛世气象,以及自己幸逢明时,春风得意的真实感受"②。开元复相以来,张说由于曾经贬谪湘岳,尝试将丰富的山水诗写作所遵循的一些结构注入应制诗,故较之景龙年间的颂德讴功之作,意境已趋于开阔,逐渐呈现初盛唐之交阔大雄浑的美学特征。随着审美心灵的丰富,贬谪山水经历的熏染,张说之应制诗趋向对自然风物的钟情,因而冲淡了宫廷应制诗的富贵气、庄严感与板滞体制,呈现出灵动明丽的特点。《奉和初入秦川路逢寒食》首联云:

上阳柳色唤春归,临渭桃花拂水飞。③

---

① 张说《奉和春日幸望春宫》,结一庐本卷一,文物出版社 1982 年版;龙池草堂本,卷一,《四部丛刊初编・集部》,商务印书馆 1929 年版。

② 杜晓勤《初盛唐诗歌的文化阐释》,东方出版社 1997 年版。

③ 张说《奉和初入秦川路逢寒食》,结一庐本,卷三,文物出版社 1982 年版,龙池草堂本,卷三,《四部丛刊初编・集部》,商务印书馆 1929 年版。

描绘春风绿柳的早春之景极为传神；《奉和途中经华岳》首联云：

西岳镇皇京，中峰入太清。玉銮重岭应，缇绮薄云迎。①

状景极为壮阔。再如五律《奉和登骊山瞩眺》，诗云：

寒山上半空，临眺尽园中。是日巡游处，晴光远近同。川明分渭水，树暗辨新丰。岩壑清音暮，天歌起大风。②

前二联交代清楚游览之缘起和状况，颈联写景清新流丽，波光潋滟，渭水河历历在目，林荫深处，新丰市依稀可辨。尾联颂扬贴切得体，以“钧天”、“大风”之歌吟诵帝王，并寄寓治国安邦之情怀。此诗已经摆脱应制的束缚，置于初唐渐盛时期的山水诗中亦毫不逊色。

帝王的爱好、志趣和审美标准规定了应制诗的题材、体裁和基调，这使诗人的情感“淹没在乐府的人物或朝臣的角色中”，颂圣成为强制性的惯例，应制诗沦为“各种惯例、标准及法则”组成的“狭小的符号系统”。从镣舞中挣脱，“拒绝在无个性特征的规范中丧失自己的个性”③，张说尝试将对时事和军事的见地寄寓在应制诗中，展现出其深厚的才力。《奉和行次成皋途经先圣擒建德之所缅怀功业感而赋诗》云：

夏氏阶隋乱，自言河朔雄。王师进谷水，兵气临山东。前扫成皋阵，却下洛阳宫。义合帝图起，威加天宇同。轩台百年外，虞典一巡中。战龙思王业，倚马赋神功。④

---

① 张说《奉和途中经华岳》，结一庐本，卷三，文物出版社 1982 年版；龙池草堂本，卷三，题首多“应制”二字，《四部丛刊初编·集部》，商务印书馆 1929 年版。

② 张说《奉和登骊山瞩眺》，结一庐本卷一，文物出版社 1982 年版；龙池草堂本，卷一，《四部丛刊初编·集部》，商务印书馆 1929 年版。

③ 宇文所安《初唐诗》，三联书店 2004 年版。

④ 张说《奉和行次成皋途经先圣擒建德之所缅怀功业感而赋诗》，结一庐本，卷三，文物出版社 1982 年版；龙池草堂本，卷三，题首多“应制”二字，“巡中”作“巡风”，《四部丛刊初编·集部》，商务印书馆 1929 年版。

开元十三年，张说随车驾途经成皋先圣擒建德之所，缅怀其功业而作。诗中描述了当年作乱贼臣的不可一世与正义之师的英武豪气，实则揭示“义合帝图起，威加天宇同”之天命神授的意义。玄宗在集贤书院落成之日赐宴集贤学士，亲制诗题，张说和诗：

侍帝金华讲，千龄道固稀。位将贤士设，书共学徒归。首命深燕隗，通经浅汉韦。列筵荣赐食，送客儒衣愧。贺燕窥檐下，迁莺入殿飞。欲知朝野庆，文教日光辉。①

该诗先是声言集贤学士的职责和意义所在，“首命深燕隗，通经浅汉韦”二句，谦称自己如郭隗只能引进人才，而不能如韦贤般通经致用。随后描述了筵席的盛况，最后归结到颂圣主题。《奉和送王晙巡边应制》云：

六月歌周雅，三边谂夏卿。欲施攻战法，先作简稽行。礼乐知谋帅，春秋识用兵。一劳堪定国，万里即长城。策有和戎利，威传破虏名。军前雨洒道，楼上月临营。别藻瑶华降，同衣锦褋荣。关山由义近，戈甲为恩轻。丝竹路傍散，风云马上生。朝廷谓吉甫，邦国望君平。②

以阔大雄肆的笔力和动人心旌的典实，展现张说出将入相、安邦定国的豪迈之情，“关山由义近，戎马为恩轻”，以流畅俊爽的语句和清晰昂扬的意绪贯通全篇，极富清拔神俊之气。其他之作，《奉和校猎义成喜逢天雪率题九韵以示群官》贯彻张说的礼乐思想，是对玄宗的“文教资武功”的倡导。《安乐郡主花烛行》曰“清歌棠棣美王姬，流化邦人正夫妇”；《东都酺宴》曰“政成天子孝，俗返上皇初”，贯注自己经世教化的传统文儒理念。“武威棱外域，文教靡中区”（《奉和圣制爰因巡省途次旧居应制》），文武兼举而以文

① 张说《奉和圣制送赴集贤院应制得辉字》，结一庐本，卷四，文物出版社 1982 年版；龙池草堂本，卷四，题作《赴集贤院学士上赐宴应制得辉字》，“庆”作“处”，《四部丛刊初编·集部》，商务印书馆 1929 年版。

② 张说《奉和送王晙巡边应制》，结一庐本，卷二，文物出版社 1982 年版；龙池草堂本，卷二，《四部丛刊初编·集部》，商务印书馆 1929 年版。

治为重。这些诗作无不曲折地表现出张说高才卓识的政见，打破了应制诗的既有风格。

钱钟书说："一个艺术家总在某些社会条件下创作，也总在某种文艺风气里创作。这个风气影响到他对题材、体裁、风格的去取，给予他以机会，同时也限制了他的范围。"①如果将张说的应制诗置于初唐渐盛的文化背景下，那么就可看见他承继雅、颂遗风，在颂美习气中呈现出一种中和的审美追求。

开元十一年，张说代张嘉贞为相，标志着玄宗由"尚吏"转向"尚文"。大业既成，"贞观之风，一朝复振"②，玄宗志满意得，需要文士歌功颂德，满足其好大喜功、粉饰太平的要求。这样的政治背景是张说"颂美"的题材与华贵的风格形成的一个重要原因。六朝以来，应制诗囿于宫廷题材，流于谄谀取容。张说的应制诗则不然，他一方面继承六朝和初唐宫廷诗的流丽华艳，另一方面融入时代气息，体现出宏大壮阔的意境和气格，彰显出儒家中和的审美追求。

"中也者，天下之大本也；和也者，天下之达道也。致中和，天地位焉，万物育焉。"③张说应制诗的中和之气，是在雍容平和的时代氛围中孕育出来的。在意象的运用上，张说多取典雅华贵的皇家意象，如"朱城"、"凤楼"、"金舆"、"柏梁"、"宝鼎"、"乾心"、"圣情"、"皇恩"、"御筵"一类词汇大量出现诗句之中，金碧辉煌，炫人眼目。在对雅颂的承继上，"大风"、"小雅"、"儒风"、"二南"、"白云"、"箫韶"、"清笳"、"湛露"、"薰歌"、"韶节"等词汇的高频出现，表现出其对传统的雅、颂体诗的主动吸纳与接受。张说还多以古代的明君圣主为拟，借以赞颂今日帝王，"始知尧舜德，心与万人同"(《奉和圣制温泉言志应制》)，"不独华封老，千年喜祝尧"(《皇帝降诞日集贤殿赐宴》)，"不知远梦华胥国，何如亲奉帝尧君"(《扈从温泉宫献诗》)，均是如此。既而表现对"承恩"的感激与报恩："圣朝多乐事，天意每随人"(《恩赐乐游园宴》)，"愿赍长命缕，来续大恩余"(《端午三殿侍宴应制探得鱼字》)，"百代逢明主，何辞死道边"(《奉和过王濬墓》)，均表现出对适逢明主的欣慰，尽管未

① 钱钟书《钱钟书论学文选》，花城出版社1990年版。

② 刘昫《旧唐书·玄宗纪》，卷九，中华书局1975年版。

③ 《礼记·中庸》，阮元《十三经注疏》，中华书局1979年版。

能突破颂圣或自谦的模式。

张说在充满富贵气象、雍容典雅的应制诗中常融入民俗文化内容，为板滞凝重的应制诗带来一丝清新活泼的民间气息。《奉和观拔河应制》云：

今岁好拖钩，横街敞御楼。长绳系日住，贯索挽河流。斗力频催鼓，争都更上筹。春来百种戏，天意在宜秋。①

先是交代拔河的时间地点，继而勾画出拔河的景况和强烈的竞争意识，寄寓拔河能致太平丰稔的民俗祝福，流露出与民同乐的思想。《舟中和萧令得潭字》云：

暮春三月日重三，春水桃花满禊潭。广乐逶迤天上下，仙舟摇衍镜中酣。②

表现祓禊之日水滨洗濯、以图吉祥的习俗，重现当年热闹的民俗景象。《奉和初入秦川路寒食》云"便幕那能镂鸡子，行宫善巧帖毛球"，曲尽宫廷生活的闲趣；《十五日夜御前口号踏歌词》写出元宵之夜、花萼楼前灯影辉煌，光焰冲天的喧闹之景。《奉和校猎义成喜逢天雪率题九韵以示群官》表现场面隆重、将士威武的冬日校猎画面。《耗磨日饮绝句》，表现正月十六日耗磨日一切"不事事"、停业饮酒的古俗。这些应制诗均广泛地反映元宵、寒食、校猎、祓禊、耗磨等习俗，突破了应制诗易被题材、体制所限制的程式化束缚。正基于此，张说的应制之作遂在题材和风格上呈现出一种新的变化。

作者简介：周睿，文学博士。西南大学文学院副教授，硕士生导师。美国俄勒冈大学东亚语言文学系客座副教授。

---

① 张说《奉和观拔河应制》，结一庐本，卷二，文物出版社 1982 年版；龙池草堂本，卷二，《四部丛刊初编·集部》，商务印书馆 1929 年版。

② 张说《舟中和萧令得潭字》，结一庐本，卷五，文物出版社 1982 年版；龙池草堂本，卷五，《四部丛刊初编·集部》，商务印书馆 1929 年版。

论孟郊诗歌的复古取向

范新阳

摘　要:受中唐儒学复古思潮的影响,孟郊表现出了强烈的崇儒复古意识,其人其诗为韩愈、李观、李翱等“古文运动”中坚交口称赞。孟郊在诗坛的复古与韩愈的文章复古一道,有力地推进了中唐的崇儒复古运动。孟郊诗歌的复古取向主要表现在三个方面:一是内容上宣扬道义。除了对儒家仁政理念、仁孝观念、仁义精神的正面申述,孟郊还从儒道正义的立场出发,谴责世道不公,同情民生疾苦。二是形式上取法汉魏。孟郊学汉魏古诗,不仅效其体,习其词,而且还师其意。深得汉魏古诗精髓的孟郊诗歌,不仅为后人深嘉屡叹,也为历代诗选频频相中。三是矫世抗俗的态度。孟郊持作诗即为人的观点,一生坚守风雅立场,拒绝近体时调,其诗歌复古,更多的还是表现为一种坚定的不入流俗的态度。

关键词:孟郊;诗歌;复古

“复古”是中国文学史上的老生常谈。唐诗亦不例外,从陈子昂标举“风骨”提倡“兴寄”创作《感遇》,到李白慨叹“大雅久不作”的《古风》抒写,再到元结的模拟风诗以及编选《箧中集》,唐诗“复古”的线索清晰可辨。孟郊长期留居在以洛阳为中心的河洛一带,深受萧颖士、李华、元德秀、元结、孟云卿为代表的河洛儒士群影响,成为中唐崇儒复古之风的继承者与实践者①。其诗云:“忍古不失古,失古志易摧。失古剑亦折,失古琴亦哀。夫子失古

① 关于天宝河洛儒士群对孟郊的影响,请参阅王运熙《元结〈箧中集〉和唐代中期诗歌的复古潮流》(《汉魏六朝唐代文学论丛(增补本)》,复旦大学出版社 2002 年版,第 182—191 页)与查屏球《天宝河洛儒士群与复古之风》(《中华文史论丛》2001 年第 1 辑,上海古籍出版社 2001 年版,第 64—86 页)。

泪，当时落灌灌。诗老失古心，至今寒皑皑。古骨无浊肉，古衣如藓苔。劝君勉忍古，忍古销尘埃。”（孟郊《秋怀十五首》之十四）[①]十余“古”字，一气呵成，酣畅淋漓地表明其“志士贫更坚，守道无异营”（孟郊《答郭郎中》）的复古立场。翁方纲《石洲诗话》卷一云：“观《箧中集》中所录，其意以枯淡为高，如以孟东野诗投之，想必惬意也。”[②]看到的也正是孟郊对《箧中集》尚古诗风的继承与实践。

厘清孟郊诗歌的复古面貌，有助于我们弄懂“韩孟”并称的深层原因，进而有助于我们深入了解中唐崇儒复古运动的实质。故笔者不揣谫陋，拟就宣扬道义的内容、取法汉魏的形式、矫世抗俗的态度三个方面对孟郊诗歌的复古取向作一初步探讨，以就教方家。

一

孟郊恢复儒家古道的立场，在其诗歌创作中最直接的反映莫过于对儒家道德理念不遗余力的宣扬。元德秀，字紫芝，曾为鲁山令。史载“部人为盗，吏捕之系狱，会县界有猛兽为暴，盗自陈曰：‘愿格杀猛兽以自赎。’德秀许之，胥吏曰：‘盗诡计苟免，擅放官囚，无乃累乎？’德秀曰：‘吾不欲负约，累则吾坐，必请不及诸君。’即破械出之。翌日，格猛兽而还。诚信化人，大率此类”[③]。对此，孟郊以组诗的形式进行了反复的咏叹。如“君子耻新态，鲁山与古终”（孟郊《吊元鲁山十首》其一）、“万物饱为饱，万人怀为怀”（孟郊《吊元鲁山十首》其四）、“言从鲁山宦，尽化尧时心”（孟郊《吊元鲁山十首》其六）、“箫韶太平乐，鲁山不虚作”（孟郊《吊元鲁山十首》其七）。孟郊歌颂元德秀行古道不从俗的高尚情怀，赞美其孝悌爱民的仁爱之心，目的无非是宣扬一种建立在儒家仁政理念之上的道德楷模。

与韩愈的以恢复周公、孔孟之道为己任稍异，孟郊的复古更多的是追求

---

① 出自华忱之、喻学才校注《孟郊诗集校注》，人民文学出版社 1995 年版。本文所引孟郊诗歌均出自是书。

② 郭绍虞编选，富寿荪校点《清诗话续编》，上海古籍出版社 1983 年版，第 1370 页。

③ 刘昫等撰《旧唐书》卷一九〇《元德秀传》，中华书局 1975 年版，第5050 页。

一种自身道德的完善。孟郊一生侍母至孝，从其诗句“慈乌不远飞，孝子念先归”（孟郊《远游》）、“人子不言苦，归书但云安”（孟郊《路病》）、“一日引别袂，九回沾泪痕。自悲何以然，在礼阙晨昏”（孟郊《抒情因上郎中二十二叔监察十五叔兼呈李益端公柳缜评事》）、“况余隔晨昏，去家成阻修。忽然两鬓雪，同是一日愁”（孟郊《杀气不在边》、“谁言寸草心，报得三春晖”（孟郊《游子吟》）中，可见其赤子之心。韩愈《与孟东野书》以“无田而衣食，事亲左右无违”①概述孟郊的力行孝道，可谓朴直真切。

剑作为有德之人的佩饰，原本代表着一种身份和地位，后来渐渐演变成了正义的化身。“壮士心是剑，为君射斗牛。朝思除国仇，暮思除国仇”（孟郊《百忧》）、“灵响复何事，剑鸣思戮仇”（孟郊《杀气不在边》），借剑明志，孟郊抒发的是其一腔报国之志。其《哭李丹员外并寄杜中丞》诗云：“生死方知交态存，忍将龉龉报幽魂。十年同在平原客，更遣何人哭寝门。”细味诗意，李丹生前似与杜中丞有所不合，可是当此亡故之时，孟郊力劝杜中丞捐弃前嫌，这是一种激于道义而体现出的“为人精神”。其《谢李辀再到》诗云：“昨夜梦得剑，为君藏中肠。会将当风烹，血染布衣裳。”化用汉代赵晔《吴越春秋》三《王僚使公子光传》中“使专诸置鱼肠剑炙鱼中进之”一事，以专诸自况，用“血染”许诺，孟郊之讲信义自不待言。

然而，孟郊在给他的诗歌贯注道德理性的同时，也造成了其艺术上的负面影响。如其《偶作》诗云：“利剑不可近，美人不可亲。利剑近伤手，美人近伤身。道险不在广，十步能摧轮。情爱不在多，一夕能伤神。”通篇流于说教，枯燥乏味，头巾气十足，可作一篇家训看。其《劝学》诗云：“击石乃有火，不击元无烟。人学始知道，不学非自然。万事须己运，他得非我贤。青春须早为，岂能长少年。”亦通篇说教，气味枯淡，几无诗韵可言。另如其《去妇》诗之“一女事一夫”、《列女操》之“贞妇贵徇夫”，更是一副道学嘴脸，迂腐至极。庆幸的是这样的作品在孟郊的诗歌中并不算多。

一旦站在道义的立场，就必须直面惨淡的现实。故讥刺世道不公、同情民生疾苦的诗在孟郊的全部诗作中不在少数。如“旭日朱楼光，东风不惊尘。公子醉未起，美人争探春。探春不为桑，探春不为麦。日日出西园，只

① 马其昶校注，马茂元整理《韩昌黎文集校注》，上海古籍出版社 1987 年版，第 137 页。

望花柳色。乃知田家春,不入五侯宅”(孟郊《长安早春》),“夫是田中郎,妾是田中女。当年嫁得君,为君秉机杼。筋力日已疲,不息窗下机。如何织纨素,自着蓝缕衣。官家榜村路,更索栽桑树”(孟郊《织妇辞》),“无火炙地眠,半夜皆立号。冷箭何处来,棘针风骚劳。霜吹破四壁,苦痛不可逃。高堂搥钟饮,到晓闻烹炮。寒者愿为蛾,烧死彼华膏。华膏隔仙罗,虚绕千万遭。到头落地死,踏地为游遨”(孟郊《寒地百姓吟》),“杀气不在边,凛然中国秋。道险不在山,平地有摧辀。河南又起兵,清浊俱锁流。岂唯私客艰,拥滞官行舟”(孟郊《杀气不在边》),“两河春草海水清,十年征战城郭腥。乱兵杀儿将女去,二月三月花冥冥”(孟郊《伤春》)等等。它们或讽王公贵族只知行乐,或刺赋税繁重民不聊生,或伤寒者生不如死,或叹内战频仍无休止。这些充满儒家仁义精神的篇什与孟郊众多刻画自身贫病饥寒的诗歌交织在一起,构成了孟郊诗歌独具特色的写实精神。其深远影响,正如闻一多所说:“从中国诗的整个发展过程来看,我认为最能结合自己生活实践,继承发扬杜甫写实精神为写实诗歌向前发展开出一条新路的,似乎应该是终生苦吟的孟东野,而不是知足保和的白乐天。”[①]这也是孟郊之后中晚唐进入普遍苦吟时代的原因所在。

二

凡作五言古诗,在形式上必以汉、魏为法。因其诗往往语意浑融,理趣深长,且多天然之姿。孟郊正是在承袭了孟云卿、皎然、韦应物五言古诗的基础上,进一步通过对汉魏乐府古诗的学习,打下了坚实的艺术基础。

其《送柳淳》诗:“青山临黄河,下有长安道。世上名利人,相逢不知老。”国材以“古意,世情二十字尽有”[②]评之,甚是。此等诗正见出孟郊摹古用力之处。其题为《古意》的“河边织女星,河畔牵牛郎。未得渡清浅,相对遥相望”一首,全篇从《古诗十九首·迢迢牵牛星》之“迢迢牵牛星,皎皎河汉女。纤纤擢素手,札札弄机杼。终日不成章,泣涕零如雨。河汉清且浅,相去复

① 郑临川《笳吹弦诵传薪录——闻一多、罗庸论古典文学》,上海古籍出版社 2002 年版,第 138 页。

② 孟郊《孟东野诗集》卷八,凌蒙初刻朱墨套印本。

几许？盈盈一水间，脉脉不得语”脱化而来。虽说少了古诗的自然真切之美，但却反映出了孟郊在学习汉魏古诗时追求简练古雅的创作倾向。再如那首脍炙人口的《游子吟》，借寸草、春晖比况游子、慈母，恰切自然而生动优美。开篇虽出以对句，但每句的结尾在声律上分别为“仄平仄”和“平仄平”，为古诗中最常见之句式；中间两句“密密”与“迟迟”亦属虽对而意不属的“拙对”；结二句虽运用对比、双关等手法，然能藏巧于朴，出以自然，以道得人心中事为工，此皆深得古乐府之神髓。

清人宋长白《柳亭诗话》云：“（孟郊）又有宿僧房欲登高阁诗，其起句曰：‘欲上千级阁，问天三四言’，其落句云：‘一寸地上语，高天何由闻’，即古乐府‘佇立吐高吟，舒愤诉穹苍’之意。”①诚然！孟郊学汉魏乐府古诗，不仅效其体，学其词，而且还师其意。如《湘弦怨》诗云：“昧者理芳草，蒿兰同一锄。狂飙怒秋林，曲直同一枯。嘉木忌深蠹，哲人悲巧诬。灵均入回流，靳尚为良谋。我愿分众泉，清浊各异渠。我愿分众巢，枭鸾相远居。此志谅难保，此情竟何如。湘弦少知音，孤响空踟蹰。”此乃师《古诗十九首·西北有高楼》之“不惜歌者苦，但伤知音稀”之意而借楚灵均之事渲染之。而且其中“昧者理荒秽，蒿兰同一锄”句实本之《古乐府》之“兰草自然香，生于大道旁。腰镰八九月，俱在束薪中”。其《梦泽行》之“骐骥思北首，鹧鸪愿南飞”，《鸦路溪行呈陆中丞》之“疲马恋旧秣，羁禽思故栖”乃从《古诗十九首·行行重行行》之“胡马依北风，越鸟巢南枝”脱化而来。其《南阳公请东樱桃亭子春宴》之“鸳鸯七十二，花态并相新”则用《汉乐府·鸡鸣》“鸳鸯七十二，罗列自成行”之成句。

孟郊诗学汉魏乐府古诗还表现在其多用比兴开头，以及句式上的顶针蝉联。其开篇用比兴者如《审交》之“种树须择地，恶土变木根。结交若失人，中道生谤言”、《感兴》之“拔心草不死，去根柳亦荣”、《达士》之“四时如逝水，百川皆东波”、《劝友》之“至白涅不淄，至交淡不疑”、《结交》之“铸镜须青铜，青铜易磨拭。结交远小人，小人难姑息”、《偷诗》之“饿犬龇枯骨，自吃饥馋涎”、《远游》之“慈鸟不远飞，孝子念先归”、《寄崔纯亮》之“百川有余水，大海无满波。气量各相悬，贤愚不同科”等等；其句式蝉联者有《古意》之“手持未染彩，绣为白芙蓉。芙蓉无污染，将以表心素。欲寄未归人，当春无信去，

① 宋长白《柳亭诗话》，上海杂志公司 1936 版，第 429 页。

无信反增愁，愁心缘陇头”、《看花五首》其四之“饮之不见底，醉倒深红波。红波荡谏心，谏心终无它”、《寒溪九首》其六之“以兵为仁义，仁义生刀头。刀头仁义腥，君子不可求”等等。

在孟郊的全部诗作中，乐府诗的创作，无论是从思想内容还是从艺术特点出发，均占有极其重要的地位，因此，宋敏求在编订《孟东野诗集》时，首列乐府诗。其后世的评价亦是不低。宋代曾季狸《艇斋诗话》云：“要之，孟郊、张藉，一等诗也。唐人诗有古乐府气象者，惟此二人。但张籍诗简古易读，孟郊诗精深难窥也。孟郊如《游子吟》、《列女操》、《薄命妾》、《古意》精确婉转，人不可及也。”[①]清代洪亮吉《北江诗话》卷六云：“孟东野诗篇篇皆似古乐府，不仅《游子吟》、《送韩愈从军》诸篇而已也。即如‘良人昨日去，明月又不圆。’魏晋以后即无此等言语。”[②]再从历代唐诗选本中所选孟郊诗来看，其乐府古诗所占的比重也是最大的。

三

孟郊《赠郑夫子鲂》诗云：“天地入胸臆，吁嗟生风雷。文章得其微，物象由我裁。宋玉逞大句，李白飞狂才。苟非圣贤心，孰与造化该?”对于这首诗，论者往往只注重“物象由我裁”一句，并将之作为孟郊甚至“韩孟诗派”重主观心造的诗歌理念的经典表述。其实此诗最值得注意的却是“苟非圣贤心，孰与造化该”的表述，即必须具备“圣贤心”才能写出与造化争衡的诗篇。正如陆游所言之“汝果欲学诗，功夫在诗外”(《示子遹》)，“圣贤心”才是孟郊所追求的诗外功夫。方南堂《辍锻录》云：“杜子美‘雨露之所濡，甘苦齐结实。’白乐天‘野火烧不尽，春风吹又生。’韩退之《拘幽操》、孟东野《游子吟》，是非有得于天地万物之理，古圣贤人之心，乌能至此?”[③]此语正可作孟郊“苟非圣贤心，孰与造化该”之注脚。在孟郊眼中为诗就是做人。

“自谓古诗量，异将新学偏。”(孟郊《寄陕府窦给事》)孟郊的复古，更多

① 丁福保辑《历代诗话续编》，中华书局 1981 年版，第 324 页。

② 洪亮吉著，陈迩冬校点《北江诗话》，人民文学出版社 1983 年版，第 102 页。

③ 郭绍虞编选，富寿荪校点《清诗话续编》，上海古籍出版社 1983 年版，第 1927 页。

的还是表现为一种坚定的立场。反抗世俗，佼佼不群是其典型表现。其《劝善吟醉会中赠郭行余》诗云："顾余昧时调，居止多疏慵。见书眼始开，闻乐耳不聪。视听互相隔，一身且莫同。天疾难自医，诗癖将何攻。"这首诗相当生动地记录了孟郊出于不趋时、不媚俗的立场而执着地创作一种迥异时调的诗歌。时调，主要是指大历以来以近体形式表现出来的苍白疲软的诗风，它是弥漫于诗坛的一种审美倾向和强大的习惯势力。孟郊甘"昧时调"而自居"诗癖"，无论性格与诗风，都具有十足的挑战意味，自然也就不会见容于俗流了。韩愈《荐士》诗曾用"俗流知者谁，指注竟嘲嗷"①的诗句生动形象地说明了孟郊当日所受之排斥。从年轻时起，孟郊就以"吟哦无滓韵，言语多古肠"（孟郊《吊卢殷十首》之七）自诩。其《自惜》诗云："倾尽眼中力，抄诗过与人。自悲风雅老，恐被巴竹嗔。坐甘冰抱晚，永谢酒怀春。"表现出对自己的诗歌之为风雅正声的自珍自重，同时对自己不见容于世俗之"巴竹"口味而感到悲哀。"一卷冰雪文，避俗常自携"（孟郊《送豆卢策归别墅》），可谓孟郊矫世抗俗的生动写照。宋人孙仅《冷斋鲁訔序》云杜甫之诗"支而为六家：孟郊得其气焰"②，论者多不解其意，其实孙仅所谓"气焰"，就是孟郊这种矫世抗俗的态度。

《竹枝词》，又名《竹枝子》、《竹枝歌》等，是巴、渝一带的民歌，唐人崔令钦《教坊记》中已载有《竹枝子》之曲名，可知此调，早已流行。宋郭茂倩云："《竹枝》本出于巴渝。唐贞元中，刘禹锡在沅、湘，以俚歌鄙陋，乃依骚人《九歌》，作《竹枝歌》词九章，教里中儿歌，由是盛于贞元、元和之间。"③刘禹锡的《竹枝词》无疑是唐代文人创作中的佼佼者，在当时及后世均产生了深远的影响。从中唐现存竹枝词来看，其内容多为反映生产劳作、风俗民情和男女爱情等；语言明快流丽，不避俚词俗语、追求风趣俏皮、多用谐音双关。自然清新，通俗流丽是其生命力之所在。《竹枝词》的盛行，正是当时欣赏趣味普遍世俗化的折光。对于自命"一生自组织，千首大雅言"（《出东门》）的孟郊来说，世俗化的倾向无疑会造成其内心的巨大失落。与孟郊《自惜》诗之

---

① 韩愈著，钱仲联集释《韩昌黎诗系年集释》，上海古籍出版社 1994 年版，第 528 页。

② 魏庆之编《诗人玉屑》，上海古籍出版社 1978 年版，第 301 页。

③ 郭茂倩编撰，聂世美等校点《乐府诗集》，上海古籍出版社 1998 年版，第 860 页。

"自悲风雅老,恐被巴竹嗔"相类,其《教坊歌儿》云:"十岁小小儿,能歌得朝天。六十孤老人,能诗独临川。去年西京寺,众伶集讲筵。能嘶竹枝词,供养绳床禅。能诗不如歌,怅望三百篇。"这首诗沿用了孟诗一贯的对比手法,将自己的诗歌与竹枝词对立而论,在对现实的极端不满中发抒雅正之声沦落的怅惘之思,饱含失望与不平。《诗经》历来被尊为正统文学的代表,孟郊将《竹枝词》置于其对立面,是否就意味着孟郊对这种写人情风土,有民歌色彩的新兴诗体是坚决排斥的?那倒也未必!且不说《诗经》之十五国风,本是民歌。仅就孟郊自身创作而言,其《巫山高》、《巫山曲》、《明妃怨》、《楚怨》等均是反映楚地风俗兼有楚歌声情的乐府歌诗。以此论,孟郊借竹枝词立论,很大程度上只是孟郊内心不平的愤激之言,其矛头所向,乃是世俗偶好的日趋世俗;其发抒的乃是一种世无知音,学无所用的愤世感慨。可贵的是面对这"众听喜巴唱,独醒愁楚颜"(孟郊《退居》)的严峻现实,孟郊却仍然抱着"镜破不该光,兰死不该香"(孟郊《赠崔纯亮》)的人生信条,穷困终了。而这正是这个孤独倔强的瘦诗人让人敬佩的地方。

孟郊《商州客舍》诗云:"识声今所易,识意古所难。声意今讵辩,高明鉴其端。"这里的"声"乃是指诗歌的声律词彩;"意"则是就诗歌的风雅兴寄而言。它表明了孟郊重意轻声的创作倾向。正如面对友人的劝告,孟郊的回答是"昧时调"、"耳不聪"一样,矫世抗俗在孟郊诗歌创作上的反映是拒绝近体时调,其集中十之八九均为五言古诗(古调)。孟郊对五言古诗的情有独钟,一方面是由于五古历史悠久,诗体成熟,佳作众多,便于学习;更重要的是因为五言古诗中多有载道之论,在孟郊看来,它直承汉魏五古风雅比兴传统而来,是与儒家古道紧密相联的,并非仅仅是个形式而已。对于孟郊诗歌多为五古这一问题,施蛰存的一段话颇能给予启发,其云:"五言诗和七言诗,不但是句子长短的不同,也有风格的不同。七言诗可以写得秾艳、流利、旋律快速,而五言诗,不管是古体还是律体,同样都只能写得古淡、庄重、声调缓慢。"①由此看来,孟郊之所以选择五言古诗这一诗体,还因为他与五古在性格上的脾胃相投。韩愈《孟生诗》赞其"古貌又古心"②,可谓得之。

---

① 施蛰存《唐诗百话》,上海古籍出版社 1987 年版,第 445 页。

② 韩愈著,钱仲联集释《韩昌黎诗系年集释》,上海古籍出版社 1994 年版,第 12 页。

藩镇割据的局面，为中唐儒学权威的重建提供了绝佳的契机，崇儒复古一时成为主流。韩愈力倡"道统"、"文统"，借"古文运动"，就文章一途，为崇儒复古廓清道路并做出示范。而在诗歌一途，当时韩愈等古文家的创作实际，实不足以担负起建立"诗统"进而巩固"道统"的重任。环顾当世熟识而有影响的诗人，以崇儒复古为己任的孟郊自然成了不二人选。故韩愈《荐士》诗建立了一个上自西汉"苏李"、建安诗人、南朝"鲍谢"迄于本朝陈子昂、"李杜"的五言"诗统"，"李杜"之后，独推孟郊一人。明乎此，古文家们交口称誉孟郊诗歌复古特质的现象也就不难理解了。如韩愈《送孟东野序》称孟郊诗"其高出魏晋，不懈而及于古，其他浸淫乎汉氏矣"①，李观《上梁肃补阙荐孟郊崔宏礼书》赞"孟之诗五古高处，在古无二；其有平处，下顾两谢"②，李翱《荐所知于徐州张仆射书》评"郊为五言诗，自前汉李都尉、苏属国，及建安诸子、南朝二谢，郊能兼其体而有之"③。孟郊诗歌的复古，是孟郊自身的追求，也是儒学复兴的需要。正如鲁九皋《诗学源流考》所云："贞元、元和之际，韩文公崛起，以天纵逸才，为起衰巨手，诗继李、杜之盛。……辅韩文公而起衰者，孟郊东野也。"④时人"孟诗韩笔"⑤之誉的背后，亦未始没有对二人相同复古取向的体认。

作者简介：范新阳，男，江苏淮安人，文学博士，淮阴师范学院文学院副教授。

---

① 马其昶校注，马茂元整理《韩昌黎文集校注》，上海古籍出版社 1987 年版，第 235 页。

② 李观《李元宾文编》，上海古籍出版社影印文渊阁《四库全书》第 1078 册，第 293 页。

③ 李翱《李文公集·荐所知于徐州张仆射书》，上海古籍出版社影印文渊阁《四库全书》第 1078 册，第 137 页。

④ 郭绍虞编选，富寿荪校点《清诗话续编》，上海古籍出版社 1983 年版，第 1355 页。

⑤ 赵璘《因话录》卷三，上海古籍出版社编《唐五代笔记小说大观》，上海古籍出版社 2000 版，第 846 页。

试论白居易《七德舞》的思想意蕴及其价值

——从《七德舞》的产生与流变说起

杜兴梅

摘　要:《七德舞》是唐代大型宫廷乐舞。白居易的同题诗曾遭到后人的误读和诟病。本文从此舞的产生与流变锲入,在文献、乐舞、诗歌三个层面综合梳理的基础上,透视白居易《七德舞》歌诗的思想意蕴及其价值。这对于白居易新乐府歌诗的解读与研究具有重要意义。

关键词:白居易;《七德舞》;思想意蕴;历史价值

《七德舞》是唐代新创大型宫廷乐舞,也是唐朝制作最早、流传最广、影响最大的宫廷乐舞。与《九功舞》、《上元舞》同称为唐代三大宫廷雅乐舞,具有"国歌"、"国乐"之美誉。也是坐、立部伎中最为重要的一部乐舞。白居易在《新乐府》中直接以《七德舞》命名,但其主旨重在乐舞的思想意蕴与传承演变。作为一种文化传播现象,由于古代乐舞与诗歌在五四文学革命后完全离异,以往的研究者多摒弃诗歌中的乐舞元素而直接从诗歌文本的角度切入,因此这首诗曾遭到后人的误读和诟病。如,有人认为《七德舞》是"议论和说教的堆积","诗人本无深感,只是为了凑足五十篇之数而作,所以写得枯燥无味,不耐咀嚼"①。事实并非如此。

如果我们从白居易同题诗中所描述的审美对象出发,联系当时的历史背景和语言环境,从《七德舞》的产生与流变锲入,探究其在当时政治与文化潮流裹挟下的演进轨迹,并在文献、乐舞、诗歌三个层面综合梳理的基础上,透过尘封的历史,审视其不同时期的表现形态及其流变取向,或许才能真正

① 袁行霈《中国文学史》第2卷,高等教育出版社1999年版,第347页。

理解白居易《七德舞》的思想意蕴及其价值。

一、《七德舞》的产生及其流变

舞为德象。古代帝王夺取天下之后，都会立即着手创制本朝乐舞，为其新王朝歌功颂德，或将其成功祀告天地神灵和祖先，希冀得到他们的福佑，保其国泰民安，《七德舞》是唐太宗制礼作乐的丰硕成果之一。但是，自其诞生以来，其名称、演出规模及舞容舞姿不断被改编，所以又名《秦王破阵乐》、《破阵乐》、《神功破阵乐》、《破阵乐舞》及《小破阵乐》等。

1. 从《秦王破阵乐》到《七德舞》

《七德舞》的前身是唐初的《秦王破阵乐》。“秦王”是唐太宗李世民即位前的封号。唐高祖武德二年(619)冬，李世民率军从龙门渡过黄河，讨伐在河东诸州(今山西境内)拥有重兵的刘武周、薛举、王世充等割据势力，第二年夏大获全胜。当时军中开始流行《秦王破阵乐》歌谣。后来由军乐演变为宫廷雅乐，集中表现唐太宗的创业维艰及其雄才大略。《旧唐书》、《新唐书》、《隋唐史》、《太平广记》和《隋唐嘉话》等史料多有记载，如：

> 贞观元年，宴群臣，始奏《秦王破阵》之曲。太宗谓侍臣曰：“朕昔在藩，屡有征讨。世间遂有此乐，岂意今日登于雅乐。……所以被于乐章，示不忘于本也。”……其后令魏徵、虞世南、褚亮、李百药改制歌辞，更名《七德》之舞，增舞者至百二十人，被甲执戟，以象战阵之法焉。……七年，太宗制《破阵舞》图：左圆右方，先偏后伍，鱼丽鹅贯，箕张翼舒，交错屈伸，首尾回互，以象战阵之形。令吕才依图教乐工百二十人，被甲执戟而习之。凡为三变，每变为四阵，有来往疾徐击刺之象。(《旧唐书·音乐一》)

贞观元年此乐曲在宫廷正式演奏。贞观七年(633)，唐太宗又亲自设计了《破阵舞》图，由乐官吕才教乐工依图排练。120人披银甲、执剑戟，“以象战阵之形”。“凡三变，每变为四阵”，阵容庞大，变换神速。主要的肢体动作是“来往疾徐击刺之象”，突出的特点是布阵破阵。其中，既有左圆右方的“鱼丽”阵，也有忽聚忽散的“鹅贯”阵。先偏后伍(古车战二十五乘为偏，步卒五人为伍)，首尾互应，甲刃闪光，十分壮观。同时，太宗还令文臣魏徵等人写作新歌词配合舞蹈歌唱，并更名为《七德舞》。经唐太宗等人的不断完善，《七德舞》逐渐形成了乐、歌、舞表演于一体的大型宫廷乐舞。内容严肃庄重，歌舞激昂慷慨，给人以强大的视觉冲击力和完美的艺术享受。但是，此舞的“象战阵之形”只是表，唐太宗把它“被于乐章”而歌舞之的真正目的，在于昭示“不忘于本也。”所以，之后将其颁典为官方礼乐，进入皇家庙堂祭祀中。

自唐太宗的贞观之治到唐玄宗开元盛世后的一百多年间，历代统治者都根据自己的政治需求及其好恶不断地对其进行变更或整容，故有多种演出形式与变体。如立部伎的《破阵乐》、坐部伎的《小破阵乐》、坐部伎《燕乐》里的《破阵乐》。但其规模与气势皆不如太宗朝，而且逐渐失去其原有的舞容与本真。

2. 从《七德舞》到《小破阵乐》

乐舞艺术的发展演变往往是政治制度在宫廷乐舞的体现与延伸。从唐高宗至唐宪宗，《七德舞》伴随着大唐政治体制的变化，起起落落，兴衰多变。首先对此舞亮起“红牌”的是唐高宗。他在亲政的第二年(651)便封杀了父皇的《七德舞》，至高宗仪凤三年(678)此舞已停演了28年。太常少卿韦万石曾冒死向高宗谏奏请其复演：

> “《破阵乐舞》者，是皇祚发迹所由。宣扬祖宗盛烈，传之于后，永永无穷。……今《破阵乐》久废，群下无所称述，将何以发孝思之情?”上矍然改容，俯遂所请，有制令奏乐舞，即毕，上欷歔感咽，涕泗交流，臣下悲泪，莫能仰视。(《旧唐书·音乐一》)

韦万石奏请复演的理由是：《破阵乐舞》是先皇“发迹所由”，也是“宣扬祖宗盛烈”的乐舞，现在已经“久废”了，长此下去，“何以发孝思之情?”大概高宗怕落个不孝之名，此舞才得以复演。到武则天执政，她对《破阵乐》的态度比高宗有过之而无不及。据《旧唐书·音乐二》载：“自武后称制，毁唐太庙，此礼遂有名而亡实。”包括《七德舞》在内的宫廷三大乐舞名存实亡。

近百年后的唐玄宗时期，在宽松自由的文化氛围中终于迎来了宫廷乐舞的再次繁荣。他把《破阵乐》改编成《小破阵乐》，收入到九部乐、十部乐中，又把九部乐、十部乐分为立部伎和坐部伎。所以，《旧唐书》有“破阵乐，玄宗所造也”之说。后来《破阵乐》又被改编扩大为数百宫女表演的庞大乐舞。据《旧唐书·音乐一》载：

> 玄宗在位多年，善音乐，若宴设酺会，即御勤政楼。……太常乐立部伎、坐部伎依点鼓舞，间以胡夷之伎……又令宫女数百人自帷出击雷鼓，为《破阵乐》、《太平乐》、《上元乐》，虽太常积习，皆不如其妙也。

唐玄宗在勤政楼设宴观赏的《破阵乐》，由婀娜多姿的数百宫女表演，装束华丽的宫女取代了披盔戴甲的军人，虽然亮丽照人，但既无战阵之形，又无“击刺往来”之像。尤其是 4 人舞的《小破阵乐》，由坐部伎坐着表演岂能破阵？唐玄宗的乐舞审美理念，虽然意在凸显乐舞艺术的专业性和审美属性的回归，但他彻底改变了原乐舞的立意，扭偏了当时宫中乐舞的审美取向，失去了《破阵乐》舞的政治性和功利性，及其“宏大的体制和向上的生气”[①]。表面上多姿多彩，其实质则过于柔媚与低俗。并且，大量的龟兹乐冲淡了此舞的传统色彩，使其变得不伦不类。尤其是天宝十四载(755)爆发了近八年的安史之乱，宫廷乐人的大量流散及对雅乐的忽视，乐舞的规模与机构不断萎缩，终为《破阵乐》的衰微乃至消亡埋下了隐患。

3.《破阵乐》的消亡

《破阵乐》至唐德宗时期虽已衰微，但在贞元十四年(798)宫廷中仍有演出的记录：

> 二月壬子朔。戊午，上御麟德殿，宴文武百僚，初奏《破阵乐》，遍奏《九部乐》，及宫中歌舞伎十数人列于庭。(《旧唐书·德宗下》)
>
> (宝历二年)上降日，大张音乐，集天下百戏于殿前。时有妓女石火胡，本幽州人也。挈养女五人，才八九岁，于百尺竿上张弓弦五条，令五女各居一条之上，衣五色衣，执戟戈，舞《破阵乐》曲，俯仰来去，赴节如飞。是时观者目眩心怯。(苏鹗《杜阳杂编》)

---

① 费秉勋《中国舞蹈奇观》，华岳文艺出版社 2011 年版，第 230 页。

德宗"宴文武百僚"时"初奏《破阵乐》",虽然保留了"殿庭立奏,宫中坐奏"的传统,但是乐伎只有十数人,除独立表演外,还与散乐结合。唐宪宗元和时期《破阵乐》已是"和杂戏"的时代,再至唐敬宗宝历年间则变为纯粹的杂技了。之后《破阵乐》在宫中迅速消亡,咸通时只有民间个别藩镇尚有此舞,至唐末则彻底"亡缺"。昔日"发扬蹈厉,声韵慷慨"的《七德舞》(《破阵乐》),最终在唐代社会日趋没落的大潮中荡然无存。

二、白居易《七德舞》歌诗的思想意蕴

古代的所谓七德,主要是指明君应具有的七种德行,并有武七德与文七德之分。《左传·宣公十二年》载有武功七德:禁暴、戢兵(取消战争)、保大(保持强大)、定功(巩固功业)、安民、和众(调和大众)、丰财。《国语·周语》载有文治七德:"尊贵、明贤、庸勋、长老、爱亲、礼新、亲旧。"七德与乐、政相通。明杨慎《风赋》曰:"览七德,律五音,通天祉,应地灵。"德与乐、舞、诗的关系也密不可分。《礼记·乐记》云:"德者,性之端也。乐者,德之华也。金石丝竹,乐之器也。诗,言其志也。歌,咏其声也。舞,动其容也。三者本于心,然后乐器从之。"这或许就是当初唐太宗将《破阵乐》改名《七德舞》的真正原因。

在白居易看来,唐太宗是具有上述文武七德的一代明君,《七德舞》是凸显唐太宗功业的史诗型歌舞。然而,无论是《破阵乐》还是《七德舞》发展到元和年间都已名不副实,其娱乐性的表演与"太宗意在陈王业,王业艰难示子孙"①的原创主旨完全相悖。由其"和杂戏"的表演可以看出,昔日这个"国乐"级的舞蹈已完全丧失了原有的思想价值和震撼人心的艺术魅力。为引起当朝统治者的注意,白居易在新乐府序中说:"《七德舞》,美拨乱陈王业也"。这就直接表明,诗歌的主旨是拨乱反正,陈述此舞原创者唐太宗的德政武功,也可以说是为《七德舞》写的伴唱歌词。但是,诗歌的主旨不在"舞",而在乐舞中的"七德"之意。这"七德",在白居易看来,早已被太宗后世的君主们或抛弃或遗忘。所以,把它放在《新乐府》第一诗的显赫位置,也便引起皇帝的重视。诗曰:

① 白居易《七德舞》,见《白居易集》第3卷,中华书局1999年版,第55页。

七德舞，七德歌，传自武德至元和。元和小臣白居易，观舞听歌知乐意，乐终稽首陈其事。太宗十八举义兵，白旄黄钺定两京。擒充戮窦四海清，二十有四功业成。二十有九即帝位，三十有五致太平。功成理定何神速，速在推心置人腹。亡卒遗骸散帛收，饥人卖子分金赎。魏徵梦见子夜泣，张谨哀闻辰日哭。怨女三千放出宫，死囚四百来归狱。剪须烧药赐功臣，李勣呜咽思杀身。含血吮创抚战士，思摩奋呼乞效死。则知不独善战善乘时，以心感人人心归。尔来一百九十载，天下至今歌舞之。歌七德，舞七德，圣人有作垂无极。岂徒耀神武，岂徒夸圣文。太宗意在陈王业，王业艰难示子孙。(《白居易集》卷三)

诗中由"元和小臣白居易，观舞听歌知乐意，乐终稽首陈其事"，表明这首诗是白居易在观看了宪宗时立部伎中《破阵乐》舞的演出之后所写。诗歌自"陈其事"以下，概述唐太宗从"举义兵"、"定两京"到一统华夏"致太平"的武德功勋。接着设问："功成理定何神速?"速在他推心置腹，以德感人。然后详细列举太宗的七件文治德馨：官府散帛，安葬阵亡将士遗散的骸骨；拿出御府金钱，帮助饥民赎回卖掉的儿女；贤臣魏徵及张公谨去世，太宗亲自治丧为之痛哭；放大量宫女出宫，让她们回家乡自由婚配；释四百死囚归家团圆，待第二年秋再来执行死刑，四百囚犯被感化按时悉数归来后获特赦；自剪胡须烧灰配药，为久治不愈的大将李勣治病；将军李思摩中了箭伤，太宗为其吮血治疗伤痛。结论是："以心感人人心归。"所以，190 年后的今天，天下人还载歌载舞的纪念他。最后特别强调，歌七德，舞七德，圣主的言行，应是后世的典范，哪里只是为了夸耀神武与圣文!

诗中极力铺陈唐太宗功勋伟业与治国之道，强调了该乐舞的思想意蕴及其对王室后继人的教育意义。同时，也表明诗人认为该乐舞的政治功能重于其艺术形式和审美价值。结尾的"太宗意在陈王业，王业艰难示子孙"，再次明确表达太宗创作《七德舞》的真正用意，与唐太宗以乐舞辅助治世的宏愿殊途同归。

新乐府以《七德舞》开篇，借咏史以讽谕朝政和补察时弊，希望统治者效法先王七德，牢记太宗创业的艰难，避免重蹈隋亡的覆辙。决不是像有些教科书所说："诗人本无深感，只是为了凑足五十篇之数而作。"更不是"议论和说教的堆积”、“枯燥无味，不耐咀嚼”①，恰恰相反，而是言简意赅，耐人寻味。

三、白居易《七德舞》歌诗的价值

歌诗《七德舞》深深植根于当时的社会历史与文化艺术的土壤中，在中唐日趋衰落的背景下，力图还原此舞原创的主旨及其本来的乐舞面貌。具有一定的史料意义与艺术价值。

1. 记录了翔实的乐舞史料

宫廷乐舞艺术是社会与宫廷生活的艺术反映。《七德舞》不仅在大唐历代产生了重大影响，而且在中外文化交流史上也占有重镇地位。但是，后代统治者过分追求其形式的美艳、以满足享乐欲望为目的的改编使其失去了应有的思想价值和震撼人心的艺术魅力。白居易的《七德舞》歌诗联系时政，是诗与史结合，如“武德中，天子始作《秦王破阵乐》以歌太宗之功业。贞观初，太宗重制《破阵乐舞图》，诏魏徵等人为之歌词，因名《七德舞》。自龙朔已后，诏郊庙享宴，皆先奏之。”(《七德舞·序》)这段序言记述了《七德舞》即《秦王破阵乐》的制定情况、制定依据以及制定的意图与演出的时间。诗中的本事可与史籍印证。诗句之下的小注，具体阐释唐太宗实施德政的典型事例，是研究《七德舞》主旨的有力凭证。

2. 凸显乐舞文化传承之必须

交流与融合是文化艺术发展的原动力之一。但是，在吸收外域文化的同时，如何传承本民族的传统文化？在欣赏通俗乐舞文化的同时，如何保护好传统的高雅艺术？这是1200多年前的白居易已经在思考的问题。

繁花似锦的唐代宫廷乐舞，荟萃了当时四方乐舞艺术的精华达到了鼎盛。统治者由于娱乐与政治的双重需要，创作了大量乐曲与歌舞。但是，在外来乐舞文化的冲击下，当时的统治者过分青睐外来乐舞及俗乐杂技，对本民族的乐舞文化缺乏自我认同，或者失去了信任感和自豪感，或者说保留了原乐舞的名称却丧失了其本真内涵。如《破阵乐》，本为昔日国乐、国歌之美誉的《七德舞》，如今差不多已蜕变为靡靡之音了。爱国又爱君的白居易对

① 袁行霈《中国文学史》第2卷，高等教育出版社1999年版，第347页。

此备感不安。为保护、传承这些乐舞文化不被流失，仅新乐府五十首中就有八首直接以乐舞命名。遗憾的是，白居易的这些歌诗并没有得到皇帝的共鸣与支持，终使《七德舞》等一批宫廷乐舞彻底地消失了。

所幸的是，国内流失国外存。由于唐王朝与周边国家密切的文化交流，《破阵乐》在当时曾经远播印度、日本和朝鲜。据《大唐西域记》载，唐玄奘访问印度时，中印度的戒日王在会见玄奘时曾热情赞扬《秦王破阵乐》：

> 尝闻摩诃至那国（即中国）有秦王天子，少而灵鉴，长而神武。昔先代表乱，率土分崩，兵戈竞起，群生荼毒，而秦王天子，早怀远略，兴大慈悲，拯济含识，不定海内，风教遐被，德泽远洽，殊方异域，慕化称臣，氓庶其亭育，咸歌《秦王破阵乐》。闻其雅颂，于兹久矣。（《大唐西域记》）

东印度的拘摩罗王也曾对其表示出钦慕之情。当时，《破阵乐》问世不过十年，在古代交通极为不便的情况下，它的威名已经传到了周边诸国，可见此舞的巨大艺术魅力。另外，武则天时的日本遣唐使也曾将《秦王破阵乐》曲谱带回，在日本风靡一时。至今，日本《大日本史·礼乐志》还载有《秦王破阵乐》，以及古代传抄的九种曲谱。上世纪八十年代，我国的音乐家把日本珍藏的五弦琵琶谱《秦王破阵乐》进行翻译和改编，以表现中华民族奋发向上的精神风貌。白居易倘若地下有知，不知是幸慰还是感伤？

3. 彰显诗人的谏官职责

历来统治者都把雅乐作为规范秩序、教化民众的手段，在制定雅乐时倍加谨慎，以期达到《乐记》所说的“动天地，感鬼神”的超级艺术精品。然而，白居易感到，太宗之后的统治者对雅乐的态度是充满矛盾的。形式上重雅乐，心理上嗜胡乐，行动上沉湎于俗乐杂戏中，如明代胡震亨《唐音癸签》所说：“自太宗以功德之盛，复造《破阵》、《庆善》二乐舞，于是后世相循，竟制乐以侈观听，舞佾制度，各以意为增减，不合古经，而臣下亦复撰乐献媚，女倡夷舞，同俳优戏剧之观，则已渐流为散乐，而远雅益甚矣。”[①]最终失去的不仅是宫廷的雅乐文化，也丢掉了先人夺取天下的美德懿行。白居易岂能无动于衷？

---

① 胡震亨《唐音癸签》第十三卷，上海古籍出版社 1981 年版，第 130—131 页。

白居易创作《新乐府》时正是他任翰林、左拾遗期间。他的身份首先是谏官，其次才是诗人。他“有阙必规，有违必谏，朝廷得失无不察，天下利病无不言”，甚至把那些“难于指言者，辄咏歌之，欲稍稍进闻于上”①。《七德舞》位于新乐府第一，可谓用心良苦，内容自然意义深长。诗中详细陈述太宗七德，反思“王业艰难示子孙”的原创主旨，对当朝皇帝的讽谏尽含其中，并寄希望播于乐章，引起皇帝的重视。但是，现实并非如他所愿。大唐政体已经腐败，歌诗根本无法挽救唐帝国及其乐舞文化不可逆转的衰颓之势。但却成为后世权衡时政的圭臬。如宋代邵伯温《邵氏闻见录》卷六载：“太宗一日谓宰辅曰：‘朕何如唐太宗？’众人皆曰：‘陛下尧、舜也，何太宗可比？’承相文正公李昉独无言，徐诵白乐天《七德舞》诗云：‘怨女三千放出宫，死囚四百来归狱。’太宗曰：‘朕不如也。’”这一点恐怕连白居易也是始料不及的。

总之，《七德舞》是白居易对唐代以来宫廷乐舞演变反思的成果，具有一定的现实意义。有人称白居易的《新乐府》为“唐代的《诗经》”②，而《七德舞》则是其中的代表作之一。它是诗人“为君、为民、为物、为事而作，不为文而作”创作理念的具体实践，也是白居易“乐与时政通”③，由观舞则知政艺术见解的具体体现。而决非“枯燥乏味”的凑数赝品。

作者简介：杜兴梅，广东韩山师范学院中文系教授。出版专著《中国古代音乐文学精品评注》、《学术论文写作 ABC》等。

① 白居易《与元九书》，见《白居易集》第 45 卷，中华书局 1999 年版，第 962 页。

② 刘隆凯整理《陈寅恪“元白诗证史”讲席侧记》，湖北教育出版社 2005 年版，第 95 页。

③ 白居易《华原磬》，见《白居易集》第 3 卷，中华书局 1999 年版，第 58 页。

沈周与文徵明、徐祯卿、吕常、唐寅相互唱和的《落花诗》

文师华

摘　要:沈周与文徵明、徐祯卿、吕常、唐寅相互唱和的《落花诗》产生于明弘治十七年(1504),从用韵情况看,文、徐、吕三人的和诗分别只有三首、六首、四首与沈周《赋得落花诗》同韵,所用韵字与沈周《赋得落花诗》十首均有所不同;而唐寅《落花诗》三十首与沈周落花诗三十首对照,不仅韵部全部相同,而且有二十七首诗所用韵字及各韵字所处的位置都完全一致。从内容方面看,沈周等五人的《落花诗》都描绘了春残花落的自然景象,但在借落花抒情说理方面却各有侧重,表现出不同的才情。沈周偏重于抒发由落花引发的游子漂泊、人生易老的感叹,以及由落花引发哲理思考,包括佛家的色空观念和老庄的达观思想,表现出感性与理性相融合的修养。文徵明偏重于表现美人看花落泪、伤离怨别的情思,感性多于理性,但并没有浓烈的感伤色彩。徐祯卿偏重于表现人生易老的感叹和老庄的达观思想,理性多于感性。吕常偏重于表现出老庄的达观思想,理性色彩最浓。唐寅的诗感性色彩突出,感伤情绪最浓,艺术感染力最强。沈周等五人的《落花诗》,辞采柔美,情调忧伤,对曹雪芹《红楼梦》中的《葬花吟》有直接影响。从书法方面看,文徵明小楷《落花诗》墨迹兼有赵孟頫小楷笔画的秀丽和欧阳询楷书结体的险劲之美,堪称精品;唐寅《落花诗》墨迹是应归入矩而又富有独创性的行楷法帖,全篇书写节奏从容舒缓,笔画的长短快慢,结构的松紧开合,均显得极其自然,给人以柔中带刚、秀骨天成、落落大方的美感。

关键词:唱和;落花诗;用韵;内容;影响;书法特征

沈周与文徵明、徐祯卿、吕常、唐寅相互唱和的《落花诗》产生于明弘治十七年(1504),起因是当时七十八岁高龄的沈周,因老年丧子而赋得《落花诗》十首以寄托叹老嗟衰的情思,吴中士人多有和诗。一时吟咏落花数量之多,非他人可比。其中沈周共写了唱和《落花诗》30首,文徵明、徐祯卿、吕常三人各写了和沈周落花诗10首,唐寅写了和沈周落花诗30首。沈周、文徵明、徐祯卿、吕常四人的唱和之作,见于文徵明小楷手卷《落花诗》。唐寅的和诗,见于他自书的行书墨迹手卷《落花诗》。《落花诗》的五位作者中,沈周、吕常是长辈,文徵明与唐寅同龄,徐祯卿年纪最小。

沈周(1427—1509)是明代中期吴门画派的创始人,与文徵明(1470—1559)、唐寅(1470—1523)、仇英(生卒年不详)并称为"明四大家"。徐祯卿(1479—1511)少年时代与唐寅、祝允明(1460—1526)、文徵明齐名,号"吴中四才子"。吕常,生卒年不详,官至南京太常寺卿。正德元年(1506)退休归乡。沈周《三答太常吕公见和落花之作》称吕常为"吕公",可见吕常年龄与沈周相近。

本文依据文徵明小楷手卷《落花诗》①、唐寅行书墨迹手卷《落花诗》②,对《落花诗》唱和的过程、用韵情况、主要内容、影响以及文徵明、唐寅《落花诗》墨迹的书法特征等进行粗浅的探讨。

一、《落花诗》唱和的过程及用韵情况

(一)《落花诗》唱和的过程

关于《落花诗》唱和的过程,文徵明小楷《落花诗》跋语有具体记载:弘治十七年(1504),沈周创作了《赋得落花诗十首》,先出示给弟子文徵明。文徵明拜读后,写了《和答石田落花十首》。接着,文徵明把沈周《赋得落花诗十首》送给友人徐祯卿,嘱他写和诗,徐祯卿写了《和答石田先生落花之什》。沈周得到文徵明、徐祯卿和诗后,十分高兴,"从而反和之",写了《再和徵明、昌穀落花之作》十首。此年,文徵明又携带沈周《赋得落花诗十首》,到南京谒见太常卿吕常,嘱他写和诗,吕常便写了《和石田先生落花十诗》送给沈

① 文徵明小楷手卷《落花诗》,香港刘均量先生虚白斋藏本,上海书画出版社2011年彩色影印。

② 唐寅行书墨迹手卷《落花诗》,苏州市博物馆藏本,文物出版社1985年影印。

周。沈周更加高兴，“又从而反和之”，写下《三答太常吕公见和落花之作》。这样一来，沈周先后写成落花诗共计三十首。

文徵明跋语中未提及唐寅写和诗之事，按常理推测，唐寅《落花诗》三十首当是在读到沈周《落花诗》三十首之后，有感而作，并步沈周诗韵，把唐寅诗与沈周诗用韵情况进行对照，更可以说明这一点。

（二）《落花诗》唱和的用韵情况

《落花诗》的原唱作者沈周的诗分为三组，即《赋得落花诗》十首、《再和徵明、昌榖落花之作》十首、《三答太常吕公见和落花之作》十首。文徵明、徐祯卿、吕常、唐寅所写和诗用韵情况如下：文徵明《和答石田落花》十首中只有三首与沈周《赋得落花诗》同韵，徐祯卿《和答石田先生落花之什》十首中只有六首与沈周《赋得落花诗》同韵，吕常《和石田先生落花十诗》十首中只有四首与沈周《赋得落花诗》同韵，但他们三人所用韵字均与沈周《赋得落花诗》十首有所不同。

而唐寅《落花诗》三十首，其押韵与沈周《赋得落花诗》十首、《再和徵明昌榖落花诗》十首、《三答太常吕公见和落花诗》十首对照，不仅韵部全部相同，而且有二十七首诗所用韵字及各韵字所处的位置都完全一致。足见唐寅和诗之作水平之高。唐寅和诗第三十首末二句云：“和诗三十愁千万，肠断春风谁得知？”据此二句及押韵情况，可推知唐寅《落花诗》三十首，是和沈周落花诗三十首而作的。

二、《落花诗》的内容简析

（一）沈周《赋得落花诗》十首、《再和徵明、昌榖落花之作》十首、《三答太常吕公见和落花之作》十首，既有感伤的情绪，也有圆融的理性思考，其内容可分为以下四个方面：

1. 描绘春残花落的自然景象。如《赋得落花诗》其二：“飘飘荡荡复悠悠，树底追寻到树头。”花随风飘荡，上下飞舞。其三：“是谁揉碎锦云堆，着地难扶气力颓。”像云霞一样灿烂的鲜花被风雨揉碎，掉落到地上。其五：“昨日繁华焕眼新，今朝瞥眼又成尘。”其七：“夕阳无那小桥西，春事阑珊意欲迷。”其八：“一园桃李只须臾，白白朱朱彻树无。”这些句子描述了繁花迅速凋谢、春事阑珊的景象。

2. 由落花引发美人伤春迟暮的感情。如《赋得落花诗》其一“年年为尔添惆怅，独是蛾眉未嫁人”，其二“欲拾残芳捣为药，伤春难疗个中愁”，其六“何人早起酬怜惜，孤负新妆倚翠楼”。

3. 由落花引发游子漂泊、人生易老的感叹。如《赋得落花诗》其四“玉勒银罂已倦游，东飞西落使人愁”，其八“无方漂泊关游子，如此衰残类老夫”，其九“空记少年簪舞处，飘零今日鬓如丝”。这些句子写游子见落花飘飞，叹息年华虚度，事业无成。《三答太常吕公见和落花之作》其三“马追红雨倦游回，春事阑珊意已灰”、“老去挂牵宜绝物，白头自笑此心孩”，其十“莫怪留连三十咏，老夫伤处少人知”，字里行间流露出晚年丧子的哀痛。

4. 由落花引发哲理思考，一是佛家色空的观念，如《赋得落花诗》其六“十二街头散冶游，满街红紫乱春愁。知时去去留难得，悟色空空念罢休”。二是老庄哲学中万物有毁有成、有失有得、有盈有虚、有生有灭、不悲不喜的达观思想，这方面的例子最多，如《赋得落花诗》其一“富逞秾华满树春，香飘落瓣树还贫；红芳既蜕仙成道，绿叶初阴子养仁”，红花落尽，绿叶成荫，果实生长，正像学道之人修成了正果，功德圆满。其八“来岁重开还自好，小篇聊复记荣枯”，其九“芳菲死日是生时，李妹桃娘尽欲儿；人散酒阑春亦去，红销绿长物无私”。桃花李花凋谢是花死之日，花谢的同时又结果，是桃李新生的表现，这正符合庄子《齐物论》所说的“其分也，成也；其成也，毁也”。自然万物有所毁必有所成，有所成必有所毁。春光消逝，“红销绿长”，这正是天地无私的表现。《再和徵明、昌穀落花之作》其十：“香车宝马少追陪，红白纷纷又一回。昨日不知今日异，开时便有落时催。只从个里观生灭，再转年头证去来。老子与渠忘未得，残红收入掌中杯。”此诗借落花说明万物有生必有灭，人不必为落花而忧伤。《三答太常吕公见和落花之作》其五：“将春托命春何在，恃色倾城色早倾。物不可长知堕幻，势因无赖到轻生。”意思是：春不可常在，色不能常艳；万物不可长盛不衰，权势不可能长久牢固。其十：“春如不谢春无度，天使长开天亦私。”意思是，春花如果不凋谢，春天就没有限度；天如果让花长久开放，天也显得自私。春来春去，花开花落，是大自然的着意安排。

（二）文徵明《和答石田落花》十首，均围绕春归花落的景象，表达伤春惜别之情，偶尔带点禅理。其主要内容有：

1. 美人看花落泪，充满伤离怨别之情。如其一：“扑面飞帘漫有情，细香歌扇鄣盈盈。红吹乾雪风千点，彩散朝云雨满城。”飞花扑面，落红万点，多情的美人用歌扇遮住盈盈粉泪。其二：“零落佳人意暗伤，为谁憔悴减容光。将飞更舞迎风面，已褪犹嫣洗雨妆。”百花遭风吹雨打，浓妆渐褪；佳人暗自忧伤，容光憔悴。其三：“蜂撩褪粉偶沾衣，春减都消一片飞”，“樽前漫有盈盈泪，陌上空歌缓缓归”。片片花飞，佳人泪水盈盈，陌上空歌，缓缓归来，充满无尽的惆怅。其四：“怅人无奈晓风何，逐水纷纷不恋柯。春雨卷帘红粉瘦，夜凉踏影月明多。”其五：“战红酣紫一春忙，回首春归属渺茫。竟为雨残缘太冶，未随风尽有余香。美人睡起空攀树，蛱蝶飞来却过墙。脉脉芳情天万里，夕阳应断水边肠。”全诗写春花遭雨摧残，仍带有余香；美人伤离怨别，芳情无限。其九：“飞如有恋堕无声，曲砌斜台看得盈。细草栖秀朱点染，晴丝撩片玉轻明。江风漂泊明妃泪，绿叶差池杜牧情。赖是主人能爱惜，不曾缘客扫柴荆。”飞花似有恋情，默默地掉到地上，飘到细草上，黏到晴丝上。飞花随风飘浮，仿佛汉代的王昭君含泪远嫁匈奴；而绿叶参差，又使人想到多情的才子杜牧，他曾写下《叹花》诗，其中有“狂风落尽深红色，绿叶成荫子满枝”的名句。

2. 由落花引发哲理思考，佛家色空观念，如其六：“桃蹊李径绿成丛，春事飘零付落红。不恨佳人难再得，缘知色相本来空。舞筵意态飞飞燕，禅榻情怀袅袅风。蝶使蜂媒都懒慢，一番无味夕阳中。”此诗写春光消逝后，绿叶成荫，燕子飞飞，清风袅袅，虽无艳丽色彩，却多了几分宁静。“缘知色相本来空”表现出佛家色空观念。

（三）徐祯卿《和答石田先生落花之什》，每首有一个侧重点，内容较丰富。写法上以情景结合为主，抒情中带有一定的理性思考，感情在不忧不喜之间。主要内容可分为四个方面：

1. 描绘春残花落的自然景象，如其二“狼藉亭台一夜风，可怜芳树色销秾”，其六“飘荡东西不自持，多情牵惹有飞丝”，其十“开时才见叶尖芽，转眼成荫又落花。平地水粼添腻涨，满庭月色浸残霞”。感叹花期太短，春光易逝，花落水中如腻脂，月照残花似残霞。

2. 由落花引发美人伤春迟暮的感情，如其四：“歌酒阑干事已非，玉人惆怅卷罗帷。可堪荏苒争先谢，更不踌躇各自飞。尽扫庭枝风敛怨，偶黏屋网雨冲围。今朝蝶似长安客，羞见残春寂寞归。”此诗从多情美人的角度着笔，写美人见落花而忧伤，怨恨春花凋谢太快，又感叹落花随风各自飘飞，似人生各奔东西，进而怨恨蝴蝶见花枝残败而无情地离去。

3. 由落花引发人生易老的感叹，如其五“莫怪伤春意绪浓，百年光景一番空”，其七“情知世事浑如此，闲把萧萧短发梳”。

4. 由落花引发哲理思考，表现出老庄哲学中万物有盛有衰、有失有得、不悲不喜的达观思想，如其一“不须惆怅绿枝稠，毕竟繁华有断头”，其九“秾华奄忽又飞尘，门户青苔白日贫。烟柳前村仍好景，禅房曲径有余春”，此四句写群芳凋谢后，前村烟柳、禅房曲径仍有可赏的美景。

（四）吕常《和石田先生落花十诗》，借落花表现人情物理，立意颇新，诗笔深沉老到。其主要内容有：

1. 描绘春残花落的自然景象，如其四：“不识春残更出城，故枝别去总无情。雨前尚或逢游女，街上而今绝卖声。一朵依稀疑硕果，半江狼藉葬倾城；凭谁常驻东风面，唤起黄荃为写生。”此诗写春残时节，风雨葬送落花，街上既无游春少女，也无卖花声。若想留住春光，只有唤起五代时的花鸟画家黄荃。其九：“雨打风吹两折磨，隔墙一树也无多。”感叹春花遭受雨打风吹两种折磨。

2. 由落花引发美人伤春迟暮的感情，如其一：“停针关意闺中妇，独负年华过一场。”写闺妇停下手中的针线活儿，关注春光，感叹年华虚度。

3. 由落花引发哲理思考，表现出老庄哲学中万物有盛有衰、有失有得、不悲不喜的达观思想，如其二：“儿戏人间万事同，春来春去几番风。无端相对生愁处，不若全飘向醉中。幻景忽惊随土化，余姿暂借与溪红。浮云富贵皆如此，翟相门头客子空。”此诗认为人间万事如同儿戏，无端伤春，不如把杯畅饮。落花飘落到土中，不必惊讶；落花飘到溪水中，可给溪水增添色彩。最后推出富贵如浮云，并运用“门可罗雀”的典故，说明富贵繁华不可长保。其六：“倚仗风前莫叹嗟，为贪结子损容华。”认为草木要想结果实，就必然要自损容华，这就是有得必有失。其八：“村北村南只树林，细推物理一微吟；虽于落木分前后，总是流年送古今。薜荔满墙蒙点缀，蜻蜓近水学浮沉。隙驹夸父那追得，始信春宵可换金。”此诗意思是说，林间树木总要凋零，只是凋零的时间有先有后。时光总在不断流逝，人生在世，最重要的是抓住眼前宝贵的时间，“始信春宵可换金”是对后生的劝告。从这些诗中可以看出，吕常阅历深广，看透人生，超脱了人生的悲欢离合。

（五）唐寅《落花诗》三十首的内容

弘治十一年（1498），唐寅29岁考中应天府解元，次年在北京会试时，因江阴一个富商的儿子徐经贿赂主考官程敏政的家童窃取试题之事而被牵连入狱，后被罢黜。唐寅作落花诗那年35岁，离科场被黜之事不过五年，刚刚经历过人生的磨难，自然会借风云月露倾泻出来。其《落花诗》30首以春归花落为聚点，展开丰富的联想，反复描绘暮春时节落花飘零的景象，抒发惜春、留春、游春、伤春的情思，表达对古今无数绝代佳人的同情，寄寓了青春易逝、怀才不遇的感叹，流露出看穿忧患、繁华一梦的“色空”思想。

1. 诗人用精美的句子描绘春残花落的自然景象，读之使人回肠荡气。如其一：“刹那断送十分春，富贵园林一洗贫。”其二：“夕阳黯黯笛悠悠，一霎春风又转头。控诉欲呼天北极，胭脂都付水东流。”其五：“忍看马足车轮下，一片西飞一片东。”这些句子描画了春光迅速消逝的残败景象。其十一：“绿杨影里苍苔上，为惜残红手自拈。”其二十：“旧酒新啼满袖痕，怜香惜玉此心存。”其十二：“风情多少愁多少，百结愁肠说与谁。”其二十三：“春风院院深笼锁，细雨纷纷欲断魂。”其二十六：“傍老光阴情转切，惜花心性死方休。”其三十：“和诗三十愁千万，肠断春风谁得知。”这些诗句真切地传达了诗人爱花、惜花的心情和品性。

2. 诗人由爱花、惜花，进而怜惜古今无数绝代佳人，同情她们的不幸遭遇。如其四：“纵使金钱堆北斗，难饶风雨葬西施。”其六：“国色自来多命薄，桃红又见一年春。”其十三：“红颜春树今非昨，青草空埋土一丘。”其十五：“昭君偏遇毛延寿，炀帝难留张丽华。”其十九：“千年青冢空埋怨，重到玄都只赋诗。”其二十一：“年长卢姬悲晚嫁，日高黄鸟唤春眠。”其二十二：“好知青草骷髅冢，就是红楼掩面人。”其二十九：“深院料应花似霰，长门愁锁日如年。”

3. 诗人在爱惜落花、怜惜古今美人的同时，还融入了自己的身世遭遇，感叹光阴易逝，聚少离多。如其七：“人不归来春又去，与谁连臂唱盈盈？”其十二：“花枝灼灼难长好，漏水丁丁不肯迟。”其十三：“一身憔悴茅柴酒，三月伤春满镜愁。”其十四：“杏瓣桃须扫作堆，青春白发感衰颓。”其二十五：“伯劳东去燕西飞，南浦王孙怨路迷。”其二十七：“烧灯坐尽千金夜，对酒空思一点红。”其二十四：“长洲日暮生芳草，销尽江淹黯黯魂。”其二十八：“默对镜奁闲自较，鬓丝又是一年赢。”

4. 诗中流露出佛家“色空”的思想，如其二：“颜色自来皆梦幻，一番添得镜中愁。”其二十：“色即是空空是色，欲从调御忏贪嗔。”其二十二：“仙尘佛劫同归尽，坠处何须论厕茵。”其二十七：“春来吓吓去匆匆，刺眼繁华转眼空。”当然，诗人毕竟是富有人性的风流才子，他无法摆脱人生的悲欢离合，无法进入佛家所提倡的空静境界。

从以上分析可知，沈周、文徵明、徐祯卿、吕常、唐寅等五人的《落花诗》都描绘了春残花落的自然景象，但在借落花抒情说理方面却各有侧重，表现出不同的才情。沈周偏重于抒发由落花引发的游子漂泊、人生易老的感叹，以及由落花引发哲理思考，包括佛家的色空观念和老庄的达观思想，表现出感性与理性相融合的修养。文徵明偏重于表现美人看花落泪、伤离怨别的情思，感性多于理性，但并没有浓烈的感伤色彩。徐祯卿偏重于表现人生易老的感叹和老庄的达观思想，理性多于感性。吕常偏重于表现出老庄的达观思想，理性色彩最浓。唐寅的诗感性色彩突出，感伤情绪最浓，艺术感染力最强。

三、《落花诗》对《葬花吟》的影响

谈到沈周、文徵明、徐祯卿、吕常、唐寅等五人的《落花诗》，我们自然会想到曹雪芹《红楼梦》中那首催人泪下的《葬花吟》。《葬花吟》在体裁上仿效唐刘希夷《代悲白头翁》等歌行体，名为咏花，实则写人。从遣词造句、意境格调上看，《葬花吟》远承刘希夷《代悲白头翁》，近法沈周、文徵明、徐祯卿、吕常、唐寅等五人的《落花诗》，尤其是唐寅的《落花诗》。刘希夷《代悲白头翁》中有“今年花落颜色改，明年花开复谁在”、“年年岁岁花相似，岁岁年年花不同”之类为人熟知的诗句。沈周《赋得落花诗》其二“飘飘荡荡复悠悠，树底追寻到树头”；《再和徵明、昌穀落花之作》其二“阵阵纷飞看不真，霎时芳树减精神。黄金莫铸长生蒂，红泪空啼短命春”。文徵明《和答石田落花》其一“扑面飞帘漫有情，细香歌扇鄣盈盈。红吹乾雪风千点，彩散朝云雨满城”。徐祯卿《和答石田先生落花之什》其六“飘荡东西不自持，多情牵惹有飞丝”。吕常《和石田先生落花十诗》其一“停针关意闺中妇，独负年华过一场”。唐寅《落花诗》其一“刹那断送十分春，富贵园林一洗贫”，其五“忍看马足车轮下，一片西飞一片东”，其十一“绿杨影里苍苔上，为惜残红手自拈”，其十三“红颜春树今非昨，青草空埋土一丘”，其二十二“好知青草骷髅冢，就是红楼掩面人”等等。这些诗句辞采柔美，情调忧伤，对《葬花吟》有直接影响。

曹雪芹巧妙地化用沈周等五人《落花诗》中的词语和意境，又结合林黛玉的悲剧命运，翻出了新意。《落花诗》以浓墨重彩描绘了花被风雨葬送的情景，表现了美人悲伤的心情和不幸的命运，而《葬花吟》在前人诗意的基础上，以婉转清丽的语言，描绘了一个“手把花锄出绣帘”的葬花美人——林黛玉，细腻深刻地表现了林黛玉孤傲、高洁的品性和抑郁、悲伤的心情。全诗抒情淋漓尽致，语言如泣如诉，声声悲音，字字血泣，通篇无一字不是发自肺腑，无一字不是血泪凝成，把林黛玉的身世遭遇和感叹表现得入木三分。黛玉为落花缝锦囊，为落花埋香冢；还要悲哭，还要作诗。这种前无古人、后无来者的“荒唐”举动，使普天下无数的痴男怨女为之心动神摇，这恰恰是《葬花吟》最新异、最动人的地方。

四、文徵明小楷《落花诗》和唐寅行书《落花诗》墨迹的书法特征

（一）文徵明小楷《落花诗》墨迹

此帖为香港刘均量先生所收藏，2011 年上海书画出版社彩色影印出版。启功先生曾撰写《文徵明原名和他写的〈落花诗〉》进行介绍，云：“这卷文氏小楷书《落花诗》真迹，是香港大鉴赏家刘均量先生虚白斋中的藏品。”“不但楷法精工，而且署名无讹，可称是我平生所见文氏所写这一组诗的许多卷中惟一可证可信的一卷真品。”①文徵明早年临习钟繇《荐季直表》，继而学习赵孟頫的小楷，后又临习欧阳询的楷书。此帖笔画瘦劲挺拔，墨色秀润，结体内紧外松，形态略向左倾，兼有赵孟頫小楷笔画的秀丽和欧阳询楷书结体的险劲之美，堪称精品。

（二）唐寅行书《落花诗》墨迹

唐寅书法早年学唐怀仁集王羲之《圣教序》，兼师李北海和欧阳询，并深受元代赵孟頫的影响，点画严谨，结体端庄，晚年化骨力于妙姿，形成秀逸俊俏、流转自如的风格。书法代表作品有《新燕词扇面》(30 岁之前书，现藏上海博物馆)、《联句诗》(41 岁书，现藏故宫博物院)、《自作诗卷》(53 岁书，现藏上海博物馆)和著名的《落花诗》。

---

① 《启功丛稿·题跋卷》36 页，中华书局 1999 年版。

据盛诗澜《唐寅落花诗考》介绍，唐寅一生曾多次书写落花诗，每次所录诗作的数量不同，内容不同，书法风格也不尽相同。目前所知落花诗墨迹版本有：1. 苏州市博物馆藏本，纸本册页，34开，每开尺寸为27cm×30cm不等，共录七律30首；2. 普林斯顿大学附属美术馆藏本，纸本长卷，25.1cm×649.2cm，录七律21首；3. 辽宁博物馆藏本，纸质长卷，26.6cm×406cm，收入七律10首；4. 中国美术馆藏本，纸质长卷，23.5cm×445.3cm，共收入七律17首，卷末标明写于嘉靖元年(1521)清明日，也就是唐寅病故的前二年。①

文物出版社影印的苏州市博物馆藏本唐寅《落花诗》，其书法属于行楷体，用笔圆润秀挺，点画清晰精到，显示了极好的楷书功底，如“一”、“十”等字，逆锋起笔，回锋收笔，均交代得相当清楚，单人旁的斜撇，果断快捷，骨力遒劲，有李北海行书的意趣。结体以方正平稳为主，有些字略呈左低右高之势，笔画之间多以附钩相互呼应，很少有牵丝连笔，内紧外松，疏朗有致。全篇书写节奏从容舒缓，笔画的长短快慢，结构的松紧开合，均显得极其自然，每行呈纵向流动之势，行与行之间留有宽绰的空白，给人以柔中带刚、秀骨天成、落落大方的美感。此帖是规范的行楷法帖，其点画、结体、章法均可学习，且可上通二王行书。

启功《论书绝句》第82首称赞唐寅书法“无今无古任天真，举重如轻笔绝尘”。并在自注中评曰：“六如居士，以不世之姿，丁弥天之厄，抑塞磊落，雄才莫骋。……其于书，上似北海，下似吴兴，以运斤成风之笔，旋转于左规右矩之中。力不出于鼓努，格不待于准绳，而不见其摹古线索。天赋之高，诚有诸贤所不可及者。”②《落花诗》帖是唐寅的书法代表作之一，是应归入矩而又富有独创性的行楷法帖，其点画、结体、章法均值得学习，而且可作为上通二王行书的阶梯。

基金项目：2011年国家社科课题《秦汉至清代碑帖文学研究》（编号11BZW073）。

作者简介：文师华，南昌大学中文系教授、硕导。主要从事中国诗学和中国书法教学研究。

---

① 盛诗澜《唐寅落花诗考》，《中国书法》2004年11期，第25—28页。

② 启功《论书绝句》，三联书店1990年版。

附：文徵明小楷《落花诗》和唐寅行书《落花诗》墨迹图片（局部）：

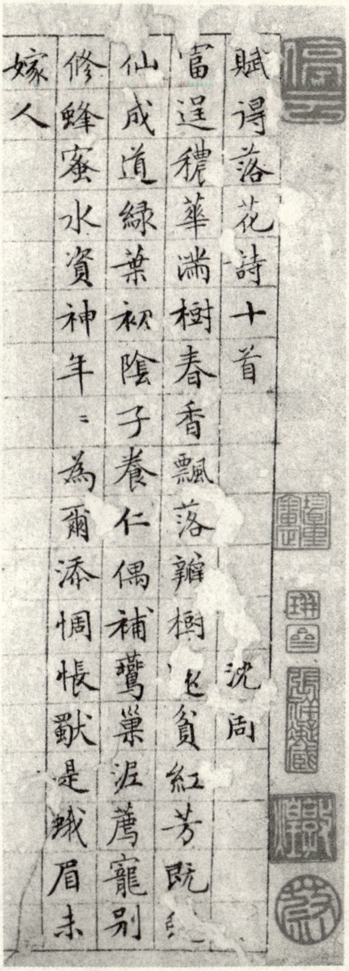

《赋得落花诗》十首　　沈周

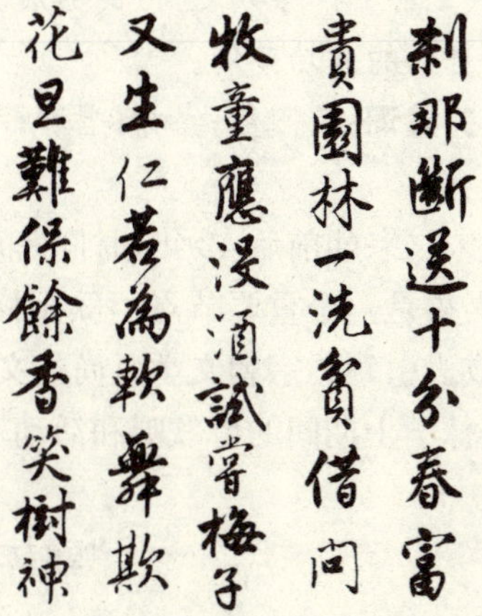

苏州市博物馆藏《落花诗》册页

欧阳修与嘉祐翰苑唱和及文学经典的重建

陈元锋

摘　要:欧阳修于至和元年至嘉祐五年两入翰苑,以翰林学士身份成为当代诗坛盟主。嘉祐诗坛,以欧阳修为中心,一大批两制词臣、三馆学士及朝堂文臣追陪游乐,诗酒雅集,文谊往还,形成诗坛唱和高潮。欧阳修以其自觉的结盟意识、经典观念和强烈的自立气度,引领一代文学寻求变革。他吸收了杨亿的"雄文博学"、苏舜钦的"奔放纵横"、韩愈的"雄文大手"与李杜的"豪放诗格",形成"雄豪宏富"的诗歌审美观,为北宋诗格注入了新的时代元素,促使宋诗进一步趋向于才学化、议论化、日常性、游戏性、谐谑性等等"文人之诗"与"学人之诗"的品质。嘉祐四年新老诗人的《明妃曲》唱和成为宋诗自立的成功范例。

关键词:欧阳修;嘉祐;唱和;雄富;《明妃曲》

宋仁宗朝前后42年,时间跨度大,文学演进的进程曲折反复,天圣、庆历、嘉祐是三个重要节点。欧阳修(1007—1072)的文学活动贯穿整个仁宗朝,成为引领仁宗朝文学风尚的文坛盟主。本文重点考察其至和、嘉祐中担任翰林学士期间的诗歌唱和活动及其意义。

一　"翰林主人"与诗坛盟主

欧阳修出于晏殊门下,游于洛阳钱惟演幕府,天圣年间,在两位昆体前辈的影响下,开始了他的文学道路。景祐、庆历之际,他与梅尧臣、苏舜钦酬唱往来,义在师友之间,颇与韩孟早期关系相似(梅尧臣亦以李杜比拟二人关系)。庆历年间他在政治上与范仲淹同声相应,文学上也以复兴古文相号召。至和二年(1055)晏殊卒,欧阳修则于至和元年(1054)至二年六月

(1055)、至和二年七月至嘉祐五年(1060)两入翰苑,以翰林学士身份成为新一代文坛盟主①,其入翰苑时已48岁,“客气”渐平,政治热情衰减,故嘉祐诗中多抒写买田清颍之思:“收取玉堂挥翰手,却寻南亩把锄犁。”②其时《五代史》已经完成初稿,欧阳修继续他的学术研究如《集古录》的写作,至和元年八月诏欧阳修修《唐书》。此时的欧阳修已在文坛确立了他的崇高地位,被称为“金鳌文章宗”③,“翰林文章伯”④和“翰林主人”⑤,成为主盟诗坛的“诗豪”,庆历中的政治同盟杜衍《聚星堂咏雪赠欧公》诗称:“宜乎众目诗之豪,便合登坛推作帅。”⑥在汲引扶持后进方面,欧公也颇有其前辈钱惟演、晏殊之风,苏轼称许他说:“欧阳公好士,为天下第一。士有一言中于道,不远千里而求之,甚于士之求公,以故尽致天下豪俊,自庸众人以显于世者固多矣。”⑦这使欧门下拥有了苏氏父子及王安石、曾巩等一大批文学才俊,其在文坛的声望与影响力,嘉祐时无出其右。

嘉祐年间天下太平,翰苑亦显清静悠闲,“朝廷务清静,铃索少文书”⑧。职事和工作环境的变化,使词臣学士多了些追陪游乐的从容闲暇:“官曹职事喜闲暇,台阁唱和相追陪。”⑨“玉堂官闲无事业,亲旧幸可从其私。”⑩先后

① 从欧阳修创作的阶段性看,确如洪本健先生所指出的,欧阳修主盟文坛在庆历而非嘉祐(见《欧阳修入主文坛在庆历而非嘉祐》,《华东师范大学学报》1999年第5期)。本文的关注点是把嘉祐作为仁宗朝文学演进的一个重要节点,考察欧阳修在翰苑期间的文学活动及其意义。

② 欧阳修《出郊见男家蚕麦已成慨然有感》,洪本健《欧阳修诗文集校笺》,上海古籍出版社2009年版,第265页。

③ 梅尧臣《永叔内翰遗李太博家新生鸭脚》,朱东润《梅尧臣集编年校注》卷二七,上海古籍出版社2006年版,第959页。

④ 韩维《和永叔小饮怀同州江十学士》,北京大学古文献研究所编《全宋诗》第8册,北京大学出版社1992年版,第5155页。

⑤ 江休复《送祖龙学赴陕府酌饮赠别次欧阳永叔韵》,《全宋诗》第5册,第3440页;吴奎:《和欧阳永叔送龙学赴陕府酌饮赠别》,《全宋诗》第7册,第4447。

⑥ 杜衍《聚星堂咏雪赠欧公》,《全宋诗》第3册,第1600页。

⑦ 苏轼《钱塘勤上人诗集叙》,《苏轼文集》卷十,中华书局1986年版,第321页。

⑧ 欧阳修《和武平学士岁晚禁直书怀五言二十韵》,《欧阳修诗文集校笺》,第409页。

⑨ 欧阳修《和刘原父澄心纸》,《欧阳修诗文集校笺》,第154页。

⑩ 欧阳修《答圣俞》,《欧阳修诗文集校笺》,第164页。

与欧阳修共事的翰林学士有赵概、杨伟、曾公亮、吕溱、王洙、胡宿、孙抃、王珪、韩绛、吴奎、范镇、贾黯、蔡襄等13人。其时以欧阳修为中心,翰苑同僚以及刘敞、江休复、梅尧臣、韩维、祖无择、王安石等一大批两制词臣、三馆学士及朝堂文臣参与唱和酬赠,唱和的场所则包括礼部锁院、玉堂宿值、书局会饮、送行祖饯、假日休沐等等,创作中心更多地转移到诗酒雅集,形成诗坛唱和高潮。以下举例言之。

二 “翰林平日接群公”:嘉祐翰苑唱和

(一)锁院召试。最为著名的即嘉祐二年(1057)的礼部锁院唱和,参与者共六人,欧阳修以翰林学士知贡举,翰林学士王珪、龙图阁直学士梅挚、知制诰韩绛、集贤殿修撰范镇权同知贡举,辟梅尧臣为试官。此次锁院长达五十天,故有余暇相与唱和,作品包括一百七十三篇“古律长短歌诗杂言”,结集为《礼部唱和诗》。欧阳修以得意的口吻记述此次“空前”的诗坛盛事:“前此为南省试官者,多窘束条制,不少放怀。余六人者,欢然相得,群居终日,长篇险韵,众制交作,笔吏疲于写录,僮史奔走往来,间以滑稽嘲谑,形于风刺,更相酬酢,往往烘堂绝倒,自谓一时盛事,前此未之有也。”①嘉祐二年的锁院唱和具有重要的示范意义,《礼部唱和集》也产生了广泛影响。如孔平仲曾向友人借阅此集:“金紫相摩上玉堂,南宫诗战镇相将。毫端写出青春色,窗下吟销白昼长。辞艳迸开昆嶂火,文章翻出铁林枪。愁中欲得神仙句,更藉夫君不闭藏。”②

(二)饯饮送别。如嘉祐四年(1059),祖无择出守陕郡,欧阳修于修书局置酒饯行,并作《小饮坐中赠别祖择之赴陕府》,其《与祖龙学》记载:“书局之会,幸出偶尔,遂成鄙句,兼邀坐客同赋,虽老拙非工,而诸君盛作,亦聊记一时之事。”其诗云:

明日君当千里行,今朝始共一樽酒。岂惟明日难重持,试思此会何尝有?京师九衢十二门,车马煌煌事奔走。花开谁得屡相过,盏到莫辞

① 《归田录》卷二,中华书局1981年版,第32页。

② 孔平仲《呈介之求礼部唱和一阅》,《全宋诗》第16册,第10931页。

频举手。欢情落寞酒量减，置我不须论老朽。奈何公等气方豪，云梦正当吞八九。择之声名重当世，少也多奇晚方偶。西州政事蔼风谣，右掖文章焕星斗。待君归日我何为？手把锄犁汝阴叟。[1]

与会者祖无择及吴奎、刘敞、范镇、江休复、梅尧臣均作和诗。诸人诗除范镇外，均尊欧阳修为“翰林主人”，并从别者祖无择、欧公与其他送别者三个层次唱叹，承欧公原唱韵调发挥之，体现了“群居燕处言谈”(《礼部唱和诗序》)的诗学意义。无择出守陕府，司马光及梅尧臣、刘敞也都另有诗相赠，但以欧阳修召集的此次书局饮饯的小型诗会最为气氛热烈，风格豪健。

（三）翰苑内值。嘉祐时期，学士内直唱和非常活跃。朝廷无事，文书相对简省，翰苑就更显清优，如无圣上召对，独直时难免冷清，于是诗歌和答便成了他们排遣孤独、互致音问的最好方式。嘉祐元年，王珪新入翰苑，范镇为中书舍人兼史馆修撰，入唐书局，欧阳修作《答王内翰（珪）范舍人（镇）》：“相从一笑欢无厌，屡获新篇喜可涯。自昔居前诮穅秕，幸容相倚愧蒹葭。白麻诏令追三代，青史文章自一家。我亦谏垣新忝命，君恩未报发先华。”[2]四年，胡宿作《岁晚禁直呈承旨侍郎同院五学士》，[3]欧阳修《和武平学士岁晚禁直书怀五言二十韵》：“向学今为盛，优贤古莫如。靓深严禁署，开宴乐群居。赐马联金络，清尘侍玉舆。讨论三代盛，献纳万机余。号令存宽大，文章复古初。笑谈挥翰墨，俄顷列琼琚。……歌诗唐李杜，言语汉严徐。”[4]可见嘉祐文坛文章复古、诗学李杜的文学思潮，以及翰苑内外词臣学士文酒相欢、从容翰墨的时代气氛。

（四）馆阁修书。仁宗朝重要的修书活动之一是《新唐书》的写作，为协助宋祁完成《唐书》，嘉祐初设《唐书》局，欧阳修、范镇、王畴、吕夏卿、劉羲叟、梅尧臣、宋敏求、梅尧臣等先后均参与修纂。修书时日既长，书局冷清，工作艰辛，烦劳之余，尤须身心的调剂。据欧阳修《集古录·赛阳山文》记

① 欧阳修《小饮坐中赠别祖择之赴陕府》，《欧阳修诗文集校笺》，第224—225页。

② 欧阳修《答王内翰范舍人》，《欧阳修诗文集校笺》，第382—383页。

③ 胡宿《岁晚禁直呈承旨侍郎同院五学士》，《全宋诗》第4册，第2110页。

④ 欧阳修《和武平学士岁晚禁直书怀五言二十韵》，《欧阳修诗文集校笺》，第409页。

载:“余在翰林,以孟飨致斋《唐书》局中,六人者相与饮奕欢然,终日而去,盖一时之盛集也。”①此外,刘敞《中使传宣二月一日史院赐筵某亦预召作七言呈禹玉(王珪)、直孺(贾黯)、景仁(范镇)三内翰》诗云:“虞书纪典上稽唐,鲁史传经近属商。刻玉春山瞻气象,积星东壁聚钩芒。朝思胥饫懽情洽,天令中和昼刻长。虽引客卿讥子墨,翰林还许望清光。”刘敞为知制诰,但学问渊博,为文敏捷,与嘉祐翰苑中人唱酬亦颇多。

总之,朝堂上下,翰苑内外,学士词臣频频雅集游从,或诗笺相忆,或诗酒相邀,遇物发兴,有唱必酬,文谊往还,在轻松诙谐的气氛中,分享书史之乐,探讨文章道德。欧阳修《与子华、原父小饮坐中寄同州江十学士休复》诗:“幸蒙二三友,相与文字间。”②韩维《和永叔怀同州江十学士》:“翰林文章伯,好古名一世,家无金璧储,所宝书与器……兴来辄长歌,欢至遂沉醉。颜饥足箪瓢,韩饮尚文字。”以文字为饮,以才学为富贵,表现了宋人对精神文化的崇尚与追求。以“翰林主人”欧阳修为中心的嘉祐词臣唱和,进一步显示了宋诗才学化、议论化、日常性、游戏性、谐谑性等等“文人之诗”与“学人之诗”的品质。

三 “歌诗唐李杜”:诗歌经典的重建

景祐至嘉祐文学的演进与转型进程,也是文学经典的重建过程。除了宋初以来诗人所师法的白居易、李商隐等诗人外,更多的唐代诗人随着文献传播的扩大渐次进入宋人的视野。但面对前辈名家,“乱花渐欲迷人眼”,诗人们一时寻找不到突破的路径,不免陷入无从抉择的困惑。

欧阳修处于北宋文学转型的关键阶段,他具有自觉的结盟意识、经典观念和自立气度,又能利用自己崇高的文学声望和地位,引领一代文学寻求变革。他对宋初诗坛三体均有评骘,又与同辈尹洙、穆修等人推尊韩愈古文,进而师法韩愈与李、杜诗风。在嘉祐诗坛的一系列酬唱中,欧阳修的文学思想与创作实践,推动了北宋文坛尊韩、宗杜文学思潮的高涨,也促进了宋诗

① 欧阳修《赛阳山文》,《欧阳修全集》卷一四二,中华书局2001年版,第2290页。

② 欧阳修《与子华、原父小饮坐中寄同州江十学士休复》,《欧阳修诗文集校笺》,第151—152页。

进一步确立成熟的“宋调”特色。

欧阳修对白体与晚唐体都有所不满，对于前者，他的评价是“其语得于容易”。他对晚唐诗人的整体评价和个别点评均不佳，认为“唐之晚年，诗人无复李杜豪放之格”，唯尚雕琢苦吟如周朴。对孟郊、贾岛“喜为穷苦之句”也并不欣赏，戏云：“下看区区郊与岛，萤飞露湿吟秋草。”①又谓郑谷诗“其格不甚高，以其易晓，人家多以教小儿”，亦视为卑俗之流。对宋初“晚唐体”诗人如九僧之流“区区于风云草木”、诗思枯窘颇有微辞。而由于其与昆体前辈钱惟演、晏殊的文学与政治渊源，故对昆体诗及其创始者杨、刘都给予颇高的评价：“盖其雄文博学，笔力有余，故无施而不可。”②

尊崇韩愈，是宋代文学复古的第一股潮流。自宋初至仁宗朝，以北方文士及新政人士为主，形成一个持续地崇尚韩文的阵营，欧阳修尊韩，始于天圣前后③。据其《记旧本韩文后》自叙，其接触韩文正当景德昆体极盛而韩文“沉没弃废”之时，其与尹洙之辈校定韩文并写作古文，已在天圣八年(1030)进士及第之后④。此后的三十余间，学韩之风渐盛。其中显著的事例有：皇祐三年(1051)，祖无择作《唐韩文公庙记》云：“公之器业可谓宏深魁伟，施于行事，细大夷险无所不宜。其文章博辨卓诡，与商盘、周诰相上下。惜也，孔子没，无圣人者为之章显，以信后世，而见绌于史臣之笔，其亦不幸也欤！”⑤扭转了五代史臣所作《旧唐书》对韩愈的不公正评价。皇祐四年(1052)，范仲淹手书韩愈《伯夷颂》，文彦博、富弼、苏舜元、晏殊、杜衍均作出回应，杜衍诗题曰《远蒙运使度支以资政范公所寄黄素小字韩文公〈伯夷颂〉》，许昌文公、淮西富公题诗于后，才翁(舜元)复缀雅什兼寄长安晏公，公亦有作；衍久兹休退，人事仅废，不意雅故未遗，悉以副本为贶，俾愚继之，对此怔忪，既感且愧，率成拙句奉呈，敢言亦骥之乘，聊为续貂之比耳》，用103

① 欧阳修《太白戏圣俞》，《欧阳修诗文集校笺》，第148—149页。

② 此段所引欧阳修论诗语，除标明篇名外，均见《六一诗话》，何文焕辑《历代诗话》本，中华书局1981年版，第264—270页。

③ 参见洪本健《欧阳修天圣学韩：北宋“文学自觉”的重要标志》，《华东师范大学学报》2009年第3期；李贵《天圣尊韩与宋调的初步成型》，《文学遗产》2007年第6期。

④ 欧阳修《记旧本韩文后》，《欧阳修诗文集校笺》，第1927—1928页。

⑤ 祖无择《唐韩文公庙记》，曾枣庄、刘琳主编《全宋文》第43册，上海辞书出版社、安徽教育出版社2006年版，第325—326页。

字以纪其事，诗云："希文健笔钞韩文，文为首阳山下人……当世宗工复题咏，尤宜率土尽书绅。"①上述诸人，与欧阳修多为亦师亦友的道义之交和文学同盟，他们共同推进了韩愈古文的经典化，也确立了以韩、欧为主脉的唐宋古文文统。

尽管王禹偁早就提出"韩柳文章李杜诗"，但杜甫在宋初诗坛的境遇并不比韩愈好，他一度被目为"村夫子"、"村学究"。苏舜钦说杜诗"盖不为近世所尚，坠逸过半"②。王安石于皇祐四年（1052）作《老杜诗后集序》曰："予考古之诗，尤爱杜甫氏作者，其辞所从出，一莫知穷极，而病未能学也。世所传已多，计尚有遗落，思得其完而观之。"③刘敞记录了他借阅、补辑杜甫诗歌《外集》的过程，《编杜子美外集》诗云："少陵诗笔捷悬河，乱后流传间策讹。"④《寄王十二》序云："先借《杜甫外集》，会疾未及录。近从吴生借本，增多于王所收，因悉抄写，分为五卷，又为作序，故报之。"诗云："昔借君家杜甫集，无端卧疾不曾编。近从霅上吴员外，复得遗文数百篇。夫子删诗吾岂敢，古人同疾意相怜。新书不惜传将去，怅望秦城北斗边。"⑤可知此集经过了三人的编辑、传抄。"王十二"或即指嘉祐初为翰林学士的王洙⑥。嘉祐四年（1059），王珪从兄王琪在苏州刻印杜甫诗集。杜诗的文本得以更完整地进入传播、接受的渠道。读杜、评杜逐渐成为诗坛风气，杜诗的价值得到发掘，并逐步确立为新的文学经典。值得注意的是，宋祁也是仁宗朝"开学杜风气的人物之一"⑦，他曾手书杜甫诗一卷⑧，尤其是他所主笔的《新唐书·杜甫传》对杜诗艺术成就及"诗史"精神的阐发，在杜诗接受史上，具有极为重要的理论意义。

---

① 杜衍《远蒙运使度支以资政范公所寄黄素小字韩文公〈伯夷颂〉……》，《全宋诗》第3册，第1598页。

② 苏舜钦《题杜子美别集后》，《全宋文》第41册，第72页。

③ 王安石《老杜诗后集序》，李之亮《王荆公文集笺注》卷四七，巴蜀书社2005年版，第1619页。

④ 刘敞《编杜子美外集》，《全宋诗》第9册，第5867页。

⑤ 刘敞《寄王十二》，《全宋诗》第9册，第5874页。

⑥ 邓子勉《宋人行第录》"王十二"条未见此人，中华书局2001年版，第25页。

⑦ 张鸣《宋诗选》，人民文学出版社2004年版，第66页。

⑧ 《竹坡诗话》，何文焕辑《历代诗话》本，第349页。

但文坛领袖欧阳修偏爱李白而不喜杜诗的态度却引起人们的争议，《中山诗话》载："欧公亦不甚喜杜诗，谓韩吏部绝伦。吏部于唐世文章，未尝屈下，独称道李杜不已。欧贵韩而不悦于子美，所不可晓。然于李白而甚赏爱，将由李白超趠飞扬为感动也。"①但这段话容易引起一些误解。第一，欧阳修对杜诗是"不甚喜"而非"不喜"，更非不读，《六一诗话》便记载了当时文方盛、"杨刘唱和、《西昆集》行"之际，"唐贤诸诗集几废而不行"，知制诰陈从易"偶得杜集旧本，文多脱误"，《送蔡都尉诗》"身轻一鸟"其下脱一字，陈从易等人各用一字补之，提出"疾"、"落"、"下"等字，莫衷一是，其后得一善本，乃作"过"字，"陈公叹服，以为虽一字，诸君亦不能到也"。由对杜诗用字和文本的讨论，即可表明欧阳修对杜诗的关注。第二，欧阳修对杜诗的认识是有发展的。其早期先后从钱惟演、晏殊游，自然也接受了昆体诗人审美趋向的影响，《中山诗话》就是把"杨大年不喜杜工部诗"与"欧公亦不甚喜杜诗"相提并论的。但与此形成鲜明对照的是，欧阳修对杜诗的推崇。他多次将"李杜"并称或并论，他在《六一诗话》中批评晚唐诗歌"无复李杜豪放之格"；《感二子》诗称扬"昔时李杜争横行，麒麟凤凰世所惊"②；在前引和胡宿诗中叙述了嘉祐中"歌诗唐李杜"的文学氛围。《石林诗话》卷中记欧阳修语曰："吾《庐山高》，今人莫能为，惟李太白能之。《明妃曲》后篇，太白不能为，惟杜子美能之；至于前篇，则子美亦不能为，惟我能之也。"③可见，他已将李杜视为唐诗的典范，而且流露出有意追踪李白甚至与李、杜比肩争胜的自信，较之前朝白体与昆体作家对唐人的步趋和依傍，欧阳修对经典作家更多一种挑战和竞技意识。

欧阳修在其诗歌创作中曾先后提出"古硬"、"险怪"、"平淡"的审美理想，除此之外，他还曾提出"雄富"的诗歌审美理想，应给予充分重视。"雄"是雄健豪放，"富"是富赡博学。欧阳修推崇李杜诗歌的"豪放之格"，并以李杜比拟苏舜钦、梅尧臣二人曰："二子精思极搜抉，天地鬼神无遁情。及其放笔骋豪俊，笔下万物生光荣。古人谓此觑天巧，命知疑为天公憎。昔时李杜争横行，麒麟凤凰世所惊……英雄白骨化粪土，富贵何止浮云轻。唯有文章

① 刘攽《中山诗话》，何文焕辑《历代诗话》本，第 288 页。

② 欧阳修《感二子》，《欧阳修诗文集校笺》，第 246 页。

③ 叶梦得《石林诗话》卷中，何文焕辑《历代诗话》本，第 424 页。

烂日月，气凌山岳常峥嵘。”[①]称赞苏舜钦说：“其于诗最豪，奔放何纵横。”[②]他评价韩愈为“退之笔力，无施不可”的“雄文大手”，杨亿同样“雄文博学，笔力有余，故无施而不可”[③]。由此可以了解欧阳修的诗学趣味，是内容上才学博赡，风格上豪放俊迈，表达上放笔挥洒，呈现为“雄豪宏富”的艺术境界。庆历以来矫励风节、救时行道的高昂士风，加上欧阳修作为学者型作家的深厚学养，使“雄富”的文学理想成为他自觉的追求和选择。虽然中年以后，欧阳修在政治上意气稍衰，但其诗歌写作仍坚持豪壮之格，而逐渐放弃了险怪之风，在吸收了杨刘昆体的“雄文博学”、苏舜钦的“奔放纵横”、韩愈的“雄文大手”与李杜诗歌的“豪放诗格”后，为北宋诗格注入了新的时代元素。比之杨亿所变诗格的雄深奥衍、典雅赡丽，欧公所创诗格既承继唐人（李、杜、韩），又在潜意识里超越唐人（“唐诸子号诗人者僻固而狭陋”），实现了对晚唐以来浅易卑俗、枯窘寒苦诗格的反拨，这应是欧阳修对仁宗朝诗坛的最大贡献。值得注意的是，宋人曾以欧阳修推崇韩愈却不甚喜杜甫为不可理解，其实正如韩愈在《调张籍》等诗中推重李杜的雄奇高古诗风一样，韩、欧阅读视野中的李杜诗风，在艺术趣味上可谓消息暗通[④]。韩愈古文与李白诗歌几乎同时在景祐、庆历这个节点上进入经典化的进程，欧阳修应是这一传播路径的桥梁。苏轼论欧阳修文学渊源曰：“论大道似韩愈，论事似陆贽，记事似司马迁，诗赋似李白。”[⑤]《宋史》载：“识者以为知言。”[⑥]从实际接受情况来看，欧阳修本人确实受韩愈、李白的影响更大，或者说其诗风在韩、李之间。而杜诗的精神与价值，经其后学进一步发掘，方逐渐取代李白以及韩愈，而进入宋代诗坛中心。

再回到前文所述欧阳修颇感自信的两个文本：《庐山高》与《明妃曲》。值得注意的是令欧阳修自负的原因，他是将这两个文本以李白、杜甫的前文

① 欧阳修《感二子》，《欧阳修诗文集校笺》，第 246 页。

② 欧阳修《答苏子美离京见寄》，《欧阳修诗文集校笺》，第 1339 页。

③ 欧阳修《六一诗话》，何文焕辑《历代诗话》本，第 270—272 页。

④ 对李杜雄豪诗风并提的还有杜牧《冬至日寄小侄阿宜诗》：“李杜泛浩浩，韩柳摩苍苍。近者四君子，与古争强梁。”《雪晴访赵嘏街西所居》：“命世风骚将，谁登李杜坛？少陵鲸海动，翰苑鹤天寒。”

⑤ 苏轼《六一居士集叙》，《苏轼文集》卷十，第 316 页。

⑥ 《宋史》卷三一九《欧阳修传》，第 10381 页。

本作为参照的，与经典文本形成承袭、模仿、超越的“互文”性语境。其《庐山高赠同年刘中允归南康》从其命题与风格看，显然都是以李白《蜀道难》为前文本而心摹手追，《太白戏圣俞》（诗题一作《读李白集效其体》）即云：“太白之精下人间，李白高歌《蜀道难》。蜀道之难难于上青天，李白落笔生云烟。”①对李白的仿效展示了欧诗雄放俊逸的风格。第二个文本产生于嘉祐四年（1049）的《明妃曲》唱和，参与者共六人，即王安石、欧阳修、梅尧臣、曾巩、刘敞、司马光，这是宋诗发展史上的一次最重要的聚会。欧阳修虽非唱和的发起者，但作为“翰林文章伯”，却对王安石给予最大的支持，他一和再和，始则曰：“玉颜流落死天涯，琵琶却传来汉家。汉宫争按新声谱，遗恨已深声更苦。”②再则曰：“绝色天下无，一失难再得。虽能杀画工，于事竟何益。耳目所及尚如此，万里安能制夷狄！汉计诚已拙，女色难自夸。”③若干年后的治平、熙宁年间，他还作《明妃小引》：“汉宫诸女严妆罢，共送明妃沟水头。沟上水声来不断，花随水去不回流。上马即知无返日，不须出塞始堪愁。”④对这一题材表现出了浓厚的兴趣和思考的热情。

王昭君这一六朝以来咏史诗中的热门题材，给嘉祐诗坛诸才子提供了充分展示才学和议论的绝佳机会，他们各出心裁，以意相胜，尤以王安石的首倡引起的反响最大，欧公显然亦不甘人后。日本学者内山精也曾著长文考察此次唱和的意义和产生的思想文化背景，指出：参与《明妃曲》唱酬的六位诗人，都在儒学的领域身为学者，读书万卷，引领着批判怀疑的时代学术风潮，“他们对于具体的文学表达，也不喜欢一味墨守的做法，而更爱好新奇的言说”；“从某种意义上也可以说，王安石《明妃曲》的翻案句，正是当时的文学乃至言论环境的产物”⑤。除了当代作家同场竞技外，欧阳修又主动地“邀请”他所敬仰的前辈高手杜甫加入到竞争行列里，较量的结果是欧公对自己的儿子得意地宣称他的《明妃曲》前后篇分别超越了太白与子美，“惟我能之也！”这是一种何等自信、自立的气度！新、老两代诗人（梅尧臣 58 岁，

① 欧阳修《太白戏圣俞》，《欧阳修诗文集校笺》，第 148—149 页。

② 欧阳修《明妃曲和王介甫作》，《欧阳修诗文集校笺》，第 231 页。

③ 欧阳修《再和明妃曲》，《欧阳修诗文集校笺》，第 234 页。

④ 欧阳修《明妃小引》，《欧阳修诗文集校笺》，第 255 页。作年据洪本健说。

⑤ 内山精也《王安石〈明妃曲〉考——围绕北宋中期士大夫的意识形态》，《传媒与真相》，上海古籍出版社 2005 年，第 131 页。

欧阳修53岁，司马光41岁，刘敞41岁，曾巩41岁，王安石39岁）的《明妃曲》唱和以一种议论化、才学化的美学趣味，共同完成了一个宋诗转型的成功范例，至此，宋诗已自觉摆脱了对唐人一味依傍步趋而开始呈现出自己的面貌。

作者简介：陈元锋，山东师范大学文学院教授。

论文天祥诗歌的杜鹃意象

朱小宁

摘　要:意象是诗人传情达意的载体,寄之其上的情感具有相对稳定性。古代诗人常用杜鹃意象来寄托他们的思乡、思故国之情。文天祥诗歌中杜鹃意象使用的阶段性差异,可折射出诗人所处社会环境的变化及其心路历程的波折。

关键词:杜鹃意象;文天祥;情感

意象作为主观情意与客观物象相融合的心象,成为了诗人传情达意的载体。有些意象所承载的情感内涵是建立在其自然特性及相关的神话故事基础之上,他们被赋予的情感内涵具有相对稳定性。杜鹃是古代诗人常用的一种意象,在不同的历史时期,它所传达出的思念、悲苦情结都是相对稳定的。文天祥诗作中有不少借用杜鹃来寄托他的特定情感,透过这个意象我们不难发现诗人的各种创作背景和情意思绪的变化。

一

杜鹃,据《本草纲目》引唐陈藏器《本草拾遗》:"人言此鸟(杜鹃)啼至血出乃止。"又《本草纲目·禽部》:"杜鹃,其鸣若曰不如归去。"①杜鹃的鸣声、啼血把杜鹃与悲苦的思乡之情联系在一起,听见杜鹃的悲鸣、看见杜鹃的啼血往往使羁旅他乡的游子泛起思乡之情。据扬雄《蜀王本纪》载:"(杜宇)自立为蜀王,号曰望帝","积百余岁,荆有一死人名鳖灵,其尸亡去,荆人求之不得。鳖灵尸随江水上至郫,复生,与望帝相见,望帝以为相。时玉山出水,

---

① 李时珍《本草纲目》,人民卫生出版社 2005 年版,第 2139 页。

若尧之洪水。望帝不能治水,使鳖灵决玉山,民得陆处。鳖灵治水去后,望帝与其妻通,惭愧。帝自以德薄,不如鳖灵,委国授鳖灵而去”,“望帝去时子规鸣,故蜀人悲子规而思望帝。宇死,俗说云宇化为子规;子规,鸟名也。蜀人闻子规鸣,皆曰望帝也”①。望帝化为杜鹃,蜀人悲子规、思望帝的行径,又赋予了杜鹃意象思故国的文化内涵。杜鹃的自然天性与望帝的神话故事,使杜鹃与泣血的思念、悲苦的家国情怀相联系,成为思念、悲苦情意的载体。古代诗人因而常用杜鹃(或杜宇、子规、子鹃、鹃啼等)意象传达他们对故乡、故国的思念之情。

二

南宋末年著名爱国诗人文天祥在其诗作中用杜鹃意象来传情达意,但不同时期的诗歌中他所运用的杜鹃意象情况有所区别,这是他身处的社会环境、个人遭际对其心理影响的结果。考察他诗歌用杜鹃意象的情况,有助于我们了解他不同时期内心的情感历程。

以宋恭帝德祐元年文天祥起兵勤王为分界点,可将其诗歌分为前后期。

文天祥前期创作的259首诗作中,仅《某叨臬衡湘……》一诗中用了杜鹃意象:

> 潇湘一夜雨,湖海十年云。相见皆成老,重逢便作分。啼鹃春浩荡,回雁晓殷勤。江阔人方健,月明思对君。②

此诗写于度宗咸淳九年(1273),文天祥任湖南提刑期间。诗作抒发他与故人李芾久别重逢旋即分离的惆怅心情。“鹃啼”(杜鹃)意象的运用只是用来点明两人是在鹃声满耳的春末时节会面以及闻此鸟声而泛起的惆怅之情。在前期诗歌中,文天祥并未用杜鹃意象来传达他对故乡的思念之情,因为在他看来杜鹃意象常与泣血般思乡、思故国之情相联系。但在文天祥的前期生涯中缺乏产生这种情感的人生经历。

① 李剑国《唐前志怪小说辑释》,上海古籍出版社1986年版,第82—83页。
② 文天祥《文天祥全集》,江西人民出版社1987年版,第55页。

文天祥前期的仕途虽不尽如人意，但“宋室优待官员的第一见端，即官俸之逐步增加，当时号称‘恩逮于百官，唯恐不足；财取于万民，不留其余’。可以想见宋朝优待官吏之情态。官吏俸禄既厚，而又有祠禄，为退职之恩礼。又时有额外恩赏”①。在这种政策之下，身为官吏的文天祥在经济上也相当宽裕。《宋史·文天祥传》载“天祥性豪华，平生自奉甚厚，声伎满前”。文天祥在德祐元年奉诏勤王“使陈继周发郡中豪杰，并结溪洞蛮；使方兴召吉州兵。诸豪杰皆应，有众万人”。这几万军队的军费开支相当一部分是文天祥“尽以家资为军费”②。由此可见，文天祥前期的物质生活丰厚，无衣食之忧。从理宗开庆元年(1259)至度宗咸淳十年(1274)，文天祥前期的十六年间时宦时隐生涯中，在江西境内任职4年多；由于他正道直行、惟厉清忠，勇于同奸臣作斗争，遭到排挤打击，数次被弹劾，两次罢官归里，居吉安文山五年多③。因此在这十六年中，有近十年赋闲在吉安或在江西境内任职。文天祥前期生涯中舒适的物质生活，冲淡了为官他乡的思乡之情；而在故乡附近为官的他，听着耳边的乡音，看着相似的乡土风俗，思乡之情再度弱化。因而在此期间他那淡淡的思乡之情用“故园堤好在，夜梦绕吾庐”④、“江湖行客梦，风雨故乡情”⑤抒发即可，作为泣血般思乡、思故国情感载体的杜鹃意象自不适合文天祥此时的心境了。

三

恭帝德祐元年(1275)文天祥起兵勤王至至元十九年(1282)文天祥被元统治者所杀期间，文天祥所写诗歌370余首中共有13首用了杜鹃意象。

进一步考察文天祥后期的诗歌，就会发现德祐元年起兵勤王至祥兴元年(1278)文天祥五坡岭被俘之前，他共写诗歌180首，仅《旅怀三首》(其三)用了杜鹃意象：

---

① 钱穆《国史大纲》，商务印书馆1996年版，第543—544页。

② 脱脱等《宋史》，中华书局1977年版，第12534页。

③ 据夏延章《文天祥年谱》，《吉安师专学报》(哲学社会科学版)1995年第1期，第25—28页。

④ 文天祥《文天祥全集》，江西人民出版社1987年版，第58页。

⑤ 文天祥《文天祥全集》，江西人民出版社1987年版，第59页。

昨夜分明梦到家，飘飖依旧客天涯。故园门掩东风老，无限杜鹃啼落花。①

此诗作于文天祥前往皋亭山与伯颜谈判被扣押，后又在镇江从元营中逃脱至泰州后所作。经历了九死一生险境的文天祥，梦见故乡春末时分杜鹃悲鸣、百花凋谢的惨淡景象，广大沦陷区百姓的悲泣声就如同此时杜鹃的惨叫，在诗人听来杜鹃又在为南宋王朝盛世的渐行渐远而悲鸣。杜鹃意象既抒发了诗人的思乡之情，又表达了诗人为个人、为故乡、为国家的不舛命运悲伤之情。这首诗中杜鹃意象的悲剧色彩明显浓于前期诗作中的杜鹃意象，但比之于其后阶段所用杜鹃意象又略显淡。这是什么原因所致，其中又折射出诗人什么样的心境呢？

德祐二年二月，伯颜由湖州入临安城，宋恭帝领文武百官向元上表章，求为藩属。三月，伯颜接管宋王朝的内外大权，并以宋皇帝、太后名义发布文告，命令各州郡归附。随即命元兵将宋恭帝、全太后等解往上都，去觐见元主。元军入临安，南宋大势已去，任何人也难有回天之力，标志南宋王朝基本灭亡。文天祥对此时的形势也有一定的认识，他在起兵勤王之时，曾有人劝他："今元兵三道鼓行，破郊畿。薄内地，君以乌合万余赴之，是何异驱群羊而搏猛虎？"天祥曰："吾亦知其然也，第国家养育臣庶三百余，一旦有急，征天下兵，无一人一骑入关者。吾深恨于此，故不自量力，而以身徇之，庶天下忠臣义士，将有闻风而起。义胜者谋立，人众者功济，如此，则社稷犹可保也！"②文天祥虽知宋元力量对比悬殊，但作为南宋臣民的他不能眼睁睁看着大宋江山屈于元统治者之下。此时，宋恭帝虽已被俘去北方，但吉王、信王——南宋皇室的血脉尚存，尚有淮东、闽广等地大片国土未降，仍在抗击元军。正如陆秀夫所言："古人有以一旅一成中兴者。今百官有司皆具，士卒数万，天若未欲绝宋，此岂不可为国耶！"③陆秀夫的话代表了南宋末年抗元将士的心声，他们心中仍幻想南宋能战胜元军，文天祥也坚信宋王

---

① 文天祥《文天祥全集》，江西人民出版社 1987 年版，第 517 页。

② 陈邦瞻《宋史纪事本末》，中华书局 1977 年版，第 1150 页。

③ 陈邦瞻《宋史纪事本末》，中华书局 1977 年版，第 1178 页。

室能够“一马渡江开晋土，五龙夹日复唐天”①。

文天祥被元军扣留北上，后逃脱南归路途中，接触了广大沦陷区的军民，使他了解到广大沦陷区百姓对南宋的感情，坚定了他复兴宋王室的信心。

“信世昌……北方之儒也，隶唆都。……中原遗黎，甚惓惓于本朝，颇输情焉。……云父念本朝，亦愿望之辞。”既使信世昌这样的身为元朝官吏的中原遗民，仍然是“南方心事北方身”②。

文天祥在京口从元营中逃脱，须找船南归，手下谋士杜浒“如颠狂人，醉游于市，遇有言本朝而感愤追思者，即捐金之。密告以欲遁之谋，无不愿自效，以无舟而辍。前后毋虑十数。其谋不泄”③。此事使文天祥了解到沦陷区多数遗民是迫于形势降元，他们内心仍然向着宋王朝。

文天祥南归后，至福安见宋端宗，后他到南剑建立督府，高举抗元旗帜，应者云集，“刘洙、萧明哲、陈子敬皆自江西起兵来会”④。景炎二年六月“（文）遣大兵攻赣州，又以偏师出吉州。赣诸县皆复，虏号令惟行于城中。吉水、永中、万安、永新、龙泉，以次皆复。临、洪、袁、瑞，莫不响应，诣军门请约束者相继”⑤。这些临阵倒戈，争相归顺南宋的地方军民，使文天祥进一步感知到沦陷区军民心向南宋之切，他们降元只是缓兵之计。

这种亲历、亲闻使文天祥对南宋战胜元军，终将收复大宋江山充满了信心。杜鹃意象所具有的充满悲剧色彩的思乡、思故国情怀，与文天祥此时对抗元事业的百倍信心不一致，这正是他此时期创作的诗歌中少用杜鹃意象的症结所在。

祥兴元年十二月文天祥五坡岭被俘至至元十九年十二月文天祥被杀期间，他作诗共 190 余首。诗中共有 12 处用了杜鹃意象，与此前各时期所写诗歌相比，借用杜鹃意象的频率大大提高，文天祥在这些诗歌中用杜鹃意象的情况，大致可分为两类。

---

① 文天祥《文天祥全集》，江西人民出版社 1987 年版，第 487 页。

② 文天祥《文天祥全集》，江西人民出版社 1987 年版，第 484—485 页。

③ 文天祥《文天祥全集》，江西人民出版社 1987 年版，第 495 页。

④ 文天祥《文天祥全集》，江西人民出版社 1987 年版，第 738 页。

⑤ 文天祥《文天祥全集》，江西人民出版社 1987 年版，第 642 页。

以杜鹃自喻抒发其不幸遭遇。祥兴二年，厓山之战后，南宋的最后一位皇帝赵昺投水而亡，南宋彻底灭亡。此后文天祥面临着国破家亡的境地，自己还身陷狱中，遭受诸多折磨，精神上、肉体上都极度痛苦。充满浓厚悲剧色彩的思乡、思故国情感载体的杜鹃意象恰能充分传达诗人此时的内心苦痛，所以文天祥的诗作自然而然就多用这一意象来寄托情思。

文天祥从广州押往燕都的途中，须路过吉州。他准备绝食，实现其“我过青山欲首丘”①的志愿，但未能实现。抱有舍生取义决心的他，知道自己押往燕都之后必死于异乡，他只寄希望于死后魂魄化为杜鹃啼血南飞至故乡。“从今别却江南日，化作啼鹃带血归”②、“俯首北去明妃泪，啼血南飞望帝魂”③，诗句中文天祥以杜鹃自喻，通过杜鹃意象揭示了他坚定的殉国之志，抒发了他内心为自身不幸遭遇、南宋灭亡命运啼血悲鸣之情，传达了他对故乡、故国魂牵梦绕的思念。

“空流杜宇声中血，半脱骊龙颔下须”④、“可怜杜宇空流血，惟愿严颜便斫头”⑤、“沙边黄鹄长回首，江上杜鹃空断魂”⑥、“泪如杜宇喉中血，须似苏郎节上旄”⑦等诗句中，文天祥以杜宇（杜鹃）自喻，固然表明了他坚定的以死殉国之心，更重要的是表明了对自己不幸遭遇、对南宋亡国命运的不服之志，显示其强烈的求生欲望。

诗人通过杜鹃意象传达出他泣血般的思乡、思故国之情，这么浓郁的悲剧色彩，除了源于亡国、自身陷狱之外，也源于文天祥对南宋末年权奸的痛恨及国破家亡的惋惜。

文天祥在狱中集杜诗二百首评判南宋末年的历史人物、历史事件，对南宋灭亡原因进行了深思熟虑的反思。他认为“三百宗庙社稷，为贾似道一人所破坏”⑧。贾似道在南宋末年大权独揽，他在用人、治国策略的昏庸无能

① 文天祥《文天祥全集》，江西人民出版社 1987 年版，第 542 页。
② 文天祥《文天祥全集》，江西人民出版社 1987 年版，第 546 页。
③ 文天祥《文天祥全集》，江西人民出版社 1987 年版，第 548 页。
④ 文天祥《文天祥全集》，江西人民出版社 1987 年版，第 546 页。
⑤ 文天祥《文天祥全集》，江西人民出版社 1987 年版，第 572 页。
⑥ 文天祥《文天祥全集》，江西人民出版社 1987 年版，第 579 页。
⑦ 文天祥《文天祥全集》，江西人民出版社 1987 年版，第 586 页。
⑧ 文天祥《文天祥全集》，江西人民出版社 1987 年版，第 621 页。

都直接加速了南宋的灭亡。“似道丧邦之政,不一而足,其羁虏使,开边衅,则兵连祸结之始也。”①文天祥批判贾似道扣押元使臣,使元军师出有名,进一步加快了对南宋侵略的步伐,使南宋失去了富国强兵的宝贵时间。宋元战争之初,贾似道在用人上的失策,致使南宋亡国已成定局。“夏贵自阳罗堡之败,顺流而下,沿江南岸,纵兵放火,归庐州解甲。当是时,其心已无国矣。似道建督至江上,夏贵不得已出见,斩以衅鼓,东南再造之机。失此不图,社稷为墟。”②文天祥批判贾似道对逃跑的败军之将夏贵姑息,不杀之以明军纪,以振军威,从而导致了鲁港之溃,使南宋军事力量大大削弱,基本上失去了与元军相抗衡的实力。“高达,京湖名将。己未,解围鄂州。贾似道许以建节,竟不以……达怨望久矣”,贾似道用人上的出尔反尔和失误,致使“(高)达以荆州降,夏以淮西降。李死,淮东尽失,无复中原之望矣”③。

文天祥在德祐起兵勤王率军来到临安时上书朝廷,批判“朝廷姑息牵制之意多,奋发刚断之义少”,建议“今宜分天下为四镇,建都督统御于其中。……责长沙取鄂,隆兴取蕲、黄,番阳取江东,扬州取两淮,使其地大力众,足以抗敌。约日齐奋,有进无退,日夜以图之,彼奋多力分,疲于奔命,而吾民之豪杰者又伺间出于其中,如此,则敌不难却也。”④而当时朝臣却以为文天祥议论阔远,书奏不报。直到,伯颜兵临安,丞相陈宜中连夜逃跑,南宋朝廷才使“(文)除枢密使,午拜丞相枢密使”。文天祥认为朝廷如能早重用自己,凭自己的政治、军事才干,必能使“北不可至南,南不可至北”⑤。

文天祥从元营中逃脱南归武装抗元期间,他多次感叹自己不受重用,无施展才华机会,致使中兴宋王朝的最后机会错失。

文天祥从元营逃脱至真州时“即作书,报制阃李庭芝。及约淮西夏贵,又作诸州太守书,约以复兴。使天命再定,是行也,中兴之机也。”却因“李庭芝闻余至真州,以为来说城,遣使数十辈来莅杀予”⑥的狐疑,致使中兴之机尽失。

---

① 文天祥《文天祥全集》,江西人民出版社 1987 年版,第 622 页。
② 文天祥《文天祥全集》,江西人民出版社 1987 年版,第 623 页。
③ 文天祥《文天祥全集》,江西人民出版社 1987 年版,第 628 页。
④ 脱脱等《宋史》,中华书局 1977 年版,第 12535 页。
⑤ 文天祥《文天祥全集》,江西人民出版社 1987 年版,第 709 页。
⑥ 文天祥《文天祥全集》,江西人民出版社 1987 年版,第 638 页。

文天祥南归至“福安行都，被任命为宰相”，但“国方草创，陈宜中尸其事，专制于张世杰。余名宰相，徒取充位，遂不敢拜，议出督”①。他想前往永嘉开督府，因为“始余至永嘉，留一月俟命。永嘉及台处豪杰，皆来自献，愿从海道作战守规模。予至福安，欲还永嘉谋进取，庙谟不以为然”。陈宜中刚愎自用，独断专行，“欲倚世杰复浙东西，以自洗濯，所以阻予永嘉之行，后取定海失败。李珏为制阃，众方思用予，悔已不及”②，陈宜中的狭隘心胸致使收复两浙的计划，功败垂成。

这些序文大多是文天祥身陷燕都大狱中痛定思痛写下的，他认为在宋元斗争中，南宋王朝本有时间、有机会战胜元军，却因当权者的贪污腐败、刚愎自用、争权夺利、懦弱无能，致使中兴机会一再错失，使南宋亡了国，也使自己惨遭不幸。文天祥认为南宋朝廷如能及早重用自己，必能战胜元军，复兴宋王朝，自己自不必身陷囹圄。从上文论述中可见，文天祥对南宋末年误国权奸痛恨之极，恨他们的误国之举终致国亡，又使自己身陷狱中，让自己像杜鹃一样“空流血、空断魂”，而他却真切地感到南宋的亡国之命、自己的断头之灾，本来都是可以避免的。这些杜鹃意象表明他对国破命舛的不甘心理，同时也体现了他强烈的求生欲望。文天祥的命运是如此凄惨，他又有强烈的求生欲望，而儒家思想对他的熏陶和教育使他选择了“以身殉道不苟生”③的道路。矛盾心理中的抉择令他深深地感叹自身命运的不幸，这恰好与杜鹃意象所蕴含的悲切的思乡、思故国之意相吻合，所以他选择了用杜鹃意象传达这份悲苦的情感。

正是有这样的情感潜藏于心，所以文天祥就借杜鹃意象抒胸中之痛。在过梁门发出“更和天堑失，回首惨啼鹃”④的悲叹；初至燕都监狱时会有“听着鹃啼泪满襟”⑤的行径，唱出“空想啼鹃月掩关”⑥的悲鸣；在监禁于燕都狱中一年之际依然不移“梦啼死血丹心破”⑦的殉国之心；在回忆自己被

① 文天祥《文天祥全集》，江西人民出版社 1987 年版，第 640 页。

② 文天祥《文天祥全集》，江西人民出版社 1987 年版，第 641 页。

③ 文天祥《文天祥全集》，江西人民出版社 1987 年版，第 536 页。

④ 文天祥《文天祥全集》，江西人民出版社 1987 年版，第 569 页。

⑤ 文天祥《文天祥全集》，江西人民出版社 1987 年版，第 573 页。

⑥ 文天祥《文天祥全集》，江西人民出版社 1987 年版，第 577 页。

⑦ 文天祥《文天祥全集》，江西人民出版社 1987 年版，第 582 页。

押送北"江南啼血送残春"[①]时，再明"杜鹃声破洛阳烟"[②]的死国之志；读杜甫诗歌时，感慨自己"耳想杜鹃心事苦"[③]的悲惨命运。

通过对文天祥不同时期诗歌所用杜鹃意象的分析，可以清晰地了解他内心的心路历程。文天祥通过立杜鹃意象尽其心中之意，读者又反过来通过杜鹃意象这面镜子，解文天祥诗中暗含之情。

作者简介：朱小宁，男，江西宁都人，海南大学人文传播学院讲师，研究方向：唐宋文学。

① 文天祥《文天祥全集》，江西人民出版社 1987 年版，第 606 页。
② 文天祥《文天祥全集》，江西人民出版社 1987 年版，第 603 页。
③ 文天祥《文天祥全集》，江西人民出版社 1987 年版，第 608 页。

明代文学分期术语“盛明”辨义

雷　磊

摘　要：明代文学文献（如选本、诗序等）使用了“盛明”这一明代文学术语。“盛明”既是明代文学分期术语，又是明代文学批评术语。作为明代文学批评术语，“盛明”强调文学与政治的关系，是“鸣盛”意识的产物，具有“政治盛明”的含义。同时，它具有“文学兴盛”的含义，标示了一段明代文学兴盛的时期。作为明代文学分期术语，经过考察，本文将“盛明”界定在起于弘治初茶陵派兴起之后，而迄于万历中公安派兴起之前。从反映明代文学发展阶段性来看，“盛明”同“明代文学的中期”相比，用语更简明，表意更丰富。我们未尝不可将它与“初明”、“晚明”组合起来，用于研究和教学。

关键词：盛明，文学分期，政治盛明，文学兴盛

明代选本，如《盛明风雅》、《盛明百家诗》、《盛明百家诗选》、《盛明十二家诗选》、《盛明九家诗选》、《盛明五家诗》、《盛明杂剧》等，题名中都有“盛明”一词，当为明代文学分期术语。明人文论亦有论及“盛明”者，并赋予多重含义。本文即对“盛明”这一术语试作探讨。

一

“盛明”强调文学与政治的关系，是“鸣盛”意识的产物，具有“政治盛明”的含义。

根据目前掌握的文献，最早提出“盛明”的是江昌编刻于嘉靖年间的《盛

明风雅》[①]。胡松的序言论《盛明风雅》所选之诗，有云：

> 风概气韵，咸能嶑然以其所长而鸣国家之盛。信乎！其为盛明之风雅已。

赋予“盛明”以“鸣盛”的内涵。政治盛明必然要求文学的反映，作者们也应主动地反映政治的盛明（“鸣国家之盛”）。这样的文学就是“盛明风雅”。“盛明”之“明”字兼有二义：一是盛明、昌明，二是明代。因此，“盛明”文学的含义就是反映明代昌明时政的文学，这也就是“鸣盛”文学。

《盛明百家诗》隆庆间编刻[②]，稍晚于《盛明风雅》，卷首有皇甫汸、薛应旂、俞宪三序及凡例，其序云：

> 声音之道既与政通，而文章之兴又关气运。政有窪隆，气有醇驳，而诗系之矣。……是编岂徒果于自信，而群玉将为昭焉。足以鸣国家之盛，传诸后世不朽矣。奚避哉！（皇甫汸序，第396页）
>
> 昔人谓文章关乎气运，而声音与政相通，岂不信然哉！……（俞宪）乃尽索我明诸名人诗汇次成编，凡数百家，家为删定，缀以小序，题曰“盛明百家诗”，以彰昭代人文之盛。……取其所编而遍观之，则我明自开国以至于今，气随运复，文与时迁，而人品士类窪隆高下，一讽咏之间，可以知其大都矣。（薛应旂序，第398页）

两人之论略同胡氏，“鸣盛”观念的前提是基于对政治与文学辩证关系的把握，认为政治的盛明必然促进文学的兴盛，而文学的兴盛反过来必须宣扬和推动政治的进步，这样才能彰显文学不朽的价值。

“盛明”所蕴含的“鸣盛”意识起源甚早，而在明代，自开国之初即已产

---

① 胡松有《盛明风雅初集序》（见《明文海》卷二百二十二）。胡松（1503—1572），滁州人，字汝茂，号柏泉。嘉靖八年（1529）进士，官至吏部尚书，有《胡恭肃集》，《明史》有传。由本传可知，胡松卒于嘉靖四十五年（1572），则《盛明风雅》序刻于嘉靖年间。

② 俞宪《盛明百家诗序》题“隆庆辛未（五年，1571）秋九月朔，宪在读书园望仙台松下”，可知此书当刻于隆庆末。

生。大明初生，气象开新，文人受此感染，自然兴发“鸣盛”意识。林鸿洪武初著有《鸣盛集》，刘嵩序云：

> 噫！文与时迁，气随运复。不有作者，孰能与之？今观林员外子羽诗，始窥陈拾遗之阃奥，而骎骎乎开元之盛风。若殷璠论“神来、气来、情来”者，莫不兼备。虽其天姿卓绝，心会神融，然亦国家气运之盛驯致然也。谨题其集曰“鸣盛”，为之序云。（《鸣盛集》卷首）

文与政通，客观上，政盛则文必盛；主观上，政盛则文须鸣政之盛。“盛明”所蕴含的“鸣盛”观，全同于此。又前引薛应旂序文“气随运复，文与时迁”句即由此序“文与时迁，气随运复”句倒文而成。可见两者之间的承袭关系。林鸿《鸣盛集》是别集，而“景泰十才子”之一的晏铎“尝采国朝人制作，为《鸣盛集》”①，则是选集。从某种意义上说，永乐兴起的台阁体也是鸣盛意识的产物。因此，明代文人自明初起，即已体察到政治昌明的气象，并在其文学创作中表现出来。

盛明文学即是这种鸣盛意识的产物。但是，并不是说有鸣盛意识的文学就是盛明文学。鸣盛意识只是盛明文学的一个特征或一个条件，而另一个重要特征或条件是当时知识阶层公认的真正意义上的政治昌明时代的文学创作。这个时代要到弘治朝。“盛明”文学，或多或少，或显或隐，都会映染政治盛明时期的蓬勃气象，呈现神、气、情充溢的面貌。这是与政治昌明相关联的盛明文学的特征。

二

同时，“盛明”具有“文学兴盛”的含义，标示了一个明代文学兴盛的时期。

明初的政治并非“盛明”，也并未导致一个文学全面兴盛局面的出现。相反，洪武、永乐期间的高压政治在一定程度上抑制了文学的发展。臣服于政治的文学占据主流的地位，呈现出有限的繁荣。台阁体就是典型的例子。

---

① 《列朝诗集小传》乙集“晏御史铎”条，第212页。

经过一个较长时期政治的平稳、安定，一般认为，弘治以后，文学才真正兴盛起来。皇甫汸《盛明百家诗序》云：

明初犹沿宋元之习，诗无足采。新安程氏所编《文衡》，止及乐府，意亦微矣。高、杨、张、徐四杰崛起，浙东宋、王二学士倡之，椎轮于辂，增冰于水，贞观、永徽此殆萌芽。弘治、正德之间，何、李二俊，力挽颓风，复还古雅。长沙李文正诱奖群乂，摛藻天庭。世宗嗣位之初，己丑（按：即嘉靖八年，1529）而后，文运益昌。海内作者彬彬响臻，披华振秀。江右相君亦餍吐握，开元、天宝庶乎在兹。庚戌（按：即嘉靖二十九年，1550）而后，参轨于大历，防渐于元和矣。（第395页）

这是比附高棅《唐诗品汇》使用的初、盛、中、晚唐的文学分期概念而分明代文学为初、盛、中三期。“盛明”之命名盖由于此，皇甫氏未睹明亡而不言晚。“初明文学”系自洪武初至成化末（1368—1487），其代表诗人为高启、杨基、张羽、徐贲、宋濂、王祎等。“盛明文学”自弘治初至嘉靖二十八年（1488—1549），代表作家有：何景明、李梦阳等前七子派，李东阳等茶陵派，陈束、唐顺之等嘉靖才子等。“中明文学”起自嘉靖二十九年（1550）。皇甫氏之所以以嘉靖二十九年为分界，大概是后七子派兴起之年的缘故①。将后七子派移到盛明之后而入于中明，这是皇甫氏的个人之见。可以看出，皇甫氏对七子派文学主张略持批评态度。明代文学兴盛于弘治之后，其他盛明选本均予认同。如《盛明风雅》，胡松序云：

弘治前勿论，论所采且梓者。盖由弘治正德来，北地汝南何、李诸君子崛起，始厌薄故习，追迹古始，力挽奔流，而溯其源。其志甚伟，而其资材学力又足以副之，明兴诗裁为之一变。

可知，《盛明风雅》“所采且梓者”为弘治以后之诗。因为此选编刻于嘉

① 李攀龙中嘉靖二十三年进士，王世贞中嘉靖二十六年进士，而梁有誉、宗臣、徐中行、吴国伦皆嘉靖二十九年进士。则七子齐聚京师即在嘉靖二十九年，本人认为，嘉靖二十九年为后七子兴起之标志。皇甫序已隐有此意。

靖，可以推知“盛明风雅”当起于弘治而迄于嘉靖。又如万历年间所刻《盛明十二家诗选》十二卷[1]，据《千倾堂书目》小注，所选十二家为：空同（李梦阳）、大复（何景明）、昌谷（徐祯卿）、华泉（边贡）、东桥（顾麟）、西原（薛蕙）、苏门（高叔嗣）、梦泽（王廷陈）、沧溟（李攀龙）、凤洲（王世贞）、姚凤麓（姚汝循）、张少谷（张文介）。则此选本之所谓“盛明”起于弘治时兴起之前七子，迄于嘉靖时兴盛之后七子。《盛明五家诗》只选前七子派诗[2]。但《盛明风雅》、《盛明十二家诗选》、《盛明五家诗》有不同于《盛明百家诗》之处，即未将茶陵派囊括入“盛明”。孰是熟非，下文再论。因此，众论以为前七子派为盛明之代表，遂有“盛明四家”之说。不过，茶陵派当时之文人也体验到了文学的兴盛之势。靳贵《怀麓堂文集后序》即认为茶陵派领袖李东阳在成化、弘治之间于政治盛明之时开启了明代文学兴盛的局面。前七子派对此问题也发表了意见，袁袠《国宝新编跋》云：

> 我明当孝皇朝，学士大夫词章迥迈其间，雅醇和厚之文与世治跻于极盛，谈者比之唐开元、天宝。若何、李驰声于关洛，唐、徐竞秀于东吴，逾历数纪，后先层叠，馆阁山林握文笔赞皇猷者不可胜数。诚休矣，美矣，无以尚矣。（《国宝新编》卷末）

弘治朝，文学与政治同时达至极盛，可同唐代开元、天宝之盛世相比。何、李指何景明、李梦阳，均为前七子派的领袖。唐、徐指唐寅、徐祯卿，是吴中四子的代表人物；而徐祯卿又位列“前七子”。可见，前七子派关于明代文学兴盛的时间与茶陵派大致相似，但关于开启者是茶陵派还是前七子派，却有不同的看法。由此开出两派意见。但其共同点均认为明代文学自弘治始达至“极盛”。这也是后来许多论者的共识。后七子派人物胡应麟也使用了“盛明”这一术语，其《少室山房笔丛》卷十一《九流绪论上》云：“李、何（作者按：即李梦阳、何景明）方驾盛明。”意指李、何等前七子派领航了盛明文学。其《诗薮》云：“弘、正之后，继以嘉、隆，风雅大备，殆于无可着手。”则盛明开启的时间是弘治朝，而迄于隆庆。但开启者不仅于李、何，胡氏又曰：

---

① 《中国古籍善本总目》作明万历十三年(1585)刻本。

② 收李梦阳、何景明、徐祯卿、郑善夫等五家诗。

国朝诗流显达，无若孝庙以还。李文正东阳、杨文襄一清、石文隐珤、谢文肃铎、吴文定宽、程学士敏政，凡所制作，务为和平畅达，演绎有余，覃研不足。自是厥后，李、何并作，宇宙一新矣。（《诗薮》，第345页）

可见，后七子派识见较前七子为宏通，胡氏即承认李东阳等人于盛明文学开启之功。钱谦益扬李东阳而抑七子，其《列朝诗集小传》“王新建守仁”条云：

成、弘之间，长沙李文正公继金华（指宋濂）、庐陵（指杨士奇）之后，雍容台阁，执化权，操文柄，弘奖风流，长养善类。昭代之人文为之再盛。（第269页）

也认为李东阳及茶陵派于成、弘之间开启明代文学的盛况。钱氏并未用极盛之词，但从其推崇茶陵派的著书宗旨来看，当隐有此意。弘治以后，文学臻于极盛。此一论断大概为嘉靖以后论者之共识。

总之，“盛明”这一术语标示了大体上自茶陵派至后七子（或自弘治至万历）这一时期文学兴盛的事实。

三

“盛明”，更准确地说，当起于弘治初茶陵派兴起之后，而迄于万历中公安派兴起之前。

我们再回到前面的话题：盛明文学的开启者。七子派是茶陵派的反对者，是代之而起的一个诗派，因此，七子派，特别是前七子，在谈到文学兴盛的问题时，常常将茶陵派排除在“盛明”之外。上引《国宝新编序》即是如此。而盛明选本多为七子派所编，因此颇有不选李东阳诗的。如《盛明风雅》、《盛明十二家诗》、《盛明五家诗》等，前文已论。我们甚至可以说，“盛明”这一术语就是七子派或其支持者在嘉靖时期提出来的。七子派有“诗必盛唐”的主张，因此，提出“盛明”的观念应为顺理成章的事。不过“盛明”选本并非只有一个声音。前引皇甫氏序《盛明百家诗》，即是揽入茶陵派而排斥后七子。此序又云：

> 我明之诗，余所著《新语》与昌穀《谈艺》、元美《卮言》，略示掎摭，互相诋诃。大都体格法乎汉魏，声调准乎三唐，所未尽合者，寄兴之间，性灵异秉，才情顿乖耳。观者由似而求其异，即盛而虑其衰，则思过半矣。（同上第396页）

皇甫汸著《解颐新语》批评徐祯卿《谈艺录》，而后王世贞著《艺苑卮言》批评皇甫汸。皇甫汸与前后七子派虽大体“准乎三唐”，但略有差异，即前后七子派（近体）恪守盛唐，而皇甫汸兼及初、中；且皇甫氏似乎更重性灵、才情。后七子求乎一律正是盛明文学“即盛而衰”的转捩点。因此，皇甫汸遂将后七子归入中明。皇甫氏将盛明下限断自嘉靖二十九以排斥后七子，这并非公论。《盛明百家诗》的编选者俞宪就既收李东阳诗又收后七子。是编通收明初至隆庆诗人，凡320人。不过重点是在弘治以后，以体现“盛明”的宗旨。合考《盛明百家诗》前、后两编，俞氏选诗，通例是一人一卷，但偶有一人二三卷或数人一卷的。经统计，可以看出：一是选入李东阳。二是选前后七子派诗最多。特别是后编续选后七子诗最多。三是七子派中，又最推崇王世贞。四库馆臣对此选有如下批评：

> 然其学沿七子之余波，未免好收摹仿古调、填缀肤词之作。又务以标榜声气为宗，不以鉴别篇章为事。故略于明初，而详于同时。至以其子渊、沂之诗列为二家，殆有王福畤之癖矣。（《四库全书总目》卷一百九十二《盛明百家诗三百卷提要》）

敏锐地指出俞选的七子派立场及其弊端。但是编者亦有说，其凡例云：

> 是编之刻，大意谓我明诗家各自为集，岁月侵寻，势必至散逸而无传，况海寓辽远，学者岂能尽见。今欲遍辑其全则不能，欲专择其精则不敢。乃随各集，撮其大略，汇存家塾，以备一代故实。庶几后之览者有考云。
>
> 是编以广博为贵，不务刻削，缘集与选不同也。

编集虽与选本不同，然卷帙浩繁，不免微有删定。是编亦就中存其惬予心者，汰其不惬予心者而已，非敢遂以为定则也。诸所搜录未尽，固自有全集在。(《盛明百家诗》卷首，第402页)

明言是编为集(人各一集，每集一、二卷)，而与选本不同。将“专择其精”的功能抛给选本，而编集则主于“备一代故实”。当然“不免微有删定”，但并不作专业的文学批评，其选集标准是“惬予心者”，没有“定则”。这是俞宪藏拙的策略和持平的做法，试图尽力掩盖自家的宗旨及避开“择焉不精”和畸轻畸重的批评之矢。不管这种编选体例是否成功，四库馆臣的批评总是稍嫌严苛。俞宪关于“盛明”的提法和界定还是得到了后来选本认同。朱之蕃的《盛明百家诗选》虽然在体例上与俞书颇有不同①，但其实质系继俞书而作，即“《盛明百家诗》选”。华淑的《盛明百家诗选》的性质也俞选续编②。从《盛明百家诗》还可以看出，即使是在七子派及其支持者内部，也是有两派意见：一派认为李东阳是盛明文学的开启者，一派认为前七子派是盛明文学的开启者。到后七子时代，前者渐渐占了上风：

我师崛起杨(按：指杨一清)与李(按：指李东阳)，力挽一发回千钧。(李梦阳《空同集》卷二十《徐子将适湖湘余实恋恋难别走笔长句述一代文人之盛兼寓祝望焉耳》)

长沙(按：指李东阳)之于何、李也，其陈涉之启汉高乎？(王世贞《艺苑卮言》卷六，第1044页)

成化以还，诗道旁落，唐人风致，几于尽隳。独李文正(按：指李东阳)才具宏通，格律严整，高步一时，兴起李、何，厥功甚伟。(《诗薮》续编卷一，第345页)

“师”、“启”、“兴起”，正如明人徐泰所说，茶陵派与前七子是“倡”与“继”

① 主要是编排体例不同，俞书分家，朱书分体。

② 邹迪光有《盛明百家诗选序》云：“本于俞氏百家而俞氏以后稍增拓焉。宁简毋繁，宁苛毋滥。俞氏存其四五，而俞氏后增其一二。不尽人，亦不失人，不尽诗，亦不失诗。”可证。

的关系[①]。因此，我们要明确“盛明”的起点，当考察茶陵派兴起的时间。茶陵派酝酿于成化，但其兴盛却是在弘治六年(1493)前后[②]。因此，“盛明”起点似乎可以定在弘治初茶陵派兴盛之时。

如果，“盛明”包括后七子，那么其终点可以定于继后七子派而起的公安派兴盛之时。《明史》卷二百八十八云：

> 先是王李之学盛行，袁氏兄弟独心非之。宗道在馆中，与同馆黄辉力排其说。于唐好白乐天，于宋好苏轼，名其斋曰“白苏”。至宏道益矫以清新轻俊，学者多舍王李而从之，目为公安体。然戏谑嘲笑，间杂俚语，空疏者便之。

可知“三袁”之袁宗道中进士入翰苑后，即已专力批判后七子，而宣扬公安派之诗学主张。至袁宏道中进士后，力倡公安诗学，当时诗风且为之而转。袁宗道万历十四年(1586 年)中进士，后七子派后期领袖王世贞万历十八年(1590)去世，袁宏道万历二十年(1592 年)中进士。因此，公安派的兴盛大概在万历二十年以后，则“盛明”的下限是万历二十年公安派兴盛之初。

四

“盛明”是明代文学分期术语，而不是明代历史分期术语。现代明史研究论著偶尔会使用这一语词，但主要是因为明人使用过这一概念而随文提及或略作引申。明史研究界似乎并未形成“盛明”这一公认的明史分期术语。本来，明代人主要将“盛明”用于当代文学批评中。

现代历史学一般分明代为前、中、后三期。而明代中期，公认的界限是，自土木堡事变（正统十四年，1449）迄张居正推行一条鞭法（万历九年，

---

① 徐泰《诗谈》：“阅至弘治，西涯倡之，空同、大复继之，自是作者森起，虽格调不同，于今为烈。”（《全明诗话》第 1208 页）

② 此年李东阳任会试考试官，后又教习庶吉士，培养了一批茶陵派核心成员。参看拙作《茶陵派分期及其成员考辨》。

1581)①。这同"盛明"有较大的差异,一是"明代中期"以重大历史事件为标志来断限,而"盛明"是以重大文学事件为标志来断限的。二是"明代中期"上限超出"盛明",多景泰、天顺、成化三朝,共39年。"盛明"相比历史学上的"明代中期",更适合应用于明代文学发展的分期。

现代文学研究也有将明代文学分为三期的,即:明代文学的前期、明代文学的中期、明代文学的后期。"盛明"略当于"明代文学的中期",可以作一比较。"明代文学的中期",公认的界定,系起弘治至隆庆(1488—1572)②。同上文所定义的"盛明"相比,主要区别是前者以朝代为断限,即起弘治朝,经正德、嘉靖,至隆庆,共四朝;而后者以文学事件为断限,即起茶陵派的兴盛,迄公安派的兴起。因此造成两者的起点和终点均有差异。我们先看起点,虽然"明代文学的中期"和"盛明"均起于弘治朝,但"盛明"系起于茶陵派,而"明代文学的中期"系起于前七子,而将茶陵派入于"明代文学的前期"③。如前所述,茶陵派同前七子派有密切的联系,将两者割裂,划入不同的阶段,恐怕不符合文学发展的实际。再看终点,"明代文学的中期"既包括后七子派,但后七派并未消歇于隆庆,万历时期仍有频繁的活动。后七子派领袖王世贞于万历十八年去世,此后此派未再出现领袖人物,已步入衰落的轨道。万历二十年,公安派兴起,后七子派人物虽存,但作为一个文学集团,也就宣告结束了。因此,"明代文学的中期"下限于隆庆,也恐怕同样不符合文学发展的实际。"明代文学的中期"在明代文学的划分上存在的问题主要是按朝代断限产生的。如果用文学事件断限可能更为合理。而"盛明"之所以必须用文学事件来断限是由其"政治的盛明"和"文学的兴盛"这一兼意所决定的。从反映明代文学发展阶段性来看,"盛明"同"明代文学的中期"相比,用语更简明,表意更丰富。

但是,"盛明"是明代当时的文学分期术语,而不是现代的明代文学研究的分期术语。检索中国国家图书馆藏书目录,"盛明"只出现于明人著作的题名中,而未出现于现代学术著作题名中。这一事实似乎可以证明上述的

---

① 参见南炳文等《明史》,上海人民出版社2003年版,第205页。

② 参看章培恒主编《中国文学史》第3册第203页。

③ 可参见游国恩主编《中国文学史》、袁行霈主编《中国文学史》、章培恒主编《中国文学史》等。

观点。其原因，大概是明代人引以自豪的与“盛明”时期对应的明代文学（特别是诗文），并未得到现代学术的认同，不可与盛唐文学相提并论。这一情形，正与“晚明”相反。“晚明”是与“盛明”同一层次而互相衔接的分期术语。检索中国国家图书馆藏书目录，“晚明”只出现于现代学术著作题名中，而未出现于明清人的著述题名中。这说明“晚明”是现代学术提出并被公认的明代分期术语。“晚明”被认同，当与现代学术对晚明小品和晚明思潮的推崇有重要的关系。

正因为是明代的明代文学分期术语，“盛明”具有一定的历史的和学术的意义，是我们理解明代文学观念的一个观测点。而且，我们也可将它与“初明”、“晚明”组合起来，未尝不可用于研究和教学。

作者简介：雷磊，湘潭大学新闻与传播学院教授。

略论袁宏道诗文创作与理论中的“破”与“立”

邓百意

摘　要:作为公安派的核心人物,袁宏道致力于“挽文道于既衰”,力主“世道既变,文亦因之,今之不必摹古者也,亦势也”,对以前、后七子为代表的复古派的模拟之弊进行猛烈批判。与“破”相对应的是他的“立”,袁宏道特别强调为人为文均须讲求“趣”与“真”。其核心创作观“独抒性灵,不拘格套,非从自己胸臆中流出不肯下笔”,实为倡导树立一种新的带有时代特色的文学观。

关键词:袁宏道;公安派;文学观

在《叙小修诗》中,袁宏道明确提出“独抒性灵,不拘格套,非从自己胸臆中流出不肯下笔”的论点。此论虽为褒贬小修诗而发,实际上可以当作公安一派为诗作文的核心理论观点。它的提出有一个明确的价值导向——批判复古模拟文风,树立一种新的带有时代特色的文学观。

明代初期,台阁体及所谓的性理诗风行一时。杨士奇、杨溥、杨荣等专主颂圣,文风华艳绮糜,诗中一片太平景象;杨基、张羽、林鸿、刘崧、袁凯等“隐逸”作家群极写山林生活的恬淡舒适,他们与台阁诗人一起共同奏响了歌颂朝廷的乐章。论其诗,罕能抒其胸中磊块,集中反映了当时文人心灵偏于麻木和迟钝的一面。山林作家更是承续了元以降的宗唐拟古之风,开启了由前、后七子扩展到四十子的声势浩大的复古摹古运动。前、后七子于诗歌专主盛唐,散文则主秦汉,认为非盛唐之诗、秦汉之文不可读。他们力求文风的高古,认同传统士大夫“道济苍生”的文化价值观,强调须按传统的文士人格修养要求自己,远离世俗,追求高雅,但同时在诗歌理论上又主张写“真情”,选择“诗言情”的诗歌传统。时代在变,“情”亦在变,若将新的时代环境下感触到的“真情”(感性欲求)如实地带入到诗文创作中,肯定无法上升到高古之境，必然会违背预设的价值目标，如此一来，就形成了一个悖论，“情”与“理”构成了非此即彼的冲突。前、后七子选择了后者，所以他们只能逐步前人，去抒发所谓的“真情”，实际上早已与时代脱节，“云真实非真”，为了文化选择而牺牲文学追求。为追求高雅的效果，他们着意拟古，将表达的情感严格限制在雅文学的范畴内，形式上则讲声调、格律、遣词造句，把诗文创作紧紧捆缚在种种清规戒律中，其高者虽不能吐其心语，犹未脱为诗作文的底子；至其卑而下者，将古人成句篡改一二字即以为己作，状况变得相当不堪。

袁宏道强调“独抒性灵”的目的就在于矫以前、后七子为代表的复古派的模拟之弊。中郎这种“挽文道于既衰”的心情相当急切，往往在文中数致意于此。《雪涛阁集序》有言：“文之不能不古而今也，时使之也”，指出之所以不应该复古，是因为“世道既变，文亦因之，今之不必摹古者也，亦势也。”(《与江进之》)时代在变，文风也应该变，提出进化的文学观。并指出当世之人已涛溺文网，栽入到复古主义的泥潭不可自拔，所作多陈腐臭烂之词：“至以剿袭为复古，句比字拟，务为牵合，弃目前之景，摭腐烂之词。”(《雪涛阁集序》)他还细致探究了习于拟古者的心理机制，或是“有才者诎于法，而不敢自伸其才”、“智者牵于习，而愚者乐其易”，如此拘于法，智者不为智，等而下之之人，乃效颦而愚者，无非乐其易作而已。对拟古者而言，如此系统的评述无异于当头棒喝。性灵之论在当时颇获友声支持，如梅蕃祚就引中郎之论为同调，认为“诗道之移，未有如今日者。其高者为格套所缚，如杀翮之鸟，欲飞不得；而其卑者，剽窃影响，若老妪之傅粉”(《叙梅子马王程稿》)，意甚讽刺，构成强烈的心理冲决力度。复古派最受人攻击处在于“毫不能吐其心语”，袁宏道特拈出“本色独造语”几字，与之形成鲜明对照，甚至不无偏颇地认为，只要是“本色独造”，其语虽“疵”亦无妨(《叙小修诗》)。反过来，文词即使甚佳，若不脱粉饰、蹈袭之迹，亦自深以为恨。

如果说对复古派的狂轰滥炸般的批判是袁宏道“破”的风格，那么他所“立”之处则显得旗帜鲜明而又富有理性思辩色彩。在《叙陈正甫会心集》一文中，袁宏道集中笔力阐释一“趣”字，他说：“世人所难得者唯趣。趣如山上之色，水中之味，花中之光，女中之态，虽善说者不能下一语，唯会心者得之。”此之论“趣”仿佛与玄而又玄的“神韵”说相类，而实质是意味分殊的。“神韵”说标举的是一种高古的情韵，中郎所论之“趣”指的是合于世俗之

“真”，“真”才是它的本义。在袁宏道看来，只要是真的，可以无论其雅俗，甚至越俗者反越近于真。他如此评述自己：“愚不肖之近趣也，以无品也。品愈卑，故所求愈下，或为酒肉，或为声伎，率心而行，无所忌惮，自以为绝望于世，故举世非笑之不顾也，此又一趣也。”(《叙陈正甫会心集》)此之所谓“近趣”者，是以率性而行之“本真”作为衡量标准的，流于时俗反成了入“趣”的方式，这实在是晚明文人特有的观念意识形态，它引领了一种新的审美导向——以“真”为美。在诗文领域这种新的审美导向的形成并非一夕之功，它有一个演变的过程，而且在哲学领域我们能够找到它的深层发生机制。

前、后七子虽亦力主求“真”，主张写真诗，写真情，但他们力求高雅的心态与求“真”的主观愿望之间存在无法调和的矛盾。在新的时代环境下，其切身感受与文学理想之间存在着一条巨大的鸿沟，由于他们并没有从观念上进行调整，所以这条裂缝始终没有缝合。唐宋派稍稍迈出了一步，他们的作品中已经出现了一些世俗化的情感，在创作手法上开始将日常生活琐事引入到载道的古文之中，语言也走平实质朴一路，透露出新变的信息，只是唐宋派仍力图将情感的抒发控制在高雅的层面上，亦讲为文的格调，犹未能完全摆脱时习。真正迈出关键性的一步，将实际生活中的真切感受淋漓尽致地再现于文学创作中的，还是以袁宏道为代表的公安派。“独抒性灵”口号的提出标志着他们为文纲领的确立，此之“性灵”无需再戴上一层道德或理性的面纱，以此为创作导向的文人也无复再有心口不一之病。

“独抒性灵”说恰在晚明别提出，实非偶然。从文化的层面上来看，是新兴文化思潮作用于文学创作领域所造成的一种观念大变迁。明中叶以降，心学渐盛。王阳明以心本体取代理本体，提出“学贵得之心”(《答罗整庵少宰书》)的观点，强调个人在学的过程中要充分发挥自己的主观能动性，不务陈言，但求己见，使得知识阶层得以从正襟危坐、皓首穷经式的学习中解脱出来，人的个人价值得到充分发掘，个性也渐趋张扬之势。他又提出“日用间何莫非天理流行”(《答徐成之》)及“与愚夫愚妇同”(《传习录(下)》)的命题，引导知识者保持平和的心态正面世俗社会，主张他们主动介入现实生活，为知识阶层的世俗化提供了强大的哲学基础。泰州学派代表人物王艮对心学的引申发挥，使得心学进一步世俗化、简易化，他特别提出了良知的保持问题。王艮认为良知之所以受污染是源于“闻见知识”，举凡文字性的东西都会“障道”，故要保持“自然之性”，要使良知不受污染，必须抛弃闻见知识。袁宏道深服此论，其所谓“其万一传者，或闾阎妇人孺子所唱《擘破玉》、《打草杆》之类，犹是无闻见无识真人所作，故多真声”(《叙小修诗》)、“夫趣得之自然者深，得之学问者浅”、“入理越深，然其去趣愈远矣”(《叙陈正甫会心集》)等等表述，就是对闻见知识“障道”论的文学阐释。

既然要保持良心不污，关键就在于保持“自然之性”不为闻见知识所障，那么修身也变得容易多了，毋需再如宋儒一般战战兢兢、冥思危坐，“如临深渊，如履薄冰”，仅需保持“童心”、“赤子之心”即可。这种观念渗透到文学领域，审美理想发生了重大变化。先儒以“至善”为美，认为品格高尚的人就是美的，提倡做“善人”；现在做“真人”被提到一个前所未有的重要地位，“真”成了最高的价值标准，因此“真”很自然地取代了“善”，成为最高的审美标准。那么何所谓“真”呢？“夏葛冬裘”、“饥餐渴饮”就是“真”，就是“至道”。李贽进一步发挥此论，提出“穿衣吃饭即是人伦物理”(《答邓石阳》)，人的各种合理的物质欲求就是“天理”，也是最本真无虚假的东西，以此作为出发点，“私心”也成了合情合理的存在，乃至认为“人必有私而后其心乃见”(《德业儒臣后论》)，无私之人就不足以称之为真人。一旦承认此点，以前被视为洪水猛兽般的感性欲望现在不但不应该回避，而且要积极大胆地去追求，追求的结果是在生活态度上，知识者与世俗社会彻底地同流合污，无复再有雅、俗之间的心理距离。在摆脱了传统价值体系束缚之后，求“真”进而演变到了求“俗”，以“真”为美也进一步推进到了以“俗”为美。

上述思想趋势反映在传统的诗文创作中，表现在原来极少写到的世俗生活情态及极力排斥的感性欲望，现在开始堂而皇之地进入到文人的视野，成为他们乐意抒写的重要对象。

前代的诗文也曾在某种程度上关注过世俗社会生活图景，例如陶渊明、孟浩然、王维等的山水田园诗，就将农民的生活情态及农事活动写入诗中，但是这些情态及活动在涂抹上诗人的主观色彩之后，具有了一种诗情画意般的美感，它与农民日出而作、日落而息，面朝黄土背朝天的生活有着明显的距离。诗人采取的是一种高高在上的心态来审视世俗社会的芸芸众生，并力图从中生发出某种理性思辨。至公安一派，这种超然物外的心态再也难以觅见了，取而代之的是与世俗社会的共娱共乐，二者完全站在了同一个心理层面。袁宏道在《荷花荡》中写到每年六月二十四日的游人集会：“舟中丽人，皆时妆淡服，摩肩簇踵，汗透重纱如雨。其男女之杂，灿烂之景，不可名状。”在作者的描写中，再没有什么高雅与世俗的区别，香臭诸味，毕集于此，共同组构成一幅“灿烂之景”。通过这种语言表述，可以看到作者采取的是一种欣赏的态度，完全没有兴趣装饰高雅来拉开与世俗社会的距离。《虎丘记》一文则写到虎丘游人斗歌的热闹景象：“布席之初，唱者千百，声若聚蚊，不可辨识。分曹部署，竟以歌喉相斗，雅俗既陈，妍媸自别。”作者在此留连顾盼，乐而忘返，倒是“歌者闻令来，皆避匿去”，其吴令的身份让普通百姓避之唯恐不及。作者对此颇觉遗憾，发下誓言：“他日去官，有不听此曲此石上者如月。”整篇游记中没有任何来自高雅层面的审视，作者非但不以雅士自居，反深以不能做普通“吴客”为恨。

将世俗社会的生活图景引入到高雅的诗文创作领域，不自公安派始，但以完全世俗化的情感体验来观照芸芸众生相，实以公安三袁，尤其以袁宏道为发轫。在袁宏道看来，这就是“真”发之于诗文的一种表现形式。因为“夫质者，道之干也，载之于言则为文”(《行素园存稿引》)。此之“质”，指的就是合乎生活实际况味的“真”。如果特意压抑这种本真的情感表达，可称之为“假道学”，不可为“真人”。以此为导向，世俗化的情感也在其诗文中得以淋漓尽致的表露，坦白直率处达到令人难以接受的程度。在《龚惟长先生》一文中，袁宏道描绘了人生的五种真乐，以“目极世间之色，耳极世间之声，身极世间之鲜，口极世间之谭”列第一，它集中反映了晚明文人理想的物质生活境界。最后一个人生理想是当各种物质精神受用享受到极致之后，“不及十年，家资田地荡尽矣。然后一身狼狈，朝不谋夕，托钵歌妓之院，分餐孤老之盘，往来乡亲，恬不知耻，五快活也。”敢于在文中如此明目张胆地鼓吹颓放的生活理想，在整个文学史上都殊为罕见。这在袁宏道看来，对穷极欢乐生活的大胆描述，恰是“信心所言”的一种表现，至此，求“真”发展到了刻意求“俗”。

内容上袁宏道乐于表现俗化的图景，俗化的情感，与之相适应，形式上也走向“不拘格套”。他认为，要“达吾意”就不能苛求于“合古法”，因为“法”在很大程度上限制了“意”的发挥，所以他主张“文章新奇，无定格式，只要发人所不能发，句法、字法、调法一一从自己胸中流出，此真新奇也”(《答李元善》)，内容上可以“独抒性灵”、“境无不收，情无不显”，形式上可以“不拘格套”、概从己出，诗文创作中出现了前所未有的自由度。平心而论，“独抒性灵，不拘格套”口号中潜藏的求真意识，对冲决复古文风确实起到了重要的作用，以“真”为价值导向，诗文的内容和形式都获得了彻底的解放，它有助于创作者创作出极富文学个性的作品。从三袁创作的实际情形来看，确也不乏佳作。但是任何一种东西在走向绝对的自由化之后，也容易陷入到失控状态。若中郎的《西湖》、《偶见白发》等诗作，以生活中极琐碎之事入诗而又以极俚俗之言出之，欲向民歌靠拢而又达不到民歌的意境，其结果只能被人讥为“冲口而出，不复检点”的张打油，这从反面印证了一定规范的必要性。“真”之一念若发展到刻意求之，恐怕亦要落第二义，“云真未必真”了。坦率如中郎，在他的一些尺牍中，也难免矫情之论。例如对做官的看法，他在给王以明、丘长孺、沈广乘等的书信中都曾反复谈到，充斥其中的是“不异牛马，何苦如之”、“苦哉，苦哉”、“苦哉，毒哉”一类字眼，而实际上，他屡官屡辞，屡辞屡官，反复达四次之多，足见为官对他还是有相当的吸引力。他在《答梅客生开府》中也曾言及“邸中无事，日与永叔、坡公作对”，足证“人生作吏甚苦，而作令为尤苦。若作吴令则其苦万万倍，直牛马不若矣”之诬。这种造作的文风实为晚明人的通病。后人将三袁视为“不学兄弟”、“乞儿”固然有失公允，但公安派末流浅率之弊无疑亦自袁宏道始。

作者简介：邓百意，海南大学国际文化交流学院副教授，研究方向为元明清文学。

遗民选家与清初诗坛

邓晓东

摘　要:卓尔堪的《遗民诗》是在遗民诗人即将退出历史舞台之际而推出的。然而目前所知,早于卓氏之选且由遗民编选或已列入编选计划但终未成书的当代选本将近四十种。尽管《遗民诗》对遗民诗史的留存意义甚大,但是和比其更早的遗民所编选的当代诗选相比,却存在相当不足。遗民选家源自切身感受对其诗选作出的精心安排是《遗民诗》所缺失的。综合考察这些现存选本的特点:在题材的选择上,表现为留心易代之际的诗史题材;在诗学取向上,表现为情感与形式并重,且尤其重视真情实感的抒发;在审美倾向上,表现出一种沉郁悲壮的偏好。遗民所编选的当代诗选对于考察清初遗民文化,建构遗民诗学具有重要的意义,应当引起学界的重视。

关键词:遗民;选本;清初

长期以来,卓尔堪《遗民诗》被视为研究遗民诗史的重要文献,邓之诚曾评价:"所录皆置身枯槁,寂寞自甘之士,其驰骛声华,出处可议者,概从摈弃,取舍可谓谨严。搜罗不遗,一代遗民之作,大约具备。"①然而,如果将《遗民诗》放在清初当代诗选热的背景下来考察,则卓氏之举既非首创,又存在诸多可议之处(参见潘承玉《清初诗坛:卓尔堪与〈遗民诗〉研究》,中华书局 2004 年版),故而在多数遗民诗人已无别集流传的今天,还原那个被《遗民诗》光环所遮蔽的清初(本文"清初"指顺治、康熙两朝)遗民选坛及其选本所展现的诗史历程就显得尤为必要。

---

① 谢正光、佘汝丰《清初人选清初诗汇考》,南京大学出版社 1998 年版,第 266 页。

一、清初选坛与遗民选家

卓尔堪(1653—?),字子任,又字鹿墟,号宝香山人,辽阳籍,江都人。曾入伍随李之芳征讨闽南耿精忠叛乱,后因母病乞归,遂不复出仕,以编选《遗民诗》(本文所指《遗民诗》均为康熙间刻十二卷本),为人熟知。潘承玉认为卓氏编选《遗民诗》大约在其退伍,即康熙二十年(1681)以后,至康熙四十年(1701)基本编完并开始付刻。即便以康熙二十年作为《遗民诗》的编刊时间,此时距甲申之变将近四十年,多数遗民已经离世。可以说,卓氏是在一个时代即将结束之际,怀着"近者易于搜罗,远者难于毕集,久之能保其无流传湮没之不齐者欤"①的担忧而编选《遗民诗》的。因此就某种意义而言,《遗民诗》是以总结的姿态向遗民时代告别。

不过,除了存人存史的意图外,以选诗为尚的时代氛围是卓尔堪编选《遗民诗》的另一个原因。所谓"近来诗人云起,作者如林,选本亦富,见诸坊客者,亡虑二十余部。他如一郡专选,亦不下十余种。或专稿,或数子合稿,或一时倡和成编者,又数十百家。"②清初,当代人选当代诗成为一种潮流,林立的选本成为诗坛上的独特风景。卓尔堪活动的江浙一带,更是当代选本编选的集中地,卓氏的交游圈中亦不乏善操(或欲操)选政者如孙枝蔚、王仲儒、孔尚任、范国禄等,更有像邓汉仪、倪匡世、张潮等当时选坛和出版界的名人。因此,卓尔堪以独到的眼光编选《遗民诗》,也是一种顺时之举。

既然卓氏是在编选当代诗选的热潮中编选《遗民诗》的,那么在他之前,有没有遗民题材的选本问世?事实上,以遗民为主题的诗选并非始于卓尔堪,朱鹤龄《寒山集》,徐崧《岁寒诗纪》,陈瑚《顽潭诗话》、《离忧集》,屈大均《麦薇集》,钱澄之《南音集》,梵林《诗遁》,黄容《寒山集》,韩纯玉《近诗兼逸集》等等,都是以遗民为主要采选对象(有些还包括殉节和死难之士)的,且这些选家亦为遗民。此外,还存在着大量遗民选家所选的当代诗选,尽管他们并没有把采选对象圈定为遗民,但由于命同、情同、心同等原因使得他们偏向于对遗民诗人及时代题材的采选。然而遗憾的是,这批出自遗民之手

① 卓尔堪《遗民诗》卷首《自序》,清康熙刻本。

② 魏耕等《今诗粹·凡例》,清顺治刻本。

的当代诗选的价值在很长时间内被《遗民诗》所掩盖。当然它们的部分失传、收藏分散、世人罕见等客观因素亦是其被埋没的重要原因。笔者根据近年各地调查以及翻检相关文献的结果，将遗民选家所编选的当代诗选罗列如下：

《西陵十子诗选》(毛先舒等，顺治七年，存)、《吴越诗选》(魏耕等，顺治十二年，存)、《同岑集》(李夏器等，顺治十四年，存)、《鼓吹新编》(程棅等，顺治十五年，存)、《今诗粹》(魏耕等，顺治十六年，存)、《寒山集》(朱鹤龄，顺治初，序存)、《南陔赠言》(王潢，顺治中，存)、《诗源初集》(姚佺，顺治中，存)、《岁寒集》(吴宗汉，顺治中，佚)、《道南集》(魏耕等，顺治中，佚)、《怀音集》(徐崧，顺治中，佚)、《岁寒诗纪》(徐崧，顺治中，佚)、《南字唱和集》(徐崧，顺治中，佚)、《九日倡和集》(徐崧，顺治中，佚)、《吴江诗略》(董二酉等，顺治末，存)、《离忧集》(陈瑚，顺治末，存)、《从游集》(陈瑚，顺治中，存)、《国雅初集》(陈允衡，康熙元年，存)、《江左三大家诗钞》(顾有孝等，康熙七年，存)、《骊珠集》(顾有孝，康熙九年，存)、《珠林风雅》(徐崧，康熙十年，存)、《龙眠风雅续集》(潘江，康熙二十九年，存)、《顽潭诗话》(陈瑚，康熙初，存)、《诗南》(徐崧，顺治中至康熙初，存)、《元气集》(徐增，顺康间，存)、《诗风》(徐崧，康熙初，残存)、《缟纻集》(徐崧，康熙初，佚)、《过日集》(曾灿，康熙初，存)、《今诗英华》(一作《百名家诗英华》，顾有孝，康熙初，佚)、《百城烟水》(徐崧，康熙中，存)、《云山酬倡》(徐崧，康熙中，残存)、《名家诗评》(徐崧，康熙中，佚)、《丘樊集》(顾有孝等，康熙中，未见)、《台阁集》(顾有孝等，康熙中，未见)、《寒山集》(黄容，康熙间，佚)、《养疾倡和诗》(归庄，稿本，存)、《近诗兼》(韩纯玉，稿本，残存)、《江山留生集》(徐崧，未见)、《鸥前集》(徐崧，未见)、《善怀集》(徐崧，未见)、《麦薇集》(屈大均，序存)、《西州集》(葛芝，未见)、《北风集》(葛芝，未见)、《南音集》(钱澄之，序存)、《诗遁》(梵林，序存)、《诗轻》(梵林，未见)。

另外，程封《戊戌秋，喜晤心甫于长安邸中，放笔作歌》诗中有"于皇怀古意简严，淡心江左抽牙签"[①]两句，说明杜浚、余怀亦曾选诗。杜浚选诗的事迹目前尚不清楚，而余怀选诗则另有钱谦益的记载可以参看。钱氏《丙申春就医秦淮寓丁家水阁浃两月临行作绝句三十首留别留题不复论次》其十五

① 《清初人选清初诗汇考》，第19页。

有云："河岳英灵运未徂，千金一字见吾徒。莫将抟黍人间饭，博换君家照夜珠。"诗后注云："淡心方有采诗之役。"①"河岳英灵"即《河岳英灵集》，是唐人殷璠所编的一部当代诗选，另外钱谦益还说："往在白下，余澹心采诗及余。"②由此可知余怀所编的也是一部当代诗选。这样，目前所知清初遗民选家共计 34 人，选本 48 种。这一数量占目前所知清初清诗选本总数的近二分之一。

综合来看，清初遗民选家呈现这样几个特点。首先，他们大多是江浙籍，尤以苏州籍选家居多。若按清初将安徽归入江南省算，则江浙选家共计 29 人，若再加上余怀、杜浚、陈允衡、曾灿等入清后流寓三吴地区者，则江浙地区的选家达到 33 人，其中苏州籍选家就有 13 人之多。这种现象与清初遗民的地理分布是一致的。其次，在这些遗民选家中，有不少人与抗清活动有关。像魏耕、朱士稚、钱缵曾、钱价人均为"通海案"的参与者；曾灿在明亡后入杨廷麟幕，参与抗清；屈大均、归庄、钱澄之等人更是奔走南北，与多次抗清活动有关。一些选家，或与抗清志士多有往来如顾有孝、吴宗汉、余怀、程棅、施諲，或作为统治者震慑士人杀一儆百的牺牲品如董二酉（涉"明史案"）。这些选家或在奔走山海联络同盟的间隙留心风雅，或在反清无望后专注于文艺，总之，选诗是他们不可或缺的一种生活方式。再次，出现了一批专以选诗为业的职业选家。像徐崧、陈允衡、徐增等，他们都是当时闻名大江南北的著名选家，顾有孝则更是"诗名及于海外"③，由他编选的各种选本（包括通代和断代诗文总集）达 30 多种，堪称清初选家之最。概而言之，清初特殊的时代背景，促成了这批遗民选家的出现，而他们的出现又加速了清初选诗风气的膨胀。

二、遗民选家与卓尔堪的异同

遗民之所以成为清初当代诗选的重要编选者，与易代之际诗史意识的强化有关。明清鼎革，随即诱发了部分汉族知识分子民族意识的觉醒，他们

---

① 钱谦益《有学集》，上海古籍出版社 1996 年版，第 284 页。

② 钱谦益《题为龚孝升书近诗册子》，《有学集》，第 1553 页。

③ 徐釚《雪滩头陀传》，《南州草堂集》卷二十五，清康熙三十四年刻本。

在讨论遗民与逸民的区别、在借“天能亡宋于溺海之君相，而不能亡宋于天下之人心”[1]来弘扬民族气节的同时，对遗民历史的有可能缺失忧心忡忡：

> 当世之逸民，先朝之遗老也。……其所遭之时，为极难，所处之地，或各异，贞苦节而发商声，殆亦晋陶靖节、刘遗民，唐崔道融、陈嵩伯，宋谢皋羽、林霁山、郑所南之流亚欤！其人逸而诗不与之俱逸，后之览者，颂其诗，论其世，亦有所感哉。（韩纯玉《近诗兼逸集自序》）[2]

遗民意识的自觉引发了其对遗民身份的自恋和对遗民历史的自忧，于是当他们决定用一种可行的方式来保存那段惊心动魄却又极易被淡忘的蹉跎岁月时，诗选便成了他们可以选择的形式之一。在这一点上，他们和不是遗民但对遗民历史心存担忧的卓尔堪是相同的。

然而，遗民选家的生存环境毕竟和卓尔堪相去甚远，对那段血雨腥风历史的不同感受，决定了他们对诗选体例、诗作风格等方面存在特殊的要求。遗民选家身经鼎革并在清朝统治者威逼利诱的夹缝中生存，易代所带来的惊悸、惶恐、失落、无奈以及因薙发而萌生的羞耻、因盼望恢复而产生的希望和随之而来的失望等诸多错综复杂的心态包裹着他们生命的后半部分。而由这种心态诱发的自恋、自忧意识，促使他们在诗选的编辑过程中用心良苦。首先在对象上的选择上，遗民选家往往比较谨慎。像梵林的《诗遯》专采“方外与隐者之诗”，而如葛芝述及其编选《西州》、《北风》二集时说：“念诸先生及亡友遗稿沦失渐多……欲裒为一书，名曰《西州集》。其存者或行吟泽畔，或扬声通衢，虽隐见不同，而秋实可落，春华可采，亦欲裒为一书，名曰《北风集》。《西州》不限道里，非曾通缟纻者不录，《北风》则断自吴越。”[3]显然《西州集》和《北风集》的采选对象是经过深思熟虑的。其次，在体例上，一些选家也有特殊考虑。如陈瑚所编的《顽潭诗话》，“有一人为一类者，《指南》、《心史》之续也；有一事为一类者，《月泉吟社》之续也；有一时为一类者，

① 王猷定《宋广遗民录序》，《四照堂文集》卷一，清康熙二十二年刻本。

② 陆心源等修、丁宝书等纂《（光绪）归安县志》卷二十二，台北成文出版社有限公司1970年版。

③ 葛芝《答吴门诸子书》，《卧龙山人集》卷十二，清康熙九年刻本。

《谷音》之续也”[①]，把个人情志、众人心态和历史事件三者相结合，以三重视角关注易代之际的人、事、情，这种体例足以表现出特殊时期选家存诗存人存史的良苦用心。第三，在风格上，遗民选家亦有独特的审美追求。像朱鹤龄所编《寒山集》，“专取幽清澹远、扫尽俗荦者”，即“世所嗤钟谭体，为鬼趣，为兵征，亡国之音”。他认为这种诗风的出现“非人之过也”，而是时代使然。声音之道与政相通，“诸君子生濡首之时，值焚巢之遇，则触物而含凄，怀清而激响，怨而怒，哀而伤，固其宜也”[②]。选择这种“幽清澹远、扫尽俗荦”风格的目的，便是要留存一代之音。另外像钱澄之《南音集》、徐崧《诗南》，以“南音”、“南”字命名，也蕴涵了特殊的审美要求。

相比遗民选家而言，卓尔堪生活在清朝统治日渐稳固的时期，尽管他曾参加过清廷平定耿精忠叛乱的七年战争，但这属于统治阶级内部矛盾，其面对战争的心态与遗民选家经历战火的易代心态已不完全相同。且卓氏对遗民心态的体认，大多是出自遗民经历的二次传播，就像其《关山》诗所云：“当年流寇南侵日，闻说灵旗出梵宫”[③]，也正如他所坦言的“余生也晚，未能遍悉诸君子事实”[④]那样，他缺少的就是那段“在场”的经历。他对于遗民的同情和兴趣，更多是源自其家族忠烈事迹的鞭策和激励：“卓氏忠孝有本，自少司农敬殉建文难，其世家之忠孝节烈勿替”[⑤]。从其十世祖卓敬身殉靖难开始，卓氏家族就继承了忠孝节烈的传统，而他编选《遗民诗》也像其花费近三十年心血编撰《卓氏忠烈遗事》那样，尽可能的保存历史。因此，易代之际的文化生态及与之相关的审美心态的缺失导致了卓尔堪与遗民选家在内在精神上存在区别。这也就是为什么人们在高度肯定《遗民诗》的文献价值的同时，又对其最终无法完全体现清初遗民诗人群体独特风貌而惋惜的原因所在。

令人遗憾的是，遗民选家编选的遗民诗选流传至今的只有陈瑚《顽潭诗话》、《离忧集》及韩纯玉《近诗兼逸集》残存的部分手稿，其余或未编成，

---

① 陈瑚《自序》，《顽潭诗话》卷首，民国六年峭帆楼丛书本。

② 朱鹤龄《愚庵小集》卷八，清康熙刻本。

③ 卓尔堪《近青堂诗》，《遗民诗》附录，清康熙刻本。

④ 《遗民诗》卷首“凡例”。

⑤ 李之芳《近青堂诗集序》，焦循《扬州足征录》，广陵书社 2004 年版，第 327 页。

或早已亡佚，这使我们无法进一步比较它们和《遗民诗》的异同，也无法深入探索遗民选遗民诗的诸多问题。不过，目前存世（包括残存）的遗民所选对象不限的当代诗选尚有22种，它们对研究清初诗人特别是遗民诗人来说同样具有《遗民诗》所不可替代的优势。首先，从收录的范围来说，尽管《遗民诗》保存了大量遗民诗人，但仍然有不少重要者被遗漏，这使我们在很长一段时间内对于这些诗人的研究处于空白或接近空白状态。如对惊隐诗社及“通海案”成员的少收、不收，就是典型的一例。在今天来看，这两个集团均是颇具代表的遗民诗人群体，前者“岁于五月五日祀三闾大夫，九月九日祀陶徵士，同社麇至，咸纪以诗”、“诸君子各敦盅上履二之节，乐志林泉，跌荡文酒，角巾野服，啸歌于五湖三泖之间，亦月泉吟社之流亚”①，后者则被严迪昌誉为“流亡文化诗群”②而对考察清初抗争派遗民的心态和诗风有特殊意义。但是《遗民诗》中除了顾炎武、归庄、陈济生、顾有孝这四位惊隐社成员得以入选外（且所选诗歌均非最能代表四人心态和成就之作），像戴笠、周灿、沈祖孝、顾樵、朱鹤龄、陈三岛、吴系（即吴宗潜）、范风仁、周安、王锡阐、陈忱等惊隐社诗人及朱士稚、祁班孙、张宗观等与“通海案”有关者均未收录。另外，像“通海案”、“庄史案”的直接罹难者如魏耕、钱缵曾、潘柽章、吴炎等人和其他参与抗清的吴易、韩绎祖、黄宗炎、徐孚远等人亦未见收录。如果说惊隐诗社因其地域性而属于“耳目所未逮”③之列，那么曾屯兵长白荡、被鲁王封为长兴伯后因事败被清军所杀之吴易，因联络山海并与郑成功、张煌言密谋海上恢复事败后被杀之魏耕，以著述闻名却因列名庄氏明史卷首而论死之潘柽章等那样遗民之出名者，作为一个一心访求遗民的选家来说当不可能不晓，而这些人的阙如也就大大削弱了作为“一代遗民藉尔传”的《遗民诗》的诗史价值。上述《遗民诗》所未收、今亦未见别集流传的诗人，其作品在遗民选家的诗选中均有留存。仅以长洲陈三岛和山阴朱士稚来说，一为惊隐社诗人，一为通海案成员，彼此亦为知交，他们的诗集已亡佚，不过综合《今诗粹》、《吴越诗选》、《诗南》、《诗风》、《百城烟水》、《鼓吹新编》、《过日集》等选本，

① 杨凤苞《书南山草堂遗集后》，《秋室集》卷一，清光绪十一年刻本。

② 严迪昌《清诗史》，浙江古籍出版社2002年版，第237页。

③ 《遗民诗》卷首“凡例”。

两人传世的诗作均在六十首之上，这对了解他们的生平、心态极为重要。因此遗民选家的诗选为今人提供了进一步认识遗民诗坛的可能性，随着这些选本不断被利用，遗民诗史的重构亦是可能和可行的。

三、遗民选家诗选的总体特征

那么，遗民选家的当代选本从文学史的角度来看究竟有哪些特色呢？从今存约 20 多种遗民选家的选本来看，它们所反映的诗歌风貌，大致呈现出以下三个鲜明的特点：首先，在题材上，表现为诗史题材的大量涌现。由于遗民的存史心态，这些选本尤其留心于反映今昔变迁的诗篇。以韩纯玉《近诗兼》中潘廷章的《烟雨楼》七言歌行为例，该诗 91 联 182 句，以时间为经，以嘉兴烟雨楼为纬，通过对游人聚散的描写、江南七郡士人与越地士子甲申前后举动的对比以及对南明王朝偏安苟且的讽刺，反映了崇祯中期至清初十年间江浙一带的兴亡离合。全诗以“忆昔崇祯八九年，流氛中土遍骚然”、“江南七郡犹全盛，鲜衣美食交相竞”拉开序幕，至“辛壬癸甲大洊饥，斯楼寂寂游人稀”而为一顿，复以“沧桑一旦成南渡，君臣草昧欢相附。旧京司马失兵符，新参御寝勤调护”、“此时七郡更喧阗，舞榭歌台不知数”、“尽到君王不吝爵，能将羊胄换通侯”宕开一笔，以展现南明王朝的腐朽和七郡士人面对亡国而表现出来的懵懂，接着笔锋一转以“长江浩浩空流水，石头城下黄尘起。江南七郡无坚城，驱马吴山应直指。越州一矢下钱唐，遍地揭竿从此始。经生帷幄市人战，分坊别对当高雉”来表现清军南下后嘉兴等地士人奋勇抵抗的情景以及此后“十万良家同日死”、“二十四坊无完堵”、“明眸皓齿一朝散，可怜一炬皆焦土”的惨状。然而正当作者沉浸在难以挥却的故国之思的痛苦中时，“几年赤地有人烟，又见高门更爽垲。下里儿童更长成，窄衫广帽添风采”，新朝统治下生活秩序的渐渐恢复使诗人猛然意识到“漫将旧事说兴亡，兴亡转眼成今昔”的历史规律，并在“古来兴废尽如此，只今世事犹难为。边马不归楼船动，东南绎骚无宁兹”的忧虑中结束全篇。此诗作者潘廷章，字美含，号梅岩，浙江海宁人。甲申之变，曾“出走哭于禹庙者七日”①。年九十，尚著书不倦。曾批点《西厢记》名曰《西来意》，并有《渚山楼

① 韩纯玉《近诗兼》“潘廷章本传”，稿本。

诗集》十二卷传世。此人事迹不彰，今人罕知。此诗以一游玩之地牵连出人情世态、兴亡盛衰，切口小，场面大，时间长，情感深，论者有“几与《连昌宫词》、《琵琶行》并垂”①之评。

其次，这些选本所收诗歌体现了情感本位的回归。鼎革而来的物是人非、颠沛流离的凄苦哀怨掺杂着对前朝的眷恋，使得置身其间的诗人流露出浓厚的个人与家国命运交织的兴亡之感。“仓惶抵家室，入户生悲凉。回顾浮沙集，立足殊彷徨。城郭尽焚劫，百姓皆死亡。故垒泣战鬼，洪水淹稻粱。骄儿啼我膝，羸仆号我傍。更闻昨避处，杀戮愈惨伤。惨惨随泥途，白日无晶光。安得隆准人，为世致大匡。仰首苍天高，徒自结中肠。”②乱后返家，城郭尽毁，百姓皆死，诗人的心情恰似昼日无光，除了仰天长叹以外，又能有何作为？“一月二十九日醉，醉时不觉天地碎。神仙烟舄绕空江，天姥轩皇悉狐媚。昨夜扁舟下洞庭，枇杷晚黄草麦青。故人留我南窗卧，脱衣露肘嗟飘零。传来直北旌旗赤，千山万山血凝碧。野哭邻鸡有好音，起舞有谁同今夕。忆昔皇舆败绩年，吞声忍死不敢前。乡里小儿皆得势，白头老翁无一钱。陵树苍苍云气深，侧身西望泪沾襟。流离每恨草间活，去住彼此伤人心。”③偷生苟安，故旧飘零，中兴无望，小人得势，唯有“一月二十九日醉”，方能抚慰那颗千疮万孔的心灵。“洒泪先皇似向隅，吞声岂忍忆嵩呼。衣冠此日趋南阙，玉帛何年会冀都。圣主哀思应避殿，微臣隐忍尚全躯。亦知佐命悲欢异，还记今朝令节无。”④“鼎湖龙去堕乌号，十载干戈遍野蒿。空有臣民供麦饭，竟无陵寝荐樱桃。川原次日仍流血，冰雪何人尚拥旄。不信忧虞终失国，天心难问九阍高。”⑤明朝覆灭在一个不该亡国的君王手中，对先主的祭奠和眷恋之情更显出内心的痛苦与悲怆。这一首首心血贯注而成的诗篇，使得诗缘情这一古老的命题重新焕发了生机。这些选本亦仿佛成为汇聚真情的话匣，只要你愿意随时能从中听到诗人的内心告白。正如选家魏耕曾云：“诗以达情，情

① 《近诗兼》“潘廷章本传”。

② 施清《抵舍书事简弟允武》，魏耕等《吴越诗选》卷五，清顺治刻本。

③ 余怀《醉时歌》，《吴越诗选》卷七。

④ 徐汧《恭遇烈皇帝圣诞哀感赋此》，程棅等《鼓吹新编》卷二，清顺治刻本。

⑤ 顾樵《甲午三月十九》，《鼓吹新编》卷八。

贵极其所至，故乐必尽乐，哀必尽哀”①，遗民选家情本位的诗学立场，使得出自他们手下的选本具有强烈的情感气息，并在一定程度上反映了诗坛情感本位的集体回归。

再次，就审美效果来看，这些诗选呈现出一种沉郁悲壮之美。不论是众人相聚时的野哭：“相逢野哭倍凄然，望帝惊看血泪悬。万里浮云迷北阙，十年芳草怨南天。桥山王气龙归后，湖澥臣心日落边。踯躅遗弓无限恨，吞声憔悴向谁传。”②还是个人独处时的咏怀：“陇亩东回万汇芳，追思往事转悲凉。今朝花径昨荒径，新岁禾场旧战场。栗里栖迟尝种秫，草堂流寓亦栽桑。古人贤达皆如此，何事吾生独断肠。”③不管是登临远望时的沉吟：“待诏金门且未回，凭高此日何衔杯。人横短笛吹吴市，天曲长江绕汉卷，虎豹久闲春草长，鱼龙欲动晚潮来。苍茫世事今如许，飘泊谁怜祖逖才。”④还是依依惜别时的叮嘱：“海内犹留几弟昆，别难即别屡声吞。班荆爱尔重来话，宿草招余何处魂。栎欲全生依鼠社，桐虽半死向龙门。无家尚有家相念，多病谁怜少故园。”⑤这种沉郁悲壮的诗风一改明末诗坛滑俗孤峭的弊病，有着强烈的艺术感染力。这种风格当然与其所表达的易代题材有密切的关系，同时亦与遗民选家的诗学宗尚极其契合。遗民选家中大多数都瓣香云间派（除陈允衡、李夏器等人外）。以陈子龙为代表的云间诗人，其诗风尽管在明亡前曾一度因“裁云剪月画三秋”的审美追求而表现为温丽凄婉，不过他们绍述汉唐之心在经历山河巨变后，却一变而为慷慨悲壮之声，充实了该派的审美特质，亦真正体现了汉唐风骨的精髓。遗民选家毛先舒、朱士稚、魏耕、钱缵曾、顾有孝等人的诗学观直接承绪云间诗派，而像程棅、施諲在选完《鼓吹新编》后致信云间王光承：“拙选呈教，大雅未坠，必当首推云间，惟足下实主持之。尤望慨赐大序，以示三唐祖祢，以为后学津梁。”⑥王氏回信亦盛赞《鼓吹》一选“大而不夸，细而不纤，文而不靡，质而不伧。上之齐驱景

① 朱彝尊《静志居诗话》，人民文学出版社 1990 年版，第 674 页。

② 陈济生《三月十九日》，《鼓吹新编》卷九。

③ 文祖尧《春日田园杂兴》其二，陈瑚《离忧集》卷上，民国峭帆楼丛书本。

④ 王光承《江楼远望乙酉》，韩纯玉《近诗兼》。

⑤ 韩绎祖《送彭躬庵曾止山归宁都》，曾灿《过日集》卷 16，清康熙刻本。

⑥ 程棅《与王玠右》，黄容等《尺牍兰言》卷七，清康熙二十年刻本。

龙天宝间，次亦历庆名手”[1]，亦可见出两人的诗学观与云间派的相合。可以说，这些选本所展现的沉郁悲壮之美，正是时代氛围与诗学追求契合的产物。

基金项目：教育部人文社科研究基金项目“清初人选清初诗与清初诗学的建构”（12YJC751013）；江苏省社科基金项目“清初清诗选本研究”（10ZWC012）。

作者简介：邓晓东，南京师范大学文学院讲师，出版过专著《唐寅研究》等。

① 王光承《复程杓石》，《尺牍兰言》卷七。

顺治至康熙初年的唐宋诗选本与唐宋诗之争

贺　严

摘　要：依据唐宋诗选本编选高潮的起伏变化，选取唐宋诗选相对处于低潮的康熙初期为考察对象，分析顺治至清代第一部深具影响力的宋诗选《宋诗钞》出现的康熙十年前后一段时间唐宋诗选的情况，由此考察这一时期唐宋诗之争的实际发展状况。通过对这一时期唐宋诗选的分析，得出如下结论：清初唐宋诗选在数量和质量上都严重失衡，远远不能形成可以"相争"的大致均衡的两种力量。唐诗选无疑是宗唐诗风的体现，大都扬唐贬宋；而宋诗选首先承认唐诗的价值，即使扬宋也并不贬唐，兼宋但不越唐。

关键词：唐诗选本；宋诗选本；唐宋诗之争；清初；顺治；康熙

唐宋诗之争是宋代以来就聚讼纷纭的一个诗学话题，而唐诗、宋诗选本通过对诗歌的编选、评点对唐宋诗审美价值进行评判，无疑是唐宋诗观的一种重要表现形式。

一、对唐诗选本的考察

清代唐诗选本有近四百种，超过了前此各代唐诗选的总和，整个清代，唐诗的编选都是人们热衷的一项事业。尤其是康熙、乾隆两朝，先后出现了两次唐诗编纂的高潮①。这些唐诗选中，除了不足五十种的应试、应制、酬和等诗选外，大多都与尊唐之风密切相关。而从顺治到康熙十年前后几十

① 关于清代唐诗选本编撰的详细情况，其分期、特征等，贺严《清代唐诗选本研究》第一章第二节论之甚详，此不赘述。

年的时间里，唐诗选本有二十多种，可以说是明代和康熙中期唐诗选高潮中间的一个过渡。

清初诗学一方面延续明代尊唐之风，一方面也对明七子“诗必盛唐”的狭隘诗学观和学唐而导致的肤廓之风进行反拨。其反拨体现为三种态度，一是表达自己对盛唐之风的独特理解，二是推扬中晚唐之作，三是倡导对宋诗的肯定。前两种态度在唐诗选本中得到了全面、鲜明的张显，而对宋诗的肯定在唐诗选本中的声音比较模糊，最多也只是一种兼容的宽和。清初，主盟诗坛者为钱谦益。钱谦益是由明入清文学观念转变的一个关键人物，诗学兼宗唐宋，论诗以杜甫、苏轼、陆游为尚。钱谦益对宋诗的提倡与后来吴之振等人编选的《宋诗钞》极大地影响了清初宗宋之风。其所著《钱注杜诗》以史证诗，成为“千家注杜”中一部学富识深的注本。《新刻钱太史评注李于鳞唐诗选玉》和《唐诗合选笺注》影响不大。他还编选了《列朝诗集》，选录明代 1600 余人诗作，并“以诗系人，以人系传”。

虽然钱谦益在理论上倡导宋诗，但他却不曾选编宋诗。这可能是由于当时宋诗文献缺乏的原因，但也并不排除一种更大的可能性，那就是：基于克服明代诗学弊端的需要，钱谦益倡导宋诗，但其对唐宋诗的总体评价，并没有逸出传统尊唐的框架。因此，结合其选编各朝诗集的情况来看，钱谦益的理论提倡和实际宗尚并非完全吻合。

当时比较有影响的唐诗评选之作还有冯舒、冯班二人的《二冯先生评阅才调集》，金圣叹的《贯华堂选批唐才子诗》等。王夫之因为隐居僻乡，所著《唐诗评选》直到清末才得到整理，既而广为传播。

二冯是钱谦益的同乡后学，但论诗却与钱谦益不同。当时人竞尚宋诗，二冯对此深为不满，尤其是对学诗者取法江西诗派，二冯更认为是学诗的歧途，因此，评点《才调集》以扬唐而救学宋之失。

《二冯先生评阅才调集》现有康熙间刻本。冯舒逝于顺治年间，因此评点则应在冯舒在世之时。《才调集》为五代后蜀韦縠编选。所选各时期诗作，以晚唐为主，中唐次之，初盛唐诗作较少入选。

清初惩于明七子学盛唐的肤廓之风，多有转向中晚唐之趣。因此出现了一些唐诗选或偏重中晚，或将初盛中晚等量齐观。

黄周星的《唐诗快》兼选初盛中晚，而以中晚唐人诗为多。他在《自序》中说：“仆以为初盛中晚之分，犹之乎春夏秋冬之序也。四序之中，各有良辰美景，亦各有风雨炎凝。”[1]顾有孝《唐诗英华》亦表现出对中晚唐诗的推重。钱谦益因此为此书作序，序中除了对严羽、高棅诗分四唐的作法及明七子“诗必盛唐”观大加驳斥外，还对顾有孝同尊四唐之旨予以推扬：

茂伦之撰是集也，胥初、盛、中、晚之诗胪而陈之，不立阡陌，不树篱棘，异曲同工，分曹递奏。沈休文之言曰：“飙流所始，同祖风骚，徒以赏好异情，故体势相绝。”江文通之言曰：“蛾眉讵同貌，而俱动于魄。芳草宁共气，而皆悦于魂。”茂伦奉为律令，用以箴严氏膏肓之癖，洗高氏耳食之陋，庶几后三百年焕然复睹唐人之面目。[2]

二冯评点以中晚唐为主的《才调集》，很明显也是对明七子“诗必盛唐”观的反拨。因此，除救学宋之失外，评点《才调集》亦以扬中晚唐而救明吹捧盛唐之失。不论是扬初盛唐还是扬中晚唐，都是持以明确的尊唐立场，二冯评点《才调集》亦是崇尚唐诗的一种体现。其后人冯武后来撰写《凡例》时说道：

两先生教后学皆喜用此书，非谓此外皆无可取也，盖从此而入，则蹈矩循规，择言择行。纵有纨绔气习，然不过失之乎文。若径从江西派入，则不免草野倨侮，失之乎野。往往生硬拙俗，诘屈荏牙，遗笑天下后世而不可救。[3]

二冯诗学趣味上贬低宋诗，诗法取向上弃宋而尚唐的态度是明确而坚定的。

金圣叹是著名的文学批评家，他评点古书甚多，唐诗则有《贯华堂选批唐才子诗》和《杜诗解》，没有宋诗选评之作。他在《贯华堂选批唐才子诗》的序中热情洋溢地表达了自己对唐律由衷的赞赏：“唐之律诗，非独一时之佳

---

① 黄周星《唐诗快》，康熙间刊本。

② 顾有孝《唐诗英华》，清顺治十四年(1657)刊本。

③ 韦縠编，冯舒、冯班评点《二冯先生评阅才调集》，清康熙四十三年(1704)垂云堂刻本。

构也，是固千圣之绝唱也，吐言尽意之金科也。”“唐之律诗，其真为三百之所未尝有也。”①不但将唐诗看作学诗的金科玉律，甚且逾于《诗经》这一经典之上，其对唐诗的宗尚可谓无以复加了。

王夫之是明末清初杰出的思想家、哲学家，其对诗歌也有自己深刻的理解。不但有论诗著作《诗绎》、《夕堂永日绪论》和《南窗漫录》等，还有诗歌评选之作《古诗评选》、《唐诗评选》、《明诗评选》。但王氏著作一直淹没不彰，直到清末，才由同乡整理刊刻出来。

从《古诗评选》、《唐诗评选》、《明诗评选》等这一系列诗歌选本的编选，我们可以清晰地理解王夫之的诗学史观，及各朝诗在王夫之诗学观中的地位。王夫之评诗是以汉魏六朝的古诗传统为标准的，在他看来，唐诗是古诗的余绪，而宋诗在这一条诗史链上则没有地位。

《唐诗评选》选诗，七言律初、盛、中、晚各个时期的诗作入选量基本持平，而其他各体诗则多选盛唐诗。由此可见，其尊盛唐的倾向还是比较明显的。在他的诗论中，对宋诗则多有批评之语。

还有一种情况就是一人既编过唐诗选，也编过宋诗选。如陆次云既有《唐诗善鸣集》，也有《宋诗善鸣集》、《五代诗善鸣集》、《明诗善鸣集》等。吴绮在编选《宋元诗永》几年之后，又编选了《唐近体诗永》。这些选本体现的诗学取向以后再另文详细讨论。

二、对宋诗选本的考察

明人学唐，优孟衣冠，空疏肤阔，在诗坛引起了强烈的不满。连诗学主张与明七子有着较深渊源的格调派领袖沈德潜也曾说道：

> 有明之初，承宋旧习。自李献吉以唐诗振，天下靡然从风。前后七子，互相羽翼，彬彬称胜。然其弊也，株守太过。冠裳土偶，学者咎之。②

① 金圣叹《贯华堂选批唐才子诗》，康熙间刊本。
② 沈德潜《古诗源》，中华书局2006年版。

因此,清初学宋之风的兴起与对明代学唐之弊的反省是密切相关的。

在清人的各种文章中,对清初宗宋诗风的情况多有记载。据蒋寅先生考察,清代诗坛最早对宋诗风产生反响的资料是康熙十一年(1672)沈荃为曾灿《过日集》所作的序[①]。序中说道:

> 近世诗贵菁华,不无伤于浮滥,有识者恒欲反之以质,于是尊尚宋诗以救弊。[②]

由此可知,在康熙十一年前,宋诗风已渐兴起。而在这段时间内,在选本方面,出现了一部颇有影响的宋诗选本《宋诗钞》。

《宋诗钞》乃吴之振、吕留良、吴自牧同选。据《凡例》可知,此书始选于康熙二年(1663):

> 癸卯之夏,余叔侄与晚村读书水生草堂,此选刻之始也。时甬东高旦中过晚村,姚江黄太冲亦因旦中来会,联床分檠,搜讨勘订,诸公之功居多焉。[③]

癸卯年即康熙二年(1663)。时吴之振、吴自牧与吕留良在吕家水生草堂,开始同编《宋诗钞》,高旦中、黄宗羲过访,亦参与勘订。后来编选工作则主要是吴之振、吴自牧叔侄俩进行。

康熙十年(1671),《宋诗钞》刻成,吴之振便携带多部赴京,广赠京中名人,并与京中同好交游唱和。赵娜据吴之振《黄叶村庄诗集》考察,当时吴之振在京期间交游唱和的人有:程可则、家长庚、郭寅客、施闰章、周在浚、乔莱、沈工、汪懋麟、宋荦、王崇简、沈荃、宋琬、曹尔堪、徐方虎、李良年、王撰等16家[④]。相对于京城庞大的诗歌创作队伍来说,爱好宋诗的这组唱和诗人

---

① 蒋寅《王渔洋与清初宋诗风之兴替》,《文学遗产》1999年第3期。

② 曾灿《过日集》,康熙十二年刊本。

③ 吴之振、吕留良、吴自牧选,管庭芬、蒋光煦补《宋诗钞》,中华书局1986年版。

④ 赵娜《〈宋诗钞〉与清初宋诗风的兴起》,《内蒙古大学学报》(哲学社会科学版)2009年第3期。

的队伍人数是相当少的。而当时吴之振并不了解京城诗人的取向，采取的还是小心试探的态度。他在康熙十一年（1672）选刻的《八家诗选自序》中云：

余辛亥至京师，初未敢对客言诗，间与宋荔裳诸公游宴，酒阑拈韵，窃窥群制，非世所谓唐法也。故态复狂，诸公亦不以余为怪，还往唱酬，因尽得其平日之所作而论次之。①

《宋诗钞》在京城传开后，亦有批判的声音：

近世诗贵菁华，不无伤于浮滥，有识者恒欲反之以质，于是尊尚宋诗以救弊。……今之号为宋诗者，皆村野学究肤浅鄙俚之辞，求其如欧阳永叔所云哆兮其似春，凄兮其似秋，使人读之可以喜，可以悲者，百不得一焉。此不过学宋人之糟粕，而非欲得宋人之精神也。②

由此可见，直至吴之振携《宋诗钞》进京，提倡宋诗还没有形成风气。再看《宋诗钞》对唐宋诗的态度。在此书自序中，吴之振云：

黜宋诗者曰"腐"，此未见宋诗也。宋人之诗，变化于唐，而出其所自得。皮毛落尽，精神独存。不知者或以为"腐"。③

在这里，吴之振一方面强调宋诗与唐诗的联系，一方面也指出宋诗的独创变化。序中又云：

余与晚村、自牧所选盖反是，尽宋人之长，使各极其致，故门户甚博，不以一说蔽古人。非尊宋于唐也，欲天下黜宋者得见宋之为宋

① 吴之振《八家诗选》，清康熙十一年吴氏鉴古堂刻本。
② 曾灿《过日集·序》，康熙十二年刊本。
③ 吴之振、吕留良、吴自牧选，管庭芬、蒋光煦补《宋诗钞》，中华书局1986年版。

如此。①

吴之振明确阐述了自己的诗学主张：其一，“非尊宋于唐”，表明其对唐诗的优先尊尚；其二，则欲以此选剔出宋诗真面目，广呈宋诗百态，而改变时人所讥为“腐”之错误理解。

《宋诗钞》的流传并未立即形成宗宋风潮，也未引领起宋诗编纂之风。吴之振在康熙十五年(1676)所作的《次韵答梅里李武曾》诗中还慨叹道：“王李钟谭聚讼场，牛神蛇鬼总销亡。风驱云障开晴昊，土蚀苔花露剑芒。争诩三唐能哜截，敢言两宋得升堂？眼中河朔好身手，百战谁来撼大黄？”②而宋诗编选之作也直到康熙十八年(1679)才出现吴绮的《宋元诗永》。

蒋寅先生认为：“起码到康熙十三年至十五年间，宋诗仍是遭轻视的。即使有陈廷敬、曹禾这样的爱好者，也未形成风气。”③从唐宋诗选本的情况考察，这一论断是符合当时诗学的实际发展情况的。

三、唐宋诗选与唐宋诗之争

从对唐诗选本和宋诗选本的考察可以看出，清初，至少在康熙十年以前，还没有形成宗宋的热潮。这一时期，唐诗选本有近三十种，宋诗选则仅见一种。选本一个很重要的功能就是学习的范本，唐宋诗选本数量的差异，正说明了当时人们多以唐诗为法，而宋诗很受冷落。尊唐宗宋，两种力量相差悬殊，根本没有形成可以“相争”的大体均衡之力。因此，在那时，所谓唐宋诗之争，严格意义上来说是不存在的。

从选本的情况来看，人们对唐宋诗的态度分为两种：一种是尊唐贬宋；一种是尊唐容宋。而这两种态度有一点是共同的：即尊唐。在这一点上，两派意见并没有争论。争论的是宋诗是否可以学习的问题，连带涉及到宋诗的价值问题。

尊唐贬宋的意见显然认为宋诗“近腐”，是不应该成为后世效法的对象

---

① 吴之振、吕留良、吴自牧选，管庭芬、蒋光煦补《宋诗钞》，中华书局 1986 年版。

② 吴之振《黄叶村庄集》，《四库全书存目丛书》，集部第 237 册，第714 页。

③ 蒋寅《王渔洋与清初宋诗风之兴替》，《文学遗产》1999 年第 3 期。

的。这一点，前人论之甚详，此不赘述。

尊唐容宋一派的观点，在对宋诗的评价上也各有不同。从吴之振自序中可以看出，吴之振并非想让宋诗凌驾于唐诗之上，而是不满于人们对宋诗讥为“腐”的片面之论，认为宋诗变化于唐，与唐诗有着天然的联系，而且也自有其精神面目。

之前，清人提倡宋诗者多以宋诗对唐诗的继承来确立宋诗的价值，如钱谦益是清初宗宋诗风的关键人物，但他仍持“诗莫盛于唐”的观点①。特别是对杜诗，钱谦益一生用力甚勤，不但有《杜诗笺注》这样耗时弥久的杜诗研究力作，还有《注杜诗略例》、《曾房仲诗序》和《薛行屋诗序》等对杜诗学术史的研究之论。在诗史承继上，钱谦益将宋诗看作是对杜诗的继承；在诗法策略上，则打破四唐之说，反对以“时”分界。诗史是一个自然发展的过程，唐不必不如汉魏，中晚唐不必不如盛唐。宋诗也是这一诗史链条上的一个环节，因此，宋诗也自然不必不如唐。由对唐诗的博宗兼取，进而到宗唐兼宋。显然，钱谦益对宋诗的肯定仍是从唐诗找根据的。

《宋诗钞》一方面表明与诗坛主流宗唐的一致立场，也继承前人在唐诗内部为宋诗找根据的策略，另一方面又指出了宋诗自有自己的真精神，其贡献也即在于此。

因为有明一代长期以来“宋无诗”观念的影响，宋诗选本寥若晨星，宋诗文献散佚严重，致使清初文献搜辑的工作非常艰难。吴之振在《宋诗钞》序中说：“自嘉、隆以还，言诗家尊唐而黜宋，宋人集覆瓿糊壁，弃之若不克尽，故今日搜购最难得。”②清初，宋诗文献的整理尚不系统、不深入，宋诗的传播也就难以普及。直至康熙十年前后，《宋诗钞》在京城流传，宋诗文献工作才算有了一定的进展。但人们对宋诗的认识还远远不够，不足以与对唐诗的丰富经验相匹敌。

因此，学习宋诗、提倡宋诗，不是因为对宋诗独特价值的深刻理解和高度体认，而是由于对明人学唐肤廓之风的厌倦。四库馆臣对吴之振《宋诗钞》的编选背景是这样认识的：

① 钱谦益《诗苑天声序》，《牧斋外集》卷四，《钱牧斋全集》第8册，上海古籍出版社2003年版。

② 吴之振、吕留良、吴自牧选，管庭芬、蒋光煦补，《宋诗钞》，中华书局1986年版。

盖明季诗派，最为芜杂。其初厌太仓、历下之剽袭，一变而趋清新。其继又厌公安、竟陵之佻巧，一变而趋真朴。故国初诸家，颇以出入宋诗，矫钩棘涂饰之弊。之振是选，即成于是时。①

俞兆晟在《渔洋诗话》序中引王渔洋晚年对平生诗学变化的总结之语云：

少年初筮仕时，唯务博综该洽，以求兼长。文章江左，烟月扬州，人海花场，比肩接迹。入吾室者，皆操唐音；韵胜于才，推为祭酒。然而空存昔梦，何堪涉想？中岁越三唐而事两宋，良由物情厌故，笔意喜生。耳目之顿新，心思于焉避熟。明知长庆以后，已有滥觞；而淳熙以前，俱奉为正的。当其燕市逢人，征途揖客，争相提倡，远近翕然宗之。既而清利流为空疏，新灵寖以佶屈。顾瞻世道，惄焉心忧。于是以太音希声，药淫哇锢习。《唐贤三昧》之选，所谓乃造平淡时也，然而境亦从兹老矣。②

王渔洋回顾自己的诗学变化历程：由唐入宋，由宋返唐。由唐入宋，是因为“物情厌故，笔意喜生”，而并不是对宋诗的真赏。

这种诗学历程和感受不独王渔洋如此，清初许多诗人也同样经历过这样的历程，即使提倡宋诗者亦复如是。《宋诗钞》的主要编选者吴之振始以学唐，后编选《宋诗钞》，而后又深感学宋之弊，复返三唐。吴绮于康熙十八年(1679)刊刻了《宋元诗永》，至迟在康熙二十八年(1689)又刊刻了《唐近体诗永》。

清初唐宋诗选所体现的对唐宋诗的不同态度，其原因主要是诗学观的基础不同，同时也有时代之变的政治因素。

清初诗人生活在宗唐的主流诗学氛围中，他们少所力学的是唐诗，对唐诗有着深厚的感情。同时，时至清代，唐诗学的积累已非常丰富，唐诗审美

① 纪昀《钦定四库全书总目》下册，中华书局 1997 年版，第 2663 页。

② 俞兆晟《渔洋诗话序》，王士禛《渔洋诗话》，《清诗话》上册，上海古籍出版社 1963 年版，第 161 页。

价值已得到比较全面和深入的挖掘。这些,都是宋诗所无法比拟的接受基础。

宋诗选产生的另一个背景是易代之痛。这种时代巨痛产生了一批前代遗民,而编选受时代和当前社会冷落的宋诗,正与遗民那种失落的心理相吻合。如《宋诗钞》的参订者黄宗羲、高斗魁(旦中)都不仕清朝,专心著述,高斗魁以医行世。吕留良更是一身傲骨,视明王朝覆亡为“天崩地解”。死后更因“曾静案”卷入文字狱中,遭开棺戮尸之祸。吴之振,康熙时举贡生,以赀为内阁中书科中书,亦不赴任,淡泊于名利。康熙前期的宋诗选家大都如此,他们都与清廷相当疏离。

这种遗民思潮只是时代更替中一股支流,随着时代的稳步前进,社会的稳定一统,终究会湮灭于大的时代主潮中。因此,在遗民思潮下产生的一时风会也不会长久,遗民思潮催生的宋诗选在清初的命运也是如此。

不论是由于物情厌故,还是遗民心态的折射,康熙初的宋诗选都还未能担负起全面、深刻地阐释宋诗特征、价值的使命。唐宋诗选无论在数量还是质量的对比上,都还不足以托举起唐宋诗争的重大话题。

基金项目:教育部人文社会科学研究青年基金项目“清代唐宋诗选与唐宋诗之争”(项目批准号:09YJC751085)阶段性成果。

作者简介:贺严,中国劳动关系学院副教授,出版专著《唐诗选本研究》等。

《宋百家诗存》价值重估

谢海林

摘　要:《宋百家诗存》是清代曹庭栋辑纂的一部宋诗选集,与《宋诗钞》等同享盛名,泽惠学林,具有重要的价值。这主要表现在:一是文献保存方面,除了在辑佚、校勘、刻本传播之外,《诗存》也是后世选本的重要来源;二是诗学批评方面,曹庭栋所撰《诗存》小传对诗人考镜源流,辨析体派,品评风格,其文学批评价值不容忽视。

关键词:曹庭栋,《宋百家诗存》,文献,诗学,价值

《宋百家诗存》(以下简称《诗存》)面世以来,备受关注。民国杨钟羲曰:"曹六圃选《宋百家诗存》。钱文端有绝句百首,逐加品题。汪槐塘题《诗存》后云:'我披天水史,开宝逮德祐。文章流别殊,各自辟藩囿。……惜哉五百年,散佚随飘飕。遂令汲古者,荒荒堕烟雾。曹君擅石仓,积书屋连袤。文鉴补吕氏,诗钞广吴叟。忆昨上元日,晴雪滴残溜。肩舆过草堂,丛编出怀袖。群言汇百家,目眵浩难究。……兼收与并登,要使无杂糅。十手急传钞,百卷付刻镂。鉴别君自精,狂言当我宥。'"①钱文端,乃乾隆朝著名的文学侍从钱陈群。汪槐塘,即浙派诗人厉鹗弟子汪沆。曹庭栋编刊《诗存》触发了钱陈群的诗兴,也获得了汪沆的高度褒扬。《诗存》被收录《四库全书》,馆臣从辑存宋诗的方面对其赞誉有加,这正是《诗存》价值的体现,也充分说明了《诗存》在诗选史上的重要地位。直到晚清也为人所重,徐世昌《晚晴簃诗汇》在称道陈訏《宋十五家诗选》时说:"菁英略具,后来言宋诗者莫能外也。铨择具有意指,与吴孟举《宋诗钞》、曹六圃《宋百家诗存》足相方驾。"②

---

① 杨钟羲《雪桥诗话余集》卷四,北京古籍出版社 1992 年版,第 214 页—215 页。

② 徐世昌《晚晴簃诗汇》卷三十九陈訏小传,中国书店 1988 年影印本,第 512 页。

胡念贻指出,《诗存》大量选录、刊行南宋人小集,对宋诗研究有一定的意义,一是间接地将"江湖派的诗破天荒地推到了一个显著的地位",二是有助于《江胡群贤小集》在当时的传播,也可根据《诗存》来作文字的校勘、辑佚,其功劳是不可泯灭的①。孔凡礼认为,《诗存》保存了个别在今天看来还是僻集的宋诗文献,在选诗方面着重表现了反映现实苦难的诗篇,也收录了道学家和浪漫气息浓厚的作品,而小传中对诗人轶事与诗歌风格的品评亦较精到,直到今天犹常为研究者所引用②。因此,从文献保存与诗学批评的角度对《诗存》进行价值重估,这是很有必要的。

一、文献保存价值

正如乃弟曹庭枢所言:"去季春,兄寄予书,曰近裒集两宋遗诗,将选刻百家以补坊本之未及,卷首各列小传,纪其爵里姓氏,正史弗详者,采之山经地志、稗官野乘以足之。"③除正史、集部之外,编者遍采山经地志、稗官野乘,广搜罗,勤辑录,《诗存》保存、传播宋诗的贡献是较大的。表现在以下几方面:

(一)文献辑佚。如陈泊《陈副使遗稿》,《诗存》所选诗作篇数16首,与《两宋名贤小集》同,但在小传中,编者辑录了《借宅》"四壁旧贫宁畏盗,一枝虽小易容巢",《赠无已师》"他年远公社,若个是遗民"。加上这二则残篇断句,是在当时收罗陈泊诗"最全"的,比四库采进康熙年间《陈副使诗》一卷本,也比之后大型辑佚总集《宋诗纪事》都多。这些已被《全宋诗》采录。更何况,《诗存》是凭借一人之力,不像《宋诗纪事》的编纂,众多文献家、藏书家参与其中。再如杨甲《棣华馆小集》,全选录《两宋名贤小集》卷三百七十四所载杨甲诗,并在最后补收了一首《游山上废寺有段文昌种松石刻云乾坤毁则无以见寺寺不可毁四松其远乎寺今废木亦亡矣感而赋之》。《全宋诗》未收杨甲诗。又如张良臣,今存《雪窗小稿》一卷。有汲古阁影宋本。《两宋名

---

① 胡念贻《〈宋百家诗存〉及其与南宋〈江湖前、后、续集〉的关系》,《中国古代文学论稿》,上海古籍出版社1987版,第305页。

② 孔凡礼《评〈宋百家诗存〉》,《古典文学知识》1990年第2期。

③ 曹庭枢《宋百家诗存后序》,《宋百家诗存》卷首,乾隆六年(1741)年刻本。

贤小集》与《江湖小集》、汲古阁《南宋群贤小集》同，皆存诗34首。《诗存》选诗29首，其中《次韵持上人题延庆寺清玉轩》逸于二《小集》之外。稍幼曹庭栋的鲍廷博(1728—1824)有《雪窗小集补遗》五首，此诗赫然在内，并注明从《诗存》辑录。又如吴惟信《菊潭诗集》，《江湖后集》卷二十三自《永乐大典》中补其诗五首。《诗存》另补《伤春》、《曲江留别》、《兰》三首，盖由笔记、诗话中辑录。知不足斋补遗四首，已含此三首。又如敖陶孙有《臞翁诗集》二卷，有汲古阁影钞宋本、读画斋刊本等。王士禛《香祖笔记》卷五有《跋臞翁诗集》，称其得见是集一卷本。后四库馆臣从《永乐大典》辑出《江湖后集》中所收诗八十六首。《四库全书总目》卷一百九十一所录《宋四家诗》四卷，其中有是集一卷，亦疑其得自《宋名贤小集》之残本而订为一册。《诗存》依次甄录《两宋名贤小集》卷三百二十一《臞翁诗集》，仅第一首《皋亭山》逸出《后集》、《小集》之外，《御选宋诗》亦收有是诗，但因其深藏内阁，影响甚微，是诗盖编者从地志中辑录。

以上种种足见曹庭栋编选《诗存》的裒辑之功，为保存宋诗文献作出了贡献。

(二) 文字校勘。正如胡念贻、孔凡礼所指出的，《诗存》在文字校勘上的作用也值得重视。如《四库全书考证》卷七十八，据《诗存》对彭汝砺《鄱阳集》中七首诗九处文字上的脱讹进行了增改。这一点，尚无人指明。现全引如下：

> 卷一：《寄叶法曹》："棋子劳神弓力硬"，刊本"神"讹"人"，据《宋百家诗存》改。《和君时弟见贻》："万里不加鞭"，原本"加"讹"可"。又"低头恋栈豆"，原本"栈"讹"短"，并据《宋百家诗存》改。《答同舍游凝祥池》：原本"舍"讹"社"，又脱"凝"字，并据《宋百家诗存》改增。《和彦直讲(其三)》："应与君相识"，原本脱"与君"二字，据《宋百家诗存》增。
>
> 卷八：《伏承宠示滕王阁佳句因用前韵》："江山晴更碧"，原本"晴"讹"云"，据《宋百家诗存》改。
>
> 卷九：《武冈驿》："破屋山间驿，穷阎溪上村。云山能近郭，池水故当门。气象生诗笔，波澜动酒尊。夜长归梦远，凭尔与招魂。"原本缺"穷阎"至"生诗笔"二十字，据《宋百家诗存》增。《端午》："拨棹倚江干"，原本"拨"讹"百"，据《宋百家诗存》改。

《诗存》盖出于别集，次序相同，因《两宋名贤小集》卷一百十三未予选录《寄叶法曹》等诗。据《宋人别集叙录》称，彭汝砺诗文集在宋代编刊不详，明《文渊阁书目》卷九著录一部，《内阁书目》曰其四十卷。清《传是楼书目》著录十二卷。《四库全书总目》卷一百五十三著录马裕家藏本，馆臣云是本乃诗集，止十二卷，其中上引《武冈驿》有目无书，可见此本并非善本。乾嘉间彭元瑞《知圣道斋读书跋》卷二跋清钞本时曰《诗存》不出此清钞本之外者。后陆心源《仪顾堂题跋》卷十一跋张位钞本、丁丙《善本书室藏书志》卷二十七著录吴潢川、汪宪藏旧钞本，皆称《武冈驿》等佚诗具在[①]。可见《诗存》当源于清初钞本。故馆臣以《诗存》校四库本，亦较允当。又如《诗存》所载黄庶《伐檀集》中《和元伯走马看牡丹》一诗语句与《两宋名贤小集》多有异同。民国间李之鼎曾将此集刊入《宜秋馆汇刻宋人集》丁编，并跋曰："家藏明滇中李友梅校刊宋分宁黄庶《伐檀集》，以祠堂本校之，字句互有同异，此集大都刊附《山谷集》后，惟明刊有单行者。嘉靖、万历均有刊本，而滇中李氏本独少见。……本朝虽有刊本，然间有与刊本互有异同者，不在此例，校付手民以昌西江诗派焉。"[②]今明刻单行本《伐檀集》、《诗存》本及李之鼎刊本，皆作："城中走马趁残春，诗别余花句句新。何似园家不吟醉，姚黄魏紫属游人。"而四库本《两宋名贤小集》作："城中走马趁残春，探取红芳日日新。何事有花不吟醉，姚黄魏紫属闲人。"《诗存》可作为参校本来佐证《两宋名贤小集》之误。

（三）编刊流播。《诗存》在保存宋诗方面最重要的贡献便是将众多钞本的"僻集"付诸枣梨，广为流布。除贺铸、魏野、穆修、宋祁、刘敞、司马光、文彦博、吕本中、张孝祥、姜夔等十余人之外，其他多为名声不扬之辈，而大部分诗集在顺康雍时期多以钞本形式传播。如孔凡礼所举姚孝锡《怡云轩诗集》，《两宋名贤小集》卷三百七十三收诗九首，已载《诗存·醉轩集》中，其余二十三首，幸赖《诗存》得以保存[③]。他如许红霞文指出的释道灿《柳塘外集》，"是江都张师孔在康熙四十六年（1707）游庐山时才发现的，事见此书卷

① 祝尚书《宋人别集叙录》，中华书局1999年版，第488—490页。

② 李之鼎《宜秋馆汇刻宋人集》丁编《伐檀集》卷末，民国间刊本。

③ 孔凡礼《评〈宋百家诗存〉》，《古典文学知识》1990年第2期。

首张师孔序”[①]。王士禛曰：“《柳塘外集》二卷，宋庐山僧无文道璨诗也，颇有江西宗法。江都张印宣师孔游开先，于佛藏中钞得之，刊以行世，问序于余。老懒未报，姑记于此。”[②]事隔三十余年，《诗存》收录并刊行于世，进一步促进了此集的流播。又如赵汝燧诗集六卷，今皆作《野谷诗稿》。《千顷堂书目》卷二十九著录。《善本书室藏书志》卷三十一著录的旧钞本即黄虞稷旧物。除黄氏抄本外，《八千卷楼书目》卷十五还著录《群贤小集》本及抄本一部。《铁琴铜剑楼藏书目录》卷二十一亦著录璜川吴氏藏旧钞本一部。《宋人别集叙录》也称《四库全书总目》卷一百六十二著录马裕家藏本，盖亦传钞本[③]。《两宋名贤小集》卷二百二十八题为《野谷诗集》，仅载 63 首，而《江湖后集》卷四甄录 105 首，二集皆非依别集次序遴选。《诗存》所选诗作 162 首，依次甄录于别集《野谷诗稿》钞本。合而观之，《诗存》虽是选本，却是最早将其钞本刊行于世的刻本。又如张道洽《实斋咏梅集》，《百川书志》卷二十著录《实斋梅花诗》四卷，有五七言律绝凡 158 首。《千顷堂书目》卷二十九亦著录。《(雍正)浙江通志》卷二百四十八著录为《实斋诗集》。《宋人别集叙录》未著录是集。《诗存》卷三十五收其诗 86 首，诗选盖源于抄本《南宋群贤小集》。《全宋诗》卷三二九三称清吴允嘉抄《南宋群贤小集》中存《梅花诗》一卷，并据《瀛奎律髓》卷二〇(收诗 36 首)及《诗存》等书所录重编为一卷，计诗 98 首，断句二则。《诗存》较好地保存了张道洽诗。他如杨公远《野趣有声画》二卷，倪灿《补辽金元艺文志》著录。《四库全书总目》卷一百六十六著录鲍士恭家藏本。《文选楼藏书记》卷六、《铁琴铜剑楼藏书目录》卷二十二、《八千卷楼书目》卷十六、《皕宋楼藏书志》卷九十五等皆著录钞本。《宋人别集叙录》未著录此集。《诗存》本乃最早的刊本。又如刘弇《龙云集》，《季沧苇藏书目》、《传是楼书目》等著录《刘龙云集》三十二卷本。四库本《两宋名贤小集》卷九十五有《龙云小集》一卷，仅录诗 44 首。《诗存》

---

① 许红霞《从三百八十卷本〈两宋名贤小集〉看其汇集流传经过》，载《海峡两岸古典文献学学术研讨会论文集》，上海古籍出版社 2002 年版，第 394 页。

② 王士禛《分甘余话》卷三，影印文渊阁《四库全书》本，第 870 册，第 577 页。笔者按，今人张世林点校《清代史料笔记丛刊》本，中华书局 1986 年版，是条缺载。《带经堂诗话》卷二十(人民文学出版社 1963 年版，第 592 页)载有此条记载，乃据《分甘余话》著录，但文字较略。

③ 祝尚书《宋人别集叙录》，第 1494 页。

选诗134首，诗作与次序皆不同于《两宋名贤小集》，盖出于别集钞本。《四库全书总目》卷一百五十五著录鲍士恭家藏本与此同，并称“吴之振撰《宋诗钞》不及弇集，曹庭栋撰《宋诗存》始补收之，盖传本较稀，故之振偶未见云”。又如宋祁《景文诗集》，《四库全书总目》著录《永乐大典》本，《诗存》小传称其“有诗文集百卷，原本失传，是编只存《诗集》四卷，真片鳞只羽耳”。盖编者所见者乃清初辑录之抄本。他如刘敞《公是集》，《静惕堂宋人集书目》、《潜采堂宋人集目》皆著录。《四库全书总目》著录永乐大典本《公是集》五十四卷，以及山东巡抚采进吴允嘉辑本《公是集》六卷。《诗存》将其付诸剞劂，传播之功不容忽视。

（四）后出选本的重要来源。《诗存》当之无愧是清代除《宋诗钞》和《宋诗纪事》以外，影响最大的宋诗文献。《宋诗略》编者汪景龙曰：“惟石门吴孟举之《宋诗钞》、嘉善曹六圃之《宋诗存》有功于宋人之集而未经决择；厉樊榭《宋诗纪事》网罗遗佚，殆无挂漏，然以备一代之掌故，非以未学者之准则。”[①]道光二十四年（1845）五月，许耀编选《宋诗三百首》，作序曰：“宋诗之选……吴孟举之《宋诗钞》、曹六圃之《宋诗存》、厉樊榭之《宋诗纪事》、汪绚青、姚和伯之《宋诗略》几于家置一编。”[②]从清代宋诗选本的发展历程也可看出，《诗存》已成为后出选本如侯廷铨《宋诗选粹》、汪照与姚埙合编的《宋诗略》、姚培谦等人合选的《宋诗别裁集》、管庭芬和蒋光煦同辑的《宋诗钞补》的主要文献来源之一。

总之，《诗存》的文献价值是有目共睹的，理应获得适当的评价。正如馆臣所云：“庭栋裒辑成编，各存崖略。虽非宋诗之大全，要亦不可谓之无功矣。”[③]

二、诗学批评价值

从诗学批评的角度而言，《诗存》也颇具价值。这一点尤其表现在曹庭栋为百位诗人所作的小传。这些评述虽然片言只语，却也足见编者颇具只

---

① 汪景龙《宋诗略序》，《宋诗略》卷首，乾隆三十五年（1770）竹雨山房刻本。

② 许耀《宋诗三百首序》，《宋诗三百首》卷首，道光二十五年（1845）春水草堂刻本。

③ 《宋百家诗存》书前《提要》，影印文渊阁《四库全书》本，第1477册，第3页。

眼，至今尤为人所重视。孔凡礼说："曹氏是立足于有宋一代诗的广阔深厚的基础上进行编选工作的。他的着眼点，一个是文学，一个是历史。"①易言之，《诗存》小传的评述具备了两方面的文学批评功能，一是考订诗人生平轶事、诗集流传以知人论世；二是品评诗人诗风，考镜源流以见宋诗崖略。下面拟就此作一探讨。

正如曹庭枢所言："卷首各列小传，纪其爵里姓氏，正史弗详者，采之山经地志、稗官野乘以足之。"②如杜范，称"至其立朝节概，具在史传，尤多卓卓可风者"；如刘仙伦，引笔记《桯史》以见其交游；如柴望，"读其诗可以见其志云"，等等。而这些足见诗人性情的轶事叙述，四库本《两宋名贤小集》多未载录。"他在一些小传中所引用的资料，今天已经很难找到。"③除了孔凡礼所称引的姚孝锡外，他如张道洽，《诗存》曰：

> 生平咏梅诗最富，尝自裒所作次为二卷，并自为序，其略云："余诗似梅乎？梅似余诗乎？黄梅夜半，当持叩丹山消息。"又云："别庾岭十年，留此面与梅花相见，无一点愧色。"观此其趣尚，闲雅可想见也。诗亦刻意造微，颇多传神妙句。建安徐义夫诗云"生平不得春风力，只与梅花结得缘"，可以移赠。

张道洽的生平事迹，仅见方回《张泽民诗集序》及《瀛奎律髓》评语。张氏自序已难得一见，《诗存》小传引此和徐集孙《谢林可山序诗》赏鉴其人，颇为允当。

《诗存》小传对诗人集子的流播也多有载录。如孔凡礼提及的王镃，《诗存》云："每对时愤闷，辄形于诗。如'山河隔今古，天地老英雄，青松秦世事，黄菊晋人心'，语涉怨愤，要不失风人之遗。《宋艺文志》载镃文集二十三卷，原集无传，兹为前明嘉靖时其族孙养端，编其遗诗一卷，曰'月洞吟'。"之后，四库馆臣误作端茂，民国间李之鼎刊刻宋人集时，亦袭其误，显然没有曹论之确。他如张孝祥，《诗存》曰"著有《于湖集》四十卷，原本失传，仅存诗绝句

① 孔凡礼《评〈宋百家诗存〉》，《古典文学知识》1990年第2期。

② 曹庭枢《宋百家诗存后序》，《宋百家诗存》卷首，乾隆六年(1741)刻本。

③ 孔凡礼《评〈宋百家诗存〉》，《古典文学知识》1990年第2期。

二卷”，可知张孝祥诗集在清初流传不广，文士难得一见。他如吕声之，《诗存》云：“有《沃州雁山吟》百篇，邑人至小胥皆能诵之。水心叶适为之序。当时徐应宏称其诗‘自出一家机轴，与文学政事相表里’。”《诗存》盖参照先辈曹学佺《石仓宋诗选》所附跋文，可知吕诗在宋代的接受情况。

编者在小传中对诗人的品鉴是最有价值的。“他对诗人的评语，今天犹往往为研究者所引用。”[①]这可从以下几个方面来谈。

（一）考镜诗人源流。如称吕本中“得陈、黄句法”，吕是两宋之际的著名诗人，这一点评价或是众人皆知，不足为奇。值得称道的是曹庭栋对那些二三流诗人的赏鉴，颇具只眼。如谓赵汝燧：“古体诗气雄笔健，远追太白，近接坡公。今体诗造境奇而命意新，与四灵分坛树帜，直欲更出一头地也。”赵汝燧乃赵室宗亲，曾藏有东坡画、李杜像，爱屋及乌，诗如其人，曹氏从诗体、诗风与诗人三个角度作了精当的品评，指出了赵在江湖派诗人中独标一格的特点。钱锺书亦认为：“江湖派诗人里算他的才气最豪放；他的古体不但学王建、张籍，也学李白、卢仝，近体不但传‘四灵’的家法，也学杨万里，都很畅快伶俐。”[②]他如陈必复、严粲、杜旃三人：

> 陈必复，字无咎，号药房，闽人。嘉定时，卜居封禺山中，结屋数椽，题曰“药房吟所”。有《山居存稿》，俱五七言律诗。自为序云：“余爱晚唐诸子。”其诗清深闲雅，如幽人野士，冲淡自赏，要皆自成一家。及读《少陵集》，然后知晚唐诸子之诗尽在是矣。所谓诗之集大成者也。今读其诗格调工稳，饶有清苍之色，咄咄逼人，要是规仿老杜而能得其一体者。
>
> 严粲，字坦叔，一字明卿，邵武人。羽之族弟也。登进士，授清湘令，尝著《诗辑》与朱晦庵《诗传》相表里。学者宗之其诗清迴，脱去季宋腻之习。戴石屏赠句云：“粲也苦吟身，束之以簪组。遍参百家体，终乃师杜甫。”其相许如此。
>
> 杜旃，字仲高，金华人。仁翁汝霖之孙，陵之子。兄伯高旟、弟叔高斿、季高旞、幼高旝，皆有诗声，时称“金华五高”。戴复古赠旃诗有“兄

① 孔凡礼《评〈宋百家诗存〉》，《古典文学知识》1990年第2期。

② 钱锺书《宋诗选注》赵汝鐩小传，人民文学出版社2005年版，第246页。

弟皆名士，文章动上台”之句。旃与陆放翁、杨长孺往来酬倡，诗法老杜，古诗尤能得其浑灏委折之妙。尝读杜有云“相望五百载，如接颜色温”，又云“炉冶无停工，况复忝诸孙”。旃亦其后邪？著有《杜诗发微》传于世。（按，划线部分为四库本《两宋名贤小集》所无）

曹庭栋结合诸位诗人自身性情和学术著作，以及时人的品鉴，旁搜史乘，复按诗句，精到地指明了三人宗法杜甫的特点。这些评价都是客观而中肯的，对当今研究者深入了解其诗风的师承与形成不无裨益。

（二）辨析诗人体派。从体派的角度来看，《诗存》辑录百位诗人，主要活动在南宋年间的近占八成强。孔凡礼说：“曹氏具备了从事编选大型的诗的总集所应有的深厚的艺术功底。”①曹庭栋不但拈出诗人的师承源流，这只是诗史的纵向把握，还深刻地捕捉到当时诗坛的横向动态联系。如称周文璞：“刊落酴肥，夭矫秀削，能自成家。所与倡和者姜尧章、葛天民、韩涧泉俱其同调也。”又谓吴惟信与施枢交善，酬赠最多，并具体引证云：“枢有《和菊潭韵题秋潭买山图》，秋潭其伯兄也。惟信名著江湖间，故枢有《和感怀诗》云‘终有征书访绮园’，既老不得一遇，故枢有赠诗云‘谁知书剑两无功’。所存《菊潭诗集》，其萧散清润之致，与枢亦在伯仲之间。”曹氏所言非常生动地勾勒了诗坛文人活动的原生态图像，更重要的是指出了文人间诗风之趋向与融通的特征。他如：

葛天民：风骨泠然，新警而有闲雅之度，江湖间杰构也。

胡仲参：有《书怀》诗云“湖海气何馁，山林分未甘”，盖锐于进取者也。……古羿不足，清俊有余，江湖派也。

赵希弁：诗不及百首，俱深稳有法。其七绝句尤觉环妍有态，江湖诗人擅场大都在此，希弁又其亚也。

编者既指出了三位诗人同属江湖派的共性特点，又道明了各自的个体风格。对江湖诗人们的赏鉴、分析，颇具诗学批评史料价值。

（三）品评诗人风格。孔凡礼说：“曹氏具备了从事编选大型的诗的总

---

① 孔凡礼《评〈宋百家诗存〉》，《古典文学知识》1990年第2期。

集所应有的深厚的艺术功底。他善于抓住诗人诗作中还从未为其他人所揭示的特征,用形象的、富于激情的语言简练地表达出来,给人们留下深刻印象。”①编者或征引他人题跋、赠诗和评语,或摘录诗人自身创作的序文与诗句,有理有据来品评诗人诗风。如《诗存》评陈鉴之诗云:“古诗排奡中具停蓄之势,律诗亦深稳有致。如《探梅》云‘弯弯竹径霏霏雪,小小溪桥澹澹云’,王阮亭尝评之,谓此一联能写梅之神,可与林逋‘暗香’、‘疏影’句并传。”曹庭栋引用清初诗坛耆宿王士禛的赏评来论其诗风,很有说服力。再如乐雷发,《诗存》曰:“自序曰:‘余蚤岁雕锼纂组,溺志词章。既而悔之,方将鞭僻近里,以进圣贤之学。其敢以诗传哉?’又曰:‘前岁归自京师,继罹忧患,盖不复言诗也。’其诗俱丁已以前所作,雄深老健,突兀自放,南渡后诗家罕此标格。”钱锺书亦称他“其实算得宋末小家里一位特出的作者,比较有雄伟的风格和激昂的情调”②,曹、钱二家的评骘可谓大体相近。曹庭栋编撰《诗存》诗人小传,有时将其生平轶事、诗学渊源、个人特色熔一炉以冶之,如《诗存》姜夔小传曰:“其诗初学黄涪翁,既而深造自得,正以不染江西派为佳。杨诚斋、萧东夫俱极矜许。尤长词曲,尝诣范石湖。座间,征新声制《暗香》、《疏影》两曲。石湖使青衣小红歌之,寻以小红赠夔。一日大雪,过垂虹,有‘小红低唱我吹箫’之句,时艳称之。自定诗集二卷,自为序。”区区百余字,生动、形象而准确地将诗人姜夔展现给大家了。

综上所述,《宋百家诗存》是清代曹庭栋辑纂的一部宋诗选集,与《宋诗钞》等同享盛名,泽惠学林,具有重要的价值。这主要表现在:一,文献保存方面,除了在辑佚、校勘、刻本传播之外,《诗存》也是后世选本的重要来源;二,诗学批评方面,《诗存》在作家论上考镜源流,辨析体派,品评风格,是重要的文学批评材料,价值不容忽视。

基金项目:国家社科基金项目“清代宋诗选本与宋诗学研究”(11XZW036)

作者简介:谢海林,海南师范大学文学院副教授,出版过专著《清代宋诗选本研究》等。

① 孔凡礼《评〈宋百家诗存〉》,《古典文学知识》1990 年第 2 期。

② 钱锺书《宋诗选注》乐雷发小传,第 272 页。

论《国朝闺秀正始集》的兼容情怀

马珏玶

摘　要:《国朝闺秀正始集》是清代十分重要的一部女性诗歌总集,也是女性选女性诗歌的典范之作。因为编选者恽珠特殊的身世背景,以及清代少数民族——满族统领天下、蒙古贵族地位显赫的时代背景,因而探讨其中的少数民族女性及外国女性诗歌的编选问题,就集中在编选者的民族兼容情怀方面。

关键词:恽珠;正始集;民族;兼容情怀

恽珠(1771—1833),江苏阳湖人。道光十一年(1831),她编选的《国朝闺秀正始集》正式付梓。由汴省龙文斋刷印装订成部,首有《弁言》、《自序》、潘素心《序》、黄友琴《序》、《例言》及《目录》,书末有石黛卿《后序》及程孟梅《跋》,正文20卷,共计选诗1563首;附录1卷,选诗81首;补遗1卷,选诗92首。共计选诗1736首①,涉及闺秀诗人共计933人。书末有23名闺秀题词,共计46首。刊刻于道光十六年(1836)的《续集》收录恽珠手订诗作10卷及《附录》1卷,共计选诗919首,涉及女诗人459人。两者相加,无疑构成了清代非常重要的一部女性诗歌总集。

这部总集包罗万象,笔者只拟就其中的少数民族诗人与外国诗人的问题略作讨论。因为编选者恽珠的特殊婚姻经历以及少数民族满族入主中原的时代背景,这个问题的讨论就集中在编选者的民族兼容情怀方面。

首先,多民族共处意识和博大的地域观念。恽珠对女性诗人的民族身份有特殊的敏感性,因而在《凡例》中特特标出,以示重视和发明。这一点,

---

① 据恽珠《正始集·弁言》所载,最后得诗三千余首。可见《正始集》所选仅得其半。

在清代的闺秀诗选中，是比较突出的。

《正始集》所选少数民族女诗人中，满洲诗人是重头戏。科德氏、乌云珠、希光、硕塔哈、完颜兑、堃秀、郭洛罗氏、桓若、纳兰筠德、巩年、思柏、巴延珠、兆佳氏、莹川、瓜尔佳氏、友菊、辉发纳喇氏瑞芸、他他拉氏、景玉、伊礼哈、觉罗学诚、桂姑、常氏、梦月、冰月、冰玉，共计诗人 26 名，选诗 63 首。其中友菊 4 首、莹川诗入选 5 首，梦月 10 首，冰月更多达 11 首。

诗歌中的女性形象，年龄通常都模糊暧昧，介于青少年和中年之间，直写老年妇女的诗篇相对就少得多。究其原因，显然不是老年妇女的生活缺乏可写之处，恐怕更多是因为我们的传统性别文化隐含着年龄歧视。人们更关注年轻女性，她们的青春容颜和行动活力可以轻易地感染观者，带给其赏心悦目的体验。而老年人因其容貌衰老、体力下降而受到审美的歧视，对老年妇女尤甚。其实，人生的美存在于行进过程中的每一个阶段，每一个脚步，并不存在什么绝对的美和丑。因此，《正始集》所选的咏老诗，就显得尤其珍贵：

老少年

郭洛罗氏

朱颜岁晚常在，疑有金丹驻年。错认花中眷属，合称草里神仙。(《正始集》卷 8)

觉老

冰月

举止似艰难，年华梦易残。问言嘱婢记，辨物让人看。镜里秋三月，胸中竹一竿。浮生荏苒过，俯仰境常宽。(《正始续集》卷 6)

对女性容貌的关注是古代性别文化中的重要内容，在女性诗人以往的创作中，闺怨较为多见。郭洛罗氏的咏老诗诙谐幽默，笑对人生老态，童心依旧，在女性诗歌中颇为少见。相比而言，冰月的心态就沧桑得多，她不仅写出了老年的行动不便、视力下降、记性变差、容颜衰颓等外部特征，也抒发了心中对年华老去的哀叹。当然，最终诗人还是振作起来，以从容平静之心来应对晚霞绚烂的人生。

秋夜偶吟

碧天秋净淡无痕，尘事荣华总莫论。盆有芝兰窗有月，悠然相对欲忘言。(《正始续集》卷3)

觉罗学诚化用陶渊明诗意，书写自己秋夜以兰花做伴，赏月独乐，特别强调了对世俗名利的摒弃。陶氏对菊忘言，觉罗学诚则对月忘言，一近一远，一暗香一清明，愈远愈有澄明空灵之感。而兰花无异于诗人精神境界的化身，不媚俗，不喧哗，在淡雅中传承先哲的高标逸韵。

闻厨媪与婢子小语

偶闻厨媪语喃喃，谁似吾家主母憨。晨起翻经惟砚北，午间拈管只窗南。夕阳冷处琴偏静，灯火残时梦已酣。终日不曾烦共恼，未尝言苦未言甘。(《正始续集》卷5)

梦月的诗歌记录下了一个非常珍贵的女性生活片断，可为妇女史研究的提供文献的参考。厨娘、婢女，这些身份卑微的女性，很难进入诗人视野。这首诗却独辟蹊径，从小人物的对话入手，以仆人的视角将自己的生活描摹出来，并透过仆人"憨"的评价和自己"终日不曾烦共恼，未尝言苦未言甘"的怡然自得相对比，突出二者价值观的差距以及自己追求高雅生活的志趣。

恽珠的这种开篇明义的民族意识在清代女性诗歌总集并非太常见。例如清末民初的女史单士釐，耗费毕生精力编选《国朝闺秀再续集》，可谓传承恽珠传统的干将。

她编辑的《再续集·凡例》如下：

清闺秀正始再续集例：

兹选一遵恽例，以雅正为主，故袭名《正始》。

《正始集》成于道光十二年，《续集》成于十五年，兹选又继《续集》之后，故名《再续》。

兹选以有清为断，在昔恽例有之，祁忠惠公夫人商景兰、黄忠端公夫人蔡玉卿，其夫既有大节殉明，妇人从夫，自不就选，以昔例，今凡其夫已厕壬子以后爵禄者即不入选。

恽选正当提倡风雅之时，又所处地位闳肆。今事适相反，不过就目之所及，略为辑录而已。广搜博采，俟诸同志。①

而她编辑的《清闺秀艺文略·凡例》则如下：

一、有清一代，艺文、今史稿尚缺误，而不患他日无详编，独闺言罕外出，久且弥湮。往夫子在时，恒购女史专集及诗话、征略等见贻，嘱为记载，戚旧相闻，亦复远道寄示，爰识其集名姓氏，然而略未备也。

一、断代出入为难，上以入关为限，而前史有未收者，下以以辛亥为断，而鼎易之初，正多懿作，则敢滥也，无取过严。

一、先后宜序生卒，但考询每苦无从，今次姓氏于韵，庶易检寻。

一、至于小说、弹词之属，常例隐名，作者自有用心，更无论，传之多歧，而鲜信，亦发之，有所不忍耳。

一、著录举目，维先传示，清芬为志，用复互注，系族之有文者，以见渊源之有自。

一、凡若此，阙漏知多，纠缪补遗，悬有待焉。②

单氏对于清代女性文学文献的贡献不言而喻，但在凡例中读者丝毫看不到编者对研究对象的民族身份、国别的特别关注。尽管在正文中，单士釐也依例记录了她们的民族身份与国籍。

龙钱洁是《正始集》选入的土司诗人："龙钱洁，字瑜素，云南土司人。陈铁肩室。著有《青螺稿》。瑜素本钱氏女，幼继养于土司龙氏，处边徼而耽风雅，亦女流中之翘楚。"③她被选中了一首诗：

---

① 《国朝闺秀正始再续集》，单士釐编，民国铅印本。

② 《清闺秀艺文略》，单士釐编，国家图书馆藏稿本。

③ 《清闺秀艺文略》卷一："《青螺稿》，龙钱洁，字瑜素，云南土司女，陈鼎室。《蓉亭词》，同上。　　士釐曰：洁本江阴钱氏女，幼育于土司龙，故姓龙钱。"《清闺秀艺文略》，单士釐编，国家图书馆藏稿本。

赠兰姑新妆

春色盈盈立画楼，不修宫样已风流。况兼双翠云肩上，学得新梳燕尾头。(《正始集》卷五)

哈密并不见载于《汉语大辞典》，虽然其所产的哈密瓜天下闻名。恽珠在编选诗集时，能够有意识地将此地的女性诗歌纳入视野，无疑是颇为可贵的。这一点不仅体现在《凡例》的叙述中，而且选入了哈密人赵明霞的诗歌。

其次，等级意识的多层次体现。恽珠出身书香门第，嫁于满洲贵族，长子麟庆是进士，并母凭子贵，被封为一品夫人，因此她的等级意识是根深蒂固的，并多层次地体现在《正始集》中。

土司、哈密，都是边陲之地，汉族与其他少数民族共同生活在这些土地上。恽珠的目光虽然投向了这里，却集中于汉族女性诗人的身上。土司诗人入选 1 名，选诗 1 首；哈密诗人入选 1 名，选诗 2 首。龙钱洁虽为土司女，但恽珠特别说明她只是土司的养女，其生父钱氏很可能是汉族人，因为单士釐在《清闺秀艺文略》中更进一步说明她本是江阴钱氏。这既有语言的因素，恐怕也不能排除潜意识中具有等级色彩的民族文化情绪。前面所引的赵明霞诗歌之前，编者特别加了一个按语："哈密，在嘉峪关外，驿路十八日程。地本回疆，民俗朴野，于康熙末始入版图。休养百年，闺阁中竟有此人，足征文教化行之远。"

普通的体力劳动者之家而又有文才，是恽珠关注的一类对象，尽管渔妇、农妇各只入选 1 人，渔妇选诗 1 首，农妇选诗 2 首，共 3 首，数量十分有限。

潘素春，江苏上海人。素春乃沈沙港渔妇，吐属清丽，殊不易得，诗见《松江诗钞》。(《正始集》卷 17)

贺双卿，江苏丹阳人。双卿家四屏山下，世业农，嫁金沙绡山里周姓樵子，生有夙慧，吟咏清新，史进士震林为撰《西青散记》。(《正始集》卷 17)

无论是渔妇还是农妇，都是贫穷而且社会地位低下的劳动者。恽珠的介绍中既有对其文才的肯定，也暗含着对这类人负面的文学素养判断。她的惊讶不能简单地视为知音之赏,如同知州吴嵩梁继室蒋徽号石溪渔妇一样,都带有观察者的好奇与置身事外的闲评意味。

蒙古女诗人熙春、博尔济吉特氏、庆徽以及图伯特氏共4人入选《正始集》,选诗6首。她们分别是布政使佛喜室,科尔沁台吉囊努克室,贡生札史女孙、副都统德奎室,总兵保裕女、举人伊湄室,均为特权阶层的妻室,符合《凡例》中"蒙古命妇"的身份描述。其中图伯特氏共有3首诗入选。她们的诗歌自有特色。有的描写闲适的生活:"妆成无一事,低语教鹦哥"(熙春《春晓》,《正始集》卷7);有的白描清远之思:"且喜闭门尘事少,'二南'读罢诵《南华》"(庆徽《春日偶吟》,《正始集·补遗》);有的写出豪迈不群的气势:"一关通绝塞,万岭抱中华"(博尔济吉特氏《出古北口》,《正始集》卷17);图伯特氏的诗歌则传达出诗人对汉语文学的热爱:

白鹦鹉

解诉芳情解悟禅,天然素质却尘缘。栖从玉槛天如水,梦绕梨花月吐烟。啄豆已知前事误,踏莲何与此心牵。可能再学霓裳舞?重傍长生殿里眠。(《国朝闺秀正始续集》卷10)

"朝鲜虽自天聪年间即奉正朔,究系属国,故归《附录》之后。"(《正始集·凡例》)朝鲜国公主婷婷、李淑媛、海月、许景樊,恽珠共选朝鲜诗人4名,选诗10首,其中许景樊选诗最多,共计6首。这些诗除了作者的身份特殊外,诗歌的题材、体裁、艺术手法和审美情趣与清代的女诗人并无二致。

与上述几类少数派诗人相比,除满洲诗人外,汉军出身的女诗人入选的数量和诗作都是遥遥领先的。卞淑媛、蔡琬、施宝环、高景芳、端静闲人韩氏、吕坤德、按察使廷玑女刘氏、知县顾邦英室汪氏、孙馥、余性淳、杨琼华、于洁、尚福娥、李扶云、高仪凤、学士觉罗逢泰与总督觉罗满保继母汪氏、花含英、高仪凤、王汝琛、佟素衡、张敬庵、吴绿兰、吕熙、韵山、卢淑韫,共计25人,选诗54首。其中蔡琬、高景芳、卢淑韫的诗歌都入选8首之多,足见编者的偏爱之意。

汉军通常身兼汉族血统和贵族地位,在少数族群中,自然最受选家的喜爱。汉族人在江山鼎革之际归顺清朝,不仅事关朝代兴替,而且事关汉族的民族感情,因此被后来具有民族主义思想的汉族文人所不满。透过恽珠的诗选，读者或许可以窥见身处清朝前期贵族行列的文人对此类人的看法，因而具有一定的代表性。

首先，她并不认为这是民族问题，在恽珠的意识里，这是统治阶级的一个组成部分，是贵族成员；其次，因为自己出身江南汉人，所以对方的汉族身份使她有民族认同之感。在恽珠看来，这些汉军人所受的教育为文明高雅的教育，与自己同类，因而即使地处偏远，其风雅表现也属自然寻常，所以她不会因为这些诗人高出当地一般水平而产生讶异之情。例如《正始集》卷五所选蔡琬，其诗豪宕磊落，下笔沉郁，苍凉回眸处，不减豪情：

关锁岭

山从绝域势遥分，天限西南自昔闻。烽静戍楼狐上屋，风喧古木鹤惊群。横盘石磴危通马，深锁雄关冷护云。叱驭升平犹觉险，挥戈谁忆旧将军？

九峰寺有感家大人

萝壁松门一径深，题名犹记旧铺金。苔生尘鼎无香火，经蚀僧厨有蠹蟫。赤手屠鲸千载事，白头归佛一生心。征南部曲今谁是？剩有枯禅守故林。

尚福娥的诗歌则令编者“深讶抱负不凡”：

蛛　丝

屋角檐牙安乐窝，纵横组织俨张罗。自怜雌伏甘无用，未必经纶让尔多。(《正始集》卷17)

虽然贵为汉军人四品宗室书约室，主事崇硕、侍讲崇弼母，但不能直接参与社会生活，也不能将满腹经纶用于经世安邦，尚福娥被男性中心社会的性别文化所拘囿，只有借诗言志，发出“未必经纶让尔多”的自怜与慨叹。

第三，通过强调这些女诗人身处荒僻偏远之地，从而标明盛世教化之功，文明传播之远。究其实质，则是通过编选女性的创作，突出女性文学对于整个社会文明和文化创造力所具有的重要而不可或缺的贡献及其标志性意义。

"滇、黔、川、粤均不乏人，且有蒙古命妇、哈密才媛、土司女士、海滨渔妇，末卷又附载朝鲜国四人，更足征圣朝文教昌明，声教所讫，无远弗届。"(《正始集·凡例》)恽珠籍由《正始集》一方面驳斥了女子无才便是德的谬论，另一方面无可辩驳地证实了女性的才华及其文学活动的积极意义，地域、民族甚至国别都不再是女性诗意生存无法克服的阻碍。"莫谓无才方是德，名姝自古擅词华"(黄兆兰《正始集题词》)，便是对这一始自明末的祸女论的正面回应。

恽珠为女性文学正名的文学编选出版活动自然受到其他女性诗人的高度赞赏：

> 《才调》《然脂》与《撷芳》，诗人一例费平章。而今织出天孙手，云锦星珠焕七襄。(高仪凤《正始集题词》)

《然脂集》为清人王士禄所编，今残存九册。"然明、清之间闺秀别集，大都散失，而遗文佚篇，幸赖此以传，至可贵也"[①]。《撷芳集》为清人汪启淑所选，八十卷，所选为清朝名媛诗，"作者两千家有奇"[②]。众所周知的《才调集》为后蜀韦縠所辑，十卷，每卷录诗一百首，是较早的一部选录有女性诗歌的总集，但数量较少。然而从《题词》小注的内容看，既然"三集均闺阁作"，那么是否有可能高仪凤所指的《才调集》是另一部已不为今人所知的闺秀诗歌总集呢？无论怎样，显然高仪凤认为与上述三种重要的女性诗歌总集相比，《正始集》更胜一筹，其选诗更具文学价值和文献意义。

恽珠自言"兹集所收有十分之四余皆随时采择"(《正始集·凡例》)，那么是否可以说明该总集至少一半的诗歌都得自外力的支援？例如，恽珠魂归道山后，讣音散播迟滞，故四方"仍多投诗及采访邮寄者"。根据妙莲保的记述，《续集》收录恽珠手订诗作10卷及《附录》1卷，共计选诗919首，涉及女诗人459人；妙莲保之母又辑《补遗》1卷，涉及女诗人134人，选诗310首。书末附录《挽词》1册，有潘素心、恽湘、汪端等在内共15名闺阁诗人题词哀悼。道光十六年(1836)，《闺秀正始续集》正式付梓，姑苏吴青霞斋局

① 《历代妇女著作考》，胡文楷著，上海古籍出版社1985年版，第906页。

② 沈初《撷芳集·序》，转引自胡文楷《历代妇女著作考》，第913页。

刻。首有潘素心、金翁瑛《序》,妙莲保《小引》,以及目录,书末有宗梅《跋》。如果没有闺秀及其家人的主动投寄,要选家独立搜集并完成如此庞大规模的总集,是不可想象的。“删诗归《正始》,定论合《春秋》。……还将闺友集,竟向艺林投。旧什奁中索,新篇日下求。芳名都入选,丽句尽传邮。问字来才媛(闺秀闻太夫人名,寄书、执贽者甚伙),征文到海陬(集中所选,各省俱备,并有朝鲜闺秀四人)。”(陈自修《正始集题词》)可谓恽珠知音。

恽珠《正始集》之所以能具备如此风采,原因是多方面的。

首先,立志高远。恽珠乃“女中之儒”(《名媛诗话》),少女时代倾慕耶律常哥,愿独身不嫁,“思读书论道以终其身”(蔡之定《完颜母恽太夫人墓表铭》)①。后来因为自觉嫁人依然可以自立,所以十八岁嫁于完颜廷璐②。“她实际上是把成为闺秀的理想楷模作为自己孜孜不倦追求之事业,把践行闺范作为通向成功之路的终南捷径”③,因此不惜耗费数十年精力编选出版了《正始集》,并辑录了《兰闺宝录》,成为清代重要的闺秀文学文献。临终前,恽珠又将未竟的《续集》的编选托付给孙女妙莲保。可见,留存女性文学文献,保留女性在文学史上的“声音”,激励后来者,既是恽珠女性文学文献意识的体现,也是其女性意识勃发的有力印证。

其次,家庭的支持。在冼玉清看来,女性成才大致有三种助力:“其一,名父之女,少禀庭训,有父兄为之提倡,则成就自易。其二,才士之妻,闺房唱和,有夫婿为之点缀,则声气相通。其三,令子之母,侪辈所尊,有后世为之表扬,则流誉自广。”④恽珠至少占了两条。“余年在龆龀,先大人以为当读书明理,遂命与二兄同学家塾,受《四子》、《孝经》、《毛诗》、《尔雅》诸书。少长,先大人亲授古今体诗,谆谆以正始为教,余始稍学吟咏。”(《正始集·弁言》)长子麟庆,嘉庆己巳(1809)进士,累官至江南河道总督(《恽氏家乘》)。恽珠以子麟庆晋封为一品太夫人。麟庆在历宦皖、豫、黔、鄂的过程中,奉母命“访求闺中佳作,采辑十五载”⑤。恽珠自言:“丙戌冬,大儿麟庆

① 《清代碑传全集》,上海古籍出版社1987年版,第738页。

② 完颜廷璐,字衡伯,一字曙墀,满洲镶黄旗人,其墓志铭见于《清代碑传全集》第110卷。

③ 高春花《恽珠与〈国朝闺秀正始集〉研究》,2006年硕士学位论文,第2页。

④ 冼玉清《广东女子艺文考·自序》,商务印书馆1941年版。

⑤ 麟庆《鸿雪因缘图记·再至侍选》,清道光二十七年(1847)刻本。

防河偶暇，检余旧箧所存及闺秀诸同调投赠之作，并近日所得各集，钞录成帙，计得国朝闺秀诗三千余首，请付诸筑氏，以广流传。"（《正始集·弁言》）除此之外，儿媳、孙女都相继投身这一文学活动，并最终完成了这一部清代极为重要的女性文学总集，从而在女性被男性书写的历史迅速遗忘之际，为清代女性诗歌建构了一个独立的生存空间，使其能以诗意的方式传达浪漫与灵性。

第三，特殊的人生境遇。恽氏为阳湖斯文大户，汉族血统。恽珠却嫁于满洲贵族完颜廷璐，其婚姻体现了民族融合的特点，也是清朝婚姻文化的一个特点。因此，恽珠一方面陶醉于汉族文化的辉煌灿烂，另一方面也认同少数民族贵族的社会地位和文化，并具有较强的政治意识和多民族共处意识。

有趣的是，尽管恽珠嫁于满洲贵族完颜廷璐，并在自己编选的总集中刊刻着"完颜恽珠"的名字，但她的精神继承者单士釐显然并不认同她的这种身份归属感和民族认同，尽管单氏深知恽珠在这方面的态度①。这从其所编的《清闺秀艺文略》即可见出：

> 《红香馆诗词集》。恽珠，字珍浦，江苏阳湖人，廷璐室。
>
> 《国朝正始集》二十卷。同上。
>
> 《兰闺宝录》六卷。同上。
>
> 《鹤背青囊集》。同上。
>
> 士釐曰：子妇程孟梅有《红薇阁诗》、《正始续集》，孙女妙莲保有《赐锦阁诗》，佛芸保有《清韵轩诗草》。（《清闺秀艺文略》卷三）

从婚姻关系和血统上讲，恽珠署名完颜恽珠是理所应当的，而其两位孙女满洲族的身份也勿庸置疑。但单士釐的记载显然忽略或者说抹去了这一民族痕迹。

当然，囿于早年所受教育的局限性，恽珠显然未能精通汉语之外的其他语言。因此，《正始集》所选的均为女诗人们运用汉语创作的诗歌，那些用其

---

① "士釐曰：（妙莲保、佛芸保）二人为恽珠孙女，程孟梅女，向不以完颜称。而恽太夫（人）最重氏族，故于其孙女，各冠以姓。"《清闺秀艺文略》卷一，单士釐编，国家图书馆藏稿本。

他语言创作的诗歌就被完全拒绝于选家的视野之外了。相对于清代女性整体的创作实况而言,无疑是非常遗憾的。那些用本民族语言进行诗歌创作的女诗人到底案头创作了怎样的作品?描摹了怎样的心灵悸动?抒写了何等的人生咏叹调?那些口口相传的诗歌其数量和诗心到底如何?……我们也许永远无法得知真相了。这既是清代女性文学的憾事,也是中国古代文学史无法弥补的缺漏。

作者简介:马珏玶,文学博士,南京师范大学文学院副教授。

江东独步杨云史

——读《江山万里楼诗词钞》

蒋　凡

摘　要：杨圻是近代文坛的知名诗人，于当时诗坛主流宋诗派及“诗界革命”派外，另辟蹊径，独树唐音，被公认为唐诗派的代表人物。杨圻并非一个复古保守的遗老诗人，他要求诗中有人，追求真情实感的表达，诗风多样。其内心世界复杂而丰富，诗歌涉及内容颇为广泛，既反映了时代的变迁，也有对于民生疾苦的真切关怀与同情，还有在当时产生颇大影响的悼亡及艳遇诗。对杨圻的认识不能以偏概全，应多层次多角度地在历史动态发展中加以考察，才能真正理解他的内心世界。

关键词：杨圻；唐诗派；近代；诗人

清末民初年代，杨圻虽曾中举做个部属郎官，而政治事业却未有所成，几乎不能引起人们的注意。但若论起旧文学的诗词修养，则在当日诗坛，独树一帜，应说是在近现代文坛中不能不提的一个人物。

杨圻（1875—1941），原名朝庆，更名鉴莹，后又改名圻，字云史，号野王。江苏常熟人。出身于江南世家。父崇伊，字莘伯，光绪进士，入翰林院任编修，改任御史，外放汉中知府，权陕西兵备道。杨崇伊自御史任上，曾弹劾康、梁及谭嗣同等戊戌变法之士，因而在我国近代史上留下了骂名。杨圻的元配夫人李国香，是李鸿章孙女，外务部侍郎李经方长女，也是个擅于诗词的女才子，在家与夫诗词唱和，著《饮露词》，见其闺中之乐。因为家学传统，杨圻所受传统教育相当严格，加以资质颖悟，天分很高，因此年轻时即以文学名动一时，与元和（今杭州）汪荣宝（衮甫）、江都（扬州）何震彝（鬯威）、常熟翁泽芝（玉润）并称“江南四公子”。光绪二十八年（公元1902）应顺天乡试,以南元高第中举。曾任户部及邮传部郎中,又被外务部派任驻新加坡的南洋领事,曾经营橡胶园种植业失败,民国建立后解职家居,直到民国八年(1919)。晚年则是为人幕僚的军幕时期及避难时期,先入江西督军陈光远幕,因政见观念不合,于民国十年(1921)转投吴佩孚洛阳军幕。在长期的吴幕生涯中,杨吴二人交谊由浅入深,终成生死不渝的挚友。"七七"卢沟桥事变爆发后,避难南下,最后因穷困潦倒而病死于香港。

杨圻生平事迹,表面平静无波,但其内心世界却是暗潮涌动。他曾以前朝遗老自居,如其《山海关兵败后间关至沪……对影闻声凄然出洋》诗云:"繁华转眼逐香尘,旧恨何如百感新?昨夜故宫仙掌冷,千门明月更无人。"诗作于民国十三年(1924),对冯玉祥国民军驱逐清废帝溥仪出宫耿耿于怀。杨圻耻事新贵,不肯在民国为官,一方面与其前朝遗老意识有关,一方面又因痛恨改事新朝官吏的贪腐成风。不过,他与企图复辟前清帝制的张勋不同,杨圻并不参加具体的复辟活动。他在南洋领事任上,作为清朝官员,原有取缔海外华侨革命活动的任务,但他对当时的民党领袖孙中山,却不仅未加镇压迫害,反而是暗中加以护持救援。据李猷《杨圻传》载:"先是圻任领事时(按:即新加坡),以领事馆为庇,其时国父(按:孙中山)适居领馆毗邻,刺客将伺机谋刺。圻洞知其谋,乃密告刺客,设事故发生,汝难逃脱,我为领事,亦必有知情纵容之罪,竟遏其谋。一面通知田桐转请国父出入注意。然圻以领事为清官吏,终未谒国父,事载陆丹林《革命史录》。"(见《江山万里楼诗词钞》附录,上海古籍出版社 2003 年版)他后来站在吴佩孚立场,痛恨冯玉祥的倒戈,视其国民军为赤化赤祸,因冯受苏联及共产国际支持,又同时反对共产党。但在抗战初起时,他困居北平,受制日军,日人为通过他拉吴佩孚下水当汉奸傀儡,逼他表态,询问其对中日事件之感想。圻对曰:"余无感想。余为中国人,只知爱国。"(同上)凛然正气对敌酋,表现了一个爱国者的民族节气。"九一八"事变后东北沦陷,他曾撰写《打开说亮话》一文,"劝各党各军合力抗日者也",又说:"今四海焦土,万民浴血,牺牲生命而无一怨言,我家区区财产何足道!"(杨圻《纪石花林之被焚》诗序,见《江山万里楼诗词钞·集外诗》)只要是中国人就应不分党派,地无分南北,奋起杀敌,共同抗日。有鉴于此,他对中国共产党,从反对"赤化"的批判,转为讴歌八路军领袖朱(德)毛(泽东),有诗为证,其《雁门军歌》曰:"斜月西飞渡燕门,枕戈万幕照黄昏。明朝北向弯弓去,三晋云山接五原。"诗作于抗战军兴之时,诗有序云:“自丁丑中秋,雁门失守,寇遂入晋。第八路军抗战年半,寇终不得逞。作军歌谱以今乐,以赠晋北朱、毛两将军。”还有对于国民党领袖蒋介石,蒋与吴佩孚这个直系军阀,在北伐战争时期是死敌,吴佩孚兵败入川后,蒋仍令四川地方军阀加以追击搜捕,欲置之于死地而后快。但抗战军兴以后,情况改变,为了共同抗日,蒋、吴和好。杨圻站在吴佩孚的立场,同样从仇视蒋介石,转化为讴歌其“人无分老幼,地不分南北,皆有守土抗战之责”的号召,并在临死前,拖着沉重的病躯,在香港集汉代焦氏《易林》句,写成长篇《攘夷颂》一百三十八句,颂前有长序千余言,指出蒋氏领导全国抗战,虽经艰难苦难,但前途光明,中国必胜,以此坚定国人抗战决心。序曰:“盖华夏神胄也,中土大器也,未有承运无本,功德不纪,而以鸡鸣狗盗奄有区宇者也。”又曰:“如秦皇、隋文、魏武、萧梁,有其雄才大略,不知爱民务德,则犹鼎折餗覆,大命立倾……尔(按:指日本侵略者)乃轻浅躁妄,屠杀焚劫,妄蓄开疆辟土之谋,而为残杀掠夺之事,丑德恶性,暴露全球,君子于以知其微矣!……乃欲羁九有之业,膺神明之祚,胡命不辰,天夺其魄。”其观察深刻,体会入微,在日军全盛之日,早已超前性地指出日寇必败、中国必胜的前途。其感情真挚朴实,具史诗般的震撼人心之气魄,而根本看不到一个垂亡老人的丝毫衰微颓唐之气。杨氏与蒋,同样是为了共同抗日的目的,“兄弟阋墙,外御其侮”,一笑泯恩仇而化敌为友,成了同一战壕的战友,而见其民族大义。在日寇这个共同敌人面前,杨圻既歌颂八路军的朱(德)毛(泽东),同时又讴歌蒋介石领导抗战,在民族大节面前,还有什么恩怨矛盾不能克服化解的呢?于此可见杨圻宽广的胸襟,是个挺直了中华民族脊梁骨的铮铮硬汉。

对于人民,杨诗表现了对于民生疾苦的真切关怀与同情。如《见近人画细腰出浴仕女肥瘦各一为题两绝》:“可怜如此丹青手,不画流民画贵妃。”“东南民力千钱米,莫写宫中饿死人。”这并非泛泛空言,而是有其爱民救民的实际行动的。如民国十五年(1926),吴佩孚军退武昌,与北伐军对峙,时某师据洪山,俯击武昌城。吴的军师智囊张其锽(子武)向吴献“决江之谋”,即决江堤闸以遏敌势。杨得知后,正色对吴氏曰:“此闸倘决,咸宁七县皆淹没。七县之民近千万,敌卒只四千,以四千之敌,而断送七县之人命,毋乃太残忍乎?……两方树帜举兵,皆称救民,我不救民,而翻戕民,则天下之人将无恕之者也。”(陈灨一《杨云史先生家传》,见同上)堂堂正正之言,拳拳爱民之心,终于打动了吴佩孚,宁肯自己失败,也不做戕民自保的缺德事。于此可见，杨圻虽是一介书生，但在关键时刻，却能挺身而出，终显本色。谁能说杨圻只是一个复古保守的遗老诗人呢？现实中人的世界观是复杂的，不能以偏概全，而应是多层次多角度地在历史动态发展中加以考察，才能真正理解一个诗人的复杂而丰富的内心世界。

杨圻诗词刊本，有由吴佩孚出资刊印于1926年的中华书局本《江山万里楼诗钞》十三卷，词四卷。但这个本子，作品最晚的写于1926年。1926年后的作品甚多，1941年七月杨圻在香港骑鹤仙去，其妾狄美男携其《江山万里楼续稿》四册与五子贞祚去重庆，未几狄死，其续稿散佚不知所存。但其续作，已零星见诸报刊或抄本，如1946年连载于《青鹤》杂志四卷五期至四卷二十三期的《江山万里楼诗选》，又有1947年陈文钟抄本《杨云史先生侨港诗词钞》，由上海古籍出版社于2003年出版，是目前可见的最为完备的本子，可资参阅。

杨圻是近代知名诗人，而不是诗论家。但其论诗，自有主张，故能于近代诗坛主流宋诗派及“诗界革命”派外，另辟蹊径，独树唐音而拔帜自成一队。其《二月初五晨起吴公游牛头湾马桥村……纪实事也》题下自注曰：“和诗次韵，为宋人恶习，唐贤无和韵者。圻平生未尝为之。”其《寿孙师郑》诗题下自注：“平生不喜酬作，尤不作寿诗，以师郑坚索，偶破例为之。”杨圻虽然不能完全实现自己的这一主张，其中多有应酬之作，说明世俗坚冰难以突破，但说明他已认识到诗歌表达真性情的重要。其《去钱仲联教授论诗书》，集中体现了这一诗学思想，如曰：“自北宋以来，咸好用事，近人变本，竟成事用，遂至离诗而言诗，晦涩噍杀，相习成风，不独诗格卑下，而人心国运，亦于兹可觇矣。……康南海（按：指康有为）因近代作风为珠钻美人，殊无真色。又目为死诗，为事类韵编……（仆）平生不喜伪字，诗既不美，尤恶珠钻。尚能不作事类韵编，我行我素，不计工拙，存一真我耳。”这是针对当日执诗坛牛耳的宋诗派（或称江西派）弊端有为而发，是有一定现实针对性的。要求诗中有人，“存一真我”而见其至情至性，这是有道理的。当然，当日宋诗派也自有优势，但在这里，暂不讨论。诗离不了学问之理性，但学问并不是诗。这是杨圻的认识和感受。杨圻的诗词创作，一生遵循这一路线走到底而无怨无悔。所以宋诗派的诗坛元老对其《江山万里楼诗》评价不高或甚至不予置评，如陈衍编《近代诗选》，卷帙巨大，但是不录杨诗。于此可见其审美意趣的巨大差别。但杨圻仍是我行我素，走自己的路，诗见真我而自成大家。

在《江山万里楼诗词钞》中，按照诗人自编目录，“甲午迄丙午曰《少年集》”。甲午是公元 1894 年，诗人二十岁（按：指虚岁，下同），丙午是公元 1906 年，诗人已三十二岁。但翻阅作品，今集中最早的是其《檀青引》诗，作于光绪二十三年丁酉岁（1897），诗人二十三岁。据此推测，对于自己年轻时的作品，诗人因其不成熟而有所删落。但其《檀青引》一诗，不仅不幼稚，而且以其顽艳凄然之风，抒感时衰世之旨，婉而多讽，蕴藉有味，文采斐然而见其少年心性，以此而名动诗坛。其歌行诗艺，仿效中唐元（稹）白（居易）长庆体，如《连昌宫词》、《琵琶行》之类，又借鉴清初“梅村体”，但却内容充实，以情驭文，而辞彩绚烂，感动了天下士子。诗写咸同年间内庭供奉昆曲第一名伶蒋檀青由盛转衰的一段人生经历，其得意时想起了“北海当年侍至尊”的情景：“太行北尽仙园起，灵台飘渺五云里。……妆楼明镜云中落，别殿笙歌画里来。”“三山清月照瑶台，夹道珠灯拥夜来。一曲吴歌调凤琯，后庭玉树极花开……太液春寒召管弦，官家小宴杏花天。昭阳宫里春如海，五鼓初传燕子笺。……南府新声妒野狐，升平独赐龟年俸。”而沦落之时，却别是一番景象：“玉泉山下少人行，琼岛春阴水木清。独有渔翁斜照里，隔墙吹笛到天明。繁华事散堪悲恸，玉辇清游忆陪从。明年重过功德坊，梨花落尽柳如梦。……檀板红牙今落魄，寻常风月最销魂。”此诗不仅写个人得失，世态炎凉，更是写出了一代兴亡的历史，如当时著名诗人易顺鼎曰：“煌煌巨制，包罗一代掌故，可作咸丰外传读。《长恨歌》、《永和宫词》并此鼎足而三，称之诗史，洵无愧色。……张长沙（按：指张百照）谓‘江东独步’，良非虚誉。”又曰：“清圆妩媚，绝代风华，梅林再世。”“情词衰乱，音节凄凉，令人徘徊欲绝。”于此可见杨圻才华，年轻人一出手即京师纸贵而一举成名。后来，诗人继此续写许多长篇七言歌行古诗，如《金谷园曲》、《天山曲》、《长平公主曲》等，无不名动一时，竞相传唱，艺术日趋成熟，谓其“江东独步”，不以为过。每首诗前都写有长序，说明写作缘起、创作经过及其体悟反思，故易顺鼎称之为“诗史”——即一带生活的形象历史画卷。如《天山曲》诗数千字，借香妃故事，写历史兴亡。自有七古以来，无此长篇巨制。诗开篇曰：“玉门风雪拂云鬟，一曲刀环破虏还。上将功勋开朔漠，美人幽怨念家山。盛朝甲子贞元颂，八表澄清车书统。圣明天子太平年，瀚海乌梁修朝贡。”颂乾隆十大武功，开疆拓土，神采飞扬，暗讽清末民初乱世，军阀混战而列强环伺，古今治乱形成了强烈的反差，其悯时忧世之心，跃然于诗外矣。其诗或声大力宏，或苍凉余韵，或一唱三叹而扣人心弦，或缠绵悱恻而令人低徊长叹。故吴焘有跋语评其“以文作诗，以诗作史。气体如长江大河，音节如鹃啼猿啸。明丽则秋水为神，清韵则行云无迹。一气贯注。……以龙门（按：指司马迁）之史笔，太白之仙才，少陵之学力，温李之藻艳，合为一冶，自成大家。复取摩诘（按：指王维）画中之神，以写湘灵弦外之怨，当使白傅、梅村，一齐拜倒，绝代江山，夫岂过誉？”溢美之词在所难免，但是操斧伐柯。取则不远，所言大致不差。七言歌行古诗，成了杨圻影响很大的诗体。后来如范增祥《彩云曲》、《后彩云曲》，王国维、张鹏一等的《颐和园词》，大多受杨圻《檀青引》影响而争先辉映，引领了近代旧时坛中仿长庆体的诗歌潮流。

但比较而言，杨圻于五言尤下工夫，如杨士骧《江山万里楼诗钞跋言》所称，谓其“语必惊人，言皆有物，诗格一变矣。清雄典雅，直逼唐人，五言尤多名句。”钱仲联《近百年诗坛点将录》亦比之为“天立星双枪将董平”，评其诗为“近代学唐而堂庑最大者”，公认杨是近代唐音的领军人物。如年轻时的诗作《剑池铺投宿》：“隔水寻径归，幽花开涧中。月明敲茅屋，犬吠春山空。”明显仿效王维。但如《洋县谢家山谢处士舍留别》“野屋峰间筑，梯田天半横。隔云闻水落，过雨见人耕。乱后知何世，闲中过一生。为烧为烧菰米饭，邀我说神京。”“清江流绝壁，一曲抱村斜。老去犹能饮，春来遍是花。山光明酒店，雨色入贫家。不到襄阳市，庸知换物华？”已摆脱模仿痕迹，而渐入化境，具唐音风神矣。又如“暮潮生春雨，绝壁起闲云”（《京口遇范肯堂先生》）、“边楼两行雁，夜雨万重山”（《寄秦中故人》）、“春色烽烟里，江流雨雪中”（《江楼约子才饮》）、“暮潮各短笛，江草带孤舟”（《雨水登京口城楼》）、“小县春偏早，今年花更肥”（《得幼儿丰祚贞祚家书》）、“梅枝寒带雨，山色晓生春”（《岁暮回里早春又入洛》）等名句尤多，而无不情景交融，如诗如画，音调响亮，早已刊落仿唐之迹，而自臻高境。

说杨圻专唱唐音，不是说他只学摩诘（王维），实际上，他早年从晚唐温（庭筠）、李（商隐）入手，惊艳才华，轰动世人。但壮年后人生阅历加深，学王（维）孟（浩然）而得其韵味，羡李白而与有古今对话，见其《浔阳梦李白》诗附记，诗有“宁知李太白，乃识杨圻名。吾从子美后，而闻謦咳声”之句，记中李白谓诗人曰：“我知君诗，君与我语，何古今为？”故杨诗有浪漫气息浓厚而神采飞扬者；学杜甫则其拳拳忠义爱国之心，如其《谒杜子美墓》诗曰：“邈矣开天事，悲哉契稷臣。艰难生乱世，忠厚作诗人。得意洗兵马，输公及见身。

壮年夸献赋，今古一伤身。”“公诗学者众，几辈似公诗？天性皆文字，平生但乱离。于今多寇盗，嗟我以岖崎。独立情何极，青山满偃师。”题下自注曰：“偃师县北五里首阳山下。”杨圻在军阀混战中漂泊大半生，抗战中老家石花林被日寇焚劫为墟，似步老杜后尘，故其《书工部集》诗曰：“哀歌荟君国，异代不同时。宇宙何多艰，风流我所师。”缅怀杜甫，得杜诗忠义爱国之髓及其现实精神。同时，杨圻又着眼于白居易诗，其《香山吊白太傅墓》曰：“九老香山尚有堂，风流儒雅总堪伤。诗人际遇今何世，肠断江东杨野王。”凭吊白傅，学其新乐府的现实精神，而多悯时伤世同情人民疾苦之篇。如《农夫》曰：“乱余民益枯，兵后国益虚。能吏千百来，聚敛尽锱铢。崇朝得百万，笑谓财赋区。东菑有农父，辍耕泣田隅。告余官如蓖，不如盗如梳。……天下在民心，况当建国初。愿以贡当道，慎勿嗔言迂。”得白诗现实关怀之心。又其《独归叹》，写战乱中诗人憔悴奔波的困窘，曰：“黄河春色来，游子惊异乡。久困郑虢间，令我鬓发苍。愁病攻其短，谋略惭有匡。中原生茅草，战马杂牛羊。忽哀江南春，军中忆草堂。长揖辞豫州，东归道阻长。……徘徊明镜前，夙昔耀新妆。于物亦可爱，一一摧肝肠。……我生重贫贱，所失悲糟糠。常惧富贵至，富贵悲莫当。忆昔出门时，携手登河梁。同出不同归，思君入膏肓。谁其伴君子，慰此门户伤。生还意转苦，不如死战场。“师杜《羌村三首》，但物是人非，夫妻人鬼两隔，其悲何如而痛断肝肠。以诗人一己之来历，写人间战乱之苦难，真诗史也。诗写衰乱之史，其声哀婉慷慨，有似古人，不期而然。

杨诗另一影响较大的，是他的悼亡及艳遇之诗。杨圻如吴佩孚所说，是个“少年公子老诗人”，至情至性，贯其一生。因此，其诗于男女情爱方面，所写尤多，因此以“风流小杜”之名而流播人口。但应予说明的是，杨圻于婚姻，虽多次结婚，但皆为两情两悦，彼此倾慕，而绝无虚假之心。其元配夫人李国香(字道清)，李鸿章孙女，生于名门，慧通诗词文翰，《江山万里楼诗词钞》后附录李国香《饮露词》，杨圻有序曰：“嗟乎！月圆则蚀，花好则落，于是乎我夫人死矣。……夫人以光绪庚子正月卒于京师，尝忆夜饮归来，春雨满衣，夫人亲为我易之。剪烛花掷地，布棋局曰：‘当与君遣此无事之时。’因赋《菩萨蛮·博山香定烟丝直》一阕。乙未初秋，夜宿西湖之曲院，月出波上，清露有声，藕香徐来，夫人喜，推枕而起，赋‘水榭烧香云满天’一阕，又《菩萨蛮》一阕。……由今思之，真事已成陈迹，坠欢不可复拾。开卷展诵，人亡声存。五衷恻怛，不能已已。且夫人容端庄，性凝惠重，不类其文，无夭理。”少年夫妻，情真意笃而无端夭折，能无痛乎！直到李夫人死后十年，杨圻有《八声甘州》词一阕加以悼念，其序曰：“己酉正月二十九，梦得句‘闲杀流莺外，雨榭风楼’。是日为亡妇道清忌日。日月如流，忽忽十年矣。倚《甘州》一阕。”词曰：“一回头往事总悠悠，闲来费追求。算眼穿肠断，花开花落，十度春休。故国春寒万里，昨夜五更头。闲杀流莺外，雨榭风楼。旧日潘郎踪迹，问人间消息，依旧飘流。　只年年寒食，海上寄遥愁。正伤心、单衣试酒，看铜街、歌舞不知愁。家何在，怕听归去，又怕淹留。”时人评曰：“深情绝世，哀曲感人，读罢黯然。”

公元1903年，杨在京师又娶继室徐檀，字霞客。也是一个大家闺秀，是前护理漕运总督广东按察使徐仁山（文达）之女。二人共同生活了二十余年，夫妻感情甚笃。南赴南洋，北寄洛阳，或家江南，徐氏大多陪伴夫君度过艰难日子。最后霞客于公元1925年卒于江汉军幕。霞客生前，夫妻唱和，其乐何如。杨有诗《霞客绮年时有端丽之誉，既归余，京师王妃贵妇争交欢之，今虽老我固及其姣且好，昔人誉妻语也。书题二十年前为新妇时照片》：“骑鹤扬州漫自夸，风流何逊昔为家。自媒早已疑温峤，誉妇曾闻必丽华。为我画眉调彩笔，凭君索笑种梅花。廿年飘泊今何世，不问琴书问酒茶。”又《题霞客昔年宫装鞓红午卧图》曰：“云鬓星眸入画身，少年夫妇太平春。儿孙不识朱颜老，笑指含章殿里人。”可惜时间流逝，好景不长，而赋悼亡，徐夫人死于探亲军幕之中。杨有《悼亡诗》十余首，诗有序曰：“霞客夫人于三月来岳阳视余疾，八月染疫，晦日卒。殓毕，余即从吴公起义军江汉。戎马之间，悼痛弥甚，私谥曰怀夫人，撰《谥妻记》。”现录其首、尾二首以其情深如海。诗曰：“楼船江下气如云，永诀声凄不忍闻。戎马书生真薄幸，盖棺明日便从军。”（杨氏自注：“七省联盟拥戴吴公再起。夫人晦日卒，九月初二大殓，初三余从吴公行。盖棺而别，殆非人境。”）又：“岂有秦嘉赋悼亡，漫云荀令已伤神。求凰绝调休重理，此曲闻之我断肠。”凄然欲绝，有过潘安悼亡。后其《悼亡诗》与其《谥妻记》，合刊为《云史悼亡五种》，可见杨氏于夫妻衷情，终身铭刻，以资纪念。

杨圻中年丧妇，悲痛之际，正处于感情空缺时期，这时在他的生活中闯进了一个女人，她就是当时江汉名妓陈美美。杨陈恋情，在文坛掀起波澜，誉之者称其“风流小杜（牧）”，维护名教者则斥之为“娼门才子”，评价绝然相反。其实，在清末民初已来，醇酒美人，几乎与文人才子不脱关系，当日诗坛风气如此，杨圻也不能免俗。杨有唐风，召妓诗酒酬唱，事很普通。但与陈美美，确实一见钟情而坠入情海之中。杨有《赠陈美美校书》，序曰："美美，越之诸暨人。深情玉貌，接之温温。自言所遇艰苦，再坠平康，缅诉身世，令我意消。丙寅客汉梁军次，上元之夕，张饮酒楼，坐客逾百人。群绝其美，乃召之来。他日向余求诗，为赋四绝。"所谓"校书"，对于女性而言，指妓女群中文化水平较高层次者。诗曰："苎萝山下水流花，郎爱从军妾浣纱。君问前身歌舞地，馆娃台殿是侬家。""五铢衣薄试东风，楼馆飞惊舞袖红。艳色如卿犹未嫁，三千粉黛入吴宫。""自言不解说相思，今日逢君怨见迟。生长苎萝山色里，还从苏小问西施。""皓齿明眸怨未休，共怜身世不胜愁。独眠人睡无消息，一夜春风吹画楼。"后又有《美美请画红梅屏幛春雨微夜为绘四幅兼题八绝句》诗，有句云："云护屏山吹雨丝，玉人相并弄胭脂。江郎移笔狂犹昔，画了长眉尽折枝。""睡醒临浮三两枝，看花最好未开时。纵教堪折不须折，留与东风好护持。""春来心事惜芳菲，花满江城酒满衣。一自新诗传众口，家家红粉说杨圻。""湖海元龙万里身，掉头四顾出风尘。近来英气消磨尽，只画梅花赠美人。"其《留别美美》，杨自注曰："八月望日陷敌中作。"序曰："去岁从军起江夏，军事繁赜。值丧偶寡欢，眠念俱废，悒悒若失。今春(按：指公元 1926 年)美美侍我晨夕，得二百日，疗愁劝酒，亦足为欢，无裨离仳之悲，稍解羁旅之苦，是可念也。今别矣，能无黯然乎？重来崔护，未必桃花，从此萧郎，顿成陌路。美兮美兮，幸善自爱，毋念薄倖司勋为也。"诗中有"年来海内尽知卿，惭愧风流小杜名。醉不成欢行不得，画楼秋雨到天明"之句。其他如《折柳曲》、《沉醉》、《滨行阿美再索画梅为题四绝》诸诗，无不为美美而作。如"美人一去风光晚，啼乱黄莺春不知"(《折柳曲》)、"半夜入门人已醉，手扶花影下雕鞍"(《踯躅词》)、"我醉欲眠君莫去，满楼江月不开门"、"不脱江南名士气，玉人纤手煮云团"(《无题》)、"幸有玉人同在客，为怜游子已无家"(《三月半阿美席上有感》)、"何因软语甜如蜜，皓齿无声嚼荔枝"(《清夏休沐日小饮赠阿美》)、"醉倒玉人推不醒，醒来公子已调冰"(《杂诗四首》)、"平生热泪黄金价，只赠英雄与美人"、"枉负才名倾粉黛，风流两字太销魂"、"罗浮以外非春色，从此杨圻不画梅。"(《滨行阿美再索画梅为题四绝》)，句句香艳入骨，动人心魄。但与一般的世俗艳诗不同，杨圻赠阿美的情爱诗，"乐而不淫，哀而不伤"，写来情真义厚，两情欢悦，互说相思，而慰藉彼此受伤滴血的灵魂，这能说是“娼门才子”的戏弄人生吗？这类艳遇情爱之诗，风流不减杜牧，温婉堪比温李，而情真之处，过于元稹《会真诗》多矣！据高拜石《攘夷颂——杨云史江东独步》（见其《新编古春风楼琐记》第二册，作家出版社2003年版）载，“自从徐夫人死后，云史钟情美美，趣闻颇多，重老言情，更饶绮思；美美固也不俗，吴秀才（按：指吴佩孚）败衄之后，栖栖皇皇，杨也频年颠连，无力迎美。……旋美美嫁给一吴姓画士，杨也纳狄美南（男）为篷室（妾，姨太太）。三四年后，回到上海，那时美美适赋仳离，踪迹到杨的寓所，狄美南（男）款待殷勤，二人相见之下，人面桃花，俱各无恙，而飘零细诉，无限伤感。”这就为近现代文坛，留下了一段情挚意真的风流佳话。

其妾狄美男，诗人也一样钟爱。其《辽海清明有感》序：“梅花开时，姬人狄小男坚劝还江南，以金尽不果，许以二月南下看花。暮春之初，家山花事正繁，思乞假一月扫墓春游。复以久客无力成行，塞上清明，虚度佳节，相与感叹，好春红袖，孤负奈何！”于此可见其对狄美男的感情。“好春红袖，孤负奈何”，情溢于辞。《四月十四即宿园中入夕月出湖上小男（按：即狄美男）移茶石欄》有句曰：“莫辞红袖冷，共此玉壶清。”夫妻共品春茶，伉俪情深，并不以姬妾卑贱而轻之。据陈国安《杨圻年志》载，1937年卢沟桥事变后，“遣姬人狄美男阻吴佩孚出任傀儡”，其事关系国家兴衰，何其重要，一方面可见狄美男机智胆识不让须眉，另一方面见诗人对其信任倚重。又美男在香港服侍陪伴老病的杨圻，并在其死后而香港即将沦陷时，携杨圻《江山万里楼诗词钞续集》手稿，间关万里而北上重庆，不久即卒。据高拜石言，“狄美男在料理（杨圻）殡葬后，也仰药以殉”。事出传闻，但可证杨之于狄，一样爱挚情深，并无一点虚伪之态。

杨圻一生曾与多位美丽女性发生关系，每一次都是真心的爱，爱的死去活来，这才是一位至情至性的杰出诗人。

作者简介：蒋凡，复旦大学中文系教授。

秦观词声律美浅探

刘庆云

摘　要:秦观词之所以称美当世、流播千年,除具有情感深挚、体制淡雅、风格婉丽、语言精美等特点外,音律和谐亦为其重要原因。其人深悟词之音理,明歌词四声高下阴阳之辩,故严于守律,精于用韵,行文抑扬有致,善能结响余音,从而达致声与情谐,情由声出。

关键词:守律;用韵;抑扬亢坠

秦观存留词作仅八十余首(依《全宋词》),数量不算很多,但大都可宝,成就很高,不少作品脍炙人口,不仅称美一时,且流传千载。其所以然者,除情感深沉秾挚、体制淡雅精美、风格婉约轻灵、韵致悠远不尽等因素之外,与其词作的音律谐美亦密切相关。

秦观未尝专门论词,唯一涉及词之创作者,见于李廌《师友谈记》载秦观云:"夫作曲,虽文章卓越,而不合于律,其声不和。"[①]此处所言作曲,实为填词。强调合于律,始便于歌唱。秦观在宋代词人中并不像柳永、周邦彦等以精通音乐、创制新声著称,少有创调,惟《梦扬州》、《添春色》为其自制新词,另有《画堂春》始见于《淮海居士长短句》,疑为其创调。虽少见创制新声,但他无疑洞晓音律,故其词作谐协和婉,因而广为"流播舌眼"[②]。南宋叶梦得《避暑录话》载:"秦观少游亦善为乐府,语工而入律,知乐者谓之作家歌,元丰间行于淮楚。……《满庭芳》词,而首言'山抹微云,天粘衰草',尤为当时

---

① 徐培均《淮海及笺注》第1832页,上海古籍出版社1994年版。

② 毛晋《淮海词跋》,引自孙克强《唐宋人词话》第306页,河南文艺出版社1999年版。

所传。"①曾季貍《艇斋诗话》亦载:"少游词云:'春去也,落红万点愁如海。'今人多能歌此词。"②

北宋本为词唱的黄金时代,歌词和音乐的相配,应是相当的和谐,并越来越臻于完美。但北宋词乐今已失传,歌词与乐曲究竟如何相配,已不易追索。李清照《词论》云:"诗文分平侧,而歌词分五音,又分五声,又分六律,又分清浊轻重。"③何谓五音?张炎《辞源》或谓指宫、商、角、徵、羽,④或谓指"唇、齿、喉、舌、鼻"⑤。前者讲调式,后者言发声部位,但既是言"歌词",当系指后者。夏承焘在《唐宋词字声之演变》中即曾说过:"五音似指发声部位"⑥。何谓五声?王仲闻谓"应作阴平、阳平、上、去、入声解"⑦。至于清浊轻重,南宋张世南云:"字声有清浊,非强为差别,夫轻、清为阳(应为"阴"),……故字音常轻。重、浊为阴(应为"阳"),……故字音必重。"⑧所言与四声之阴阳相关。顾氏《制曲十六观》谓"人声自然音节,到音当清轻处,必用阴字;音当重浊处,必用阳字,方合腔调。"⑨由此可知,对配乐之词,要求极为严格。歌词之音乐性,与四声、五音、阴阳之合理安排密切相关。讲究五音,则无"故国观光君未归"一类诘屈聱牙、拗折嗓子之病,讲究四声、阴阳之合理配置,则具抑扬高下、徐疾顿挫之美。笔者非研究音乐与音韵学之专家,仅就读后所感,略举数端以见秦观对声律讲求之感悟与重视,以求教于方家。

知音识理　严于守律

宋代并无词律、词谱之著作,后人除自制新调外,其余均依前人曲调要

① 引自孙克强《唐宋人词话》第 301 页,河南文艺出版社 1999 年版。
② 见《历代诗话续编》302 页,中华书局 1983 年版。
③ 见《李清照集校注》第 195 页,人民文学出版社 1979 年版。
④ 见《词话丛编》第 239 页,中华书局 1986 年版。
⑤ 见《词话丛编》第 256 页,中华书局)1986 年版。
⑥ 见《唐宋词论丛》第 82 页,中华书局 1962 年版。
⑦ 见《李清照集校注》第 198 页,人民文学出版社 1979 年版。
⑧ 见《宦游纪闻》卷七。
⑨ 引自徐培均《李清照集笺注》第 274 页,上海古籍出版社 1994 年版。

求填词。词之格律，多半吸取近体诗平仄相间的律化规则，在抑扬高下的矛盾、差异中求韵律的和谐。但同时又依音乐要求，生发出某些新变，于是出现了拗律或似律非律、似拗非拗的特殊句式。前者如仄平仄（〔时见疏星〕渡河汉）、平仄平（〔长亭〕连短亭）、平仄平仄（天气初肃）、仄平仄平（绿阴自斜）、平平仄平（眉长鬓青）、平平平平（因谁淹留）、仄仄仄仄（几两谢屐）；后者如作为定则之仄平平仄（汉家陵阙）、平仄仄平（芳草有情），说其似律、非拗，因第二、四字平仄相间，说其似拗非律，因第一字之仄声、第三字之平声不能用他声替代。这种格律，对于近体诗而言系“拗”，而对于与之相配的音乐而言，恰恰为“顺”，正如万树《词律·发凡》所云：“其拗处乃其顺处”①，不可随意移易。

秦观本是诗人而兼词人，又长于辞赋，对于词中律化句式的把握与运用，自能驾轻就熟。这里须特别提到的是他对合乐带来的词律新变，持有一种特殊的敏悟与严谨，如《八六子》末句云：“黄鹂又啼数声”（平平仄平仄平），乃依杜牧同调词“梧桐又移翠阴”而填，仄声依例用去声字。至于《如梦令》五首，其二、四、七句之六言，后四字全部均依遵唐庄宗《忆仙姿》（后苏轼改名《如梦令》）运用仄平平仄之特殊格律，如：

> 其一：“著人如酒”、“不胜金斗”、“褪花时候”。其二：“驿亭深闭”、“晓寒侵被”、“马嘶人起”。其三：“乱痕沾袖”、“玉销花瘦”、“夕阳疏柳”。其四：“柳条将半”、“落英无限”、“楚天俱远”。其五：“落花飞絮”、“月堤归路”、“五更风雨”。

又如《阮郎归》词调（共九句），有的词人为追求和婉与拗峭相结合的音乐美，多半于四个五言句中运用拗律（后三字为平仄平），如冯延巳（一作欧阳修）词：“风和闻马嘶”、“日长蝴蝶飞”、“人家帘幕垂”、“画堂双燕归”，秦观四首同调词的五言句，除其中一句“更别离”为仄仄平外，其余“风絮飞”、“成地衣”、“春怎知”、“深处逢”、“得（以入代平）暗通”、“沉晓空”、“如梦中”、“征棹孤”、“偷向隅”、“春雨余”、“肠已无”，均用平仄平。

在慢词中，因合乐需要，有一些特殊格律作为定则，须加遵循，以《风流

---

① 见《词律》第 14 页，上海古籍出版社 1984 年版。

子》为例，词之格律某些地方有一些特殊要求，上阕两处两组四言对句，其平仄要求为：平仄仄平，仄平平仄，仄平平仄，平仄平平。此调始见于秦观或张耒词集，是否为秦、张创调，不得而知。兹列秦观、张耒、周邦彦三家词加以比照：

梅吐旧英，柳摇新绿，恼人春色，还上枝头。斜日半山，暝烟两（以上代平）岸，数声横笛，一（以入代平）叶扁舟。——秦观

愁入庾肠，老侵双鬓，误簪黄菊，花也应羞。芳草有情，夕阳无语，雁横南浦，人倚西楼。——张耒

金屋去来，旧时巢燕，土花缭绕，前度莓墙。欲（以入代平）说又休，虑乖芳信，未歌先咽，愁近清觞。——周邦彦

三家所用格律完全相同，其他各家有相异者。这一现象说明北宋秦观等词人对于这种特殊格律的依遵，可说是一丝不苟。慢词正是由于有这类特殊的格律交错其中，使词的音律在和婉中显出拗怒，如顺势而下的流水，突遇奇石而卷起耀眼的浪花，在寻常中增添了异样景观，格外令人赏心悦目。

在秦观自制的慢词《梦扬州》中，上下阕均杂有四连平的句式，如“（恻恻）轻寒如秋”、“（十载）因谁淹留”，平中偶然出奇，以显音声的变化。

由此可见，不论是令词还是慢词，秦观守律都相当严格。这种严格是建立在合律可歌这一理念基础之上的。

四声择用　韵与情谐

此处所言“韵”，主要指韵脚，兼及相关用字。

北宋词乐既已失传，今已无法领略其音乐旋律之美，惟可于四声之运用，体会其抑扬亢坠形成之乐感，于韵脚之安排感受其情绪之哀乐。明末清初的黄周星《制曲枝语》进一步提出：“三仄更须分上去，两平还要辨阴

阳。”①今之粤语平、上、去、入四声均有阴阳之分，黄氏所强调的乃是平声辨阴阳的问题。宋代平声已分阴阳，前引张世南轻清为阴、重浊为阳的表述，已说明了这点，我们还可从南宋方千里《和清真集》的词作可以看出，当时的阴平、阳平字，与今天的普通话的划分无异，与保有中古遗音的长沙方言也无不同。方千里的和作不仅是次韵、依遵平仄，连四声亦全部依遵，对其中的平声，又分阳平、阴平，并尽力依遵，特别是紧要处、句脚字，尤其如此。以《瑞龙吟》第一、二叠为例（以“阴”代“阴平”，“阳”代“阳平”）：

周词	方词
褪粉梅梢（阴）	万点风花（阴）
愔愔（阴阴）坊陌人家（阳阴）	依依（阴阴）斜日红收（阳阴）
归来（阳）旧处	平燕（阳）尽处
黯凝（阳）伫	小留（阳）伫
个人（阳）痴小	画栏（阳）凭暖
侵晨（阳）浅约宫黄（阳）	帘栊（阳）尽日无人（阳）
盈盈（阳阳）笑语	时时（阳阳）自语

宋词平声分阴阳，由此可得到印证。夏承焘在对宋人一些词作进行研究以后，曾说：“可推知元曲之分平声阴阳，实导源于宋词。”②

宋时的四声调值（音节高低升降曲直长短变化形式）已难知晓，只能从文字记载中作大体揣测。唐释处忠《元和韵谱》云：“平声者哀而安，上声者厉而举，去声者清而远，入声者直而促。”③平声“哀而安”：哀，可释为爱怜，此处带柔婉意，安，为平和意，因此平声当属一种柔和的声长的中平调；上声“厉而举”：厉，猛也，举，上升意，上声系较有力的由低而高的上升调；去声“清而远”：清，高也，远，当指其由高而低下降音时略长，属于高降调；入声

① 引自邱世友《柳永词的声律美》，见《柳永新论》第288页，海峡人民出版社2002年版。

② 见《唐宋词论丛》第85页，中华书局1962年版。

③ 见《词苑丛谈校笺》第131页，人民文学出版社1988年版。

“直而促”:指其短促而无升降变化。调值可能与今之普通话不尽相同,但升降调式却颇接近。其中平声分阴阳,二者调值有差异,长沙方言阴平、阳平的调值分别为33、13,普通话为55、35,高低有别,可供参考。四声之用于韵脚,当各有不同效果。平声的阴阳之分,在词中的使用不及曲之严格,但如交错用于韵脚或词句中,当别具一种乐感。

对秦观八十余首词作加以考察,可见出不仅严于守律,在用韵、用字及字声组合方面,亦多有讲究,即善在韵脚、句脚用字中讲求变化,以臻于音律的和谐与感情的完美表达。其词押平声韵者40首,上去声通押者34首,押入声韵者仅5首,平仄韵转换者仅4首。慢词中没有《满江红》、《贺新郎》、《六州歌头》一类适于表现激昂慷慨情绪的调式,而多为押平声韵曼声舒缓的曲调(往往为散句与对句的结合),以便于传达柔婉秾挚之情;令词则能于小幅中注意讲求韵脚与其他音声的调配,达致抒情的完美。试举上去声通押之《鹊桥仙》为例:

纤云弄巧,飞星传恨,银汉迢迢暗度。金风玉露一相逢,便胜却、人间无数。　柔情似水,佳期如梦,忍顾鹊桥归路。两情若是久长时,又岂在、朝朝暮暮。

上下阕均五句,韵脚二处,仄脚二处,平脚一处。首二句均为四言,平仄相同,故可用为同声对,其所用仄脚字,分别为“巧”、“恨”,“水”、“梦”,虽同为仄声,却注意上、去之分,使句与句之间,显得抑扬有致。押韵之句均用去声:“度”、“数”、“路”、“暮”,这类字之声调,虽然高扬,但因系合口呼,发声并不洪亮,用以表现离别憾恨之情,颇为合适。但词的歇拍与结拍却用了“便胜(却)”、“又(岂)在”的响亮字声作为转折,因而整首词在表达憾恨情感的同时,最终将人的情绪引向高远,带来心灵震撼。故此词读来尤觉情韵、音律兼美,二者相得益彰。

至若慢词,有时用上声韵表达幽咽怨愤之情,如《鼓笛慢》:

乱花丛里曾携手,穷艳景,迷欢赏。到如今谁把,雕鞍锁定,阻游人来往。好梦随春远,从前事、不堪思想。念香闺正杳,佳欢未偶,难留恋、空惆怅。　永夜婵娟未满,叹玉楼、几时重上。那堪万里,却寻归路，指阳关孤唱。苦恨东流水，桃源路、欲回双桨。仗何人，细与丁宁问呵，我如今怎向。

此词系写于迁谪之中，忆昔伤今，情绪之低沉、愤激，可以想见。此调为上去声通押格，共八韵，中间除一“唱”字为去声外，其余“赏”、“往”、“想”、“上”、“桨”，均用上声字。句脚共十三处，九处使用上声：手、景、把、远、杳、偶、满、里、水。上声因有一由低而高的过程，节奏相对较慢，相对于去声，音调较低，大量使用，很适宜于表达此时的抑郁不乐情怀。而此词之歇拍、结拍则用“怅”、“向”的去声字，以高调收束，在低抑中情绪转为愤激、强烈。

又秦观押平声韵之词作有时亦注意阴平、阳平的交错，如《满庭芳》：

晓色云开，春随人意，骤雨才过还晴(阳)。古台芳榭，飞燕蹴红英(阴)。舞困榆钱自落，秋千外、绿水桥平(阳)。东风里，朱门映柳，低按小秦筝(阴)。　多情(阳)，行乐处，珠钿翠盖，玉辔红缨(阴)。渐酒空金榼，花困蓬瀛(阳)。豆蔻梢头旧恨，十年梦、屈指堪惊(阴)。凭阑久，疏烟淡日，寂寞下芜城(阳)。

所用韵脚字：晴、英、平、筝、情、缨、瀛、惊、城，虽同为平声，却由于阴、阳相间，便带有抑扬交错的变化之美。又如其自制之《梦扬州》依次用“休”、“秋”(阴)、“稠”、“愁”(阳)及“游”、“头”、“留”(阳)、“钩”、“州”(阴)为韵，两头用阴平、中间用阳平，亦具错落、高低之美。

不仅用何种声调押韵，对表情起着重要的作用，即用何种韵母押韵，对表情也产生不容忽视的影响。在音韵学中宋人已有“等呼”之说，即将韵母分为开、合两呼，凡介音或主元音是“u”的叫合口，反之，叫开口。又据介音(i)的有无，主元音的洪细，将两呼各分为一、二、三、四四等。至明清，有人据发音时的唇形，分为开口(a,o)、齐齿(i)、合口(u)、撮口(ü)四呼。四呼之发声有洪、细之别，用为韵脚，有时能表达不同的感情色彩。

秦观在早期写过两首《望海潮》，一首写扬州，一首写会稽。《望海潮》系柳永创调，用以写钱塘的形胜与繁华，秦观无疑受其影响。写扬州夸其形胜，怀其古迹，既觉其豪雄，又有悠远的历史感，最后归结于自己的风雅高情，全词气格昂扬，作者所押为东、冬韵部字：封、风、虹、从、中、雄、空、龙、宫、锺，主元音为“o”，属于开口呼，音节较为响亮，可谓与词情相称。另一首描写会稽、若耶的景观与古迹，显出游兴不浅，颇带流连之乐，词人所用为“尤”韵：流、休、游、愁、眸、留、秋、犹、洲，主元音亦为“o”，声音清朗平远，与乐景乐情相吻合。

我们再来看看秦观贬谪于郴州时所填《踏莎行》的用韵、用字：

雾失楼台，月迷津渡。桃源望断无寻处。可堪孤馆闭春寒，杜鹃声里斜阳暮。　　驿寄梅花，鱼传尺素。砌成此恨无重数。郴江幸自绕郴山，为谁流下潇湘去？

其所用“渡”、“处”、“暮”、“素”、“数”、“去”，即属宋人所言之三四合口、清人所言之合口与撮口，词中又用了很多合口、撮口字，如“雾”、“无”、“孤”、“杜”、“鱼”等，还用了不少齐齿呼的字，如“迷”、“闭”、“里”、“驿”、“寄”、“砌”等，声音难以洪大。同时词中用了大量以“i”“u”“ü”作介音的字，如“源”、“望断”、“馆”、“鹃”、“花”、“传”、“江”、“谁”、“潇湘”等，使声音显得较为缓慢悠长，故吟唱之时，真使人感到幽咽低回，愁肠千回百转。

抑扬亢坠　高下相须

南宋沈义父《乐府指迷》已明确指出：“……不可以上、去、入，尽道是侧声，便用得，更须调停参订用之。”①明末清初黄星周提出“三仄更须分上去”，至清代万树，于《词律・发凡》中更有具体解说：“盖上声舒徐和软，其腔低，去声激励劲远，其腔高，相配用之，方能抑扬有致。大抵两上两去，在所当避。”②万氏所言，既为其对词体音韵美之感悟，亦系对前人创作经验之总结。上、去相连，形成抑扬音调；去、上相连，形成扬抑音调；两上相连，则音声低长；两去相连，音调劲远。两上相连，固“在所当避”，两去相连，虽不宜多用，但有时用于适当处，也会有一种特殊美感，似不当一概排斥。

① 见《词话丛编》第280页，中华书局1986年版。
② 见《词律》第15页，上海古籍出版社1984年版。

上去相连与去上相连的运用，确能造成一种抑扬高低的美感，特别在慢词中它们是构成旋律美的一个重要因素。如相传为宋金十大名曲之一的柳永《雨霖铃》，便大量使用了“骤雨”、“帐饮”、“泪眼”、“暮霭”、“自古”、“柳岸”、“此去”、“纵有”、“更与”等抑扬音调与扬抑音调，使声音跌宕起伏，与其他声调的词语组合，将人带入一个临别依依、万般无奈的伤感情境。此类在柳词中甚多，故夏承焘《唐宋字声之演变》指出“柳三变分上去”①。

秦观对此虽未于理论上作出说明，然实有会心，由其词作可以体察。如当时广为传唱的《满庭芳》（山抹微云）词，除“（蓬莱）旧事”为去去外，其余“共引（离尊）”“（寒鸦）万点”、“（当）此际”、“（香囊）暗解”、“此去（何时）见也”，均为去上或上去，本身即具抑扬高下之美，与其他字句连缀，音调极为和谐。

又如共所称赏的《望海潮》（梅英疏淡）一词：“（新晴—阴阳）细履（平沙—阳阴）”、“柳下（桃畦—阳阴）”、“（西园—阴阳）夜饮（鸣笳—阳阴）”、“（行人—阳阳）渐老”，以扬抑调或抑扬调，与阴平、阳平交错组合，凸显高低变化，使音调呈波浪起伏之状。词中同时用了两个去去相连的句式：“（东风—阴阴）暗换（年华—阳阳）”、“（重来—阳阳）是事（堪嗟—阴阴）”，将去声字置于四个平声字中间，亦能抑扬有致，是构成整首词音律美不可或缺的部分。

又如《千秋岁》下片：“忆昔西池会，鹓鹭同飞盖。携手处，今谁在？日边清梦断，镜里（去上）朱颜改。春去也（去上），飞红万点（去上）愁如海。”前面四句，韵脚字、句脚字，全部用去声，音调已很高昂。而后面四句除一句脚字用“断”的去声外，其余两韵均为上声，声调偏于低沉，必得以高扬声调方能振起，故连用三个“去上”的扬抑调加以补救，既使音声具高低起伏之美，又使积郁于心的绝望、痛苦、愤懑，喷薄而出。

即使在令词中，秦观也注意扬抑与抑扬音调的交错运用，如《添春色》（又名《醉乡春》）：

唤起（去上）一声人悄。衾冷梦寒窗晓。瘴雨（去上）过，海棠晴，春色又添多少。　社瓮（上去）酿成微笑。半缺瘿瓢共舀（去上）。觉健

① 《唐宋词论丛》第53页，中华书局1962年版。

倒(去上),急投床,醉乡广大(上去)人间小。

据宋惠洪《冷斋夜话》载:"少游在横州,饮于海棠桥,桥南北多海棠,有老书生家于海棠丛间,少游醉宿于此,明日题其柱云:'唤起一声人悄。……'东坡爱其句,恨不得其腔,当有知者。"[①]可知此系秦观自制词。该词寓愤激于旷放,寓清醒于沉醉,用的是大手笔,风格有异于寻常。在一首49字的小令中,用去上、上去达六次之多,或用扬抑调于发端,起震响全词的作用,以"唤起"开头,还省略了主语:啼鸟,简省而物象见于言外;或用扬抑调于中间,强调景物与行为的特色;或用抑扬调于结句,将醉乡与人间作一强烈对比。故整首词觉其音调铿锵,与其豪旷之情相融合,宜其得到苏轼激赏。

在北宋词坛,柳永已分上去,秦观词作无疑受其影响。柳词也好,秦词也好,词中使用"去上"的频率最高,其次为"上去",再次为"去去","上上"最少。由此可以看出在三仄声的运用上,他们已深谙"去上"相配、"上去"相连,在词的音律构成上所起的重要作用以及带来的抑扬亢坠的特殊音乐效果。

要说明的是这里的排列顺序,系依据诗韵而定,可以说并不完全符合实际。笔者曾试图对他们使用上声与去声相配的情况,作一统计,遇到的最大困难,是究竟使用何种语音标准。宋人填词,并无词韵专书,多依诗韵,有的地方很严格,如以"n"、"ng"、"m"收音的字,押韵时不能混用(南宋词人有混用者),有的词押仄声韵,中有入声韵一格,韵脚不能间入其他三声;有的地方又较诗韵为宽,不仅"十三元"被打破,其他的一些韵部或可全部通用,或可部分通用,上、入声有时可以代平。在实际创作中,因为要求便于歌唱,听众易懂,又往往运用当时已约定俗成的语音(宋词因此而成为研究宋代语音的重要依据)。当代的语言学研究者认为,从宋代开始,汉语语音发展进入了"由浊变清"(全浊声母完全消失)的发展阶段,是后世北方方言中入声逐渐消亡的开端。也就是说,宋代的语音,在唐五代中古音和元明近古音之间,恰好处于一个过渡时期,或者说,宋代乃是近古音的发端时期。据元代周德清《中原音韵》(成于公元1324年)载,其中有的属于"正浊"的"阳上"字,如"渐"、"是"、"市"、"似"、"奉"、"动"、"户"

---

① 见《苕溪渔隐丛话》前集卷五十第350页,人民文学出版社1962年版。

"像"、"丈"等，已被列入去声，这也恰是宋代语音变化的趋势。宋之都城汴京属于北方中原地区，又周氏成书时间，距宋亡不过四十多年，其所列声调当在某种程度上反映了宋代中原语音的状况，故词人所用字声，已不尽同诗韵，如秦观即多以重浊的阳上字作去。依重浊阳上作去对秦词加以统计，发现三仄声的搭配仍是"去上"最多，"上上"最少，而"上去"与"去去"之数，则大体相当。

去声揭举　震响歌音

宋末沈义父《乐府指迷》云："腔律岂必人人皆能按箫填谱，但看句中用去声字最为紧要。"①万树《词律·发凡》云："名词转折跌宕处多用去声，何也？三声之中，上入二者可以作平，去则独异。……当用去者，非去，则激不起，用入且不可，断断勿用平上也。"②都说明去声字运用的紧要。去声字音调高昂，有时用于起处，入响即显清越；有时用作领字，起着提挈、笼罩的作用；有时用于词的转折处，则另出新意或递近一层；有时用于词的结尾，以高调引领收音。

在篇幅短小的令词中，用于结句的尤多，如南唐李后主入宋后所作《虞美人》、《乌夜啼》：

> 恰似(去)一江春水向(去)东流。满鬓(去)清霜残雪思(去)难任。自是(去)人生长恨(去)水长东。别是(去)一番滋味(去)在心头。

但后主之词并未大体形成定规。夏承焘在《"阳上作去""入派三声"说》一文中谈到，"晏(殊)词每片结句，又严辨去声"③。在《唐宋词字声之演变》一文中又云，其所以然者，因为"结声为全词音节所注，故用字宜严。"④可知至宋代，于词之结拍或结句使用去声字，由高唱而转致

① 见《词话丛编》第280页，中华书局1986年版。

② 《词律》第15页，上海古籍出版社1984年版。

③ 《唐宋词论丛》第9页，中华书局1962年版。

④ 《唐宋词论丛》第58页，中华书局1962年版。

余音袅袅，是一种对词唱经验的总结，因而成了一种比较自觉的创作追求。

秦观八十余首词作，近、慢词仅 25 首，大部分为令词。在令词创作中，词人自有对音乐的敏悟，深得曲终奏雅之理，当然同时也借鉴了前人经验。今将其以去声结尾的词作罗列若干，以见一斑。如五首《浣溪纱》结句：

宝帘闲挂(去)小银钩。
眼边牵系(去)懒归来。
又还一段(去)恶因缘。今生有分(去)共伊么。
满庭芳草衬(去)残花。

又如《虞美人》三首：

争奈(去)无情江水不西流。
只怕(去)酒醒时候断人肠。
柳外(去)一双飞去却回头。

如《南歌子》三首：

天外(去)一钩残月带(去)三星。
又是(去)一钩新月照(去)黄昏。

如《江城子》三首：

便做(去去)春江都是泪(去去)，流不尽，许多愁。
后会(去去)不知何处是(去去)，烟浪远，暮云重。
任是(去去)行人无定处(去去)，重相见，是何时。

至于《调笑令》十首(又称“调笑传踏”)，系为应盛宴间歌舞而作，均以去声起，以去声结，首尾相应，从而造成回环往复的音韵效果。如：

回顾(去),……目送(去)征鸿南去(去)。

辇路(去),……啼笑(去)两难分付(去)。

翡翠(去),……暗(去)结城西幽会(去)。

以上所引词句中的“是”、“动”字,按诗韵为上声,《中原音韵》已列为去声,秦观正是将其作为去声使用的。

至若近慢词,如《沁园春》押平声韵,去声字的使用,尤为重要。其上下阕中的两组四言对仗十六字,须用去声作领字方能振起,虽亦可用上声字,但终觉有欠响亮。秦观《沁园春》(宿霭迷空)上下阕各用“正”、“念”作为领字,领起下面或写景或言事的整饬对句。这里说的还只属一般的要求。尤可注意者,是此词中的上下阕又在紧要处各用一去声字:“尽日无人帘幕挂,更(去)风递游丝时过墙。”“柳下相将游冶处,便(去)回首青楼成异乡。”前者起递进作用,后者起转折作用。又如《望海潮》(梅英疏淡),用“(长)记”的去声字引领“误随车,正、蝶舞蝶舞,芳思交加,柳下桃蹊,乱分春色到人家。西园夜饮鸣笳,有华灯碍月,飞盖妨花”等一系列景物与人事,其中写景又用一“正”字领起,更加造成一气流走的效果,且虚中有实,令人历历如见;下面复用“但”引领“倚楼极目,时见栖鸦”,以转写眼前之景;更以“无奈”领起“归心,暗随流水到天涯”结束全词,情绪在高音的振起下,显得绵绵不绝,悠悠无尽。

至于其他词中,此类甚多,如:

爱、清景风蛩,吟鞭醉帽,时度疏林。　　(《木兰花慢》)

对、触目凄凉,红凋岸蓼,翠减汀苹。　　(《木兰花慢》)

正、火轮飞上,雾卷烟开,洞观金碧。　　(《雨中花》)

念、凄绝琴弦,感深荆赋,相望几许凝愁。　　(《长相思》)

怎奈向、欢娱渐随流水,素弦声断,翠绡香减　　(《八六子》)

算、天长地久,有时有尽……。　　(《风流子》)

问、篱边黄菊,知为谁开?　　(《满庭芳》)

或引领景物描写,景中含情,或直抒情愫,吐露幽怀。秦观词集中近慢词虽不多,但对于去声在其中的重要作用,已有深刻的体认和成功的实践。

由于秦观讲究声律，故读其词，不独醉其文辞之芳馨，亦赏其音律之谐美。敲金戛玉之音，宜乎流播久远！今之诗词创作者、歌词创作者，想来亦能从中获得某种启示。

作者简介：刘庆云，湘潭大学文学院教授。

贺铸词对唐诗的化用

叶帮义

摘　要：贺铸词对唐诗的化用体现在两个方面：一是从艳情与身世之感结合的角度化用杜牧、李商隐等晚唐诗人的作品；二是从清词丽句的角度化用李白、杜甫、王维、孟浩然及大历诗人等盛、中唐诗人的作品。贺铸词对唐诗的化用，既有"得前人遗意"的一面，也有"自出新意"的一面。

关键词：贺铸；唐诗；化用

关于贺铸词对唐诗的化用，后人的论述大多是从贺铸自己的一段话引申而来的。据宋人叶梦得《贺铸传》记载："（贺铸）尝言：'吾笔端驱使李商隐、温庭筠，常常奔走不暇。'"①周密《浩然斋雅谈》卷下、脱脱《宋史·文苑传》卷四四三也引用了贺铸的这段话。但后人对此有不同的看法。一是对贺铸词化用的唐诗以李商隐、温庭筠为主持有不同看法，如张炎根据贺铸自己的这段话来立论："贺方回、吴梦窗，皆善于炼字面，多于温庭筠、李长吉诗中来。"（《词源》卷下《字面》）近人夏敬观则提出了与张炎不同的看法："张叔夏谓（贺铸）与梦窗皆善于炼字面者，多于李长吉、温庭筠诗中来，大谬不然。方回词取材于长吉、飞卿者不多。"王伟勇先生则进一步明确指出："贺铸最喜借鉴之唐诗人为杜牧，李商隐居次，而李贺、温庭筠两人，远不及杜甫、白居易、李白三人，亦远逊元稹、顾况。"②二是对贺铸词之喜欢化用唐诗出现了截然相反的的评价。宋人王銍曰："贺方回遍读唐人遗集，取其意以为诗词，然所得在善取唐人遗意也，不如晏叔原，尽见升平气象，所得者人情物

---

① 叶梦得《建康集》卷八，转引自钟振振校注《东山词》，上海古籍出版社 1989 年版，第 524 页。

② 王伟勇《宋词与唐诗之对应研究》，台北文史哲出版社 2004 年版，第 309 页。

态。叔原妙在得于妇人，方回妙在得词人遗意。”(《默记》卷下)夏敬观曰：“(方回)小令喜用前人成句，其造句恒类晚唐人诗。慢词命辞遣意，多自唐贤诗篇得来，不施破碎藻采，可谓无假脂粉，自然秾丽。”清人刘体仁则对此提出了不同的看法：“贺方回非不楚楚，总拾人牙慧，何足比数?”(《七颂堂词绎》)王国维说：“北宋名家以方回为最次。其词如历下、新城之诗，非不华赡，惜少真味。”(《人间词话删稿》)从“华赡”一词来看，王氏似乎也对贺铸词大量化用唐人诗句却少新意而不满。正是由于前人对贺铸词化用唐诗的看法如此不一致，笔者觉得有必要对此加以专题考察。

艳情与身世之感：贺铸词对杜牧、李商隐等晚唐诗人的诗歌的化用

贺铸词喜欢化用唐人诗歌，突出地表现在它对晚唐诗歌的大力化用上。对晚唐诗歌的化用是宋词的一贯作风，这主要是因为晚唐绮艳诗的创作风气浓厚，而这类诗在题材与风格方面与词的距离最近，所以宋词最喜欢化用这类诗歌。贺铸词也不例外。正如钟振振先生所说：“(贺铸)于唐诗，特别是中晚唐近体诗，采择尤多。”①据笔者根据钟振振先生校注的《东山词》统计，贺铸化用晚唐诗歌涉及到杜牧、许浑、赵嘏、李商隐、温庭筠、薛能、韩偓、韦庄等诸多诗人。在这些晚唐诗人中，尤以杜牧和李商隐的作品化用最多。

根据王伟勇先生《宋词与唐诗之对应研究》一书的统计，贺铸化用最多的是杜牧的诗句(尤其是他的律绝)。总的来说，这些化用集中在杜牧那些带有艳情色彩的七绝，尤其是《赠别》、《遣怀》、《寄扬州韩绰判官》这三首七绝。除了这几首与扬州有关的艳情诗，被贺铸化用过的杜牧艳情诗还有《代吴兴妓春初寄薛军事》、《宣州留赠》、《秋夕》、《兵部尚书席上作》。但相比之下，贺铸对杜牧有关扬州的艳情诗化用最多。杜牧的这些诗和他的扬州生活有关，在写艳情的同时往往寄托了诗人的身世感慨。贺铸本人豪放风流的个性颇与杜牧类似，兼之他本人也有在扬州的生活经历。个性和经历上

---

① 钟振振《北宋词人贺铸研究》第四章《贺铸词之艺术技巧与特色》，台北文津出版社 1994 年版，第 150 页。

的类似，使贺铸对杜牧这类诗产生了共鸣，所以在词作中多次化用①。

在贺铸词的化用对象中，对李商隐诗的化用次数仅次于杜牧（化用杜牧诗40多次，化用李商隐诗也接近40次）。贺铸词对李商隐诗的化用集中在《无题》一类绮艳作品，主要是因为李商隐的《无题》一类绮艳诗在情调色泽方面与词的距离接近，这跟贺铸词喜欢化用杜牧的艳情诗是一致的。但与化用杜牧诗注重抒发身世之感不同，贺铸词似乎更多地是从艳情的角度对李商隐《无题》诗等加以化用，而不大注重在词中寄托自己的身世之感。杜牧的艳情诗涉及具体的地点、人物，叙事性强，寄托之迹明显，寄托之旨也比较明确；而李商隐以《无题》为代表的绮艳诗作往往略去具体人事，叙事性不强，寄托的痕迹不明显，寄托的主旨也不明确，但大多数作品风格绮艳，不乏对女性形象的描绘、爱情心理的刻画，这些内容正是宋词喜欢表现的内容，因而李商隐这类诗歌也就成为宋词喜欢化用的对象。贺铸词对李商隐绮艳诗的化用除了《无题》外，还包括像《锦瑟》一类广义的无题诗，像《燕台》这类在风格上与《无题》诗十分接近的作品，以及部分描写闺情而着色稍淡的诗作。贺铸化用李商隐的绮艳诗，多数是用来表达绮怨闺情的，但我们也不能排除其中可能隐藏着作者的身世之感。如《菩萨蛮》（"章台游冶金龟婿"）隐括了李商隐的《为有》。李诗以女子口吻写闺情，但"辜负香衾事早朝"一句，流露出自己为仕途所迫、不能与所爱厮守的心情。贺铸隐括此诗，很可能就是被这种相爱却不能长相厮守的情感所打动。

总的来说，贺铸词借鉴了李商隐、杜牧等人在艳情诗中寄托身世感受的作风，这与秦观、晏几道等人将身世之感打并入艳情的做法正相一致，共同推进了词的文人化进程，虽然贺铸词的寄托有的比较明显，有的不够明显。但无论寄托之意是否明显，它都深深地打上了杜牧、李商隐等人绮艳诗歌的烙印。

---

① 扬州一带的文化氛围适宜词之流行，柳永、张先、欧阳修、苏轼、秦观、贺铸皆于此作词，可能与此处的风流传统不无关系，而此传统与杜牧关系至为密切，故秦观、贺铸等人多次在词中用到有关杜牧的典故。

清词丽句：贺铸词对李白、杜甫、王维、孟浩然及大历诗人作品的化用

正如王伟勇先生所指出的："以盛、中唐之李白、杜甫、韩愈、白居易、元稹、刘禹锡等人之作品，借鉴入《东山词》中，其总数实与晚唐不相上下。"① 贺铸词喜欢化用唐人诗歌，并不限于杜牧、李商隐等晚唐诗人。而在贺铸广泛化用的唐诗中，除了小李杜最引人注目之外，它对盛唐诗歌、大历诗歌的化用也值得我们关注。毕竟，贺铸词与小李杜艳情诗之间在题材、风格方面毕竟接近，二者之间存在密切的联系，自在情理之中；而盛唐诗、大历诗与词的距离比较远，贺铸词对其加以化用，似乎在意料之外，需要我们专门分析。

贺铸词对盛唐诗歌的化用，集中在李白、杜甫、王维、孟浩然等人的诗歌。相对杜牧、李商隐等人的作品而言，李白、杜甫、王维、孟浩然的诗歌与词距离甚远，以之入词，容易与词体的传统风格产生冲突。但因为李白、杜甫、王维、孟浩然是大诗人，他们的诗歌创作具有多方面的风格，既有笔力雄劲之作，也不乏清丽之篇，其中的清词丽句与词的风格接近，贺铸词化用的正是这类字句。至于大历诗歌，更是突出地发展了盛唐之歌清丽的一面，在唐诗中一向就以清词丽句出名，贺铸词化用大历诗歌中的清词丽句，也就并不让人觉得意外了。

盛唐诗歌、大历诗歌中的清词丽句，有的与男女之情毫无关系，主要是一些白描式的写景文字。这些描写性的文字字面清丽，符合婉约词对字面的要求；同时，这些文字描写的是自然景色，淡化了艳情气息，清丽之中更多地呈现出一种清新的气息，这种清新气息似乎更符合词的士大夫趣味。贺铸词就是看到了这一点，故此多加采择，如孟浩然《春晓》："春眠不觉晓，处处闻啼鸟。夜来风雨声，花落知多少。"诗中不仅有美丽的春景描写，还伴随着一种感伤的情调。这种色泽与情调很符合词的味道，贺铸的词多次加以化用："桃叶园林风日好。曲径珍丛，处处闻啼鸟。"（《蝶恋花》）"绣幌闲眠晓。处处闻啼鸟。枕上无情，斜风横雨，落花多少。"（《连理枝》）"人自起、翠衾寒梦，夜来风恶。肠断残红和泪落。"（《满江红》）大历诗人严维《酬刘员外

① 王伟勇《宋词与唐诗之对应研究》，台北文史哲出版社 2004 年版，第 311 页。

见寄》中的俊语“柳塘春水漫，花坞夕阳迟”，一向就以写景明丽著称，常常成为宋词化用的对象，贺铸词也两次化用，如《菩萨蛮》：“彩舟载得离愁动。无端更借樵风送。波渺夕阳迟。销魂不自持。”《思越人》：“春水漫，夕阳闲。乌樯几转绿杨湾。”当然，盛唐诗歌、大历诗歌中的清词丽句，有的也涉及到男女之情，但这些作品跟晚唐那些绮艳诗句还是有差别的。一般而言，盛唐诗歌、大历诗歌中涉及男女爱情的作品，虽然也不乏香艳气息或给人艳情的联想，但这主要是因为题材本身所带来的，而不是诗人着色或渲染的结果，因而更多地给人以活色生香的感觉。贺铸在化用的时候，并没有突出其中的艳情成分，显得清丽自然。如《鹧鸪天》（“开元天宝盛长安”首）、《武陵春》（“南国家人推阿秀”首），都化用了李白《清平调》中的句子。李白的《清平调》本来就是描写女性的名篇，诗中对女性的描写一向为人所乐道，贺铸词借用以咏物、写人，自然得体。贺铸的《更漏子》（“翻翠袖”首）则化用了杜甫《佳人》中的名句：“天寒翠袖薄，日暮倚修竹。”杜诗虽写佳人，实际上是作者以此自比，格调很高。对此诗加以化用，也使得词中的艳情描写平添了几分高雅的气息。

盛唐诗歌、大历诗歌中的清词丽句，有的是以构思的新巧而为后人所称赞乃至不断化用的。如贺铸《小重山》中“樯头燕，多谢伴人行”二句，借燕子的多情相送，写羁旅途中的孤寂之情，可谓构思新巧，这不难让我们想起杜甫《燕子来舟中作》中类似的描写：“暂语船樯还起去，穿花落水益沾巾。”杜诗中类似的描写亦见诸《大历三年春白帝城放船出瞿塘峡……凡四十韵》：“雁儿争水马，燕子逐樯乌。”《发潭州》：“岸花飞送客，樯燕语留人。”当然，盛唐诗歌主要是以气势的壮大、气象的雄奇著称，一般不靠构思的新巧见长；相比之下，大历诗人笔力较弱，难以在气势上和盛唐诗人争胜，故常在构思上下工夫，创作出了一些构思新巧的名句，不少句子在构思乃至境界上与词体很接近，一直是宋词化用的对象，贺铸词对此也多加化用，如《减字木兰花》：“探香幽径。好住东风谁主领。多谢流莺。欲别频啼四五声。”化自戎昱《移家别湖上亭》：“好是春风湖上亭，柳枝藤蔓系离情。黄莺久住浑相识，欲别频啼四五声。”《江城子》：“坐疑行听竹窗风。”化自李益《竹窗闻风寄苗发司空曙》：“开帘风动竹，疑是故人来。”这两首诗都巧妙地运用了拟人的手法，以表达惜别或思念的情感。贺铸将其化用到词中，恰合词中怀人环境的描写和思念情绪的抒发。《山花子》：“双凤箫声隔彩霞，朱门深闭七香车。”

化自郎士元《听邻家吹笙》:“凤吹声如隔彩霞,不知墙外是谁家。重门深锁无寻处,疑有碧桃千树花。”这首诗构思精巧、境界美丽。作者从吹笙联想到凤吹,将重门深锁的环境想象成碧桃千树的世界,境界幽深而绮丽。这种想象、这种境界,习见于词中。贺铸以之入词,恰合词体之美。

当然,唐诗中的清词丽句并不止于盛唐诗人和大历诗人,可以说,这种清词丽句贯穿了唐诗的各个阶段,不少诗人都有类似的诗句,贺铸的词也多加化用。如《下水船》:“莫怨无情流水,明月扁舟何处。”化自王昌龄《江上闻笛》:“横笛怨江月,扁舟何处寻。”《定风波》:“自是芳心贪结子。翻使。惜花人恨五更风。”化自王建《宫词》:“自是桃花贪结子,错教人恨五更风。”《摊破木兰花》“为嫌风日下楼稀”、“留住行云,好待郎归”,分别化自张籍《倡女词》“为嫌风日下楼稀”、韩愈《镇州初归》“还有小园桃李在,留花不发待郎归”。但相对而言,这个特点在大历诗人的诗中表现最多,所以贺铸对其化用最多。如果说贺铸词继承小李杜诗歌在艳情中寄托身世的作风,是从题材内容上推进词的文人化,那么它对盛唐和大历诗歌清词丽句的化用,则是从语言方面推进词的文人化进程。虽然盛唐和大历诗歌与词的距离较远,但其清词丽句还是为词提供了很多可供借鉴的语言材料。贺铸在维护词体本色之美的前提下,对其加以化用,对文人词的创作颇有贡献。

继承与创新:得前人遗意与自出新意

词发展到北宋中后期,文人化的程度进一步加深。伴随着词的文人化程度的加深,词的语言和趣味也更加追求典雅。这在很大程度上得益于宋词对唐诗的大力化用。贺铸词对唐诗的化用,一方面受到这种创作风气的影响,另一方面也与他本人“俯首北窗下,作牛毛小楷,雌黄不去手”①的经历有关。对前代文献的长期研磨,使贺铸在创作中自觉不自觉地对前贤的词句加以化用。

贺铸词受到宋词化用唐诗这一创作风气的影响,说明贺铸词在化用唐诗方面有其继承的一面。这种继承性,突出地体现在贺铸词化用的不少唐诗,就是之前的宋词化用的对象。在贺铸之前,很多唐诗已多次被宋词化

① 程俱《贺方回诗集序》,转引自钟振振校注《东山词》,第533页。

用，比如白居易、李贺、杜牧、李商隐、韩偓等人的诗句，就被晏殊、欧阳修、柳永等人的词化用。苏轼不仅喜欢化用中晚唐诗人的作品，也化用过李白、杜甫等盛唐诗人的诗歌。与贺铸差不多同时或稍前的黄庭坚、晏几道、秦观等人的词作，同样喜欢化用唐诗，特别是杜牧、李商隐的诗。前人对唐诗的化用，为贺铸词化用唐诗提供了可供借鉴的艺术经验，所以贺铸词对之前的宋词多次化用的对象，特别是杜牧、李商隐等人的诗句，也不避重复地多加化用。如杜牧的“娉娉袅袅十三余，豆蔻梢头二月初。春风十里扬州路，卷上珠帘总不如”、“多情却似总无情，唯觉樽前笑不成。蜡烛有心还惜别，替人垂泪到天明”(《赠别二首》)，苏轼、秦观、晏几道均化用过；杜牧的“落魄江湖载酒行，楚腰纤细掌中轻。十年一觉扬州梦，赢得青楼薄幸名”(《遣怀》)，也在张先、晏几道等人的词中化用过，秦观更是在词中多次化用。贺铸词对这些作品都有化用。另如贺铸词《减字浣溪沙》“春风十里斗婵娟”、“落花中酒寂寥天”二句，在字面上分别借鉴了李商隐《霜月》“青女素娥俱耐冷，月中霜里斗婵娟”、杜牧《睦州四韵》“残春杜陵客，中酒落花前”，而这些字面已经分别被苏轼的《诉衷情》和张先的《青门引》化用过[①]。《菩萨蛮》：“舞裙金斗熨。绛褴鸳鸯密。”化自李商隐《效徐陵体赠更衣》：“结带悬栀子，绣领刺鸳鸯。轻寒衣省夜，金斗熨沈香。”而这个化用已两次见于秦观词：“玉笼金斗，时熨沉香”(《沁园春》)、“睡起熨沈香，玉腕不胜金斗”(《如梦令》)。贺铸对小李杜诗的化用，有时不限于一般字面或成句的借用，甚至扩展到全篇的隐括。在贺铸隐括的唐诗中，除了卢仝和李商隐各一首外，其余的均为杜牧的七绝。除了前举《添声杨柳枝》对《寄扬州韩绰判官》的隐括外，还有多首《添声杨柳枝》隐括了杜牧的绝句《汉江》、《将赴吴兴登乐游原一绝》、《南陵道中》等。

贺铸词之所以对前人化用的这些诗歌不厌其烦地加以化用乃至隐括，一方面是因为这些作品多与词体风格比较接近，容易入词，另一方面是为了发挥这些唐诗中的名篇、名句效应。这些唐诗中的名篇、名句不仅是宋人诗论中颇为人称道的作品，也是宋词喜欢化用的对象。贺铸之前的词人对其多有化用，在很大程度上为贺铸等后来的词人提供了可供效法的对象。除

---

① 苏轼《诉衷情》：“素娥今夜，故故随人，似斗婵娟。”张先《青门引》：“庭轩寂寞近清明，残花中酒，又是去年病。”

了上举杜牧、李商隐等人的作品属于唐诗中的名篇、名句之外，还有不少唐诗中的名句被包括贺铸词在内的宋词所化用，如《鹧鸪天》："无端却似堂前燕，飞入寻常百姓家。"化自刘禹锡著名的怀古诗《金陵五题·乌衣巷》："旧时王谢堂前燕，飞入寻常百姓家。"这两句诗在之前的王琪《望江南》词中得到了化用。贺铸《梅花引》隐括了卢仝《有所思》，卢诗中的名句"相思一夜梅花发，忽到窗前疑是君"，也已在晏几道的《蝶恋花》词中得到了化用。崔护《题都城南庄》凭借诗歌本身充满深情的描写，再加上诗歌背后那段美丽的爱情故事，成为唐诗中的名篇，在贺铸之前早就成为宋词化用的热点，贺铸的词也两次加以化用："隔年情事此门中。粉面不知何处在"（《定风波》）、"去年今日东门东。鲜妆辉映桃花红"（《忆秦娥》）。钱起的名句"曲终人不见，江上数峰青"（《省试湘灵鼓瑟》），更是被柳永、苏轼、秦观等人一再化用，贺铸也多次在词中化用："云容四敛，江上数峰青"（《满庭芳》）、"云和再鼓，曲终人远"（《望湘人》）。杜甫《春日忆李白》中"渭北春天树，江东日暮云"，也是唐诗中的名句，张先、苏轼已经有所化用①，贺铸词也有化用："鸳鸯俱是白头时，江南渭北三千里。"（《踏莎行》）这些名篇、名句一再被宋词化用，差不多形成了宋人创作上的惯例。当然，这种习惯性的做法容易造成艺术上的重复，这可能是有的学者批评贺铸词少新意、乏真味的原因所在。但在词人即席创作的时候，这种做法可以节省构思的时间，提高创作速度，而受众因为对词人化用的作品比较熟悉，产生一种似曾相识的亲切感，激发受众的兴趣和欲望，并迅速进入到欣赏的状态②。

但我们也应看到，贺铸词对唐诗的大力化用，有继承的一面，更有创新的一面，其妙处并非仅在"得词人遗意"，更非"总拾人牙慧"。就其创新的一面而言，约有以下三端可供讨论：

一是对之前宋词喜欢化用的杜牧、李商隐、温庭筠等人的诗歌，贺铸词有自己新的选择、新的发现。如《七娘子》中"美满孤帆"一词，是从杜牧《池州送孟迟先辈》中"千帆美满风"一句化用而来的。《浣溪沙》："此时相望抵天涯。"化自李商隐《无题》："昔年相望抵天涯。"《采桑子》"十二玉楼空更空"

① 见张先《更漏子》："杜陵春，秦树晚。伤别更堪临远。"苏轼《阮郎归》："江南日暮云。"

② 参钟振振先生《散点透视"宋词运用唐诗"》，《文学评论》2009 年第 4 期。

句,用的是李商隐《代应》中的成句:"沟水分流西复东,九秋霜月五更风。离鸾别凤今何在,十二玉楼空更空。"据笔者的考察,这些化用在宋词中仅此一次。此外,贺铸词《一落索》"错将黄晕压檀花",化自杜牧《偶作》:"才子风流咏晓霞,倚楼吟住日初斜。惊杀东邻绣床女,错将黄晕压檀花。"《更漏子》"洞府人闲,素手轻分",化自杜牧《宣州留赠》:"洞府人间手欲分。"《添声杨柳枝》"试作小妆窥晚镜,淡蛾羞",化自温庭筠《过华清宫二十二韵》:"窥镜淡蛾羞。"都是贺铸首次化用的。杜牧《留赠》:"不用镜前空有泪,蔷薇花谢即归来。"《长安杂题长句》:"晴云似絮惹低空。"也是在贺铸词中首次被化用,此后才逐渐为宋词所化用。像杜牧、李商隐、温庭筠的诗这类容易入词的作品,前人很少化用,而被贺铸词所化用,可以说是贺铸词的新发现,虽然这种新意可能是有限的,但对宋词扩大语言的借鉴范围、促进语言的多样化有一定的贡献。

二是指贺铸词化用了之前的宋词很少化用的唐诗,特别是盛唐李白、杜甫,以及中唐韦应物、柳宗元,乃至晚唐聂夷中等人的诗歌。如《忆秦娥》:"风惊幕。灯前细雨檐花落。"化自杜甫《醉时歌》:"清夜沉沉动春酌,灯前细雨檐花落。"正是贺铸首次化用,后来周邦彦《丹凤吟》"那堪昏暝,簌簌半檐花落"也加以化用,南宋词人更是大力化用,使得杜甫这首诗也成了宋词最喜欢化用的杜诗之一。当然,李白、杜甫、韦应物、柳宗元等人的诗歌与词的距离比较远,难以入词,贺铸就努力发掘诗中适合词体的因素,将其改造成词的风格,以适应词体的需要,这种改造更能见出贺铸词在化用唐诗方面的创新。如《生查子》:"风清月正圆,信是佳时节。不会长年来,处处愁风月。

心将熏麝焦,吟伴寒虫切。欲遽就床眠,解带翻成结。"词的结尾二句化自韦应物《对残灯》:"独照碧窗久,欲随寒烬灭。幽人将遽眠,解带翻成结。"韦诗写的是幽人夜深独对残灯的情怀,本无艳情的成分,但诗的结尾采用"解带翻成结"这一细节突出人物的孤寂之情,其情其景很有词的味道。贺铸词从此入手加以化用,将原诗中闲适中略带孤寂的幽人之情改造成为男女之间的怀人之情。虽然宋词对此诗的化用仅此一例,但化用的效果自然而不生硬。又如《声声慢》开首"园林幕翠,燕寝凝香"二句,化自韦应物《郡斋雨中与诸文士燕集》诗中的名句:"兵卫森画戟,宴寝凝清香。"韦诗写的是文人之间的燕集场景,本与男女之情无关,但这两句所写宴集之景,及其所透露的清香气息,与一贯喜欢描写歌舞筵席的词距离很近;兼之苏轼《菩萨蛮》词中"清香凝夜宴。借与韦郎看",在化用此句的时候,以"韦郎"称之,为其涂抹了一些绮丽的色彩,这就进一步启发了贺铸词对此诗的化用。《渔家傲》:"莫厌香醪斟绣履。吐茵也是风流事。今夜夜寒愁不睡。披衣起。挑灯开卷花生纸。　倩问尊前桃与李。重来若个犹相记。前度刘郎应老矣。行乐地。兔葵燕麦春风里。"词中"前度刘郎应老矣"、"兔葵燕麦春风里"二句,均化自刘禹锡《再游玄都观》及其诗序。刘诗与艳情无关,但诗人以"刘郎"自称,为此诗平添了不少的风情,由此引起宋词对其加以化用。虽然贺铸这首词是席上游戏之作,但它从艳情的角度改造刘诗,对后来的周邦彦尤其是南宋词人化用此诗提供了很大的启发。

值得一提的是,贺铸的豪放词也颇得力于它对唐诗的化用。苏轼首开豪放词风,但在词坛上引起非难,继武者不多。苏门词人秦观固不必说,就是黄庭坚、晁补之等人的豪放词也不多。贺铸为人极有丈夫气,当他把这种个性带入词中,就创作出了让人耳目一新、颇为后人称道的豪放词。虽然他的豪放词从数量上来说并不多,但它和苏轼、黄庭坚、晁补之等人的豪放词一起,为南渡词人以及辛弃疾等创作豪放词导夫先路。出于豪放词创作的需要,贺铸化用了不少唐诗中风格豪放的诗句(特别是唐代乐府歌行),这些诗句有的已为苏轼等人所化用,有的则是贺铸首次化用的。如《行路难》("缚虎手"首),王士祯《花草蒙拾》谓其"绝似稼轩手笔",吴梅谓其"颇似玉川长短句诗"①,主要是从风格豪放的角度来说的。的确,这是贺铸词中有名的豪放词,这种豪放的风格与词中抒发的豪情有关,在很大程度上也得益于词中对诸多唐诗的化用,如李白《别南陵儿童入京》"仰天大笑出门去,我辈岂是蓬蒿人"、《行路难》"金樽清酒斗十千,玉盘珍馐值万钱"。这些诗句写纵酒行乐,风格豪放,以之入词,极大地促进了贺铸此词豪放风格的形成。《将进酒》("城下路"首)是贺铸另一首著名的豪放词,化用了顾况《短歌行》《长安道》,词的结尾两句也很容易让我们联想到李贺的《将进酒》:"劝君终日酩酊醉,酒不到刘伶坟上土。"可以说贺铸此词的豪放风格,同样得益于对这些唐人歌行的化用。《六州歌头》("少年侠气"首)也是贺铸一首著名的豪放词,龙榆生说这首词"全阕声情激壮,读之觉方回整个性格,跃然于楮墨

① 吴梅《词学通论》,上海古籍出版社 2006 年版,第 53 页。

间。即以稼轩拟之,似犹逊其豪爽”[1]。实际上,这首词的激壮豪爽同样得力于词人对唐诗的大力化用,如词中写纵酒豪情的句子“吸海垂虹”,就是从杜甫《饮中八仙歌》中“饮如长鲸吸百川”一句化用过来的。贺铸的豪放词多为慢词,但其小令中也间有豪放之作,如其《鹧鸪天》(“谁爱松林水似天”)这首豪放的小令,不仅化用了杜甫《饮中八仙歌》的诗意,还化用了李白《襄阳歌》中的名句:“清风朗月不用一钱买。”可见无论是小令还是慢词,贺铸的豪放词风都与唐诗(特别是乐府歌行)存在着密切的联系。

综上所述,贺铸词对唐诗的化用,并非以李商隐、温庭筠的作品为首选,而是把重点放在晚唐杜牧身上,其次才是李商隐,主要是借鉴他们的艳情诗。但贺铸词对唐诗的化用,并不限于晚唐诗歌,对盛唐诗人李白、杜甫、王维、孟浩然以及大历诗人的作品也多有化用,重点是化用其清词丽句。无论是对艳情诗的借鉴,还是对清词丽句的借用,贺铸都没有违背词以艳为美的传统,其效果也并非仅“得词人遗意”,更非“总拾人牙慧”,而是在已有宋词化用唐诗的基础上,努力自出新意:不仅对宋词喜欢化用的小李杜的诗歌有新的化用,而且对一些与词距离较远的唐诗也加以化用,甚至化用唐代的乐府歌行创作了很多豪放词,形成了贺铸词风流而不失豪放的独特风格,不仅推进了宋词对唐诗的化用,也丰富了宋词的艺术风格。

作者简介:叶帮义,安徽师范大学中国诗学研究中心教授。

---

① 《论贺方回质胡适之先生》,《龙榆生词学论文集》,上海古籍出版社 2009 年版,第 336 页。

论辛弃疾的狂放精神与孤独情怀

刘原池

摘　要：辛弃疾的词常常表现出一种不肯屈服于现实环境的狂放精神。从本质上来看，这种狂放精神就是一种进取精神，其核心是对于不合常理的现状的抗争与批评，而辛弃疾的这种狂放精神，又与其爱国情怀息息相关的。但在报国无门，理想无法实现之下，辛弃疾在词中又不时流露出深沉的孤独意识，他在词中常哀叹无人与共的孤独、世无知音的寂寞，透露出不被知遇、叹惜流年的深沉感慨，使其词满含沉痛的英雄泪，显示出一种沉郁悲凉的风格。辛弃疾在他的爱国热情和残酷的现实发生冲突之后，使其恢复中原的狂放精神转为寂寞无告的孤独情怀。因此，在他表现出狂放愤激的词中，又同时可见其流露苍凉孤独于其中。

关键词：宋词；辛弃疾；狂放精神；孤独意识；爱国词人

一、前　言

辛弃疾一生大都是在被排挤的感叹和无奈中度过的。他自始至终把自己的命运与南宋朝廷的生死存亡联系在一起，由于恢复中原，抗金救国的理想壮志终其一生都没有实现，所以，在他的词中充满了忧国忧民的情感，也充分表达了其恢复中原的雄心壮志。

辛弃疾平生以气节自负，功业自许，怀着收复神州的壮怀理想而投奔南宋，然而，他这种积极进取的精神，抗战复国的政治主张本来就与当时只求苟安的政治环境互相冲突。因此，怀才不遇的孤独意识与时不我予的悲怆感慨常常表现在其词篇中。由于不满南宋当局安于现状，不图振作的风气，辛弃疾在词中每每表现出慷慨激昂，意气风发的狂放精神，以抒发其整顿乾坤的强烈愿望和报国无门的无比苦闷。然而，在不愿妥协的狂放精神背后，辛弃疾在词中又不时流露出深沉的孤独意识，以抒发其英雄无用的失落感和理想无人理解的孤独感。本文先论述辛弃疾的狂放精神，再探讨其孤独情怀，然后说明这两者之所以在辛词中同时兼而有之，还是与辛弃疾的统一山河的复国之志有关。

二、辛弃疾的狂放精神

在两宋众多词家中，辛词极富有个性特色。遍览辛词，感觉处处充满着一股生气，这股生气，如果从内在本质而言，就是一种不肯屈服于现实环境的狂放精神。

王国维曾指出："苏、辛，词中之狂也"①。辛词的风格，非狂字则不能准确描述。如辛弃疾在《贺新郎》说：

不恨古人吾不见，恨古人、不见吾狂耳！知我者，二三子。②

辛弃疾平生特别喜欢这几句，经常于酒席上自诵，当时"辄拊髀自笑，顾问座客如何？众皆叹誉如出一口"③，辛弃疾自得的样子于此可见。那么，辛弃疾为何偏爱这四句？原因就在于这狂字上面。其实，"不恨"两句出自《南史·张融传》。张融常叹道："不恨我不见古人，所恨古人又不见我。"④但辛弃疾在引用时却意味深长地增加了一个狂字，可见，它便是这两句的特别之处，因而也可以推论，这个狂字，就是辛弃疾一生最得意、最自负的不同凡俗之处；既是他人格中最能表现其个性的部分，也是其词作中最能表现个人特色的地方。而除了这个"狂"字之外，人们另外也常以"放"字来评述辛词。所以，可以把狂与放二字合而称为狂放，而表现在辛弃疾爱国词中的，

① 王国维《人间词话》，台北学海出版社 1982 年版，第 23 页。

② 《贺新郎·甚矣吾衰矣》，邓广铭编著《稼轩词编年笺注》，台北华正书局 1989 年版，第 339 页。

③ 岳珂《桯史》(一)，中华书局 1985 年版，第 25 页。

④ 李延寿《南史·张融传》，《南史》，台北艺文印书馆 1972 年版，第 391 页。

也正是这一种不流于世俗的狂放精神。

狂放精神，本质上是一种进取精神，其核心是对于不合理的传统以及现状的抗争与批评。辛弃疾的狂放精神，大致上表现在愤世嫉俗、傲立于世及戏谑时世等三个方面。

（一）愤世嫉俗

辛弃疾在《美芹十论》说："臣虽至愚至陋，何能有知，徒以忠愤所激，不能自已。……惟陛下赦其狂僭而怜其愚忠，斧锧余生实不胜万幸万幸之至。"[①]由此可知，他向皇帝表明，他之所以会变得狂僭，乃是因为"忠愤所激"。基于相同原因，对于辛词中的狂放、愤世嫉俗之态，也同样应该视其为一腔忠愤爱国之情的表露。如《贺新郎》：

> 老大那堪说。似而今、元龙臭味，孟公瓜葛。我病君来高歌饮，惊散楼头飞雪。笑富贵、千钧如发。硬语盘空谁来听？记当时、只有西窗月。重进酒，换鸣瑟。　　事无两样人心别。问渠侬：神州毕竟，几番离合？汗血盐车无人顾，千里空收骏骨。正目断、关河路绝。我最怜君中宵舞，道"男儿到死心如铁。看试手，补天裂。"[②]

辛弃疾作这首词时，正落职闲居上饶，朋友陈亮特地赶来与他共商抗战大计。二人同游鹅湖，狂歌豪饮，惊散飞雪；硬语盘空，声震金石。这样的豪情，如此的气概，激发了这两位愤世之士的巨大的爱国忧愤。

然而，报国无门，投闲置散，辛弃疾非但不能施展其爱国抱负和才干，反倒是倒屡屡遭祸。他三次落职，两度闲居，这就更增加了他愤世嫉俗之情。其《水调歌头》说：

> 笑吾庐，门掩草，径封苔。未应两手无用，要把蟹螯杯。说剑论诗余事，醉舞狂歌欲倒！老子颇堪哀。白发宁有种，一一醒时栽。[③]

① 辛弃疾《美芹十论》，邓广铭《辛稼轩诗文钞存》，台北华正书局 1979 年版，第 2 页。

② 《贺新郎·老大那堪说》，《稼轩词编年笺注》，第 339 页。

③ 《水调歌头·白日射金阙》，《稼轩词编年笺注》，第 101 页。

其中最为愤愤不平的便是“未应两手无用”二句。辛弃疾的两只手，曾经斩将搴旗，曾经于万人营中生擒叛徒，可谓一双“力扭乾坤”的巨手；但如今却只能学着酒鬼的样子，左手持螯，右手持杯，这无疑是他人生最大的痛苦。所以，只能狂歌、醉舞，以此来表达自己的愤懑。这种狂态，正是对于现有苟安秩序的一种变相的抗争。

（二）傲立十世

李白说：“我本楚狂人，凤歌笑孔丘。”[①]辛弃疾更是继承了李白的傲世气概而进一步地将其发扬起来。其《水调歌头》说：

> 我志在寥廓，畴昔梦登天。摩挲素月，人世俛仰已千年。有客骖鸾并凤，云遇青山、赤壁，相约上高寒。酌酒援北斗，我亦虱其间。[②]

这是一首借梦抒怀之作，除首尾外通篇都写梦境。辛弃疾借登天之梦，抒发他渴望冲破现实社会阻碍，追求精神自由的强烈愿望。天马行空般的梦境与无可奈何的现实形成强烈对比，大大增强了词的艺术感染力。全篇想象大胆奇幻，笔势雄放苍凉，既有豪放清旷之风，又保留深沉、悲慨、执着的特点。虽是病中所作，但却毫无呻吟之语，依然是豪气干云。

这种傲世的人生态度，在天化作李白、东坡般的羽化而登仙的形象，在地又演化成陈登、孙权一类英雄豪杰般的形象，以及谢安、陶潜一类隐士高人般的形象。如辛词中，多次赞美陈登的“湖海豪气”，如：“更觉元龙楼百尺，湖海平生豪气”[③]、“元龙百尺高楼里”[④]；又多次提到了孙权的英雄气概，如：“千古江山，英雄无觅，孙仲谋处”[⑤]、“天下英雄谁敌手？曹刘。生子当如孙仲谋”[⑥]。对于辛弃疾来说，做人就应当有陈登的傲气和孙权的霸气，这才能无愧于时代，无愧于自己的志向。而当这种人生理想无法实现时，他

---

① 李白《庐山谣寄卢侍御虚舟》，王琦注《李太白全集》，中华书局 1977 年版，第 677 页。

② 《水调歌头·我志在寥扩》，《稼轩词编年笺注》，第 356 页。

③ 《念奴娇·为沽美酒》，《稼轩词编年笺注》，第 326 页。

④ 《贺新郎·鸟倦飞还矣》，《稼轩词编年笺注》，第 339 页。

⑤ 《永遇乐·千古江山》，《稼轩词编年笺注》，第 527 页。

⑥ 《南乡子·何处望神州》，《稼轩词编年笺注》，第 530 页。

又转而讴歌起谢安、陶渊明来,甚至竟然说:“往日曾论,渊明似胜卧龙些。”①在此,辛弃疾有意抬高陶渊明,原因就在于他自己有着和陶渊明相似的隐居遭遇,更有着和他相似的傲世态度。所以,他心目中的陶渊明就不仅是一位静穆的隐者,而且更是一位知心的狂友。在《贺新郎》一词中,辛弃疾即说:

> 甚矣吾衰矣。怅平生、交游零落,只今余几!白发空垂三千丈,一笑人间万事。问何物、能令公喜?我见青山多妩媚,料青山见我应如是。情与貌,略相似。　一尊搔首东窗里。想渊明、停云诗就,此时风味。江左沉酣求名者,岂识浊醪妙理?回首叫、云飞风起。不恨古人吾不见,恨古人、不见吾狂耳。知我者,二三子。②

由此可知,辛弃疾把陶渊明当作自己的忘年之交、知心之人。正映照着自己的狂放与傲世精神。

当然,也正因为辛弃疾的傲世仅是一种孤芳自赏式的,所以其中就不免夹杂了不少的悲慨。从这点出发,他就不光“好称渊明”,也经常提到屈原、阮籍一类不得志的狂士形象。他一方面以屈原自比,以之来显示自己独清、独醒的傲世态度,另一方面却又以他的“信而见疑,忠而被谤”的遭遇,来比拟自己“蛾眉曾有人妒”③的相似命运。所以,他的傲世就又是和他的愤世紧密联系在一起的。

(三)嘲讽时世

不论是愤世抑或是傲世,时世却仍是这么残酷。因此,辛弃疾的狂放精神又被迫转化为另一种对时世的嘲讽与戏谑。因为嘲世态度,他的某些词篇带有了一种玩世不恭的嘲谑意味,有时甚至流露出某种程度的滑稽来。但是,就在这些“嬉笑怒骂,皆成文章”的作品里头,却仍含有着他对于不合理现状的深刻批评与辛辣讽刺,仍体现了他胸中那股不甘屈从于现状的狂放精神。如《千年调》:

---

① 《玉蝴蝶·贵贱偶然浑似》,《稼轩词编年笺注》,第379页。

② 《贺新郎·甚矣吾衰矣》,《稼轩词编年笺注》,第338—339页。

③ 《摸鱼儿·更能消几番风雨》,《稼轩词编年笺注》,第55页。

卮酒向人时，和气先倾倒。最要然然可可，万事称好。滑稽坐上，更对鸱夷笑。寒与热，总随人，甘国老。　少年使酒，出口人嫌拗。此个和合道理，近日方晓：学人言语，未会十分巧。看他们，得人怜，秦吉了。

“卮”是一种圆形的饮酒器，“和气”指酒的芳香。人们在添酒时，卮总是倾斜着身子，向人散发着和气。所谓“然然可可”，就是唯唯诺诺。前面这四句，用来形容那些未曾开口，脸先带笑的拍马逢迎、万事称好之流，真是惟妙惟肖。而“滑稽”，本指一种转引酒浆的器皿，因为它刚注满就吐出，好像永远没有穷竭的时候，所以，古人常用它比拟那些讲话滔滔不绝、油嘴滑舌的人。至于“鸱夷”则是皮制的酒袋，容量不小，可张可弛，所以，也被人用来比喻那些巧于应对、能屈能伸的人。辛弃疾让“滑稽”对着“鸱夷”来微笑，那么他所刻画的，岂不就是当日社会上那种阿谀谄媚的丑态吗？而“甘国老”（即中药里的甘草，能调和多种药，攻寒祛热都可用）三字，就更加直接地讥讽那种人的毫无立场、随声附和了。所以，他在最后总括为一句：“看他们，得人怜，秦吉了。”原来这些家伙不过是一批学人言语的可怜虫和应声鸟（秦吉了是一种会学人言的鸟）而已。他自己就绝不肯作那种人，仍旧要去“出口人嫌拗”地发表自己那不讨人喜欢的北伐抗战言论。

综上所述，从愤世、傲世、嘲世的三种生活态度来看，辛弃疾确实是与当时社会显得有些格格不入的狂人。基于这样的性格和人品，就会产生相应风貌的词篇。因此，在读过他的词后，便不难感到，他的词确非前人词所能比。在辛词中，充满着一股明显的狂放精神。从辛弃疾年轻时期所写的“把吴钩看了，栏干拍遍，无人会，登临意”①，到晚年所写的“凭谁问，廉颇老矣，尚能饭否”②，其中就一直贯注着那一种抗争的、批判的、愤激的狂放精神。这种狂放精神，探究其实，其本质就是一种非常情可比的忧国情感。

---

① 《水龙吟·楚天千里清秋》，《稼轩词编年笺注》，第31页。

② 《永遇乐·千古江山》，《稼轩词编年笺注》，第527页。

三、辛弃疾的孤独情怀

孤独并不是或主要不是指一个人的生存状态或生活方式，而是指一个人的心理体验。它产生于主体渴望沟通的强烈需求和这个需求不能实现之间的矛盾，它是对个体生命的独特感受和深刻思考，又源自于主体的人道主义情怀和对人类苦难的深切同情。因此，所谓的孤独性生命体验，一如王克检所说：

> （是）一种深刻而强烈的智慧内省，是个体生命与广泛联系的外部世界暂时中断联系而潜心考虑生命个体生命意义问题时，所意识到的与他人无法重合的个别感、特殊感，是人的自我意识深化的一种心理反映。①

平生以气节自负、以功业自许的豪气纵横的辛弃疾，在面对报国无望、政治环境黑暗的情况下，深切地感受到了英雄无路、壮志难酬的痛苦与孤寂，他的这种孤独性的生命体验外化为文字，便成为众多表现孤独意识的词篇。辛弃疾的词，记录了他心灵深层的孤独体验与痛苦挣扎。约略统计，辛弃疾词作中表现孤独意识的有 50 多处，占其全部词作的十分之一。从这些表现孤独意识的词篇中，可体会到辛弃疾在那个特殊时代的深刻的孤独性生命体验。辛弃疾智谋超群，他把洗雪国耻、收复失地作为自己的毕生志业，渴望一展英雄豪杰的气概。他矢志不渝地坚持抗战的主张，然而在奉行“和戎”政策的南宋统治集团，他的这种主张既不为国策所容，又不被世情所许。议和的大局岂容辛弃疾施展其雄才大略的抱负？官僚集团以屈膝事敌为能事，阿谀奉承、卖国求荣、忍辱偷安的权奸小人岂能容辛弃疾阻挡他们上攀的道路？在这样一种大的政治局势之下，志行高洁、忠直耿介的辛弃疾注定要与统治集团格格不入，注定要成为孤独的英雄。所以，他说：“千丈阴崖百丈溪，孤桐枝上凤偏宜”②。清高孤洁的辛弃疾不肯与那些“说底话、非

① 王克俭《文学创作心理学》，中央民族大学出版社 1997 年版，第 159 页。

② 《鹧鸪天·千丈阴崖百丈溪》，《稼轩词编年笺注》，第 527 页。

名即利”[①]的俗客为伍，但是又找不到高尚纯洁的知己，强烈而持久的孤独感久久郁积于他的内心深处。这种孤独的生命体验外化为语言，在其词篇中，就表现出悲愁满纸、孤独满溢的特色。如《水龙吟》：

> 楚天千里清秋，水随天去秋无际。遥岑远目，献愁供恨，玉簪螺髻。断鸿声里，落日楼头，江南游子。把吴钩看了，栏杆拍遍，无人会，登临意。　　休说鲈鱼堪脍，尽西风，季鹰归未？求田问舍，怕应羞见，刘郎才气。可惜流年，忧愁风雨，树犹如此！倩何人、唤取红巾翠袖，揾英雄泪？[②]

“献愁供恨”的衰飒清秋景色、孤独凄凉的境遇，烘托出辛弃疾“无人会，登临意”的深沉寂寞与愤慨。孤独的生命体验使他面对着千里清秋备感神伤，惋惜时光流逝，担忧国家危难，哀愁年华虚度，然而世无知己，徒有挥洒失意悲哀的英雄泪。

辛弃疾词中表现孤独的生命体验，首先体现在其词中多次提到的孤独的生存状态。如：“怅平生、交游零落，只今余几”[③]、“舞乌有，歌亡是，饮子虚。二三子爱我，此外故人疏。幽事欲论谁共，白鹤飞来似可，忽去复何如”[④]、“老我山中谁来伴？须信穷愁有脚”[⑤]、“贫贱交情落落，古今吾道悠悠”、[⑥]“旧交贫贱，太半成新贵”[⑦]、“独立苍茫醉不归”[⑧]、“不算飘零，天外孤鸿影”[⑨]。辛弃疾的现实处境是孤独的，他穷其一生追寻收复失土的愿望，然而徒有高才却不能被当权者所赏识，因为他的主张与统治者的“和戎”政策是相抵牾的；虽然他高喊着报仇雪耻、恢复中原的口号，但是回应者寥寥

① 《夜游宫·几个相知可喜》，《稼轩词编年笺注》，第387—388页。
② 《水龙吟·楚天千里清秋》，《稼轩词编年笺注》，第31页。
③ 《贺新郎·甚矣吾衰矣》，《稼轩词编年笺注》，第338页。
④ 《水调歌头·我亦卜居者》，《稼轩词编年笺注》，第311页。
⑤ 《贺新郎·听我三章约》，《稼轩词编年笺注》，第385页。
⑥ 《雨中花慢·旧雨常来》，《稼轩词编年笺注》，第388页。
⑦ 《洞仙歌·旧交贫贱》，《稼轩词编年笺注》，第408页。
⑧ 《一剪梅·独立苍茫醉不归》，《稼轩词编年笺注》，第27页。
⑨ 《蝶恋花·小窗风雨》，《稼轩词编年笺注》，第170页。

无几，因为满朝都是屈膝事敌的卑微者。在这样的情况下，他必然找不到志同道合的知己，必然陷入无人理解的孤独寂寞之中。“归路踏明月，人影共徘徊。”①在知音贫乏、旧交零落的情况下，辛弃疾只得与明月为伴，以影为友，孤独徘徊。

无人与共的孤独寂寞情怀的感受，对辛弃疾来说是非常深刻的。在其词篇中，辛弃疾常常抒发无人理解的寂寞，如：“无人会，登临意”②、“把古今遗恨，向他谁说”③、“旧家事、却对何人说”④、“谁识稼轩心事”⑤。心事无处可说，引发出辛弃疾对世无知音的感慨，如：“知音弦断，笑渊明空抚余徽”⑥、“早归来，流水外，有知音”⑦、“高歌谁和余？空谷清音起”⑧。高山流水、空谷清音，唯有知音者才能体会理解，可是在那个举世苟且偷生的时代，谁能够理解词人满腔报国的心愿呢？辛弃疾只能独自咀嚼怀才不遇，壮志难伸的愁绪。

由于知音稀少，辛弃疾深感孤独寂寞，因此对友情格外珍视。他在〈菩萨蛮〉说：

> 无情最是江头柳，长条折尽还依旧。木叶下平湖，雁来书有无？
> 雁无书尚可，好语凭谁和？风雨断肠时，小山生桂枝。⑨

友人离去，江头折柳，可是这无情的柳枝怎能体会到离别的伤感，依然是被折尽后又发出繁茂的新枝。深秋木叶飘落，大雁能否带回友人的书信，没有书信也罢，可是自己写好的新作谁能唱和呢？面对友人的离去，联想到知音稀少，辛弃疾内心不禁感伤不已。如他说：“小窗风雨，从今便忆，中夜

---

① 《水调歌头·今日复何日》，《稼轩词编年笺注》，第110页。
② 《水龙吟·楚天千里清秋》，《稼轩词编年笺注》，第31页。
③ 《满江红·点火樱桃》，《稼轩词编年笺注》，第83页。
④ 《踏歌·颠厥》，《稼轩词编年笺注》，第188页。
⑤ 《水龙吟·被公惊倒瓢泉》，《稼轩词编年笺注》，第176页。
⑥ 《新荷叶·春色如愁》，《稼轩词编年笺注》，第19页。
⑦ 《最高楼·相思苦》，《稼轩词编年笺注》，第207页。
⑧ 《生查子·溪边照影行》，《稼轩词编年笺注》，第142—143页。
⑨ 《菩萨蛮·无情最是江头柳》，《稼轩词编年笺注》，第169页。

笑谈清软。”①回想起与友人在一起彻夜谈笑风生的光景，但感叹地说：“但从今、伴我又随君，佳哉月。”②友人离去，无人为伴，只能明月为伴，同时也希望明月能够寄托自己对朋友的一片深情。因此，他说：“君去我谁饮，明月影成三。”③正是知音稀少，深感孤独寂寞，词人才对友人的离别如此感伤，想象着没有友人共饮，自己只能与明月和自己的影子为伴，凄清寂寞之情溢于言表。

由孤独的生存状态引起的内心体验就是孤独的生命体验。孤独的现实处境使辛弃疾深刻感受到了孤独，他渴望与人沟通，但是现实却不能满足他的愿望，他只能在词中抒发自己与现实难以苟合的苦衷和孤独寂寞的幽愤。如《蝶恋花・月下醉书雨岩石浪》曰：

> 九畹芳菲兰佩好。空谷无人，自怨蛾眉巧。宝瑟泠泠千古调，朱丝弦断知音少。　冉冉年华吾自老，水满汀洲，何处寻芳草？唤起湘累歌未了。石龙舞罢松风晓。④

身佩芝兰的绝代佳人独处空谷，世无知音，年华冉冉而去，一天老似一天，其境况是寂寞孤独的。这种孤独寂寞的痛苦正是辛弃疾自我的深刻感受，空有许身报国的高才韬略却无人赏识，壮志难酬的孤愤委婉含蓄、情致缠绵而又溢于言表。

强烈的孤独感的升华便是“闲愁”的沉重绵长。壮志难酬、世无知音、孤独寂寞的内心体验使辛弃疾深感沉重悲凉。他既忧国家危难，又愁自我处境的孤独危困。他在《一剪梅》中说：

> 独立苍茫醉不归。日暮天寒，归去来兮。叹梅踏雪几何时；今我来思，杨柳依依。　白石冈头曲岸西，一片闲愁，芳草凄凄。多情山鸟

① 《鹊桥仙・小窗风雨》，《稼轩词编年笺注》，第170页。
② 《满江红・尘土西风》，《稼轩词编年笺注》，第171页。
③ 《水调歌头・寒食不小住》，《稼轩词编年笺注》，第193—194页。
④ 《蝶恋花・九畹芳菲兰佩好》，《稼轩词编年笺注》，第143页。

不须啼。桃李无言，下自成蹊。①

芬芳灿烂的仲春景象带给辛弃疾的不是满怀欣悦，而是绵远的"一片闲愁"，犹如芳草凄凄。这种自怜幽独的愁绪和强烈的孤独感常笼罩在他心中。他不断地吟唱道："闲愁最苦。休去依危栏，斜阳正在，烟柳断肠处"②、"先自一身愁不了，那堪愁上更添愁"③、"欲上高楼去避愁，愁还随我上高楼"④等等，"愁"、"闲愁"伴随着辛弃疾一生，缕缕愁思汇集成这位"归正人"的感时不遇、恨无知音的心灵苦海，传达着他深沉的孤独寂寞、凄苦悲怆。有时，辛弃疾的孤独感还常常借助咏物词来体现。如《瑞鹤仙》：

雁霜寒透幕。正护月云轻，嫩冰犹薄。溪奁照梳掠。愁含香弄粉，艳妆难学。玉肌瘦弱，更重重，龙绡衬着。倚东风、一笑嫣然，转盼万花羞落。　　寂寞。家山何在？雪后园林，水边楼阁。瑶池旧约，鳞鸿更，依谁托？粉蝶儿只解，寻桃觅柳，开遍南枝未觉。但伤心、冷落黄昏，数声画角。⑤

寒梅"嫩冰犹薄"、"玉肌瘦弱"的神态，浮花浪蕊岂可轻比；"转盼万花羞落"的嫣姿，足以压倒一切凡花，独占春色。但是寒梅却身处异土，难返家山，有着寂寞、冷落、伤心的感伤。寒梅就是辛弃疾自己的化身，作为由北入南的"归正人"，远离故土却又始终得不到南宋政权的完全认可，这种尴尬的处境是寂寞无告的。同时，辛弃疾还以野樱花自况。他在《归朝欢》说：

山下千林花太俗，山上一枝看不足。春风正在此花边，菖蒲自蘸清溪绿。与花同草木，问谁风雨飘零速。莫悲歌，夜深岩下，惊动白云宿。

病怯残年频自卜。老爱遗编难细读。苦无妙手画于菟，人间雕刻

① 《一剪梅·独立苍茫醉不归》，《稼轩词编年笺注》，第27页。

② 《摸鱼儿·更能消几番风雨》，《稼轩词编年笺注》，第55页。

③ 《瑞鹧鸪·胶胶扰扰几时休》，《稼轩词编年笺注》，第525页。

④ 《鹧鸪天·欲上高楼去避愁》，《稼轩词编年笺注》，第480页。

⑤ 《瑞鹤仙·雁霜寒透幕》，《稼轩词编年笺注》，第280—281页。

真成鹄。梦中人似玉。觉来更忆腰如束。许多愁，问君有酒，何不日丝竹？①

借樱花独处僻壤、不同流俗、逗人可爱而不幸招致风雨摧残、迅速飘零的命运，暗喻自己遭受权奸排挤打击、飘零落拓的寂寞情怀。

对国家命运的强烈忧患意识，对遭受保守党攻击诽谤排斥的命运的悲愤，对壮志不遇的哀叹，使辛弃疾的词作充满了浓烈的孤独痛苦之情。在《满江红》一词中，他将这种怀才不遇的孤独寂寞之情淋漓尽致地表现了出来。他说：

倦客新丰，貂裘敝、征尘满目。弹短铗、青蛇三尺，浩歌谁续？不念英雄江左老，用之可以尊中国。叹诗书、万卷致君人，番陆沉。　休感慨，浇醽醁。人易老，欢难足。有玉人怜我，为簪黄菊。且置请缨封万户，竟须卖剑酬黄犊。甚当年、寂寞贾长沙，伤时哭。②

辛弃疾自比马周、冯谖，将个人身世系诸家国命运，写出了怀才不遇的落寞愤慨情状。在英雄无用武之地的困顿中，词人深感时光流逝，年华促人，功业难成，只得放弃报国建功之志而归耕垄亩，虽表面旷达，内心却是满溢悲愤，不禁慨叹，为何当年寂寞的贾谊会感时伤世而痛哭？不解地质问中包含着他对世事的愤慨，对寂寞不遇的贾谊的深切同情，也有对自己壮志难伸、世无知音的遭遇的无限感伤与愤慨。

“体验正是人生意义的瞬间生成，而诗的任务正是将这种富于人生意义的瞬间体验凝聚为语言的结晶”③。辛弃疾的孤独寂寞情怀是沉重深厚的，孤独的生命体验使他的很多词透露出不被知遇、叹惜流年的深沉感慨，满含着沉痛的英雄泪，显示出一种沉郁悲凉的艺术风格。

---

① 《归朝欢·山下千林花太俗》，《稼轩词编年笺注》，第305—306页。

② 《满江红·倦客新丰》，《稼轩词编年笺注》，第455—456页。

③ 童庆炳，《文学理论教程》，高等教育出版社2004年版，第40页。

四、结 语

在辛弃疾词中,常流露着一股澎湃激昂的狂放精神。不论从他年轻时期,抑或是晚年时期,他所写的词篇,始终都一直贯注着那一种抗争的、批判的、愤激的狂放精神。这种狂放精神,探究其实,其本质就是一种不是常情所能比拟的忧国情感。虽说辛弃疾的词常显露出一股愤激的狂放精神,从表面上看,他似乎是意气风发,旷达乐观,但事实上,在狂放的背后隐藏着一股怀才不遇,知音难觅的孤独情怀。而这一孤独情怀又来自于他的不被重用,不被理解,有志难伸,知音不遇。复归愿望难以实现,功业抱负落空让辛弃疾孤独痛苦。

辛弃疾之所以是辛弃疾,乃在于他始终拥有感时忧国的价值选择,强烈的使命感,使他更加期许建功立业,但身处的残酷现实环境,却使他难以伸展其远大的志向,因此,在其词中常表现出一种不肯屈服于现实的狂放精神;而理想志向的不能实现,使辛弃疾产生更加强烈的孤独意识,因而,在其词中又常常流露出深沉的孤独情怀或意识。所以可说,不论是狂放精神或是孤独情怀,这都与辛弃疾的壮志难酬,报国无门的爱国意识息息相关。

作者简介:刘原池,台湾屏东科技大学通识教育中心副教授。

稼轩词的流行元素及流行状况述论

吴惠娟

摘　要：稼轩词并没有改变宋词作为流行歌曲的特性，但突破了遣兴娱情的范围，为时代慷慨悲歌。悲剧性的美感，摧刚为柔、刚柔兼济以及雅俗兼容是稼轩词的流行元素。稼轩词的流行元素中已融入了经典的因子。稼轩词以文本的方式、歌唱的方式、唱和及流派继承的方式得以流行，经过历代批评家的解读和评论，终被后世奉为经典。

关键词：稼轩词；流行；经典

辛弃疾是南宋著名的词人。其创作的稼轩词具有独特的艺术魅力，在当时和后代都有巨大的影响。《四库全书总目》卷一九八《稼轩词提要》云："其词慷慨纵横，有不可一世之概，于倚声家为变调；而异军特起，能于剪红刻翠之外，屹然别立一宗，迄今不废。"①清人周济对辛弃疾也推崇备至，称其"才情富艳，思力果锐，南北两朝，实无其匹，无怪流传之广且久也"（《介存斋论词杂著》）②。

而宋词发展到了辛弃疾所处的时代，也进入了一个新的阶段。众所周知，词在北宋十分兴盛。"新声巧笑于柳陌花衢，按管调弦于茶坊酒肆"③，可以歌唱的宋词就是当时的流行歌曲。作为流行歌曲的宋词随着时代的步伐，也在不断地发展变化。靖康之变，宋室南渡。虽然词谱大量散佚，宫廷也曾禁乐，但宋词作为流行歌曲的属性并没有改变。绍兴十二年（1142），高宗朝开天下之乐禁。两年之后，复置教坊，时唱词之风依然兴盛。编于南宋

---

① 《四库全书总目》卷一九八，中华书局1965年版，第1816—1817页。

② 唐圭璋主编《词学丛编》第2册，中华书局1986年版，第1633页。

③ 孟元老撰、邓之诚注《东京梦华录注·梦华录序》，中华书局1982年版，第4页。

的《草堂诗余》[①]是作为歌本流行的。该书是类编，每类下分若干子目，专为应歌而设。不过，宋词的地位已有所提高，在编《草堂诗余》的前后，南宋人所编的词的总集和别集常以“雅”命名，以示与里巷、瓦市之曲的区别。如《乐府雅词》、张孝祥有《紫微雅词》、程垓有《书舟雅词》等等。时风已把词集作为文人的创作成果开始倍加珍惜。宋词在人们心目中的地位已大大提升，与北宋初期钱惟演所言“坐则读经史，卧则读小说，上厕则阅小辞……”[②]大不一样。南宋太学生俞国宝因在西湖酒肆题写了一首《风入松》，获得了已为太上皇的宋高宗“称赏久之”，认为“甚好”，并得到了即日解褐授官的优待[③]。宋词地位的上升由此可见一斑。

更为重要的是随着时代精英的逐渐参与，作为流行歌曲的宋词，其格调也在不断发生变化，它在永恒不变的爱情主题之外，也表达了士大夫关于人生、进退、荣辱所引起的心绪起伏和情感冲突。宋词不再是“小道”，它的品位正在逐渐提升。南渡之后，词作已不仅是花前月下的消遣，也不仅是逐臣、失意者内心意绪的抒发，而且是爱国志士忠义奋发的呐喊。即使没有慷慨激昂的呐喊，词人的作品中也或多或少流露了黍离之感和家国之慨。此时，词已发展到了顶峰，它成为歌唱时代、表达忧国伤时情怀的令人刮目相看的文学样式了。

由于时代的巨变，宋词格调的变化，宋词中的流行元素，也在这一过程中渐渐融入了形成经典的因子。如果我们不研究音乐，单研究歌词，那么宋词在当时也可以看成流行文学，而此时这一流行文学已迈入了经典化进程中的重要一步。

从这个角度来研究稼轩词，也许我们还有些许新的收获。

稼轩词的创作小环境与唐宋间大多数词人相同，多是遣兴之作。他的学生范开在《稼轩词序》中言：“知夫声与意之本原，则知歌词之所自出。……公之于词亦然：苟不得之于嬉笑，则得之行乐；不得之于行乐，则得

---

① 参见《四库全书总目》卷一九九，《类编草堂诗余四卷》，中华书局 1965 年版，第 1824 页。吴熊和《唐宋词通论》，浙江古籍出版社 1989 年版，第 341 页。

② 《归田录》卷二，中华书局 1981 年版，第 24 页。

③ 参见《武林旧事》卷三，西湖书社 1981 年版，第 38 页。

之于醉墨淋漓之际。”[①]又，岳珂《桯史》中也谈到“稼轩以词名。每燕，必命侍姬歌其所作。特好歌《贺新郎》一词。……既而又作《永遇乐》，序北府事。……特置酒，召数客，使妓迭歌，益自击节。”[②]辛词大多是在酒席宴上即兴而作，随后家妓演唱。其创作方式颇符合唐宋词作为流行歌曲的特色。但稼轩词极为丰富的内涵、极其高超的艺术手法，使其具有永恒的艺术魅力。故稼轩词又不能仅仅被看成是流行歌曲，在日后的流行中它被人们尊奉为经典。那么，稼轩词的流行与经典究竟又是怎样一种关系？这将是一个十分有意义的论题。为了说明他们之间的关系，首先则需探讨稼轩词的流行元素。

一

以笔者之见，稼轩词最鲜明的流行元素是其具有强烈的悲剧性的美感。

唐宋词以表现悲剧性的美感为传统，流传于世。但在辛弃疾之前，悲剧性的美感往往表现在爱情领域中，作品或体现了由社会动荡形成的爱情悲剧：如唐代韩翃的《章台柳》和柳氏的《杨柳枝》；或体现了由社会障碍形成的爱情悲剧：如柳永、周邦彦、秦观和姜夔的情词等等，他们与歌妓的爱都不可能得到社会的承认，都没有完美的结局，大都“情随事迁”，“俯仰之间，已为陈迹”。唐宋词中数量可观的闺怨词大都也传达了难以排遣的伤离伤别的悲感。这些作品都以爱情的悲剧性美感令人销魂。此外，李煜则把失去小朝廷的悲哀用词的形式表现出来。苏轼的词则开始显现出沦落天涯、政治上颇感失落的人生命运的悲凉。而稼轩词的悲剧性美感则以强烈的时代责任感、民族责任感与苟且偷安的权势力量发生深刻冲突的一种形式展现在词作中，读之、听之震撼人心、催人泪下。

稼轩词中我们首先听到的是词人感时伤世的悲鸣。

辛弃疾南下之时，正是宋金对峙的年代，其时中原沦陷。稼轩满怀抗金的壮志、收复沦陷国土的雄心，于绍兴三十二年(1162)南归宋王朝。其“壮

---

① 辛弃疾撰、邓广铭笺注《稼轩词编年笺注·附录二》，上海古籍出版社 1993 年版，第 596 页。

② 岳珂《桯史》卷三《稼轩论词》，中华书局 1981 年版，第 38 页。

声英概"令"懦士为之兴起，圣天子一见三叹息"①。三年后又奏进《美芹十论》②，但并未被以主和为主流的南宋朝廷所采纳。徐钒在《词苑丛谈》卷四《品藻二》引梨庄语曰："辛稼轩当弱宋末造，负管乐之才，不能尽展其用。一腔忠愤，无处发泄……故其悲歌慷慨抑郁无聊之气，一寄之于词。"③所以不论草木、山水还是名胜古迹，都能使其怅触感怀。如其在《念奴娇·登建康赏心亭，呈史留守致道》中写道："我来吊古，上危楼，赢得闲愁千斛。虎踞龙盘何处是？只有兴亡满目。"它写出了词人登亭观览曾为六朝古都的石头城时，悼古伤今的无限悲凉，其对国事的深深忧愁渗透在字里行间，读者阅后无不为之动容。这样的作品在稼轩词中比比皆是。又如《菩萨蛮·江西造口壁》："郁孤台下清江水，中间多少行人泪。西北望长安，可怜无数山。

青山遮不住，毕竟东流去。江晚正愁余，山深闻鹧鸪。"词人于山水之间感叹国土沦陷、抒发收复失地的坚定志向，末以愁闻鹧鸪作结。山水绵长，感慨无尽，寥寥数句，尽显苍茫悲壮。辛词中无论是"追亡事，今不见；但山川满目泪沾衣。落日胡尘未断，西风塞马空肥"（《木兰花慢·席上送张仲固帅兴元》）的直抒胸臆，还是"更能消几番风雨？匆匆春又归去。惜春长怕花开早，何况落红无数"（《摸鱼儿·淳熙己亥，自湖北漕移湖南，同官王正之置酒小山亭，为赋》）的比兴寄托；无论是"夜半狂歌悲风起，听铮铮、阵马檐间铁。南共北，正分裂"的惨痛呼号，还是"随分杯盘，等闲歌舞。问他有甚堪悲处？思量却也有悲时，重阳节近多风雨"的政治寄寓，都表达了词人感时伤世的一腔悲慨。

稼轩词中最能引起人们共鸣的是英雄失路的满腹悲愤。

辛弃疾在词中常常歌唱英雄，以英雄许人，亦以英雄自许。在词中，他写道："凭谁问，廉颇老矣，尚能饭否？"《永遇乐·京口北固亭怀古》"不念英雄江左老，用之可以尊中国。"《满江红》（"倦客新丰"）"天下英雄谁敌手？曹刘，生子当如孙仲谋。"（《南乡子》"何处望神州"）"吴楚地，东南拆。英雄事，曹刘敌。"（《满江红·江行和杨济翁韵》）

---

① 洪迈《稼轩记》，出自祝穆《事文类聚》前集，卷三十六《民业》部《农家》类，《四库全书》本。

② 邓广铭《辛稼轩年谱》，古典文学出版社 1957 年版，第 27 页。

③ 徐钒《词苑丛谈》卷四，上海古籍出版社 1981 年版，第 79 页。

我们从这些壮语中看到了辛弃疾有着多么强烈的英雄情结！然而这情结难有化解的机缘。因为封建社会里士大夫的人格并不独立，他须依附君权，只有指望君主圣明，自己才能做官得志。其由社会责任感和历史责任感生发的识见策略需有皇帝的首肯，转化为皇帝的旨意，才能得以实施。所以中国历代有理想有作为的士大夫始终需要寻求君臣遇合，然而现实中难有正果。辛弃疾满怀抗金救国的理想，义无反顾南归宋朝，但朝廷对其并不信任亦未委以抗金的重任，先后授与辛多为治理荒政、整顿治安的地方官职。辛的北伐热情和政治才干还招致政敌的嫉恨，受到多次诬陷，四十多岁就被迫退居田园。抱负与现实的强烈反差，使辛弃疾悲愤交加。周济《宋四家词选目录序论》说："稼轩敛雄心，抗高调，变温婉，成悲凉。"真可谓会心之言！所以辛词中随处可见以壮志未酬的悲慨化成的一曲曲英雄失路的悲歌。当我们读到《水龙吟·登建康赏心亭》、《破阵子》（"醉里挑灯看剑"）和《鹧鸪天·有客慨然谈功名，因追念少年时戏作》等词作时，我们都会有一种难以抑制的悲恸。

词中，稼轩不屑张翰式只有小我的洒脱，更鄙视许汜求田问舍的凡俗。壮怀燃烧着为民族建功立业的激情，但"无人会登临意"，燃烧的激情，只能化为英雄泪！收复失地的英雄之举只能在梦里！不论是"追往事，叹今吾"，虚度岁月的感慨，还是平戎策不如换得种树书更有价值的自嘲，我们都能体味到词人无法把握命运的伤痛！词人在作品中一次次悲叹"白发生"、"白髭须"，沉重的浩叹透露了作者遭受各种打击后心底的悲凉。词人的无奈、失望和焦虑融合在一起，无尽的悲愤弥漫在壮志未酬、英雄失路的悲歌中。

稼轩词中多悲歌："宝瑟泠泠千古调，朱丝弦断知音少。"（《蝶恋花·月下醉书雨岩石浪》）是对同道难觅的伤悲！"如今憔悴赋招魂，儒冠多误身"（《阮郎归·耒阳道中为张处父推官赋》）是对自我身份的伤悲。"楼观才成人已去，旌旗未卷头先白"（《满江红·江行和杨济翁韵》）是对自我命运的伤悲。这种种伤悲都揭示了英雄寸步难行，处处碰壁的窘境！我们说稼轩词中感时伤世的悲鸣和英雄失路的悲愤共同传达了其独特的悲剧性的美感。

这一独特的悲剧性美感在宋词的流行中，并不多见。属大宗的表现悲剧性美感的爱情词，其特征是以凄美打动人心。表现士大夫人生命运悲剧性美感的苏轼词，其特征是以理化情，以旷达睿智的中和之美启迪人心。而交织着民族命运与个人命运的悲剧性美感的稼轩词却是以崇高召唤人心！

这是因为其内蕴有着深沉的忧患意识,那不是个人的离合悲欢,也不是个体命运的荣辱得失。由于时代的关系,民族矛盾的尖锐,这使稼轩主动关注着民族的前途和命运,他曾大胆地指出:"恢复之事,为祖宗,为社稷,为生民而已,此亦明主所与天下智勇之士所共也,顾岂吾君吾相之私哉!"①其论包含有理想的情怀与崇高的意绪,他把恢复大业与自己的人生使命联系在一起,这种精神浸透在作品里,其作品的悲剧性美感自然体现出了崇高感,它真实地表现了词人自觉热诚的担当,从而成为当时民族精神的一种代表。其核心价值代表了时代的诉求,也赢得了后世的敬仰。稼轩词的悲剧性美感所传递出来的社会责任感、历史责任感和当时宋代理学所提倡的建树理想人格的理论与观念有某种程度上的契合,这成为日后民族危难之际影响和鼓励文人自觉捍卫民族尊严和利益的精神力量。

稼轩词独特的带有时代特征的悲剧性美感,使词的格调为之一变,我们阅读这些具有悲剧性美感的作品,发现其时空描写的特征往往是时间绵长、空间阔大。词人的伤悲多在山河之景、千古兴亡中抒发,具有震撼人心的力量。除了前面提到的作品之外,还有如《永遇乐·京口北固亭怀古》、《南乡子》("何处望神州")、《水龙吟·过南剑双溪楼》等,其境界无比雄伟豪阔,极大地开拓了词境。我们从中不仅体验到了崇高感,也体验到了沧桑感,这是一种无与伦比的悲壮美!

我们认为稼轩词独特的悲剧性美感真实地反映了时代,既顺应了时代的需要,也引领了词体的变革,这是其成为流行文学的要素之一,也是其由流行走向经典的要素之一。

二

稼轩词具有多层次的艺术美感,并善于将一些对立的艺术美感和谐地熔铸在一首作品中,其中最为突出的是摧刚为柔、刚柔兼济。这也是稼轩词一个重要的流行元素。

王士禛在《花草蒙拾》中言:"仆谓婉约以易安为宗,豪放唯幼安称首。"

---

① 邓广铭辑校审定、辛更儒笺注《辛稼轩诗文笺注》,上海古籍出版社1995年版,第71页。

辛弃疾用词来寄托其气吞山河的宏伟志向，将苏轼开拓的词的新境界发扬光大，将之视为“豪放词”的领军人物是不足为过的。翻开稼轩词我们随处可见其中的豪放之气，像那首著名的《破阵子·为陈同甫赋壮语以寄》，可谓状语激烈，动人心魄，是豪放词中的代表之作。但稼轩词的风格绝不止于豪放，这点南宋文人已经看到，如刘克庄在赞扬稼轩词“大声鞺鞳，小声铿鍧，横绝六合，扫空万古”的同时，还指出“其秾纤绵密者亦不在小晏、秦郎之下”①。又如，近人蔡嵩云评稼轩词说：“豪放师东坡，然不尽豪放也……有缠绵悱恻之作。”②确实，如“深情秀句，当以红牙按拍歌之”的《临江仙》（金谷无烟宫树绿）③、“低回宛转，一往情深”的《满江红》（敲碎离愁）④等都可称得上辛词中缠绵悱恻的代表作。

豪放与婉约是两种截然不同的美感形式，二者在稼轩词中同时并存，而且表现得淋漓尽致。这些多样的美感形式在稼轩词中并非完全绝缘、可以准确区分，辛弃疾通过高超的艺术才华将它们相融为一，成为一个艺术整体。他往往能够将属于刚烈的爱国激情熔铸到词里，进行艺术再处理，或是艺术表现上摧刚为柔，寄劲于婉，寄直于曲。这就使稼轩词形成“刚健含婀娜”⑤的艺术特点。多层次的艺术美感不仅体现在稼轩词的整体之中，还体现在具体作品上，也即是说，辛弃疾的一首词作中也往往包含着多层次的艺术美感。冯煦曾言：“《摸鱼儿》、《西河》、《祝英台近》诸作，摧刚为柔，缠绵悱恻，尤与粗犷一派，判若秦越。”试看《摸鱼儿》：

> 更能消、几番风雨。匆匆春又归去。惜春长恨花开早，何况落红无数。春且住。见说道、天涯芳草迷归路。怨春不语。算只有殷勤，画檐蛛网，尽日惹飞絮。　　长门事，准拟佳期又误。蛾眉曾有人妒。千金纵买相如赋，脉脉此情谁诉。君莫舞。君不见、玉环飞燕皆尘土。闲愁最苦。休去倚危楼，斜阳正在，烟柳断肠处。

---

① 刘克庄《辛稼轩集序》，《后村先生大全集》卷九十八，《四部丛刊》本。

② 唐圭璋《词话丛编》，中华书局 1986 年版，第 4913 页。

③ 俞陛云《唐五代两宋词选释》上海古籍出版社 1985 年版，第 378 页。

④ 陈廷焯《云韶集》卷五，引自《白雨斋词话足本校注》，齐鲁书社 1983 年版，第 106 页。

⑤ 况周颐《历代词人考略》卷三十，文献复制中心 2003 年版，第 1226 页。

此词正是摧刚为柔之作，整首词写得婉转怨慕，而字里行间却透露出雄放豪迈之气，沉郁顿挫，一唱三叹，给人无穷的艺术享受。至于《祝英台近》，除了冯煦看出其有摧刚为柔的特点外，俞陛云也认为："此借伤春以怀人，有徘回婉转之思，刚柔兼擅之笔也。"①此外，如俞陛云在评辛弃疾《念奴娇·书东流村壁》时说："以幼安之健笔，此曲化为绕指柔矣。"②梁启勋评稼轩《贺新郎·别茂嘉十二弟》说："于极倔强中显出极妩媚。"③

稼轩词的这一特点，陈廷焯的体会也十分真切，在《白雨斋词话》卷一说："稼轩词，于雄莽中别饶隽味。……惊雷怒涛中，时见和风暖日。"④

词体"要眇宜修"，在一个很长的时期内其风格以婉约为主，婉约一定程度上成为词的文体特点。辛弃疾在扩大词体的表现内容和情感时，并没有摒弃词体原有的特点，而是把二者有机地糅合在一起，摧刚为柔，刚柔兼济。周济《宋四家词选》评其《菩萨蛮·书江西造口壁》时言"惜水怨山"⑤，而陈匪石评此词时则言："全词就造口之所闻所见言，不加涂泽，而以劲气达之，如生铁铸成，不可移动……"⑥二者所言皆是。这首词就是以"惜水怨山"之法表达了"生铁铸成，不可移动"的恢复之志。其特点就是摧刚为柔。这样的词有多层次的艺术美感。这些作品既能提供词这个文体婉约蕴藉深细的精致美，又能提供具有时代印记的豪放雄健悲壮的气势美，这些美交织在一起，浑融深厚令人品赏、回味。这些评论揭示了稼轩词在后世能有如此众多的崇拜者、追随者的原因所在。

可以说，词在辛弃疾手中其艺术表现发展到了极致。陈洵指出："南渡而后，稼轩崛起，斜阳烟柳，与故国明月相望于二百年中，词之流变，至此止矣。"⑦认为辛弃疾将词推向了最高峰，其发展至此而完备，也至此而终止，此话虽然说得有点绝对，但对稼轩词的高度肯定则是毋庸置疑的。

---

① 俞陛云《唐五代两宋词选释》，上海古籍出版社 1985 年版，第 377 页。

② 俞陛云《唐五代两宋词选释》，上海古籍出版社 1985 年版，第 371 页。

③ 梁启勋《词学》下编，中国书店 1985 年影印本，第 24 页。

④ 陈廷焯《白雨斋词话》卷六，唐圭璋编《词话丛编》，中华书局 1986 年版，第 3916 页。

⑤ 周济《宋四家词选》，古典文学出版社 1958 年版，第 34 页。

⑥ 陈匪石编著、钟振振校点《宋词举》，江苏古籍出版社 2002 年版，第 82 页。

⑦ 陈洵《海绡说词·通论》，唐圭璋《词话丛编》，中华书局 1986 年版，第 4837 页。

稼轩词多层次多样性的艺术美感给人带来丰富的艺术享受，其中摧刚为柔、刚柔兼济是稼轩词流行中的重要元素，同时也是其走向经典的重要因子。

三

稼轩词具有典雅的一面，还具有俚俗的一面，这二者共同表现出了士大夫的情调和情趣。以俗为雅，雅俗兼容成为稼轩词的重要特点，同时也是稼轩词另一个鲜明的流行元素。

词史上，以雅俗兼容为流行元素的还有一位词人，那就是柳永。但稼轩词的雅俗内涵与柳永词不尽相同。柳永的雅词与俗词分别表达了两种不同社会层次的感情。雅词中羁旅行役、写景抒怀之作集中表现了士大夫文人的情感与趣味，尤其是生动表现了文人那种政治上没有出路的悲哀和痛苦，表达得委婉而又细腻。柳永雅词的语言善于点化前人的诗句，也善于自铸警句。而俗词则表现了市民阶层的理想与追求，尤其是下层歌妓的情感与趣味在其笔下得到了充分的展示，如："镇相随，莫抛躲，针线闲拈伴伊坐"(《定风波》)、"对好景良辰，皱着眉儿，成甚滋味"(《慢卷紬》)。俗词的语言多用俚语、口语和俗语，"浅近卑俗，自成一体"①。柳永的俗词是其在都市流连坊曲时从歌妓中吸取的养分，带有冶游生活的印记。辛弃疾虽也雅俗兼容，但表现是颇具个性化的，其不出士大夫文人的情调、情趣范围。

稼轩雅词中的崇高精神和沧桑情怀感染了一代又一代的志士文人，其语言典雅而又精美，这与南宋词坛愈演愈烈的"复雅"运动相辅相成。同南宋其他词人一样，辛弃疾善于化用前人诗句、善于使事用典。这一特点在北宋周邦彦的作品中已经表现得十分突出，但与周不同的是，辛弃疾在雅词语言的镕铸上走得更远，已构成一种实质上的语言突破。这种突破主要表现为驱使经、史、子入词，使词之语言士大夫化。如《最高楼》：

> 吾衰矣，须富贵何时？富贵是危机。暂忘设醴抽身去，未曾得米弃官归。穆先生，陶县令，是吾师。　待葺个园儿名"佚老"，更作个亭

---

① 岳珍《碧鸡漫志校正》，巴蜀书社 2000 年版，第 36 页。

儿名“佚好”，闲饮酒，醉吟诗。千年田换八百主，一人口插几张匙？便休休，更说甚，是和非！

此词“吾衰”句用《论语》，“须富”句、“暂忘”句用《汉书》，“富贵”句用《晋书》，“佚老”句用《庄子》，“佚好”句用唐诗，这真是经史子集，拉杂并用！这是稼轩词作为士大夫文学的集中体现，是词体雅化的极端代表。对于稼轩词语言上的这一开拓，前人多所点评，如刘辰翁《辛稼轩词序》中云：

> 词至东坡，倾荡磊落，如诗如文、如天地奇观，岂与群儿雌声学语较工拙。然犹未至用经用史、牵雅颂、入郑卫也。自辛稼轩前，用一语如此者，必且掩口。及稼轩横竖烂漫，乃如禅宗棒喝，头头皆是，又如悲笳万鼓，平生不平事并卮酒，但觉宾主酣畅，谈不暇顾。词至此亦足矣。①

邹祗谟《远志斋词衷》中也说：词至稼轩，经子百家，行间笔下，驱斥如意。② 吴衡照《莲子居词话》卷一谈得更为具体：“辛稼轩别开天地，横绝古今。《论》、《孟》、《诗小序》、《左氏春秋》、《南华》、《离骚》、《史》、《汉》、《世说》、选学、李杜诗，拉杂运用弥见其笔力之峭。”③

可见自宋至清的各代文人均注意到了稼轩词语言上的这一变化，并被辛弃疾的这种开拓与魄力深深折服。

以往论者多从用典的方面评价稼轩词语言上的这一变化，但笔者认为，从词体演进的角度审视这一现象更能揭示稼轩词的独特价值。从“自南朝之宫体，扇北里之倡风”的“花间体”到“经史百家，行间笔下”的“稼轩体”，这是一个十分巨大的变革。在辛弃疾的笔下，作为文化经典的经、史，同本为士大夫所鄙薄的歌词紧密结合在一起。因此，稼轩词的流行元素中包含着经典的因子。辛弃疾在开拓词的艺术表现手段的同时，无形中提升了词的品位、拓展了词的表现空间。同时，辛弃疾的这种开拓也使词体从流行走向

① 刘辰翁《须溪集》卷六，文渊阁《四库全书》本。

② 邹祗谟《远志斋词衷》，唐圭璋编《词话丛编》，中华书局 1986 年版，第 652 页。

③ 吴衡照《莲子居词话》卷一，唐圭璋编《词话丛编》，中华书局 1986 年版，第 2408 页。

经典。

稼轩词“雅”的一面符合当时社会对词这个文体发展的需要，是词体发展到一定阶段成为流行文学不可或缺的要素，但稼轩词同时也有“俗”的一面，这也是其流行的因素之一。在辛弃疾现存六百二十九首词作，俗词有九十余首，约占七分之一。稼轩俗词内容上以描写日常生活为主，虽琐细，却不失为亲切，如《玉楼春》：

> 三三两两谁家妇，听取鸣禽枝上语：提壶沽酒已多时，婆饼焦时须早去。　　醉中忘却来时路，借问行人家住处。只寻古寺那边行，更过西南乌桕树。

辛弃疾俗词中也有抒泄抑郁无聊之情的，如《西江月·遣兴》；还有谐谑滑稽的，如《卜算子·齿落》；供家妓歌唱的，如《鹊桥仙·送粉卿行》等。我们从中可以看到稼轩俗词表现的多是一种生活情趣，与柳永词的“卑俗”、“艳俗”很不相同。正因如此，所以我们认为，稼轩词的雅俗兼容从根本上说是一种士大夫情怀的展现，而柳永词的雅俗兼容则是一种市民文化与士人文化的结合。

稼轩俗词的产生受多种因素的影响，首先，这与词之“俗”的传统相关。词本起源于民间，后经文人的不断“改造”，其俚俗的一面逐渐弱化。但作为一种歌唱文学，俗的因素根深蒂固地存在于词体之中。作为以词名世的辛弃疾来说，他对词体的这一传统自有深刻体会。其次，这与当时流行通俗词也有关。南宋时期，人们努力将词引上雅化的道路，当时不少词选每每冠以“雅”名，如《复雅歌词》等，但坊间的通俗歌词并未绝迹，通俗词选也仍然流行，如南宋书坊刻印的《类分乐章》二十卷、《五十大曲》十六卷和《万曲类编》十卷等，均属于通俗词选①。又如，南宋初年陈晔曾将都市流行的谑词编集成帙②。当时蓄养歌妓是士大夫的一种时尚，辛弃疾家中同样有鼓琴唱曲的歌妓，而且每当宴饮之时辛弃疾“必命侍姬歌其所作”③。我们或可推测，

① 参谢桃坊《中国市民文学史》，四川人民出版社 1997 年版，第 78 页

② 谢桃坊《中国市民文学史》，四川人民出版社 1997 年版，第 98 页

③ 岳珂《桯史》，中华书局 1981 年版，第 38 页。

当时社会流行的通俗词同样也为辛家歌妓所演唱，从而为辛所熟知。复次，这与“以俗为雅”的创作观念有关。“以俗为雅”成为宋人文学创作的一种普遍规律，当然这种“俗”多指通俗、世俗，并非柳永式的“卑俗”、“艳俗”。在这种观念影响下，宋人往往以俗入雅，创作出不少“俗化”的作品。同时，在审美情趣上宋人也并非视“俗”为洪水猛兽。因此我们认为，稼轩俗词与宋代“以俗为雅”的创作观念不无关系。也就是说，稼轩俗词是多种因素综合作用的产物，同样有着时代的印记。但稼轩词的创作机制毕竟与柳永不同，辛弃疾的英雄气质也注定其词不会坠入“艳俗”的魔障。所以尽管辛弃疾创作有一定数量的俗词，但这些作品并无“词语尘下”之病。也正因如此，稼轩词的“俗”不但没有妨碍它的流行，反而增加了其流行的广度。

四

因为稼轩词具有多样的流行元素，这便决定了其无论在当时还是在后世，它都处于高度流行的状态。《宋稗类钞》卷二十一载，辛弃疾《摸鱼儿》（“更能消几番风雨”）创作之后，很快传到孝宗手中，孝宗看后“颇不悦”①。这从一个方面反映出稼轩词在当时处于一种流行的状态，以至深居禁宫的皇帝也能及时品阅。朱熹说辛弃疾“游戏文章亦脍炙士林之口”②，这里的“游戏文章”自然包括词；真德秀《鱼记亭后赋》记当时有玉溪先生者，在“悠然心旷神怡”之际往往“讽小字之雄篇，哦稼轩之英词”③，可见，文人雅士对稼轩词争相传诵，将之视为陶冶情操之物。韩淲《涧泉日记》卷中记辛弃疾：“有机数，调度高放，词语洒落，俗传所谓稼轩长短句是也。”④所谓“俗传”，也即社会上通行的认识；周煇《清波杂志》“别志”卷三载：“《稼轩乐府》，辛幼安酒边游戏之作也，词与音叶，好事者争传之。”⑤所谓“好事者”，多指社会上的一般民众。可见，稼轩词不仅在文人雅士群体中流行，在当时普通民众

① 《宋稗类钞》卷二十一，文渊阁《四库全书》本。

② 朱熹《答辛幼安启》，《晦翁集》卷八十五，文渊阁《四库全书》本。

③ 真德秀《鱼记亭后赋》，《西山先生真文忠公文集》卷一，《四部丛刊》本。

④ 韩淲《涧泉日记》卷中，文渊阁《四库全书》本。

⑤ 周辉《清波杂志》“别志”卷三，文渊阁《四库全书》本。

之中也十分受欢迎，成为一种名副其实的流行文学。那么稼轩词的流行状况究竟如何呢？

稼轩词的流行主要体现在四个方面，一是以文本的方式流行，二是以歌唱的方式流行，三是以词家唱和、模仿的方式，并形成流派得以流行，四是以词论家的批评体现其流行。

首先来看稼轩词以文本方式的流行。可以明确指出，辛弃疾在世时其词便被结集印行，以文本的方式在社会上流行。淳熙十五年(1188)，辛弃疾弟子范开将稼轩词汇集成册，并作《稼轩词序》，文中范开指出稼轩词："近时流布海内者率多赝本。"①可见，因为稼轩词深受人们喜爱，所以在辛弃疾生前竟出现了真赝混杂，一同流行的情况。徐元杰(1194—1245)《稼轩辛公赞》说辛弃疾有"谏稿、词集行于世……阳春白雪，世所共珍"②；刘克庄(1187—1269)、刘辰翁(1232—1297)都为稼轩词集作有序文；元代王恽《玉堂嘉话》卷五记载，当时"单侍讲与孟解元驾之"善诵记，"取新刊《稼轩乐府》"，"一阅即诵，亦一字不遗"③，表明辛弃疾词集在元代时有刊印。这些材料表明，稼轩词的文本在当时及后世的流行十分普遍。从以上材料可以看出，稼轩词的版本十分多样，但在当时流传较著者有信州本、长沙本等。陈振孙《直斋书录解题》载："《稼轩词》四卷，宝谟阁待制济南辛弃疾幼安撰，信州本十二卷，卷视长沙为多。"④到了明清，稼轩词的文本甚至成为一种"普及性"的书籍，夏敬观《跋毛抄本稼轩词》说："《稼轩词》在清代二百余年间，倚声家几于人手一编。"⑤

其次看稼轩词以歌妓传唱方式的流行。词的应乐功能在南宋大大降低，文人士大夫的创作并非全出于演唱的需要，但词仍可按谱歌唱。稼轩词中有很多是席间应歌、佐酒之作，如《最高楼·醉中有索四时歌者，为赋》、《一落索·信守王道夫席上，用赵达夫赋金林檎韵》、《好事近·中秋席上和

---

① 范开《稼轩词序》，邓广铭《稼轩词编年笺注》，上海古籍出版社1962年版，第561—562页。

② 徐元杰《稼轩辛公赞》，《梅野集》卷十一，文渊阁《四库全书》本。

③ 王恽《秋涧集》卷九十七，文渊阁《四库全书》本。

④ 陈振孙《直斋书录解题》，上海古籍出版社1987年版，第622页。

⑤ 夏敬观《跋毛抄本稼轩词》，邓广铭《稼轩词编年笺注》附录，上海古籍出版社1962年版，第580页。

钤》等。辛弃疾在酒宴上即兴创作的作品，往往交付家妓，使其演唱。如前面文中介绍稼轩词创作小环境中提到的《贺新郎》、《永遇乐》等。在当时的友朋交往中也少不了唱词，黄机曾在词中云："醉里狂歌空漫触，且休歌、只倩琵琶诉。人不语，弦自语。"(《乳燕飞·次徐斯远韵寄稼轩》)说的就是这种情形，当然在这样的场合中，少不了歌唱稼轩词。如李曾伯《水调歌头·甲寅寿刘舍人》："先我甲庚三日，伴我春秋千岁，何事举樽同。歌以寿南涧，愿学稼轩翁。"指的是唱稼轩《水龙吟·甲辰岁寿韩南涧尚书》。又，戴复古《减字木兰花·寄五羊钟子洪》："吴姬劝酒，唱得廉颇能饭否。"指的是唱《永遇乐·京口北固亭怀古》。尽管歌妓传唱在词作流行中的作用有所削弱，但仍是稼轩词流行的一种途径。

复次，看稼轩词以词家唱和、模仿方式的流行。不仅稼轩词深受人们的喜爱，辛弃疾本人在当时士人之中也有着崇高的地位，朱熹说辛弃疾："卓荦奇材，疏通远识。经纶事业，有股肱王室之心。"[①]这也就使辛弃疾词作格外受人关注，在词林之中成为争相模仿、唱和的对象。我们仅看与辛弃疾同时代(或稍后)之人的唱和情况：

词　人	和　作
刘学箕	《贺新郎》("近闻北虏衰乱，诸公未有劝上修饬内治以待外攘者。书生感愤不能已，用辛稼轩金缕词韵述怀。此词盖鹭鸶林寄陈同甫者，韵险甚。稼轩自和凡三篇，语意俱到。捧心效颦，辄不自揆，同志毋以其迂而废其言")
丘　崈	《汉宫秋》("和辛幼安秋风亭韵，癸亥中秋前二日")、《西河》("饯钱漕仲耕移知婺州奏事，用幼安韵")
赵善括	《沁园春》("和辛帅")二首、《摸鱼儿》("和辛幼安韵")
张　镃	《贺新郎》("次辛稼轩韵寄呈")、《汉宫春》("稼轩帅浙东，作秋风亭成，以长短句寄余，欲和久之。偶霜晴小楼登眺，因次来韵，代书奉酬")

① 朱熹《答辛幼安启》，《晦翁集》卷八十五，文渊阁《四库全书》本。

续表

词　人	和　作
姜　夔	《永遇乐》（"次稼轩北固楼词韵"）、《汉宫春》（"次韵稼轩"）、《汉宫春》（"次韵稼轩蓬莱阁"）
汪　莘	《哨遍》（"余酷喜王摩诘山中与裴迪书，因括其语为哨篇歌之。其用韵平侧按稼轩词"）
刘将孙	《金缕曲》（"用稼轩韵作"）
吴　潜	《汉宫秋》（"和辛稼轩'宝钗分'"韵）二首
周　密	《西江月》（"延祥观拒霜拟稼轩"）
刘辰翁	《鹧鸪天》（"用辛稼轩元夕韵"）、《青玉案》（用"辛稼轩元夕韵"）
王　奕	《酹江月》（"和辛稼轩金陵赏心亭"）、《南乡子》（"和辛稼轩多景楼"）

南宋人在传唱、学习稼轩词时，对其中独特的艺术魅力有深刻认识，他们将这种艺术特色称为"稼轩风"、"稼轩体"。如戴复古《望江南》说宋自逊"律诗变成长庆体，歌词渐有稼轩风"，刘过《沁园春》（"斗酒鼠肩"）小序云"效辛体"，蒋捷《水龙吟》小序云"效稼轩体，招落梅之魂"，张埜《沁园春》题序云"止酒效稼轩体"，周密《西江月》小序云"延祥观拒霜拟稼轩"。如此众多的词人将辛弃疾词视为一种特有体式加以学习，从一个侧面表明稼轩词处于十分流行的状况。

稼轩词所代表的是一种时代精神，其作品中的忧世之叹、英雄之情感染了同时代的众多仁人志士，其作品所具有的高超艺术魅力也折服了众多文人雅士。这些人围绕辛弃疾、稼轩词逐渐形成一个声气相投的群体。从这个角度来说我们不妨将之视为一个流派。陈匪石《声执》卷下说弃疾等人："气魄雄大，意味深厚，皆于南宋自树一帜，流风所被，与之化者各若干人。"①薛砺若《宋词通论》认为辛派词人有 13 家，孙望、常国武主编《宋代文学史》认为有 20 家，刘扬忠《唐宋词流派史》则将 24 人列为"辛派"。先不论"辛派"具体包括哪些成员，可以肯定的是，这是一个十分庞大的派别。这个

① 陈匪石《声执》卷下，唐圭璋《词话丛编》，中华书局 1986 年版，第 4968 页。

派别的存在，也说明稼轩词在南宋是十分流行的。

最后，从词论家的批评看稼轩词的流行。这点似乎不需多说，稼轩词自产生之时便成为人们评论的对象，几乎没有论词而不论稼轩的。无论批评还是赞扬，稼轩词都是词论家万万不能忽略的。词论家引领着人们不断地以各种角度解读稼轩词，挖掘着稼轩词的社会价值与审美价值。稼轩词不断地被赋予新的愈益丰富的诠释。唐圭璋先生所编《词话丛编》中，自与辛弃疾同时起直到清末，关于辛弃疾及其词的评论有近 480 条，是被评点最多的词人，这足以说明稼轩词在后世流行的盛况。

我们完全可以这么说，稼轩词在流行中，人们对其不断加深理解，经过词论家的不断解读，评论，稼轩词经受了各个时代的检验，最终被奉为经典。成为人们百读不厌，从中获得精神滋养的不朽之作。

作者简介：吴惠娟，上海大学文学院教授，博士生导师。

论姜夔词的“格”与“情”

仲冬梅

摘　要：姜夔词，以其清空的美学风格成为宋词一大家。姜夔以出色的艺术想象力和才情刻画出了情感的质地，是情感的描述者而不是情感的投入者。本文分析了姜夔词艺术追求的与众不同之处。

关键词：清空；描述；姜夔

人们追溯词史，一致认为：自周邦彦开始，宋词于婉约豪放之外，另出格律一派。单从命名就可以看出，这个“新”出现的派别，与所谓的婉约、豪放派不同，不是因为词风一致，而是因为在艺术技巧上的追求才被视为同一流派的。而姜夔，就是这个所谓的格律派的翘楚人物。

诗歌本身是日常语言的陌生化，是对日常语言的扭曲，目的是为了将某种感受或思考从日常的习惯中凸显出来。所以，对所有的诗歌而言，都存在着表达技巧的问题。古老的《诗经》所创造出来的三种表达方式——赋、比、兴，就是古典诗歌抒情所遵循的艺术法则。诚如刘勰《文心雕龙·物色》赞语所言：“山沓水匝，树杂云合。目既往还，心亦吐纳。春日迟迟，秋风飒飒。情往似赠，兴来如答。”诗人需要在诗歌中表现出来的，就是这心物之间相互交融所形成的内心的感动。因此，情景交融成为诗歌所追求的境界，比兴成为诗人创作最重要的手段。

格律派兴起，在艺术技巧上的追求不是抛弃既有的创作手段，而是不再满足于表现那种最直接的心物交感。是艺术表现本身，而不是情感成为词人追求的目的。这些词人，将他们的热情和才华施诸寻求新的表现手段，以期创造出新的艺术风格。这种追求，在姜夔的词作中得到了最好的表现，他取得的成就也最大。因此，姜夔成为宋词史上又一个里程碑式的人物。

姜夔词，最公认的艺术风格，是张炎对他的评价“清空骚雅”。这是姜夔出现在词坛之后，才出现的新的美学风格。即以号称“词中老杜”的集大成者周邦彦而论，他将柳永所开创的赋笔为词的手段发展到一种圆融的境界，情感的回环吞吐，达成倍极缠绵的效果。其作品的风格，偏于“软媚”，有很多堪比柳永的痴情语。诸如“天便教人，霎时厮见何妨”、“拼今生，对花对酒，为伊落泪”。

姜夔的词作与之不同。姜夔对于创作有非常明确的避开熟烂手法的意识。在他的《白石道人诗说》中可以找到很多这方面的言论：“人所易言，我寡言之，人所难言，我易言之，自不俗。”“学有余而约以用之，善用事者也；意有余而约以尽之，善措辞者也；乍叙事而间以理言，得活法者也。”等等，诸如此类的言论，在他篇幅不长的诗说中随处可见。

这些话，足以证明姜夔力求走出一条不同于常人的艺术道路。虽然人的意识与创作不能完全等同，意识落实到创作之中还需要经过很多环节，但是姜夔的作品，特别是他的词，足以表明姜夔在艺术上的追求所取得的成就。正如刘熙载所评，他的词，“在乐则琴，在花则梅”，那一种独特的美学风格所散发出来的逸韵冷香，令人回味。

这种风格的形成，得力于作者出色的艺术想象力和表现能力。姜夔抒情的一个突出特点，是他通常把自己放在观察者描绘者的位置，而不是第一人称的抒情主体。这恰与李煜、柳永、秦观诸人的抒情方式形成了很鲜明的对比。

以姜夔的名作《扬州慢》为例，这是以才艺为生的姜夔有感而发的作品。其词前小序交代得很明确：“予怀怆然，感慨今昔，因自度此曲”。不仅词，连曲，亦是为了这一份心中的感慨而专门谱就。

开篇“淮左名都，竹西佳处，解鞍少驻初程”，粗粗读来，这是老老实实地交代行踪。扬州乃古来名城，其繁华于诗文中历历可见。但是作者所过之处，却是“过春风十里，尽荠麦青青”，《诗经·王风·黍离》“彼黍离离，彼稷之苗”，《毛传》解释说，这是“悯宫室也”，昔日的宫殿，今日已经变成青青的麦苗。所以，“过春风十里”句不是对秀野平畴的歌唱，而是对荒芜了的繁华的哀悼。青青的麦苗遮掩了战火所造成的衰败，却也是对这衰败带来的忧伤无声的倾诉。今天的读者，很容易就将这句词轻轻放过，以为这是描写春色的词句，尽管词人在序言中已经提及“黍离之悲”。接下来，就是那句赢得很多赞誉的“自胡马窥江去后，废池乔木，犹厌言兵”。沉痛的情境，却不出以沉痛之言。只以乔木厌言兵,来暗示兵祸的凄惨。需要一番思索才能感受到词语背后蕴含的情感。姜夔这样的抒情手段,充分阐释了俄国形式主义文论家什克罗夫斯基所言:“艺术的程序是事物的‘反常化’程序,是复杂化形式的程序,它增加了感受的难度和时延,既然艺术中的接受过程是以自身为目的,它就理应延长;艺术是一种体验事物之创造的方式,而被创造物在艺术中已经无足轻重。”[①]“渐黄昏,清角吹寒,都在空城”,行文至此,姜夔还主要是描绘眼中所见耳中所闻,即其序言中的“淳熙丙申至日,予过维扬。夜雪初霁,荠麦弥望。入其城则四顾萧条,寒水自碧。暮色渐起,戍角悲吟”。

词分上下阕,故结构上多喜上阕写景,下阕抒情。但是姜夔之抒情,自与他人不同。在这里,他自己隐退到幕后,将一个与昔日繁华的扬州有着密切关系的人——杜牧推到舞台上来。晚唐杜牧,曾在扬州供职,在这里留下了他风流放诞的痕迹,也成为往昔繁华的扬州的见证者和描写者:“落魄江湖载酒行,楚腰纤细掌中轻。十年一觉扬州梦,赢得青楼薄幸名。”“娉婷袅袅十三余,豆蔻梢头二月初。春风十里扬州路,卷上珠帘总不如。”“青山隐隐水迢迢,秋尽江南草未凋。二十四桥明月夜,玉人何处教吹箫?”化用这些美而忧伤的诗句,既写出了杜牧的文采风流,又暗示出了杜牧时代扬州的繁华。所以,姜夔自己隐退,让杜牧出面,词人想象:以杜牧的文采和多情,尚且无法表达面对扬州现时的破败带来的惊讶。现时荒芜的扬州,与杜牧繁华的扬州,跨越了时间,形成了鲜明的对比。但是这种对比背后所蕴含的情感,一定要读者非常熟悉杜牧的诗歌,才能领悟到。经过了这样的一重疏离,兵燹之灾本身的惨烈便淡化,词中渲染的是战事带来的荒芜与凄凉。从而赋予词作以一种凄清的风格。但是,读者一旦领悟到词人隐而不说的那种长歌当哭之感,词中的悲情表达另有一种沉痛。只是这沉痛,不是杜甫那种沉郁顿挫的沉痛,而是出之以清淡的语言所带来的沉痛,是举重若轻的沉痛。春风十里的扬州路,情感的色调却是这样的黯淡、凄凉。

真正的抒情主人公退隐,带给诗词最大的效果,是与情感感受拉开了一定的距离。感情的力度弱化,留给读者的,是以哀痛为底色的清空之美。这

① 方珊等译《俄国形式主义文论选》,生活·读书·新知三联书店 1989 年版,第 6 页。

与古老的抒情传统形成了鲜明的对照。

主流的诗歌理论——不管是姜夔之前，还是姜夔之后，一向认为：诗歌是情感的产物。诚如《诗大序》所言："情动于中而形于言，言之不足故嗟叹之，嗟叹之不足故咏歌之，咏歌之不足，不知手之舞之，足之蹈之。"抒情诗的传统，就是尽情地抒发内心的情感，刻画出感情的姿态，这样诗歌自然精警动人。所以，历来诗人多想方设法表现感情的强度、厚重乃至深曲，将情感表达到某种极致。比如李白，最擅长用夸张的比喻来表现内心情感的喷薄欲出，我们熟悉他的"白发三千丈"，更熟悉他的"飞流直下三千尺"；比如杜甫，也擅长以一种一意殉诗般的语言表达内心情感的厚重——"朱门酒肉臭，路有冻死骨"；"人生不相见，动如参与商"。虽然艺术风格上有飘逸与沉郁的差别，但都是将某种感情表现到极致。即使是词史上以词风"如花初胎，故少重笔"著称的秦观，他的作品，也是恰到好处地表达了某种深婉幽微的内心感受，于这情感情绪把握描绘甚准。

而姜夔，他游走于达官显宦之间，衣食于人的生活，常常免不了凄凉或屈辱之感。姜夔以自己的才艺，精心地呵护着自己敏感的心灵和尊严。所以，至少在诗词中，他表达出来的，是一种清高而自尊的姿态。这是他的追求，也是他用以保护自己的敏感心灵、维系自尊的手段。因此，在他的很多词作中，若有意，若无意，他的词追求着一种清空的美学效果。而创造这种风格的手段，便是以空灵的笔法，抒发某种情感——只写出情感的质地，不对情感本身做具体的描写，通过侧面的烘托渲染，令读者自己去体验想象这份情感的美好与值得珍惜。

以姜夔的名作《暗香》为例。这应范成大之邀而成的名篇，隐约其辞地借一份美好凄婉得让人向往的情感，烘托描写了梅花之韵，开篇写梅花盛开之美，是以回忆的口吻通过月下梅边吹笛来展示过去曾有的情境的美好，也就此写出了梅花本身的美。

"何逊而今渐老，都忘却春风词笔"，则是一个顿挫转折，由回忆转入现实。当年为梅花痴情写下美好诗篇的何逊，如今已经老了——这里的老，突出的是诗人已经"老尽少年心"，是心灵的麻木，而不是人上了年纪。老的表现就是"但怪得、竹外疏花，香冷入瑶席"，冷香袭来，才发觉梅花已经开放。既写出了梅花的香，也写出了抒情主体的心灵深处始终埋藏的柔情一缕。这里，词人所采用的手法，与《扬州慢》一样，亦是托身何逊代言，而不是自己直接出面。这样做的好处，一则用典赋予词以文雅之态，再则勾连起典故本身所蕴藏的文化史上积淀的有关梅花的美好记忆，扩大了词的情感所占据的时空。

一缕幽香，唤醒了抒情主人公遥远的记忆，让他陷入到回忆遐想的情绪之中。借陆凯的诗“折梅逢驿使，寄予陇头人。江南无所有，聊赠一枝春”，抒写梅花盛开勾起的强烈的想念远人的情绪。原本麻木的心灵在花与酒的双重引逗之下，亦禁不住万千感慨。所以“翠尊易泣，红萼无言耿相忆”，作者还是矜持着不愿让抒情主人公的情绪表现得过于强烈，转借梅花的沉默来表达思念之情。一片深情，在这里不能自已的流淌而出，借回忆旧事，勾画出大片的盛开的梅花。一片香雪海，将一生的彻骨情表现得美轮美奂。

这首词的主题，是咏梅。但是与大多数的诗人词人不同的是，姜夔不去描摹一朵一枝一树梅花的风神情韵，如孤山处士林和靖的“疏影横斜水清浅，暗香浮动月黄昏”，或者，如东坡居士苏子瞻的“偶作小桃红杏色，尚余孤瘦雪霜姿”，而是通过对往事的再现，勾画出大片盛开的梅花，借情韵之高雅，写梅花花事之盛。写花、忆旧，浑然一体。较之以特写的手段去描画一朵或一枝梅花，别具另一种风采。梅花的美好，是通过侧面的描写渲染暗示出来的，借助的不仅仅是词中情感的美好和抒情主体对这份情感的珍重，更有文化传统中凝聚的梅花的种种高洁的品质。这首词的微妙之处在于：不管是情感，还是梅花，作者都没有倾力描写，笔墨始终回环围绕着情感与梅花，可是就是不肯直接落笔在情感或梅花上予以最直接的描写。我以为：这是形成姜夔词清空特色的主要原因，是姜夔词形成脱略凡俗、纤尘不染的风格的主要手段，当然，也是导致王国维批评他的词“隔”的非常重要的原因。

姜夔在词史上，最受张炎和朱彝尊的推崇。张炎许以清空骚雅，朱彝尊也认为姜夔词最醇雅。张炎与朱彝尊虽然时代先后有别，却都处于新旧王朝交替的时期，而且新的王朝，都是异族入主中原。当家国的复兴已经无望，填词，就不再是内心情感的抒发而是心底深痛的某种掩饰或逃避。私意以为，当创作本身而不是情感表达成为作者的追求的时候，姜夔，就是词人追摹的最好的典范。姜夔词的美学风格一方面保持了文雅的品味，而这品味恰可以凭借才学而不是深情达成。所以，姜夔成为他们追摹的目标。通过创作，所表达的是词人的存在，是词人自身所拥有的美学品位，而不是词人不得不发的情感——如李煜、晏几道、秦观诸人那样。

即以依靠填词谋生的柳永论，他在为歌姬乐工填词谱曲的时候，是把自己的羁旅生涯之憾也融汇到词作中去的——那些人与姜夔为之填词谱曲的人不同之处在于：他们只要是柳永的词，因为柳永的作品，词曲相应，不惟便于歌唱，且富有文采。至于柳永写的什么，对他们而言，无关紧要。而姜夔为之度曲填词的人，则是达官显宦，社会名流，是姜夔的衣食来源。姜夔是凭藉他的人品、他的诗文、他的词，赢得了当世俊彦的激赏。那些人自身都有很好的艺术修养，不仅要借助姜夔的才华，满足他们自己的雅趣，同时也未尝不是希望能通过姜夔的艺术创作，表达他们自己的某些感受——当姜夔的《暗香》、《疏影》完成之后，"石湖把玩不已"。

姜夔超凡超群的才华，敏感自尊的心灵，矜持内敛的个性，依违之间的困窘，姜夔自己所追求的儒雅中和之美，他在诗词创作上不蹈袭前人自觉的追求，再加上不管是他痴缠一生的恋情，还是国家的命运，他虽然刻骨铭心却也无能为力。这种种因素叠加起来，成就了姜夔词的风格。

姜夔有出众的才华，所以他不甘平庸，不肯随俗从众，这让他在艺术上寻求一条新的道路；姜夔除了才华之外，无可立身之资，这反而加重了他对自己才华的矜持，不愿也不肯轻易地暴露出他生命中的痛楚，将自己的脆弱展示给世人看。这样，在落笔成词之际，他有意无意地有所遮掩，遁以他词，所以，成就的是某种情感的质地，而不是情感本身——在传统文学中，词是天生抒情的文体。通读姜夔词可见，清寒是他词作的情感底色。

由于上述诸种原因，姜夔的词，一方面格高千古，另一方面，姜夔抒情之际，重在描写情感而不是抒发情感。而王国维论词的标准境界，是最能抓住古典诗词情景相生的特征的。所以，王国维才痛诋姜夔词"有格无情"、乃至于"隔"。自然，这也与姜夔的追求在怎样的程度上实现有直接的关系。

作者简介：仲冬梅，文学博士，海南大学人文传播学院副教授。

宋人词选中的模拟词研究

薛　泉

摘　要：模拟词是宋人词选一种特殊的选词类型。从标题形式上看，可分两种基本体式，即标明所拟的模拟词与没标明所拟的模拟词。其文体特征主要表现为模拟对象上的重名、艺术风格上的逼近原作等方面。模拟词之所以能进入宋人词选，主要是依古意识使然，编纂意图所致。

关键词：词选；模拟词；仿古意识；编纂意图

模拟词是宋人词选中的一种特殊的词作类型，也是宋代一种特殊的文化现象。目前，模拟词的研究基本上还是词学研究的空白，对其进行探讨，或许"可以获得对该类型之基本性质的特别领悟"，"发现一些在其他场合可能不被注意的细微变化"①。

一、宋人词选模拟词的体式及其分布状态

宋人词选模拟词，从标题形式上看可分两种基本体式，即标明所拟的模拟词与没标明所拟的模拟词。

标明所拟的模拟词。标明所拟的模拟词是宋人词选所收模拟词的主流。从总体上看，又可分两种基本情形。一种情形，以词题标明所拟。这又可以分为四种情况：其一，标明所拟词之题名，如王观《清平乐》(黄金殿里)、《清平乐》(宜春小苑)，就以"拟太白应制"，标明模仿李白应制之作《清平乐》；其二，指明所拟词之类型，如高观国《玉楼春·拟宫词》、刘仙伦《菩萨

---

① ［美］康达维《道德之旅：张衡的〈思玄赋〉》(上)，《古典文学知识》1996年第6期，第114—121页。

蛮·效唐人闺怨》;其三,指出所拟词作者之"体",如黄昇《阮郎归·效姜尧章体》、谭宣子《玲珑四犯·重过南楼用白石体赋》、周密《四字令·拟花间》等;其四,标出所拟之作者名号,如周密《好事近·拟东泽》、《西江月·拟花翁》之类。另一种情形,以调下小序标明所拟。如《乐府雅词》卷下陈与义《法驾导引》词小序云:"世传顷年都下市肆中,有道人携乌衣椎髻女子,买斗酒独饮,女子歌词以侑,凡九阕,皆非人世语。或记之,问一道士,道士惊曰:'此赤城韩夫人所制《水府蔡真君法驾导引》也。'乌衣女子疑龙云。得其三而亡其六,拟作三阕。"①

没标明所拟的模拟词。在宋人词选模拟词中,有些模拟词,没标明其所拟,也无小序说明其拟何词,但又确系模拟词,主要包括两种情形。其一,词作者本有小序标明所拟,编订或选编者将其删除,或删序另拟词题。如黄庭坚《菩萨蛮·集句》:"半烟半雨溪桥畔。渔翁醉后无人唤。疏懒意何长。春风花草香。　　江山如有待。此意陶潜解。问我去何之。君行到自知。"这首词,不少欣赏者难以即刻理会其为模拟词,但它确是模拟之作。考宋本《山谷琴趣外篇》卷之三,此词调下有小序:"王荆公新筑草堂于半山,引入功德水作小港,其上垒石作桥。为集句云:'数间茅屋闲临水。窄衫短帽垂杨里。花是去年红。吹开一夜风。　　梢梢新月偃。午醉醒来晚。何物最关情。黄鹂三两声。'戏效荆公作。"由此知之,此为一集句模拟词。黄昇选词时删掉小序,以"集句"为题,欣赏者易察觉到其为模拟词,可能要费一番心思。又,晁端礼《鹧鸪天》(霜压天街不动尘),《唐宋诸贤绝妙词选》卷七标题为"升平词",而覆检景宋本《闲斋琴趣外篇》卷之五,此词调下有小序:"叔原近作《鹧鸪天》曲,歌咏太平,辄拟之为十篇。野人久去辇毂,不得目睹盛事,姑诵所闻万一而已。"由是可知,此词也是一首模拟词。其二,有的词确系模拟之作,可其本人别集及词选中均无任何标志。此类情形之甄别,有相当难度。需通过分析词作内容,或参阅其他文献等途径,细加考证,方可能得知。如刘过《沁园春》:

斗酒彘肩,风雨渡江,岂不快哉。被香山居士,与林和靖,约坡仙

① 这段文字中,"乌衣女子疑龙"是否为道士之语,各本标点分歧较大。这里采用上海古籍出版社1990年版白敦仁校笺《陈与义集校笺·无柱词十八首校笺》之标点。

等，勒驾予回。坡谓西湖，正如西子，淡妆浓抹临照台。二公者，皆掉头不顾，只恁传杯。　　白云天竺去来。看金壁、崔嵬楼观开。况一涧萦迂，东西水绕，两山南北，高下云堆。逋曰不然，暗香浮动，何似孤山先放梅。须晴去，访稼轩未晚，且此徘徊。(《中兴以来绝妙词选》卷之五)

宋本《龙洲词》题为“寄辛承旨，时承旨招不赴”①，黄选调下有小序：“风雪中欲诣稼轩，久寓湖上，未能一往，因赋此词以自解。”《阳春白雪》外集题作“寄稼轩”。都没标明是模拟稼轩之作。尽管黄昇谓刘过“词多壮语，盖学稼轩者也”，也是笼统之言，非针对此词而发。然考岳珂《桯史》，知是拟《沁园春》而作②。辛弃疾《沁园春·将止酒戒酒杯使勿近》词：

杯汝来前，老子今朝，点检形骸。甚长年抱病，咽如焦釜；于今喜瞌，气似奔雷。汝说刘伶，古今达者，醉后何妨死便埋。浑如此，叹汝于知己，真少恩哉。　　更凭歌舞为媒。算合作、人间鸩毒猜。况愁无小大，生于所爱；物无美恶，过则为灾。与汝成言，勿留亟退，吾力犹能肆汝杯。杯再拜，道麾之即去，招则须来。(《中兴以来绝妙词选》卷之三)

首先，二者皆为对话体，风格颇为相似。刘过之词将白居易、林甫、苏轼一并请出帮忙，词中借有三位古人的诗句，拆开组合成对话，用笔挥洒自如，颇有稼轩豪迈奔放、幽默诙谐、以文为词之风格。其次，二词用韵相同，为平声“灰”韵。看来，此词确是模仿辛词而作。刘熙载《词曲概》称此词为“有意效稼轩体者”③。刘过赠辛弃疾词多似之，且有意为之，故四库馆臣《龙洲词》提要云：“然过词凡赠辛弃疾者，则学其体，如‘古岂无人，可以似吾稼轩者谁’等词是也。”④况周颐《蕙风词话》卷二更明言：“其激昂慷慨诸作，乃刻意模拟幼安”、“龙洲词变易体格，迎合稼轩”。这种情形较难把握，本章不以为重点。

① 刘过《龙洲词》卷上，《彊村丛书》本，上海书店 1989 年版。
② 岳珂《桯史》卷第二，中华书局 1981 年版。
③ 刘熙载《艺概》卷四，上海古籍出版社 1978 年版。
④ 永瑢等《四库全书总目》卷一百九十九，中华书局 1965 年版。

另外,没标明所拟的模拟词中,尚有以“拟古”为题一类,如米芾《菩萨蛮》(蒹葭风外烟笼柳),一本即题为“拟古”,因其没进入宋人词选,略而不论。

研究宋人词选中的模拟词,必须先摸清其分布状况,才能对其进行较合理、科学的评价。没有任何标志的模拟词在宋人词选中的具体数目,难以统计,下文的统计不包括此类情形(上列黄庭坚、晁端礼、刘过等此类词除外)。据中华书局 1999 年 1 月新版《全宋词》统计,模拟词 90 余首。选入宋人词选的有 22 首,约占 24.4%。去其复出,现存宋人词选共收录模拟词 22 首,这是研究宋人词选模拟词的第一手资料。

二、宋人词选模拟词的词体特征

宋人词选模拟词虽然只有 22 首,但是毕竟作为一种词类型进入了词选。认识模拟词文体特征,将有助于客观地评价它。宋人词选模拟词的文体特征主要表现在模拟对象、风格等方面。

模拟对象上的重名,指所模拟对象多是一些名人名作,或者是一些传统的著名题材类型。其实,这也是宋人尚名意识的一种外在显现。

就每首模拟词而言,无论标明所拟,还是没标明所拟,大都有其特定的模拟对象。清汪师韩《诗学纂闻》云:“拟古类取往古名篇,规模其意调。”①宋人词选模拟词模拟的就多是“往古名篇”或名人之“体”。22 首模拟词所拟的对象,从所拟题材(体裁)类型、“体”上看,有唐人的宫词、闺怨词、花间体,姜尧章体;所拟作者有陶渊明、李白、王安石、晏几道、晁端礼、姜夔、辛弃疾、史达祖、卢祖皋、张辑、孙惟信、赵汝芜、吴文英、李彭老、李莱老、施岳等人。

先说有名的题材(体裁)类型或“体”。宫词,即以描写宫庭生活为题材的诗。以宫词为题始于唐代诗人王建,他曾作《宫词》百首,后来成为世人仿效的热门题材类型。十国时花蕊夫人亦有《宫词》。入宋以来,许多词人都填过宫词,流传至今径以“宫词”为题的词尚有陆游《夜游宫》(独夜寒侵翠被)、孙道绚《如梦令》(翠柏红蕉影乱)、游次公《贺新郎》(暖霭浮晴籞)、黄昇

---

① 汪师韩《诗学纂闻》,《清诗话》本,上海古籍出版社 1999 年版。

《清平乐》(深深禁籞)。吴潜《二郎神》(小楼向晚)亦谓“曾学宫词内舞”。看来宫词确是一种颇受宋人喜好的类型,难怪高观国《玉楼春》(几双海燕来金屋)以“拟宫词”为题、周密《少年游》(帘消宝篆卷宫罗)以“宫词拟梅溪”为题。

唐人闺怨词,也是较著名的题材类型。唐代闺怨词以王昌龄成就最高。宋代填与闺怨词的也不少,如周邦彦《长相思》(马如飞)、赵鼎《怨春风》(宝鉴菱花莹)、韩淲《临江仙》(脆管繁弦无觅处)、黄昇《月照梨花》(昼景)、黎廷瑞《祝英台近》(彩云空)、刘学箕《恋绣衿》(柳絮风翻高下飞)、陶氏《苏幕遮》(与君别)诸作,皆以“闺怨”为题。苏轼《菩萨蛮》四首亦分别以“回文春闺怨”、“回文夏闺怨”、“回文秋闺怨”、“回文冬闺怨”为题。朱希真《采桑子》(王孙去后无芳草)以“闺怨集句”为题,刘镇《临江仙》(荡紫飘红芳信断)题为“代闺怨”,朱敦儒还一失调名词亦题作“闺怨词”。如此看来,刘仙伦《菩萨蛮》(吹箫人去行云杳)以“效唐人闺怨”为题,亦是时尚所致。

《花间集》被宋人视为“近世倚声填词之祖”,宋代已形成“花间体”词体观念。“花间体”是指唐五代花间派词人韦庄、温庭筠等人的词作风格体制。“五代词人适应歌女觞客侑酒之需要,填词非香艳不办,遂形成柔靡婉转、秾艳秀丽的艺术风格,其词称‘花间体’”①。“花间体”因赵崇祚编《花间集》而得名。宋人“花间情结”的一个重要表现就是学习、模拟“花间体”。宋代出现的标明拟“花间体”的词作,据《全宋词》统计,有辛弃疾《唐河传·效花间集》、《河渎神·女诫效花间体》、韩淲《菩萨蛮·花间意》、周密《四字令·拟花间》等。

“白石体”,或称“尧章体”,是指南宋词人姜夔词作的风格体制。姜尧章词,清空骚雅,“以清虚为体”②,琢句精工,韵律谐婉,格调高旷,寄意深远,因姜夔字尧章,号白石道人,故有是称。“尧章体”对南宋中后期江湖词人影响颇深,深得时人赞誉。黄昇《中兴以来绝妙词选》称之曰:“词极精妙,不减清真乐府,其间高处,有美成所不能及。”张炎《词源》卷下谓:“姜白石词如野云孤飞,去留无迹”,“不惟清空,又且骚雅,读之使人神观飞越。”

以上说明,传统的有名的题材(体裁)类型或“体”,早已引起宋人的高度

---

① 徐兴华等《中国古代文体总揽》,沈阳出版社 1994 年版,第 109 页。

② 陈廷焯《白雨斋词话》卷二,《词话丛编》本,中华书局 1986 年版。

重视，成为他们拟作与选词的重点。

再说名人名作。陶渊明、李白、王安石、晏叔原、辛弃疾、姜夔、吴文英，这些著名词人自不必言。赵汝茪，字参晦，号霞山。据《绝妙好词笺》卷三笺注，其为宋宗室"商王元份八世孙善官子"。身为皇裔，身价自高，亦不必论。下面主要看史达祖、卢祖皋、张辑、孙惟信、李彭老、李莱老等为时人推许的江湖词人，尽管在今人看来多是些二、三流的中小词人。史达祖，字邦卿，号梅溪，汴京人，旅居杭州。屡试不第，曾师事张镃，后为韩侂胄门下堂吏，颇有权势。叶绍翁《四朝闻见录》戊集"侂胄师旦周筠等本末"条载："韩（侂胄）为平章。事无决，专倚省吏史邦卿奉行文字，拟贴撰旨，俱出其手。权炙缙绅，侍从简札，至用申呈。"因处于这一特殊位置，加之有词名，在当时颇有声望。周密《浩然斋雅谈》卷上亦谓："史达祖邦卿，开禧堂吏也。当平原用事时，尽握三省权，一时士大夫无廉耻者，皆趋其门，呼为梅溪先生。"其善词章，多有脍炙人口者。陈造序高观国《竹屋痴语》，称其与高观国之词"皆秦周之词"；姜夔为之作序，称其词"奇秀清逸，有李长吉之韵。盖能融情景于一家，会句意于两得"①；张镃《题梅溪词》亦称"盖生之作，辞情俱到。织绡泉底，去尘眼中。妥帖轻圆，特其余事。至于夺苕艳于春景，起悲音于商素，有瑰奇警迈、清新闲婉之长，而无陁荡汙淫之失。端可以分镳清真，平睨方回，而纷纷三变行辈，几不足比数。"②卢祖皋，字申之，号蒲江，江浙一带名流。《绝妙好词笺》卷一注云："庆元中登进士第，为军器少监。嘉定十四年，权直学士院。有《蒲江词》一卷。"《中兴以来绝妙词选》卷之八词人小传云："名祖皋，号蒲江。楼攻媿先生之甥，赵紫芝、翁灵舒诸贤之诗友。乐章甚工，字字可入律吕，浙人皆唱之，有《蒲江词稿》行于世。"黄昇《中兴词话》评其《贺新郎》（挽住风前柳）一词曰："无一字不佳。每一咏之，所谓如行山阴道中，山水映发，使人应接不暇也。"张辑，字宗瑞，号东泽，鄱阳人，连江太守思顺之子，亦有时名。其《沁园春》（东泽先生）词小序曰："予顷游庐山，爱之，归结屋马蹄山中，以庐山书堂为扁。包日庵作记，见称庐山道人，盖援涪翁山谷例。黄叔豹谓予居鄱，不应舍近取远，为更东泽。黄鲁庵诗帖往来，于东泽下加以诗仙二字。近与冯可迁遇于京师，又能节文，号予东仙，自是

① 黄昇《花庵词选·中兴以来绝妙词选》卷之六，中华书局 1958 年版。

② 史达祖《梅溪词》附录，上海古籍出版社 1988 年版。

诗盟遂以为定号。十年之间，习隐事业，略无可记，而江湖之号凡四迁。视人间朝除夕缴者，真可付一笑。”①自我感觉良好，颇自鸣得意。《中兴以来绝妙词选》卷之九云：“名辑，鄱阳人，自号东泽。有词二卷，名《东泽绮语债》，朱湛卢为序，称其得诗法于姜尧章。世所传《欸乃集》，皆以为采石月下，谪仙复作，不知其又能词也。其词皆以为篇末之语，而立新名云。”孙惟信，字季蕃，号花翁，名重江湖。刘克庄为其所撰墓志铭称：“自号花翁，名重江浙公卿间，闻孙花翁至，争倒屣。所谈非山水风月，一不挂口。长身缊袍，意度疏旷，见者疑为侠客异人。其倚声度曲，公瑾之妙。散发横笛，野王之逸。奋神起舞，越石之壮也。”②陈振孙《直斋书录解题》卷二十谓之：“在江湖中颇有标致，多见前辈，多闻旧事，善雅谈，长短句尤工。尝有官，弃去不仕。”《乐府指迷》亦云：“孙花翁有好词，亦善运意。”方回评注《寄寻梅》诗曰：“阮梅峰秀实、林可山洪、孙花翁季蕃、高菊磵九万，往往雌黄士大夫，口吻可畏，至于望门倒屣。”③李彭老、李莱老，因二人字中皆有一“隐”字，故称“二隐”。周密《浩然斋雅谈》卷下有曰：“李秋崖莱老，与其兄筼房竞爽，号龟溪二隐。”《绝妙好词笺》卷六曰：“彭老，字商隐，号筼房。《景定建康志》：李彭老，淳祐中沿江制置司属官。”“莱老，字周隐，号秋崖。《新定续志》：严州知州李莱老，咸淳六年任。”施岳，字仲山，号梅川，吴人。据周密《武林旧事》卷第五记载，其以“能词，精于律吕”而著称。这些名人之词或其词风，往往成为时人或后人模拟的对象。如王观所拟之李白《清平乐》，即是应制名作。黄昇《唐宋诸贤绝妙词选》卷一于李白《清平乐令》注曰：“按唐吕鹏《遏云集》，载应制词四首，以后二首无清逸气韵，疑非太白所作。”可见，他也是把李白应制词视为名作的。陈洵《海绡说词》论词之“源流正变”谓：“南宋诸家，鲜不为稼轩牢笼者。龙州、后村、白石皆师法稼轩者也。”模拟是“师法”的一种特殊方式。同样，上述名人之词或词风，也成为某些宋人师法的重要对象。

词作风格上的接近。模拟词一个显著的特征，就是最大限度地追求与原词风格近似。下面主要从两个方面分析这一特征。

---

① 陈起《江湖后集》卷十七，文渊阁《四库全书》本。

② 刘克庄《后村先生大全集》卷第一百五十，《四部丛刊初编》本。

③ 李庆甲《瀛奎律髓汇评》卷二十，上海古籍出版社 1986 年版。

首先，题材内容上的趋同。一般说来，模拟词与被拟词多属同一类题材，内容亦有不同程度的相似。先看王观二首《清平乐·拟太白应制》：

黄金殿里。烛影双龙戏。劝得官家真个醉。进酒犹呼万岁。美人舞彻梁州。天恩与整搔头。一夜御前宣住，六宫多少人愁。

宜春小苑。处处花开满。学得红妆红要浅。催上金车要看。君王曲宴瑶池。小舟掠水如飞。夺得锦标归去，匆匆不惜罗衣。（《唐宋诸贤绝妙词选》卷五）

再看李白二首《清平乐令·翰林应制》：

禁庭春昼。莺羽披新绣。百草巧求花下斗。只赌珠玑满斗。日晚却理残妆。御前闲舞霓裳。谁道腰支窈窕，折旋消得君王。

禁闱秋夜。月探金窗罅。玉帐鸳鸯喷沉麝。时落银灯香灺。女伴莫话孤眠。六宫罗绮三千。一笑皆生百媚，宸游教在谁边。（《唐宋诸贤绝妙词选》卷一）

李词一写禁庭游戏、歌舞娱乐君王，一写宫怨；王词一写“黄金殿里”歌舞宴会及宫怨，一写宜春小苑学妆，曲宴瑶池夺锦娱君。拟词题材与李词反映的皆为宫廷女子生活，内容很接近。以第一首“黄金殿里”为例，简析之。此词写一位色艺超群的嫔妃用尽浑身招数，终于赢得“天恩与整搔头。一夜御前宣住”的宠幸，这与李词中那位“腰支窈窕”的妃子凭“舞霓裳”“折旋消得君王”，内容同属宫廷女子生活，内容相近。结尾“六宫多少人愁”，是为深锁宫中薄命女子的不幸命运而哀叹，与李词“女伴莫话孤眠，六宫罗绮三千”语意何其相似！宋人词选其他模拟词，亦大致如此。

其次，艺术风格上的逼近。艺术风格上，模拟词多以步趋原词为工，以逼迫原作风格为能事。以“体”论诗、论词是我国传统文学批评的一个重要方法。“体”大致上有两层含义，罗根泽说：“中国所谓文体，有两种不同的意义：一是体派之体，指文学的格（风格）而言，如元和体、西昆体、李长吉体、李义山体……皆是也。一是体类之体，指文学的类别而言，如诗体、赋体、论体、序体……皆是也。”[①]“也就是说，在古人所说的‘体’中，既有指风格的‘体’，又有指体裁的‘体’。而在讲风格的所谓的‘体’中，也包含了以风格为核心而形成的文学流派。”[②]宋人喜欢辨体，常用“体”概括词人或词作风格，如“花间体”、“南唐体”、“柳永体”、“东坡体”、“易安体”、“尧章体”等。故而，模拟词中出现了“效某某体”之类，从整体风格上模拟名人词作。此类模拟词进入词选者仅 2 首：一首是黄昇《阮郎归·效姜尧章体》，另一首是谭宣子《玲珑四犯·重过南楼用白石体赋》。黄昇《阮郎归·效姜尧章体》词如下：

粉香吹暖透单衣。金泥双凤飞。闲来花下立多时。春风酒醒迟。桃叶曲，柳枝词。芳心空自知。湘皋月冷佩声微。雁归人不归。(《中兴以来绝妙词选》卷末)

姜白石《阮郎归》词二首，其一云：

红云低压碧玻璃。惺忪花上啼。静看楼角拂长枝。朝寒吹翠眉。休涉笔，且裁诗。年年风絮时。绣衣夜半草符移。月中双桨归。(《白石道人歌曲》卷之三)

黄昇拟词不仅与姜词用韵相同，而且在遣词造句、艺术风格等方面都有相似之处。既然是“效姜尧章体”，那么此词见得不仅局限于模拟一首词，“湘皋月冷佩声微，雁归人不归”，即有师法《踏莎行》“淮南浩月冷千山，冥冥归去无人管”之痕。无怪乎四库馆臣《散花庵词》提要谓其词“近摹白石”[③]。再看谭宣子《玲珑四犯·重过南楼用白石体赋》词：

碧黯塞榆，黄销堤柳，危栏谁料重抚。才情犹未减，指点惊如许。当时共伊乘顾。为辞家、怕吟鹦鹉。衮衮波光，悠悠云气，陶写几今古。

① 罗根泽《中国文学批评史》第 1 册，上海古籍出版社 1984 年版，第 146 页。

② 詹福瑞《王孟诗体选序》，见葛景春《王孟诗体选》，河北大学出版社 2004 年版，第 1 页。

③ 永瑢等《四库全书总目》卷一百九十九，中华书局 1965 年版。

生尘每怜微步。渺江空岁晚，知在何处。土花封玉树。恨极山阳赋。吹芗扇底余欢断，怎忘得、阴移庭午。离别苦。那堪听、敲窗冻雨。

姜夔以《玲珑四犯》为调的词，流传至今的仅有《玲珑四犯·越中岁暮闻箫鼓感怀》一首，其词为：

叠鼓夜寒，垂灯春浅，匆匆时事如许。倦游欢意少，俯仰悲今古。江淹又吟恨赋。记当时、送君南浦。万里乾坤，百年身世，唯有此情苦。扬州柳垂官路。有轻盈换马，端正窥户。酒醒明月下，梦逐潮声去。文章信美知何用，谩赢得、天涯羁旅。教说与、春来要寻花伴侣。(《白石道人歌曲》卷之四)

词是重登南楼时所作，以写景寄情，怀念往昔，表达了离别相思之苦，题材内容及笔法上与姜词有颇多近似之处。姜白石写情，一般不限于情事本身，对情人的容妆、行动着笔较少，而重在内心感受，抒发一己绵绵无尽的相思之苦。谭词写"离别苦"，亦重在抒写一己内心体验。白石词格调高旷，谭宣子词虽写艳情，但格调高雅，寄意幽邃。二词用韵亦同，皆韵律谐婉，语言亦锤炼精工。整体风格上，谭宣词颇有白石风度，不愧为是"用白石体赋"。其实，无论是否标明"体"，宋人词选模拟词皆有意识地追模所拟原词或作者之"体"。从上文所举刘过之《沁园春》词，已看出。又，周密《四字令·拟花间》词：

眉消睡黄。春凝泪妆。玉屏水暖微香。听蜂儿打窗。　筝尘半床。绡痕半方。愁心欲诉垂杨。奈飞红正忙。(《绝妙好词笺》卷七)

词以景言情，情景交融，映射出闺中少妇思绪的纷乱，愁苦无人诉说的凄凉心境，从题材到意境，皆与《花间》甚是相似。俞陛云《宋词选释》释之曰："蜂儿打窗与春色恼人、莺啼惊梦，皆在幽静境中搅乱愁人心绪。下阕写愁，用两半字，便觉含情无限。'垂杨'二句飘零风雨，自顾不遑，何暇听人之低鬟诉怨耶！此词神似《花间》。”①周密模拟词大都如此。故俞陛云评其《醉落魄·拟参晦》谓：“各家词中，间有拟古之作，草窗独多，作《效颦十解》，各极其致。赵瓯北赠袁随园诗云：‘古今只此笔数枝，怪哉公以一手持。’草窗其手持数笔乎？”②

任何一种文体类型、文学现象的出现，都是多种因素共同作用的结果。模拟词所以能进入宋人词选，也是如此。宋人的依古意识、词选的编选意图，便是两个重要的层面。由于篇幅所限，俟另为文以申论。

作者简介：薛泉，文学博士，海南师范大学教授，出版过《宋人词选研究》、《明中后期文学流派与文风演化》等专著。

① 俞陛云《唐五代两宋词选释》，上海古籍出版社 1985 年版，第 540 页。
② 俞陛云《唐五代两宋词选释》，上海古籍出版社 1985 年版，第 539 页。

清朝宗室女作家顾太清词学观及其艺术体现

张淑蓉

摘　要:清朝宗室女作家顾太清是我国近代文学史上最具影响力的女词人之一。太清具有极强的生活领悟力与艺术表现力,词学观相对明晰,在词文学领域做出了突出贡献。她词体观念明确,提倡曲写人生、幽约传情的婉约词风,追求真淳本色的率性表达和哀而不伤的中和美,讲究情辞相得的语言美和词章美,崇尚自然浑融的意境和清雅醇正的词学品格,被视为"直窥北宋堂奥"、"冠冕流辈,直追古人"。其《东海渔歌》受到后世读者的普遍喜爱。

关键词:顾太清;《东海渔歌》;词学观;艺术体现

清朝宗室女作家顾太清①是清代文坛上最有影响力的女词人之一,她以清朝贵族文化妇女的独特视角和不俗的文学艺术表现跃现文坛,坦率自然的抒情方式、锦心慧口的艺术表达、时裹风云之气的豪爽磊落等等,无不凝结着满汉合璧的文化气息,彰显着独特的艺术风采。太清一生笔耕不辍,诗、词、小说、传奇、书法、绘画等均有佳品传世,尤以词学成就为高,有清代词后之誉。晚清词论家况周颐在《兰云菱寝楼笔记》中说:"曩阅某词话云:本朝铁岭词人,'男中成容若,女中太清春。'直窥北宋堂奥。"②苏雪林说:"王鹏运先生尝谓'满洲(词)人,男中有成容若,女中有太清春',其实以作品

---

① 顾太清(1799—1877),西林觉罗氏,大学士鄂尔泰的侄重孙女。宗室多罗贝勒奕绘侧室。清代著名女作家。著有《天游阁集》诗七卷、《东海渔歌》词六卷、传奇《梅花引》(一卷)和《桃园记》(一卷)两部、小说《红楼梦影》一部。并有绘画、书法真迹流传。

② 张璋《顾太清奕绘诗词合集》"附录三:顾太清奕绘诗词序跋集",上海古籍出版社 1998 年版。

价值而论，他们两个不但在满洲男女词人第一，便在有清一代男女词人中也算得第一。”①万子霖“若夫游阁（顾春）之才调词藻，幽邃绵密。沉挚之思，浩瀚之气，实冠冕流辈，直追古人。”②太清词在词题材、艺术风格与审美取向上都有所开拓，并形成了相对明晰的词学观。

太清曾于乙未年（1835）37 岁时曾选宋词三卷③，涉及到宋代著名词作家达三十九人之多，从中依稀可见其词美追求，“俾知作者抉择之旨所在。”④其后，在对友人李佩金、吴藻、沈善宝及载铨词集的评赞中，其词学观得到清晰描述，并体现在词集《东海渔歌》中。

一、提倡曲写人生、幽约传情的婉约词风

太清词体观念明确，遵循着“别是一家”的传统认识，提倡词曲写人生、幽约传情的词艺术特质，以婉约为宗。37 岁时作《木兰花慢·题长洲女士李佩金〈生香馆遗词〉》首次明确肯定了词的愁怨主题和哀婉传情的婉约特质：

生香孤馆在，只燕子，旧巢安。帐右华左竹，东张西角，噩梦难圆。红豆词歌金缕，剩五更残月照莺啼。满目浓花野草，伤心落叶哀蝉。

妒花风雨护花幡，憔悴损芳颜。有秋雁新词，簪花发帖，种种销魂。平生多情多病，更多愁多怨苦缠绵。一旦悬崖撒手，茫茫流水空山。⑤

---

① 苏雪林《清代男女两大词人恋史的研究（丁香花疑案再辨）》，《武汉大学文哲季刊》一卷三期，1930 年。

② 万子霖《清代闺秀四家词述》，《铭传学报》第 23—24 期。转引自陈水云《明清词史研究》，武汉大学出社 2006 年版。

③ 太清没有系统的词学理论著述传世，但通过《既选宋词三卷遂以词中七言句集为三十九绝句》（乙未年，1835，37 岁）和《前年既选宋词集选中句得三十九截句今掇其余复成三十五首》（丁酉年，1837，39 岁）二诗，可知太清曾选宋词三卷，涉及到宋代著名词作家达三十九人之多。

④ 冒广生《顾太清〈宋词选〉目录（残）后记》，张璋《顾太清奕绘诗词合集》，上海古籍出版社 1998 年版。

⑤ 太清词后自注“李佩金有《秋雁》四首，见《碧城仙馆集》。又尝集古今女士墨迹，为《簪花阁帖》刻之。其家有‘左华右竹’笺”。

对李词“满目浓花野草，伤心落叶哀蝉”、“平生多情多病，更多愁多怨苦缠绵”愁怨主题和哀婉抒情方式予以肯定。

稍后在《金缕曲·题〈花簾词〉寄吴蘋香[①]女士，用本集中韵》中，对词曲写人生的愁怨主题和幽约传情的婉约美的表述更加明确：

何幸闻名早。爱春蚕、缠绵作茧，丝丝萦绕。织就七襄天孙锦，彩线金针都扫。隔千里、系人怀抱。欲见无由缘分浅，况卿乎与我年将老。莫辜负、好才调。　　落花流水难猜料。正无妨、冰丝写怨，云笺起草。有美人兮倚修竹，何日轻舟来到。叹空谷、知音偏少。只有莺花堪适兴，对湖光山色舒长啸。愿寄我，近来稿。

“爱春蚕、缠绵作茧，丝丝萦绕”明确地表明了自己对“缠绵”、“萦绕”的艺术特质的认同，“正无妨、冰丝写怨，云笺起草”，则对幽怨主题予以揭示，“隔千里、系人怀抱”抒发了她强烈的情感共鸣，“愿寄我，近来稿”则热切表明了她对吴藻词的由衷欣赏。

“兴、观、群、怨”[②]传统对我国文学的影响是极为广泛而深远的。“饥者歌其食，劳者歌其事”(何休《公羊传解诂》)的《诗经》，“感于哀乐，缘事而发”(班固《汉书》)的汉乐府成为后世文学的光辉典范。早在西汉时期，司马迁就指出文学之作是“心有所郁结”，“述往事，思来者”[③]。六朝刘勰说：“嗟夫，身与时舛，志共道申，标心于万古之上，而送怀于千载之下。”(《文心雕龙·诸子》)中唐韩愈进一步概括为“不平则鸣”。明末清初的王夫之更明确

① 吴藻(1799—1862)，字蘋香，自号玉岑子，仁和(今杭州)人。嘉道年间文坛上最有影响的女词人之一。幼而好学，长大后则肆力与词，又擅长绘画，曾经作《饮酒读骚图》。后移家南湖，称其室为香南雪北庐，以身为女子为憾，自画小影作男子装，又因所嫁非偶，终生郁郁不欢。

② 《论语·阳货》曰：子曰：“小子何莫学夫《诗》?《诗》可以兴，可以观，可以群，可以怨。迩之事父，远之事君，多识于鸟兽草木之名。”

③ 《史记·太史公自序》：“昔西伯拘羑里，演《周易》；孔子厄陈、蔡，作《春秋》；屈原放逐，著《离骚》；左丘失明，厥有《国语》；孙子膑脚，而论《兵法》；不韦迁蜀，世传《吕览》；韩非囚秦，《说难》、《孤愤》；《诗》三百篇，大抵圣贤发愤之所为作也。此人皆意有所郁结，不得通其道也，故述往事，思来者。”

指出诗之作在于“曲写心灵，动人兴观群怨。”①太清深受其影响，认为词是作家现实人生的真切感受和艺术体现，是真情实感的流露，因而应具有典型的个性色彩。《生香馆遗词》就是李佩金“多愁多怨”的人生写照，“冰丝写怨”的《花帘词》则是吴苹香“心有所郁结”喷射而出的精神折光②，因而具有打动人心的艺术魅力。太清评赞中鲜明地表明了自己对她们词曲写人生、幽约抒情的婉约风格的充分肯定。

《东海渔歌》充分体现着太清曲写人生、幽约传情的婉约词风。如《定风波·拟古》：

> 花里楼台看不真，绿杨隔断倚楼人。谁谓含愁独不见，一片，桃花人面可怜春。　　芳草萋萋天远近，谁问，马蹄到处总销魂，数尽归鸦三两阵，潇潇暮雨又黄昏。

在思人念远的传统题材中发抒着悠悠不尽的愁怨情调，深得宋人词法，被认为是“有烟水迷离之致”（况周颐语）。又如送友人离去的《杏花天》：

> 倚楼目送人归去，望不尽、杏花深处。香车转过山前路，苦被垂阳遮住。　　方七日、唱予和汝。匆匆返、去而不顾。虽云小别愁难诉，彼此相思情互。

闺密云林到太清南谷别墅小住七日后，辞别归去，手挥目送中，太清的视线“苦被垂杨遮住”，却反过来埋怨友人“匆匆返、去而不顾”，其怨苦之状如在目前。诚然是“情深乃尔”（况周颐语）的力作。其他如《踏莎行·遣闷》、《秋波媚·夜坐》、《沁园春·落花》等，都有如春蚕缠绵作茧，是“丝丝萦绕”、“冰丝写怨”的佳作。

晚清词论家况周颐对太清词极为推重，认为是“极合倚声消息”、“纯乎

---

① 王夫之《夕堂永日绪论内编》，转引自张少康、刘三富《中国文学理论批评发展史》，北京大学出版社 1995 年版。

② 赵庆熺在为《花帘词》作序时说：“花帘主人工愁者也，花帘主人之词善写愁者也。”引自严迪昌《清词史》，江苏古籍出版社 2001 年版。

宋人法乳"[1]。尽管《东海渔歌》呈现出多姿多彩的艺术风格,但她对幽约传情的婉约词风的激赏确是显而易见的。

二、追求真淳本色的率性表达和哀而不怨的中和美

太清性格爽朗直率,感情丰富细腻,日常生活中的点点滴滴,都会激发她的创作热情,情有所动,意有所随,发而为词,率真自然,如《玉连环影·元日解九连环》、《传言玉女·雪夜不寐》、《寿楼春·暮春》、《江城子·落花》等,无不洋溢着真淳本色的现实生活气息。

当然,人生的磨难、现实的多艰更能触动词人那敏感的神经,因此愁怨主题是太清词论的重要组成部分。但太清在肯定词愁怨主题的同时,更欣赏"怨而不怒宛从容"的中和美。中和思想作为中国古人调节人与自然、人与社会、人与他人及自身内部各种矛盾关系的哲理,是儒家价值观和方法论的高度统一后的集中体现,也是中华传统美学的重要组成部分[2]。反映到诗学中,就是"乐而不淫、哀而不伤"、"发乎情,止乎礼义"的温柔敦厚美[3]。太清论词充分体现了这一文化精神,主张不平则鸣,肯定词的幽怨主题,但并不过分追求哀感顽艳,而是提倡温柔敦厚的中和美、从容美。如《一丛花·题湘佩[4]〈鸿雪楼词选〉》就明确表达了她这一词美追求:

> 雪泥鸿爪旧游踪,南北任飘蓬。花簾[5]昔有吟诗侣,喜天游、邂逅初逢。彩笔一支,新诗千首,名重浙西东。　哀而不怨宛从容,珠玉粲玲珑。鸳鸯绣了从君看,度金针、灭尽裁缝。大块文章,清奇格调,不减古人风。

---

① 况周颐西泠印社刊行的《东海渔歌》序。

② 《司马文正公传家集》卷六十二曾概括指明:"中和者,大则天地、中则帝王、细则昆虫草木,皆不可须臾离者也。"

③ 张少康、刘三富《中国文学理论批评发展史》,北京大学出版社 1995 年版。

④ 沈善宝(1807—1862),字湘佩,浙江钱塘(今杭州)人。江西义宁州判学琳女。安徽武凌云妻。陈文述碧城女弟子。早岁父殁于西江,宦囊如洗,以诗、画润笔所入,奉母抚弟,且营葬先世。以贤孝称。有《名媛诗话》、《鸿雪楼集》。《鸿雪楼词选》是她的诗友、当时著名女诗人兼词人的吴藻编选的。

⑤ 太清词中自注:"谓吴蘋香女士。"

“雪泥鸿爪旧游踪，南北任飘蓬”对湘佩的生活经历和人生体验略加提点，词约义丰，过片一转，直言《鸿雪楼词选》“哀而不怨宛从容”的风格。所谓“哀而不怨”恰是中国文学“哀而不伤”、“节之于中和”等温柔敦厚文艺观的具体体现。湘佩虽然经历坎坷，但她的词却充溢着“哀而不怨宛从容”的中和美。并对湘佩词真淳本色、清雅格调的大加欣赏，认为是“清奇格调，不减古人风”。太清对湘佩词非常推重，曾坦言“座中牛耳问谁持？词坛惟许君为主”(《次韵湘佩寄诗韵》)。

太清词本身更具真淳本色的艺术特征。如这首《一丛花》词，语言隽爽，气势充畅，本身就具有率真美和中和从容美。又如《忆秦娥·二月十二闻角声》：

> 情萧索，啼鸦过尽春寒作。春寒作，春城十里，月明吹角。　哀音一片伤凄绝，黄昏更觉东风恶。东风恶，深深庭院，重重帘幕。

上片写景，在春寒微作的早春季节，闺中思妇情绪落寞萧索。在春风荡漾的美好时节，独处深闺的思妇望月思人，远处军营中号角声划破夜空，鸣响在思妇的耳际。将思妇那万般无奈的思情有声有色地渲染出来。景中含情，情由境生。下片直抒内心的凄凉哀婉之情，“哀音一片伤凄绝，黄昏更觉东风恶”。渐黄昏，更觉东风无情，感情激越涌动，“东风恶”显然是化用了陆游《钗头凤》“东风恶，欢情薄”的意境，似乎大有爆发之势，可是作者却巧妙化用欧阳修《蝶恋花》意境①，以“深深庭院，重重帘幕”作结，将激动不平之气节之以中和之态，以悠悠不尽的惆怅情绪收束全篇。诚然是“哀而不怨宛从容”的力作。又如《探春慢·春荫》“懊恼留春不住，算只有陌头，杨柳勾引。默默情怀，恹恹天气，况又阴晴无准。多少伤心处，奈岁月、暗催双鬓。对酒当歌，回头往事休论。”伤春感怀中，多少伤心往事黯然萦怀，但太清却能化之以平和，“回头往事休论”，自解中含着超越痛苦的达观。其他如《江城子·记梦》“我欲游遍香雪海，惊梦醒，怨啼鸦”、《踏莎行·遣闷》“敢将沦落怨天公，虚名多为文章误”等，也是怨而不怒的佳作。前人论词，曾坦言：

① 欧阳修《蝶恋花》词：“庭院深深深几许？杨柳堆烟，帘幕无重数，玉玉勒雕鞍游冶处，楼高不见章台路。　雨横风狂三月暮，门掩黄昏，无计留春住。泪眼问花花不语，乱红飞过秋千去。”

"论有清一代词人,自以太清与容若并称。余尝以为,容若词自秀雅,而太清之真淳本色,则非容若所及。"①

三、讲究情辞相得的语言美和词章美

太清在注重词的题材和情感内涵的同时,也很重视词的语言使用和结构安排,追求情词相得益彰的整体美学效果。对朋友词集的题赞中,几乎每篇都提到了词的语言美和词章美。如《金缕曲·题〈行有恒堂词集〉》:

> 镂月裁云手。好文章、天衣无缝,神针刺绣。写景言情无不切,一串骊珠穿就。应不数、豪苏腻柳。脱尽人间烟火气,问前身金粟如来否?餐妙句,淳如酒。　　神龙变化云出岫。笔生花、篇篇珠玉,锦心绣口。文章风流谁得似,明月梅花为偶。比修竹、孤高清瘦。岂止新词惊人眼,行有恒事事存心厚。三覆读,味长久。

"镂月裁云手。好文章、天衣无缝,神针刺绣",是着眼于词章的整体感受,浑然一体,不见人工雕琢痕迹。"写景言情无不切"显然是对载铨词恰当好处的情景关系处理的高度肯定。而"一串骊珠穿就"、"神龙变化云出岫"则是对语言的精妙与新奇而言。太清论词一向注重词的语言美和词章美,她赞吴藻词"织就七襄天孙锦,彩线金针都扫",说湘佩"鸳鸯绣了从君看,度金针、灭尽裁缝"、"珠玉粲玲珑",都是对他们词所体现出来的语言美和词章美的赞赏。

太清作词非常讲究情辞相得的语言美和词章美。她虽然不重视字斟句酌的精致美,但却非常重视词作的语言使用和整体效果,具有鲜明的个性特征。"太清词得力于周清真,旁参白石之清隽,深稳沈著,不琢不率,极合倚声消息。"②她或化用前人诗句,或巧用双关,或妙用历史典故与佛道故事,都能做到情辞相得,浑然天成,体现着"珠玉粲玲珑"语言美和"神针刺绣"般

① 齐燕铭、李一氓钞配本《东海渔歌》题跋。张璋《顾太清奕绘诗词合集》,上海古籍出版社 1998 年版。

② 况周颐,西冷印社本《东海渔歌》序,张璋《顾太清奕绘诗词合集》,上海古籍出版社 1998 年版。

浑融合一的词章美。如同云林、纫兰过五尺庄看荷花时作的《碧芙蓉》：

一带小红桥，同倚画栏，池面荷靓。飐飐芦稍，立蜻蜓不定。新雨过、璚珠万点，荡流霞、妙莲香冷。听垂杨岸，几树鸣蝉，吹起游人兴。虚亭萦曲沼，望不尽、绿叶千柄。隔水盈盈，似美人临镜。雪冰藕、凉生罗袂，泛清罇、风吹酒醒。断云残照，渐花外、天光向暝。

语言生动鲜活，妙词丽句连贯而生，色彩明快而情趣盎然，形象感很强。明丽隽爽的语言恰切地体现着太清与友人观荷的兴致与快感，整首词气韵贯通，固然不能以一字一句为工拙，的确是“清隽沉著，恰到好处”（况周颐语）的佳作。又如《江城梅花引·雨中接云林信》：

故人千里寄书来。快些开，慢些开，不知书中安否费疑猜。别后炎凉时序改，江南北，动离愁，自徘徊。徘徊，徘徊，渺予怀。 天一涯，水一涯，梦也梦也，梦不见，当日裙钗。谁念西风翘首寸心灰。明岁君归重见我，应不是别离时，旧形骸。

语言上，充分利用三字短句，形成促迫紧张感，思绪腾挪，将别后对友人安否的挂念之情体现得淋漓尽致。语言精当浅近，情韵深远丰厚，“情文相生，自然合拍”（况周颐语），既体现着“写景言情无不切”的情辞相得，也展示着“珠玉粲玲珑”和“一串骊珠穿就”的辞采美和“好文章、天衣无缝”的词章美。再如《惜花春起早·本意》：

晓禽鸣，透纱窗、黯黯澹澹花影。小楼昨宵听尽夜雨，为著花事惊醒。千红万紫，生怕他、随风不定。便匆匆、自启绣帘看，寻遍芳径。阶前细草濛茸，承宿露涓涓，香土微泞。今番为花起早，更不惜、缕金鞋冷。雕栏画槛，归去来、闲庭幽静。卖花声、趁东风，恰恰催人临镜。

在鸟雀呼晴的拂晓欢歌中，洋溢着青春活力的抒情主人公匆匆“启绣帘”，开朱户，“寻遍芳径”。因为惜花而早起的她，陶醉在这美好的春光中，“阶前细草濛茸，承宿露涓涓，香土微泞”，“更不惜、缕金鞋冷”，将惜春、喜春之情轻快劲爽地表现出来，声情兼备，物我交融，大自然的生机物理顿现词中，语词清新流丽，节奏明快。情、辞达到了高度的一致，实在是惜春词中不可多得的篇什。同为惜春之作，李清照曾作《如梦令》，将“绿肥红瘦”的暮春景象活化而出，但语含伤感，情绪激动，自我形象塑造固然无可挑剔，但在平静美的锻造以及生命快感的体现上似乎不及太清这首词。昨夜听风听雨、侵晓鸟雀呼晴窥檐，萦心花事催人起，启帘看、出门寻，“更不惜、缕金鞋冷”。动作紧凑，画面生动，人物形象极为鲜活，蓬发着劲爽的生命气息。起拍化用周邦彦《苏幕遮》词境，更加灵动，抒情主人公绣履轻步徜徉花间，轻快劲爽的生命体征如描如绘，生动异常。整首词时间、空间结构俱佳。闺中好友沈善宝说太清《东海渔歌》“巧思慧想，出人意表”（《名媛诗话》）。况周颐认为是“直入清真之室，闺秀中不能有二”。美国学者恒慕义说太清词“简洁动人，用韵奇特，选字丰富多彩”①。

四、崇尚自然浑融的意境和清醇雅洁的词学品格

文学作品中往往蕴含着作者的人文品格和道德追求。太清论词，不惟注重词的艺术特质和情韵内涵，也非常看重词人的道德修养和人文品格，追求自然浑融的艺术境界和清醇雅洁的艺术品格。

《金缕曲·题〈行有恒堂词集〉》对词学品格的论述比较全面，涉及到词的情景体现、语言使用、意境、词品、人格修养等方面，对载铨词自然浑融的艺术境界和文品人品的高度一致做出了充分的肯定。太清性格开朗，待人坦诚，对载铨的人格人品十分敬重。上片连用两典，先从整体上肯定载铨词的浑融天成，语句劲爽，气势充畅。“写景言情无不切，一串骊珠穿就。”继之又对载铨词的情景关系处理、妙语连珠般的语言赞叹不已，自然浑融的意境和旷达超迈的情怀堪与苏轼相媲美，而表情达意的细腻雅洁又胜出柳永一筹，更是“脱尽人间烟火气”，好似如来转世。“餐妙句，淳如酒”，极言《行有恒堂词集》清醇雅洁的艺术品味。下片继续从词的整体艺术品位和清雅风格着眼。“文章风流谁得似，明月梅花为偶。比修竹、孤高清瘦”，以明月、梅

① [美]恒慕义主编，人民大学清史研究所译《清代名人传略》，张璋《顾太清奕绘诗词合集》，上海古籍出版社 1998 年版。

花、修竹为喻，极言其清雅俊爽的艺术美韵和高洁的品性，对载铨词鲜明的艺术个性和清雅风格予以定位。结拍陡然一转，由词品写到人品："岂止新词惊人眼，行有恒事事存心厚。三覆读，味长久。"载铨不但词艺高超，品格秀拔，其为人处世更是令人钦佩。在盛赞载铨词自然浑融的艺术境界和清雅醇正的艺术品味的同时，对他文品人品的高度一致予以盛赞。

太清《一丛花·题云林〈福连室吟草〉》①也表现出对人的内在气格和艺术品味的高度看重，字里行间留露着对云林"神情散朗，清洁比梅花"精神气格的肯定与欣赏。

其实，太清对清醇雅洁的艺术品格的看重是一以贯之的，她说吴藻词"有美人兮倚修竹"，就是对吴藻人品的定位与肯定，也是对她词集中表现出来的雅洁词风的肯定。"只有莺花堪适兴，对湖光山色舒长啸"，对吴藻洒落不羁个性的高度称赏，其中不乏自我卓然不群艺术风神的写照，颇有屈原"制芰荷以为衣兮，集芙蓉以为裳"(《离骚》)的精神体现。赞湘佩词章是"大块文章，清奇格调，不减古人风"，既肯定了她词的"清奇格调"，又肯定了她的骚雅纯正的文风。赞载铨"文章风流谁得似，明月梅花为偶。比修竹、孤高清瘦"，更是对他清隽洒落的艺术个性和清奇空灵的艺术风神的赞赏。

太清《东海渔歌》对自然浑融的意境追求和对清醇雅洁词学品格的实践是显见的。如《江城子·记梦》：

> 烟笼寒水月笼沙，泛灵槎，访仙家。一路清溪双桨破烟划。才过小桥风景变，明月下，见梅花。　梅花万树影交加，山之涯，水之涯。澹宕湖天韶秀总堪夸。我欲游遍香雪海，惊梦醒，怨啼鸦。

这是广为读者称道的词作之一。上片太清以欢快灵动之笔描写梦境，在朦胧如烟的水乡月下，一叶寻仙轻舟疾驰而过，轻灵而有虚幻。"才过小桥风景变，明月下，见梅花"，镜头突然定格，刚过小桥，一望无际的梅花林顿时出现在自己的眼前，明月梅花交相辉映，尤见迷蒙柔婉之致。颇具蒙太奇的表现手法。下片就对远近闻名的香雪海展开描绘，"梅花万树影交加，山之涯，水之涯。澹宕湖天韶秀总堪夸"，万树梅花，在月影下摇曳婆娑，恍惚

---

① 张菊玲《旷代才女顾太清》，北京出版社 2002 年版。

如临仙境一般。词境清雅隽爽，充分体出现她既追求自然浑融的艺术境界，又注重自我人格写照，其中无不蕴含着自己的人格追求与人生价值理想。词品人品，相得益彰，俨然成为不可分割的一个有机整体。

太清词，真率自然而又鲜活灵动，无不洋溢着浓浓的真情和隽爽通脱的品格，具有人境合一的自然浑融美和清醇雅洁之气。“故能不烦洗伐，绝无一毫纤艳涉其笔端”，“其佳处在气格，不在字句，当于全体大段求之，不能以一二阕为论定，一声一字为工拙”①。

深受儒家文化濡染的她，带着长白山人质朴贞刚的北国气息②和挥洒不拘的满洲民族性格，在清朝中后期文坛脱颖而出，以秀雅的风神、清爽的个性和妙曼多姿的艺术特质，赢得了世人的普遍关注。明确的词学观念和自觉的审美追求，使太清词体现出质朴无华的生活美、自然宁静的灵秀美、声情并茂的图画美、气势充畅的豪放美和风流蕴藉的典雅美，个性特征非常鲜明。她不仅是清代群星璀璨的闺秀文人中卓绝秀拔的典型人物，更是满洲文坛一颗耀眼的明星。孟森早就指出：“太清之词翰，篇什为世所宝。”(《心史丛刊三集》)在我国词史上占据着重要地位，诚如徐培德所说：“饮水开场，樵风结局，占尽胜朝词史。一笛渔歌，万宛似中峰突起。”“易安而后此居士。”③

基金项目：天津市高等学校人文社会科学研究项目《清朝女作家顾太清身世经历考》(20102224)。

作者简介：张淑蓉，天津外国语大学国际传媒学院教授，博士。主要从事宋元明清文学研究和当代文化产业创新研究。出版过专著《〈三国演义〉人物考》等。

① 况周颐《东海渔歌》序，西冷印社刊行。

② 张淑蓉《长白山文学的人文精神解读》，《通化师范学院学报》2008 年第 7 期。

③ 张璋《顾太清奕绘诗词合集》，附录五《顾太清奕绘生平事迹辑录》。上海古籍出版社 1998 年版。

对陈廷焯高评庄棫、谭献词的批评

孙维城

摘　要：陈廷焯对于常州词派，张惠言后，就列谭献、庄棫，认为达到了他所要求的沉郁。而从他所强调的比兴寄托看，认为谭献达到了比，而未达到兴，达到兴者，近世只有一庄棫。实际上，谭献与庄棫的《蝶恋花》等词，从内容到用语、用意，到意象、意境，全面模仿温、韦、冯、欧，是套用而非化用。陈氏的称赞完全从理念出发，从常州词派的观念出发，是《白雨斋词话》最不足取之处

关键词：陈廷焯；谭献；庄棫

陈廷焯对于常州词派，张惠言后，就列谭献、庄棫，《白雨斋词话》丝毫不及周济，一若其并不存在，如云：

> 温、韦创古者也。晏、欧继温、韦之后，面目未改，神理全非，异乎温、韦者也。苏、辛、周、秦之于温、韦，貌变而神不变，声色大开，本原则一。南宋诸名家，大旨亦不悖于温、韦，而各立门户，别有千古。元、明庸庸碌碌，无所短长。至陈、朱辈出，而古意全失，温、韦之风，不可复作矣。贞下起元，往而必复，皋文唱于前，蒿庵成于后，《风》、《雅》正宗，赖以不坠。好古之士，又可得寻其绪焉。（一〇・三〇）

温、韦创古，为标准，南北宋词不悖于温、韦，本原则一，元、明词统坠落，到清初陈、朱辈时，温、韦之风不可复作。开风气者，厥为张惠言，张氏之后，只有庄棫成之于后，《风》、《雅》正声，赖以不坠。张惠言（1761—1802），活动于嘉庆之际，庄棫（1830—1878），谭献（1832—1901），两人结识并服膺常州词派在咸丰八年（1858），庄棫授陈廷焯常州词学在光绪二年（1876），谭献编

定《箧中词》"以衍张茗柯、周介存之学"(《复堂日记》丙子[①])在光绪四年(1878),距咸丰八年已经是二十年后,而距离张氏故去则七十六年了。庄棫、谭献基本生活在咸丰、同治间,张惠言以后的道光时期怎么可能是真空?不但不是真空,而且正是清代词学的重要转折关头,天生周济以衍张茗柯之学,使得常州词派光誉腾起。周济(1781—1839),少有远志,好读史书,及观古兵略,习骑射,有经世之意。嘉庆十年(1805)进士。他生活的道光时期社会已经不同于乾嘉时期,社会矛盾十分尖锐,所以他提出了著名的"词史说",并将张惠言的比兴说发展为"有寄托入,无寄托出",使常州词学更能贴近社会,从而促进了常州词派的发扬光大。陈廷焯尊崇的谭献就标榜继承张、周,则陈氏不可能不知周济,不可能不知周济在常州词派中的中坚作用,他这样无视周济的存在,其目的只能是推崇庄棫在常州词派中的地位与作用,所谓"皋文唱于前,蒿庵成于后",也就是肯定自己接续张、庄的意义,即他在《白雨斋词话自序》中讲的"为斯诣绵延一线"。但无论他怎样抹杀周济在常州词派中的作用,也是无用的,因为他所绵延的张惠言一脉,正是历周济、谭献、庄棫而来的,他的无视或抹杀周济,适足以表现出自己的狭隘偏执,而为《白雨斋词话》留下了永久的遗憾!

在论述谭献前,还要论述稍长于谭献的词家蒋春霖。蒋春霖(1818—1868),字鹿潭,江苏江阴人,主要生活在道光、咸丰间。早岁工诗,风格近李商隐,中年尽焚诗稿,专力填词。喜好纳兰性德《饮水词》和项鸿祚《忆云词》,因自署水云楼,有《水云楼词》2 卷,补遗 2 卷。内容大都抒写太平军扫荡江南时,士大夫流离之感以及对风雨飘摇的清王朝的哀叹。艺术上,学浙西词派而不空疏,时有豪气,也不依傍常州词派。谭献称其"流别甚正,家数颇大,与成容若、项莲生,二百年中,分鼎三足"(《复堂词话》)[②]。谭献以其与成容若、项莲生分鼎三足,显然从他喜爱纳兰、项鸿祚而来,不一定准确,吴梅就不同意这一说法,而谓其:"尽扫葛藤,不傍门户,独以风雅为宗,盖托体更较皋文、保绪高雅矣。"(《词学通论》第九章)[③]陈廷焯云:

---

① 谭献《复堂词话》,《介存斋论词杂著·复堂词话·蒿庵论词》,人民文学出版社 1959 年版,第 32 页。

② 谭献《复堂词话》,《介存斋论词杂著·复堂词话·蒿庵论词》,第 47 页。

③ 吴梅《词学通论》,华东师范大学出版社 1996 年版,第 175 页。

蒋鹿潭《水云楼词》二卷，深得南宋之妙。于诸家中，尤近乐笑翁。竹垞自谓学玉田，恐去鹿潭尚隔一层也。（五·四二）

词至国初而盛，至毗陵而后精。近时词人，庄中白敻乎不可尚已，谭氏仲修亦骎骎与古为化。鹿潭稍逊皋文、庄、谭之古厚，而才气甚雄，亦铁中铮铮者。（五·四三）

陈氏对蒋鹿潭词评价尚高，谓其“深得南宋之妙。于诸家中，尤近乐笑翁”，也就是认为蒋词仍然是学浙派词，而接近乐笑翁（张炎），并谓其学张炎要超过浙派初祖的朱彝尊，这个评价是很高的，但又是不许蒋氏入常州词派。而在近时词人中，说鹿潭次于庄、谭的古而厚，张、庄近于古，即古意尚存。所谓古意，就是本原，就是《风》、《骚》，就是沉郁，是陈氏对词的最高评价；厚，则为深厚，也是沉郁。说鹿潭词不及庄、谭的古厚，仍然是不许蒋氏进入常州词派的殿堂，只称许他的“才气甚雄”，“才气甚雄”同样是对朱、陈词的评价。但说鹿潭稍逊庄、谭，还是很爱重的，在《白雨斋词话》中，他以7则词话论鹿潭词，就是明证。鹿潭之后，陈氏以11则词话论谭献词。首先就说：

仁和谭献，字仲修，著有《复堂词》，品骨甚高，源委悉达。窥其胸中眼中，下笔时匪独不屑为陈、朱，尽有不甘为梦窗、玉田处。所传虽不多，自是高境。余尝谓，近时词人，庄中白尚矣，蔑以加矣，次则谭仲修；鹿潭虽工词，尚未升《风》、《骚》之堂也。（五·五〇）

果然讲鹿潭未升《风》、《骚》之堂，不及庄、谭，不及之处在于庄、谭的“源委悉达”，即洞入本原。而谭献词之高，是天下第二，因为“庄中白尚矣，篾以加矣，次则谭仲修”，这显然是囿于流派之见的瞎话。我们引陈氏评谭献最长的一则词话：

仲修《蝶恋花》六章，美人香草，寓意甚远。首章云：“楼外啼莺依碧树。一片天风，吹折柔条去。玉枕醒来追梦语，中门便是长亭路。”凄警特绝，下云：“惨绿衣裳年几许，争禁风日争禁雨。”幽愁忧思，极哀怨之致。次章云：“下马门前人似玉。一听斑骓，便倚阑干曲。”结云：“语在修眉成在目，无端红泪双双落。”真有无可奈何之处。“眉语目成”四字，不免熟俗，此偏运用凄警，抒写幽思，自不同泛常艳语。三章云：“一握寰云梳复裹，半庭残日匆匆过。”即屈子“好修”之意，而语更深婉。四章云：“帐里迷离香似雾。不烬炉灰，旧醒闻余语。连理枝头侬与汝，千花百草从渠许。”以胶投漆中，谁能别离此！有此沉着，无此微至。下云：“莲子青青心独苦。一唱将离，日日风兼雨。豆蔻香残杨柳暮，当时人面无寻处。”凄婉芊绵，不懈而及于古。五章云：“庭院深深人悄悄。埋怨鹦哥，错报韦郎到。压鬓钗梁金凤小，低头只是闲烦恼。”传神绝妙。下云：“花发江南年更少，红袖高楼，争抵还乡好。遮断行人西去道，轻躯愿化车前草。”沉痛已极，真所谓情到海枯石烂时也。六章云：“玉颊妆台人道瘦。一日风尘，一日同禁受。独掩疏栊如病酒，卷帘又是黄昏后。”沉至语，殊觉哀而不伤，怨而不怒。下云：“六曲屏前携素手。戏说分襟，真遣分襟骤。书札平安知信否？梦中颜色浑非旧。”相思刻骨，寤寐潜通，顿挫沉郁，可以泣鬼神矣。（五·五一）

吴梅云：“《蝶恋花》六章，美人香草，寓意甚远……此等词直是温、韦，决非学南宋者可拟。”（《词学通论》）①叶恭绰云：“正中、六一之遗。”（《广箧中词》）②陈廷焯、吴梅都认为：“美人香草，寓意甚远。”看来是不错的，而吴梅指出谭献《蝶恋花》词学习温、韦，叶恭绰认为是冯延巳、欧阳修之遗则，都是从比兴角度的考虑，以香草美人寓君国、身世之感。陈氏评价甚高，至云“有此沉着，无此微至”，“沉至语，殊觉哀而不伤，怨而不怒”，“顿挫沉郁，可以泣鬼神矣”。“有此沉着，无此微至”是从“沉至”角度的解释，“沉至”是要高于“沉着”的，是沉着微至，从“沉郁”的“沉”来看，是“沉”的顶点，所以说“顿挫沉郁，可以泣鬼神矣”。评价高，而又是准确的，谭献此词达到了常州词派对词要求的极至，以香草美人比兴君子的君国、身世之感，有屈、宋之遗则，温、韦的风神。但是，问题也在这儿，模仿的痕迹太重，从语言到结构到手法都同于温、韦、冯，而时间已经经过了一千余年，不使人有审美疲劳吗？而且，

① 吴梅《词学通论》，华东师范大学出版社 1996 年版，第 181—182 页。

② 叶恭绰《广箧中词》二，引自《白雨斋词话足本校注》，齐鲁书社 1983 年版，第 475 页。

温、韦、冯的比兴是自然而然的，是在写作中不经意地出现的，是符合文学创作的规律的，而谭献等常州词派是在写作开始时就横亘一寄托于心中，而写作时处处留神提醒自己，理性地去创作，失去了创作的神性，也就失去了作品的生动活泼的灵气，变成了死气沉沉的呆滞的仿制品。正如况周颐所说：

词贵有寄托。所贵者流露于不自知，触发于弗克自已。身世之感，通于性灵，即性灵，即寄托，非二物相比附也。横亘一寄托于搦管之先，此物此志，千首一律，则是门面语耳，略无变化之陈言耳。（《蕙风词话》五·三二）①

常州词派强调的寄托在于言志，为推尊词体讲究“其称文小而其指极大”，故这种寄托指邦国大事，况氏却认为“横亘一寄托于搦管之先，此物此志，千首一律”，是“呆寄托”（五·三八），并不可取，而以寄托与性灵并举，“即性灵，即寄托”，也就是要求寄托人的性灵与情感。况周颐以抒写个人情感与个性为寄托的内容，使得寄托说的位置发生了显著的偏移，由言志的诗教町畦向缘情的词学实际偏移，明显要高于陈廷焯的沉郁，陈氏的观点诗教意味过浓，影响了他的词学成就。他对谭献词的评价也就有失公允，尤其说谭词超过蒋鹿潭词。

陈氏对谭献词的评价还有一些，都是这一准的，如云“深婉沉笃，亦不减温、韦语”（五·五二），“凄凉怨慕，深于周、秦，不同貌似者”（五·五八）。同时认为，谭之不如庄在“兴”：

仲修之言曰：“吾少志比兴，未尽于诗，而尽于词。”又曰：“吾所知者，比已耳，兴则未逮。河中之水，吾讵能识所谓哉！”即其词以证其言，亦殊非欺人语。庄中白叙《复堂词》云：“仲修年近三十，大江以南，兵甲未息，仲修不一见其所长，而家国身世之感，未能或释，触物有怀，盖风人之旨也。世之狂呼叫嚣者，且不知仲修之诗，乌能知仲修之词哉。礼义不愆，何恤乎人言。吾窃愿君为之而蕲至于兴也。”盖有合风人之旨，

① 况周颐《蕙风词话》，《蕙风词话·人间词话》，人民文学出版社1960年版，第7页。

已是难能可贵；至蕲至于兴，则与风人化矣。自唐迄今，不多觏也。求之近人，其唯庄中白乎？（五·六〇）

认为谭献达到了比，而未达到兴，达到兴者，近世只有一庄棫。陈氏对于“比兴”是有自己的解释的。《白雨斋词话》卷八说：

或问比与兴之别，余曰：宋德祐太学生《百字令》、《祝英台近》两篇，字字譬喻，然不得谓之比也。以词太浅露，未合风人之旨。如王碧山咏萤、咏蝉诸篇，低回深婉，托讽于有意无意之间，可谓精于比义。若兴则难言之矣。托喻不深，树义不厚，不足以言兴。深矣，厚矣，而喻可专指，义可强附，亦不足以言兴。所谓兴者，意在笔先，神余言外，极虚极活，极沈极郁，若远若近，可喻不可喻，反复缠绵，都归忠厚。求之两宋，如东坡《水调歌头》、《卜算子》，白石《暗香》、《疏影》，碧山《眉妩》、《庆清朝》、《高阳台》等篇，亦庶几乎近之矣。（八·二六）

陈氏所说的“比兴”，已经根据他对“沉郁”的理解做了更审美的规定。“低回深婉，托讽于有意无意之间”才是“比”，而“兴”更难达到，“托喻不深，树义不厚，不足以言兴。深矣，厚矣，而喻可专指，义可强附，亦不足以言兴”。不但托喻树义要深厚，而且喻义不能专指与强附，才是“兴”，他指出，王沂孙的《眉妩》、《庆清朝》、《高阳台》三篇与白石《暗香》、《疏影》才达到了这一标准。也就是说，此中的寓意是不专指的，不能强附的。

按照陈氏的解释，谭献词达到了“低回深婉，托讽于有意无意之间”，是“比”，而没有达到“兴”，因为“兴”是树义深厚，而不专指，不强附。所以“与风人化矣”，近世只有一庄棫。下面我们就来看庄棫词。

陈氏《白雨斋词话》第六卷共 41 则词话，其中以 26 则词话论庄棫词，后面以 15 则词话论自己词，且不断与庄棫词比较，至云：

或问余词较蒿庵如何？余曰：譬诸挽六钧之弓，蒿庵已满十分，余则才至八九，后日甚长，尚不知究竟如何也。（六·三八）

自负甚高，几为天下第一，因为庄棫乃天下第一，而庄棫已是挽满十分，而自己才至八九分，后日甚长，则假以时日，自己不是天下第一么！实际陈氏自己之词无甚可取，究其原因，或为才气不充，还有一个重要原因，则在于常州词派的比兴理论与理性地作词的反艺术的做法，不但陈氏，就是常州词派的大宗师张惠言，光大者的周济，以及后续者谭献、庄棫、冯煦等，莫不如此，反不如没有大的寄托的浙西词派的朱彝尊、厉鹗，阳羡词派的陈维崧。理论与创作的脱离，一至于斯！悲乎！

而在陈氏当时，于自负之际，还可以看出他对庄棫的推重，26 则词话加上与自己的比较，对庄棫的评论 30 余则，超过了前期的陈维崧，为此书第一。首先论其领袖一代的词坛地位：

> 吾乡庄棫（一名忠棫），字希祖，号中白，余姨表叔也。著有《蒿庵词》。穷源竟委，根底槃深，而世人知之者少。余观其词，匪独一代之冠，实能超越三唐两宋，与《风》、《骚》、汉乐府相表里，自有词人以来，罕见其匹。而究其得力处，则发源于《国风》、《小雅》，胎息于淮海、大晟，而寝馈于碧山也。（六·一）
>
> 千古词宗，温、韦发其源，周、秦竟其绪，白石、碧山各出机杼，以开来学。嗣是六百余年，鲜有知者。得茗柯（张惠言）一发其旨，而斯诣不灭，特其识解虽超，尚未能尽穷底蕴。然则复古之功，兴于茗柯，必也成于蒿庵乎？（六·二）

其词“匪独一代之冠，实能超越三唐两宋，与《风》、《骚》、汉乐府相表里，自有词人以来，罕见其匹”，原因在于他能“穷源竟委，根底槃深”，“发源于《国风》、《小雅》，胎息于淮海、大晟，而寝馈于碧山也”；而在词坛位置，则清词向上接续温、韦，前有张惠言一发其旨，但张氏“尚未能尽穷底蕴”，“复古之功，兴于茗柯，必也成于蒿庵”。

接着论其词之超绝，我们试引几则：

> 蒿庵《蝶恋花》四章，所谓托志帏房，眷怀身世者。首章云：“城上斜阳依绿树。门外斑骓，过了偏相顾。玉勒珠鞭何处住？回头不觉天将暮。”“回头”七字，感慨无限。下云：“风里余花都散去。不省分开，何日能重遇？凝睇窥君君莫误，几多心事从君诉。”声情酸楚，却又哀而不

伤。(六·六)

蒿庵《菩萨蛮》诸调,全祖飞卿,而去其浓丽之态,略带本色,境地甚高。如“人人都说江南好,今生只合江南老。水调怨扬州,月明花满楼”。又“懒起学浓妆,偷闲绣凤凰”。又“轻云帘乍卷,香雾罗帏掩。记得嫁王昌,盈盈出画堂”。又“荼蘼开后群芳歇,绿阴满院听鹈鴂。窗外老莺声,都教和泪听”。又“人在木兰舠,春波度远江”。又“郎意若为寻,妾愁江水深”。又“楼头花事急,金雁无消息。怎得晚春时,薄情郎早归”。又“帘外几番雨,香闺梦正浓”。和平温厚,感人自深。温、韦后,一千年来,此调久不弹矣!不谓于蒿庵见之,岂非快事。(六·一一)

蒿庵《丑奴儿慢》云:“飞来燕燕,惊破绿窗残梦。看多少,花昏柳暝,云暗烟浓。望帝春心,枝头曾否解啼红。阑干曲曲,柔丝细细,愁杀游蜂。　　长记那时,成蹊桃李,一样鲜浓。到此际,风风雨雨,谁写春容。迢递仙源,何人寻约到山中。蛾眉休说,入门时候,妒恨偏工。”此感士不遇也。结更深一层说,骨高味古,几欲突过中仙。(六·一七)

认为蒿庵词以“兴”为特点,千古一人,所说的“兴”,就是“托志帏房,眷怀身世”,陈氏此语出自庄棫所写的《复堂词序》,云:“托志帏房,眷怀君国。”即托言于闺帏之间,而表现的是身世、君国之感。庄棫说“君国”,陈义更高,但他也说:“仲修不一见其所长,而家国身世之感,未能或释,触物有怀,盖风人之旨也。”[①]氏的“君国”与“身世”,出于庄棫,这样讲,扩大了比兴的范围,更符合大部分词的存在现实,显得恰当一些。身世之感,就是“感士不遇”,而表现则“和平温厚”,即沉郁深厚。这样来解释庄棫词,解释自己的词学理论,都是恰当的。庄棫词,还有前面所引谭献词,有一个共同的特点,学习温、韦词,他们作为志同道合的词友,一定在一起讨论过,怎样达到“穷源竟委”,达到上接《风》、《骚》,那就是回到词的最初,最标准状态,这一最初,最标准状态就存在于温、韦词中,张惠言“溯其源,而未竟其委”(庄棫《复堂词序》)[②],“竟其委”就在学习温、韦。这样,他们的词就刻意模拟温、韦。如他

① 庄棫《复堂词序》,引自《白雨斋词话足本校注》,第479页。
② 庄棫《复堂词序》,引自《白雨斋词话足本校注》,第483页。

们的《蝶恋花》词：

楼外啼莺依碧树。一片天风，吹折柔条去。玉枕醒来追梦语，中门便是长亭路。　眼底芳春看已算，罢了新妆，只是鸾羞舞。惨绿衣裳年几许，争禁风日争禁雨。（谭献）

城上斜阳依绿树。门外斑骓，过了偏相顾。玉勒珠鞭何处住？回头不觉天将暮。　风里余花都散去。不省分开，何日能重遇？凝睇窥君君莫误，几多心事从君诉。（庄棫）

很显然，都是“托志帏房，眷怀身世者”，对于谭词，陈氏评为“凄警特绝”，“幽愁忧思，极哀怨之致”。对于庄词，陈氏评为“感慨无限”，“声情酸楚，却又哀而不伤”。情感的表现应该说都是发乎情而止乎礼义的。以闺中怨妇的盼夫君，表现自己的身世之感，其刻意模拟温、韦、冯的迹象随处可见。但是，很难看出，谭献是“比”，而庄棫是“兴”。按照陈氏所规定的“兴”的要求：“喻可专指，义可强附，亦不足以言兴”，则两词都没有专指、强附，都是“兴”，而从一千年来词的这种程式化的表现看，其中专义则世人皆知，还有何不确定性可言？从这一角度看，则都是“比”而已，没有多少神秘可言！

再看陈氏所引的庄棫《菩萨蛮》诸调，陈氏谓“全祖飞卿”，其实是学韦庄，如“人人都说江南好，今生只合江南老。水调怨扬州，月明花满楼”，“窗外老莺声，都教和泪听”，“帘外几番雨，香闺梦正浓”。还有学韦庄的民歌调，“郎意若为寻，妾愁江水深”。也有学温庭筠，“懒起学浓妆，偷闲绣凤凰”。《丑奴儿慢》则看出用史达祖语“花昏柳暝，云暗烟浓”，用辛弃疾《摸鱼儿》语意“蛾眉休说，入门时候，妒恨偏工”。前引谭献《蝶恋花》，也是用温、韦、冯、欧语意。从内容到用语、用意，到意象、意境，全面模仿温、韦、冯、欧，是套用而非化用，可以说是很拙劣的。陈氏的称赞完全从理念出发，从常州词派的观念出发，是《白雨斋词话》最不足取之处。

作者简介：孙维城，安庆师范学院文学院教授，出版过专著《千年词史待平章——晚清三大词话研究》等。

刘永济《词论》对现代词学体系建构的贡献

欧明俊

摘　要:《词论》最能够代表刘永济的词学思想,建构了完整独特的词学体系,包括词体学、词源学、词声律学、词创作学、词鉴赏学、词批评学、词社会学、词文化学、比较词学等。他注重引用历代词论家的观点,然后在其基础上提出自己的理论。他论词以“艺”为本位,视词体为独特完美的艺术品。他学术视野宏阔,站在文艺理论的高度来论词,《词论》从体例到思想都明显地受到《文心雕龙》的启发和影响。他对古代词论家的观点,对词学批评之批评,置于史的坐标上动态评价,而不是抽象出来理解和评价。刘永济持有文化综合观和整体观,特别强调异中有同。他对前人词学思想的超越,既体现在观念上,也体现在批评方法及模式上。

关键词:词论;建构;词学体系;“艺”本位;文化整体观

刘永济学问博大精深,研究范围涉及经学、诸子学、史学、文学、文字学、音韵学、版本学、校勘学等学术领域,著有《屈赋通笺》、《屈赋音注详解》、《笺屈余义》、《屈赋释词》、《十四朝文学要略》、《唐人绝句精华》、《文心雕龙校释》等。上古至明清,上下几千年,中国文学史各个发展阶段都留下了真知灼见。他治学之道,特点是由博返约,厚积薄发,文献考据与理论批评相结合。他精于思辨,独立判断,注重吸纳前人思想,又善于推陈出新。他治学走的是通人之路,是博通之学,并不专以词学名家,但他的《词论》、《唐五代两宋词简析》、《微睇室说词》、《宋词声律探源大纲》等,皆为厚重的词学著作,全面地体现了他的词学思想,影响广泛,极有研究价值。限于篇幅,本文专论《词论》对中国现代词学体系建构的贡献,《词论》的理论价值和独特地位,目前词学界重视是不够的。

一

《词论》写于20世纪40年代，是一部通论词学的著作，突出对前代词人作词方法的研究，分类选辑著名词话，加以按语，论其得失。程千帆《刘永济先生传略》记载，刘永济曾经对他说："这事实上是一部词话选，前人的精论要语，都在其中。"①《词论》最能够代表刘永济的主要词学思想，也是他对现代词学体系建构的最主要贡献。全书分卷上和卷下，卷上是通论，分为《名谊》第一，解释"词"概念；《缘起》第二，论词的起源；《宫调》第三，附燕乐四均二十八调表和调名缘起；《声韵》第四，附毛先舒唐人韵四声表；《风会》第五，即论词与时代的关系。卷下为作法，即是词创作学，分为《总术》第一、《取径》第二、《赋情》第三、《体物》第四、《结构》第五、《声采》第六、《余论》第七。这种章节分法，很明显接受张炎《词源》和刘勰《文心雕龙》的影响，《词源》卷下分为音谱、拍眼、制曲、句法、字面、虚字、清空、意趣、用事、咏物、节序、赋情、离情、令曲、杂论等十五部分，而《文心雕龙》更是多达五十章，刘永济本身是《文心雕龙》研究专家，所以他有意学习《文心雕龙》来建构他的词学体系。

《名谊》第一云："词者，其始盖众制之通称也。"②词是由一个个具体词调组成的一种抽象的文体的总称。"专目一体，未知所自"，即单独提出"词"之概念，则不知从何而来。刘永济概括为，约有两谊：一者，"乐家有声有词，古人缘词制调，后人倚声填词，略声举词，故曰词也"；二者，"词者音内而言外，音属宫调，言指歌词，宫调内而难知，歌词外而易见，简内称也，故曰词也"。一从声与词配搭之方法立论，另一从音与言感人之后先立论，包括体与用。刘熙载《艺概》卷四《词曲概》云："乐歌，古以诗，近代以词。如《关雎》、《鹿鸣》，皆声出于言也；词则言出于声矣。故词，声学也。"③这是现代所谓"音乐文学"。刘永济以为"非始制之正名"，"词之为体，广包声律曲调；而词之立名，局指字句篇章"，意即将词当作歌词的辞看待，乃一隅之见，非

① 程千帆《闲堂文薮》，齐鲁书社1984年版，第286页。

② 本文引用《词论》皆出自《刘永济集》，中华书局2007年版，具体注释省略。

③ 刘熙载《艺概》，上海古籍出版社1978年版，第106页。

通达之论。这两方面就是他对词之所以为词的理解。歌曲有作曲，作词，本有曲子词，后来曲不谈，只剩下词。因将视野打开，从歌词发生、发展之各种渠道，包括人乐立名、可歌立名以及篇体立名等渠道，进行全面考察，从而，得出这么一个结论："夫论文学之始者，厥惟风谣：风谣之兴，必资三者：一曰歌辞；二曰音乐；三曰舞蹈。歌辞以宣其情，音乐以象其声，舞蹈以表其容，三者协和，而后文之为艺也始精，其感人也始力。泛观往古众制，惟乐府为能兼之。而词者，乐府之正传，有其长而通其变者也，故能发人情之秘奥、通乐理之精微、济诗歌之绝运、开戏曲之先河，可谓兼包众美者矣。"刘永济以为："词者，乐府之正传也。词之为体，非止歌词之辞，非止歌词一体所能概括。兼包众美，乃其特征之一。"并列举三事，对其特征进一步加以揭示："诗自五言倡于汉代，七言咸于魏世，一句之中杂有单偶之辞，气脉疏荡，已较四言平整者为优，然而错综之妙，变而未极。填词远承乐府杂言之体，故能一调之中长短互节，数句之内奇偶相生，调各有宜，杂而能理，或整若雁阵，或变若游龙，或碎若明珠之走盘，或畅若流泉之赴谷，莫不因情以吐字、准气以位辞，可谓极织综之能事者矣。"又曰："文家遣辞，雅言则违俗，俗言则伤雅。用之廊庙者，不谐于里巷；习于民众者，不重于士夫。求其通上下之用、兼雅俗之宜，无施而不可者，厥惟填词。故能高者比隆于风、雅，下者毗关于歌谣。经史之辞、民俗之谚、方里之音、古今之语，一入名手，俱皆妙谛。牢笼之广、包举之大，有文字以来殆无以比者焉。""词之本体已足度越往制。故虽分镳诗赋而能夺帜文坛，虽晚出后代而能炳曜千古，非偶然也。"他不仅看歌词自身之一体，而且看与歌词相关之众多体制。既注重其极织综之能事者，又注重其得音理之微妙者；既注重其高者，又注重其下者；既考察其近因，又追溯其远源，精辟探源之论。词的包容性和弹性，的确是其他文学难及的。

刘永济强调："一体之兴，其来有渐，核其因果，亦复多端。"《缘起》第二云："溯词体之缘起者多矣。综比而观，约有两说。探索远源者，谓词者六代乐府之流变也，北曲之《捉搦》、《企喻》，南歌之《子夜》、《懊侬》，以及梁、隋君臣颂酒赓色之所作，皆其滥觞也。"他又说"推求近因者，谓词乃唐人律、绝之所嬗化也，《竹枝》、《杨枝》之曲，《凉州》、《伊州》之歌，以及伶官、妓女旗亭画壁之所唱，皆权舆也。"刘永济是从"远源"和"近因"两个方面谈词兴起的缘由，甚有见地。有学者把词的起源、滥觞，和词的成立、发生这些概念混淆了。词的起源是指词之外的母体,词的产生还只是个雏形,比较粗糙,以后定型了,这才是词的自身。关于词的起源,有人认为源于乐府,有人认为源于律诗,还有人认为来源于民间等等,众说纷纭。词的起源有远源,还有近源。词的起源是一源还是多源?词是类名、共名,抽象的概念,真正要谈词的起源,如此多的词调,要具体到究竟是哪个词调最早产生的?不可以简单泛谈整个词的起源。刘永济又谈到"二说之外,更有一事为考艺事者之通则,即诗体变新之原,多由里巷风谣,渐见采于辞人才士也"。词来源于民间。他认为词的产生变化与时代有关"世运之隆污、风俗之厚薄,尤在在与之消长"。刘永济主张词是多源的,在《唐五代两宋词简析》的《总论》中,他认为词体的形成,约有四源:第一,是六朝以来尤其是南朝的小乐府;第二,是唐人的律诗、绝句;第三,是民间的新曲,今人从敦煌收集的《云谣集杂曲子》,更是唐代民间流传的曲子;第四,在音乐方面,除原有的乐调外,有许多来自边疆民族的词调。这四个来源中,从形式和作法方面说,则唐人律、绝的影响要算是最直接的了。唐人唱律诗和绝句,起初是由乐工采取诗人的诗,加以裁截重叠,成为长短句,方始合律。至宣宗李忱时代,始有诗人按谱式为长短句者,如白居易有《忆江南》三首,刘禹锡题"春去也"二词曰"和乐天春词,依《忆江南》曲拍为句",即其明证。

词重声情搭配,什么样的声韵表达什么样的感情。《声韵》第四云:"可知声音之美,在词体为至要也。"刘永济强调词声情的搭配,表达喜悦心情的和表现悲伤,抑或是抒发愤慨的,都要依据不同词调的不同用韵各取所需。他说:"故填词一道,守律宜严,用韵可宽。"又说:"守律宜遵古,用韵不妨从今。"他的观念与时俱进,比较通脱。

刘永济很重要的一个观点,重视"风会"。《风会》第五云:"文艺之事,言派别不如言风会。派别近私,风会则公也。言派别,则主于一二人,易生门户之争;言风会,则国运之隆替、人才之高下、体制之因革,皆与有关焉。盖风会之成,常因缘此三事,故其变也,亦非一二人偶尔所能为。自来论者未能通明,故多偏主。"或以时代,或以地域。"知风会之说,则知欧、晏之近延巳者,宋初犹五代风气也。"他强调词风的变化随着时代的变化而转移。"夫风会之成,既与国运、人才有关,而体制因革,亦自具其条理。则学者立论,安可不参合会通而卤莽为之哉。"刘永济强调言"风会"比人为地划分流派更好。"风会",即思潮、风气,指一定时代、一定环境中众人所趋的一种文化习尚和精神氛围。词风的形成与变迁,确与时代因革变化大有关系。他的“风会”概念,极有理论价值,可惜词学界很少使用他的这一概念。

《词论》卷下论词的“作法”,是为词创作论或曰填词学。他先是引用历代词论家的观点,然后在加上他自己的评述。这些评述,既有他自己创作的经验,也有基于历代词论家观点的评价,既有认同的,也有不赞成的。这样的表述方式提醒我们:不要只顾发表自己所谓新见,要看古人是怎么说的,要充分尊重和体认古人的观点。

《总术》第一主要谈清空、襟抱、胸次,谈创作主体与词创作的关系。“自来品目文艺,有曰风度,有曰气象,有曰气格者,皆指性情得所养,而形诸笔墨者言也。”强调性情,作词要有词人的性情,要有明心慧性才能作好词。“品文家又有所谓词境、意境、境界者”,“文艺之事,析之有三端:一者,人情;二者,物象;三者,文词。文词者,人情、物象所由之以见者也;人情、物象者,文词所依之以成者也。三者之相资,若形、神焉,不可须臾离也。”由词谈到了文艺。《取径》第二论怎样学习古人,既重“词中之学”,又重“词外之学”。何谓“词外之学”?就是除了作词之外要学习掌握的,包括古人之修养,经、史、子皆要学。《赋情》第三论声音、形色、物象和抒情关系,融情入景,即景抒情,借景抒情等各种言情法。认为抒情以含蓄为好,但是有时也可任意决绝,决绝语就是很白很干脆地抒情,露骨直白。《体物》第四,体物即咏物,咏物词是借物言情。《结构》第五,论小令和慢词结构。他认为:“短调出于绝句,贵能含蓄。长调则非出于歌行,故不可使气。”“文艺之美有二要,一曰条贯,二曰错综。”所谓“条贯”,就是一气呵成,“全体一致融注之谓也”。所谓“错综”,即是错综变化,“局势疏荡转变之谓也”。二者都很重要。

《余论》第七,他说学词固然好,但是“须知极自然之作必从极不自然中层层修改而出”。即自然从雕琢中来,不是大笔一挥就能写出好词的,要从雕琢再回到自然,这才是文艺上的自然,是艺术的真正境界。他专门写了《文学中相反相成之义》,说:“填词者每以辛稼轩出语天然,以为易学,群起效之。不知稼轩之看似平易,亦在读破万卷之后,加以天性开朗、功力深厚,故能浑然脱去畦町。此皎然所谓‘先积精思,因神王而得’,蕙风所谓‘愈平易,愈浑成’也。”众人眼中的稼轩词出语天成,其实这和辛弃疾多方面之积累是分不开的。因此学词不能总是强调自然,而要有积学之工,从雕琢而入自然,这一点也是他比较重要的思想。

二

刘永济《词论》建构了独具特色的完整的词学体系，包括词体学、词源学、词声律学、词创作学或称写作学或称填词学、词鉴赏学、词批评学、词社会学、词文化学、比较词学等。他精于创作和鉴赏，是词的行家里手，自然眼光独特，论词以精研作品为基础，自然切实，不作无根之谈，其理论不是自己凭空想象出来的。他注重引用历代词论家的观点，然后在其基础上提出自己的理论，这是我们研究理论时应该具备的品质。文学史研究，首先应是“文学”研究，现在的文学史研究，越来越远离“文学”，应深刻反思。

刘永济的文学观，最重“真”字。况周颐《蕙风词话》卷五云：“问哀感顽艳，‘顽’字云何诠？释曰：‘拙不可及，融重与大于拙之中，郁勃久之，有不得已者出乎其中而不自知，乃至不可解，其殆庶几乎。犹有一言蔽之，若赤子之笑啼然，看似至易，而实至难者也。’”①刘永济诠释曰：“况氏诠释顽字，归本于赤子之笑啼，实则一真字耳。情真之极，转而成痴，痴则非可以理解矣。痴，亦顽字之训释也。”

刘永济说：“又文艺之事，析之有三端焉：一者，人情；二者，物象；三者，文词。文词者，人情、物象所由之以见者也；人情、物象者，文词所依之以成者也。三者之相资，若形神焉，不可须臾离也。故偏举之，则或称意境，或称词境；统举之，则浑曰境界而已。”刘永济称“境界”二字，乃是“人情”、“物象”、“文词”三者之统一，明确指出它的基本内涵，一在“人情”，二在“物象”，三在“文词”。他说“王君之言最明晰”，就是讲王国维的“境界”说，在情、景关系上是清晰的，也就是认可了“境界”说。刘永济对前辈词学理性的态度，他是兼容并包的，并非“主于一二人”，认为“主于一二人，易生门户之争”。

文学观决定词学观。刘永济论词以“艺”为本位，强调文学是“文艺”、“艺事”。早在1922年于长沙湘鄂印刷公司出版的《文学论》中，刘永济即说：“文学为艺术之一”，而“艺术者，应人类精神上一种要求而成立者也。人类有求真之要求，于是有哲学；有求善之要求，于是有伦理；有求美之要求，于是有艺术。故哲学以求智为根本，伦理以合理为根本，艺术以善感为根

① 况周颐撰，屈兴国辑注《蕙风词话辑注》，江西人民出版社2000年版，第250页。

本。哲学属于智识，伦理属于行为，艺术属于情感。真善美之于人类也，实同圆而异其中心。”“文学既为艺术，当然执美为其中心。”①他论词，不是就事论事，就词论词，而是站在文艺理论的高度来论词，他的词论表达的正是他的文艺思想。刘永济用他的文学观来指导他的词学观，由词的感悟又会提炼出文学的理论，具有理论深度。《词论》从体例到思想都明显地受到《文心雕龙》的启发和影响，从“文心”、“词心”、“词境”的阐释、意象的分析，皆留有《文心雕龙》的思想烙印②。

刘永济有自己独特的词学观念，他特别推尊词体，但不是如常州词派只重视内容，重“寄托”，寻求“微言大义”，他更重视词体的艺术特性，视词体为独特完美的艺术品。

刘永济无门户之见，博采众家之长，继承基础上创新。他的词学主张主要渊源于况周颐的《蕙风词话》，但不盲从，是批判性继承。对古代词论家的观点，对词学批评之批评，置于史的坐标上动态评价，而不是抽象出来理解和评价，这是非常深刻的思想，应特别表彰。

刘永济持有文化综合观和整体观，特别强调异中有同，他认为世界并没有那么多特别之处，文化如此，文学如此，词亦如此。他学术视野宏阔，不是就事论事，这正是他博大精深的地方。他对前人词学思想的超越，既体现在观念上，也体现在批评方法及模式上。

作者简介：欧明俊，福建师范大学文学院教授，出版过专著《词学思辨录》、《陆游研究》等。

① 刘永济《文学论　默识录》，中华书局2010年版，第61、62页。

② 参见陈水云《刘永济词论与文心雕龙之相关性考辨》，《中国韵文学刊》2004年第1期。

龙榆生词学的“奇崛”范畴及其现代意义

梅向东

摘　要：龙榆生释“奇崛”有二义。一是某种曲调的声韵组织固有之声情。即在句度、协韵、平仄配合诸方面违拗于和谐原则，则其声情既与“和婉”相向，亦同“豪快”有别，或为依声之拗怒，或为谐律之悲壮。一是词人的神理骨性固有之笔力。它是以雄健之笔振起柔情的魄力，即在声容调度上的拗怒奇姿、章法纵恣开阖，“高健”与“幽咽”、“语浑”与“意深”的相反相成。龙榆生是在重释贺铸、周邦彦词艺术经验基础上建构起了“奇崛”范畴。返豪快、变和婉，成奇崛，涵濡苏、辛精神，以期声情、词情并举，粗豪、软媚并祛，重铸词体艺术，是龙榆生顺应时代，谋求词之现代艺术形态的词学诉求。“奇崛”范畴是龙榆生词学理论批评体系之关纽。

关键词：龙榆生；奇崛；声情；词情

王灼《碧鸡漫志》论北宋词家尤为注目三种现象，一是柳永的“柳氏家法”，二是苏轼的“向上一路”，三是贺铸、周邦彦的“奇崛”。玩其思理，有三。其一，这三种现象各成一体，互为犄角。柳永以“浅近卑俗”而“自成一体”；苏轼以“逸怀浩气”而成“向上一路”；周、贺以“语意精新”而“卓然自立”。其二，这三种现象各有差异，关捩在于音律。柳永“声律谐美”，但“声态可憎”；苏轼“非心醉于音律”，却“新天下耳目”；周、贺则既妙解音律，又“语意精新”。其三，这三种现象各成法乳，个奥在于声情与词情的关系。柳永词情、声情和谐，但失之卑俗；苏轼以诗为词，以词情振声情，却失于“长短不葺之诗”；周、贺则以声情振词情，声情、词情并举，意欲矫拔于卑俗，成“奇崛”面貌①。可以推知，"柳氏家法"蔓延之际，王灼欲力挺东坡宗风，却对苏轼词情漫出声情的"偶尔作歌"不无芥蒂。如何既显东坡式的词情，又能声律谐美，以辟新域，别开生面？于是于周、贺词独有发明，拈出"奇崛"，可谓独具只眼。不过，王灼却似未完全自觉，何谓"奇崛"并无诠释，更无意于将"奇崛"拓展为一个词学范畴。王氏引其端绪，自此之后，词学史于"奇崛"再鲜有问津，直至龙榆生词学的出现。

龙氏词学始于上世纪三十年代，也大成于这一时期。在一系列著述中，其反复论及"奇崛"，如 1933 年的《论贺方回词质胡适之先生》，1934 年的《研究词学之商榷》，1935 年的《清真词叙论》、《今日学词应取之途径》，1937 年的《填词与选调》、《令词之声韵组织》等；且在其他的著述中亦有相关的考量。

一

龙氏首先释"奇崛"为某种曲调依其特殊的声韵组织体现出的一种声情："王灼《碧鸡漫志》云：'柳何敢知世间有《离骚》，惟贺方回、周美成时时得之。贺《六州歌头》、《望湘人》、《吴音子》诸曲，周《大酺》、《兰陵王》诸曲最奇崛，或谓深劲乏韵。'此所谓'奇崛'及'深劲乏韵'，当就其声情言之。……细玩上列各调，所由奇崛之故，有关于句度方面者，有关于协韵方面者，有关于上下句平仄配合方面者。"②又言，王灼所谓"奇崛"，当"从声调上言之。予尝疑周、贺以健笔写柔情，颇受乐曲影响"③。龙榆生将"奇崛"阐发为由贺铸《六州歌头》、《望湘人》、《吴音子》，周邦彦《大酺》、《兰陵王》等诸曲的声韵组织所表的"深劲"之情态。而所谓"乏韵"之"韵"，是指与"深劲"相反的和婉软媚之态。呈和婉软媚之态者，句度上必是奇偶相生，协韵上必是隔句用韵或三句用韵，平仄配合上必是相间用之；也就是说，在句、韵、声诸方面错

① 详参王灼《碧鸡漫志》卷二，唐圭璋编《词话丛编》第 1 册，中华书局 1986 年版，第 84、85、86 页。

② 龙榆生《填词与选调》，《龙榆生词学论文集》，上海古籍出版社 1997 年版，第 178—180 页。

③ 龙榆生《研究词学之商榷》，《龙榆生词学论文集》，第 91 页。

落有致，即有柔婉和谐之声情。反之，如若在句度、协韵、平仄配合诸方面违拗打破错落有致的和谐原则，则其声情即刻变而为拗怒、迫促、急切、激越，这便是“奇崛”。显然，龙榆生是将“奇崛”确立为与“和婉”相对的范畴，视其为句拗、韵拗、声拗的声韵组织所表之声情。正是由于《六州歌头》等诸调于句度、协韵、平仄配合等方面打破了奇偶相生、错落用韵、平仄相间的和谐原则，故而其声情或为《六州歌头》的“激楚苍凉，引吭高歌”，或为《望乡人》、《吴音子》的“怨怒之音”，或为《大酺》与《兰陵王》的“激越苍莽”。即所谓“于拗怒之中，遂见奇崛”①。

然而，是否所有打破和婉之态者，均属“奇崛”？却不尽然。龙榆生论贺、周之异云：“周、贺并称，在当时已为定论；而贺词之风格，乃兼奇崛、悲壮、幽洁、妖冶、盛丽而皆有之；其悲壮之概，乃非美成所有。”②幽洁、妖冶、盛丽均可属于和婉范畴，而奇崛、悲壮明显突越了和婉范畴；将奇崛与悲壮并列，这则表明了悲壮与奇崛有异，悲壮并不一定属于奇崛；但既然奇崛与悲壮都是相对于和婉的，则它们又必有关联。这是龙榆生在总结贺铸词艺术经验的基础上所形成的观念。

贺铸的“悲壮之概”在于何处？在于其“意态雄杰，词情精壮”，此等英姿磊落、权奇倜傥之气概，尤胜于周邦彦。贺词何以能够如此？因为贺铸“既为武弁，又尚气使酒，其性格略近后来之辛弃疾”；贺“与苏门词人张耒友善，间接受东坡影响”③。张耒曾为《东山词》作序；黄庭坚也有“解道江南断肠句，世间惟有贺方回”之誉。贺铸既性格近似稼轩，又与苏门颇有渊源，酿成壮怀郁勃之势就属必然。贺铸《六州歌头》“声情激壮，读之觉方回整个性格，跃然于楮墨间；即以稼轩拟之，似尤逊其豪爽”；其《将进酒》、《行路难》（《小梅花》）“以豪放笔词，抒怀古幽情，体势开张，差与李、杜歌行相近”；《宛溪柳》、《伴云来》、《石州引》诸阕“笔力奇横，声调激越；韩退之所谓‘横空盘硬语’者，庶几近之”。龙氏甚至以贺词为辛弃疾导夫先路：“他的长调也有很多笔力奇横的作品，可以作为辛弃疾的前辈。尤其是他那《六州歌头》和

① 龙榆生《填词与选调》，《龙榆生词学论文集》，第180—181页。
② 龙榆生《论贺方回词质胡适之先生》，《龙榆生词学论文集》，第309页。
③ 龙榆生《论贺方回词质胡适之先生》，《龙榆生词学论文集》，第308、306页。

《水调歌头》，句句押韵，平仄互协，增加了这两个曲调的声情激壮之美。"[1]若参之以夏敬观之言，即知不虚。夏氏称贺词《六州歌头》与《小梅花》曲(《行路难》)"雄姿壮采，不可一世"，"稼轩豪迈之处，从此脱胎"，"细读《东山词》，知其为稼轩所师也。世但言苏、辛为一派，不知方回，亦不知稼轩"[2]。然而，贺铸既有苏、辛式的悲壮之概，而其词又何以不得不能归诸苏、辛一派？周邦彦既无悲壮之概，却又何以可"周、贺并称"？壸奥所在，即是"贺氏不但不为声律所缚，反能利用声律之精密组织，以显示其抑塞磊落，纵恣不可一世之气概"[3]。苏、辛为"曲子律缚不住"，任由苍莽激壮之怀横放杰出，此种性情自是别人望其项背，但法乳所及，却是以不谐音律为代价。而贺铸既有苏、辛式的豪壮情怀，难自遏抑，又不但不为声律所缚，反而能充分利用声律组织挥洒悲壮之概，后者却是苏、辛所缺乏的。周邦彦虽无苏、辛式的豪情壮采，但却同贺铸一样，能利用曲调的精密组织显示拗怒之声情。故而龙榆生谓贺铸："惟其好书史，工语言，长于度曲，故能深婉丽密，如比组绣；非特无粗犷之病，亦无纤巧之失。此在东坡、美成间，特能自开户牖，有两派之长而无其短。"[4]所谓有两派之长，就是既有苏、辛式的悲壮之概，又有与美成一样的谐于音律而又健笔柔情；所谓无两派之短，就是既无苏、辛一派的多不谐音律，失于粗犷，又无美成一派的失于软媚。

耐人寻味的是，龙榆生论贺词"奇崛"，是将其与苏、辛之间互勘互释的。这意味着，贺词与"苏、辛"既有亲缘关系，却又有很大差异；也恰是在这种联系和差异中，龙榆生凸显了贺词"奇崛"之特质：壮怀豪情却谐于音律，可谓谐律而非和婉，谐律而能豪壮。而"苏、辛"多不谐音律，其豪壮之词情往往漫出声情，豪壮而多不谐律，故而为"豪放"，而不可谓"奇崛"。这一特质非但是苏、辛一派所没有的，也是周邦彦词所没有的。由此，龙榆生在把"奇崛"确立为与"和婉"相对的范畴的同时，也把"奇崛"确立为与悲壮、豪放有别的范畴，奇崛可以体现为悲壮、豪放，但后者却不见得是奇崛。

---

① 龙榆生《宋词发展的几个阶段》，《龙榆生词学论文集》，第 223 页。

② 见龙榆生《唐宋名家词选》，上海古籍出版社 1980 年版，第 147、149 页。

③ 龙榆生《论贺方回词质胡适之先生》，《龙榆生词学论文集》，第 314 页。

④ 龙榆生《论贺方回词质胡适之先生》，《龙榆生词学论文集》，第 308 页。

二

既然"奇崛"是某种曲调特殊的声韵组织所表之声情，那么"奇崛"就与选调有关，但它是否仅是一个选调问题？却非如此。"奇崛"既非仅是依"曲拍为句"就有的，也非仅是依谱守律就有的。"奇崛"是一种曲调固有的声情，但它不是死的，它需要作者以其特有的方式炼化而成。这种方式就是"健笔柔情"之笔力。这是龙榆生在总结周邦彦词艺术经验的基础上形成的观念。

自宋以来，论家于周词认知不同，评价不一，龙榆生以为"除王灼外，真知盖寡"。原由所在，正是周邦彦"能于《乐章》、《淮海》之外，别树一帜，而尤以用笔之拗怒奇姿，最为难能"。它是王灼以"奇崛"当之之由。龙氏发现，除了王灼言及的《兰陵王》、《大酺》二调外，清真词诸如《瑞龙吟》、《西河》、《过秦楼》、《氐州第一》、《尉迟杯》、《绕佛阁》、《浪淘沙慢》、《拜星月慢》等曲调，"几全以健笔写柔情，则王灼以'奇崛'评周词，盖为独具只眼矣"①。据此，龙榆生理解的"奇崛"，除了指某种曲调的格式所固有的表情，即依曲调形式所自然生成的情绪外，还与作者的用笔有关，它是如何能以健笔振起柔情的问题。

周邦彦的"健笔柔情""当于高健幽咽，层深浑成处，参取消息"②。"高健幽咽"、"层深浑成"语出毛先舒："北宋词之盛也，其妙处不在豪快，而在高健；不在艳亵，而在幽咽。豪快可以气取，艳亵可以意工。高健幽咽，则关乎神理骨性，难可强也。""词家意欲层深，语欲浑成。作词者大抵意层深者，语便刻画，语浑成者，意便肤浅，两难求也。"③龙榆生以毛氏之语来释"健笔柔情"，大约有这样三个意思。一是所谓"健笔"者，即为"高健"，为"语浑成"；"柔情"者，即为"幽咽"，为"意层深"。所谓"健笔柔情"即是将幽咽之情、层深之意体验为高健之笔、浑成之语。而这实根柢于"神理骨性"，非力强而致。二是"高健"非同于"豪快"，"幽咽"非同于"艳亵"，则健笔柔情既与苏、辛一派有别，也与柳

---

① 龙榆生《清真词叙论》，《龙榆生词学论文集》，第322、321页。

② 龙榆生《清真词叙论》，《龙榆生词学论文集》，第323页。

③ 见王又华《古今词论》，唐圭璋编《词话丛编》第1册，第607、608页。

永、秦观一路不同。三是“高健”与“幽咽”、“语浑”与“意深”是相反相成的。“高健”者往往难成“幽咽”,“幽咽”者往往难成“高健”;“语浑”者往往难成“意深”,“意深”者往往难成“语浑”。而能够做到二者相反相成者,便是周邦彦的“健笔柔情”,这用笔与用情之间的相拗,便是“奇崛”。

清真“高健幽咽”、“层深浑成”体现为:离愁别绪“出之以沉郁顿挫”;“凄凉感慨之音,出以拗怒健爽之笔”;“虽写儿女柔情及羁旅形役之感,而能大笔振迅,幽咽而不流于纤靡,富艳而不失之狂荡”①。这即是柔情以健笔出之,健笔振起柔情。这柔情,或为离愁别绪,或为凄凉感慨,或为儿女之情,或为羁旅形役之感,它们本难高健,本易幽咽;这健笔,或为沉郁顿挫,或为拗怒健爽,或为大笔振迅,它们本难幽咽,本易豪快。这健笔柔情惟其根柢于“神理骨性”,所以“语浑成”“意层深”。龙榆生引梁启超语谓清真“为‘吞咽式’而推为‘促节’圣手”:“在饮恨的状态下,情感才发泄到喉咙,又咽回肚子里去了。所以音节很短促,若断若续。”梁氏所谓“吞咽式”的“促节”,是“饮恨的状态”所表而出,是为“其哀心感者,其声噍以杀”(《礼记·乐记》)。揭橥周词的“健笔柔情”,甚是的当。但龙榆生以为,除此之外,曲调本身的声情和笔力之伸缩更是不可忽视:“音节之短促与靡曼,半由于曲调之关系,半由于笔力之伸缩。”这“笔力伸缩”当在于运笔于词的声韵组织上的超凡魄力,表现在声容调度的拗怒奇姿,章法的纵恣开阖。周济曾以“勾勒法”论清真:“清真浑厚,正于勾勒处见。他人一勾勒便刻削,清真愈钩勒愈浑厚。”(《宋四家词选目录序论》)龙氏之语当与此相通;但龙氏更注重“高健”与“幽咽”、“语浑”与“意深”之间相反相成的“奇崛”之笔:“一以‘奇崛’之笔出之,故无一语不吞吐,而繁音促节,读之使人神王。凡此,皆清真笔力之雄强,有以致之也。”②

三

龙榆生释“奇崛”有二义:一是某种曲调的声韵组织固有之特殊表情,一是词人的神理骨性固有之特殊笔力。前者或与和婉相向,或与豪放有别,或

① 详参龙榆生《清真词叙论》,《龙榆生词学论文集》,第324—332页。

② 上文引龙榆生语,均自龙榆生《清真词叙论》,《龙榆生词学论文集》,第332页。

是依声之拗怒，或是谐律之悲壮；后者是以雄健之笔振起柔情的魄力。周、贺词同有拗怒之声，而又各有其别，各有所长。贺词主要是以其豪壮之慨自然相应于曲调，成之为奇崛，周词则主要是以其健笔振起柔情，成之为奇崛；周是健笔柔情的圣手，自是贺之不及，是为典型的周式奇崛，贺词谐律而能豪壮，却是周邦彦所无，是为典型的贺式奇崛。龙榆生从王灼“接着讲”，其“奇崛”范畴是在对周、贺词的经典重读中而生成的。如果阅读龙榆生从三十年代直至晚年的词学著述，就会发现，正是对于周、贺词的经典重读，构成了其词学重要语境；也正是以此为基点，建构出了其词学话语体系。它体现为两个原则：一是坚守词的艺术本位的原则，一是坚守时代精神的原则。而涵摄这两个原则的正在于“奇崛”范畴。

龙榆生言：“吾尝持‘情、声、词’相应之说，以衡一切韵文。而于唐、宋词，观其曲调之组织，举凡句度长短，平仄配置，与夫叶韵疏密，皆有其所以然之故。而惜乎自来言‘词谱’或‘词律’者，未曾有所发明也。”[①]“持‘情、声、词’相应之说”，即是研寻词的声情与词情的合一如何成为可能，从而揭示词的声韵组织与词的情感、意义之间相应相合的规律。“观其曲调之组织”而有发明，则表明在那一思理架构中研寻词的声韵组织的重要性和创获性。这便是龙氏坚守词之所以为倚声、为长短句、为曲子的艺术本位立场。它也是龙氏重新总结贺、周词艺术经验的目的所在。但艺术本位非是精神本体，如何由词的艺术之本位开掘出词的精神之本，这是龙榆生坚守时代精神的原则所不能不思考的。而词的精神之本，却是贺、周词所不足凭资的。词的精神本体，存在于时代对于词的精神诉求，龙榆生将它体认为苏、辛精神：“惟有从文艺立场，以求其所表现之热情与作者之真生命，且吾民族性，多偏于柔婉，缺乏沉雄刚毅、发扬蹈厉之精神；日言儿女柔情，亦足以消磨英气。所谓‘关西大汉，铜琵琶，铁绰板，唱大江东去’（《吹剑录》）之风度，正今日谈词者所亟应提倡也……瞭然于苏辛词派之特殊精神，以发扬其志趣。”“一代民族精神，于焉寄托……虽屡变而离乐曲益远，要其热烈情绪，盖与日月而长新矣。”[②]对于词来说，“惟有从文艺立场，以求其所表现之热情与作者之真生命”，就是惟有从词的艺术之本位开掘词的精神之本；也惟有苏、辛

① 龙榆生《令词之声韵组织》，《龙榆生词学论文集》，第175页。

② 龙榆生《苏、辛词派之渊源流变》，《龙榆生词学论文集》，第266、285页。

精神，才足资“所表现之热情与作者之真生命”。

而“惟有从文艺立场”，这却不能不诉诸贺、周，而非苏、辛词派。这是龙氏坚守词的艺术本位原则的必然选择。龙氏曾谓：“非敢貌主苏、辛，而相率入于叫嚣伧俗一途，如世之自负为民族张目者比也。”①“入于叫嚣伧俗一途”，或是由于无苏、辛式的“真生命”而勉作壮音，或是由于有苏、辛式的“真生命”而不善为之；音律不谐，词情、声情相悖，共失之犷悍，非但未能张本苏、辛，更非出于“文艺立场”。如何从词的艺术之本位掘出词的苏、辛精神之本，抑或说如何将苏、辛精神体验为声情、词情相应相合、相得益彰的词体艺术形态，就成为了龙榆生重铸词体艺术的现代诉求。龙氏恰是从“奇崛”这一范畴看到了契机：“必欲于苏、辛之外，借助他山，则贺铸之《东山乐府》、周邦彦之《清真集》，兼备刚柔之美，王灼曾以‘奇崛’二字目之。参以二家，亦足化犷悍之习，而免末流之弊矣。”②“私意窃取周氏《四家词选》之义，标举周（清真）、贺（方回）、苏（东坡）、辛（稼轩）四家，领袖一代，而附以唐、宋以来，下逮近代诸家之作，取其格高而情胜，笔健而声谐者，别为一编，示学者以坦途……又别取词调若干，制为简谱，说明其声韵配合之妙，俾学者有所遵循，而便于研习，庶斯道得以微而复振，历久不渝。”③其意图灼然明晰：取贺、周之“奇崛”，显“笔健而声谐”，又“化犷悍之习”，以期将“奇崛”炼化为彰显苏、辛精神的现代词体艺术形态。苏、辛精神由多不协音律而横放杰出的苏、辛词派所挥发，它固然以词情见长，却也以粗豪见短；苏、辛精神必可由恪守音律的非苏、辛词派者所现，以奇崛之声情和笔力所催发，它词情、声情并举，却无犷悍之短。这一体认，不能不是龙榆生的独特创获，非深于词心，不能有之。

四

二十世纪前几十年是中国历史沧桑巨变的岁月，它也将词挟入现代情境。词学面临着现代转型，其诉求就在于：词要表达什么？又如何表达？关于前者，现代词学几无一例外指向了苏、辛精神，这是时代风云际会所由成。

① 龙榆生《答张孟劬先生》，《龙榆生词学论文集》，第490页。

② 龙榆生《今日学词应取之途径》，《龙榆生词学论文集》，第109页。

③ 龙榆生《晚近词风之转变》，《龙榆生词学论文集》，第386页。

以苏、辛式的豪情壮采振起民族，砥砺节操，培植根柢，成为词学的必然选择，龙榆生也一样。但与那种单一的社会政治冲动不同，龙榆生不是简单地把词作为呼号的工具，而是将时代现实问题内敛成了词学本身的问题，这就是，如何将时代精神体验为词的艺术形式，抑或说如何将词的艺术形式体验为时代精神。词要表达什么就在于其如何表达，抑或说词的如何表达就是它要表达的什么，这成为龙榆生一生坚守的信念。这样词学顺应时代的精神诉求，就变成了在新的历史语境下的自我重建与发展契机。对此，应该说龙榆生作了比起他人更为卓越的探索。

在龙氏词学理论批评体系中，主要涵盖了三个方面的内容：一是关于苏、辛词派谱系的建构与研究；二是关于曲调的声韵组织形式本身的研究；三是关于周邦彦、贺铸词的艺术经验的研究。我们大致可以这样认为，第一块的内容是为了解决词要表达什么的问题；第二块的内容是为了解决词如何表达的问题；第三块的内容则是为了解决词要表达什么即在于如何表达本身的问题。其全部旨归在于建构一种富有现代生命力的词体艺术形态。由第一方面确立了这样的观念：苏、辛精神具有词史的普遍性，也具有时代的现实性，它必然是现代词体文学的精神本体；由第二方面确立了这样的观念：词的表达，是以词的声韵组织的表达，离开了词的特殊的声韵组织，就意味着丢失了词本身，所以它必然也是现代词体文学的艺术本位；由第三方面确立了这样的观念：周、贺词的艺术经验凝结于“奇崛”这一范畴，它非但不以音律为桎梏，反而能依声韵组织去挥发拗怒之声、激越之情，既可以规避苏、辛词派的犷悍之失，从而维护词的艺术本位，又可充分地表达苏、辛式情怀，从而维护词的精神本体；是为联接第一、第二方面之关纽。词的现代转型，必定是根于词的艺术的现代转型，必须是从词的艺术本位掘出词的苏、辛精神的现代转型，“奇崛”让这一转型成为可能。龙榆生从王灼“接着讲”，也就成为了其词学进入现代的方式。

基金项目：安徽省哲学社会科学规划办项目《清代皖籍词人与清词史发展研究》（AHSK11—12D187）；安徽省级精品课程《中国文学批评史》（2008JPK01）

作者简介：梅向东，安庆师范学院文学院教授，发表过专著《论况周颐词学的“艳骨”说》等。

东大本双红堂藏清末四川俗曲唱本九种研究

丁淑梅

摘　要:东大本双红堂藏清末四川俗曲唱本 64 册,系长泽规矩也先生旧藏。其中九种俗曲唱本乃是反映清末以来蜀地生活风俗、民情物理的说唱体作品,刻本流播广泛,形制体式丰富,穿缀方言俗语,说唱夹白,流转叙事、乃至拟剧搬演,呈现出鲜明的地域风调和劝勉、劝诫、劝惩的情感取向与主题意涵。

关键词:双红堂;清末;四川;俗曲唱本;劝世

双红堂文库为日本东京大学东洋文化研究所汉籍善本全文影像资料库收藏之孤本和稀见戏曲小说,原为法政大学教授长泽规矩也先生之旧藏①。在其收录晚清四川唱本七帙 64 册中,除 53 册系清末四川地方折子戏本外,有九种实为俗曲唱本,即第九册《莲花闹》、第十七册《犁爬经》、第二十六册《湖广孝歌》、第二十九册《思亲孝歌》、第三十四册《双小曲》、第五十册《四大名山》、第六十一册《戒嫖赌》、第六十二册《新纂三国两晋神哥全本》、第六十四册《醒悟人心》。其以联章、转调等形式形成组曲,每组二至数十首不等,标以小题目或曲调名,合重出计 85 首。这些唱本内容多劝世醒俗,形制可分七类,即乞食歌《莲花闹》,算命歌《犁爬经》,哭丧歌《思亲孝歌》(《湖广孝歌》),风情歌《双小曲》,说春书《四大名山》,神歌《新纂三国两晋神歌全本》,劝善歌《戒嫖赌》及《醒悟人心》,共九种组曲计 85 首,在形制风调、说唱夹

---

①　双红堂文库系法政大学长泽规矩也藏明清戏曲小说,后归东京大学东洋文化研究所。"双红堂"书斋之称,缘长泽先生大正十四年购得宣德十年刊《新编金童玉女娇红记》及觅购崇祯本《娇红记》。东大双红堂文库虽已无"双红"之所在,但文库存明清戏曲小说文献丰富,许多为世罕见。

白、流转叙事方面呈现出浓郁的地方色彩，对于了解清末四川俗曲传唱及风俗民情具有极高价值。

一、劝勉·劝诫·劝惩

东大本双藏九种俗曲题材广泛，内容丰富，虽刊刻成集在四川，却涉及了东南、西南不同地域的风土人情、社会习尚、人事物理。在面对不同阶层、不同行业、处在不同社会境遇中的受众时，显示出不同的情感取向和劝勉、劝诫、劝惩的价值评断。

首先，唱本透过说唱艺人游街走巷、流动贩艺的随遇所见、游历所闻，以写实笔法展现了旧世行业谋生之景观，对于那些以微薄的生活愿望自食其力、依靠手艺操持生业、挣扎于社会底层的普通民众，充满了慰劳、劝勉与悲悯。如《莲花闹》五首，以长江上下游南方都市为背景，铺开一幅幅行业生活与市井风俗图。其杭州一首以染坊染布起兴，以青蓝红黑染色为话头，将观音、洞宾、吕布、关公、张飞等宗教、神话、历史人物随缘说法，然后才转入正篇，正篇表西施、秦雪梅、李三娘、王宝钏、赵五娘、王玉莲等女性人物的贞孝德才，最后落脚到以卖田贩盐为生的"大娘"为主诉对象，以对花唱渔樵耕读、福禄寿喜收结。下江一首以方子铺起兴，由棺材铺唱到剃头铺整容堂，形容剃头匠手艺娴熟是"前六刀后六刀，左六刀来右六刀，还六刀来顺六刀，六六三十六刀"，继而哂笑坛罐铺烧夜壶伙计手艺粗劣，而以霸王、樊哙典故点到即止、对花收结。组曲《莲花闹》不仅取名显示了莲花落于市井热闹时地卖艺献唱的氛围，且展现了光绪年间江南莲花落流入川省，江南市井风习与四川风物民俗融合的场景。《四大名山》"走一家说一家"，用四书古诗语做海椒作料，把小市民买菜占便宜、沾沾自喜的偷巧心理刻画得惟妙惟肖。在唱叙市井买卖活动时，不仅以海椒红硕、花生实沉、匹布色鲜、糍粑甜软、饭店火旺、篾编玲珑、卖盐足秤夸赞小手艺人技艺娴熟、货色齐全，更有趣的是用秤砣落水、水打川城、板岩点灯、剪刀落水、当街使牛、老马莫毛、河中烧火、玉石打船、当街无钱、孩儿不言、口吐清水等俗语取喻，随将摊贩售卖烟叶的成色、质地、口感表唱一番。"到什么山唱什么歌"，从张飞说屠夫生涯，以唐僧撒茶唱采茶营生，看见大娘说喂猪纺棉，碰到财主唱哥子施钱，进了饭店说堂倌跑堂，瞥见洞房唱龙凤呈祥，以黑武士表刘高祖，以洞宾表酒、以织布表机、以卖鱼表鱼，还有吃烟大爷胡子稀，黄胡子大爷文武相，挂耳胡大爷穿戴一品样，杂货店簪珥珊瑚、珍宝绸缎样样全，杂粮店豆子酒米般般在，麻糖老兄煮糖忙，春官受遣说春书，打搅庄户讨口粮。又如《思亲孝歌》唱叙解棺封丧、孝子守七。第一夜进卧房，随行坐卧想爹娘，一七守到五七上，诵经忏办道场，超荐爷娘升天堂。接着历数打渔郎河边撒网遥对长江，打樵郎砍柴望青山，耕田郎完粮坐田边，读书郎书房习文章，放牛郎扯断鼻索、裁缝郎手拿熨斗、剃头郎挥起刀子、卖酒郎挑起烧酒的瞬间，以及卖油行、挛把（赌徒）行、麻糖行、算命行等十数种职业和身份的孝子在持业艰难、生计奔走中想起养育之恩、训导之言而哭怀爹娘、剃发酬亲的情景。这些唱本在表现普通民众谋求生业之景观时，透露了市镇繁华热闹背后小手艺人的辛酸、苦难与从业艰辛；肯定了行业谋生、手艺持家的做人本分、社会良心和职业道德感，与此同时，以悲悯的情怀洞悉了挣扎在底层社会的九流人群为人的奸猾与实诚、收入的多寡与贫富、技艺的粗拙与娴熟，与其简蹙与安逸的生存状态之间的关联。

其次，唱本在反映一些家庭内外人事关系以及由此引发的家族纷争、社会问题时，以道德善恶训导子弟成人立世，尤其是面对下层女性驳杂困苦的生存境遇时，针对不同观听者和情感诉求对象，表现出鲜明的褒贬态度和抚慰、嘱告、劝诫的道德维生意向。如《醒悟人心》之《养育歌》，从人生堕地、十月怀胎、数载养育、寻米求盐、疗病救疾、读书择业、远游望归诸层教导为子感母恩重。《训子歌》从莫许使性骂人、莫许伤生害命、流荡子弟父母过爱子训子。《怀胎歌》从忤逆子遭阴司谴，教育人子长念母亲怀胎养育之恩。《前儿歌》则以闵子骞芦花被故事，前娘子孝后娘亲为感化后娘之良方。《下堂娘》、《寻娘歌》举宋朝朱寿昌辞官寻娘、神应同州、雨店遇娘、相认携归、奉养终年之事，以夫死逼嫁、别子念子之苦况，提醒为子要善待赡养下堂娘。《弟兄歌》以桃园结义为榜样，有难同当、善待子侄、宽仁怀义。《主仆歌》、《师徒歌》则以主人逼死仆人遭阴谴、师傅刻薄待徒，师徒如父子两种样本劝告主人善待下人和仆人劳力。《犁爬经》说唱孤弱嫂嫂和能干嫂嫂再嫁的不同结局和种种情节，从时运、流年、遇煞、蒙丧诸层卜卦算命，《赶柴棚》说与求子心切、妻妾争风的嫂嫂，《走荒郊》说与勤谨积财、避煞除邪的嫂嫂，《排毛子》说与丧夫难守、再嫁被弃的寡妇，《撒汪二》说与丧夫再嫁、寻靠山遇凶夫的寡妇，《白起涎》说与丧夫招摇、卖身风流的小媳妇，《哄婆娘》说与嫁踢踏汉、无子急病的小媳妇,《整死人》说与无子相命、埋儿包胎的嫂嫂……列举各种年龄的孤寡女人求福不得、堕入惨境,以此来训导女人切勿输财纳礼、拜神卜命,而应检点自己,齐家待人、行善积德。在《醒悟人心》组曲中,《训女歌》从锅头灶尾、勤劳和顺唱三从四德为妻之道。《姑嫂歌》举宋臣妻欧阳代小姑如亲女,积善得善果。《妯娌歌》肯定周旋于婆婆、丈夫之间的妯娌互相体恤、患难相扶的生存道理。《公婆歌》举赵大可妻黄氏翻船坠河、地狱削骨化肉,托梦超荐,劝媳妇不可撒泼分家、�骂公婆。《媳妇歌》则反过来以横蛮婆婆打骂逼死媳妇、引起家庭纠纷,劝告恶婆改性从善。《后母歌》以敬婆爱女是一结局、唩婆打子是另一结局,摆出医病良方任你选择。《夫妇歌》以丈夫口吻唱妇道敬夫、聚守家园。《妻妾歌》以家传无嗣娶小妾、丈夫厚道前妻贤、夫妇随顺小妾安为旧世家庭和睦之经。这些唱本在解剖家庭作为社会细胞的作用时,更多从教育和道德劝化角度给予俗众人生训诫,在对待妇女问题上表现出道德守旧立场和同情底层女性不幸的矛盾性,但这些广泛传播的训诫歌,对于困顿底层的女性还是起到了宣泄痛苦、化解悲情、寄托生存希望、寻找生活出路的精神抚慰作用。

再次,唱本在面对末世世风日下、道德堕落,杀生损命、靡费寻欢、贪淫豪赌等种种恶俗浊习与社会乱象时,表达出谴责恶俗、批驳恶行、劝惩恶德的价值评断。如《醒悟人心》之《育婴歌》以婆婆逼媳妇溺婴弃婴,丈夫弃养“赔钱货”遭阴谴来谴责歧视女婴、溺婴害命的恶俗。《牛犬歌》、《鳅鳝歌》、《朔望歌》则以老牛助力务农、黄犬看家防盗戒不杀生,鳅鳝微小一斤千命戒顾惜物命、戒杀放生。《惜钱歌》、《路引歌》、《惜字歌》以捡拾烂钱、烧埋路引、贴纸报单、裱糊烧烟、剪字绣字为惜钱惜物说。《敬神歌》、《劝士歌》以读善书、讲善书、作善歌、刻印散施善书为敬惜字纸又一说。《节俭歌》以马皇后穿布裙斥责女人时尚爱新鲜、男人学穿一品官的奢靡风俗带来的嫖赌、吃烟、斗富、败家等社会问题。与此对照,《醒悟人心》组曲第一首列举闹小旦、吃洋烟、子外传的一等发财汉,铿吝囤积、生子败家、典身卖田的一等刻财汉,“儿女饿的精叫唤,妻子饿的打偏偏”、日嫖夜赌、荡财败家的一等贪淫汉,并举广西金州凶案、江南贼乱惨案,还有砂市胡财主路劫丧命的奇案等,儆戒众人发财积善免灾殃、修桥补路造河船、刷印善书种福田,结善缘十报转仙。《戒嫖赌》从当铺酒店、班主炭客、和尚道人、读书务农、匠人商贾的破败说风流案戒色,家妇偷情与妓女卖淫相对照,嫖客贪淫与院女骗财两敲击，风情与训诫相表里。又如《醒悟人心》之《附戒淫歌》举江南富翁讨妇人灵霄，妇人生子把家倾，富翁忧病丧生；湖广汪必正好淫被逐、饿冻归阴；华亭张员外积善焚书、得子好报；张玉病亡见阎君，延寿回家劝世人，回去领受油锅刑。桩桩件件现世报，警醒世人戒贪淫。《戒赌歌·回心向化歌》唱叙一位赌钱瘾君子输田产、卖祖坟，鬼宝投注，输了又赌，回家发飙。在《醒悟人心》组曲中，《点戏歌》、《戏名歌》、《看戏歌》三首也是戒淫篇。《点戏歌》谴责"淫戏"引动男女、小旦教诱女人渎神丧节，奉劝大家看苦戏忠、化愚积善。《戏名歌》以川省敬神搬《北邙山》，带来叔嫂通奸等社会问题，责点戏会首、剧场艳情，并以道光内江火烧东仓、雷轰生旦现世报醒世。《看戏歌》严戒妇女结伴出游弄风情，伤生害命祸踵行。其实，戏曲在下层社会流行，更主要是因为民众接受戏曲，作为道德驯化、寓教于乐而耳濡目染，并经由实际生活经验，成为生存处世必备之教益。这种戏曲对民间社会的正面影响力更大，而把风俗窳败、人心不古的社会问题咎因于剧场演戏，难免牵强。对于末世恶俗蔓延、恶行遍地、恶德泛滥的社会痼疾，唱本总是举出前世报、眼前报、现世报、阴间报，借古喻今，现身说法，针砭劝惩，昭彰善恶，以微贱的身份发出重建道统、扶助正义、拯救社会良心的呼声。

二、说唱夹白　流转叙事

东大本双藏九种俗曲，大多以五、七字句为主干句式，衍出三、四、六句，以三三四节奏为主，辅以缀音重句、转调加腔，说唱夹白、问答对话，形成了即景抒情、流转叙事的行文特点。

《思亲孝歌》以十二月歌说唱逢春花开、应季插秧、端阳食粽、夏夜纳凉、中秋果饼、冬月寒裳，实是借题发挥、即景说唱，收结悲情，用月份歌敷演三年孝满、饯别爹娘的守丧故事。《新纂三国两晋神哥全本》开篇标"唱"，意在提醒听者在祭祀神明时"唱"的三国神歌，从曹操修书、徐庶荐贤、三顾茅庐、关公逃难、刘备卖鞋、桃园结义、马越檀溪、兵打四川、草船借箭、华容挡曹、五关斩将、许田射猎、东吴招亲、白帝托孤，最后唱出义利之辩，转以伍子胥、专诸、要离等与三国无关的故事续之，再唱两晋三段，后半部分又随附《唱挖哥》一首，用"桃之夭夭"、"之子于归"等成语，"鹞子虽小打岩鹰"等俗语，"既冠而往"等四书语，绘唱妓馆包头劝酒敛钱之态和贪杯穷汉苦情之言，敲鼓棒喝，振醒俗人耳目：风流损性命，金钱坏仁义，守分安乐是人生至理。《四大名山》说春书虽以说为主，但还有唱，还有数落，如首曲第二段“十拜”祈祥，《随游西北》尾曲“十二月”历算，还有首曲结尾：“一字下来一条枪，二郎担山赶太阳。三人摇动紫荆树，四马投唐小秦王。五龙头上保太子，六国封相苏秦郎。七国岑朋来斗阵，八仙子弟闯南阳。九里山前活埋母，十面埋伏楚霸王。十一女子钟无盐，十二刘秀走南阳。十三太保李存孝，十四水手王彦章。十五云南花关索，十六女子鲍三娘。十七王莽闯汉位，十八罗成去投唐。十九征东薛仁贵，二十八宿闹坤场。”此即以数字藏头诗形式，历数图强霸业，点出男女兵将，杂糅天文历算，说唱和合。还如《遍行普天》开篇：“说个三道个三，人活到一十三，血气方刚力无边，上山砍柴连根砍，两担拿来一担担。为人活到二十三，捞根扁担上云南。人人说到云南好，山高难把坡来翻。为人到了三十三，有儿有女治家园。有钱充得男子汉，无钱反见汉子难。为人活到四十三，早些增点银子钱。不把银钱来抛贱，免得后来受熬煎……为人活到九十三，好似破船下陡滩。今晚脱下鞋和靴，哪知明早穿不穿。人活百岁又零三，古今少有这寿元。山中树木有千年，世上难寻百岁男。”这一段数落以“三”之期数，从三、十三数到百零三，人生各段说寿年，回溯浓缩一段从生到死的生命过程。《双小曲》之《数螃蟹》用五更调、绣花儿重句数螃蟹：“一更里绣海河，一个螃蟹几只脚，一个螃蟹八只足。两个大甲甲，用了一个壳，夹又夹得紧，扯又扯不脱，情郎奴的哥，依呼依儿哟。三朵花儿开，绣花儿嗬，梅花菊花榴莲花，四季花儿开，上打金天闹海棠……绣花绣到三更里，螃蟹数到三支上，转唱情女会情郎。”

缀音重句，转调加腔，在九种俗曲中也很常见。如《莲花闹》之“唵唵三朵莲花、唵唵莲花，打动莲花闹客家”，《犁爬经》之“今日落在陷人坑”、“急早修，急早修，急早修个望儿楼”重头句，《胡广孝歌》之“望住坟堆哭一场”、“手把花树哭一场”、“提起秧尖哭一场”、“跪在堂前哭一场”之重尾句。还有《双小曲》之《新刻鲜花调》的“重句”标记，“哎哟哟”、“噫儿哟”的缀音；《新刻绣荷包》之“重句”，“哟嗐”、“哟哟嗐嗐”；《卖花鞋》之尾句重句，“意儿哟”、“哎哟哎哟";《新刻纱窗调》"噫哈噫哈呀"等,都是尖歌倩意[①],皆"土音之善者"[②]之典型。而《犁爬经》之"说他生根等我推"、"运逢七煞马得多"句尾有"加拖"标记,即是重复加腔拖唱之意。《双小曲》尾曲《十二花》前有《太平年》一曲:"小难上坡,太平年年太平奴送哥哥到桥头,大石桥上水长流,大石桥下长流水,露水夫妻不到头。年太平太平年",虽然刻本并未在此处断开,从句意承接看,此处以下即转入《十二花》咏唱,短短几句,辅以"太平年年太平"缀语迭唱,相当于上下曲间的过曲。而转调加腔在风情歌《双小曲》中成为组曲调节音乐旋律、转换叙事节奏的重要结构素。首曲《巴心小曲》以卖花鞋裙钗逗引秀才说风情起,以十双红绣鞋和十月花开喻男女私会情事,以唱剪剪花收结。《新刻鲜花调》以茉莉花、剪剪花喻情女想郎,串起绣荷包卖樱桃、花椒胡椒刺手椒等曲意,逗情郎、梦情郎,唤情郎。《新刻绣荷包》则以五更调、绣荷包唱情女想郎会郎、嘱郎别郎;又续以马头调,以钓鱼作引子,唱剪锭花,表唱思春女急嫁寻郎、遇携子冤家。《卖花鞋》以剪剪花,唱广东绣花女在战乱中为情郎饯行,借白蛇传故事为守情女子鸣不平。《十二杯酒》在江南调兵背景下为情郎劝酒饯行,用数字藏头十二杯酒歌追忆二人瞒亲吃酒、意浓盟誓的恋情,嘱咐情郎行营作战保安全、班师大捷早团圆。《小尼姑》以五更调交代小尼姑家贫卖身,寄住寺庙的不幸身世,以及思凡逃庙、约郎私奔的心思,接唱良家女游庙进香,十月花问郎盼郎,传达尼姑对幸福爱情和美满婚姻的向往之情。《上妆台》以五更调、三杯酒唱情女会郎,叙情郎病重,送汤请医,为情郎做道场后事。《数螃蟹》、《拜新年》、《进兰房》则表唱绣荷包、卖樱桃,叙女子私会堕胎女子再嫁孕前儿投胎事;复以五更调数螃蟹,以对花唱金莲戏叔,荡骗人妻事;再以五更调叙尼姑堕烟花窟,"枕边情人日日新,谁人与奴共长生"的痛苦。这些唱本以转调加腔的方式自然地将处于不同人生困境中的旧世女性生活作了连环画轴式的全景呈现:由此既可见下层女性追求爱情的执着与热烈,渴望幸福生活的选择与行动,更可见旧世女子未婚堕胎、良心忏悔之无奈,有夫之妇遭人戏弄、巧解冤结之慧心,从良女子误入歧途、备受凌辱之窘迫。

① 燕南芝庵《唱论》,《中国古典戏曲论著集成》(一),中国戏剧出版社,1959年版,第160页。

② 李斗《扬州画舫录》卷十,中华书局,1960年版,第257页。

而叙事因素的输入，在说唱抒情的主体视野下流转叙事，尤其是说唱夹白、问答对话的穿插，使得俗曲所要展现的主题性意涵、故事性趣味、戏剧性场景变得鲜活可感、耐人嚼味。如算命歌《犁爬经》前有短序，交代过录此经缘起：壬寅即道光二十二年(1842)，星士陈半山与表兄游行算命，会友赵文准外出，赵家妻妾为无子求命，遭半山表兄蛊惑诓骗钱物，为丈夫责骂投井自缢。为忏悔"星士之罪有不容于死者"而焚书弃业，录经醒世。序文提供这些故事背景，避免了我们把这篇作品看做附会迷信、推销卦经的实用文体——算命经来看待，有助于我们从了解主诉对象、受众心理来梳理《犁爬经》的叙事线索和警戒算命骗术的内在意涵。俗曲演唱这种流动献艺的方式形成了想到什么、看到什么、转而说唱什么的演艺转场、曲唱转调、即物转体、随遇转人、叙述转事的风格，而这种流转的环链得以实现的最关键的因素即是转事。在双藏九种俗曲中，这种转事因素的表现是多种多样的。如《莲花闹》五首之一，在版框上方相应段落刻有"应"、"赵"、"青"、"张大"、"卖棺材"、"剃头铺"、"点八字"、"卖花盆"、"夜壶"等字样，以示唱叙故事段落的转接、牵涉人事变化，起到了提挈故事线索和勾连曲调完整性的作用。而《新纂三国两晋神哥全本》先说三国，后续春秋，再唱两晋，最后随附《唱挖哥》，这种松散杂糅的故事内容和名不副实的结构体制，可能有说唱艺人用三国两晋"全本"故事兜揽生意的考虑，但就前半说历史故事后半转风情笑谑的唱本形态看，加之上图本《三国孝歌》将《唱挖哥》标以《笑话神歌》题目，当是殡葬仪式演唱孝歌娱宾乐众、适应特定场合需要的结果。又如《戒嫖赌》将家妇偷情、院女贪淫两个完全不同的女性角色用嫖客事件承转续接，扩大了曲唱包含的故事容量，从两个不同侧面和角度强化了曲本戒淫主题的社会意义。还有《醒悟人心》之《节妇歌》以尾句"不孝子听缘因，请把下卷怀胎听"自然转入《怀胎歌》叙唱；而《姑嫂歌》后附《右一节》，《节俭歌》后附《第二节》，《寡妇歌》后附《第二节》，或前唱义理、后举人事，或前叙故事、后加生发，构成一种回环照应、联章复沓的叙事程式。在《双小曲》和《醒悟人心》中，说唱夹白、问答对话的运用，不仅拉长了叙事节奏、而且使得整首曲子有了意味深长的结尾和戏剧性的角色搬演风貌。如《醒悟人心》之《妯娌歌》在表唱四个妯娌和顺勤俭一段后，添加了一段说白："你们想这妯娌该有多少好处……想你们公婆一下骂那个，妯娌走下劝几句，说婆婆耐烦些，他是一时的失错，婆婆听到几句好话，那气就消得下去了……况且哪个一下有点紧急病，还是要妯娌进房圈来问你，替你想个方子，再有为儿为女一时得下急病，难道等你爹娘姨娘姊妹来才去？……一个去烧开水，那个去找点药，巴不得把你儿子救好。这样看来又果真谁个恨谁个，又果真那个恨那个的儿女呢？……为甚么动不动就吵就骂，总不想妯娌这些好处？"这段说白以妯娌互相顾惜回护，热心奔走救急、疾病患难相扶之事，苦口婆心劝慰身处大家庭复杂环境中的女性，要推己及人、善待妯娌。这无疑对一般家庭妇女处世为人、解决家庭矛盾提供了形象的修善良方。而《醒悟人心》之《寻娘歌》在唱叙到遇母相认之际，夹叙了一段说白对话，以朱寿昌辞官寻娘、雨店逢娘、哭音相认的故事，在拟剧式角色搬演中达到了高潮。下堂娘再嫁失路、被劫蒙难、未娶夫亡、流落乞食的悲惨景况，与母子相认、回川奉养、官复原职、领受诰封的团圆结局两相对照，更加衬托出寿昌辞官寻娘之可嘉，最后抨击弃娘负亲的不义之举。又如《双小曲》之《新刻纱窗调》，在王大娘和思春女之间有一场富有情趣的对话说唱，以滑稽说风情，以"摸摸搭搭"、"乒乒乓乓"、"叽叽呱呱"的言来语去、声情毕肖的角色推问，将儿女私情的谜底一层层揭开：起初答非所问的思春女，终鼓足勇气表白了游春遇郎、心病难医、拜干娘成全的心迹。

东大本双红堂藏清末四川俗曲唱本九种，在版刻形态、唱本形制，情感指向、艺术情致等方面艺术呈现出鲜明的地域风调。其关注底层的深切同情与悲悯情怀，劝勉、劝诫、劝惩为旨归的劝世醒俗主题，以及说唱抒情、流转叙事、乃至拟剧搬演的声吻姿态，在俗拙的外衣下爆发出生的唤醒的力量。这种"民俗间的抒写，乃像幽谷中的蕙兰，或田野间的花草，虽则比较质朴一点，但自有他们的天然的美丽"，这些"极婉转、极细腻、极深刻，极美丽的作品"①的价值，值得我们不断发现、不断挖掘。

作者简介：丁淑梅，陕西西安人，文学博士，四川大学中国俗文化研究所教授，主要从事中国古代文学、中国古代戏剧史研究。

---

① 重九《苏州的唱本》，《歌谣周刊》第六十号第一版，民国十三年(1924)六月二十二日。

论古代的集句散曲

张明华

摘　要：集句散曲最早出现在元代，在明代得到一定的发展，到清代就开始衰落了。在明代的集句散曲中，爱情题材和俚俗语言具有突出的地位，个别曲调受到某些集句曲家的偏爱，部分作品已经标注语句的原来作者或作品名称。清代的集句散曲数量不多，但专门集唐诗、专集一家散曲和专集一部传奇曲文的作品都出现了。在集句散曲发展的过程中，不仅可以明显看出其由俗到雅的变化过程，而且可以看出其选取语句的方式越来越多样化的趋势。相对于集句诗和集句词，集句散曲不仅出现得比较迟，而且衰落得比较早，没有真正发展起来。

关键词：集句散曲；发展；衰落；特点

集句散曲是在集句诗、集句词的影响下发展起来的诗歌新类别，但是其发展的程度远远不及后二者。据笔者所考，现存历代的集句诗集（或卷）有近300种，集句词集（或卷）也有10多种，可是集句散曲却没有一种专集（或卷）出现。据《全元散曲》、《全明散曲》和《全清散曲》统计，所有的集句散曲作品加起来也不过81首。再加上《全明散曲》失收的明代汪廷讷11首《南曲·懒画眉》，共计92首。集句散曲的发展，既深受一般散曲的影响，又有着一些独到之处，具有一定的的研究价值。散曲有小令和套数两种形式，集句散曲同样是如此。为了统计的方便，本文所说的集句散曲数量以曲子为单位。

一、集句散曲在明代的发展

散曲在元代得到高度发展，但是集句散曲在当时并没有发展起来。根据《全元散曲》统计，能够算得上集句散曲的只有一首，即薛昂夫的《双调·

湘妃怨·集句》：

几年无事傍江湖，醉倒黄公旧酒垆。人间纵有伤心处，也不到刘伶坟上土。醉乡中不辨贤愚。对风流人物，看江山画图，便醉倒何如。①

这首小令中，有些句子直接出自前人的作品，或者略有变化，如"几年"二句出自唐陆龟蒙《和春夕酒醒》，"人间"句出自金元好问《鹧鸪天》（"纵"字元诗原作"更"）；"也不"句出自唐李贺《将进酒》（"也"字李诗原作"酒"）；有的句子虽有出处，但变化较大，如"对风流人物，看江山画图"二句，《元曲三百首》注释："用苏轼词《念奴娇·赤壁怀古》：'大江东去，浪淘尽，千古风流人物。''江山如画，一时多少豪杰。'"②两相比较，彼此之间的差别还是很明显的。有的句子，如"醉乡中不辨贤愚"、"便醉倒何如"，也可能是使用他人的句子，可惜已经无法查找到出处了。这些情况表明，薛昂夫的《双调·湘妃怨·集句》虽以"集句"命名，但并非所有的句子都可以找到出处，尚不甚规范。

到了明代，集句散曲才得到较大的发展，仅现存的就有71首作品。这些作品具有以下几个方面的特点：

其一，爱情题材占有突出的地位。这样的作品有陈铎《南中吕宫·驻云飞·春情集古》4首、金銮《南双调·锁南枝·风情集常言》4首、《风情集常言》4首、陈所闻《南南吕懒画眉·闺怨五阕（集唐诗）》5首、陈子升《南中吕·榴花泣·离思》4首，共21首，约占总数的30%。如陈铎《南中吕宫·驻云飞·春情集古》：

那值残春，雨打梨花深闭门。帘幕东风静，人远天涯近。嗏，情思睡昏昏，正愁人，独出闺门。便觉闲行闷，今夜羞将蓝麝熏。独上妆楼，万古情原一样愁。人比黄花瘦，掩过芙蓉扣。嗏，心意两相投，觉绸缪，月色横空。人约黄昏后，美爱悠欢恰动头。今夜别离，且尽生前酒一

① 隋树森《全元散曲》，中华书局，1964年版，第714页。

② 任中敏、卢前选编，李淼、王竹洁注释《元曲三百首》，吉林文史出版社，1999年版，第95页。

杯。未饮心先醉，多少离人泪。嗏，清减小腰围，两意徘徊，割肚牵肠。留恋你别无意，今榜无名誓不归。许配雄雌，才子佳人信有之。宋玉愁无二，多少伤心事。嗏，颠倒费神思，那人儿，从到京师，无有闲传示，一日归心十二时。①

这组作品以一年轻女子为主人公，表现其思春之情，从白天写到黄昏、夜晚，以至形容憔悴，夜不能寐。爱情诗占主导地位，是明代散曲的突出特征。

其二，俚语受到了集句散曲作者的高度重视。这样的作品有金銮《南双调·锁南枝·风情集常言》4首、《南双调·锁南枝·风情集常言》4首、李登《南仙吕·懒画眉·闲情集古》4首、苏子文《北仙吕·寄生草·集常谈》1首、《南双调·锁南枝·集常谈》5首、套数《南仙吕·桂枝香·集常谈》9首、无名氏《北仙吕·点绛唇·常言俗语》7首，共35首，占总数的49%。如苏子文一人就有15首之多，占明代散曲总数的21%，这个比例是很惊人的。如其小令《北仙吕·寄生草·集常谈》：

猪衔柴狗烧火，羊上树马蹦撬，蛇钻的窟窿蛇知道。佳人有意郎君俏，巧人儿做了拙人儿笑。这山望着那山高，黄梅不落青梅落。②

这首散曲，全用当时的通俗谚语组成，其中有些句子如"蛇钻的窟窿蛇知道"、"这山望着那山高"、"黄梅不落青梅落"等几句，直到今天还为人们所常用。

其三，个别集句曲家对某种曲调表现出特别的偏爱。如汪廷讷《坐隐先生集》卷七有11支散曲小令，竟然全都使用《南曲·懒画眉》。如《棋乐》：

平生碌碌本无奇（放翁），只有操心是要规（许衡）。丛丛绿鬓坐弹棋（王涯），个中真趣吾能会（任翻）。肯向人前浪皱眉（康节）。

① 谢伯阳《全明散曲》，齐鲁书社，1994年版，第475页。
② 《全明散曲》，第4009页。

又如《游兴》：

看水看山自由身（放翁），行乐人生贵及辰（刘因），偶缘疏拙得天真（希文）。山林独往吾何恨（放翁），薄俗嗟嗟难重陈（李颀）。①

单看两首散曲的句式是如此的一致，也不难发现二者之间在曲调上的密切联系。除以上2首外，汪廷讷这样的散曲还有同一曲调的《王建溪见过留宿二阕》、《秋兴三阕》、《鹤巢》、《寄怀陈荩卿》、《花下喜逢真然子》、《代柬邀茅平仲》等，一共多达11首之多。汪廷讷的这11首集句散曲，《全明散曲》失收，汪超宏《明清曲家考》已将其补录。② 仅此一家的一个曲牌的集句散曲，已占明代全部集句散曲的15%，可见其比例之高。

其四，部分作品已经开始注出句子的作者。这方面最突出的是陈子升《离思》（集句）4支曲子：

《南中吕・榴花泣・石榴花》：自君之出矣，不复理残机。洞房帘箔至今垂。小园花暖蝶初飞，春蚕方曳绪，新燕正衔泥。《泣颜回》：王孙归不归，忆君泪落东流水。尔不是居帷帐焉施，尔不是照华烛何为。（张九龄、李商隐、王筠、王维、李颀、秦嘉。）

《喜渔灯》：此情可待成追忆，我心匪石。愿为双黄鹄，比翼戏清池。君家诚易知，易知一去无消息。愁来不理鬓，春至更攒眉。凄凄唧唧复唧唧。打起黄莺儿，莫教枝上啼。（李商隐、《诗经》、魏文帝、《古乐府》、《估客乐》、王僧孺、卓文君、《木兰辞》、盖嘉运）

《扑灯蛾》：徒劳红粉妆，不见青丝骑。回袖掩芳春，简取石榴裙泪也。看朱成碧，为忆君憔悴支离，觅封侯悔教夫婿。戒之甚勿忘，庐江小吏仲卿妻。（刘孝绰、费昶、则天后、王昌龄、无名氏、李白。）

《尾声》：相思相见知何日，思君昔去柳依依，门外萧郎白马嘶。（李

① 汪廷讷《坐隐先生集》，《四库全书存目丛书》集部第188册，齐鲁书社，1997年版，第752—753页。

② 汪超宏《明清曲家考》，中国社会科学出版社，2006年版，第510—512页。

白、萧子显、温庭筠)①

以《喜渔灯》为例,"此情"句出自李商隐《锦瑟》,"我心"句出自《诗经·柏舟》,"愿为"两句出自魏文帝曹丕《于清河见挽船士新婚与妻别》,"君家"句出自《古乐府·相逢行》,"一去无消息"出自释宝月《估客乐》,"愁来"两句出自王僧孺《春闺有怨》,"唧唧复唧唧"出自《木兰辞》,"打起"两句出自金昌绪《春怨》。虽然陈子升原来所注不尽具体和准确,但他的这种做法避免了编造句子的弊病,也给读者核对其材料正误提供了方便。

无论是相对于此前还是其后,明代都是集句散曲作品最多的时期,有71首。此前的元代,仅有1首;此后的清代,亦只有20首;都远远不及明代的数量。

二、清代集句散曲的新变

相对于明代,清代的集句散曲已开始走下坡路了,仅有20首,不及明代的三分之一,但这些作品还是显示了一些新的特点。

其一,集唐散曲得到了发展。据现有的文献看,最早的集唐散曲是明代陈所闻的《南南吕·懒画眉·闺怨五阕》(集唐诗)5首,如其一:

> 禁城春色晓苍苍,海燕双栖玳瑁梁,桃花历乱李花香。年光到处皆堪赏,欲卷珠帘抱恨长。②

今考察全诗,"禁城"句出自贾至《早朝大明宫呈省寮友》,"海燕"句出自沈佺期《古意呈补阙乔知之》,"桃花"句出自贾至《春思》,"年光"句出自张仲素《汉苑行》,"欲卷"句出自王昌龄《西宫春怨》("抱"字,王诗本作"春"),全部出自唐代诗人,是一首合格的集唐散曲。此外,如高志学的《南南吕·懒画眉·李如真招同诸生夜饮》虽以"集古"为注,其实全部出自唐诗。

集唐散曲在清代得到进一步发展,如徐旭旦一人就有《南仙吕·桂枝

---

① 《全明散曲》,第4210—4211页。

② 《全明散曲》,第2483页。

香·幽怨》2 首、《南南吕·一江风·咏渔人》2 首、《南中吕·驻云飞·秋闺月》、《南中吕·驻云飞·边关月》、《南南吕·懒画眉·叙闲》4 首、《北仙吕·寄生草·咏雪》2 首、《南南吕·东瓯令·赋得春韶在望》、《南南吕·东瓯令·赋得夏爽如秋》、《南南吕·东瓯令·赋得清秋坐月》、《南南吕·东瓯令·赋得严冬卧雪》等 16 首，占了清代集句散曲总数的 80%。如《南仙吕·桂枝香·幽怨》2 首其一：

烟条雨叶，莺啼残月。翠屏犹掩金銮，恨对百花时节。谁复商量管弦，商量管弦？画梁尘黦，相对只堪愁绝。容易别，君意轻偕老，长鞭赴狭邪。（集唐）（忘名氏、韦庄、阎选、毛文锡、王建、毛熙震、孙光宪、魏承班、白居易、芮挺章）①

就第一首考察，“烟条”句出自古词《扑蝴蝶》，“莺啼”句出自韦庄《清平乐》，“翠屏”句出自阎选《临江仙》，“恨对”句出自毛文锡《河满子》，“谁复”句出自王建《调笑令》，“画梁”句出自毛文锡《后庭花》，“相对”句出自孙光宪《更漏子》，“容易”句出自魏承班《渔歌子》，“君意”句出自白居易《妇人苦》，“长鞭”句出自芮挺章《江南弄》，不仅所有的句子都未作改动，而且多数句子取自于前人的词句。

其二，出现了专集一家散曲语句写成的集句散曲。这样的作品有孙为霆的两首小令，分别集张可久、乔吉的语句而成。一是《北中吕·卖花声·玉锵过访壶春室因邀小饮集张小山句》：

壶中天地春常在（《满庭芳》），佳客新从云外来（《水仙子》），孤村酒市野花开（《醉太平》）。刘伶不戒，灵均休怪（《山坡羊》），还不了五年诗债（《落梅风》）。

这首散曲所用的句子全部出自元代张可久之手，而且这些句子所在的全文都完整保存到今天。二是《北黄钟·人月圆·雨窗复金陵书集乔梦符句》：

---

① 凌景埏、谢伯阳《全清散曲》，齐鲁书社，1985 年版，第 644 页。

肝肠百炼炉间铁(《卖花声》),回首是蓬莱(《满庭芳》)。山间林下(《玉交枝》),纶巾蒲扇(《满庭芳》),酒令诗牌(《折桂令》)。　醉魂清爽(《卖花声》),举头长啸(《殿前欢》),千古兴怀(《殿前欢》)。闲愁不管(《满庭芳》),一天暮雨(《折桂令》),洗恨秦淮(《殿前欢》)。①

这首散曲所用的句子全部出自乔吉之手。张可久、乔吉是元代最杰出的两位散曲作家,孙为霆分别选取二人的语句写出这样的散曲作品,进一步反证了二人影响的深远。

其三,清代还出现了专集传奇曲文的散曲作品。这样的作品有徐沅清的两首小令,一是《南仙吕·入双调风入松·题集桃花扇句筹即集桃花扇曲文》:

新词细写若飞仙,助你看花对盏。良缘到手鸳鸯券,为甚的蜡红初翦?旧桃花不会传言,一杯酒莫流连。

宗廷虎、李金苓《中国集句史》详细考查了各句的出处:

据查找,各句集引出处依次为:① 第 4 出“侦戏”:“新词细写乌丝阑”;第 33 出“会狱”:“身轻若飞仙。”② 第 4 出,集原句。③ 第 5 出“访翠”:“良缘到手难推让”;第 28 出“题画”:“一行行写下鸳鸯券。”④ 第 4 出:“为甚的萧条闭关?”第 3 出“哄丁”:“两阶蜡红初剪。”⑤ 第 28 出:“旧桃花刘郎又捻”、“一双双不会传言”。⑥ 第 6 出“闹榭”:“刚饮得一杯酒”,第 3 出:“莫流连”。②

根据宗、李二人的考查,这首散曲使用《桃花扇》曲文并不规范,有直接使用原句的,有加以合成的,而且有的改动还很大。类似的情况亦见于《南中吕渔家傲·题集燕子笺句筹即集燕子笺曲文》:

① 《全清散曲》,第 2202—2203 页。

② 宗廷虎、李金苓《中国集句史》,山东文艺出版社,2009 年版,第 293 页。

集群贤花里传觞，宴春风玉女琼浆。抵多少织锦回文，倾杯斛又翻新样。春光作证非虚谎，并不是明珠擎掌。且酌量梅花自主张，一枝枝岂为偏向。①

《桃花扇》、《燕子笺》是清代的传奇作品。徐沅清专门采用二剧的曲文写作集句散曲，虽说与孙为霆专门采用张可久、乔吉的句子写作集句散曲有近似之处，但使用当代的传奇曲文毕竟是有新意的。宗、李二人将其概括为“出现集当代传奇为曲的现象”。

清代集句散曲虽然有一些新的特色，但毕竟总体数量太少，而且后继无人，已经未老先衰了。

三、集句散曲的基本特征

作为散曲中的一个类别，集句散曲与一般散曲有着密切的关系；它又是受集句诗、集句词影响而出现的，因此也与集句诗、集句词有千丝万缕的联系。现从几个方面出发，对其特点进行分析。

其一，集句散曲由俗入雅的倾向非常明显。早在元代，散曲本身已经经历了一个由俗入雅的变化过程。张可久、乔吉就是这一变化过程中的两个关键人物。集句散曲虽然可追溯到元代薛昂夫的《双调·湘妃怨·集句》，但其实是在明代发展起来的。明代的集句散曲也有非常雅丽的，如高志学的《南南吕·懒画眉·李如真招同诸生夜饮》(集古)：

晚来幽独恐伤神，花树留欢夜漏分，羡君谈笑出风尘。白莲社里如相问，鲁国诸生尽在门。②

这5个句子，分别出自杜甫《题郑县亭子》、许浑《瓜州留别李诩》、卢纶《送崔琦赴宣州幕》、温庭筠《寄清凉寺僧》和刘长卿《献淮宁军节度李相公》，只是个别文字有差异(“树”字许诗本作“榭”，“尽”字刘诗本作“在”)。这样

① 《全清散曲》，第1865页。
② 《全明散曲》，第4050页。

的作品，全用唐人的诗句写成，不可谓不雅。又如杨慎的《北仙吕·忆王孙·落花集句》：

绣葩红蒂堕残芳，蝶醉蜂痴一簇香，卢家少妇郁金堂。对斜阳，云雨巫山枉断肠。①

与高志学的小令相比，杨慎的这首集句散曲更加典雅艳丽。但是，在明代的集句散曲中这样的作品毕竟不多，真正能够代表明代集句散曲语言特点的是那些采用通俗谚语写成的"集常言"、"集常谈"一类作品。对此，上节已有具体的分析。

清代的集句散曲中，已经没有了明代占主流的"集常言"、"集常谈"一类作品，所有的集句散曲都已摆脱了俚俗，而走上了"雅"的道路。前文所举的例子已经说明了这一点，这里再举徐旭旦的《南南吕·东瓯令·赋得夏爽如秋》：

人寂寂，门幽幽，三伏炎天凉似秋。山童隔竹敲茶臼，绛雪除烦后。杖藜徐步立芳洲，无日不悠悠。②

像这样的作品，不仅所有的句子出自唐诗，内容表现的是隐士的情怀，无论从哪个角度看，也没有"俗"的因素了。

其二，集句散曲的取句方式更加多样。相对于集句诗和集句词，集句散曲选取句子的范围更加广泛，方式也更加多样。有的作品仅仅采用古人的诗句，如上引高志学的《南南吕·懒画眉·李如真招同诸生夜饮》。有的专门采用古人的词句，如徐旭旦的《南仙吕·桂枝香·幽怨》其二：

角声呜咽，朱弦凄切。西陵风雨潇潇，正是消魂时节。愁聚萧娘柳眉，萧娘柳眉，无明无夜，乱绳千结。无处说，不语匀珠泪，银釭焰影斜。(集唐)(韦庄、毛文锡、温庭筠、毛熙震、李洵、李洵、阎选、孙光宪、鹿虔

① 《全明散曲》，第1440页。
② 《全清散曲》，第647页。

扆、牛峤、魏承班)①

"角声"句出自韦庄《江城子》,"朱弦"句出自毛文锡《临江仙》,"西陵"句出自温庭筠《河渎神》,"正是"句出自毛熙震《清平乐》,"愁聚"句出自李珣《望远行》,"萧娘"句同前,"无明"句出自阎选《河传》,"乱绳"句出自孙光宪《竹枝词》,"无处"句在现存鹿虔扆的词作中无考,然韦庄《应天长》、魏承班《渔歌子》中均有此句,"不语"句出自牛峤《女冠子》,"银釭"句出自魏承班《诉衷情》。有的作品则全部取自前人的散曲句子,如上引的孙为霆的《北中吕·卖花声·玉锵过访壶春室因邀小饮集张小山句》和《北黄钟·人月圆·雨窗复金陵书集乔梦符句》二首;有的甚至专门采用时人的传奇语句,如前引徐沅清的《南仙吕·入双调风入松·题集桃花扇句筹即集桃花扇曲文》和《南中吕渔家傲·题集燕子笺句筹即集燕子笺曲文》。如果说采用前人诗句的情况已见于集句诗和集句词,这种专门采用前人词句、散曲和传奇曲文写作集句散曲的情况,则是集句诗和集句词里没有的新现象。

其三,集句散曲产生迟而衰落早,发展得很不充分。无论是相对于集句诗、集句词还是相对于一般的散曲,集句散曲都产生得比较迟。最早的集句诗是西晋傅咸的《七经诗》,最早的集句词是北宋王安石的《桂枝香》、《菩萨蛮》、《浣溪沙》等作品,而集句散曲是在元代才出现的,最早的作品是薛昂夫的《双调·湘妃怨·集句》,这比集句诗、集句词的出现都要迟得多了。相对于集句诗和集句词来说,集句散曲是如此;相对于一般散曲的发展来说,也是如此。元代是散曲的黄金时期,可是集句散曲却没有发展起来。明代的集句散曲得到一定程度的发展,跟当时社会上集句诗发展势头强劲、集句词也获得一定发展的文学环境有关,也跟一般散曲持续发展的背景有关。

集句散曲虽然出现得较迟,可是其衰落的时间却更早。清代的集句诗、集句词都达到高度繁荣的地步,而集句散曲却过早地衰落了。即使相对于一般的散曲,集句散曲的衰落也显得更早。根据前文的考察,清代集句散曲的数量仅为明代数量的三分之一。自清王朝灭亡以至当代,集句诗、集句词的创作虽然不多,但一直都有作品出现,却罕见集句散曲出现。

最后,简单分析一下集句散曲不发达的原因。从元代开始,集句散曲就

① 《全清散曲》,第 644 页。

已经出现，但一直作品都不多。笔者以为，主要有以下几个方面。(1) 散曲与诗、词同属于广义上的诗歌序列，但其发展的程度不但不能与诗相比，即使与词相比也相距甚远。集句散曲仅仅是散曲中很小的一部分，在散曲本身尚不够发达的前提下，其没有得到充分发展也就容易理解了。(2)“俗”是散曲最重要的特征之一，但是从元代的张可久、乔吉开始，散曲就逐步“雅”化了。相对于一般的散曲，集句散曲的发展有着明显的滞后性。明代发展起来的集句散曲仍以“俗”为其突出特征，但是到了清代，这种“俗”的意味越来越淡，“雅”的特色越来越明显。随着集句散曲的逐步雅化，其与集句词的区别越来越小，其存在的价值也就越来越小了。(3) 参与集句散曲创作的作家人数太少。一种或一类文学形式要发展起来，需要众多作者的积极参与。如果参与人数太少，则该种或该类文学形式就很难真正发展起来。对集句散曲来说，虽然明代陈铎、金銮等重要的散曲作家都积极参与集句散曲创作，也有如苏子文一人就有 15 首集句散曲这样的作家，但总共不到 10 人，作品才 71 首；到了清代，虽然也有徐旭旦这样重视集句散曲的作家，但即使算上他，也仅有 3 人，实在太少了。

集句散曲既是散曲的一种分支，也是集句诗歌的一个类别，从中不仅可以看出集句诗、集句词的影响，也可以看出散曲的影响。

基金项目：国家社会科学基金后期资助项目《文化视域中的集句诗研究》(12FZW047)。

作者简介：张明华，男，安徽阜阳人，阜阳师范学院文学院教授。出版过《集句诗嬗变研究》、《集句诗文献研究》等。

试论金元之际词曲互渗现象

——白朴词与散曲的比较研究

马琳娜

摘　要：白朴是元杂剧文采派的代表，“元曲四大家”之一；同时他又长于填词，有《天籁集》传世，一身兼擅雅俗两类文体。本文将白朴的词曲从内容题材到艺术风格等方面进行比较研究，结合作家本身所具有的主、客观因素，探讨白朴词曲之间相互影响、相互渗透的现象，进而研究金元之际的特定历史时期词曲互动的这一较为普遍的文学现象，以及这种现象对文体演变和发展的影响。

关键词：白朴；词；曲；互渗

明人王骥德有云：“曲之异于词，道迴不侔也。……文人以词为曲也，误矣，必不可言曲也。”①可见从那时候起就有人对词与曲之间的异同进行关注。李渔曾论道：“诗有诗之腔调，曲有曲之腔调。诗之腔调宜古雅，曲之腔调宜近俗，词之腔调则雅俗相和之间”②。今人王易也曾说过：“词意宜雅，曲则宜稍通俗。词敛而曲放，词静而曲动，词深而曲广，词纵而曲横。以词笔为曲，不免意徇于辞；以曲法为词，亦将辞浮于意。”③词曲之异，研究者们已有充分的体悟和认识。而元曲是元代的文学主流，元词则与元曲在相同的文学背景下共生而互动，处于同一时代的不同文体之间，必然会存在着相互影响、相互渗透的现象。这种词曲间的相互渗透现象也越来越受到今人

---

① 王骥德《杂论》，见《曲律》，湖南人民出版社 1983 年版。

② 李渔《窥词管见》，见《李渔全集》，浙江古籍出版社 1991 年版。

③ 王易《词曲史》，东方出版社 1996 年版。

的关注。

白朴是元曲四大家之一，他的杂剧与散曲方面的成就已得到大家的公认。其词作《天籁集》收词 104 首，思想内涵丰富，又表现出鲜明的艺术特色，具有较高的艺术价值。可以说，白朴是元代为数极少的兼擅词曲，并有所建树的作家。本文试以白朴为研究对象、立足于其词曲创作，通过对白朴词与散曲的比较研究，进一步探究金元之际词曲之异同与互动关系。

一

白朴词作所表现的内容相当深广，有不少作品对当时的一些国家大事有所反映。这其中不乏歌颂蒙元的统一大业和为之建功立业的谋臣良将之作，是白朴词中非常重要的一部分。

1254 年白朴到亳县，赋词《凤凰台上忆吹箫·题阕》，称颂镇守亳县的张柔"笳鼓秋风，旌旗落日，使君威震雄边"，歌颂他的功业"江淮地，三军耀武，万灶屯田"，特别对蒙古实现一统事业及建立功勋的将帅寄予极大的期望："明年看，平吴事了，图像凌烟"。

元朝统一后白朴希望政治清明，作《木兰花慢·已丑送胡绍开王仲谋两按察赴浙右闽中任》一词，其中"相逢广陵陌上，恨一尊不尽故人情"表达了与友人的依依惜别之情，"留着调笑元老手，却来同佐平"一句也表达了希望他们能够为政清廉的愿望。

这些酬赠应和的作品，往往投其所好从对方的愿望出发去表达自己的称美之意和良好祝愿，虽难免有言不由衷的成分，但总体上表达了作者向往荣利和赞美功名的思想。

白朴反映现实的词作中另有一类是关心国计民生、人民疾苦的。《满江红·用前韵留别巴陵诸公，时至元十四年冬》："棋罢不知人换世，兵余尤见川流血"，借感叹岳阳楼的兴衰暗写了十七年前元军在岳阳的一次大屠杀。《朝中措·题阙》对蝗灾中人民的流离失所，"委填沟壑"，表现了深切的同情，祝愿丰收"四海金穰"。甚至是闲适词中也有对当时社会的反映，《木兰花慢·听鸣驺入谷》中一句"笑蕞尔倭奴，抗衡上国，挑祸中原"，对日本强盗的行为予以谴责。这些涉及国计民生的大事，在白朴的词中虽未得到充分的反映，但是或多或少地表明了白朴在入元以后的政治立场和思想倾向，说明白朴心中对尘世苍生的牵挂，而这些在他的散曲中却没有得到丝毫的显露和反映。

咏史题材在白朴的词中也是较为常见的，《天籁集》中的咏史词有十多首。白朴的思想深受时代和家庭的影响，往往触景生情，发出满目山川之叹，流露出对故国的哀思。《石州慢·丙寅九月，期杨翔卿不至，书怀、用少陵诗语》云："少陵野老，杖藜潜步江头，几回饮恨吞声哭"，同时还以商山采芝、东篱赏菊之典，反映了白朴自己作为一介遗民心中埋藏着的极为深沉的郁愤不平。《水调歌头·初至金陵，诸公会饮，因用北州集咸阳怀古韵》可以作为他这类词的代表，在白朴看来，历史的发展就是朝代的兴废更迭，因而"新亭何苦流涕"，实在是大可不必。千古江山固然能引起后人的慷慨遗恨，但也只是"唤起六朝梦，山色有无中"，对历史的发展采取了无可奈何的虚无主义的态度。通过对古今兴废、人世沧桑变化的慨叹，借古伤今，曲折地、隐晦地表现自己的故国的怀念和哀思。

而上述题材的作品在白朴的散曲中似乎不见，仅有〔中吕·阳春曲〕《知几》之四、〔双调·庆东原〕《叹世》、〔仙吕·寄生草〕《饮》这几首，通过用典，借助历史人物，表达了人生无常的情绪和淡泊名利的思想，将黍离之感转化为一种放旷超脱，以超身世外来弥合心灵的创伤。相对于词中以对历史上的人和事、景和物进行吟咏，从而直接或是间接地表达故国之思，山川之叹，曲更多的是抒发一种隐逸、闲适的情怀，虽有郁愤，但冷静、旁观。

可以看出，白朴散曲所表现的内容相对狭窄了许多。这与词和散曲的体裁、传统文风有着密切的关系。词始生于唐代，成熟和发达在宋朝，特别是经历了南宋一百多年战乱的磨练，用它来表现有关国计民生、民族兴亡的大事，或抒发故国之思、黍离之叹的作品比比皆是，这也逐渐成为南宋以来爱国词人词作的特色和传统。金元时期沿袭并强化了两宋以来的"以诗入词"的词体发展趋势，词在题材方面在"缘情"的同时也开始"言志"。而散曲则脱胎于俚歌俗调，在金末元初由于文人社会地位的改变，通过行院勾栏，由民间渗入文人层。它受特定的社会思潮、文学新风、社会习俗以及文人境况的影响，以写情、状物为主，以俳谐为其基本格调，一时难登正统文学的大雅之堂。再加上传统文学理论和文学观点的偏见，所以也就很少被文人雅士用来表现自己的政治观点，用它来反映国家大事。从金代的元好问，到与白朴同时期的关汉卿、马致远，这些初期的元曲作家由于面临异族君临、国破家亡的局面，曲创作中对政治缄口，即使对政事稍有涉及也不敢多谈，正如白朴在他的〔中吕·阳春曲〕《知几》中说的“知荣知辱牢缄口，谁是谁非暗点头”，他们所留下的散曲也几乎看不到这类题材的反映。白朴作为一个受传统影响颇深的文人，自然也不会逆而行之。

白朴的词和散曲在题材和内容上虽有差异，但是同属于韵文这一文体，自然也会有着共同之处。隐逸主题，在白朴的词和散曲中都一再表现，有时还表现得相当强烈。江南行御史台友人推荐他出仕，他写了一首《沁园春》婉言谢绝，说自己虽然“一身九患”，有“百年孤愤”，但已进入老年，“怕机事缠头”，希望在“长林丰草间”度过晚年。

“一壶酒，浇平磊块，问甚功名”，“闲身好，浮家泛宅，聊寄平生”。（《绿头鸭·洞庭怀古》）

“人生何苦奔竞，勘破大槐宫。不入麒麟画里，却喜鲈鱼江上，一宅了杨雄。且饮建业水，莫羡富家翁。”（《水调歌头》）

这些词，都表明自己不愿奔走于宦途，寻求功名利禄，而企望过着山林悠闲的自在生活。

在散曲中比较典型的如套数〔双调·乔木查〕《对景》中说“岁月如流水，消磨尽自古豪杰。盖世功名总是空”，“休痴休呆，蜗角蝇利，名亲共利切”，流露出对于功名的蔑视。〔中吕·阳春曲〕《知几》之一、〔仙吕·寄生草〕《饮》、〔双调·沉醉东风〕《渔父》等小令无不流露出与世无争、随遇而安、期于适意的思想情绪。

白朴这种思想情绪的产生，不仅因为他国破、家亡、失母等个人经历的特殊因素。另外元代道教盛行，道家思想广为流传，为不被重用或不愿被重用的广大知识分子找到了一个思想上寄托的境地，他受道家哲学思想的熏陶和影响，庄子的物我两忘、清静无为，使自己与大自然融为一体，顺其自然，随遇而安，与白朴不愿仕进、与世无争的思想不谋而合。元代文人的诗、词、曲中大量反映了这种思想和题材。

表现男女恋情和离愁别恨的作品在白朴的词和散曲中也占了相当的比重，这类作品涉及的对象也较为广泛，有情人、有歌姬、有乐工。《满江红·庚戌春别燕城》将与恋人离别时的绵绵情意写得十分真切，《木兰花慢·歌者樊娃索赋》、《水调歌头·夜醉西楼为楚英作》表现了他诗酒优游、沉醉青楼的生活，但不难看出他对自己钟情的女子感情是深挚的。白朴继承了传统词的以“言情”为主的表现方法,作者多自己置身其中,表达自己的真感情。这类题材在散曲中更是常见,有十几首散曲都是这样的内容。〔越调·小桃红〕是为怀念歌姬赵氏而作,忆当时相聚的欢娱,如今不免为之黯然。〔中吕·阳春曲〕《题情》之四:“从来好事天生险,自古瓜儿苦后甜。奶娘催逼紧拘钳,甚是严,越间阻越情忺。”写一位女子大胆地表露心中的爱情,此曲好像一首感情热烈语言泼辣的民歌,读完让人回味不已。散曲中还写了男女的离愁别恨。套数〔仙吕·点绛唇〕刻画了一个思念远方丈夫的妇女形象,惟恐丈夫在外另有新欢:“莫吃秦楼酒、谢家茶,不思量执手临歧话”。与词不同的是,白朴的散曲在表现言情题材时多是采用一种“代言”的方式来表达一方对另一方的思念之情,因而散曲在表达方式上相对直露,而词则比较含蓄,但总体上感情是真挚、深沉的。

二

词曲在风格上的不同,前人已有论述,“词境精工细巧……含而不露,神于言外,使人一唱三叹,玩味无穷。曲境则不然,它以酣畅明达、直率痛快为能事。”①白朴作为一位词曲兼擅的作家,在创作上就容易使两者的界限分得不很清楚,再加上词曲本来的渊源关系和同为长短句的体制特点,往往会产生词趋俗而似曲、曲近雅而似词的混同感。所以白朴的词和散曲不但在情趣、风格上有相近之处,在文辞上也有互通之处。宋、金、元之交既是历史变革的时期,也是文体革新的时期。这一时期中国实现了由分裂到统一的历史转变,民族的统一也带来了文化大融合,引起了文体的革新——即曲兴而词衰。因此在技法与格调上,词受散曲的影响很大,语言近“俗”,以“曲语”入词;表现手法比较直露。白朴的词有明显趋于散曲化的特征。如白朴有名的《水调歌头》起句云:“朝花几回谢,春草几回空。人生何苦奔竞,勘破大槐宫。”头两句不错,有一种兴亡怀古的深沉历史感受,但是下面两句却非常直白,感觉余蕴实在不够,缺乏传统词的迂回曲折。王国维就此批判:“《天籁集》粗率之甚,不足为稼轩奴隶。”②这样的批判未免失之偏颇,但是

① 李泽厚《美的历程》,安徽文艺出版社 1994 年版。
② 王国维《人间词话》,上海古籍出版社 2001 年版。

从中可以看出白朴的词直陈其事、语言通俗，近于曲风。

白朴词中无论是描述自己的处境，还是表述自己的心情，都写得非常朴素自然，语言浅显，有的甚至接近口语。

如《西江月·渔父》：

世故重重厄网，生涯小小渔船。白鸥波底五湖天，别是秋光一片。竹叶醅浮绿酽，桃花浪渍红鲜。醉乡日月武陵边，管甚陵迁谷变。

这首词的基调很像曲，用叠字“重重”、“小小”，此前虽有李清照的“寻寻觅觅，冷冷清清，凄凄惨惨戚戚”，但相比之下明显可看出李清照注重渲染意境，故而所用的叠词是比较抽象的，白朴此处的叠词则更有曲化的味道，而且整首词语言浅显明白，不加任何雕饰；特别是结构平实，缺乏词的曲折婉转之致，是一首曲化痕迹明显的作品。

又如《浣溪沙》：

世事方艰便猛回，丛筠佳处得栽培，花光别有一枝梅。　　头似雪盔哪复漆，心如风篆也无灰。生前相遇且衔杯。

此词是作者酒席之间赠予金禅师的，整体语言风格浅显通俗，还很有滑稽调笑的味道。将这位六旬老人的白发比作“雪盔”，颇有喜剧意味，这也是散曲化色彩较强的一个例子。

白朴词中出现这种情况，并不仅仅是词、曲两种韵文体裁相互影响的结果，它有着特定的社会现实背景。白朴身处易代之际，饱经离乱，往往抹不去故国之思。所以王博文说：“自幼经丧乱，仓皇失母，便有山川满目之叹。逮亡国，恒郁郁不乐。以故放浪形骸，期于适意。”[①]既然“放浪形骸”，作词就可以直陈意念，叹想叹之事，抒欲抒之情，不需要过于隐晦，这就大大改变了词的抒情方式，使得词出现“散曲化”的倾向。

白朴的散曲多格并存，清丽之作颇多，也不乏豪放之作。而由于其中不少揽入了词境，使得其曲的主导倾向是雅化。〔双调·得胜乐〕《秋》：“玉露

① 王博文《天籁集序》，见王文才《白朴戏曲集校注》，人民文学出版社 1984 年版。

冷，蛩吟砌。听落叶西风渭水，寒雁儿长空嘹唳。陶元亮醉在东篱。”首二句让人联想起姜夔著名的词作《齐天乐·吟蟋蟀》，后一句则化用唐代著名诗人贾岛“西风吹渭水，落叶满长安”的诗句。散曲多用俗典名句，是散曲在雅化中又保留其通俗性的一种独特方式。末句用东篱赏菊之典，与前数句忧叹世事形成对照，更显现了作者的超脱之志。〔越调·小桃红〕更是被误以为词，收入《天籁集》中。请看：

云鬟风鬓浅梳妆，取次樽前唱。比着当时□江上，减容光。故人别后应无恙？伤心留得，软金罗袖，犹带贾充香。

将它误收入《天籁集》一方面是因为宋词中有《小桃红》这一词调，而另一方面，此曲颇有词风，首句即用了宋人词中喜用的“云鬟风鬓”一词，“软金罗袖”二句又化用了柳永的《彩云归》词：“别来最苦襟袖，依约尚有余香”，全曲雅致而含蓄，将离别后的惆怅娓娓道来。

套曲〔双调·乔木查〕《对景》前两篇分别写春景和夏景，景物清丽细密，但细细品味，在这季节变迁之中却隐含了感物伤春之情，透出了似水年华之忧，曲折婉转，颇类词语。因而清人杜文澜明知“此元人套数乐府”却截取此套的前两支作为上下阕，改用词牌《木笪》名，收入《词律补遗》；王奕清等编的《钦定词谱》也收入了此首《木笪》。

用典、化用前人诗词成句，是白朴散曲“词化”的又一个表现。引经据典，是中国文人作诗填词的传统习惯，在唐宋人中已不乏此举，白朴继承了这一传统，作散曲善于根据自己境遇或经历用典，往往和谐自然、不着痕迹。〔双调·庆东原〕《叹世》对建功立业加以否定：“那里也能言陆贾，那里也良谋子牙，那里也豪气张华？千古是非心，一夕渔樵话。”奉劝世人不要贪恋高官，像陆贾、姜子牙、张华这样功勋卓著的名臣，他们的是非功过，也不过成了渔民樵夫夜晚闲暇的谈资。选择这三个名典入曲，与曲题非常切合，看似信手拈来，实则经过精心提炼的。〔双调·沉醉东风〕《渔父》中“虽无刎颈交，却有忘机友”，二典用得更为精彩，以“忘机友”与“刎颈交”相对照，表现了渔父自然无为，与大自然和谐相处，远离尘俗的自由自在。精彩的典故，大大丰富了散曲的思想内涵。

白朴在散曲中用典和化用前人诗句，显示了其学识的渊博；他借古人之话语准确地传达了自己的人生经验和感受，其感情又是出自肺腑的。白朴以传统文学的语言形式对散曲的“俚语”加以某种改造，给以通俗为特征的散曲输入了雅化的因素。因而可以说，白朴将诗词中的用典和融化前人诗意的方法运用于散曲，带来了其散曲“雅化”的主导倾向，将散曲拉入了诗词化的轨道。

白朴的词与散曲相互渗透、相互影响，构筑起了其词曲“文而不文，俗而不俗”，雅俗共赏的基本风貌。

三

通过比较我们发现白朴的词存在着明显的散曲化倾向，同时白朴的散曲创作又受词的影响，有“雅化”的趋势。其实在金元时代都存在着这种词曲互通的现象，它构成了金元文学的一个重要倾向。

词本来对散曲的形成和发展产生过重大的影响，但文学体裁之间的影响并不是单向的，而是相互作用。这种相互作用从散曲产生的那一天就开始了。“金元词人集中，往往羼入曲调。如王恽《秋涧乐府》中，竟有三十九种曲调，其他作家亦多类此……至如太常引、人月圆等调，词曲全同，无法区分。”①以至有人提出“未有曲时，词即是曲；既有曲时，曲可悟词。苟曲理未明，词亦恐难独善矣。”②由于词曲界限的交融，使得以曲、文、隐为特征的词丧失了自己的品格而呈现出散曲的特征来。任中敏在《词曲通义》中注意到了词曲风格的相互影响：“词主婉约，而曲主豪放，且又互易其所主者以为辅，于是词中不免有豪放，而曲中亦不免有婉约也。”刘毓盘也谈到“元人词其流利者每似曲”，“关、马、郑、白为元曲四大家，鲜于枢、姚燧、冯子振、白无咎、乔吉、张可久、陶宗仪等皆工于曲，故其词亦近于曲”③。元词毕竟处于曲的时代中，它不可能不受到整个时代风习的影响，词的曲化，在金元词中虽然不是普遍的，但却代表了金元词的某种倾向。

通观金元词我们发现，词体大规模地从舞榭歌台走向市井乡间，从君国

① 唐圭璋《全金元词·凡例》，见《全金元词》，中华书局1979年版。

② 刘熙载《艺概》，上海古籍出版社1978年版。

③ 刘毓盘《词史》，上海书店1985年版。

之思走向平凡人生，不再局限于以雅相尚的樊篱，题材发生了新变。受散曲的影响，针砭时态人情讽喻时事之词作开始出现。题材的变化也带来了金元词语言的转变，以“曲语”入词。上述词作语言向曲靠拢十分明显。元人继承了周邦彦、姜夔作词的“法度”，但舍弃了其过于富艳雅丽的语言，而从“曲”中摄取“本色”的语言，出现了不少用语直白，抒情真切的词作。其实元词中不少传统题材的作品在语言上也出现了曲化的特征。元曲作为接近市井和普通民众的一种大众性的表演艺术，在语言上不可能像纯粹的文人创作那样典雅精粹，它以民间口语、俗语为基本语言材料进行加工提炼，在表现形式上以流利明快见长而不避通俗。受到曲的影响，这种语言特征在金元词中较为常见。

与语言的俚俗化相一致，金元词中的某些作品在整体风格上也呈现出通俗化的特征。杨果的《太常引》词中“谁料一儒冠。直推上、淮阴将坛”、“且放酒肠宽。道蜀难、而今更难”，直陈其事，明白晓畅，很有散曲的风味。张弘范的《鹧鸪天·围襄阳》慷慨激昂，“铁甲珊珊渡汉江，南蛮尤自不归降”、“鬼门功劳今日了，好去临江醉一场”直抒胸臆，淋漓地展现出驰骋沙场的英雄之气，可以明显看出散曲化的倾向。

词的“散曲化”倾向固然一定程度上造成了“意境松淡乃至清浅的弊病”①，但却为词的发展带来了一些新气象，形成了元词活泼灵动的情调，丰富了词自身的表现形态和手段，在曲一统文坛的元代，体现出词体自身求变的努力；但是从另一方面而言，也削弱了词体的自身特征。无论如何，词体的曲化发展趋势是元代所特有的，构成了金元词发展的一个重要倾向。

另一方面，散曲文学在产生之时，注入了民歌俗曲鲜活的生命力，给战乱中的文坛带来了新的样式，经文人染指后便一发而不可收拾。而文人的散曲由于传统诗词创作的惯性，带有着诗词的影子。文人们炼俗为雅，质朴中见文采，刚健中显温润，正所谓“雅不避俗，俗不伤雅”。因而散曲在兴盛之初，就不自觉地注入了“雅”的因素。语言工整对仗又有所变通，形成了元曲“文而不文，俗而不俗”的语言特征。白朴处于元散曲的始盛时期，其散曲中的雅化倾向在前文中已详细论述，可以看出他的散曲受词的影响很深。白朴曾对好友王博文说：“作诗不及唐人。未可轻言诗；平生留意长短句，失

① 邓绍基《元代文学史》，人民文学出版社 1991 年版。

散之余，仅二百首，愿吾子序之。”①他亲手编辑自己的词集《天籁集》，不收散曲，表明他对诗、词与曲之别有着相当清楚的认识和见解。即使这样，作为元曲四大家之一的白朴，在散曲中仍有相当程度的雅化，可以说这是一种不自觉的表现。其他如卢挚、姚燧、马致远、刘敏中等作家的散曲中都或多或少地呈现出“雅化”的倾向，可以说，这种“雅化”之风在此时已经普遍展开并形成了散曲文学的突出风格。被誉为元代散曲中压卷之作的马致远〔双调·夜行船〕《秋思》，融入了诗词的语言，又吸收了生动的口语，将二者完美结合，历来备受推崇。周德清评此曲“此才是乐府，不重韵，无衬字，韵险语峻”②。及至元代中后期，以乔吉、张可久为代表的清丽派形成，将散曲文学的这种“类曲化”的雅化倾向推到了极致。

散曲文学初兴时即发生的“类词化”现象在后来的散曲创作中不断深化，这种“雅化”的延续和深化说明了散曲的“类词化”现象不仅出于最初擅长作词的曲家转作散曲时的惯性，在更深层的意味上，它显示了文学发展的内在趋势。而返归传统诗词，散曲文学就逐渐失去了它的本色，走向了衰落。

我们通过对白朴的词曲创作的比较研究分析了金元之际词曲互相渗透的现象，它们构成了金元文学的一个重要特征。

作者简介：马琳娜，南京晓庄学院人文学院讲师。

① 王博文《天籁集序》，见王文才《白朴戏曲集校注》，人民文学出版社 1984 年版。
② 周德清《中原音韵》，见《中国古典戏曲论著集成》，中国戏曲出版社 1959 年版。

唐、宋类书的编纂与《杂咏诗》、《事类赋》的创制

陈冠明

摘　要:《杂咏诗》(又称《单题诗》)与《事类赋》都与作者本人编纂类书有关,准确地说,是作者编纂类书的"副产品"。这两种文学形式的"副产品",正是因为是在编纂类书过程中创制的,所以,才进一步与类书关联,而成为类书的其中两种特殊形式。最早的《杂咏诗》,是唐高宗龙朔年间董思恭在编纂《瑶山玉彩》时所创制;至武后久视年间,李峤、苏味道编纂《三教珠英》,又有《杂咏诗》创制,而李峤至有一百二十首。玄宗天宝年间,张庭芳为李峤《杂咏诗》作注,流布遂广,影响尤大。至宋太宗太平兴国年间编纂《太平御览》,吴淑又加创新,撰成《事类赋》;宋太宗命注之,成《事类赋注》。《杂咏诗》与《事类赋》是最古老文学形式诗、赋的创新形制。

关键词:类书;杂咏诗;事类赋;太平御览;文苑英华

一

《四库全书总目提要》卷一三五《子部四十五·类书类一》《事类赋》三十卷提要云:

> 宋吴淑撰,并自注。……是编乃所作类事之书。……凡天部三卷,岁时部二卷,地部三卷,宝货部二卷,乐部一卷,服用部三卷,什物部二卷,饮食部一卷,禽部二卷,兽部四卷,草木部、果部、鳞介部各二卷,虫部一卷。分子目一百。……唐以来诸本骈青妃白,排比对偶者,自徐坚《初学记》始。镕铸故实,谐以声律者,自李峤单题诗始。其联而为赋者,则自淑始。……淑本徐铉之婿,学有渊源,又预修《太平御览》、《文

苑英华》两大书，见闻尤博。故赋既工雅，又注与赋出自一手，事无外误，故传诵至今。

《四库全书总目提要》提到两种文学形式：一是《单题诗》，始作者是唐代李峤；二是《事类赋》，始作者是宋代吴淑。《四库全书总目提要》还提到一个事实，就是《单题诗》与《事类赋》都与类书有关，并且，其本身就属于类书。同时，又是最古老文学形式诗、赋的创新形制。

我们发现，《四库全书总目提要》的表述一有错误，二不全面，馆臣忽略或没有想到两个事实：一，《单题诗》并不始于李峤；二，《单题诗》与《事类赋》都与作者本人编纂类书有关，准确地说，是作者编纂类书的"副产品"。这两种文学形式的"副产品"，正是因为是在编纂类书过程中产出的，所以，才进一步与类书关联，而成为类书的其中两种特殊形式。

大周武后久视元年(700)，成均祭酒李峤领衔预修类书《三教珠英》一千三百卷。《太平御览》卷六〇一引《唐书》曰："天后圣历中，上以《御览》及《文思博要》等书聚事多未周备，令麟台监张昌宗与麟台少监李峤，广召文学之士给事中徐彦伯、水部郎中员半千等二十六人增损《文思博要》，勒成一千三百卷。于旧书外，更加佛教、道教及亲属、姓氏、方域等部。至是毕功，上亲制名曰《三教珠英》。"《册府元龟》卷六〇七同。《旧唐书·张昌宗传》载，张昌宗与其兄张易之皆为武后内宠，"内殿曲宴，则二张、诸武侍坐，樗蒲笑谑，赐与无算"，"以昌宗丑声闻于外，欲以美事掩其迹，乃诏昌宗撰《三教珠英》于内。乃引文学之士李峤、阎朝隐、徐彦伯、张说、宋之问、崔湜、富嘉谟等二十六人，分门撰集，成一千三百卷，上之"。其事在久视元年改控鹤府为奉宸府之后。《新唐书·张昌宗传》略同。《资治通鉴》卷二〇六系此事于久视元年六月。

李峤在此期间"赋诗"最多，是创作盛期。一百二十首《单题诗》，又称《杂咏诗》，均创作于此时。说见拙著《李峤年谱》①。《单题诗》一诗咏一物，句句用典，其实是类书的诗歌形式。从分类来看，共十二部：乾象、坤仪、居处、文物、武器、音乐、玉帛、服玩、芳草、嘉树、灵禽、瑞兽等。无论是名称，还是编排顺序，都完全符合类书编纂原则与体例，只是部类少一些。历代修纂

① 陈冠明《李峤年谱》，中央文献出版社2000年版，第128页。

大型文献，均不及具体分工。根据李峤《杂咏诗》，我们认为，这十二部当是李峤分撰承担的部分。由此，我们还可窥见《三教珠英》部类名称及编排顺序。在修撰过程中，李峤又将自己分纂的十二部中的每一类故实，创而排比，用诗歌语言加以檃括。我们可以将《单题诗》进行类书复原。

宋刘克庄《后村先生大全集》卷一七五《诗话》续集曰："鹤相在海外，效唐李峤为《单题诗》，一句一事，凡一百二十篇，寄洛中子孙，名《青衿集》，徐坚《初学记》之类也。""鹤相"指宋丁谓，见宋魏泰《东轩笔录》卷二。《宋史·艺文志七》著录其《青衿集》三卷，入集部。其题目、篇数及艺术技巧即所谓"一句一事"，皆与李峤相同。图书目录可以互著。《宋史·艺文志》以其为诗集，而入集部；刘克庄以此视同徐坚《初学记》，即以此视同类书。由此亦可证李峤作《单题诗》在撰修《三教珠英》时。

与此同时，凤阁侍郎、同凤阁鸾台平章事苏味道亦预修《三教珠英》，存有《杂咏诗》五首。说见拙著《苏味道年谱》①。可惜的是，苏味道《杂咏诗》，《全唐诗》卷六五仅存五首：《咏雾》、《咏虹》、《咏霜》、《咏井》、《咏石》。以李、苏之诗相较，从分类上看，前三首属乾象，后二首属坤仪，即一般类书所分天、地二部；从内容看，除《咏虹》外，其他四首李诗皆有同题；从体制看，二人之《杂咏诗》皆为五言律诗；从修辞或艺术技巧看，二人之诗大多"一句一事"。李峤、苏味道二人的《杂咏诗》以及《三教珠英》的复原，说明武后时期类书编纂与诗歌创作之间存在的十分明显而紧密的关系。现存的李峤一百二十首《杂咏诗》在诗歌发展史上，是一个不可忽略的数据。可以证实上面所说《单题诗》是作者编纂类书的"副产品"，是在编纂类书过程中产出的一个话题。

二

受《四库全书总目提要》说法的影响，本论者的论著也认为"单题诗"是"类书诗"，是李峤"独创的体制形式"②，"属创体，是独一无二的"③。但经过

① 陈冠明《苏味道年谱》，中央文献出版社 2000 年版，第 42 页。

② 陈冠明《李峤年谱·序》，中央文献出版社 2000 年版，第 28 页。

③ 陈冠明《唐诗研究专论》，银河出版社 2005 年版，第 76 页。

此后的持续研究，证明这个说法是不准确、不全面的。

前几年，本论者撰写《许敬宗年谱》，全面梳理了唐高宗时期执掌文坛牛耳的宰相许敬宗所领衔编纂的类书、总集等，其中有《瑶山玉彩》、芳林要览》等。据《许敬宗年谱》考证，《瑶山玉彩》修成奏上，在龙朔三年(663)；《芳林要览》、《丽正文苑》修撰，总章二年(669)。预修人员中，董思恭都在其中。

《全唐诗》卷六三录董思恭诗十九首，其中十三首为杂咏诗，分别为：《咏日》、《咏月》、《咏星》、《咏风》、《咏云》、《咏雪》、《咏露》、《咏雾》、《咏虹》、《咏桃》、《咏弓》、《咏李》、《咏琵琶》。后四首一作唐太宗诗，姑且不计，前九首均出自《文苑英华》卷一五一至卷一五六。依据唐初欧阳询所编《艺文类聚》的分类，属于"天部"。《艺文类聚》卷一《天部上》有：天、日、月、星、云、风六类；卷二《天部下》有：雪、雨、霁、雷、电、雾、虹七类。据此，我们认为，董思恭的九首"杂咏诗"，就是目前所知的最早"类书诗"，创作时间在龙朔年间。每一首诗，我们都可以进行类书复原。鉴于以上的类书编纂和《杂咏诗》创作的事实，我们将"类书诗"的"独创的体制形式"的"著作人"，归之于高宗时期的董思恭。绝对时间提前四十年。当然，与之相比，李峤的《杂咏诗》，形式十分成熟，数量十分可观。这是为什么后世盛传李峤《杂咏诗》，而不知董思恭有《杂咏诗》的一个重要原因。

李峤《杂咏诗》的影响，最主要原因，是得益于其传播。其流播之广，影响之大，超出唐代任何诗人。体现在五个方面：

一，在唐代就有人为《杂咏诗》一百二十首作注的诗。开元、天宝间，张庭芳注《杂咏诗》。张氏《故中书令郑国公李峤杂咏百二十首序》说："顷寻绎故中书令郑国李公百二十咏，藻丽词清，调谐律雅。宏溢逾于灵运，密致掩于延年。特茂霜松，孤悬皓月。高标凛凛，千载仰其清芬；明镜亭亭，万象含其朗耀。味夫纯粹，罕测端倪。故燕公《刺异词》曰：'新诗冠宇宙。'斯言不佞，信而有征。"张序成于天宝六载(747)，着手作注当在开元末或天宝初，时距李峤之卒(714)不足三十年。

二，半个世纪之后，至少在唐文宗、武宗时期，李峤诗已随日本遣唐使东渡至日本。今存最早钞本为日本嵯峨天皇(810—822 在位)亲笔所钞本，凡二十一首，《日本国见在书目》著录《李峤百廿咏》一卷。这个钞本在日本已被定为国宝。见张铁弦先生《谈唐代书法与中日文化交流》①。据旅日学者胡志昂先生搜集、研究,《杂咏诗》及其注本,共有三个系统,十八种,其中日本有十一种钞本,两种刊本。说见胡先生《日藏古钞李峤咏物诗注·前言》②。李峤《杂咏诗》及张注在国内的流播,在敦煌藏经洞发现的写本残卷中得到反映。说见王重民先生《敦煌古籍叙录》卷五③。《杂咏诗》及张注在日本影响极大。江户时期(1603—1867)学者林述斋《佚存丛书》本附《李峤百咏跋》说:"皇朝中页,甚喜此诗,家传户诵,至使童蒙受句读者亦必熟背焉。以故诸家传本,不一而足。"④

三,在宋代,成为仿作样本。太宗时吴淑创作赋的类书形式并自注,成《事类赋注》,就是受李峤《杂咏诗》及张注的启发、影响。丁谓"效李峤为《单题诗》,一句一事,凡一百二十篇,寄洛中子孙,名《青衿集》"。

四,得到高度评价。明许学夷《诗源辨体》卷十四以为:"其咏物一百二十首中,有极工者。"清王夫之《薑斋诗话》称:"李峤称大手笔,咏物尤其属意之作,截剪整齐而生意索然,亦匠笔也。"

五,诗歌创作用典影响。其一句一典,对唐诗用典的成熟,如杜甫、李商隐诗的用典技巧的借鉴,应该是一个榜样。

相对董思恭《杂咏诗》,除了可能给李峤、苏味道的《杂咏诗》创作提供范本启示外,没有任何影响,历来湮没无闻,甚至历代无人提及。

三

我们再回过头来探讨吴淑及其《事类赋》三十卷。

吴淑在创作《事类赋》前,预修类书《太平御览》、《太平广记》和总集《文苑英华》。其时间在宋太宗太平兴国年间。预修者有:李昉、扈蒙、李穆、徐铉、宋白、贾黄中、吕蒙正、李至、李穆、杨徽之、李范、杨砺、吴淑、吕文仲、胡汀、战贻庆、杜镐、舒雅、汤悦、张洎、李克勤、陈鄂、徐用宾、吕文仲、阮思道

① 《文物》1958年第8期。

② 胡志昂编《日藏古钞李峤咏物诗注》,上海古籍出版社1998年版。

③ 王重民《敦煌古籍叙录》,中华书局1979年版,第289—290页。

④ 《杂咏百二十首》,《丛书集成》本2219册第1页。

等，后续者还有苏易简、王祜、范杲、宋湜等。诸多人中，只有李昉、徐铉、宋白、吴淑为饱学之士，余则大多为文学之士。其间所修诸书，实赖李昉、徐铉、宋白、吴淑等数人。

吴淑在编纂《太平御览》的同时，撰写了《事类赋》。毋庸置疑，这是受唐代李峤等《杂咏诗》创作的影响。但是，也有学者认为，吴淑《事类赋》是编纂《文苑英华》的副产品。如凌朝栋《〈文苑英华〉研究》，对于起用专门方面人才，分工编纂的方式，有一个审慎的测想。认为：

吴淑是南唐遗臣，有《事类赋》百篇。由此我们判断，由他负责赋类作品的编选工作，可能性较大。由于范杲与柳开“习尚淳古，齐名友善，当时有高、梁、柳、范之称”。所以，我们认为范杲以整理编纂杂文一类的可能性较大①。

这样的测想不仅有一定的“可能性”，而且，有一定的合理性。如果将预修的每一个人的特长、爱好、学术背景、学术成就等，一一考出，《文苑英华》编纂的分工图就能呈现目前。比如，“中书制诰”、“翰林制诰”很可能就是担任过中书舍人、翰林学士的李昉、徐铉、宋白、贾黄中、吕蒙正、李至、苏易简、扈蒙等人编纂。

不过，本论者倒认为，吴淑的《事类赋注》，与其预修《太平御览》有关，而与预修《文苑英华》无关。理由有以下几点：

一，上文已经多次提到，吴淑《事类赋注》是受李峤《杂咏诗》影响。

二，《事类赋注》是类书，《太平御览》也是类书，二者类目比较吻合；而《文苑英华》按照主体区分（伦理区分）分类是有很大缺陷的。最明显的就是类目的大量空缺，本论者有《〈文苑英华〉的分类体系》作了论述②；即使不空缺，也有大量的类别缺失。

三，为了论说更加有据，使人信服，本论者将《事类赋注》与《文苑英华》的类目作了相应的对照排比，制作了《〈文苑英华〉、〈事类赋注〉“赋”类目（部、类）信息对照表》，发现两者属于两个分类体系，类目名称及分合多有龃龉，有大量的空缺、重叠、交叉现象。列表如下：

---

① 凌朝栋《〈文苑英华〉研究》，上海古籍出版社 2005 年版，第 43—44 页。

② 参见拙作《论〈文苑英华〉的分类体系》，选入《第七届中国宋代文学国际学术研讨会论文集》。

《文苑英华》				《事类赋注》		
第二位类	第三位类	卷数	第一位类卷数	第一位类	第二位类序数	卷数
天象1	天	卷001	赋001	天	天1	卷001
天象2	日	卷002	赋002	天	日2	卷001
天象3	日	卷003	赋003			
天象5	日	卷005	赋005			
天象6	月	卷006	赋006	天	月3	卷001
天象7	月	卷007	赋007			
天象8	星	卷008	赋008	天	星4	卷002
天象9	星	卷009	赋009			
天象10	天河	卷010	赋010			
天象11	云	卷011	赋011	天	云6	卷002
天象12	云	卷012	赋012			
天象13	风	卷013	赋013	天	风5	卷002
天象14	雨	卷014	赋014	天	雨7	卷003
天象15	露	卷015	赋015			
天象16	露	卷016	赋016	天	露9	卷003
天象16	霜	卷016	赋016	天	霜10	卷003
天象16	雪	卷016	赋016	天	雪11	卷003
天象17	雷	卷017	赋017	天	雷12	卷003
天象17	雹	卷017	赋017			
天象17	霞	卷017	赋017			
天象17	雾	卷017	赋017	天	雾8	卷003
天象17	虹	卷017	赋017			
中间无关信息删略,下同						
天象20	骄阳	卷020	赋020			
岁时1	春	卷021	赋021	岁时	春1	卷004
岁时1	元日	卷021	赋021			
岁时2	春令	卷022	赋022			
岁时2	中和节	卷022	赋022			

续　表

《文苑英华》				《事类赋注》		
第二位类	第三位类	卷数	第一位类卷数	第一位类	第二位类序数	卷数
岁时 2	春傩	卷 022	赋 022			
				岁时	夏 2	卷 004
岁时 2	麦秋	卷 022	赋 022			
岁时 2	七夕	卷 022	赋 022			
岁时 3	七夕	卷 023	赋 023			
岁时 3	秋冬	卷 023	赋 023	岁时 岁时	秋 3 冬 4	卷 005 卷 005
岁时 3	大傩	卷 023	赋 023			
岁时 4	漏	卷 024	赋 024			
地类 1	地	卷 025	赋 025	地	地 1	卷 006
地类 1	土	卷 025	赋 025			
地类 3	山	卷 027	赋 027			
地类 4	山	卷 028	赋 028	地	山 5	卷 007
地类 5	山	卷 029	赋 029			
地类 6	山	卷 030	赋 030			
地类 7	石	卷 031	赋 031	地	石 7	卷 007
				地	火 10	卷 008
水 1		卷 032	赋 032	地	水 6	卷 007
水 2		卷 033	赋 033			
水 3		卷 035	赋 034	地 地 地	海 2 河 4 江 3	卷 006 卷 006 卷 006
水 4		卷 035	赋 035			
水 5		卷 036	赋 036	地	冰 9	卷 008
水 6		卷 037	赋 037			
水 7		卷 038	赋 038			

续 表

《文苑英华》				《事类赋注》		
第二位类	第三位类	卷数	第一位类卷数	第一位类	第二位类序数	卷数
水8		卷039	赋039			
水9		卷040	赋040	地	井8	卷008
帝德1		卷041	赋041			
乐1	乐器	卷071	赋071			
乐2	乐器	卷072	赋072	乐	笛4	卷011
乐2	观乐	卷072	赋072			
乐3	观乐	卷073	赋073			
乐4	霓裳羽衣曲	卷074	赋074			
乐5	箫韶	卷075	赋075			
乐6	乐德	卷076	赋076			
乐7	听琴	卷077	赋077	乐	琴3	卷011
乐8	歌	卷078	赋078	乐	歌1	卷011
乐9	舞	卷079	赋079	乐	舞2	卷011
钟鼓	钟	卷080	赋080			
钟鼓	鼓	卷080	赋080	乐	鼓5	卷011
杂技1		卷081	赋081			
杂技2		卷082	赋082			
饮食		卷083	赋083	饮食 饮食	茶1 酒2	卷017 卷017
符瑞1		卷084	赋084			
志3	隐居	卷099	赋099			
射	射	卷100	赋100	服用 服用	弓3 箭4	卷013 卷013
博奕	博奕	卷100	赋100			
工艺	工艺	卷101	赋101			

续 表

《文苑英华》				《事类赋注》		
第二位类	第三位类	卷数	第一位类卷数	第一位类	第二位类序数	卷数
器用1	鼎	卷102	赋102	什物	鼎7	卷016
器用1	剑	卷102	赋102	服用	剑5	卷013
器用2	剑	卷103	赋103			
器用3	度量衡	卷104	赋104			
器用4	镜	卷105	赋105			
器用5	读书架	卷106	赋106			
器用5	笔	卷106	赋106	什物	笔1	卷015
器用5	砚	卷106	赋106	什物	砚2	卷015
				什物	纸3	卷015
				什物	墨4	卷015
器用6	欹器	卷107	赋107			
器用6	扑满	卷107	赋107			
器用7	扇	卷108	赋108	服用	扇8	卷014
器用7	麈尾	卷108	赋108			
器用8	杖	卷109	赋109	服用	杖7	卷014
器用8	席	卷109	赋109			
器用9	筌	卷110	赋110			
				服用	几6	卷014
服章1	玉	卷111	赋111			
服章2		卷112	赋112	服用	冠2	卷012
服章3		卷113	赋113	服用	衣1	卷012
图画		卷114	赋114			
宝1	玉	卷115	赋115	宝货	玉2	卷009
宝2	璧	卷116	赋116			
宝3	珠	卷117	赋117	宝货	珠3	卷009
宝4	金	卷118	赋118	宝货	金1	卷009
宝5	珊瑚	卷119	赋119			

续　表

《文苑英华》				《事类赋注》		
第二位类	第三位类	卷数	第一位类卷数	第一位类	第二位类序数	卷数
宝5	琥珀	卷119	赋119			
				宝货	钱6	卷010
丝帛1	锦	卷119	赋119	宝货	锦4	卷010
丝帛2	纨	卷120	赋120	宝货	丝5	卷010
舟车1	指南车	卷121	赋121	什物	车6	卷016
舟车2	舟	卷122	赋122	什物	舟5	卷016
薪火	灯	卷123	赋123			
哀伤2		卷130	赋130			
鸟兽1	象	卷131	赋131	兽	象2	卷020
鸟兽2	马	卷132	赋132	兽	马4	卷021
鸟兽3	牛	卷133	赋133	兽	牛5	卷022
鸟兽4	狐	卷134	赋134	兽	狗7	卷023
				兽	麟1	卷020
				兽	虎3	卷020
				兽	羊6	卷022
				兽	鹿8	卷023
				兽	兔9	卷023
鸟兽5	凤	卷135	赋135	禽	凤1	卷018
鸟兽6	鹰	卷136	赋136	禽	鹰3	卷018
鸟兽7	鸿	卷137	赋137	禽 禽	雁5 鹊7	卷019 卷019
鸟兽8	鹤	卷138	赋138	禽 禽 禽	鹤2 鸡4 燕8	卷018 卷018 卷019
				禽	乌6	卷019

续表

《文苑英华》				《事类赋注》		
第二位类	第三位类	卷数	第一位类卷数	第一位类	第二位类序数	卷数
				禽	雀9	卷019
虫鱼1	龙	卷139	赋139	鳞介	龙1	卷028
				鳞介	鱼4	卷029
虫鱼2	鳌	卷140	赋140	鳞介	龟3	卷028
				鳞介	蛇2	卷028
				虫	蜂7	卷030
				虫	蚁8	卷030
虫鱼3	蝉	卷141	赋141	虫	虫5	卷030
				虫	蝉6	卷030
虫鱼3	蛾	卷141	赋141			
虫鱼4	蟾蜍	卷142	赋142			
草木1	木	卷143	赋143	草木	木3	卷024
				草木	松4	卷024
草木2	木	卷144	赋144	草木	桐8	卷025
草木3	木	卷145	赋145	草木	柏5	卷025
草木4	竹	卷146	赋146	草木	竹2	卷024
				草木	槐6	卷025
				草木	柳7	卷025
				草木	桑9	卷025
草木5	草	卷147	赋147			
草木6	草	卷148	赋148			
草木7	草	卷149	赋149			
草木8	草	卷150	赋150	草木	草1	卷024
				果	桃1	卷026
				果	李2	卷026

续 表

《文苑英华》				《事类赋注》		
第二位类	第三位类	卷数	第一位类卷数	第一位类	第二位类序数	卷数
				果	梅 3	卷 026
				果	杏 4	卷 026
				果	柰 5	卷 026
				果	枣 6	卷 026
				果	梨 7	卷 027
				果	栗 8	卷 027
				果	甘 9	卷 027
				果	橘 10	卷 027
				果	瓜 11	卷 027

可以看出，由于分类系统不一致，类目分合、名称差异很大，《事类赋注》与《文苑英华》"赋"无关。我们再来看看《〈太平御览〉、〈事类赋注〉类目(部名)对照表》:

《太平御览》				《事类赋注》	
第一位类	卷数	第一位类	卷数	第一位类	卷数
天 1—15	卷 001—015	器物 1—10	卷 756—765	天 1	卷 001—003
时序 1—20	卷 016—035	杂物 1—2	卷 766—767	岁时 2	卷 004—005
地 1—47	卷 036—075	舟 1—4	卷 768—771	地 3	卷 006—008
皇王 1—41	卷 076—116	车 1—5	卷 772—776		
偏霸 1—18	卷 117—134	奉使 1—3	卷 777—779		
皇亲 1—20	卷 135—154	四夷 1—22	卷 780—801		
州郡 1—18	卷 155—172	珍宝 1—12	卷 802—813	宝货 4	卷 009—010
居处 1—25	卷 173—197	布帛 1—7	卷 814—820		
封建 1—5	卷 198—202	资产 1—16	卷 821—836	什物 7	卷 015—016
职官 1—67	卷 203—269	百谷 1—6	卷 837—842		

续 表

《太平御览》				《事类赋注》	
第一位类	卷数	第一位类	卷数	第一位类	卷数
兵 1—90	卷 270—359	饮食 1—25	卷 843—867	饮食 8	卷 017
人事 1—141	卷 360—500	火 1—4	卷 868—871		
逸民 1—10	卷 501—510	休徵 1—2	卷 872—873		
宗亲 1—11	卷 511—521	咎徵 1—7	卷 874—880		
礼仪 1—41	卷 522—562	神鬼 1—4	卷 881—884		
乐 1—22	卷 563—584	妖异 1—4	卷 885—888	乐 5	卷 011
文 1—22	卷 585—606	兽 1—25	卷 889—913	兽 10	卷 020—023
学 1—13	卷 607—619	羽族 1—15	卷 914—928	禽 9	卷 018—19
治道 1—15	卷 620—634	鳞介 1—15	卷 929—943	鳞介 13	卷 028—029
刑法 1—18	卷 635—652	虫豸 1—8	卷 944—951	虫 14	卷 030
释 1—6	卷 653—658	木 1—10	卷 952—961		
道 1—21	卷 659—679	竹 1—2	卷 962—963		
仪式 1—4	卷 680—684	果 1—12	卷 964—975	果 12	卷 026—027
服章 1—15	卷 685—698	菜茹 1—5	卷 976—980		
服用 1—21	卷 699—719	香 1—3	卷 981—983	服用 6	卷 012—014
方术 1—18	卷 720—737	药 1—10	卷 984—993		
疾病 1—6	卷 738—743	百卉 1—7	卷 994—1000	草木 11	卷 024—025
工艺 1—12	卷 744—755				

可以看出,《事类赋注》共十四部,与《太平御览》的类目完全相同的有:天、地、乐、饮食、兽、鳞介、果、服用等九部。进而,我们可以证明,《太平御览》中,至少这九部及其第二位类中的相关内容,是吴淑编纂的。

最后,我们来看看《事类赋注·虫部·蝉》的赋体形制:

伊齐女之微虫兮,亦含气而游嬉。(《古今注》曰:牛亨问董仲舒曰:蝉为齐女何?答曰:昔齐王后怨王而死,尸变为蝉,登庭树嘒唳而鸣,故曰齐女。)乘凉风以翱翥,应白露而鸣嘶。(《淮南子》曰:孟秋,凉风至,白露,降寒蝉鸣。)虽么麽以无力,(《援神契》曰:蝉无力,故不食。)亦采章而有緌。(《礼》曰:蚕则绩而蟹有匡,范则冠而蝉有緌,成人之兄死而子皋为之衰。)美王充之不捕,(《论衡》曰:王充为小儿,不妄狎侪伦,不掩雀捕蝉。)悟少孺之沾衣。(见《露赋》"少孺假言于捕雀"注。)咨商汤以见喻,(《诗》曰:咨汝殷商,如蜩如螗。注:蜩,蝉也。螗,蝘也。)抢榆枋而忽飞。(《庄子》曰:鹏之翼若垂天之云,抟扶摇而上者九万里。蜩与鸴鸠笑之曰:我决起而飞,抢榆枋而止,奚以九万里而南为!)无知雪之远识,(《盐铁论》曰:以所不睹而不信,若蝉不知雪也。)徒吸露而自资。(曹大家《蝉赋》曰:吸清露于丹园,抗乔枝而理翮。崇皇朝之辉光,映豹貂而灼灼。)朱弁骇集冠之异,(见《冠赋》"飞蝉欣于朱弁"注。)何戢矜画扇之奇。(见《扇赋》"何戢之玩蝉雀"注。)既无口以能鸣,亦不食而弗饥。((淮南子)曰:蛇不足而行,鱼无耳而听,蝉无口而鸣。"不食",见上"无力"注。)或掇之而有道,(《庄子》曰:仲尼见痀偻者承蜩,犹掇之也。仲尼曰:巧乎,有道耶?曰:我有道也。五六月累丸二而不坠,则失者锱铢;累三而不坠,则失者十一;累五而不坠,犹掇之也。吾处身也,若橛株枸;执臂也,若槁木之枝。天地万物之多,而唯蜩翼之知。吾不反不侧,不以万物易蜩之翼,何为不得!)或粘之而靡遗。(傅咸《粘蝉赋》曰:樱桃为树多荫,为果先熟,种之于厅所之前,时以盛暑逍遥其下。有蝉鸣,仰而见之,故命粘取,以弄小儿。退惟当蝉之得意于斯树也,不知粘之将至;亦犹人之得意于富贵,而不虞祸之将来也。)占妖言放逸之兆,(《周书》曰:夏至五日,蜩始鸣;不鸣,贵臣放逸。立秋之日,寒蜩鸣,人臣不力争。《易通卦验》曰:姤上九候蝉始鸣,不鸣,国多妖言。)体清虚识变之姿。(《古今注》曰:貂蝉,胡服也。貂者,取其有文而不焕,外柔而易,内刚而劲也。蝉者,取其清虚而识时变也。在位者有文而不自耀,有武而不示人,清虚自牧,识时而动。)鸣不失时,得仲夏季秋之节。(《礼》曰:仲夏之月,蜩始鸣;季秋之月,寒蝉鸣。)耀而见获,因明火振树之机。(《吕氏春秋》曰:耀蝉者务明其火,振其树,若火不明,虽振树无益。人有明德,则天下归之,若蝉归明火也。)

作者简介:陈冠明,鲁东大学文学院教授,出版专著《杜甫亲眷交游行年考》及唐人年谱数十种。

孙绰《游天台山赋》之作赋缘由考

高　平

摘　要：东晋孙绰的《游天台山赋》是第一篇有关天台山的杰作，在文学史上影响巨大。《文选》五臣注认为孙绰作此赋的缘由是孙绰在任永嘉太守之时，向往天台山而不能亲至，故而请人作画，再遥为之赋。本文对此加以仔细辨析，认为孙绰并未亲至天台山游览，而是根据已经流传于世的《内经山记》、《天台山图》一类书籍图画作赋，图画并非临时创作；相对于任职永嘉时创作之说，认为该赋作于孙绰任章安令时的可能性更大。

关键词：孙绰；《游天台山赋》；《文选》；五臣注；天台山

东晋孙绰的《游天台山赋》是文学史上第一篇有关天台山的杰作。自梁昭明太子将其选入《文选》，孙赋即千古流传，赢得后世无数回响。《游天台山赋》在天台山文化史上也具有筚路蓝缕、道夫先路的地位，明徐一夔《始丰稿》卷十一《何宪副集天台山赋为诗序》即云："兹山之胜，古未有发其秘者，自兴公始发之。其后名公巨人，若唐翰林供奉李白、元余文忠公阙，皆有作以嗣其响焉。"①邱濬《重编琼台稿》卷二十二《南溟奇甸赋》甚至说："地以人胜，从昔则然。兰渚以羲之而著，天台以孙绰而传。"②将孙绰之于天台山与王羲之之于兰亭相媲美。然而遗憾的是，尽管《游天台山赋》取得了巨大的文学成就与影响，但该赋中的许多重要问题，如作赋缘由、文体创新、思想倾向等尚未得到应有的探讨。本文拟对孙绰作赋之缘由作一考证，愚妄之处请方家教正焉。

---

① 徐一夔著，徐永恩校注《始丰稿校注》，浙江古籍出版社 2008 年版，第 297 页。

② 邱濬《重编琼台稿》，《四库全书》本，上海古籍出版社 1987 年版，第 1248 册，第 451 页。以下所引《四库全书》版本皆同。其他注释亦然。

在文学史上，第一个对孙绰作赋缘由问题做出解释的，是盛唐为《文选》作注的五臣之一的李周翰。李氏于《游天台山赋》作者名“孙兴公”之下注认为孙赋创作于为永嘉太守期间，孙绰并未亲至天台山而是请人作画，再遥为之赋。此说一出，即产生了巨大的影响。不过，在《游天台山赋》的接受史上，与之并存的，还有作于孙绰为章安令时、孙绰亲至天台山游览等说，还有人以题名中的“游”字作为孙绰亲至天台山的佐证。以下即对赋名问题、是否据画作赋以及是否亲至天台山等问题逐一加以探讨。

在现存文献中，最早记载此赋的是《世说新语·文学篇》：“孙兴公作《天台赋》成，以示范荣期，云：‘卿试掷地，要作金石声。’范曰：‘恐子之金石，非宫商中声。’然每至佳句，辄云：‘应是我辈语。’”①训诂当从其朔，据此，孙赋最早似应题为“天台赋”。然而众所周知，《世说新语》是南朝宋临川王刘义庆组织编写，其特点正如鲁迅所言，“记言则玄远冷俊，记行则高简瑰奇”②，重在遗形取神，不追求严谨周详。即以《文学篇》而论，所引篇名与通行本相比即多有省略，且以省文体名称词居多，如第21则云“旧云：王丞相过江左，止道《声无哀乐》、《养生》、《言尽意》，三理而已。”③篇名中的“论”字皆省。以此视孙赋，《文学篇》既作“天台赋”，则篇名当为原称，即“天台赋”。然而《文学篇》第36则云“《庄子·逍遥游》”，而第32则又云“《庄子·逍遥篇》”，省掉了至关重要的“游”字，则又安知孙赋原题中没有“游”与“山”字？

《文选》编辑之时孙赋题目究竟如何，已不可确考。稽之文献，可知初唐时孙赋已异名共存。唐高祖武德七年(624)欧阳询等编成《艺文类聚》上奏，其卷七“天台山”条云“《游天台山赋》”④，卷八十二“苔”条云“《天台山赋》”⑤。则此时已有“游天台山赋”、“天台山赋”二名。唐太宗贞观二十二年(648)房玄龄等撰成《晋书》上奏，其卷五十六《孙绰传》有关此赋之记述乃取材于《世说新语》，而易篇名“天台赋”为“天台山赋”。唐高宗显庆三年

① 刘义庆等撰，刘孝标注，余嘉锡笺疏《世说新语笺疏》，中华书局2007年版，第316页。

② 鲁迅《鲁迅全集》卷九《中国小说史略》，人民文学出版社2005年版，第63页。

③ 《世说新语》，第249页。

④ 欧阳询撰，汪绍楹校《艺文类聚》，上海古籍出版社1982年版，第1册，第138页。

⑤ 《艺文类聚》，第3册，第1409页。

(658)，李善注成《文选》上奏，篇名题为“游天台山赋”，然而在其他作品的注文中引用到孙赋时则又题作“天台赋”、“天台山赋”、“游天台赋”、“游天台山赋”等。可见至李善作注之时，孙赋题名不可确考，即使以博闻强识、校勘精审著称的李善也难以定夺。其后历代沿袭李善所注之《文选》，篇名杂用而不统一，其中较重要的北宋类书《太平御览》七处引用孙赋，篇名皆题为“大台山赋”。后代受《文选》影响，多将“游天台山赋”作为孙赋篇名，但若因此而将篇名中的“游”字作为孙绰亲至天台山的理由，显然是不足据的。

现在来检讨上述李周翰关于孙赋创作时地以及是否据画作赋的问题。《世说新语》不载孙绰作赋之时地，《晋书·孙绰传》“尝作《天台山赋》，辞致甚工”云云，是记在孙绰隐居会稽“游放山水十有余年，乃作《遂初赋》以致其意”之后，“除著作佐郎，袭爵长乐侯”之前。著作郎为孙绰出仕后首任官职，本传云孙绰此后履历为“征西将军庾亮请为参军，补章安令，征拜太学博士，迁尚书郎。扬州刺史殷浩以为建威长史。会稽内史王羲之引为右军长史。转永嘉太守，迁散骑常侍，领著作郎”，最后为“廷尉卿，领著作”①。倘若传文所述以时间为序，则孙赋应作于出仕之前，即隐居会稽之时。然孙赋序文明言：“方解缨络，永托兹岭，不任吟想之至，聊奋藻以散怀。”李善注曰：“方，犹将也。缨络，以喻世网也。”则此赋作于仕宦时可知。李善于作者名“孙兴公”之下注曰：“何法盛《晋中兴书》曰：‘孙绰，字兴公，太原人也。为章安令，稍迁散骑常侍，领著作郎。寻转廷尉郷，卒。于时才笔之士，绰为其冠。’”何书不云孙赋作于何时何地，然交待孙绰尝为章安令。章安与天台山毗邻，何氏如此行文，无形中已构成心理暗示，为后世认为孙赋作于章安令时埋下伏笔。

前引李周翰“孙兴公”注中“赋成”云云，当出自《世说新语·文学篇》。两相对照，可知李周翰轻慢不察，竟以孙绰自负语为范荣期所云。关于孙赋作于孙绰为永嘉太守之时，且其作赋缘由“意将解印，以向幽寂。闻此山神秀，可以长往，因使图其状，遥为其赋”，显然也只是李周翰的一己之见，因为此前的南朝宋何法盛《晋中兴书》与刘义庆《世说新语》，初唐《艺文类聚》、《晋书》及《文选》李善注，皆未言孙绰作赋时地。故而李周翰忽云孙赋作于孙为永嘉太守任内，令人生疑。对此，现代“文选学”的创始人黄侃先生云：

① 房玄龄等《晋书》，中华书局 1974 年版，第 5 册，第 1544—1547 页。

“五臣注不知出处者，大氐杜撰，此误解图像之兴而作是说。”①“图像之兴”一语，出自孙绰《游天台山赋序》：“始经魑魅之涂，卒践无人之境，举世罕能登陟，王者莫由禋祀，故事绝于常篇，名标于奇纪，然图像之兴，岂虚也哉？”吕向于“图像之兴”下注曰：“绰使图画此山，观而摩之，故岂虚也哉，言实美也。”李周翰、吕向认为“图像之兴”意为孙绰先使人画出天台山，再对画作赋。对此，黄先生以为五臣如此解释，乃是误解“图像之兴”一语所致。以下根据孙赋、序文及相关文献，试对孙绰是否据画作赋问题作一考辨。

先从孙赋所述与天台山实际情况来看。天台山位于今浙江省天台县，呈西南—东北走向：西南与赣闽之交的仙霞岭山脉相连，东北余脉则衍为舟山群岛。山脉平均海拔500米以上，主峰华顶山海拔1098米。孙赋以“涉海”、“登陆”、“峻极”记述天台山地理环境，与现实相符。西晋末司马氏政权南渡，定都于建康，然王、谢等豪门大族多聚居于会稽郡山阴一带。此时天台山因过于高峻广阔，不同于山阴诸山之秀美，而绝少登临，《世说新语》中即无世人游览天台山的记载，而写诸人赞美山阴之美者则络绎不绝。因为天台山脉东临大海，山势绵延峻拔，东晋之前少为人知，中原文化对之相对漠视，故而“不列于五岳，阙载于常典”。（李善注曰：“常典，五经之流也。”）孙序又云：“故事绝于常篇，名标于奇纪，然图像之兴，岂虚也哉。”则孙绰作赋时参考了记载天台山的奇书与绘有天台山的图像，否则“名标于奇纪”与“图像之兴”之语即显得突兀。李善注曰：“奇纪即《内经山记》。”赋名“游天台山赋”下，李善注曰：“支遁《天台山铭序》曰：‘余览《内经山记》云：剡县东南有天台山。’”吕向于“奇纪”下亦注曰：“《内经山记》所说剡东南有天台山，故云名标奇纪也。”二人皆曰此“奇纪”乃《内经山记》。支遁《天台山铭序》唐以后失传，仅有三句存于李善注与旧题隋杜公瞻所撰《编珠》中。李善题下注为其一，其二为“赤城霞起以建标，瀑布飞流以界道”之注：“支遁《天台山铭序》曰：‘往天台当由赤城山为道径。’”其三见于《编珠》卷一“天台地肺”条：“支遁《天台山铭序》曰：‘剡县西有天台山，盖仙圣之所栖翔，道士之所鳞萃。’”②此句言天台山在剡县西显然有误，而支遁所引《内经山记》“剡县东南有天台山”则与事实相符。此句重点在于“仙圣之所栖翔，道士之所鳞

① 黄侃《文选评点》（重辑本），中华书局2006年版，第104页。

② 杜公瞻《编珠》，《四库全书》第887册，第51页。

萃”，无论其源自《内经山记》，还是为支遁自述或引自他书，都与孙赋所云神仙之事相吻合。如果该句确实源自《内经山记》，则《内经山记》亦可称为“奇纪”。李善注“赤城霞起以建标，瀑布飞流以界道”又云：“《天台山图》曰：‘赤城山，天台之南门也。瀑布山，天台之西南峰，水从南岩悬注，望之如曳。’”倘若《天台山图》在孙绰作赋之时即已存在，则不排除孙绰作赋所面对之图画，乃李善注所引之《天台山图》，而此图至唐时尚有文字留存。此《天台山图》与郭璞所注《山海经图赞》类似，是有图亦有文字。再从孙赋序中“名标于奇纪，然图像之兴，岂虚也哉”的记述来看，孙绰将图像与奇纪并称，且认为图像之兴乃是必然。此处“兴”字，当训为兴起、兴盛、流行等意。总之，支遁所引的《内经山记》与孙绰所临之图，都是孙绰作赋之前已经存在。故而以为孙绰为了向往此山，临时倩人创作再为之赋，如李周翰所云“闻此山神秀，可以长往，因使图其状，遥为之赋”，显然是对孙赋序文中有关“奇纪”、“图像”描述的误解。因此，黄侃先生以“误解图像之兴”一语点出五臣误注之症结所在，确为拨云见日之卓见。

后人对孙绰是否仅凭图画作赋而未实地游历也有许多精到的见解。中唐白居易《白氏长庆集》卷二十七《想东游五十韵并序》、晚唐李商隐《访隐》、陆龟蒙《甫里集》卷九《和孙发百篇将游天台请诗赠行》等，直言孙绰空有赋作而未实地游览。可见五臣之后，孙绰未至天台已成唐人共识。北宋仁宗朝沈遘《西溪集》卷一《天台山送僧象微归山》云：“奇挺究万状，嵩岱不足语。颇疑说过夸，特为辞之媿。”[①]指出孙赋中颇多想象夸张之语。李纲《梁溪集》卷三十一《陈国佐左司寄示天台山图以绝句两章报之》云：“往年曾读兴公赋，颇爱天台擅美名。数幅生绡传貌得，恍如陆地到蓬瀛。”“应真飞锡游行处，峭壁危峰跨石桥。便欲远寻方广寺，却疑图上有嘉招。”[②]其一虽不言孙绰是否到过天台山，但李纲对画凝思，有“恍如陆地到蓬瀛”之感，则孙绰当年作赋情境可以想见。其二径用孙赋“应真飞锡以蹑虚”之语。李善注“应真”为罗汉，李周翰注为“得真道之人”，无论释道，皆有“峭壁危峰跨石桥”以至蹑于虚空的本领。由李纲题图诗，我们可以推想孙绰作赋所对之图画中有神仙释道之人，并对其产生巨大吸引力。南宋曾几《茶山集》卷六《登

① 沈遘《西溪集》，《四库全书》第1097册，第5页。

② 李纲《梁溪集》，《四库全书》第1125册，第784页。

玉霄亭》、晁公遡《嵩山集》卷七《平都山硖中胜处余思欲一到而不能近得予弟书云今岁仲春尝与外兄孙长文顺流往游焉闻之不胜怅然》指出孙赋乃想象之作。喻良能《香山集》卷十六《次韵郑季远国录贤良题余庐山诗记》(其二)云:“天姥梦魂劳太白,赤城想象赋兴公。”①将孙赋与李白名诗《梦游天姥吟留别》相提并论,指出二者皆非纪实之诗。宋楼钥《攻媿集》卷七十《王晋卿江山秋晚图》云:“宋大夫闻襄王之梦,孙兴公见天台山图,皆想象为之赋,文章之妙如此。若丹青,非亲见景物,则难为工。”②又将孙绰因图作赋与宋玉因楚襄王梦作《神女赋》并称,指出“皆想象为之赋”,属于虚构文学。杨万里《诚斋集》卷十四《寄题李与贤似剡庵》云:“君不见兴公旧草《天台赋》,元不曾识天台路。一俯仰间已再升,何用瘦藤与芒屦。”③揭示神游的特点是“一俯仰间已再升,何用瘦藤与芒屦”,并无历尽艰辛之苦,是否认识去天台山道路毫不影响作赋,创作时避实就虚即可。释居简《北磵集》卷五《五泄留题集叙》即云:“堪笑兴公游未到,都将佳语赋天台。”④可与杨万里所言相互映发。从上所引诗文可知,五臣之后,直至有宋一代,皆以为孙绰并未到过天台山,其赋乃临画而作,是神游的结果,与宋玉《神女赋》、李白《梦游天姥吟留别》异曲同工。

然而以上唐宋诸贤所论,毕竟是从情理推测,并未加以实践考察。清初毛奇龄《西河集》卷一一六《周子铉游天台山记事》记述友人周子铉曾游天台山石梁艰难之事。毛奇龄生于明天启三年(1623),卒于康熙五十五年(1716),则周子铉游览天台山,距离孙绰作赋已近1300年。尽管清初浙东地区已得到较大程度的开发,交通状况也有所改善,但时人登天台山还是如此艰难,则东晋时游览此山可想而知。此即周子铉认为孙赋所记“诞妄”的理由。

再从文理考察。孙赋序云:“非夫遗世玩道,绝粒茹芝者,乌能轻举而宅之?非夫远寄冥搜,笃信通神者,何肯遥想而存之?”结合后文“仍羽人于丹

① 喻良能《香山集》,《四库全书》第1151册,第743页。

② 楼钥编《攻媿集》,《四部丛刊初编》第188册,第70卷第13页下。

③ 杨万里撰,辛更儒笺校《杨万里集笺校》,中华书局2007年版,第2册,第711页。

④ 释居简《北磵集》,《四库全书》第1183册,第66页。

丘，寻不死之福庭”，“王乔控鹤以冲天，应真飞锡以蹑虚”，“法鼓琅以振响，众香馥以扬烟。肆觐天宗，爰集通仙”等语，可知能至天台山一游者，唯有王子乔一类仙人。而山上植物则八桂、五芝、琪树、建木（凭此木众仙可上天入地），动物则翔鸾、鸣凤，建筑是朱阁玲珑、玉堂阴映，服用的是玄玉之膏、华池之泉，此类事物，在在为仙境所有，人世所无。这种描述，与《楚辞》中的《离骚》、《远游》以及《神女赋》等夸张想象之词非常相似。孙赋与李白《梦游天姥吟留别》一样，皆为“骚之苗裔”。孙赋中虽然亦有记述游踪之词，但此记述不是细节的描述，而是粗线条的勾勒，违背游记文章越至险处记述越细致的创作规律，且其行程的终点是“陟降信宿，迄于仙都”，“肆觐天宗，爰集通仙”，则所谓游踪，显然是想象中的游历，并非纪实之语。行文至此，我们可以说，孙绰作《游天台山赋》并非实际游览的结果，而是据图而作。我们甚至可以由赋及序文推测，此图画上既绘有赤城山、瀑布、石梁、峭壁等实有景地，也绘有仙人鸣凤、朱阁玉堂等想象之物。

再从孙绰自身主观条件来看，孙绰精通书画艺术，具备较高的审美鉴赏能力，可以对《天台山图》一类图画做出精彩的阐释。唐张彦远《法书要录》卷四所载张怀瓘《书估》将孙绰书法列入第四等，地位在初唐虞世南、褚遂良等人之上。明冯惟讷《古诗纪》卷四十七载支遁《咏禅思道人序》云：“孙长乐作道士坐禅之像，并而赞之，可谓因俯对以寄诚心，求参焉于衡轭。图岩林之绝势，想伊人之在兹。余精其制作，美其嘉文，不能默已，聊著诗一首以继于左。”①从支遁的序言，我们可知孙绰诗书画皆有很高的造诣。孙绰所作道士坐禅的画像中，有方外之士，有绝美的岩林，并有自题的赞诗，而其之所以作此画像，是因为寄情山林，欲脱离世俗的羁绊。孙绰参破衡轭，向往释道山林，故而作道士坐禅的画像以寄悠远之思。这种情形与孙绰面对《天台山图》而作神游之赋是共通的。

在文学史上，根据图画创作并不始于孙绰。东汉王逸《楚辞章句·天问序》称屈原放逐之时，“见楚有先王之庙及公卿祠堂，图画天地、山川、神灵，瑰玮僑佹，及古贤圣、怪物行事。周流罢倦，休息其下。仰见图画，因书其壁，呵而问之，以渫愤懑，舒泻愁思”②。庙堂壁上的图画内容丰富，且不乏

① 冯惟讷《古诗纪》，《四库全书》第1379册，第385页。

② 王逸注，洪兴祖补注《楚辞补注》，中华书局1983年版，第85页。

故事性,这为屈原的借图发问提供了很好的素材。稍后于孙绰的陶渊明亦有《读山海经》组诗题咏《山海经》图画内容,其一云:"泛览周王传,流观山海图。"①对于图画与文字的关系问题,《四库全书总目》子部小说家类《山海经提要》云:"至王应麟《王会补传》引朱子之言谓:'《山海经》记诸异物、飞走之类,多云东向,或曰东首,疑本因图画而述之。古有此学,如《九歌》、《天问》,皆其类'云云,则得其实矣。"②依朱熹、王应麟及四库馆臣之见,屈原创作《九歌》不但如王逸所云,"见俗人祭祀之礼,歌舞之乐,其词鄙陋,因为作《九歌》之曲"③,是依曲作词,而且还是"因图画而述之"。既然"古有此学",则此现象当不是偶然存在,而是有着学术的传统。如此,则自《山海经》、《九歌》、《天问》的创作时代,经过东汉王逸,直至东晋末期的陶渊明,这一传统便不绝如缕。在此学术传统中考察,东晋初期孙绰依据图画作赋自然合乎情理。

李周翰首言《游天台山赋》作于孙绰任永嘉太守之时,此后文人多沿其说,如毛奇龄《西河集》卷六十《周雪山集跋》云:"及读孙兴公赋,知兴公作永嘉守时,初亦未尝登台也,图台状而为之赋台。"④但也有人认为作于孙绰为章安令之时,如明徐一夔《始丰稿》卷十一《何宪副集天台山赋为诗序》云:"晋孙兴公为章安令,尝慕其胜,着《游天台山赋》。"⑤记载孙绰生平最详细者为《晋书》,然其本传不言任二职之具体时间,仅云:"征西将军庾亮请为参军,补章安令,征拜太学博士,迁尚书郎。扬州刺史殷浩以为建威长史。会稽内史王羲之引为右军长史。转永嘉太守,迁散骑常侍,领著作郎。"据《晋书·庾亮传》与《陶侃传》可知,庾亮任征西将军是在成帝咸和九年(334),卒于咸康六年(340),则孙绰补章安令是在此期间。据《晋书·庾翼传》,建元元年(343),车骑参军孙绰致书谏止庾翼率众北伐,此记载可补孙绰本传履历之缺,我们亦可据此断定孙绰任章安令下限不迟于是年。亦即孙绰任章安令是在成帝咸和九年(334)至康帝建元元年(343)之间。据《晋书·王羲

---

① 陶渊明著,逯钦立校注《陶渊明集》,中华书局1979年版,第133页。

② 《钦定四库全书总目》(整理本),中华书局1997年版,下册,第1871页。

③ 王逸注,洪兴祖补注《楚辞补注》,中华书局1983年版,第55页。

④ 毛奇龄《西河集》,《四库全书》第1321册,第539页。

⑤ 《始丰稿校注》,第297页。

之传》，王羲之任会稽内史时间为永和六年(350)至十一年(355)，孙绰出任右军长史即在此期间，亦即任永嘉太守是在永和十一年以后，其后所任散骑常侍、著作郎以及廷尉卿皆为朝官。孙绰任散骑常侍与著作郎起讫时间不可确考，但在此期间曾上疏谏止桓温迁都洛阳之议。桓温建议迁都有两次，永和十二年(356)与哀帝隆和元年(362)，据陈慧娟考证，孙绰上疏是在第二次①，则孙绰任散骑常侍之职是在此之前，亦即任永嘉太守的终止日期不会在此之后。所以孙绰永嘉太守的任期是在永和六年(350)至隆和元年(362)之间。由此推算，孙绰所任章安令与永嘉太守的间隔，短则七年，长则达二十八年，而李善注所引何法盛《晋中兴书》曰："(绰)为章安令，稍迁散骑常侍。"由永嘉太守转任散骑常侍又有时日，故何氏称为"稍迁"显然有误。

天台山所在的天台县，西晋武帝时名为始丰，东南与章安相接，同属于临海郡。孙绰为章安令时有了解天台山之便，距离既近，游览的愿望自然更为迫切，其序所言甚明。而如果是作于永嘉太守任内，一则离天台山更远，有括苍、雁荡诸山系阻隔，游览不便，兴致当然也降低，二则离得远，有关天台山的信息自然了解得少，多年前任章安令时所获知识已无新鲜感。总之，如果孙赋确实作于为章安令或永嘉太守任内，从创作情况来看，作于前者的可能性更大。

综合以上考证，可知孙绰并未亲至天台山实地游历，而是根据经书、图画进行创作。所谓的"奇纪"、"图画"，乃是《内经山记》、《天台山图》一类流传于世的书籍，故而孙绰据画作赋之画，并非临时请人创作，五臣之说有误。孙绰作赋之具体时地，虽因史料阙如而不可确考，但可以确定是在仕宦时期。若在任章安令、永嘉太守这两个时段，从创作情况来看，以在前者任期内的可能性更大。

作者简介：高平，文学博士，浙江省台州学院人文学院讲师。

① 陈慧娟《孙绰生平考》，《中山大学研究生学刊》(社会科学版)2009 年第 3 期。

论楹联体裁的生成、完备及性质

李景新

摘　要：对偶作为一种修辞手法不可能直接生成楹联体裁，只有在对偶具有了一定的体裁意义，在某些体裁之中占有重要地位的时候，才有可能渐渐脱离它所依托的体裁而成为独立的体裁。魏晋南北朝时代，骈体文诞生并逐渐发达，文学的自觉使对偶句在诗中增多，至齐梁时期的新体诗更加重视对偶，进而在唐代建立起成熟的格律诗，对偶在文学作品中才具有了非常重要乃至不可缺少的体裁意义，于是本来作为其他文体要素的对偶，渐渐分离出来，成了独立的体裁形式，然后八股文和词进一步使楹联体制趋于完备。楹联是由两个部分组成的通体对偶对称、带有一定声律特征的汉语文学体裁，在中国文学体裁的分类中应该成为诗歌、散文、小说、戏剧四大类之外的独立一类。

关键词：楹联；体裁；生成；完备；性质

楹联之源在于对偶，这没有错。没有对偶，也就没有楹联。但是如果对偶仅仅还是一种修辞手法的时候，是很难生成一种独立文体的，它只是提供了可能。只有在它具有了一定的体裁意义，在某些体裁之中占有重要地位的时候，才有可能渐渐脱离它所依托的体裁而成为独立的体裁。日本俳句的成立过程可作为类比：俳句作为“句”，最初是存在于短歌之中。短歌是和歌的一种，短歌的格律是5段31音，段式为“五、七、五、七、七”，“五、七、五”为长句，“七、七”为短句。后来短歌中的“五七五”长句与“七七”短句分开，由二人以上联合接续吟咏而成，称作联歌。在联歌中，“五七五”短句作为出句而在体裁中占据了至为重要之地位，然后渐渐脱离联歌而成为独立的俳句之体。中国的楹联体裁的成立过程与俳句有相似之处。对偶作为修辞，是汉语所独有的，在中国早期的文学中就存在了。但是一提到楹联的历史，很多人就非得溯源到原始社会的歌谣《弹歌》、上古时代的《周易》、《诗经》上去，那也是不恰当的。事实上，直到汉代，对偶仍然没有真正成为体裁因素，不过这时对偶在文学中的修辞意义越来越引人重视，为其具有体裁意义打下了基础。魏晋南北朝时代，骈体文诞生并逐渐发达，文学的自觉使对偶句在诗中增多，到了齐梁时期的新体诗更加重视对偶，进而在唐代建立起成熟的格律诗，这时期，对偶在文学作品中才具有了非常重要乃至不可缺少的体裁意义。可以说，没有对偶就不成其为骈文，没有对偶就难以在诗中显示自己的文采，没有对偶就不成其为新体诗和格律诗。在这种背景下，一般的语言训练已经难以满足新体裁写作的需求，学子们开始需要对偶技能的单独训练。于是，不成为完整篇章的对偶句也就开始在学子们的学习生活、士人的游戏生活乃至大众的日常生活中出现了。轻便、好玩、实用，可以在轻松愉快之中磨练思维和技巧，自然会受到人们的喜爱，渐成风气。于是本来作为其他文体要素的对偶，渐渐分离出来，成了独立的体裁形式。在日本，俳句从和歌中独立出来之后，其地位及人们对俳句的喜爱远远超过了和歌，说明一种体裁的地位完全可以超过孕育它的体裁。中国的楹联就受众和应用的广度来看，远远超过格律诗，更超过了骈体文和八股文。从文学的角度说，楹联的地位不能与格律诗相提并论，乃是另有原因，并不是因为楹联这种体裁劣于格律诗。

有人谈论楹联生成史时，常喜欢谈到桃符。谓古代门上悬神荼、郁垒二神像，用以避邪。后来用文字把“神荼”、“郁垒”写上桃符，左右对称，被许多人认为是楹联的“雏形”与“前身”①。春联的诞生可能与桃符不无关系，但在楹联作为文学体裁的成立过程中，这恐怕只能算是一股民俗文化推动的力量，而且春联毕竟只是楹联的一种类型，因此不可太看重了。古代老百姓识字的人少之又少，能够在桃符上题写文字的人仍是文人，因此即便这种民俗文化的推力具有一定的分量，那其中起直接作用者多半仍是文人知识分子。所以，讨论楹联作为文体成立的历史，仍应以文学体裁的发展变迁为主线。在这方面，当代楹联界德高望重的马萧萧先生已有所认识，他在给一本书所作的序言中说：“本书部分篇章还不可避免地存在一些不够完善的地方，如‘楹联史略’部分对于传说及方志史料的采信与认定，还有民俗学和大

① 参见谷向阳《中国楹联学概论》，昆仑出版社 2007 年版，第 38 页。

众文化的倾向。因为既然视楹联为'独立的文学体裁',那就必须建立起与中国文学发展史及中国文体发展史的大框架相匹配的中国楹联发展史。"① 这意见对于我们考察楹联体裁的生成和发展应该有很大的启发意义的。

由于当代联坛对楹联抱有太过强烈的热爱之情,所以很多人非常忌讳楹联是从其他体裁中独立而来的观点,于是试图用各种方法来推翻这种观点。用阴阳学说和造字理论来阐释楹联体裁产生的方法便是其中的极端代表,用这种方法研究的结论便是:"对偶修辞经过漫长岁月的历练,最终形成独立文体。……楹联不是律诗的衍化物,而是两种相互关联、相互借鉴、相互渗透,又相互独立、各成体系的姊妹艺术。"②且不说运用阴阳理论和造字理论的方法来阐释楹联的产生是否合适,就这段结论性的语句便存在着很大的逻辑问题,最明显地表现为混淆了"楹联体裁"与"对偶修辞"这两个概念。其实,对偶只是楹联体裁的一个特征,而且对偶可以存在于所有的文体之中,又怎能把二者等同起来呢?对偶修辞的产生确实很早,而且与阴阳对称思维及汉语单字单音的特点有关,但那只是修辞,而非文体。这种修辞适用于任何汉语文体,而只有在某个文体中具有了体裁意义的时候,它的地位才被凸显出来,普遍受到重视,才有可能被人们单独拿出来习练和应用,从而渐渐成为独立的体裁。所以,楹联体裁并不是从对偶修辞直接衍化而来,而是从把对偶作为必要的体裁因素的文体中独立出来。论者没有弄清楚这个微妙的关系,于是得出了上述结论。

论者的心理取向往往是要提高楹联的地位,为了提高楹联的地位,便试图抬高楹联在文学史上的地位。事实上,楹联在文学史上一直处于补充的或辅助的位置上。从学习角度看,对课的主要目的是为了学会写作以对偶作为主要体裁因素的文体,隋唐起更是为了学会写作用以考试的律赋、律诗和八股文,没有哪一个人在私塾中学习对课是为了作一个楹联专家。从创作的指向看,楹联多数是在实用、游戏、文场斗胜、磨练机敏的思维等过程中产生的,应用性和游戏意味太强,反而限制了其文学的价值。从实际成就上看,即便是在清代,尽管有些人试图把楹联定位为主流文学,那也是一厢情

---

① 马萧萧《中国楹联学概论序言》,谷向阳《中国楹联学概论》,昆仑出版社 2007 年版。

② 谷向阳《中国楹联学概论》,昆仑出版社 2007 年版,第 35 页。

愿，没有人能够接受的。试问，即便清代楹联的成就高于前代，它能够与同时代浩如烟海的诗、词、散文相比吗？它能与《红楼梦》、《儒林外史》、《桃花扇》、《长生殿》相比吗？中国的重要的文学史著作始终没有把楹联纳入框架，虽做得有点过分了，但也是楹联确实不能与诗歌、散文、小说、戏剧的成就相提并论的格局使然。主观抬高自己爱好和研究的对象，是人们比较普遍的心理，但同时也是学术的一大忌讳，这在当代楹联界表现得尤为鲜明，我们应该反思。

假如我们能够冷静下来理智地去考察历史，我们便会发现在探讨楹联体裁的生成问题时，是无法跨越骈体文、新体诗—格律诗的重要环节而直接与阴阳八卦理论、造字理论相对接的。我的观点是，作为体裁，楹联乃是在骈体文、新体诗—格律诗的基础上脱胎独立起来的，如果说声律尚不甚严格的骈文、古体诗促使朴素的对联意识逐渐产生的话，那么声律严格的对联体裁则一定是在骈文讲究声律以及格律诗诞生之后才可能生成。所以包括律联在内的楹联体裁的正式成立，应该是经历了魏晋南北朝并进入唐代之后的相当长的历程才完成。而科举考试文体的后起之秀八股文，又对楹联体制的完备起到了巨大的推动作用。古人读书的终极目的很单纯，就是为了做官。做官的途径在隋唐以前是靠文才德行，隋唐以后主要靠科举考试，这二者的基本条件都必须会做诗文。到明清两代，科举考试又成了走向仕途的唯一道路。自唐代始，科考就必有“试律诗”一项，并一直延续至清代。唐朝“试律诗”是五言六韵，清代用五言八韵，叫“试帖诗”①；自唐代“以律赋取士，而赋法始严”，“沿及于明清，赋仍为考试之必要条件”②；八股文发源于北宋，到了明代初年而有雏形，弘治以后具备八股文的各项条件而成了定型③，在明清，八股文成为科场首要文体。而这几种要命的文体，都把对偶作为必须的体裁因素，要做好这些体裁的作品，必须具有对仗的功夫。作为正式体裁的楹联的产生与完备，是无法与这个背景脱开干系的。

既然楹联一体，主要从骈体文、新体诗—格律诗体裁中独立出来的，八股文又促使楹联体制走向完备，那么我们需了解一些骈体文、新体诗—格律

① 参见启功等《说八股》，中华书局 2000 年版，第 23 页。

② 刘麟生《中国骈文史》，东方出版社 1996 年版，第 95 页。

③ 启功《说八股》，中华书局 2000 年新 1 版，第 36—37 页。

诗和八股文的体裁特征。

新体诗产生于南朝齐永明年间，文学史称为永明体。虽然此前的古体诗中对偶的句子在不断增加，但对偶也主要作为表现文才和文采的修辞而受青睐，至永明体才使对偶成为诗体的重要特征。格律诗包括律诗和排律两种，律诗的中间两联必须是两组对偶句，排律则除了首尾两联之外，中间无论多少联，每一联都必须是对偶句。格律诗对偶的每一联析出来，必然是一副对联。永明体—格律诗只有五言句和七言句，而且有固定的诗的节奏，从诗中孕育脱胎重来的对联，诗的性质更强一些。

骈文形成并发达于六朝，而终唐一世犹盛行不衰。就六朝隋唐的发展看，其格律要求越来越严格。骈文的体裁特点与我们今天要讲的对联有关者有三点：第一是偶句与对仗。清李兆洛《骈体文钞序》说："自唐以来，始有'古文'之目，而目六朝之文为骈俪，而为其学者，亦自以为与古文殊途。"[①]两马并驾谓之"骈"，夫妻成双谓之"俪"，骈文之称"骈俪"，正好道出了这种文体最突出的特点：用两个字数相等的句子或句组，组成一个行文单位，这两个句子或句组要求对仗，这样两两相对地连接下去，成为一篇完整的文章。这是骈文最基本的体裁特点。第二，句式以四言、六言为主。骈文也有三言、五言、七言句式，但只是起辅助作用，故骈文到唐朝就干脆叫作"四六文"。第三，骈文有讲声韵格律和不讲声韵格律两种。讲究声韵格律始于齐梁，永明之时文学始用四声，在诗歌方面成为永明体，在骈文方面则强化了声律的体裁意义，用字时要考虑平仄搭配[②]。与骈文的发展相当，赋也盛行骈化，至唐朝形成了用以科举考试的律赋，"新巧以制题，险难以立韵，课以四声之切，幅以八韵之凡"（《四六丛话叙赋》）[③]。延及明清，律赋仍为考试的必要条件，"作赋始趋标准化，法度日密，限制日严，亦真如律令森严，不可逾越，然文人因难见巧，亦往往有佳句酬世"[④]。骈文和骈赋在语言形式上几乎没有什么区别，不妨看看下面两段：

---

① 郭绍虞主编《中国历代文论选》第三册，上海古籍出版社 1980 年版，第 465 页。

② 参见李景新、张明吉《汉魏六朝文学史》，中央文献出版社 2001 年版，第 318—321 页。

③ 刘麟生《中国骈文史》，东方出版社 1996 年版，第 95 页。

④ 刘麟生《中国骈文史》，东方出版社 1996 年版，第 95 页。

1. 日暮途远，人间何世？2. 将军一去，大树飘零；壮士不还，寒风萧瑟。3. 荆璧睨柱，受连城而见欺；载书横阶，捧珠盘而不定。4. 钟仪君子，入就南冠之囚；季孙行人，留守西河之馆。5. 申包胥之顿地，碎之以首；蔡威公之泪尽，加之以血。6. 钓台移柳，非玉关之可望；华亭鹤唳，岂河桥之可闻。（南北朝·庾信《哀江南赋序》）①

1. 迢迢南浦，渺渺伊人。2. 波长怨水，绿远愁春。3. 乃进骚客，召吟宾。4. 申契于采兰之渚，寄怀于挑菜之津。5. 则见膏融地脉，泉落天绅。6. 雪水消而烟水活，大波澜而小波沦。7. 旧时涨碧之痕，桥平雁齿；此日萦青之态，浪蹙鱼鳞。8. 花落成文，万纸之云蓝不断；镜开如画，一峰之眉黛低皴。（清·吴锡麟《春水绿波赋》）②

《哀江南赋序》、《春水绿波赋》乃典型的骈文和律赋。这里节录的《哀江南赋序》中的一段，除开头两句不完全对仗之外，下面五组全是工整的对偶句，《春水绿波赋》中的八联全部是工整的对偶句。从骈文、骈赋中脱胎出来的对联，以四字句、六字句为主，也有三字句和七字句，虽与五七言诗句的节奏不同，但其节奏仍然非常鲜明。

关于八股文，启功先生说："'八股'二字，现在已几乎成为'陈腐旧套'、'陈词滥调'或说'死套子'、'滥调子'的代称，使人厌弃、遭人反对的一切坏事物的'谑谥'、'恶谥'。……其实'八股'是一种文章形式的名称，它本身并无善恶之可言。……由积弊而引起的谑谥，不但这种文体不负责，还可以说它是这种文体本身被人加上的冤案。"③我们且不管冤还是不冤，只就楹联体裁的完备和楹联创作的兴盛来看，八股文是有很大功劳的。由于明清科举考试的首要文体是八股文，就促使学子们必须精熟于八股文写作。而精通八股文写作，就必须学会对对子。启功谈到"初学作文的蒙童怎样作入门的练习"时，说首先就是对对联④。为了让大家明白这个逻辑，我们要谈一

① 郁贤皓主编《中国古代文学作品选》第二卷，高等教育出版社 2003 年版，第 196 页。

② 刘麟生《中国骈文史》，东方出版社 1996 年版，第 96 页。

③ 启功等《说八股》，中华书局 2000 年新 1 版，第 1 页。

④ 启功等《说八股》，中华书局 2000 年新 1 版，第 21 页。

谈八股文的体裁特点。

八股文的结构，除题目之外，由冒子、八股、收结三大部分组成，另外还有一些相当于引子、楔子或粘合剂的单句或小段，作为次要的部分。“冒子”包括文章开头的破题、承题、起讲三小部分，只是为了说明题意的。最重要的部分乃是接下来的“八股”，其作用是“逐条逐项去发挥，把那个主题从上下、前后、正反、左右，讲得面面俱到，常常要说好多条，但常用八条”①。每两条的句子或句组，字数要相等，还要对仗，用以论证一个问题，宛如人有两股，相称相比，所以每两股叫“一比”。一篇中八条就是八股，构成四比②。每一比(两股)都是一组对偶的句字或句组，相当于一副对联，正如启功先生说：“由于每条怕单说不够，常变换地、相对地配上一条陪衬，用以辅助加强前边那个论点，使它不致孤立。既配上了这一条，便成了一副对联，一篇中便有四联。”③这四联把论点清楚透彻地阐述出来，最后再作简单的总结，一篇文章便完成了。

既然八股文的四比就是四副对偶句，这又与骈文有何区别呢？区别在于：骈文的句式是以四字句和六字句为主，或者单独相对，或者组成“四六”句组后再相对。八股文不同于这种四六结构，“单看一股(上联或下联)，句子和散文一样，并不都成骈文、律赋那样‘骈四俪六’的句式。”这就是说，每一股句子的组合，如同散体文句，要比骈文的“四六式”丰富多了。但不论如何散乱，一比之中的两股之间都永远是对仗的，所以启功又说：“但再看另一股，就必定与和它平行的那一股字句长短、虚字实字、人名地名等等都完全相当。”④如清代蒋栻之《狗吠》中的两比：

第一比：自功利之习既成，而人争夸诈。故斗鸡之外，尤多走狗之雄。自山海之资既启，而户饶盖藏。则吠夜之声，不减司晨之唱。

第二比：分沥粒之余甘，而驯扰优游，不过与彘豚并畜。乃暮柝相

---

① 启功等《说八股》，中华书局2000年新1版，第4页。

② 每两股为“一比”，这是启功的观点，是很有道理的。也有不少人称一股为一比，如刘麟生《八股文小史》、金克木《八股新论》。启功分析说：“大约有人嫌股字不雅，便称八股为‘八比’，殊不知八比便是十六股，名实不符了！”《说八股》第5页。

③ 启功等《说八股》，中华书局2000年新1版，第4页。

④ 启功等《说八股》，中华书局2000年新1版，第21页。

传，而认为之守望者，狗亦共之徼巡。盖风雨晦明之间，口崖口崖者终宵而未静矣。抚胎伏之无伤，而尘罴角逐，亦只与牛犊同群。乃夜扉既阖，而人乐其安居，狗尚严其戒备。盖草露寒瀼之际，阍狺狺者达旦而未休矣。

可以看出其中句子的散文句的特色加强了，但无论怎么散，两股的总字数却是相同的，而且是对偶的。八股文之前，楹联句式结构主要与格律诗和骈文中的对偶句相一致，格律诗是五、七言句，骈文是四、六言句，组织规整，与散体文有很大区别。八股文则“为骈散混合之文字”①，可以自由地运用散体句法。八股文的这个特点被楹联吸收之后，使楹联于诗味、骈味之外，又可以增加散文味。这正是我说八股文促使楹联文体趋于完备的关键所在。

如果说上述几种体裁从对偶的角度对楹联体裁的成立与完备起到至关重要的作用的话，那么另外一种体裁在句式构成上的影响作用恐怕也不可忽视，这个体裁就是成于唐而盛于宋的词。词体虽不以对偶为特征，但其参差不齐而声律抑扬、节奏鲜明、富有诗意的句法，则为楹联体裁所吸收，尤其在长联中发挥着积极的作用。多数长联在半边之内采用长短交替蝉联而下的方式，看得出与词句的组合方式有相似之处。

综上所论，楹联作为一种独立的文学体裁，首先从骈文—骈赋、新体诗—格律诗中脱胎而出，它的句式构成必然是诗句的或骈句的，其思维方式是五七言诗的、或骈文—骈赋的。然后八股文又推动着楹联的句式朝散文化扩展，思维方式也带有散文的某些特点；词则更主要在单边句式组合上给楹联以影响，从而使楹联体制大备。所谓体制大备，是指上下联在必须对仗的框架下，各自采用怎样的句法结构，用何种文体的思维方式及风格效果，是用单句还是句组，都听凭创作之所需。也就是说，楹联可以具有诗性特色，也可以具有文性特色。诗性特色的楹联既可以是诗风味的，也可以是词曲风味的；文性特色的楹联既可以是骈文或赋风味的，也可以是散文风味的。但楹联不属于这些体裁。词的体裁不以对偶性的对称为特征。格律诗对偶性的对称是局部的，在体裁内部分若干联，每一联构成对偶性的对称，

① 刘麟生《中国骈文史》，东方出版社 1996 年版，第 97 页。

然后连接下去。骈文与格律诗有相似之处,只是更多了一些自由,不像格律诗那样限定五言单句或七言单句,可以以复句为半联,与另一个半联构成对偶性的对称,然后一联一联的连接下去,每一联的字数形式可以不同,中间还可以穿插非对称性的句子;不仅如此,而且一联中如果有领字,当领字只出现在上联中时,上下联的字数就可以不同。八股文的一比与骈文的一联相当,每一比的上下两股是对偶性的对称,每一比的长度与内部结构可以不同,也是一比一比的连接下去,中间可以穿插非对称性的句子;不仅如此,两股的字数有时可以略微不同①。可以说,任何一种体裁的对偶性的对称都是局部的,而且是一组对称与另一组对称连接而成。这样看来,楹联体裁独一无二的特征便显示出来了:楹联只能由两部分组成,两部分的总字数一定完全相同,并形成完全的对偶性对称,所以楹联是通体对偶、对称的。此外,从声律上看,以上文体都讲究一定的声律,以格律诗最为严格,骈文和八股文要相对宽松一些,格律诗必须押韵,骈文也讲究一定的押韵。楹联的声律与押韵无关,其平仄声调的规律则吸收了格律诗、骈文、八股文的特点,显示出复杂的特征。按照声律规则组成的楹联当然是最完备的楹联,我们称之为律联。也有不少对联作品的声律不是那么严格,我们不妨称之为古联,但即使格律最宽的对联,与完全的散体文相比还是带有一定的声律特征的。

至此,楹联的性质可以清楚了:楹联是由两部分组成的通体对偶对称、带有一定声律特征的汉语文学体裁。

那么,在文学分类里面,楹联应该如何归属呢?按照现代文学观念的通例,文学分为诗歌、散文、小说、戏剧四大类,这是中国人挂靠西方观念的结果。从体裁特征看,中国的楹联不属于这四种的任何一种,乃是独立于以上四大类之外的文学体裁。如果按照中国文学的实际,楹联完全可以作为与以上四大类相并列的一类出现,也就是说,中国文学体裁应该分为五大类,即诗歌、散文、小说、戏剧、楹联。如果考虑到与国际话语的接轨而不得不硬往四大分类中靠的话,那么,放到诗歌里比放在其他类别中更合适一些,因

① 启功等《说八股》中说:"当然也有些一股中有骈句,和下股的骈句字数不太相同的。"如尤侗《怎当他临去秋波那一转》第五股中有"人见为秋波转,而不见彼之心思有与为之转者",第六股相对的位置则为"彼知为秋波一转,而不知吾之魂梦有与为千万转者",字数略有差异。

为:首先楹联与小说、戏剧无关,不可能属于小说、戏剧。五七言联主要采用诗句的结构,诗的特性自然很强;较长的楹联虽然可以采用文的句法和笔法,但由于各种格律的约束,其诗的特征还是比散文要明显。这时,我们不妨称之为"半诗体"。

作者简介:李景新,男,安徽萧县人,琼州学院人文社科学院教授,从事古代文学的教学与研究。

从东坡、斜川到桄榔庵的交互指涉论苏轼个体生活空间的书写与调适

严纪华

摘　要：本文根据张志烈等主编《苏轼全集校注》所收录的苏轼海南诗文书写为研究范围，针对苏轼谪贬海南经验中对东坡、斜川以及桄榔庵等地点在诗文书写中的交互指涉为例，观察苏轼在海南时期的个体生活空间的体验与调适。

关键词：苏轼；海南诗文；个体生活空间书写

一、前　言

走向高度中央集权体制的赵宋王朝进入十一世纪的后半期，国家的工商业与文化逐步地繁荣发展，但是军事孱弱与外患频仍，社会中出现阶级矛盾、民族冲突与政治党争日益剧烈；包括新旧党争、蜀洛对立，倾轧不断。苏轼(1036—1101)所处的正是这么一个充满着新、旧势力斗争与意识形态冲突，变动剧烈的时代，他自仁宗嘉佑二年(1057)进士及第后步入仕途，宦海沉浮四十年。其中两次受贬，谪居十年，都与遭受新党人士的政治清算密切相关。从宋神宗元丰三年(1080)"乌台诗案"文字狱到宋哲宗绍圣年间(1094—1097)苏轼再次受到新党人士攻击，谪命屡改，最后远逐海南儋州①。苏轼从在朝—外放—贬居的过程中深刻的体验了官场风云冷暖以及

① 曾枣庄、舒大刚《三苏年谱简编》，《北宋文学家年谱》，台北文津出版社有限公司1999年版，第71—80页。

哀乐生死的人生无常。尤其以垂老(59—62)投荒,自知"中原北望无归日"①,然而这位秉性难改的乐天派②终究以独特的生命态度看待了这段贬谪人生中最大也是最后的厄运。

二、个体生活空间的书写与调适:从东坡、斜川到桄榔庵

由于诗人的几次贬谪都与其放言纵笔③相关,苏轼自言"平生文字为吾累"④,以至在宋朝的政治生态中受到党争的倾轧迫害,放逐他乡。其间,诗人移徙的空间经验、文学书写与变动的身分认同互为表里。本文即根据张志烈、马德富、周裕楷主编的《苏轼全集校注》⑤所收录的苏轼贬儋三年海南诗作一百三十余首、海南词作三首,参考引证苏轼在海南的杂记、书简、赋颂、题跋杂文等诗文书写为研究范围,针对苏轼谪贬时期的移居经验中对东坡、斜川以及桄榔庵等地点场所在诗文书写中的交互指涉为例,观察苏轼在海南时期的个体生活空间的体验与调适。

1. 东坡、斜川

苏轼曾自言"少即多难,邅回一生"⑥,从黄州、惠州到海南的连续贬谪的仕途生涯充满羁旅牢愁,却也同时建构了他诗文创作的重要里程碑。王文诰在《苏文忠公诗编注集成·识余》中即指出谪黄、谪惠为苏氏一生创作里程的两次大变,渡海后的苏诗"全入化境,其意愈隐,不可穷也"⑦,是以诗人移居经验中的东坡、斜川以及桄榔庵等地点场所的诗文书写不但交互指涉且别具意义。由于苏轼谪居黄州的时候,曾躬耕于东坡,筑雪堂而居,因

---

① 苏轼《白鹤峰新居欲成,夜过西邻翟秀才,二首》(一),收入《苏轼全集校注》,诗集七,卷四十,第4804—4805页。

② 林语堂著、张振玉译《苏东坡传》,百花文艺出版社2000年版,第5页。

③ 曾枣庄、曾涛《苏诗汇评》(四),台北文史哲出版社,1998年版,第1829页。

④ 《十二月二十八日蒙恩责授检校水部员外郎黄州团练副使复用前韵二首》,《苏轼全集校注》诗集三,卷十九,第2108页。

⑤ 张志烈、马德富、周裕楷主编《苏轼全集校注》,河北人民出版社2010年版。

⑥ 《次前韵寄子由》,《苏轼全集校注》诗集七,卷四一,第4846—4847页。

⑦ 王文诰辑注《苏文忠公诗编注集成》四十六卷,《苏海识余》四卷,上海古籍出版社2002年版,第1—668页。

而以其地自号为"东坡居士"。细究这个命名的来源其实是取意仿拟于白乐天在忠州的东坡诗作①。其后,诗人在诗篇中又将这个地点"东坡"比拟于东晋陶渊明的"斜川",自陈"虽过靖节年,未失斜川游"②。是以由苏轼与"东坡"连比自况,一方面可以知道他敬爱乐天:"他时要指集贤人,知是香山老居士"③,而他的生活态度:"未成小隐聊中隐,可得长闲胜暂闲"④更脱胎自白居易的"中隐"思想⑤,是诗人尝试着在那个充满危机的时代中为封建集权制度下的文人士大夫开辟一条平衡于仕隐进退的存身之道。另一方面,他心向斜川酬游,《江城子》一词中"梦中了了醉中醒,指渊明,是前生……南望亭丘,孤秀耸曾城,都是斜川当日境"⑥,流露出对陶潜的仰慕与推崇。尤其在岭海时期,苏轼一系列的和陶诗,不但首开中国诗学史上追和古人诗作之先例、成为苏轼晚年流贬海外生活考察的重要依据,更标示了苏轼人格陶养内敛完成的过程⑦。例如《和陶杂诗十一首》这组和诗除接受陶诗影响,更参入了诗人所处的时代色泽与特出的个性特征。试举第一首为例⑧:"斜日照孤隙,始知空有尘。微风动众窍,谁信我忘身。……从我来海南,幽绝无四邻。……此道固应尔,不当怨尤人。"相较陶潜《杂诗》之一⑨:"人生无根蒂,飘如陌上尘。分散逐风转,此已非常身。……盛年不重来,一日难再晨。及时当勉励,岁月

---

① 白居易为忠州刺于忠州城东坡地栽花种树,并作诗咏,其中多有"东坡"二字。如《东坡种花》二首其一、《步东坡》、《别东坡花树》等(《全唐诗》,台北文史哲出版社,卷四四五)。而苏轼作有《东坡八首》,《苏轼全集校注》诗集七,卷二一,第 2242 页。

② 《和陶游斜川》,《苏轼全集校注》诗集七,卷四二,第 5011 页。

③ 《赠李道士》,《苏轼全集校注》诗集四,卷二九,第 3191 页。

④ 《六月二十七日望湖楼醉书五绝》其五,《苏轼全集校注》诗集七,卷七,第 687 页。

⑤ 白居易《中隐诗》:"……人生处一世,其道难两全。贱即苦冻馁,贵则多忧患。唯此中隐士,致身吉且安。穷通与丰约,正在四者间。"《全唐诗》卷四四五,第 4991 页。

⑥ 《江城子》,《苏轼全集校注》词集九,卷一,第 344 页。

⑦ 研究者对苏轼和陶诗的评价亦有分歧者,本文在此并不对其艺术评价作深入探讨。参见曾枣庄《宋代文学与宋代文化》,上海人民出版社 2006 年版,第 153 页。

⑧ 《和陶杂诗十一首》其一,《苏轼全集校注》诗集七,卷四一,第 4914 页。

⑨ 陶潜《杂诗十二首》其一,吴云、冀宁选注《汉魏六朝诗三百首注》,天津人民出版社 2000 年版,第 44 页。

不待人。”苏诗篇篇次韵，与陶诗牵系①；但在立意、构词上，陶诗表现了人生无常，应当及时勉励、珍惜现世的感喟。苏诗则作达观语，呈现了己意真容，自“我忘身”始、逐步落于“海南之我”，全以“我”字为骨②，叙皎皎怀抱③，已与陶作境界有别④。由此可知，白、陶二人的处世态度与人生哲学乃至于创作风格都对苏轼其人其作造成极大的影响。由此我们从观察苏轼的放逐诗作里的借格东坡、斜川，可以了解他正是以居处相拟，行事相效，对前行诗人致敬的一种比况怀想，这些地点的连比不但标示着特殊的场所精神；就某个程度来说，也可以视为诗人是以一种非现实性的态度对抗现实人生的策略。

2. 桄榔庵

相较于黄州时期的“东坡”，海南时期的“桄榔庵”成为苏轼放逐生命的另一个印记，这个居所空间的接纳认同开展了他诗文中的另一个高度。

绍圣四年(1097)苏轼抵达儋州，由于驿舍不堪居住，受到儋州新军使张中礼遇，派人整修官舍，得以暂时安身。不料却因此触犯了当权者，元符元年(1098)张中被罢职调离，东坡也被迫搬出⑤。面临“居无完屋、一夕三迁”⑥的无奈情况，苏轼不得不“买地城南，在南污池之侧，茂林之下，结茅为屋五间”⑦，在学生、百姓畚土运甓的帮助下⑧，“桄榔庵”落成，成了苏轼遮风避雨的处所。他曾摘叶书铭，以记其处：“……海氛瘴雾，吞吐吸呼。蝮蛇魑魅，出怒入娱。……东坡居士，强安四隅。以动寓止，以实托虚。……生谓

① 许学夷语见《和陶杂诗十一首》集评，《苏轼全集校注》诗集七，卷四一，第4929—4930页。

② 许学夷语见《和陶杂诗十一首》集评，《苏轼全集校注》诗集七，卷四一，王文诰语，第4930—4931页。

③ 许学夷语见《和陶杂诗十一首》集评，《苏轼全集校注》诗集七，卷四一，赵克宜语，第4931页。

④ 许学夷语见《和陶杂诗十一首》集评，《苏轼全集校注》诗集七，卷四一，第4929—4930页。

⑤ 《与程全父十二首》九，《苏轼全集校注》文集八，卷五五，第6063页。

⑥ “居无完屋”出自《新居》，《苏轼全集校注》诗集七，卷四二，第4991页。“一夕三迁”出自《和陶怨诗示庞邓》，第4912页。

⑦ 《与郑靖老四首》一，《苏轼全集校注》文集八，卷五六，第6189页。

⑧ 《与程秀才三首》一，《苏轼全集校注》文集八，卷五五，第6068页。南宋王象之《舆地纪胜》卷一百二十五广南西路昌化军“官吏”门“苏轼”条下记述同。

之宅,死谓之墟。三十六年,吾其舍此,跨汗漫而游鸿蒙之都乎!”①印证苏轼写给友人程儒的信中也提及新居“极湫隘,粗有竹树。烟雨蒙晦,真蜒屋獠洞也”②,屋成后苏轼“囊为一空”,仅得以免于露处③。其他蹇窘的状况还包括尽卖酒器,以供衣食;酒尽米竭之状,时见于歌④。

由于海南四面环海,物质匮乏,生活异常艰苦,“食无肉,病无药,居无室,出无友,冬无炭,夏无寒泉”⑤,加上与大陆交通不便,粮食医药物资输送不易,苏轼在《纵笔三首》其三就点出:“北船不到米如珠,醉饱萧条半月无。”⑥《记薯米》中也记载:“南海以薯米为粮,几米之十六。今岁薯菜不熟,民未至艰食者,以客舶方至而有米也。然而儋人无蓄藏,明年去则饥矣。”⑦由于米粮不足,土人以薯芋杂米蒸煮粥糜以得温饱⑧,又以熏鼠烧蝙蝠供祭。《闻子由瘦》⑨一诗中:“五日一见花猪肉,十日一遇黄鸡粥。土人顿顿食薯芋,荐以熏鼠烧蝙蝠。旧闻蜜唧常呕吐,稍近虾蟆缘习俗。……”都说明着苏轼在儋耳极难得肉食,对海南饮食殊为不惯,“食物人烟,萧条之甚”⑩。因而,苏轼曾多次托请患难之交郑靖老与程天侔父子等从海舶寄赠酒米药物、糖冰精面书纸等⑪,补充在海南的日用物资。另一方面,我们看到自称老饕的苏轼自创“煮蔓菁、芦菔、苦荠而食之。其法不用醯酱,而有自

---

① 《桄榔庵铭》,《苏轼全集校注》文集三,卷十九,第 2163 页。

② 《与程秀才三首》一,《苏轼全集校注》文集八,卷五五,第 6068—6070 页。南宋王象之《舆地纪胜》卷一百二十五广南西路昌化军“官吏”门“苏轼”条下记述同。

③ 《与程全父十二首》九,《苏轼全集校注》文集八,卷五五,第 6063 页。

④ 《和陶连雨独饮二首》并引《苏轼全集校注》诗集七,卷四一,第 4858—4859 页。

⑤ 《与侄孙元老四首》一、三,《苏轼全集校注》文集九,卷六〇,第 6649、6653 页。

⑥ 《纵笔三首》其三,《苏轼全集校注》诗集七,卷四二,第 5041 页。

⑦ 《记薯米》,《苏轼全集校注》文集十一,卷七三,第 8438 页。

⑧ 《和陶劝农六首》其一引文《苏轼全集校注》诗集七,卷四一,第 4866 页。

⑨ 《闻子由瘦——儋耳至难得肉食》,《苏轼全集校注》诗集七,卷四一,第 4874—4875 页。

⑩ 《与张逢六首》二,《苏轼全集校注》文集八,卷五八,第 6427 页。

⑪ 《与郑靖老四首》一、二,第 6189—6192 页,《与程全父十二首》十,第 6065 页、《与程秀才三首》一、第 6071 页。

然之味”的“菜羹”[①]；儿子苏过也出新意，以山芋作出色香味皆奇绝的“山芋糁羹”[②]，藉以“无患于长贫，忘口腹之为累”[③]。这除了说明苏轼不择精粗皆有可赏的饮食观，也可视为“在陋巷不改其乐”儒道的体现。其他的饮食书写包括“丹荔”、“黄柑”[④]、“天门冬酒”[⑤]皆成诗材；另外海南的“五色雀”[⑥]、儋耳的“乌觜狗”[⑦]，海南奇宝“大琉璃杯”[⑧]，还有东坡发明的椰子冠“子瞻样”，[⑨]苏轼自制海南墨[⑩]，以及海南童儿吹葱叶戏玩[⑪]、儋耳立春节序[⑫]都入歌咏，这些取材日常的书写一方面纪录了苏轼平淡自得的谪居生活，一方面为海南风物留下了见证。综上所述，我们了解诗人晚年遭谪远谴，居无所食难安，生事狼狈、劳苦万状，面临着个体生活空间的骤变，对应他的心境变化从悲观绝望、激荡不安到坦然接受、安然自适的轨迹，呈现的是一个从冲突到接纳的过程。如《和陶和刘柴桑》[⑬]中：“万劫互起灭，百年一踟蹰。漂流四十年，今乃言卜居。且喜天壤间，一席亦吾庐。……一饱便终日，高眠忘百须。自笑四壁空，无妻老相如。”我们可以察觉诗人不再“杜门面壁少

---

① 苏轼自称“老饕”，作《老饕赋》、《菜羹赋》，分见《苏轼全集校注》文集一，卷一，第78—84页，85—86页。

② 《过子忽出新意，以山芋作玉糁羹，色香味皆奇绝。天上酥陀则不可知，人间决无此味也》，《苏轼全集校注》诗集七，卷四二，第5006页。

③ 《菜羹赋》，《苏轼全集校注》文集一，卷一，第85—86页。

④ 《和陶田舍始春怀古二首》其二，《苏轼全集校注》诗，集七，卷四一，第4936页。

⑤ 《庚辰岁正月十二日，天门冬酒熟，予自漉之，且漉且尝，遂以大醉，二首》，《苏轼全集校注》诗集七，卷四一，第5056页。

⑥ 《五色雀》，《苏轼全集校注》诗集七，卷四三，第5062页。

⑦ 《余来儋耳，得吠狗，曰乌觜，甚猛而驯，随予迁合浦，过澄迈，泅而济，路人皆惊，戏为作此诗》，《苏轼全集校注》诗集七，卷四三，第5123页。

⑧ 《减字木兰花·以大琉璃杯劝王仲翁》，《苏轼全集校注》词集，卷二，第743页。

⑨ 《次韵子由三首——椰子冠》，《苏轼全集校注》诗集七，卷四二，第4905—6页。

⑩ 参见《书潘衡墨》、《书海南墨》、《记海南作墨》，《苏轼全集校注》文集十，卷七十，第7975—7976页。《夜烧松明火》，《苏轼全集校注》诗集七，卷四二，页5045。

⑪ 《被酒独行，遍至子云、威、徽、先觉四黎之舍，三首》，《苏轼全集校注》诗集七，卷四二，第5021页。

⑫ 《减字木兰花·己卯儋耳春词》，《苏轼全集校注》词集，卷二，第738页。

⑬ 《和陶和刘柴桑》，《苏轼全集校注》诗集七，卷四二，第4988—4989页。

休"①、"老人与过子相对,如两苦行僧耳"②,开始以安时而处顺的态度来经营儋州的生活。接着他漫随俚俗,反笔共欣,将南溟的茅檐竹屋的"新居"描写成:"朝阳入北林,竹树散疎影。短篱寻丈间,寄我无穷境。"③面对着乱蛙黾的幽居、半人禽的生理,④他出语淡然:"俯仰可卒岁,何必谋二顷?"⑤于是祸福苦乐,了无罣碍。更进一步,他从不改其度,知之免忧的任运自足迈向拥抱生活、热爱生活。是而寻常琐碎的日常体验入诗,写来无不意趣盎然。举如《谪居三适三首》⑥中《旦起理发》、《午窗坐睡》、《夜卧濯足》描写简单自在的家居景况,《观棋》中落子纹枰,有"胜固欣然,败亦可喜"的自觉⑦,《汲江煎茶》记煮茶诀窍"活水还需活火烹,自临钓石取深清"⑧,以及老东坡咏罢"无事静坐,一日似两日。若活七十,便是百四十"的快意题记屋壁⑨,庵旁还有帮助乡亲们打建的"东坡井",泉旺水甜。即便是在城南荒池也有香色未改的芙蕖以幽姿入诗⑩,随处可游可观可采。《和陶游斜川》⑪中:"……春江渌未波,人卧船自流。我本无所适,泛泛随鸣鸥。中流遇洑洄,舍舟步层丘。……"更描绘出一幅快意自由的乡居生活图。此外,记写坡公被酒独行,半醉半醒至四黎之舍,"竹刺藤梢步步迷"⑫的逍遥、"春江渌波,卧船自流"⑬的快适、《倦夜》中"孤村一犬吠,残月几人行"⑭的幽情、《东楼》里"小醉

---

① 《与郑靖老四首》一,《苏轼全集校注》文集八,卷五六,第 6189 页。

② 《与侄孙元老四首》一、三,《苏轼全集校注》文集九,卷六〇,第 6650 页。

③ 《新居》,《苏轼全集校注》诗集七,卷四二,第 4991 页。

④ 《迁居之夕,闻邻舍儿诵书,欣然而作》,《苏轼全集校注》诗集七,卷四二,第 4994 页。

⑤ 《新居》,《苏轼全集校注》诗集七,卷四二,第 4991 页。

⑥ 《谪居三适三首》,《苏轼全集校注》诗集七,卷四一,第 4948—4955 页。

⑦ 《观棋》,《苏轼全集校注》诗集七,卷四二,第 4985 页。

⑧ 《汲江煎茶》,《苏轼全集校注》诗集七,卷四一,第 5116 页。

⑨ 《司命宫杨道士息轩》,《苏轼全集校注》诗集七,卷四三,第 5078 页。

⑩ 《和陶拟古九首》其八,《苏轼全集校注》诗集七,卷四一,第 4896 页。

⑪ 《和陶游斜川》,《苏轼全集校注》诗集七,卷四二,第 5011 页。

⑫ 《被酒独行,遍至子云、威、徽、先觉四黎之舍,三首》,《苏轼全集校注》诗集七,卷四二,第 5021 页。

⑬ 《和陶游斜川》,《苏轼全集校注》诗集七,卷四二,第 5011 页。

⑭ 《倦夜》,《苏轼全集校注》诗集七,卷四二,第 5025 页。

易醒风力软、安眠无梦雨声新”[①]的逸态、以及栽植将成，“早韭欲争春，晚菘先破寒。人间无正味，美好出艰难”[②]的农圃之乐，无不化俗为雅、充满闲意与幽趣，反衬出诗人冲淡静远的胸怀。他以为：“胸中廓然无一物，即天壤之内，山川草木虫鱼之类，皆是供吾家乐事也。”[③]因此，随着诗人全方位拥抱生活的态度，化悲观自伤为喜乐自足，个体生活空间愈趋开放、扩大；而撷取实生活的意象正巧妙地组构了生活图景，为他的诗歌提供了平易、贴近民生的审美趣味。

此外在文化教育方面：针对海南民风纯朴，但因交通阻隔，与中土交流往来不甚密切，知识教育、文化传播相对落后。然而海南人民的醇厚热情实是滋润苏轼苦闷心灵的一道春阳，包括运土筑室、岁寒送物、互通有无[④]，诗人与黎族往来关系融洽[⑤]，与“父老从游、相处无间，若将终身”[⑥]。这使得罪到儋后的苏轼在温暖人情中迅速振起，他走向大众，以致力于传授诗书礼乐之教自解逆境：他力倡勉学，希望能像虞仲翔一般虽处罪放，却能“弦歌沧海滨”[⑦]。他在海南培养后学不遗余力，以“欲令海外士，观经似鸿都”[⑧]为目标，当地士子如黎子云兄弟、符林、王霄等都随从问学[⑨]，可说是“琼之有士始乎儋”，而“琼州人文之盛，实自公启之”[⑩]。后来苏轼获赦北归，儋人深感苏轼促进海南文化的贡献，“取其所尝至之地，建为书院，复命名为‘东坡’，

---

① 《次韵子由三首——东楼》，《苏轼全集校注》诗集七，卷四二，第 4904 页。

② 《和陶田西田获早稻并引》，《苏轼全集校注》诗集七，卷四二，第 5001 页。

③ 《与子明兄一首》，《苏轼全集校注》文集九，卷六〇，第 6622 页。

④ 《和陶拟古九首》其九，第 4897 页。

⑤ 如《纵笔三首》其一、二，《苏轼全集校注》诗集七，卷四二，第 5040—5041 页。以及《被酒独行，遍至子云、威、徽、先觉四黎之舍，三首》其一、二，第 5021 页。

⑥ 《宋史·苏轼本传》，收入《苏轼全集校注》文集十一“附录”，第 8934 页。

⑦ 《和陶示周掾祖谢》，《苏轼全集校注》诗集七，卷四一，第 4862 页。

⑧ 《和陶赠羊长史》，《苏轼全集校注》诗集七，卷四一，第 4938 页。

⑨ 如《海南人不作寒食，而以上巳上冢。予携一瓢酒，寻诸生，皆出矣。独老符秀才在，因与饮，至醉。符盖儋人之安贫守境者也》集评收方回语：“东坡不落海南，后世岂知有符林？”收入《苏轼全集校注》诗集七，卷四二，第 4979—4981 页。

⑩ 语见明琼山进士唐胄《儋州志·修建儋州儒学记》，《琼台纪事录》，戴肇辰《重建东坡书院并修洄酌亭记》，参见海南史志网：http://www.hnszw.org.cn/data/news/2011/01/48671/(2011/10/15)。

以示不忘教化”[1]。是而，东坡复以“东坡”之名得祀于海外。

三、结　论

这些个体生活空间的书写不但留下了一个时代群体生活的纪录，更由诗中新意得见了诗人真情、生活真趣。对照苏辙在《追和陶渊明诗引》中所言：“东坡先生谪居儋耳，置家罗浮之下，独与幼子过负担过海，葺茅竹居之。日啖薯芋，而华屋玉食之念，不存于胸中。”[2]是说明着诗人走出了宫阙，走出了书斋；以桄榔庵为出发点，拥抱了自然，拥抱了民间。他将“贬”视为“游”，参悟了以不归为归，继而勘破生死，澹然两无求[3]；又与黎族人民亲善融洽的交接往来，进而乐育英才，敷扬海南文教。如此，苏轼的海南诗文是反复于“认同”与“所在”，“离开”与“回归”的思索，落点于以异乡为乡，而以身土合一的方式认同着海南吾土。

而从个体生活空间调适的角度观察，这些经由空间的移转与复制在文本中留下的次韵、诗咏、唱和以及空间意义的再创造，所唤起的不仅仅是对空间风景的纯然感知，个人生命经验的模拟，更是作者意图透过场所命名——事件发生——记忆迭存的联想的网络，进行着在情感上、理想上归属于一种品德风范的联结。在此意义下，该地点空间显然不仅仅是一个地方，而是直指着一种心灵状态、道德秩序及态度行为的认同与发扬。

是以，做为一个被动的迁移者，离开原有的居所，孤离到一个变动性的异质空间，有不可抗拒的心情起伏——初是地理隔绝、认同顿挫的抑郁寥落的逐客“自保”情结；后在飘泊流浪的处境中，诗人逐渐在个体存在与角色认同上尝试并进行着调适与转化，权衡“心”与“迹”，定位自我，寻求“自解”。是以出现在文字中是扬弃了宫廷文化的过去的我，而与走向村野田园的现

---

① 语见明琼山进士唐胄《儋州志·修建儋州儒学记》，《琼台纪事录》，戴肇辰《重建东坡书院并修洄酌亭记》，参见海南史志网，http://www.hnszw.org.cn/data/news/2011/01/48671/(2011/10/15)。

② 苏辙《子瞻〈和陶渊明诗集〉引》，《栾城集·后集》卷二一，上海古籍出版社1987年版，第1380页。

③ 《赠郑清叟秀才》：“年来万事足，所欠惟一死。”《苏轼全集校注》诗集七，卷四二，第5027页。

在我形成辩证。这种“双重印记”在去、来，旧、新，华、夷，同、异，中央、边陲，文明、野俗之间拉扯摆荡，是以看似否定式的双重纪录将政治放逐抽象化、文本化，复以追求淡忘与替代的方式，去创造出另外的身份①。对苏轼而言，桄榔庵(海南村)的谪贬生活空间是他真正放开身段，亲自走入村野的常民文化的基点。饱经忧患沧桑后，诗人生活的态度从“有思而无所思”②的体悟，落实到“俯仰无待”③的坦然，进而宽解了仕途坎坷的愤痛忧伤。

作者简介：严纪华，台北“中国文化大学”中文系教授，出版过专著《唐人题壁诗之研究》等。

---

① 廖炳惠《放逐与政治》，《联合文学》，联合文学出版社 1991 年版，第七卷第三期，第 34—37 页。

② 《思无邪斋铭》，《苏轼全集校注》文集三，卷十九，第 2186 页。

③ 《迁居》，《苏轼全集校注》诗集七，卷四十，第 4746—4747 页。

兹游奇绝冠平生

——说东坡谪居海南的诗

徐培均

摘　要：苏轼性格豪放，胸怀旷达，即使碰到千难万苦，他也能自我排解。苏轼咏海南的诗不仅自抒怀抱，而且描写了海南河山的壮美，人民的勤劳质朴。

关键词：苏轼；海南；诗歌

苏东坡是一位奇才，他在诗、词、文、赋、书画方面都有杰出的成就，不愧为一代宗师；但在政治方面，虽官至翰林学士、礼部尚书，却一直世途偃蹇，坎坎坷坷。在北宋党争接连不断的时期，他常遭贬谪：元丰二年罹乌台诗案，被谪黄州；元祐八年，被谪定州；绍圣元年被谪英州、改惠州。在惠州，他营建白鹤新居，稍事喘息，情绪稳定，有《食荔支二首》云："罗浮山下四时春，芦橘杨梅次第新。日啖荔支三百颗，不辞长作岭南人。"他不以迁谪为苦，决心在岭南长期居住下去。可是此时执政的新党时时监视他的一举一动。他因写了一首《纵笔》诗，诗中说："白头萧散满霜风，小阁藤床寄病容。为报先生春睡美，道人轻打五更钟。"据曾季狸《艇斋诗话》记载："章子厚见之，遂再贬儋耳，以为安稳，故再迁也。"章子厚，名惇，早年与苏轼尚有友谊。在苏轼初贬黄州前，他还帮苏轼讲过好话。可是他作为新党，一旦上台执政，便不念旧情，竭力打击元祐党人。苏轼是旧党，在《元祐党人碑》中，名列侍从官之首（虽是后事）。因此章惇对他的打击分外惨重。东坡在这首诗中只是用调侃的语气说他春睡正美，叫庙中的和尚钟声打得轻一些，不应上纲上线。但章子厚听到这两句就感到很不舒服，说他日子过得太安逸、太自在了，要让他再吃吃苦头，于是就下令把他贬到当时称为蛮荒之地的儋耳（今海南儋州)。可见党争是多么惨酷无情!我们这一代人,经过“十年文革”,对此有深切的体验。那个时候,大多数人被分为保皇派和造反派,儿子斗老子,妻子批丈夫,比比皆是。更何况是朋友和同事!历史往往惊人地相似。难怪宋代作为新党分子的章惇会对旧党苏轼痛下毒手了。明乎此,我们对现在中央号召不搞阶级斗争,共建和谐社会,应该感到无比荣幸了。

苏轼于哲宗绍圣四年(1097)四月十七日,接到诏命,名义是“琼州别驾,昌化军安置”,虽有好听的官衔,实际上什么职务也没有。四月十九日,他带着儿子苏过一个人离开惠州。中途经过广州,五月十一日,在广西藤州与苏辙相遇,兄弟二人结伴南行,同至雷州(今广东海康)。住了两天,便从递角场坐船出发,往琼州而去。此时他痛苦已极。他原在惠州,虽劳苦万状,狼狈不堪,“然胸中亦自有翛然处也”(见《与杨济甫书》)。可是与今日远谪琼州相比,却是“坟墓单外,念之感涕”,就是说此刻他一想到还在四川彭山县可龙里的父母和前妻王弗的坟墓,一腔热泪,便不禁潸然而下。

然而苏轼性格豪放,胸怀旷达,即使碰到千难万苦,他也能自我排解。此时他在给弟弟苏辙的诗中说:“莫嫌琼雷隔云海,圣恩尚许遥相望。平生学道真实意,岂与穷达俱存亡。天其以我为箕子,要使此意留要荒。他年谁作舆地志,海南万里真吾乡!”(《吾谪海南子由雷州被命即行了不相知……》诗)宋代文人大多具有儒释道兼容的思想,得志时,以儒家思想为主导;失意时,则以释道思想来排解。苏轼便是一个显例。他曾在《西江月·黄州中秋》词中说:“世事一场大梦,人生几度新凉。”友人王定国的歌女柔奴随主人一道南迁,当然很苦。可是东坡在《定风波》词中问她:“试问岭南应不好?却道:此心安处是吾乡。”实为夫子自道。此时他远谪海南,也以“此心安处是吾乡”自处,故云“海南万里真吾乡”。从这首诗表面上来看,他自己在琼州,苏辙在雷州,中间不过隔着一条海峡,兄弟还能遥遥相望。所说“圣恩尚许”者,既是自慰,也是自嘲,更是对当局的讽刺和挖苦。但他用语巧妙,使章惇之流抓不到把柄。这比他在“乌台诗案”中的诗在手法上要隐晦得多又聪明得多了。

在海南时,他写过《纵笔三首》,藉以叹老嗟贫,语似潇洒,骨子里却非常痛苦。他贫病交加,羸弱不堪,有时以酒销愁,可是“儿童误喜朱颜在,一笑那知是酒红”。其弟子陈师道亦有《除夜对酒赠少章》诗云:“发短愁催白,颜衰酒借红。”乃元祐中作。东坡此诗似化用陈句。师道此时虽“潦倒”,然犹云“我歌君起舞”,可见尚未遭党祸。而东坡此时处境完全与他不同,诗中以乐衬哀,哀寓乐中,而语言幽默!难怪清代大学者纪晓岚称赞道:“叹老意如此出之,语妙天下。”(见纪批《苏文公诗集》)此时他闲得无聊,无以排遣,只好在“溪边古路三叉口,独立斜阳数过人”。似乎悠然自在,闲散得很,然细细品味,其中含有多么深永的苦涩!另一方面,东坡他又沉浸在佛道思想中,一心遁入虚无,在陶渊明诗中寻找乐趣,并写了不少和陶诗。他在海南买地建屋,得到地方官和人民的帮助,他感激不已,写了一首《和陶酬刘柴桑》诗:

万劫互起灭,百年一踟躇。漂流四十年,今乃言卜居。且喜天壤间,一席亦吾庐。稍理兰桂丛,尽平狐兔墟。黄橼出旧枿,紫茗抽新畲。我本早衰人,不谓老更劬。邦君助畚锸,邻里通有无。竹屋从低深,山窗自明疏。一饱便终日,高眠忘百须。自笑四壁空,无妻老相如。

这首诗是和陶渊明的。陶渊明原唱抒写了他挂冠归里的闲适心情:他忘记四时的运转,陶醉于“新葵郁北牖,嘉穟养南畴”的稼穑之乐中。其主旨是及时行乐,表现了与妻儿团聚的家庭欢趣。然而苏轼除了语言朴素、质木无文外,所抒发的感情与陶诗并无相同之处。它前六句写卜筑之喜,当中四句有似陶渊明《归园田居》中的“开荒南野际,守拙归园田。方宅十余亩,草屋八九间”。特别是苏诗的“黄橼”二句,与陶之《酬刘柴桑》诗中“榆柳荫后檐,桃李罗堂前”在情境与手法上,尤为近似。关键在结尾四句,此时他谪居他乡,家徒四壁,子在妻亡,唯在吃饱睡足中虚度残年。“自笑”两句,乃以他的前辈同乡司马相如自比。相如犹有卓文君相伴,在成都当垆卖酒,不失夫妇之乐;而他苏轼两妻一妾却早已不在人间。这种自我解嘲乃是一种黑色幽默,其中含有不知多少深沉的酸辛。

苏轼除了在海南作有许多《和陶诗》以自遣外,还作有类似杜诗风格的作品,如《倦夜》诗云:“倦枕厌长夜,小窗终未明。孤村一犬吠,残月几人行。衰鬓久已白,旅怀空自清。荒园有络纬,虚织竟何成!”此诗写他长夜不寐,等待天明的思想。其中似有寄托,那遥遥无期的贬谪,何日才能到头。这从起首二句可以看出。“孤村”二句,景象凄迷,意境幽远,颇足令人寻味。结尾二句,更为含蓄蕴藉。络纬,即蟋蟀,又名纺织娘,它不停地在纺织,可是何时才能织成一片布呢？以络纬的虚织，比喻理想的空幻，同诗人日日期盼遇赦北归而竟无消息的处境，其间不无相通之处。此诗竟体空灵，意境沉郁，故清人查慎行评曰："通体俱得少陵神味。"（见《初白庵诗评》）诚哉斯言也！

苏轼咏海南的诗不仅自抒怀抱，而且描写了海南河山的壮美，人民的勤劳质朴。比较突出的一首是《行琼儋间肩舆坐睡梦中得句云千山动鳞甲万谷酣笙钟觉而遇清风急雨戏作此数句》，如云："四州环一岛，百洞蟠其中。我行西北隅，如度月半弓。登高望中原，但见积水空。"把海南岛的全貌作了一次概括，诗中"千山动鳞甲，万谷酣笙钟"二句，得之于肩舆梦中，由此生发，构成了一首长篇，遂成为一篇之警策。表面上看，这两句颇似《世说新语·言语》中顾长康从会稽还后所说的"千岩竞秀，万壑争流"，然而却有高下之分。顾氏比较清隽浅露，苏则深永高浑，富有气势。以千山鳞甲之动，比山上丛林在风中的动态，以山涧流泉的巨响喻作笙钟演奏时的美听。着一"酣"字，则将主体融入客体，抒发了诗人的豪情。因此清人汪师韩评此诗曰："行荒远僻陋之地，作骑龙弄凤之思，一气浩然而出，天风浪浪，海山苍苍，足当司空图'豪放'二字。"（见汪师韩《苏诗选评笺释》）宋代的海南岛，固然荒远僻陋；但今日的海南岛，特别是改革开放后的海南岛，经过劳动人民的勤劳建设，既有国际化的会展中心博鳌，又有三亚天然造就的天涯海角，生态自然，风景优美，已经变成一个天下知名的休闲度假的旅游胜地。今昔相比，已有天壤之别了。

元符三年（1100）二月，哲宗崩，徽宗继位，以登极恩举行大赦，东坡在这年六月离儋州。他高兴极了，赋有《澄迈驿通潮阁二首》：其二云："余生欲老海南村，帝遣巫阳招我魂。杳杳天低鹘没处，青山一发是中原。"从海南遥望大陆，青山一发，隐隐在望。他本来对北归已无信心，此时遇赦，真是喜出望外，情不自禁地吟出这首诗。诗之末二句，前人誉之为"神来之笔"。六月二十日他连夜渡海，并写了一首诗，说："参横斗转欲三更，苦雨终风也解晴。云散月明谁点缀，天容海色本澄清。空余鲁叟乘桴意，粗识轩辕奏乐声。九死南荒吾不恨，兹游奇绝冠平生。"

他解放了，他也翻供了。他本来清清白白，好像云散天晴时的一轮明月，也像浩瀚无边一尘不染的大海，可是是谁又用乌云点缀了明月，又是谁将污水泼进了澄清的大海。这当然是不言而喻的。在这里，诗人用笔含蓄，形象鲜明而意蕴深沉。章惇之流即使再使用吹毛求疵的手腕也难以抓到把柄了。

先秦时楚国的伟大诗人屈原屡遭放逐,决不屈服,他在《离骚》中说:“亦余心之所善兮,虽九死其犹未悔。”东坡继承了这种精神,经过千重磨难,万般打击,几近死亡,但他仍然理直气壮地说:“九死南荒吾不恨,兹游奇绝冠平生。”这是多么旷达的语言,多么豪放的精神!它在中国文学史上将永放光芒!

作者简介:徐培均,上海社会科学院研究员。

从“和陶诗”看苏轼的心态变化与审美追求

张　强

摘　要：贬谪黄州是苏轼研习陶诗的重要阶段。通过研习陶诗，苏轼具有了在逆境中淡定自若、敢于直面人生的心态。陶诗是苏轼寻求精神寄托的支撑点。苏轼引陶渊明为同调，是因为陶渊明除了有归隐、赞美田园的诗作外，还有关心现实的一面。苏轼发现了陶诗特有的审美判断力和艺术感染力。以“和陶诗”为转折点，苏轼将陶渊明开创的诗风融入创作之中创造了新的审美意境。“和陶诗”除了涵盖陶诗的题材外，还叙写了身在贬所与朋友及田家农夫的友谊，吟咏当地风物，表达了身在山林、心存魏阙的士大夫情绪等。在遵循陶诗之法时，苏轼的“和陶诗”有取法众人之长的特点。

关键词：和陶诗；陶渊明；苏轼；田园诗；审美价值取向

在中国诗坛上，恐怕找不到比苏轼更热爱陶渊明及诗歌的人了。从接受的角度看，陶渊明诗歌（以下简称陶诗）得到广泛的传播和认同有一个循序渐进的过程。具体地讲，沈约《宋书》没有为陶渊明立传，只是在《周续之传》中写下了“（周续之）既而闲居读《老》、《易》，入庐山事沙门释慧远。时彭城刘遗民遁迹庐山，陶渊明亦不应征命，谓之寻阳三隐”①一语。刘勰在《文心雕龙》中论九代作家时，没有提到陶渊明。钟嵘《诗品》虽提到陶渊明，但陶诗仅列为“中品”。充分认识到陶渊明价值的是昭明太子萧统。萧统除了为陶渊明立传外，还肯定了陶渊明的文学成就。他指出：“其文章不群，词采精拔；跌宕昭彰，独超众类；抑扬爽朗，莫之与京。横素波而傍流，干青云而直上。语时事则指而可想，论怀抱则旷而且真，加以贞志不休，安道若节，不

---

①　沈约《宋书·隐逸传》，中华书局1974年版，第2280页。

以躬耕为耻，不以无财为病，自非大贤笃志，与道污隆，孰能如此乎！”[①]萧统以后，陶渊明及诗文开始进入人们的视野，并且获得越来越高的评价。

在唐代，陶渊明不为五斗米折腰的事迹受到时人的追捧。与此同时，陶渊明的诗文亦成为文学家审美评判时重点关注的对象。这一时期，陶诗的内涵得到了新的发掘和阐释。具体地讲，当唐人以饱满的政治热情自觉地为新朝服务时，入世进取与在自然山水田园中栖息拧结在一起，为唐代诗人发现陶诗的浑然天成般的醇美提供了必要的条件。从初唐到盛唐再到中晚唐，陶诗特有的意象和创造出来的意境成为诗人们表达情感的艺术载体。如“桃花源”作为寄托情思的载体，经过不同诗人的渲染开始成为人生追求的理想境界。在这中间，初唐骆宾王、卢照邻等，盛唐李白、杜甫、王维、孟浩然等，中唐诗人白居易、韩愈、刘禹锡、韦应物等，晚唐诗人韩偓、韦庄等都运用这一意象表达了别有寄托的情怀，表达了追思陶渊明之情。

唐代的尊陶之风汇聚成一股巨大的潮流，直接影响到宋代的诗坛。在唐人的影响下，陶渊明在宋代诗人的心目中依旧有很高的地位。不过，真正引陶渊明为同调、以陶诗为实践对象的是苏轼。长期的贬谪生涯使苏轼从陶诗面向田园的纯朴自然的风格中发现了寄托情思的别样世界，为其写下“和陶诗”奠定了坚实的基础。在“和陶诗”中，苏轼以陶渊明式的眼光向内自省，寻找精神的皈依；向外体察山川万物，以静观的姿态领悟人生，在达观中寻求安宁，在反省中关心现实。从苏轼亲自编辑“和陶诗”的情况看，苏轼对陶诗有着独特的钟爱之情。事实上，“和陶诗”一出，立即产生了巨大的影响。从古至今，“和陶诗”一直是人们关注的对象。近年来，“和陶诗”再度成为人们研究的热点，许多学者从不同的层面进行研究提出了许多富有建树的观点。然而，这些研究都在一定的程度上忽略了贬谪给苏轼文化心态带来的变化。由于文化心态产生变化后势必要引起审美评判标准及价值取向的变化，审美评判标准及价值取向的变化势必要影响到艺术风格的变化，给审美追求带来新的变异。鉴于此，本文打算在充分关注前人成果的基础上，以“和陶诗”为切入点深入探究苏轼的陶渊明情结，探索苏轼审美心态变化的轨迹，并求教于方家学者。

---

① 萧统《陶渊明文集序》，袁行霈《陶渊明集笺注》，中华书局 2003 年版，第 613—614 页。

一、苏轼的陶渊明情结与"和陶诗"的写作背景

贬谪黄州是苏轼人生的转折点。因"乌台诗案",苏轼的性情发生了变化。早年,苏轼春风得意[①],充满了入世进取的豪情。史称:"比冠,博通经史,属文日数千言,好贾谊、陆贽之书。"[②]又称:"仁宗初读轼、辙制策,退而喜曰:'朕今日为子孙得两宰相矣。'神宗尤爱其文,宫中读之,膳进忘食,称为天下奇才。"[③]后来,因不同意王安石变法,苏轼被迫远离政治中心到地方任职。后来在湖州任上,苏轼被御史李定等罗织"诽谤"罪,因此身陷"乌台诗案"。这一事件给苏轼以沉重的打击,甚至在一定的程度上摧毁了苏轼入世进取的人生梦想,乃至于苏轼不得不踏上贬谪之路,在孤独和凄苦的状态中生活。

因心情不佳,苏轼在黄州贬所的作品大都带有悲凉的色彩。其中,元丰五年写下的《寒食雨二首》最能表达苏轼孤寂而又凄凉的心境:

> 自我来黄州,已过三寒食。年年欲惜春,春去不容惜。今年又苦雨,两月秋萧瑟。卧闻海棠花,泥污胭脂雪。暗中偷负去,夜半真有力。何殊病少年,病起头已白。
>
> 春江欲入户,雨势来不已。小屋如渔舟,蒙蒙水云里。空庖煮寒菜,破灶烧湿苇。那知是寒食,但见乌衔纸。君门深九重,坟墓在万里。也拟哭途穷,死灰吹不起。

世事无常引起的悲叹真实地记录了苏轼低落和哀怨的情绪,孤独作为《寒食雨二首》创造的意境和氛围在一定的程度上承载了苏轼"世事一场大梦,人生几度秋凉"(《西江月·黄州中秋》)的情绪。然而,谪居黄州期间,苏

---

① 嘉祐二年(1057),苏轼试礼部,主考官欧阳修阅其文,大为赞赏。赞赏之余,因怀疑是其门生曾巩的试卷,故有意压低成绩,将其取为第二。稍后,苏轼以《春秋》对义得第一,殿试中乙科。

② 脱脱等《宋史·苏轼传》,中华书局1985年版,第10801页。

③ 脱脱等《宋史·苏轼传》,中华书局1985年版,第10819页。

轼亦有精神饱满、乐观积极的时候。如他在《定风波》中写道：

莫听穿林打叶声，何妨吟啸且徐行。竹杖芒鞋轻胜马，谁怕，一蓑烟雨任平生。　料峭春风吹酒醒，微冷，山头斜照却相迎。回首向来萧洒处，归去，也无风雨也无晴。

这首词有一小序。序曰："三月七日，沙湖道中遇雨，雨具先去，同行皆狼狈。余独不觉，已而遂晴，故作此词。"在苏轼的渲染下，"雨"具有的象征性在"吟啸且徐行"的意境中得到生发。透过风雨袭来的恶劣环境，作者全力塑造了一个不畏险恶、特立独行的诗人形象。问题是，谪居黄州的苏轼为什么能从失意的阴霾中走出，以乐观的态度对待难以承受的外部环境呢？客观地讲，这与苏轼从陶诗中汲取力量有密切的关系。

谪居黄州是苏轼研习陶诗的重要阶段。苏轼叙述得《陶渊明诗集》的情形时写道："余闻江州东林寺，有《陶渊明诗集》，方欲遣人求之，而李江州忽送一部遗予，字大纸厚，甚可喜也。每体中不佳，辄取读，不过一篇，惟恐读尽，后无以自遣耳。"①一般认为，苏轼研习陶诗始于贬谪黄州之时即宋神宗赵顼元丰三年(1080)。苏轼在给苏辙的信中写道："吾于诗人无所甚好，独好渊明之诗。"②通过品评陶诗，苏轼具有了在逆境中淡定自若的气度，找到了精神寄托之所。在这一过程中，进取与失意、达观与孤寂等复杂的情感交织在一起，为苏轼求助于陶渊明提供了契机，因为这样的缘故，陶渊明及陶诗成了苏轼在贬谪生涯中的精神支柱，为苏轼创作"和陶诗"奠定了坚实的基础。

苏轼编定的"和陶诗"共四卷，主要有三个写作时间段：一是元佑七年(1092)，苏轼任职扬州时，写下二十首《和陶渊明〈饮酒〉》；二是绍圣二年(1095)到绍圣四年，苏轼在惠州写下四十八首；三是离开惠州到儋州后，苏

① 苏轼《书渊明羲农去我久诗》，《苏轼文集》(孔凡礼点校)，中华书局 1986 年版，第 2091 页。

② 苏辙《子瞻和陶渊明诗集引》，《苏辙集》(陈宏天、高秀芳点校)，中华书局 1982 年版，第 1110 页。

轼写下五十六首①。这些"和陶诗"虽写在离开黄州以后，然而，如果没有在黄州研习陶诗的经历，那么，要写下四卷"和陶诗"将是一句空话。苏轼在回复友人的信中写道："仆焚笔砚已五年，尚寄味此学。随行有《陶渊明集》。陶写伊郁，正赖此尔。"②按理说，以王安石为代表的新党变法失败后，反对变法的苏轼应得到重用才对。然而，以国家利益为重的苏轼因不同意司马光等旧党彻底否定王安石变法的做法，为此不得不远离京城。此后，新党和旧党相互倾轧，残酷斗争之余均迁怒于苏轼，乃至于在夹缝中讨生活的苏轼不断地遭到贬谪。在这一过程中，陶诗作为随身之物，实际上承担了苏轼寻求精神慰藉的要求。

贬谪黄州是苏轼长期贬谪生涯的起点，贬谪给苏轼带来巨大的心灵伤害。苏轼是儒家学说的忠实信徒。儒家入世的基本原则是，达，兼济天下；穷，独善其身。贬谪黄州后，苏轼政治上屡屡受挫，虽有用世之心却无力回天。在这样的条件下，苏轼需要寻求解脱或精神寄托的支撑点。蓦然回首之中，陶渊明远离险恶的现实世界，以田园为栖息之所的行为势必要引起苏轼的关注。进而言之，身处逆境的苏轼很容易从陶渊明归隐田园的行为中找到安慰，也很容易在咀嚼陶诗的过程中找到寄托情思的良方。从这样的角度看，苏轼以陶渊明为异代知己实际上是历史的必然选择。

长期的贬谪生涯使苏轼萌生了归隐的念头。苏轼是书法家。晚年，苏轼赠送友人的书法作品多取材陶诗或陶文。其中，苏轼最喜欢题写的书法作品是《归去来兮辞》。苏轼记录友人求书的旧事时写道："毛国镇从余求书，且曰：'当于林下展玩。'故书陶潜《归去来》以遗之。然国镇岂林下人也哉，譬如今之纨扇，多画寒林雪竹，当世所难得者，正使在庙堂之上，尤可观也矣！"③又写道："余谪居惠州，子由在高安，各以一子自随。余分寓许昌、宜兴，岭海隔绝。诸子不闻余耗，忧愁无聊。苏州定慧院学佛者卓契顺谓迈曰：'子何忧之甚，惠州不在天上，行即到耳，当为子将书问之。'绍圣三年三

① 宋本为一百〇九首。

② 苏轼《答程全父推官六首(之二)》，《苏轼文集》(孔凡礼点校)，中华书局1986年版，第1626页。

③ 苏轼《题所书归去来词后》，《苏轼文集》(孔凡礼点校)，中华书局1986年版，第2198—2199页。

月二日,契顺涉江度岭,徒行露宿,僵仆瘴雾,黧面茧足以至惠州。得书径还。余问其所求。答曰:‘契顺惟无所求,而后来惠州。若有所求,当走都下矣。’苦问不已。乃曰:‘昔蔡明远鄱阳一校耳,颜鲁公绝粮江淮之间,明远载米以周之。鲁公怜其意,遗以尺书,天下至今知有明远也。今契顺虽无米与公,然区区万里之勤,倘可以援明远例,得数字乎?’余欣然许之,独愧名节之重,字画之好,不逮鲁公。故为书渊明《归去来词》以遗之,庶几契顺托此文以不朽也。”①除了为友人题写《归去来兮辞》外,苏轼还写下《和归去来兮辞》,此外,又亲自集句,写下《集归去来诗十首》。这在苏轼的“和陶诗”中十分罕见。它表达的思想是,苏轼希望能通过归隐田园彻底地摆脱官场的羁绊,远离险恶的政治环境。从“子瞻谪居昌化,追和渊明《归去来辞》,盖以无何有之乡为家,虽在海外,未尝不归云尔”②到“予喜读渊明《归去来辞》,因集其字为十诗,令儿曹诵之,号《归去来集字》云”③,苏轼所表达的意向集中到一点,就是归隐。如他在《和归去来兮辞》中写道:

归去来兮,吾方南迁安得归。卧江海之澒洞,吊鼓角之凄悲。迹泥蟠而愈深,时电往而莫追。怀西南之归路,梦良是而觉非。悟此生之何常,犹寒暑之异衣。岂袭裘而念葛,盖得觕而丧微。我归甚易,匪驰匪奔。府仰还家,下车阖门。藩垣虽阙,堂室故存。挹我天醴,注之洼樽。饮月露以洗心,餐朝霞而眩颜。混客主以为一,俾妇姑之相安。知盗窃之何有,乃掊门而折关。廓圜镜以外照,纳万象而中观。治废井以晨汲,滃百泉之夜还。守静极以自作,时爵跃而鲵桓。归去来兮,请终老于斯游。我先人之敝庐,复舍此而焉求。均海南与漠北,挈往来而无忧。畸人告余以一言,非八卦与九畴。方饥须粮,已济无舟。忽人牛之皆丧,但乔木与高丘。惊六用之无成,自一根之反流。望故家而求息,曷中道之三休。已矣乎,吾生有命归有时,我初无行亦无留。驾言随子

① 苏轼《书归去来词赠契顺》,《苏轼诗集合注》(冯应榴辑注,黄任轲、朱怀春校点),上海古籍出版社 2001 年版,第 2201 页。

② 苏轼《和归去来兮辞》,《苏轼诗集合注》(冯应榴辑注,黄任轲、朱怀春校点),上海古籍出版社 2001 年版,第 2202 页。

③ 苏轼《归去来集字》,《苏轼诗集合注》(冯应榴辑注,黄任轲、朱怀春校点),上海古籍出版社 2001 年版,第 2204 页。

听所之，岂以师南华而废从安期。谓汤稼之终枯，遂不溉而不耔。师渊明之雅放，和百篇之新诗。赋归来之清引，我其后身盖无疑。

苏轼的做法，受到了王若虚的批评。他指出："东坡酷爱《归去来辞》，既次其韵，又衍为长短句，又裂为集字诗，破碎甚矣。陶文信美，亦何必尔，是亦未免近俗也。东坡《和陶诗》，或谓其终不近，或以为实过之，是皆非所当论也。渠亦因彼之意，以见吾意云尔，曷尝心竞而较其胜劣邪？故但观其眼目旨趣之何如，则可矣。"①这一批评虽有一定的道理，但王若虚没有注意到寓于其中的深层原因。具体地讲，因贬谪引起身心疲惫，因贬谪带来的归隐之想，无助的苏轼求助于《归去来兮辞》实际上是借赞赏陶渊明弃绝官场的行为来释放胸中的块垒。

从另一个层面看，苏轼引陶渊明及陶诗为同调，是因为陶渊明除了有归隐、赞美田园的诗作外，更重要的是，陶渊明及陶诗亦有关心现实的一面。鲁迅先生评价陶渊明时指出："就是诗，除论客所佩服的'悠然见南山'之外，也还有'精卫衔微木，将以填沧海，形(刑)天舞干戚，猛志固常在'之类的'金刚怒目'式，在证明着他并非整天整夜的飘飘然。"②远离官场的陶渊明虽然有"采菊东篱下，悠然见南山"不食人间烟火的诗，然而，陶渊明又有心存魏阙的一面。同样，有归隐之想的苏轼在贬谪期间依旧有强烈的用世之心。两者间的相通，为苏轼高度评价陶诗和从陶诗中汲取营养奠定了基础。

苏轼与陶渊明思想上的相通，还与他们的所学大体一致相关。陶渊明崇尚自然，其思想儒道兼修。苏轼同样对以老庄为代表的道家学说充满了热情。如他在阅读《庄子》后感慨地说："吾昔有见，口未能言，今见是书，得吾心矣。"③陶渊明热爱自然山水和田园，苏轼亦对自然充满了热爱之情。贬谪黄州时，苏轼以老庄之学表达了他对自然的领悟和感受："且夫天地之间，物各有主，苟非吾之所有，虽一毫而莫取。惟江上之清风，与山间之明

① 王若虚《滹南诗话》，丁福保辑《历代诗话续编》，中华书局1983年版，第514—515页。

② 鲁迅《且介亭杂文二集·"题未定"草》，《鲁迅全集》第6卷，人民文学出版社1981年版，第422页。

③ 脱脱等《宋史·苏轼传》，中华书局1985年版，第10801页。

月,耳得之而为声,目遇之而成色,取之无禁,用之不竭,是造物者之无尽藏也,而吾与子之所共适。"①在苏轼看来,自然是博大无穷的,每个人都能从那里得到美的享受。可以说,回归自然在苏轼的生活中扮演着重要的角色。由于苏轼热爱自然与陶渊明热爱田园具有极大的一致性,这样一来,"和陶诗"遂为苏轼从精神上接近陶渊明找到了必要的途径。

苏轼躬耕田园始于黄州,他在《东坡八首序》中写道:"余至黄州二年,日以困匮。故人马正卿哀余乏食,为于郡中请故营地数十亩,使得躬耕其中,地既久荒,为茨棘瓦砾之场,而岁又大旱,垦辟之劳,筋力殆尽。释耒而叹,乃作是诗,自悯其勤,庶几来岁之入以忘其劳焉。"②《东坡八首·其四》:"种稻清明前,乐事我能数。毛空暗春泽,针水闻好雨。分秧及初夏,渐喜风叶举。月明看露上,一一珠垂缕。秋来霜穗重,颠倒相撑拄。但闻畦陇间,蚱蜢如风雨。"在这一组诗中,诗人除了慨叹耕作艰难外,还表达了徜徉于田园的欢乐。在这一过程中,诗人通过耕作,贴近了自然,拉近了与陶渊明的距离。

绍圣二年(1095),苏轼贬谪惠州,惠州的山水与陶渊明笔下的田园拧结在一起,给诗人带来了暂时的欢乐。《和归田园居六首》是苏轼贬谪惠州后率先写下的"和陶诗"。苏轼在序中写道:"三月四日,游白水山佛迹岩,沐浴于汤泉,晞发于悬瀑之下,浩歌而归,肩舆却行以与客言,不觉至水北荔枝浦上。晚日葱昽,竹阴萧然,时荔子累累如芡实矣。有父老年八十五,指以告余曰:'及是可食,公能携酒来游乎?'意欣然许之。归卧既觉,闻儿子过诵渊明《归园田居》诗六首,乃悉次其韵。始余在广陵和渊明《饮酒二十首》,今复为此,要当尽和其诗乃已耳。"③诗人在温泉中沐浴,在大自然中"浩然而归",无拘无束的身心与大自然融为一体,经苏轼的渲染已跃然于纸上。"禽鱼岂知道,我适物自闲"(《和归田园居六首·其一》),诗人与自然万物融为一体。"穷猿既投林,疲马初解鞅"(其二),诗人像回到林中的猿猴和解除羁

① 苏轼《赤壁赋》,《苏轼文集》(孔凡礼点校),中华书局 1986 年版,第 6 页。

② 苏轼《东坡八首并序》,《苏轼诗集合注》(冯应榴辑注,黄任轲、朱怀春校点),上海古籍出版社 2001 年版,第 1039 页。

③ 苏轼《和归田园居六首序》,《苏轼诗集合注》(冯应榴辑注,黄任轲、朱怀春校点),上海古籍出版社 2001 年版,第 2005 页。

绊的骏马那样自由。在自然山水中娱情，在《和归田园居》中，苏轼表达了与陶渊明心意相通的思想。

儋州既是苏轼贬谪生涯的最后阶段，同时也是苏轼强烈地表达归隐之想的时期。《和拟古·其九》：“黎山有幽子，形槁神独完。负薪入城市，笑我儒衣冠。生不闻诗书，岂知有孔颜。翛然独往来，荣辱未易关。日暮鸟兽散，家在孤云端。问答了不通，叹息指屡弹。”通过“幽人”的举动，诗人形象地描述了理想中的归隐者。这一归隐者的形象虽然枯槁，但精神“独完”。这一超然于物外的形象实际上是苏轼自我形象的生动写照。苏轼在《和东方一处士》自注中写道：“此东方一士正渊明也，不知从之游者谁乎？若了得此一段，我即渊明，渊明即我也。”①如果说以前陶渊明只是诗人理想中的人物，那么，当诗人进一步与陶渊明对话，他所表达的思想是，我就是陶渊明，陶渊明就是我。苏轼与陶渊明在精神上的遇合，是在体味自然山水及田园的真谛中完成的。

二、苏轼与陶诗及品评陶诗的方法

以“和陶诗”为界，苏轼的诗歌创作增添了新的内容。苏轼评价陶诗时指出：“渊明作诗不多，然其诗质而实绮，癯而实腴。自曹、刘、鲍、谢、李、杜诸人皆莫及也。”②所谓“诗质而实绮”，是指陶诗看似质木无文，实际上具有绮丽的质量。所谓“癯而实腴”，是指陶诗看似干枯，实际上内容十分丰赡。由于这一认识萌生于苏轼贬谪黄州研习陶诗以后及大量地写作“和陶诗”之时，因此，透过这一评价完全可以捕捉到苏轼审美情趣及价值取向发生变化的轨迹。

苏轼习陶诗发生在宋代重新评价和认识陶诗价值的背景下。宋诗在反拨唐诗的过程中出现了以陶渊明为宗的诗歌创作倾向，在这中间，大部分的习陶诗者均不能真正领会陶诗的精髓，在创作中往往是得其形而遗其神。

---

① 苏轼《和东方一处士》，《苏轼诗集合注》（冯应榴辑注，黄任轲、朱怀春校点），上海古籍出版社 2001 年版，第 2095 页。

② 苏辙《子瞻和陶渊明诗集引》，《苏辙集》（陈宏天、高秀芳点校），中华书局 1982 年版，第 1110 页。

如姜夔指出："陶渊明天资既高，趣诣又远，故其诗散而庄、澹而腴，断不容作邯郸步也。"①周紫芝亦指出："士大夫学渊明作诗，往往故为平淡之语，而不知渊明制作之妙，已在其中矣。"②与这些诗人相比，真正能领悟陶诗高远境界的自然是苏轼。宋人叙述苏轼发现陶诗的妙处时指出：

> 东坡尝曰：渊明诗初看若散缓，熟看有奇句。如："日暮巾柴车，路暗光已夕。归人望烟火，稚子候檐隙。"又曰："采菊东篱下，悠然见南山。"又："霭霭远人村，依依墟里烟。犬吠深巷中，鸡鸣桑树颠。"大率才高意远，则所寓得其妙，造语精到之至，遂能如此。似大匠运斤，不见斧凿之痕。不知者困疲精力，至死不之悟，而俗人亦谓之佳。如曰："一千里色中秋月，十万军声半夜潮。"又曰："蝴蝶梦中家万里，子规枝上月三更。"又曰："深秋帘幕千家雨，落日楼台一笛风。"皆如寒乞相，一览便尽，初如秀整，熟视无神气，以其字露也。东坡作对则不然，如曰"山中老宿依然在，案上《楞严》已不看"之类，更无龃龉之态。细味对甚的，而字不露，此其得渊明之遗意耳。③

所谓"初看若散缓，熟看有奇句"，是指通过反复地研读，苏轼发现了陶诗富有个性的审美价值。苏轼读陶诗时每次"不过一篇"，这一举动固然与"惟恐读尽，后无以自遣"相关，但主要是为了体会陶诗貌似平淡、实为隽永的艺术情境。"所寓得其妙，造语精到之至"，陶诗审美意境的创造是在语言的运用中表现出来的。对此，苏轼有独特的感受和领悟力。

宋代，很难找到像苏轼那样热爱陶渊明及陶诗的诗人。陶渊明《癸卯岁始春怀古田舍》有"平畴返远风，良苗亦怀新"句，苏轼通过咀嚼感慨道："非古之耦耕植杖者，不能道此语，非余之世农，亦不能识此语之妙也。"④宋人张表臣指出：

---

① 姜夔《白石道人诗说》，何文焕《历代诗话》，中华书局1981年版，第681页。

② 周紫芝《竹坡诗话》，何文焕《历代诗话》，中华书局1981年版，第340页。

③ 释惠洪《冷斋夜话》"东坡得陶渊明之遗意"条，《四库全书·子部》第863册，上海古籍出版社2003年版，第241页。

④ 苏轼《题渊明诗二首（之一）》，《苏轼文集》（孔凡礼点校），中华书局1986年版，第2091页。

东坡称陶靖节诗云:"'平畴交远风,良苗亦怀新。'非古之耦耕植杖者,不能识此语之妙也。"仆居中陶,稼穑是力。秋夏之交,稍旱得雨,雨余徐步,清风猎猎,禾黍竞秀,濯尘埃而泛新绿,乃悟渊明之句善体物也。①

张表臣将苏轼"识此语之妙"解释为"乃悟渊明之句善体物也",虽然道出了陶渊明观察事物时十分细微的特点,但还没有把握到苏轼习陶时独特的感悟力。"识此语之妙"的前提是"古之耦耕植杖者",以此为逻辑起点,当知苏轼对陶诗高古的要求有更为精细的体验的把握。进而言之,这两句诗看似枯淡无文,但内涵丰富,极有韵致。苏轼评论韩愈、柳宗元诗歌时指出:"柳子厚诗在陶渊明下,韦苏州上。退之豪放奇险则过之,而温丽靖深不及也。所贵乎枯淡者,谓其外枯而中膏,似淡而实美,渊明、子厚之流是也。若中边皆枯淡,亦何足道。佛云:'如人食蜜,中边皆甜。'人食五味,知其甘苦者皆是,能分别其中边者,百无一二也。"②苏轼认为柳宗元的诗在陶诗之下,是因为柳诗在"外枯而中膏"方面远逊于陶诗。换言之,陶诗外表干枯但内容丰富,有"似淡实美"的境界。客观地讲,这一发现远超过了同时代人的认识水平。

陶渊明《饮酒·秋菊有佳色》:

秋菊有佳色,裛露掇其英。泛此忘忧物,远我遗世情。一觞虽独进,杯尽壶自倾。日入群动息,归鸟趋林鸣。啸傲东轩下,聊复得此生。

苏轼十分喜爱这首陶诗,并在书录后深有体会地说:"靖节以无事自适为得此生,则凡役于物者,非失此生耶?"③在诗中,陶渊明从"秋菊"入笔,先写佐菊独饮之态,再写归鸟入林,最后将笔墨落实到诗人"啸傲东轩下,聊复得此生"方面。诗看似平淡,但成功地塑造了一个遗世独立、融入自然的诗

① 张表臣《珊瑚钩诗话》,何文焕《历代诗话》,中华书局 1981 年版,第 459 页。

② 苏轼《评韩柳诗》,《苏轼文集》(孔凡礼点校),中华书局 1986 年版,第 2100 页。

③ 苏轼《题渊明诗二首(之二)》,《苏轼文集》(孔凡礼点校),中华书局 1986 年版,第 2091 页。

人形象。在这里，苏轼通过体味其诗的意蕴，以“无事自适”赞扬陶渊明不为物役的质量，可谓是恰到好处。在这里，苏轼从书录陶诗入笔，在赏诗的过程中论人，从论人再到论诗，这一独到的品评方式可谓是苏轼的一大发明。其审美路线是，人和诗是一个不可分割的整体，要想准确地评诗，必须从识人开始。进而言之，陶渊明与陶诗是一个不可分割的整体，要正确认识陶诗必须从认识陶渊明开始。

苏轼品评陶诗不拘一格。其中，从个人的经验入手来体验陶诗的精妙之处，是苏轼经常采用的方法。为此，有必要就陶渊明原诗和苏轼和诗作一比较。陶渊明《饮酒·清晨闻叩门》云：

> 清晨闻叩门，倒裳往自开。问子为谁欤？田父有好怀。壶浆远见候，疑我与时乖。褴褛茅檐下，未足为高栖。一世皆尚同，愿君汩其泥。深感父老言，禀气寡所谐。纡辔诚可学，违己讵非迷！且共欢此饮，吾驾不可回。

苏轼和诗云：

> 芙蓉在秋水，时节自阖开。清风亦何意，入我芝兰怀。一随采折去，永与江湖乖。断丝不复续，斗水何足栖。不如玉井莲，结根天池泥。感此每自慰，吾事幸不谐。醉中有归路，了了初不迷。乘流且复逝，抵曲吾当回。

两首诗的着眼点均为“酒”。陶诗质朴，中间贯穿了叙事情节，以酒营造氛围，强调诗人与老农之间的友谊比酒还要醇厚的情感；苏诗轻快，写景造境，直入个人的情怀，传达了借酒浇愁的信息。然而，这只是表面，更重要的是，两诗在精神上有更多的相似之处。苏轼写道：“吾饮酒至少，常以把盏为乐。往往颓然坐睡，人见其醉，而吾中了然，盖莫能名其为醉为醒也。在扬州时，饮酒过午辄罢，客去解衣，盘礴终日，欢不足而适有余。因和渊明《饮酒》二十首，庶以仿佛其不可名者，示舍弟子由、晁无咎学士。”①从“终日欢不足而适有余”的语意中可以看到，苏轼是借陶诗宣泄内心的不快。在这一过程中，苏轼虽注意到陶渊明与田父间的友谊，但更多的是关注陶渊明是如何表达归隐的心意的。从这里入笔，苏轼在和诗中更多的是表达宦游扬州时带来的人生况味，在此基础上，表达心灵深处的感受。从这样的角度看，苏轼习陶主要是深刻领会陶诗的神韵，反对简单地重复陶诗的外在形式。苏轼在书录《饮酒·清晨闻叩门》一诗时写道：“此诗叔弼爱之，予亦爱之。予尝有云：言发于心而冲于口，吐之则逆人，茹之则逆予，以谓宁逆人也，故卒吐之。与渊明诗意不谋而合，故并录之。”②苏轼以独到的眼光发现陶诗的精妙之处后，又在体会陶诗外枯内腴的风格时书写个人的感受，进而表达对陶诗的美学评判之情。宋代葛立方指出：“东坡拈出陶渊明谈理之诗前后有三：一曰：‘采菊东篱下，悠然见南山。’二曰：‘笑傲东轩下，聊复得此生。’三曰：‘客养千金躯，临化消其宝。’皆以为知道之言。盖摛章绘句，嘲弄风月，虽工亦何补。若睹道者，出语自然超诣，非常人能蹈其轨辙也。”③苏轼从陶诗朴实无华的诗句中发现理致，其眼光明显地高于同时代的诗人。

陶诗最大的特点是追求自然，善于从平常的生活中捕捉意象，以朴实的语言营造淳厚自然、不尚雕饰的艺术意境。这一看似寻常却奇崛的艺术风格给苏轼以巨大的影响。在习陶的过程中，苏轼发现了陶诗特有的审美判断力和感染力，并将其视为追求的最高境界。以“和陶诗”为转折点，苏轼将陶诗开创的诗风融入创作中，不但开创了新的审美意境，而且尝试性地增添了新的内容，扩大了苏诗的审美内涵。苏辙在《子瞻和陶渊明诗集引》中指出：“东坡先生谪居儋耳，置家罗浮之下，独与幼子过负担度海。葺茅竹而居之，日啖薯芋，而华屋玉食之念不存于胸中。平生无所嗜好，以图史为园囿，文章为鼓吹，至是亦皆罢去。独犹喜为诗，精深华妙，不见老人衰惫之气。是时，辙亦迁海康，书来告曰：‘古之诗人有拟古之作矣，未有追和古人者也。

① 苏轼《和陶饮酒二十首并叙》，《苏轼诗集合注》（冯应榴辑注，黄任轲、朱怀春校点），上海古籍出版社 2001 年版，第 1778—1779 页。

② 苏轼《录陶渊明诗》，《苏轼文集》（孔凡礼点校），中华书局 1986 年版，第 2111 页。

③ 葛立方《韵语阳秋》，何文焕《历代诗话》，中华书局 1981 年版，第 507 页。

追和古人则始于东坡。吾于诗人，无所甚好，独好渊明之诗。渊明作诗不多，然其诗质而实绮，癯而实腴。自曹、刘、鲍、谢、李、杜诸人皆莫及也。'"①苏轼诗风的变化与深刻地认识陶诗有密切的关系，与苏轼调动人生经验贴近陶渊明有密切的关系。有了这样的前提，苏轼才有可能从陶诗的质朴中发现绮丽，从平实中发现丰赡，从体验陶诗艺术情境中创造属于自己的艺术天地，以陶诗为载体诉说自己的情思。

三、"和陶诗"及苏轼审美心态

在深刻理解陶诗的过程中，苏轼写作了大量的"和陶诗"。袁行霈先生指出："苏轼的和陶诗善于将深邃的人生思考贯穿在日常生活细节的铺叙之中，用议论的笔调统摄全篇，既不失陶诗的本色，也保持了苏轼自己的风格。由于其和陶诗多数写于惠州和儋州，其中不乏当地生活和风物的描写，因而具有相当浓郁的地方特色。"②通过追究陶诗内容与形式，苏轼提出了新的审美追求和价值取向。

从题材上看，陶诗有四类：一是表达归隐及与官场决绝的情绪，如《归田园居》等；二是表现孤高不愿媚俗的情怀，如《咏贫士》等；三是表白守志不阿、追求理想的心意，如《和郭主簿》、《桃花源诗》等；四是发表读书感想兼及咏史，如《咏荆轲》、《读山海经》等。这四类诗通过选择不同的意象，重在从田园中寻求新生活及宣泄遗世独立的情感。

与陶诗相比，"和陶诗"的题材更为广泛。除了涵盖陶诗的题材外，苏轼还根据个人化生活境遇叙写了身在贬所与朋友及田家农夫的友谊，吟咏当地的风物，表达身在山林、心存魏阙及欲罢不能的士大夫情绪等。如《和拟古》其三："客去室幽幽，鹏鸟来座隅。引吭伸两翮，太息意不舒。"苏轼在表达忧生之后，又传达了追求精神富足的意象。这一表达既有诗人对陶诗的体验，也有诗人对海南生活的体会，可谓是一笔并写两面。又如《和拟古》其四："稍喜海南州，自古无战场。奇峰望黎母，何异嵩与邙。飞泉泻万仞，舞

① 苏辙《子瞻和陶渊明诗集引》，《苏辙集》（陈宏天、高秀芳点校），中华书局 1982 年版，第 1110 页。

② 袁行霈《论和陶诗及其文化意蕴》，《中国社会科学》2003 年第 6 期。

鹤双低昂。分流未入海，膏泽弥此方。芋魁倘可饱，无肉亦奚伤。”海南奇秀的山峰经诗人的描绘是那样的美丽，海南淳美的自然风光成了诗人受伤心灵的慰籍。

在研习陶诗时，苏轼在建构“和陶诗”这座艺术大厦时一改以往的风格，提出了新的审美追求，创造了新的艺术情境。具体地讲，苏轼是在深刻体会陶诗意境的过程中表达审美要求的。如苏轼因欣赏陶诗，对流行本中的问题多有纠正。他指出：“‘采菊东篱下，悠然见南山。’因采菊而见山，境与意会，此句最有妙处。近岁俗本皆作‘望南山’。则此一篇神气都索然矣。古人用意深微，而俗士率然妄以意改，此最可疾。近见新开韩、柳集多所刊定，失真者多矣。”①苏轼通过辨析原本用字，提出了陶诗遣词涉及到境与意会的大问题。怎样才能真正地领略到陶诗创造的境与意会的神韵？苏轼从个人的生活经历出发，对流行本中的陶诗问题进行了更正。宋人接受苏轼的观点，以此论诗，发表了很好的见解：“渊明诗：‘采菊东篱下，悠然见南山。’采菊之次偶见南山，初不用意而景与意会，故可喜也。今皆作‘望南山’。子美云：‘白鸥没浩荡，万里谁能驯！’盖灭没于波间耳。而宋敏求谓予曰‘鸥不解没’，改作波字。改此觉一篇神气索然。”②苏轼的独特见解在不仅仅是得到了宋人的认同，更重要的是，苏轼品评陶诗时独到的眼光表明他有着超乎寻常的审美评判力。反过来讲，如果不是在这样的细心体察中发现陶诗的魅力，苏轼要在个人经验的基础上创造出“和陶诗”完美的审美艺境是不可能的。

苏轼“和陶诗”在扩大陶诗题材的同时，领悟了陶渊明的诗学风格，创造了新的审美情境。进而言之，“和陶诗”虽说取材于陶诗，但创造的审美情境却完全是苏轼个人的。刘熙载指出：“陶诗醇厚，东坡和之以清劲。”③当贬谪带来的疲惫与寻求自我解脱的情绪混融在一起，当归隐与用世之间的矛盾交织在一起时，苏轼虽然可以借助于陶诗诉说情感，但表达的思想感情毕

① 苏轼《题渊明饮酒诗后》，《苏轼文集》（孔凡礼点校），中华书局 1986 年版，第 2092 页。

② 阮阅《诗话总龟·评论门三》（周本淳校点），人民文学出版社 1987 年版，第 74 页。

③ 刘熙载《艺概》，袁津琥校注《艺概注稿》，中华书局 2009 年版，第 332 页。

竟不是陶渊明的，由此引起审美心态上的变化是必然的，由审美心态上的变化造就迥异于陶诗的风格也是必然的。进而言之，陶渊明与苏轼经历、气质、修养等方面存在着巨大的差异，因此“和陶诗”只能是苏轼表达自己的审美情趣的载体。

在遵循陶诗之法时，苏轼的“和陶诗”还有取法众人之长的特点。如苏轼诗歌有运文为诗的特点。这一特点与学习韩愈体有密切的关系。清人赵翼指出：“以文为诗，自昌黎始；至东坡益大放厥词，别开生面，成一代之大观。今试平心读之，大概才思横溢，触处生春，胸中书卷繁富，又足以供其左旋右抽，无不如志。其尤不可及者，天生健笔一枝，爽如哀梨，快如并剪，有必达之隐，无难显之情，此所以继李、杜后为一大家也。……盖李诗如高云之游空，杜诗如乔岳之矗天，苏诗如流水之行地。”①陶诗有以家常话入诗的特点，韩愈有运文为诗的风格，苏轼写作“和陶诗”时，对这两个方面均有所吸收。如苏轼高度评价韩愈，并认为其学直接影响到欧阳修，并表达了敬仰韩愈之情。他指出：“自汉以来，道术不出于孔氏，而乱天下者多矣。晋以老庄亡，梁以佛亡，莫或正之，五百余年而后得韩愈，学者以愈配孟子，盖庶几焉。愈之后三百有余年而后得欧阳子，其学推韩愈、孟子以达于孔氏，着礼乐仁义之实，以合于大道。其言简而明，信而通，引物连类，折之于至理，以服之人心，故天下翕然师尊之。自欧阳子之存，世之不说者。哗而功之，能折困其身，而不能屈其言。士无贤不肖不谋而同曰：‘欧阳子，今之韩愈也。’”②除此之外，苏轼还在《谢欧阳内翰书》等中推崇韩愈，并在《南乡子》一词中集韩愈诗句入词。这些都在一定的程度上说明苏轼“和陶诗”运文为诗除了接受陶诗的影响外，还接受了韩愈的影响。宋人陈岩肖指出：“昌黎韩退之《和裴晋公》诗云：‘秋台风日迥，正好看前山。’后东坡《和陶》诗云：‘前山正可数，后骑且莫驱。’此语虽不同，而寄情物外，夷旷优游之意则同也。”③韩愈对苏轼“和陶诗”的影响可窥一斑。

---

① 赵翼《瓯北诗话》，《续修四库全书》集部第1704册，上海古籍出版社2003年版，第29页。

② 苏轼《六一居士集叙》，《苏轼文集》（孔凡礼点校），中华书局1986年版，第316页。

③ 陈岩肖《庚溪诗话》，丁福保辑《历代诗话续编》，中华书局1983年版，第177页。

苏轼"和陶诗"有取法白居易的一面。宋人指出："东坡平生最慕乐天之为人，故有诗云：'我甚似乐天，但无素与蛮。'又云：'我似乐天君记取，华颠赏遍洛阳春。'又云：'他时要指集贤人，知是香山老居士。'又云：'定似香山老居士。'又云：'渊明形神似我，乐天心相似我。'东坡在杭，又与乐天所留岁月略相似。"①白居易成为苏轼师法的对象有两点值得注意，一是白居易诗明白如话，平淡而有深意；二是白居易有"中隐"之举。前者为苏轼习陶提供了语言学习的中介，后者为苏轼表达欲罢不能的进取之心及不得不产生归隐之念找到了路径。

此外，苏轼"和陶诗"还接受了柳宗元、韦应物的影响。如宋人曾季狸指出："前人论诗，初不知有韦苏州柳子厚，论字亦不知有杨凝式。二者至东坡而后发此秘，遂以韦柳配渊明，凝式配颜鲁公，东坡真有德于三子也。"②这一评价从一个侧面道出了苏轼习陶诗时接受的影响是多方面的。张戒指出："苏子瞻学刘梦得，学白乐天太白，晚而学渊明。"③从中可见苏轼审美心理变化的轨迹，亦可知苏轼在以陶渊明为师的过程中还兼收并蓄了其他诗人的长处，引起"和陶诗"审美追求中的变化。

作者简介：张强，男，江苏淮阴人，文学博士，南京师范大学博士生导师，淮阴师范学院教授，主要从事先秦两汉文史研究，兼治明清小说。主要著作有《司马迁学术思想探源》等。

---

① 阮阅《诗话总龟·评论门五》(周本淳校点)，人民文学出版社 1987 年版，第 99 页。

② 曾季狸《艇斋诗话》，丁福保辑《历代诗话续编》，中华书局 1983 年版，第 292 页。

③ 张戒《岁寒堂诗话》，丁福保辑《历代诗话续编》，中华书局 1983 年版，第 452 页。

试论苏轼海南诗词的“海”味

潘殊闲

摘　要：苏轼远谪海南三年，创作了大量带有海南“印痕”的诗词，表现为大量描写了海南的自然风光，大量描写了海南的社会生活与风土人情，其身心融入海南，蕴蓄黎民海子情结。这些众多的海景、海情、海韵、海味，在苏轼诗词中显得分外抢眼。苏轼诗词中的这些海味作品，为中国文学史增添了一抹亮丽的风景。苏轼在个人的不幸中洞开了生命的张力，为海南的文化教育、经济社会和民族团结作出了永不磨灭的贡献。

关键词：苏轼；海南；诗词；海味

苏轼自绍圣四年(1097)六月至元符三年(1100)五月，谪居海南。在海南的三年，是苏轼谪宦生涯的最远一站，也是最后一站。在这里，苏轼由最初的伤感乃至绝望到逐渐适应海南的生活，与海南的风土人情融为一体，表现了一位受人尊敬的文学家最真诚、最善良、最可爱的心路历程，其诗词创作留下了深刻的“海南”印痕。本文拟以苏轼在海南创作的诗词为蓝本，剖析其独特的“海”味。

一、大量描写了海南的自然风光

海南作为中国最南端的大岛，风光与大陆迥异。这里的山水时令、动物植物，对外地人来说，无不充满新奇，正所谓“海南风物异中华”①。绍圣四

① 李光《丙寅元日偶出见桃李已离披海南风土之异不无感叹独追维三伏中荔支之胜又江浙所不及也因并见于诗》，载傅璇琮主编《全宋诗》卷一四二五，北京大学出版社1998年版，第16426页。

年(1097)六月,苏轼怀着"葬身海外"的决绝之心登舟渡海。从琼州,到澄迈,再到儋州。苏轼沿海南西北角走了一个半月形。而路上一场奇丽的风雨以及风雨中瑰玮的山川陵谷景致,给他强烈的视觉冲击,也让他梦境与实境相互碰撞,他不禁发出这样的感叹:

> 四州环一岛,百洞蟠其中。我行西北隅,如度月半弓。登高望中原,但见积水空。此生当安归,四顾真途穷。眇观大瀛海,坐咏谈天翁。茫茫太仓中,一米谁雌雄。幽怀忽破散,永啸来天风。千山动鳞甲,万谷酣笙钟。安知非群仙,钧天宴未终。喜我归有期,举酒属青童。急雨岂无意,催诗走群龙。梦云忽变色,笑电亦改容。应怪东坡老,颜衰语徒工。久矣此妙声,不闻蓬莱宫。(《行琼、儋间,肩舆坐睡。梦中得句云:千山动鳞甲,万谷酣笙钟。觉而遇清风急雨,戏作此数句》)①

急雨催促诗情,诗情慰藉心灵。登高眺望中原,无奈"但见积水空"。远离中原的苏轼已经做好了"此生当安归"的准备。面对茫茫太仓,苏轼发现人何其渺小,甚至整个中国也何其渺小。此时,天风吹散了苏轼的幽梦,苏轼看到了一个让他震撼的场景:"千山动鳞甲,万谷酣笙钟。"千山如鳞甲般舞动,万谷如笙钟般酣鸣。这幅浩大飘荡的风景,让苏轼感觉有如钧天广乐,群仙朝会,一种莫名的惊奇快慰在苏轼心中升腾。

在澄迈驿通潮阁,苏轼还看到这样一幅壮美的晚潮景致:"倦客愁闻归路遥,眼明飞阁俯长桥。贪看白鹭横秋浦,不觉青林没晚潮。"(《澄迈驿通潮阁二首》之一)

这是动态的海南风景。在苏轼眼里,静态的海南风景也十分迷人。苏轼初到儋州,看到拔地耸立的儋耳山,不禁诗性勃发:"突兀隘空虚,他山总不如。君看道傍石,尽是补天余。"(《儋耳山》)乾隆《广东通志》卷十三谓儋州松林山,"一名儋耳山,又名藤山。高八十丈"。八十丈的高度,与大陆其他崇山峻岭相比,可能真算不了什么,但在波涛汹涌的南海之上,有此高耸之山,就显得十分突兀显眼了。"他山总不如",见出苏轼复杂的情感取向。

---

① 本文所引苏轼诗歌系据王文诰辑注、孔凡礼点校《苏轼诗集》,中华书局,1982年版。以下文中所引,仅在文中标注篇名。

《列子·汤问》:"天地亦物也,物有不足,故昔者女娲氏炼五色之石,以补其阙。"[①]据《广东通志》提示,儋耳山"土石五色",故苏轼用女娲补天典故。其实,这既是苏轼的实写,也是其心中的象喻。苏轼作为才华横溢的大学士,本可以如这补天石一样为大宋王朝效力补益,却不幸被一群小人排挤贬谪到天涯海角的海南,这是多么的无奈。

海南地处中国南端,纬度低,这里几乎没有冬季,故在大陆还是早春的立春时节,这里已经是一片浓春景象。己卯(1099)立春,苏轼写下了这首《减字木兰花》:

春牛春杖。无限春风来海上。便与春工。染得桃红似肉红。
春幡春胜。一阵春风吹酒醒。不似天涯。卷起杨花似雪花。[②]

这首词最精彩的是上下阕的最后一句:桃红似肉红与杨花似雪花。桃红似肉红,一是形容桃花的浓艳,二是暗喻春色之重。林逋有"桃花枝重肉红垂"[③]之句,欧阳修在《洛阳牡丹记》中也有"千叶肉红花"之牡丹的记述,苏轼这里化用有惊异惊喜之情。杨花与雪花之间,本多互喻。苏轼自己就常常这样互喻。如人所共知的《水龙吟·次韵章质夫〈杨花词〉》。这首拟人化的咏物词,把暮春时节的杨花比喻为伤情的离人。而苏轼在这首海南词中,又再次勾起了他的情思。"一阵春风吹酒醒",点出了春色的恼人和无奈。"不似天涯,卷起杨花似雪花",则是借物抒情,"似花还似非花"的杨花,触动了远在天涯的苏轼的心弦,不似天涯,实是天涯!一种不知何时能够北归的怅惘在心中油然而生。所以,那个"点点似离人泪"的杨花,实在是苏轼本人的象喻。而杨花似雪花的比喻,也给诗人精神上一丝安慰——诗人似乎又回到了瑞雪纷舞的北国。

再来看苏轼对海南黎母的描绘:

---

① 张湛注《列子注》卷五,载《诸子集成》中华书局,1954年版,第52页。

② 本文所引苏轼词系据邹同庆、王宗堂《苏轼词编年校注》,中华书局2002年版。以下文中所引,仅在文中标注词牌和题名。

③ 《全宋诗》卷一七《春日寄钱都使》,第1226页。

稍喜海南州，自古无战场。奇峰望黎母，何异嵩与邙。飞泉泻万仞，舞鹤双低昂。分流未入海，膏泽弥此方。(《和陶拟古九首》)

这里的黎母即黎母山，亦即五指山。《琼州志》：“五指山一名黎母山。”《名胜志》：“山在琼州府定安县南。一云婺女星常降此山，名黎婺。一云，昔雷摄一蛇卵，在山中，生一女，有交址蛮过海采香，因与野合，其后子孙众多，是为黎人之祖，故曰黎母。”在苏轼眼里，海南岛的黎母山与中原的嵩山、邙山一样，都是祖国的名山，都膏泽着一方乡土。

苏轼苏辙兄弟自小感情甚笃，晚年两人都远谪岭南。苏轼在海南，苏辙在雷州半岛。兄弟两人隔着琼州海峡，真可谓“同落百蛮里，萧然两别驾”(苏轼《和陶止酒》)。尽管如此，兄弟两人还是经常和诗通信，互寄礼物。无奈绍圣四年丁丑(1097)十月，海道风雨，儋州和雷州之间邮传不通。苏轼不得子由书信，心中不停念叨，于是作《和陶停云四首》，苏辙随后也有次韵。在这首诗里，苏轼对海南飓风的描写颇为形象：“飓作海浑，天水溟蒙。云屯九河，雪立三江。”这与我们今天看到的台风来临时的景象是非常吻合的。而苏轼“如今破茅屋，一夕或三迁。风雨睡不知，黄叶满枕前”(《和陶怨诗示庞邓》)，以及“从我来海南，幽绝无四邻”(《和陶杂诗十一首》之一)的自述，可窥探这时的海南，风雨飘荡；这时的苏轼破屋难捱，生活酸辛。

二、大量描写了海南的社会生活与风土人情

作为大学士，苏轼关心海南的教育，曾经参观城东学舍，有感于沧海之滨的弦歌之废：“闻有古学舍，窃怀渊明欣。摄衣造两塾，窥户无一人。邦风方杞夷，庙貌犹殷因。先生馔已缺，弟子散莫臻。忍饥坐谈道，嗟我亦晚闻。永言百世祀，未补平生勤。今此复何国，岂与陈蔡邻。永愧虞仲翔，弦歌沧海滨。”(《和陶示周掾祖谢・游城东学舍作》)苏轼在海南兴文重教，化育当地百姓的事迹，确有很多。

当时海南文教落后，所以，当远谪海南的苏轼元符元年(1098)终于结束了“旧居无一席，逐客犹遭屏”的狼狈生活，依靠多人的帮助，在儋州建起了自己的新居时，其心情无比欢欣。但让他更欣慰的是在迁居当晚，他听到邻

居小儿有琅琅之诵书声：

幽居乱蛙黾，生理半人禽。跫然已可喜，况闻弦诵音。儿声自圆美，谁家两青衿。且欣集齐咻，未敢笑越吟。九龄起韶石，姜子家日南。吾道无南北，安知不生今。海阔尚挂斗，天高欲横参。荆榛短墙缺，灯火破屋深。引书与相和，置酒仍独斟。可以侑我醉，琅然如玉琴。（《迁居之夕闻邻舍儿诵书欣然而作》）

在苏轼的耳里，“儿声自圆美”，且“可以侑我醉，琅然如玉琴”；在苏轼的心里，这里虽然遥远偏僻，但“吾道无南北”，“海阔尚挂斗，天高欲横参”。所以，苏轼感叹“荆榛短墙缺，灯火破屋深”，于是“引书与相和”。这是一幅非常生动的海南普通民居夜诵晚课图，让苏轼感到远离中原的海南，也弦声琅琅，充满希望。

时海南人不肯耕作，“多荒田”，苏轼和陶渊明《劝农》，希望海南人改变现状，直言：“听我苦言，其福永久。利尔钼耜，好尔邻偶。斩艾蓬藋，南东其亩。父兄搢梃，以抶游手。”（《和劝农六首》之四）

在苏轼笔下，还有一位可爱的黎胞：

黎山有幽子，形槁神独完。负薪入城市，笑我儒衣冠。生不闻诗书，岂知有孔颜。翛然独往来，荣辱未易关。日暮鸟兽散，家在孤云端。问答了不通，叹息指屡弹。似言君贵人，草莽栖龙鸾。遗我吉贝布，海风今岁寒。（《和拟古九首》之九）

这位消瘦的黎胞，尽管“生不闻诗书”，更“岂知有孔颜”，但却人格独立，精神矍铄，将荣辱抛在脑后。苏轼与他语言不通，只能用手指比画，但他们似乎心灵相通。这位黎族同胞还送给沦落于此的大学士一幅“吉贝布”，希望苏轼能用来抵御海风。据《广东通志》卷五十二《物产志》载：“吉贝布，土人于中春种吉贝核，五六粒一坎，以土掩之。五月即生花结子。壳内藏三四房。烈日中房开，有棉花垂下，洁白如雪，绞去其核，纺以为布，细腻精密，轻如蚕纸，又名白氎布。若初结子时遇雨，则房不开而无棉，故不能常得，颇为珍贵云。”①可见吉贝布是相当珍贵的。这位黎族同胞的善良、淳朴、大方在苏轼笔下得到生动再现。

在苏轼笔下，还有不少诗歌描绘了海南的社会生活百态，颇有意味：

半醒半醉问诸黎，竹刺藤梢步步迷。但寻牛矢觅归路，家在牛栏西复西。

总角黎家三四童，口吹葱叶送迎翁。莫作天涯万里意，溪边自有舞雩风。

符老风情奈老何，朱颜减尽鬓丝多。投梭每困东邻女，换扇唯逢春梦婆。（《被酒独行，遍至子云威徽先觉四黎之舍，三首》）

这组诗是东坡醉眼中的海南风情。有自然之景，有儿童之趣，有老妇之智。原诗在“春梦婆”后有作者自注：“是日，复见符林秀才，言换扇之事。”《侯鲭录》：“东坡老人在昌化，尝负大瓢行歌于田间，有老妇年七十，谓坡云：‘内翰昔日富贵，一场春梦。’坡然之。里人呼此媪为春梦婆。”②“春梦婆”也因此永载文学史册，成为海南老妇人的智慧代表。

毋庸讳言，远隔中原的海南，虽文教不兴，经济不举，但海南黎民为人淳朴，待苏轼颇为友善，所以，苏轼对海南多有感情。范正敏《遁斋闲览》有云：“东坡自海南还，过润州，州牧，故人也，出郊迓之，因问海南风土人情如何？东坡云：‘风土极善，人情不恶。’”③此可一证。

三、身心融入海南，蕴蓄黎民海子情结

对于长期在大陆生活的北方人苏轼来说，远谪海南、多病的老身、迥异的气候和环境，不啻为一场严峻的考验。当权者欲置苏轼于死地的险恶用心在苏轼“问汝平生功业，黄州惠州儋州”的自嘲中已昭然若揭。这一步更比一步遥远的贬谪，给苏轼心灵的冲击和人生的打击是毋庸讳言的。刚到

① 《广东通志》，文渊阁《四库全书》本。

② 赵令畤《侯鲭录》卷七，中华书局，2002 年版，第 183 页。

③ 范正敏《遁斋闲览》，载陶宗仪《说郛》卷二十五上，文渊阁《四库全书》本。

海南，苏轼凄凉、困顿、伤怨乃至绝望，种种悲伤烦恼情绪不时袭上心头。有作品为证：

世事一场大梦，人生几度秋凉。夜来风叶已鸣廊。看取眉头鬓上。
酒贱常愁客少，月明多被云妨。中秋谁与共孤光。把酒凄然北望。
(《西江月·中秋和子由》)

该词写作时间历来多有争论。据林冠群和孔凡礼先生考证，该词当作于绍圣四年(1097)中秋，地点是儋州①。词中对海南居所的破陋(“夜来风叶已鸣廊”)，远谪天涯的孤独绝望(“酒贱常愁客少”、“中秋谁与共孤光”，“把酒凄然北望”)，以及对人生如梦、世态炎凉的感伤(“世事一场大梦，人生几度秋凉”，“月明多被云妨”)等，都作了尽情的抒发。透过该词的几个关键词：世事、大梦、人生、秋凉、客少、孤光、凄然、北望，可以清楚地看到一个被人抛弃陷害，孤苦难耐，有冤难伸的诗人形象。这种心境和愁绪在诸如“吾已矣，乘桴且恁浮于海”(《千秋岁·次韵少游》)、“今困天涯”(《踏青游》)、“渡海十年归”(《次前韵寄子由》)等作品中都能窥见。但苏轼毕竟是一个精通佛道的智者，屡次的失意和迁谪，已让苏轼学会了调侃、随缘和自嘲。绍圣四年(1097)四月十七日，苏轼自惠州贬所再责琼州别驾昌化军安置不得签书公事。被命即行，苏轼写下了这首颇有意味的《吾谪海南，子由雷州，被命即行，了不相知，至梧乃闻其尚在藤也，旦夕当追及，作此诗示之》，末云：“他年谁作舆地志，海南万里真吾乡。”这既是愤激之语，也是苏轼随缘旷达心境的真实体现，如诗所说“平生学道真实意，岂与穷达俱存亡”。他与兄弟相遇于滕州，又同行至雷州。尽管都是窜逐，且又病痔呻吟，但苏轼放达的性格，还是走笔畅言，了无伤悲：“时来与物逝，路穷非我止。与子各意行，同落百蛮里。萧然两别驾，各携一稚子。子室有孟光，我室惟法喜。相逢山谷间，一月同卧起。茫茫海南北，粗亦足生理。……”(《和陶止酒》)苏轼兄弟一个责授琼州别驾，昌化军安置，一个责授化州别驾，雷州安置，故称“萧然两别驾”。两人隔着琼州海峡，故云“茫茫海南北”。“粗亦足生理”，见出了苏轼的生活低要求和随遇而安的性格。

① 邹同庆、王宗堂《苏轼词编年校注》，中华书局2002年版，第798—799页。

这种随遇而安的性格，让苏轼很快在海南找到了自己的归宿，很快融入海南的山水之中，并有一种特殊的亲切之感。即便是生活条件的简陋困苦，苏轼也能从中发现美，发现自得其乐的快乐因子。如这首《次韵子由三首》之一《东亭》：

仙山佛国本同归，世路玄关两背驰。到处不妨闲卜筑，流年自可数期颐。遥知小槛临廛市，定有新松长棘茨。谁道茅檐劣容膝，海天风雨看纷披。

苏轼确如他自己所说，喜欢"到处不妨闲卜筑"。即使这样远谪海南，他还是喜欢营造之乐。这个东亭临近市廛，又狭小，苏轼用"劣容膝"形容，虽有夸张，但颇为形象。苏轼驻足小亭，一个浩大的世界不禁在眼前敞亮，放大，那就是"海天风雨看纷披"。建筑的小与海天的大形成强烈对比；物质的困穷、仕路的坎坷、人生的失意，与作者精神的富足、胸襟的宏大和生命的张力形成强烈对比。"海天风雨"，既是亭中所见实景，亦是作者心中的象喻。作者的言外之意甚明：人生无常，世路难料，但有弹性的生命，任由海天风雨的纷披，那倒是一种难得的风景，大可以尽情享受。

住在儋耳，苏轼对儋耳便情有独钟，他在以"儋耳"命名的诗中说："霹雳收威暮雨开，独凭阑槛倚崔嵬。垂天雌霓云端下，快意雄风海上来。野老已歌丰岁语，除书欲放逐臣回。残年饱饭东坡老，一壑能专万事灰。"（《儋耳》）当苏辙读到苏轼的这首诗时，也大发感慨，说这首诗"精深华妙，不见老人衰惫之气"①。

在儋耳，有黎子云兄弟居城东南，躬农圃之劳，偶与昌化军使张中一同来访。其居临大池，水木幽茂，坐客欲为醵钱作屋。苏轼欣然为其命名为"载酒堂"。这种友谊，竟让苏轼欲结庐为邻，甘作黎民，其乐此眷此之情溢于言表："借我三亩地，结茅为子邻。鴂舌倘可学，化为黎母民。"（《和陶癸卯岁始春怀古田舍》）

在儋耳，苏轼得到一个乌喙的海獒，很通人性，苏轼形容它："知我当北

① 苏辙《子瞻和陶渊明诗集引》，苏辙《栾城后集》卷二十一，陈宏天、高秀芳点校《苏辙集》，中华书局1990年版，第1110页。

还，掉尾喜欲舞。”(《余来儋耳，得吠狗，曰乌觜，甚猛而驯，随予迁合浦，过澄迈，泅而济，路人皆惊，戏为作此诗》)这通人性的狗，带给苏轼莫大的喜悦和希冀。

这种情缘在《独觉》一诗中也有鲜明的表现：“瘴雾三年恬不怪，反畏北风生体疥。……回首向来萧瑟处，也无风雨也无晴。”(《独觉》)这最后两句在苏轼《定风波》词中曾出现过。该词写于元丰五年(1082)，贬谪黄州第三年。十多年后，苏轼在诗中再次使用这两句，颇有意味。黄州、惠州、儋州，是苏轼自嘲的平生功业所在。同样是贬谪，同样是人生的低潮，苏轼却在心中荡漾起同样的心绪。萧瑟也即风雨，苏轼有诗“夜雨何时听萧瑟”(《辛丑十一月十九日既与子由别于郑州西门之外马上赋诗一篇寄之》)为证。这是苏轼嘉祐六年(1061)初次为官赴凤翔与弟苏辙在郑州西门之外话别后在马背上所作。最后六句是：“亦知人生要有别，但恐岁月去飘忽。寒灯相对记畴昔，夜雨何时听萧瑟。君知此意不可忘，慎勿苦爱高官职。”对床夜雨是苏轼苏辙兄弟往昔读韦应物诗“宁知风雨夜，复此对床眠”时的憧憬与相约，二人一生都在渴盼梦想着这美好的人生时光。苏轼初次为官，就告诫弟弟苏辙“慎勿苦爱高官职”。其实，这与其说是苏轼对苏辙的告诫，不如说是苏轼自己为官的真实心态。所以，当命运捉弄苏轼兄弟二人远谪南国，隔海相望，那畴昔的憧憬，如今都已幻化成泡影。因此，也无风雨也无晴，其实就是一种幻像。阴晴风雨本是人生的常态，无风无雨无阴无晴，就是对人生的超越。而“瘴雾三年恬不怪，反畏北风生体疥”，又一次表明苏轼对贬谪之地海南的适应与喜爱，而来自北方的寒风，反而让苏轼不习惯了。这种反差既是一种自然的生理反应，也是一种心理的感觉。

这种海南情结，让苏轼以海南居民自居：

> 我本海南民，寄生西蜀州。忽然跨海去，譬如事远游。平生生死梦，三者无劣优。知君不再见，欲去且少留。(《别海南黎民表》)

不仅如此，苏轼还想欲老海南：

> 余生欲老海南村，帝遣巫阳招我魂。杳杳天低鹘没处，青山一发是中原。(《澄迈驿通潮阁二首》之二)

作为大陆人，苏轼北归还乡心情是客观的，也是自然的，但苏轼有博大的胸怀，有随遇而安的品质，所以，当恩赦量移北还时，苏轼对自己三年的儋州生活无怨无悔，心情竟如天容海色般的澄清：

> 参横斗转欲三更，苦雨终风也解晴。云散月明谁点缀，天容海色本澄清。空余鲁叟乘桴意，粗识轩辕奏乐声。九死南荒吾不恨，兹游奇绝冠平生。（《六月二十日夜渡海》）

“九死南荒吾不恨，兹游奇绝冠平生”，何其壮伟！三年的海南之谪，在苏轼看来不过是人生的一次旅行，而且是一次绝冠平生的旅行。虽“九死其犹未悔”的心态，让苏轼在痛苦中发现了美，发现了人生的真谛，正所谓“天容海色本澄清”。

四、结语：苏轼海南诗词浓郁的“海”味

在海南，面对大陆与海岛的分隔，面对海天的空茫辽阔，面对兄弟两人隔海相望的残酷现实，面对海南奇特的自然风光和风土人情，苏轼在作品中情不自禁地涌现出大量的海、天、风、气、云等词。如“此外一子由，出处同偏仙。晚景最可惜，分飞海南天……寄语海北人，今日为何年”（《和陶连雨独饮二首》之一），“渊明岂知道，醉语忽谈天。偶见此物真，遂趋天地先”（《和陶连雨独饮二首》之一），“登高望云海……坎坷识天意”（《和陶九日闲居并引》），“雷州别驾应危坐，跨海幽光与子分”（《十二月十七日夜坐达晓寄子由》）。还有“登高望云海”（《和陶九日闲居并引》），“四海环我堂”（《和陶拟古九首之四》），“海风今岁寒”（《和陶拟古九首之九》），“海阔河汉永”（《和陶杂诗十一首》之二），“地薄海气浮”（《谪居三适三首》之《夜卧濯足》），“海阔山高百程送”（《过于海舶得迈寄书酒作诗远和之皆粲然可观子由有书相庆也因用其韵赋一篇并寄诸子侄》），“海阔尚挂斗”（《迁居之夕闻邻舍儿诵书欣然而作》），“海国此奇士”（《和陶与殷晋安别》），“老去仍栖隔海村”（《庚辰岁人日作，时闻黄河已复北流，老臣旧数论此，今斯言乃验，二首》之一），“海上如瓜枣”（《安期生并引》），“海水岂容鲸饮尽”（《答海上翁》），“目送过海席”（《司命宫杨道士息轩》），“快意雄风海上来”（《儋耳》），“荒凉海南北”

(《自雷适廉宿于兴廉村净行院》)等等。

这些海国、海天、海风、海气、海云、海獒、海民等海景、海情、海韵、海味，在苏轼众多的诗词创作中显得分外抢眼。海南之谪，让苏轼在风烛残年饱受抛家别子之痛，经受生理和心理的严酷考验；但这一远谪，也让苏轼领略到了在大陆看不到的热带海岛风光，也让中原之文明教化经苏轼之手得以在这荒芜的土地上播种开花。而苏轼诗词中的这些海味作品，无疑为中国文学史增添了一抹亮丽的风景。所以，苏轼在个人的不幸中洞开了生命的张力，为海南的文化教育、经济社会和民族团结作出了永不磨灭的贡献。套用赵翼的诗句，则是“诗家不幸海南幸，泽被后世功千秋”。

基金项目：四川省哲学社会科学研究规划课题(SC09Z039)。

作者简介：潘殊闲，西华大学人文学院教授，出版过专著《叶梦得与苏轼》等。

地方文化与苏轼词创作

昌庆志

摘　要：在约20年的外任与贬居时间里，苏轼的词创作深受地方文化的影响。江南文化促成他创作出游赏山水词、戏谑调笑词与风流自赏的赠答词；齐鲁文化促成他创作出注重亲情词、关心民生词与爱国的主战词；荆楚文化促成他创作出大量隐逸词与崇道词；岭南文化则既影响他词作的数量，又促成他创作出注重饮食养生词与着意奇景异物词。苏轼外任或外放时的词创作，虽有多种动因，地方文化却关乎其词的题材取向与情趣精神，因而是其中一个十分重要的动因。

关键词：地方文化；苏轼；词创作

苏轼很少于在朝为官期间作词。若以可确切编年的词计算，他在江南4年半，作词90多首；在齐鲁4年3个月，作词近50首；在黄州也是4年3个月，作词70多首；在岭南约6年半，作词25首。即是说，苏轼在地方为官期间所作词的数量，共占其可编年词总数约3/4。而这些词作，因地方文化的差异，无论在题材内容还是艺术形式上，都有较大的区别。

一、江南文化与苏轼词创作

南朝以来，江南的歌妓业一直发达，歌词创作数量多于其他地方，且描写名妓艳妾是其重要的内容。南朝民歌不说，即使南唐词人，身为君相，也不乏艳情词作。歌妓文化，深刻影响着每一个在江南交际圈中的词人创作。

苏轼倅杭期间，交游的官员文人多爱作词，且风流倜傥，或以官妓佐酒，或以家姬侍宴。因此，苏轼即席作词，难免因女性而起。不过，既经馆阁文化涵育的苏轼，试图摆脱艳情词“词中有我”的传统，以置身事外的口吻，换欣赏为戏谑，暗暗地改革艳情词传统。

熙宁五年十二月，苏轼在湖州为贾收（字耘老）小妓写作《双荷叶》与《荷花媚》二词，“用庾语戏谑调侃贾收。如‘烟鬟未上，玉杯微缺’隐喻‘破身’；‘终须放，船儿去’隐喻‘入港’”①。熙宁六年六、七月间，“东坡倅钱塘日，忽刘贡父相访，因拉与同游西湖。时二刘方在服制中”，“湖心有一彩舟，渐近亭前，靓妆数人，中有一人尤丽。……二客竞目送之”②。苏轼戏作《江城子》云：“一朵芙蓉、开过尚盈盈。何处飞来双白鹭，如有意，慕娉婷。”将穿着丧服竟色眯眯地贪看美人的刘攽与另一刘姓朋友比作“双白鹭”。

不但对朋友，苏轼在江南对歌妓，对禅师，甚至对紫姑神，也都以戏言为词相赠。不过，苏轼在江南所作戏谑词，有时侧重于调侃，有时也赞人才情。如熙宁七年七月寄苏州守王规父的《菩萨蛮》结语云：“莫便向姑苏。扁舟下五湖。”虽则“戏嘲苏守王规父莫留住杭妓，如范蠡之携西施游五湖，一去不返”③，但将王规父比作历史上功成身退的名臣范蠡，实际上也是暗暗称赞王规父的才德。同样的，《减字木兰花·寓意》作于顶头上司杭守陈襄离杭之前，苏轼在词中也戏言陈襄“云鬟倾倒。醉倚阑干风月好”，但结语云“一舸姑苏。便逐鸱夷去得无”，也将陈襄比作功成身退、携艳于江湖的范蠡。

歌妓文化之外，江南的人文地理文化，也为苏轼词作打上了深深的烙印。无论是“吴山”、“西湖”、“江梅”还是“钱塘潮”，多与英雄豪杰或于文人艳妓相关，都是前代文人所乐于歌吟的风光，其中蕴含着丰富的文化积淀。苏轼在词中对这些特定的江南风光，也添加了一份新意。

熙宁五年正月，苏轼初到杭州不久，就作了一首《浪淘沙·探春》：

> 昨日出东城。试探春情。墙头红杏暗如倾。槛内群芳芽未吐，早已回春。　　绮陌敛香尘。雪霁前村。东君用意不辞辛。料想春光先到处，吹绽梅英。

江南春日的自然风光与人文景观是如此的妩媚，唤起了词人幽幽的情

① 邹同庆、王宗堂《苏轼词编年校注》，中华书局 2002 年版，第 19 页。

② 张邦基撰，孔凡礼点校《墨庄漫录》，中华书局 2002 年版，第 32 页。

③ 《苏轼词编年校注》，第 74 页。

思，“料想春光先到处，吹绽梅英”，苏轼特提江南之梅花，隐含着“折梅寄江北”的西洲（金陵一带）爱情典故，对于政治上受打击的他，初来江南，爱情无疑是一味抚慰剂。由探春到生春情，苏词的产生，是离不开“红杏”、“群芳”等江南自然风光与“绮陌敛香尘”这样的人文景观的激发的。

熙宁六年八月十五，他又作了一首《瑞鹧鸪·观潮》：

碧山影里小红旗。侬是江南踏浪儿。拍手欲嘲山简醉，齐声争唱浪婆词。 西兴渡口帆初落，渔浦山头日未欹。侬欲送潮歌底曲？尊前还唱使君诗。

先不说别的，光用两个“侬”字，江南民俗文化的底蕴就升腾至读者眼前了。词中钱塘江特有的大潮与江南踏浪儿的勇敢、潇洒，构成了江南地理景观与民俗文化的有机融合。此词所展示的，正是江南特有的一种人文地理文化。而他的“自京口还钱塘，道中寄述古太守”的《卜算子》词，申述的是归隐之志，但还是忘不了江南的地理风光，说“长忆吴山好”、“共藉西湖草”，让人在品味江南地理风光的同时，也想起有着久远传统的江南隐逸文化来。

苏轼热衷于欣赏江南“人间天堂”的自然风光与人文景观，陶醉于文人唱和以及与歌妓相亲相戏的风流倜傥生活之中。这一切都是醉人的江南文化熏陶的结果。没有江南文化，本来政治失意、思乡欲隐的苏轼，是无由变得开朗起来，创作出大量兴味浓厚的游赏山水词、戏谑调笑词以及展现文人风流才情的赠答词的。

二、齐鲁文化与苏轼词创作

迥异于江南文化中的文士风流，齐鲁文化中最核心的是孔子思想。这种思想的基础是从夫妇之情出发的家庭温情，由此上升为关心民生的仁爱精神，上升为关心国家命运、严辨华夷的爱国精神。苏轼在密州与徐州守任上的词创作，就深深地打上了这种最为核心的齐鲁文化的烙印。

苏轼倅杭任满，便主动要求守密，主要原因是其弟苏辙在济南，守密便于兄弟相会往来。但是，在苏轼倅杭的 3 年时间里，创作了 50 多首词，竟无一首赠给苏辙。直到赴密守任离开海州接近密州时，才于马上写下一首《沁园春》(孤馆灯青)词寄给苏辙。在这首词中,苏轼不仅感慨政治上的失意,还回忆了兄弟二人当年恃才学而以建功为易的心理,最后只祝愿身体健康、过好小日子,不再管当年的抱负。整首词宛如一封家书,亲切实在。表明了此时的苏轼以"齐家"为务的思想。这是到了齐鲁地界,接近不惑之年的苏轼,从孔子思想最根本之处入手来对待人生问题的开始。

同样的,熙宁八年正月,已达不惑之龄的苏轼,做了一个不同寻常的梦,他用词记下这个梦,即著名的悼亡词《江城子》(十年生死两茫茫),此词从夫妇的角度体现了苏轼的"齐家"意识。苏轼结发妻子王弗亡故十年,才出现在苏轼的梦里。这不是偶然的。孔子以夫妇为人伦基础的思想在齐鲁大地上扎根极深。苏轼来密州为守,负有教化地方民众的职责,岂能不看重地方上推重夫妇之道的民风?所以,他来到密州梦见亡妻,与他开始寄词给苏辙的心理正互为表里,都是"齐家"意识的外显。

然而,既为密州父母官,就该搞好地方政务,以"治国"实践来代替"齐家"的不实际理想。熙宁九年,苏轼写下了《望江南·暮春》一词,化用《论语·先进》中曾皙答孔子问,描绘了一幅治世升平的理想图景①。

苏轼在密州和徐州主守一方,类似春秋时代的诸侯,他极重治"国",时时关注民生问题,其徐州作《浣溪沙》词云"惭愧今年二麦丰。千歧细浪舞晴空。化工余力染夭红。"将民生摆在赏花之上;当天旱不雨之时,他祭神祈雨,得雨之后与民共享欢乐,如其《浣溪沙》(其五)云:"软草平莎过雨新。轻沙走马路无尘。何时收拾耦耕身? 日暖桑麻光似泼,风来蒿艾气如薰。使君元是此中人。"这些词所体现的,正是齐鲁文化中孔子的仁政爱民精神。

"齐家治国平天下",是孔子伦理政治思想的大要。苏轼生活时代,北方契丹民族建立的辽国,与西北羌人建立的西夏国,时时威胁着大宋政权。苏轼刚到密州一年,就利用冬闲出猎,讲究武事,写下了为人盛称的豪放词《江城子·猎词》;到徐州,他又写了一首赠张继愿的《阳关曲》。这两首词一针对羌人,一针对契丹人,体现的是主战意识。正是齐鲁地方文化中"平天下"的思想,唤起了他的主战意识。

① 杨伯峻译注《论语译注》,中华书局1980年版,第119页。

三、荆楚文化与苏轼词创作

与齐鲁文化一样历史悠久的荆楚文化，其内涵十分丰富。春秋战国时期，即已形成了为上层文士所接纳的道家文化和民间流行的巫鬼与隐逸文化。东汉开始，随着佛教的传入，又形成了道教文化。这些文化的基本精神便是出世思想，为历来文人失意时的精神避难所。苏轼因“乌台诗案”被贬黄州，名为黄州团练副使，却不得签书公事，形同罪犯。在黄州这块荆楚文化发达的土地上，他遭受重创的心灵，与出世思想浓郁的荆楚文化一接触，便释放出久已积压的心理能量，化为超凡脱俗的强大精神动力与创作泉源。所以他的词创作，与诗赋创作一样，在这段被贬的时间里，获得了巨大的丰收，并显示出明显的荆楚文化特征。

元丰三年(1080)一月，苏轼赴黄州，途经湖北麻城，遇到了好友陈慥，写下了《临江仙》一词：

> 细马远驮双侍女，青巾玉带红靴。溪山好处便为家。谁知巴峡路，却见少城花。　　面旋落英飞玉蕊，人间春日初斜。十年不见紫云车。龙丘新洞府，铅鼎养丹砂。

词中所写龙丘(陈慥)，俨然一幅神仙模样：有美丽的侍女，神仙所乘的紫云车与所住的洞府，还有神仙炼丹所用的铅鼎与丹砂。苏轼在其他地方所作词中从未描绘过如此形象的道教人物，而一到荆楚文化圈中，道教文化就成了他开笔作词的泉源之一。

此后到了黄州，苏轼与道友交往甚密，当时知藤州的朋友赵昶还馈赠过他丹砂，苏轼报以蕲笛，为此赋词《水龙吟》一首。他的另一首《水龙吟》下片云：“因念浮丘旧侣，惯瑶池、羽觞沉醉。青鸾歌舞，铢衣摇曳，壶中天地。飘堕人间，步虚声断，露寒风细。抱素琴，独向银蟾影里，此怀难寄。”瑶池、羽觞、青鸾、铢衣、壶中、步虚、素琴等道教事物充斥其中，可见苏轼已深深地为道教文化所迷醉。《念奴娇·中秋》同样表达了他羽化成仙的愿望，其末二拍云：“便欲乘风，翻然归去，何用骑鹏翼？水晶宫里，一声吹断横笛。”

作为道教文化重要来源的道家文化，是苏轼黄州词创作中更大的原动力。初到黄州，苏轼在定慧院所作的那首《卜算子》，将“幽人”幻化为“孤鸿”，与“庄生晓梦迷蝴蝶”无异，可谓深得庄子思想精髓。《水调歌头·快哉亭作》词中所云“堪笑兰台公子，未解庄生天籁，刚道有雌雄”，又直以庄子思想为高。《满庭芳》一词，开篇即云“蜗角虚名，蝇头微利，算来著甚干忙？事皆前定，谁弱又谁强。”不仅引《庄子·则阳》关于蜗角中触氏与蛮氏二国争战的故事①，还像庄子一样否定了强弱，反对“说短论长”，泯灭一切差别，顺应自然，以“对清风明月，苔茵展、云幕高张”为人生幸事。《无愁可解》一词，则完全用庄子思想来辩明道理。

在黄州，不仅道家道教文化深深地影响了苏轼的人生与词创作，隐逸文化也占据了苏轼思想的重要阵地，具体表现为苏词的隐居思想有了极大的发展。

元丰四年(1081)，苏轼请得黄州故营地数十亩，得以躬耕其中，筑雪堂以居，为此赋词《江城子》(梦中了了醉中醒)一首，以隐士陶渊明再世自居。在另一首《哨遍》词中，苏轼又隐括陶渊明的《归去来》，再次表达了他隐居的决心。他在黄州还对唐代隐士张志和的《渔父词》进行了改作，换成《浣溪沙》词牌。又自作《渔父》词四首，《调笑令》一首，借渔父生活表达隐居的洒脱与放达。

隐逸文化在中国历史悠久，但南北异趋。历史记载中较早的伯夷、叔齐，不食周粟，他们是中原隐士的典范。伯夷、叔齐们的隐居，为的是臣无二君的政治伦理，与荆楚文化中顺应自然的隐逸文化大相径庭。而无论是渔父还是陶渊明，他们的隐逸都与道家的顺应自然思想相合。也就是说，荆楚的隐逸文化与道家文化在精神上是一致的。明乎此，苏轼在黄州所写的渔父词、慕陶词以及与其相关的表现隐逸乐趣的词，都是饱吸了荆楚文化养料的结果。

另外，宋代荆楚民间文化中仍保留着巫鬼文化。苏轼《天篆记》云：“江淮间俗尚鬼。岁正月，必衣服箕帚为子姑神，或能数数画字。惟黄州郭氏神最异，予去岁作何氏录以记之。今年黄人汪若谷家，神尤奇。以箸为口。置笔口中，与人问答如响。”②由于这样的巫鬼文化在黄州盛行，苏轼也作了一

① 陈鼓应著《庄子今注今译》，中华书局1983年版，第677页。

② 苏轼著，傅成、穆俦标点《苏轼全集》，上海古籍出版社2000年版，第913页。

首《少年游》词，其序云："黄之侨人郭氏，每岁正月迎紫姑神，以箕为腹，箸为口，画灰盘中，为诗敏捷，立成。余往观之。神请余作《少年游》，乃以此戏之"。按词序的说法，苏轼此词是应"神"所请而作，可见巫鬼文化直接催生了苏轼《少年游》词，虽然这种文化的影响只是偶尔起作用。

四、岭南文化与苏轼词创作

相较于江南文化、齐鲁文化与荆楚文化，岭南文化在宋代总体上仍是落后的。虽然南禅宗自唐代北传内地，对北宋文化思想产生了深刻的影响，但在岭南本土，由于文化教育落后，南禅宗并没有打开新的局面。不过，苏轼是个随遇而安的人，即使是相当落后的岭南文化，也以她自身的特点影响了苏轼的词创作。

首先，岭南人重商，就连农业也向商品化经营方向发展，最明显的便是热带果树种植面积较广。这种重商文化，对苏轼词创作产生了较明显的影响。绍圣元年(1094)九月，在前往惠州途经广州之时，苏轼曾连作两首《浣溪沙》词咏柑橘。到了惠州贬所之后，苏轼还写了一首《减字木兰花·西湖食荔枝》。柑橘和荔枝，都是岭南商品性农业文化的产物，苏轼以词抒写食用柑橘和荔枝时的愉快心情与赞赏态度，正是他乐于接受这种岭南文化的表现。

其次，由于岭南医药文化欠发达，为了养生，岭南人平时十分注重饮食。据《投荒录》之"岭南女工"条载："岭南无问贫富之家，教女不以针缕绩纺为功，但躬庖厨、勤刀机而已。"①《南楚新闻》又记岭南人以鼠制作"蜜卿"食用。可见岭南人特重饮食，且在饮食方面大胆创新，形成了颇具特色的地方文化。

苏轼到达岭南时，已年届六十，衰老多病，常苦岭南少医药。为了养生，他除了习道家龙虎铅汞说调息练功外，还注意吸收当地的饮食文化。他在惠州所作《浣溪沙》词序云：

① 李昉等编，陈戍国、蒋冀骋、梅季点校《太平广记》，岳麓书社1996年版，第2675页。

绍圣元年十月十三日，与程乡令侯晋叔、归善簿谭汲游大云寺。野饮松下，设松黄汤，作此阕。余家近酿酒，名之曰“万家春”，盖岭南万户酒也。

苏轼所酿“万家春”酒，得法于岭南万户酒，而万户酒明显是岭南民间日用的饮料。苏轼对此在序中特作交代，并且其词句“雪花浮动万家春”，洋溢着对岭南酒文化的欣喜与赞赏之情。可见岭南饮食文化对苏轼词创作的激发作用了。

再次，岭南依山傍海，海外贸易一向发达，盛唐时期就已形成了“海上丝绸之路”，海外贵重商品基本上全由岭南输入。苏轼与其他传统文人一样，虽对商业本身不感兴趣，但对海外输入的珍奇物品还是赏玩不已。他在海南儋州作了一首《减字木兰花》，对珍奇酒器大琉璃杯大加称赞：“海南奇宝。铸出团团如栲栳。曾到昆仑。乞得山头玉女盆。”按《汉书》载，罽宾国出璧流离。颜师古引《魏略》注云：“大秦国出赤、白、黑、黄、青、绿、缥、绀、红、紫十种流离……此盖自然之物，采泽光润，逾于众玉，其色不恒。今俗所用，皆销(冶)石汁，加以众药，灌而为之，尤虚脆不贞，实非真物。”①则苏轼所称“奇宝”的大琉璃杯，必是进口的“真物”，否则苏轼不会以昆仑玉女盆为比。而苏轼能在词中吟咏此“奇宝”，则不能说不根源于岭南发达的海外贸易文化了。

另外，岭南传统重商而不重文，所以时至北宋，岭南本土文人仍极少。苏轼到了岭南，行动不得自由，又缺少本土文人与他唱和，他贬岭南时间虽长于贬黄时间，词作数量却仅占贬黄时期的三分之一。这种创作数量的锐减，不能说与岭南重商轻文的文化毫无关系。

结语：苏轼在不同地方的词创作有着不同的文化特色，但并不是说苏轼在外任或外放时的词创作只受地方文化影响。在地方文化影响之外，他的词创作还受个人性格、交游对象乃至学士文化等多种因素影响。明人瞿佑在《归田诗话》中曾说：“东坡则放旷不羁……至惠州云：‘日啖荔枝三百颗，不妨长作岭南人。’《渡海》云：‘九死南荒吾不恨，兹游奇绝冠平生。’方负罪

① 《苏轼词编年校注》，第810页。

戾，而傲世自得如此。虽曰‘取快一时’，而中含戏侮，不可以为法也。”①其实，苏轼不仅诗作为“取快一时”而“中含戏侮”，其词作也复如此，如他在倅杭期间作《双荷叶》、《江城子》嘲戏朋友，贬黄期间作《渔父》词以示放达，谪惠期间作咏柑橘、荔枝词表示快慰等。而苏轼长于嘲谑戏侮，还与他做学士时与同僚及门下经常互相戏谑以卖弄学问的习气有关。他在密州所作《望江南·暮春》，在黄州所作《水调歌头·快哉亭作》与在海南所作《减字木兰花·立春》等词，化用儒道经典中的语句，便直接体现了学士文化特点。这些因素往往影响到苏词创作的表现手法与语言风格，而地方文化则影响苏词创作的题材取向与情趣精神。因此，苏轼外任或外放时的词创作，虽有多种动因，地方文化却是其中一个十分重要的动因。

作者简介：昌庆志，广东商学院人文传播学院副教授，出版过专著《唐代商业文明与文学》等。

① 丁福保辑《历代诗话续编》，中华书局1983年版，第1255页。

苏轼游览诗的新变及影响

高　智

摘　要：苏轼的游览诗是其天才的艺术才能和深邃人格魅力的熔铸体。通过游览诗这一载体，能够窥视苏轼独特的审美情趣与精神面貌。苏轼的游览诗，尝试构建一种基于现实而又不泥于现实的理想生活模式，想象人可以摆脱现实生活的羁绊纷扰，寻求艺术化的人生。苏轼游览诗新变，表现为独特的"结构模式"与"情感特质"。其诗学意义在于，重新确立了宋诗的审美规范，开辟了宋诗个性化回归之路。

关键词：苏轼；游览诗；新变；影响

自苏轼上溯，中国游览文学的兴起亦有上千年的历史，中国传统的游览文学的勃兴与自然的"人性化"过程紧密相联，这种游览的模式大致可以分为两类："圣人之观"与"士女之游"。前者在游览中有所兴寄，情以物兴，物以情观。后者为纯粹的嬉戏游乐。

《诗经·大雅·卷阿》"伴奂尔游矣，优游尔休矣"，《诗经·小雅·白驹》中"慎尔优游"，为典型的"士女之游"，游者的悠闲情态描摹得逼真之极。《诗经》以降，基于山水的游览文学意涵逐渐扩大。孟子曰："孔子登东山而小鲁，登泰山而小天下。故观于海者难为水，游于圣人之门难为言。观水有术，必观其澜。日月有明，容光必照焉。"(《尽心上》)。观水有术，登山有道，山的崔巍与水的浩瀚，成为诗人志的寄寓与情的体验，此为"圣人之观"。"士女之游"、"圣人之观"，这几乎成为此后文人游览诗的固定模式。

苏轼承前人余绪，进一步发展和完善了游览诗。他用天才的创造，赋予诗歌动人美感。他现实生活中屡遭横逆，苦尝人世辛酸。政治生涯宦海沉浮，坎坷曲折。种种不幸所引发的痛苦在游赏美景之中得到消融与转化。苏轼一生喜爱交友游玩，与游览结下不解之缘，常常借景抒情，排遣郁闷，宣泄情感。他希冀在逍遥恬静的境界里抹平创伤,追求一种达观而洒脱的情怀。苏轼天性喜水,“我性喜临水,得颍意甚奇”,“到官十日来,九日河之湄”(《泛颍》),兴之所至,尽情玩水,可谓观水有术。“惟江上之清风,与山间之明月,耳得之而为声,目遇之而成色,取之不禁,用之不竭,是造物者之无尽藏也”,“桂棹兮兰桨,击空明兮溯流光。渺渺兮予怀,望美人兮一方”,“驾一叶之扁舟,举匏樽以相属,寄蜉蝣于天地,渺沧海之一粟”(《前赤壁赋》)。这亦是观水有术,与孔子“见大水而必观焉”有异曲同工之妙。亘古以来,江水日夜奔流,长江没有消逝;月亮虽有盈亏,却总能在空中显现。自然和人一样,有变亦有不变,从变的角度:“造物亦知人易老,故教江水向西流。”(《八月十五看潮五绝》),从不变的角度看,人与自然之存在没有穷尽,始终没变,不必羡慕长江和明月。没有沮丧,无须忧伤,有大彻大悟和真知灼见。由此可以窥见一个超越世俗充满智慧的东坡。苏轼爱水,不仅限于波澜壮阔的江海,宁静澄澈的湖泊,连普通的井水与泉水,他都爱不释手。“闻道君家好井水,归轩乞得满瓶回”(《游张山人园》),“道人不惜阶前水,借与匏樽自在尝”(《病中游祖塔院》)。

在险象丛生的官场,苏轼的耿耿忠心和句句诤言,却换来无穷无尽的贬谪和难以言说的落寞,他借游览而有所兴寄,借赏景来摆脱世俗之纷扰,追寻心灵恬静的桃花源。宋孝宗赵昚所题《东坡全集序》曰:“山川风云,草木华实,千汇万状,可喜可愕,有感于中,一寓之于文。”正有此超然恬静的心境,有借游览山水这一宣泄情感的方式,在他黄州、惠州、儋州贬谪生涯中,却铸就了他诗歌的辉煌。

一、人生境界的理想构建

苏轼构建了一种基于现实而又不泥于现实的理想生活模式。这在他的游览诗中多有体现。

东坡自谓:“江山岂不好,独游情易阑。”(《甘露寺》)寄寓山水,陶冶情性,构建了诗意盎然的人生审美境界。如《腊日游孤山访惠勤惠思二僧》诗既有“水清石出鱼可数,林深无人鸟相呼”的美丽景色,也有“纸窗竹屋深自暖,拥褐坐睡依团蒲”静谧温暖的生活。

苏轼构筑的人生境界不是一种人生幻灭,而是体现了一种人生追求,一种诗意化的人生。生活既不离物质享乐，亦应有高层次的精神享受。不能为外物所累，如《老子·第七章》所言："天长地久。天地之所以长且久者，以其不自生，故能长生。是以圣人后其身而身先；外其身而身存。"所谓以柔克强，无欲则刚。他用卓越的文学创造才能为我们编织出了一个丰富的精神家园。让现实生活中疲惫的人们，寻觅到一个心灵憩息之所。他吸收佛老思想中有用成分，并加以改造利用，构建他的一种理想的人生境界。这种境界是超脱的，也是自由的。它体现了在平常生活中的升华。这种境界，第一个层面可以理解为是一种对世俗人生的超脱。名利、穷达、荣辱、贵贱、得失、忧喜、苦乐等等，都是人生现实欲念所生出的羁绊的枷锁。到了"静"与"达"的境界，就可以从这种境界里面解脱出来。第二个层面可以理解为达到一种自由的境界。人的精神世界因此变得无比的开阔和广大，可以不受尘世的污染。无论在何种情况之下都能泰然处之，让忧伤、沮丧、哀怨、悲痛等情感进行过滤和转化，甚至变成愉悦，关闭苦难的门，开启人生快乐的窗。

绍圣二年(1095)，苏轼贬惠州，处在人生的低谷，且看他此时所作《游博罗香积寺》：

> 二年流落蛙鱼乡，朝来喜见麦吐芒。东风摇波舞净绿，初日注露酣娇黄。汪汪春泥已没膝，到刘秋谷初分秧。谁言万里出无友，见此二美喜欲狂。

麦吐芒，谷分秧，平凡的农作物被苏轼誉为"二美"，引发作者欢喜若狂。没有夸饰，没有矫情，足见质朴和真淳。虽然这种境界，对常人而言，在充满倾轧、争斗，以及迫害的尘世间很难找到，通常也是一个理想的寄托，是一种愉悦的精神胜利法。与其感伤，不如快乐，与其沉沦，不如奋发，他为凡夫俗子营建了一个苦难的庇护所。"且并水村歌侧过，人间何处不巉岩。"(《慈湖夹阻风五首》)。虽然"山行尽日不逢人"，世间知己难觅，曲高和寡，但是"浥浥野梅香入袂(《自普照游二庵》)，恬然自乐，怡然自得。

苏轼把自己对人生的理解熔铸到游览诗歌中去。变成人生追求的艺术化。他所创造的，既是艺术境界也是精神家园。"祸福苦乐，念念迁逝，无足留胸中者"(《与孙志康》)，"胸中有佳处，海瘴不能腓"(《和陶王抚军座送客》)。

苏轼吟咏山水的心态是较为平和的。苏轼有着豁朗圆润的人生观，善于调节生活中的种种矛盾。游览之所成为他调和人生矛盾最好的心灵场。虽然“此生归路转茫然”，但可喜的是“犹有小船来卖饼，喜闻墟落在山前”（《慈湖夹阻风五首》），朝云暮雨，晨晖夕阴的变化和他内心的情感悸动合拍。他已经将“游览”与“生活”等同起来。在“游览”中寻觅生活，在“游览”中宣泄情感。游览诗已经成为其生活的一部分。游览诗反映了苏轼生活的各种层面以及他对生活的态度。亭台楼阁游憩之所，成为他的游动的人生航船。

二、审美新构与个性化回归

施补华《岘佣说诗》云：“东坡沉雄不如杜，而奔放过之；秀逸不如李，而超旷似之；又有文学以济其才。有宋三百年无敌手。”在李、杜建构起诗歌的两种不同审美规范以后，苏轼别开蹊径，宕开一面，他的诗歌有独特的审美气质。

李卓吾评苏轼诗曰：“苏长公片言只字与金石同声，虽千古未见其比，则以其胸中绝无俗气，下笔不作寻常语，不步人脚跟耳。”①苏轼的游览诗想象飞驰，奇趣横生，意境灵动，层出不穷。如“唤起滴仙泉洒面，倒倾蛟室泻琼瑰”（《有美堂暴雨》），比喻新颖巧妙。《同柳子玉游鹤林招隐醉归呈景纯》“安得道人携笛去，一声吹裂翠崖冈”，想象大胆夸张。《百步洪》描写在溪水中飘流，更显奇绝：

> 长洪斗落生跳波，轻舟南下如投梭。水师绝叫凫雁起，乱石一线争磋磨。有如兔走鹰隼落，骏马下注千丈坡。断弦离柱箭脱手，飞电过隙珠翻荷……

水流湍急，舟行如梭，绘形摹景，如在眼前。

苏轼的诸多游览诗烟云舒卷，飘逸洒脱。在诗歌的创新方面，苏轼新而能变，机趣洋溢，时有奇笔异想，而风格基调是清雄奔放，驰纵自如。如《与

---

① 李贽《又与从吾》，《焚书》增补一，中华书局 1975 年版。

胡祠部游法华山》诗曰:"不将新句纪兹游,恐负山中清净债。"把写诗记载登山所览之景,称为还山中美景之债,新颖而别趣。更为出色的是,苏轼的众多游览诗出于天然自得,而不假人力雕镌。如《游灵隐寺得来诗复用前韵》:

君不见,钱塘湖,钱王壮观今已无。屋堆黄金斗量珠,运尽不劳折简呼。四方宦游散其孥,宫阙留与闲人娱。盛衰哀乐两须臾,何用多忧心郁纡。溪山处处皆可庐,最爱灵隐飞来孤。乔松百丈苍髯须,扰扰下笑柳与蒲。高堂会食罗千夫,撞钟击鼓喧朝晡。凝香方丈眠氍毹,绝胜絮被缝海图。清风时来惊睡余,遂超羲皇傲几蘧。归时栖鸦正毕逋,孤烟落日不可摹。

诗歌一气呵成,气脉流贯,如同一首歌谣,读来朗朗上口。

《雨中游天竺灵感观音院》写得平易而富有生活气息:

蚕欲老,麦半黄,前山后山雨浪浪。农夫辍耒女废筐,白衣仙人在高堂。

所以,清赵翼评李、杜、苏三家诗歌:"李诗如高云之游空,杜诗如乔岳之天,苏诗如流水之行地。"苏诗妙处在"在乎心地空明,自然流出,一似全不著力,而自然沁人心脾"①,评述甚为精当。

游览诗在苏诗中美学价值是较高的,有很多脍炙人口的作品。苏轼热爱大自然,热爱生活。"身行万里半天下"(《龟山》),"行遍天下意未阑"(《赠惠山僧惠表》),他一生喜爱登山临水,探奇访胜,妙景奇观,联翩不断地涌入诗人笔下。《望海楼晚景》写钱塘江潮的汹涌,《登州海市》写东海烟云之奇幻,《望湖楼醉书》、《有美堂暴雨》等,动景多于静景,造景多于写景,奇景多于常景,可以说是苏轼游览诗的显著特色。苏轼善于捕捉稍纵即逝的动景,给人一种流动感和力度感。"作诗火急追亡逋,清景一失后难摹"(《腊日游孤山访惠勤惠思二僧》),诗人乐于追蹑的正是这种刹那变幻的景观物象。诗人多游奇山异水,他用生花妙笔,穷形尽相地予以摹写,于是巫山的连峰

① 赵翼《瓯北诗话》,霍松林、胡主佑点校,人民文学出版社 1963 年 3 月版。

叠嶂，长江深夜的阴火，彭城急湍的奔洪，罗浮山奇绝的岩谷，惠州蒸腾的汤泉等，都在苏诗中投下奇妙的艺术影像。如“双溪汇九折，万马腾一鼓。奔雷溅玉雪，潭洞开水府。潜鳞有饥蛟，掉尾到渴虎。我来方醉后，濯足聊戏侮。回风卷飞雹，掠面过强弩”(《白水山佛迹岩》)，诗先写白水山溪的曲折迸泻，雪珠四溅，飞雹掠面，再以饥蛟、渴虎相衬，愈显水势的奇幻惊险。

苏轼游览诗新变的影响不仅在于艺术审美的建构，而且表现在引领宋诗个性化回归之路，他的游览诗，“扬其异而表其奇，略其同而取其独”①，往往注入浓情深致，使环境物象涂上创作主体的感情色调和个性风采，它由真切描摹客体的写景，变成了经由主观感情熔铸的造景，因此他的游览诗往往物我交融，写景与抒情密不可分，有着浓烈的个性意识。清代叶燮也很推崇这种“自有笔法”的做法，他认为：“游览诗切不可作应酬山水语，如一幅画图，名手各各自有笔法，不可错杂。又名山五岳，亦各各自有性情气象，不可移换。作诗者以此二种心法，默契神会，又须步步不可忘我是游山人，然后山水之性情气象、种种状貌变态影响，皆从我目所见、耳所听、足所履而出，是之谓游览。”(《原诗·外篇》)

苏轼反对道的严苛束缚，要求尊重个人的心理感受和情感需要，把艺术创作视为适性、任真的一种方式。“冲口出常言，法度去前执。人言非妙处，妙处在于是”(《诗颂》)。顺性情之自然，本于内心感受遣使创作，达到自然高妙的作文境地，这也就是苏轼“有所不极而会于极”、“有所不中而归于中”的顺的思想在审美创作上的具体运用，尊重个性，顺性为之。这样才能作出“天下之至言”(《进策五篇》)。

苏轼在其游览诗中常体现出一种“任性而乐”的情感气质，但其内涵与道学家所谓之“乐”有所不同。

道学家常津津乐道于颜回“安贫乐道”之乐，藉此宣扬人格与道德的力量。借颜回所乐阐发正心养性、尽心知性的内圣之学，强调自我的道德修炼。这种专心于心性之乐的自我体验与满足，实质是抑制了个性情感喷涌的虚幻的快乐。苏轼和韩、柳、欧、曾、王都不同，他放下了道统家的架子，走上了一条平易坦率，富有个性之路。苏轼越到晚年，捉刀磨笔，写诗作文，自觉走自己开辟之路，以自然而平淡的语言，抒写深刻而隽永的情味，他创造

① 朱庭珍《筱园诗话》卷一，《清诗话续编》，上海古籍出版社，1983年出版。

的富有生命力的新境界，实际上是他的人格和个性所决定的.

《题笔阵图》(《苏轼文集》卷六十九)云：

> 笔墨之迹，托于有形，有形则有弊。苟不至于无，而自乐于一时，聊寓其心，忘忧晚岁，则犹贤于博弈也。虽然，不假外物而有守于内者，圣贤之高致也，惟颜子得之。

"不假外物"而"守于内者"，"惟颜子得之"。圣贤之道可谓高处不胜寒，与常人之"自乐于一时"，"聊寓其心"相去甚远，东坡颇有调侃之意。

苏轼所说的"乐"，是在个性中自然流露出来的，没有一个先验的"道"存在。"任性而乐"，不必去苛求与某种外在的道的契合。捉刀磨笔，任个性自由流淌。任"性"之自然，通过"尽性"之方式可以达到物我合一的精神之快乐境地。

寻求一种"自得"的快乐，一种自由自在的心境，必须保持一份超然的、非功利的态度，这种态度必然要挣脱"道"的束缚，并且不为实在的物象所滞，循物之理，达观万物。

苏轼以为，写诗作文保持个性化，随物赋形，唯如此，才能尽意而乐。东坡自言："某平生无快意事，唯作文章。意之所到则笔力曲折，无不尽意，自谓世间乐事无逾于此。"苏轼《超然台记》言：

> 凡物皆有可观，苟有可观，皆有可乐，非必怪奇伟丽者也。餔糟啜醨，皆可以醉；果蔬草木，皆可以饱。

此话揭示出其游览文学的观乐之辩证关系。即"览"是"乐"的前提和关键，"乐"是"览"的结果。任何事物皆可成为"览"的对象和内涵。铺糟啜醨可醉，果蔬草木可饱，而不必"怪奇伟丽"，平常事物亦可纳入审美体验，引发美感观照，而产生美感之愉悦。无疑，苏轼扩展了游览文学之审美范畴，生活琐屑之事也可寄寓深刻情感。宋诗平民化生活化的特征体现，苏轼的游览诗即是最好佐证。

苏轼的游览诗，与李白的游览诗颇多类似之处。既境界清新，又飘逸潇洒，凸现个性风采。《登云龙山》诗云：

醉中走上黄茅冈，满冈乱石如群羊．冈头醉倒石作床，仰看白云天茫茫。歌声落谷秋风长，路人举首东南望，拍手大笑使君狂

气冲牛斗，酣畅淋漓，与李白诗“仰天大笑出门去，我辈岂是蓬篙人”“我本楚狂人。凤歌笑孔丘。手持绿玉杖。朝别黄鹤楼”中洒脱不羁与傲世独立的个性特征如出一辙。

三、苏轼游览诗的影响

整体而论，唐诗有较强的抒情功能，强调诗歌审美的功利主义原则，注重美学的经世致用功能，具有外拓型的审美价值取向。宋代诗歌重意尚趣，注重诗歌审美的个性体验，注重静观默得，在对审美对象的感悟中修心养性，是一种典型的内敛型审美取向。在这两种审美价值取向转化过程中，苏轼起了重要的津梁作用。

苏轼在记亭台、摹山水，写游兴中，往往驰骋想象，谛观万物，因物发端，即事明理，提出有关宇宙、人生、社会的诸种问题，从不同的角度思考，推演出醒迷警世的论断，闪耀着智慧的光彩。析苏轼众多游览诗，大都有类似如下的“结构模式”：

“登山”（“观水”）→“山水之美学体验”→“睹物兴情”→“感伤的情绪”或“豁达的人生智慧”

这种固定的结构模式，对宋以后的山水影响是颇为深远的。此外，游览诗中的“静以待物”与“顺性而为”的情感特质，对中国士人文化性格的养成，有着重要的影响。

苏轼政治上沉静而稳重的性格与其游览诗中流露出来的情感是一脉相承的。《苏氏易传》卷九云：“循万物之理，无往而不自得，谓之顺。”苏轼处静观动，应物而作，随缘放旷，不以别人的诋毁和好恶而或喜或悲，宁静而澹泊。这是苏轼思想中重要特质。这种特质在其游览诗中多有表现。如他游览东湖时有诗云：“泉源从高来，随流走涵涵。”（《东湖》）游西菩提寺时有“人生此乐须天付，莫遣儿曹取次知”句，“吾生眠食耳，一饱万想灭”（《游惠

山》），皆顺乎物理，静以待物之辞。游览诗是苏轼情感的真实流露。游览作为一种经常性的活动已经成为苏轼生活的一部分，他将“游览”与“生活”画上了等号。在“无所往而不乐”的游览态度下，他自觉或不自觉地把游览经验延伸到生活的各个层面上去。

苏轼游览诗中的个性化表现不可胜数，此不赘言。在他的影响下，宋代文学从道统化的边缘逐渐走向个性化的回归之路。一批个性特征鲜明的作家涌现出来，游览诗呈现出纷繁多姿的色彩。

这种个性化回归思潮对后世的影响是巨大的。苏轼作品（尤其是游览诗）的精神气质和个性特质感染着后人。明李卓吾言：“苏长公何如人！故其文章自然惊天动地。世人不知，只以文章称之，不知文章直彼余事耳。世未有其人不能卓立而能文章垂不朽者。……弟今尽数录出，间时一披阅，平生心事，宛然如见。”①他认为苏轼之不朽在于其人之不朽，他所选《坡仙集》十五卷，多为东坡个性独特风格别异之作，后竟成为公安三袁，竟陵钟、谭诸家学习范本。

苏轼游览诗开辟的平易坦率、富有个性和真情实感之路，闪耀着人性的光芒，沾溉着后人，为万世所景仰。他的游览诗，写羁旅乡愁，表达对现实的苦闷和对乡土的思念；写仕与隐，流露出入世与避世之矛盾，抒发现实关怀与作物外之想；写喜庆气氛与咏古抒怀，表现诙谐幽默，天真烂漫，童心不老的一面；此外，纯粹的山水美感体验，展示出作者运用语言文字的娴熟技法和奇特的想象，建构起宋诗的审美规范。

作者简介：高智，海南大学人文传播学院副教授，博士，主要研究中国古代山水文学。

---

① 李贽《焚书增补》二：《复焦弱侯》，中华书局1975年版。

“如梦”与“归心”深处的旷达

——谈苏东坡贬谪词

张 英

摘 要:以“旷达”言东坡词几成定论。东坡词“旷达”风格的形成虽然有天性的成分,但更重要的是他在人生的苦难中逐渐磨炼发展的结果,因此东坡贬谪词更能体现其旷达的词风。“人生如梦”在东坡词中多次出现,经过贬谪之后,东坡在看似颓靡的“如梦”的人生观中融入了豁达的心态;东坡有着很强的“归乡情结”,在欲归而不得的贬谪生涯中,他超越物质和精神上种种困境,达到了“心安处即吾乡”的境界。这两点是其贬谪词中旷达风格的明显表现。

关键词:苏东坡;贬谪词;旷达;如梦;归乡

以“旷达”言东坡词风已成定论,然“旷达”一词的含义究竟为何?司空图《二十四诗品》中第一次以“旷达”作为文学风格的一种类型,将之描述为:“生者百岁,相去几何。欢乐苦短,忧愁实多。何如尊酒,日往烟萝。花覆茅檐,疏雨相过。倒酒既尽,杖藜行歌。孰不有古,南山峨峨。”[①]“旷达”乃是建立在对生命短促和欢少愁多之认识的基础上,更确切地说,是建立在对人生种种苦难的体味之上,因此,东坡词中那些作于贬谪之后的作品更能体现出其词风“旷达”特点。另一方面,“旷达”虽有天性的成分,如吴梅先生曾说:“公天性豁达,襟抱开朗,虽境遇迍邅,而处之坦然。”然而却并非“即去国

---

① 司空图撰,杜黎均译评《二十四诗品译注评析》,北京出版社 1988 年版,第 177 页。

离乡，初无羁客迁人之感”①。相反，“羁客迁人之感”在东坡贬谪词中处处可见，正如苏轼自己所说：“处患难不戚戚，只是愚人无心肝尔，与鹿豕木石何异！”(《与赵晦之》)只不过，他最终能够超越这种常人的愁苦之情，而进入另一种随缘自适的境界。因此，东坡的贬谪词并非每一首都体现着其旷达的情怀，亦有着在人生的磨炼中逐渐发展的过程。本文将从其贬谪词中对“人生如梦”的体悟和其从“归乡情结”向“处处为乡”的转变这两个方面切入，探讨东坡贬谪词的特点。

一、“人生如梦”：寓豁达于颓靡当中

宋人周必大在《二老堂诗话》中说：“苏文忠公诗文，少重复者，惟人生如寄耳，十数处用，虽和陶诗亦及之。”②不仅是诗文当中，东坡词尤其是贬谪词中亦出现了很多“人生如梦”、“人生如寄”、“人生如逆旅”这类的句子。“博及群书，无不用之事，波澜浩渺，千变万化，复语绝少”③的东坡将“人生如梦”如此不厌其烦的重复，正因其一生坎坷的仕途经历使然。黄苏《蓼园词选》载沈际飞云：“东坡升沉去住，一生莫定，故开口说梦。”④“梦”有何特点？它来而无端，去而无理，变幻莫测，捉摸不定，不可真实的拥有，亦不堪努力追求，醒来时一切成空，诸象皆无。“如梦”的人生观，看似颓靡，但在苏东坡被贬的处境中，却又成为战胜苦难，自我镇定的一剂良药，因为它舍弃了对身外名利的追逐，以豁达的态度去看待人生，寻求生命中真正的自我。

东坡词中“人生如梦”的思想并不始于黄州之贬。熙宁年间苏轼因与王安石政见不合而自请外放任杭州通判之时，便已经有“君臣一梦，今古空名”之语(《行香子》)；元丰元年守徐州时登燕子楼作《永遇乐》，中有“古今一梦，何曾梦觉，但有旧欢新怨”这样的感慨；元丰二年赴湖州任，途经扬州平山堂作《西江月》，又叹及“休言万事转头空，未转头时是梦”。这些“如梦”之语固然也反映出离开朝廷出守外郡的苏轼心中的失意之情，语言也不可谓不警

① 吴梅《词学通论》，复旦大学出版社2005年版，第55页。

② 周必大《二老堂诗话》，见何文焕《历代诗话》，中华书局2004年版，第661页。

③ 周必大《平园续稿》，影印文渊阁《四库全书》本，台湾商务印书馆1986年版。

④ 黄苏《蓼园词评》，见唐圭璋《词话丛编》，中华书局1986年11月版，第3046页。

策，陈廷焯便评其“休言万事转头空，未转头时是梦”这一句“追进一层，唤醒痴愚不少”①，但仔细看来，这些“如梦”的感慨都因他人而发——或因隐士严光，或因名妓盼盼，或因恩师欧阳修，其中融入的个人身世之感并不多，更多的是文人凭古吊今时自然而然生发出的感慨，以及苏轼敏锐的感悟力和文学才华使然。待到遭遇黄州之贬后，经过从肉体到内心的磨砺，“人生如梦”才真正成为其发自肺腑深处的喟叹。

黄州之贬对于苏轼的重创，我们可以从其《卜算子》“缺月挂疏桐”中略见一二。俞文豹《吹剑录》评曰：“杜工部流离兵革中，更尝患苦，诗亦凄怆，《忆舍弟》、《孤雁》诗，其思深，其情苦，读之使人忧思感伤。东坡《卜算子》亦然。”②“凄怆”正是这首词的特点，词中表现出苏东坡当时“进退无处、悄然孤立、犹恐谗匿、谁其知我”（俞文豹语）的痛苦，而这不仅仅来自济世理想受挫的痛苦，更有着“乌台诗案”中大难不死的后怕。苏轼在御史台狱四个月的时间里，“既付狱吏，必欲置之死，锻炼久之，不决”③时所作诗中有“梦绕云山心似鹿，魂惊汤火命如鸡”之语，充满了对死亡的恐惧。若不是后来神宗“独怜之”，苏东坡性命几乎不保。

不过，类似这首词的境界在此后的词中却很少出现。经历了如同“孤鸿”一般的寂寞和在寂寞中的思索之后，苏东坡开始真正感叹自己的“人生如梦”了，元丰三年作于中秋时节的《西江月》，起首便是“世事一场大梦，人生几度秋凉”。胡仔《苕溪渔隐丛话》后集卷三中曾怀疑这首词是在通判杭州时所作，而《词林纪事》卷五引楼敬思语则反驳道：“公仕杭时……亦未知乌台诗案之患难也，何至有‘一场大梦’等语？”④确为的论，正是乌台诗案以及其所导致的黄州之贬才使得苏轼有了如此深刻的感喟。这首词仍然弥漫着凄怆之情，然把酒念远，已并非如《卜算子》那般幽冷得“不食人间烟火”。到元丰四年重九时所作的《南乡子》词，凄怆之情固未完全消退，但苏轼豁达的一面已然明显流露出来，起首“霜降水痕收，浅碧鳞鳞露远州”，景色描写

① 陈廷焯《白雨斋词话》卷六，见唐圭璋《词话丛编》，中华书局 1986 年版，第 3912 页。

② 俞文豹撰，张宗祥校订《吹剑录全编》，古典文学出版社 1957 年版，第 32 页。

③ 《苏辙集·栾城后集》卷二十二，《亡兄子瞻端明墓志铭》，中华书局 1990 年版，第 1115 页。

④ 张宗櫹《词林纪事》卷五，成都古籍出版社 1982 年版，第 130 页。

清远疏淡，词人心境也已平和自然。结尾“万事到头都是梦，休休。明日黄花蝶也愁”，则分明因人生如梦的思想而引发出珍惜今日欢乐之潇洒态度。而至元丰五年《念奴娇·赤壁怀古》，则以酣畅之笔墨、雄浑之气势将东坡的“如梦”词推向了高潮，遂成千古绝唱：

大江东去，浪淘尽、千古风流人物。故垒西边人道是，三国周郎赤壁。乱石穿空，惊涛拍岸，卷起千堆雪。江山如画，一时多少豪杰。

遥想公瑾当年，小乔初嫁了，雄姿英发。羽扇纶巾谈笑间，强虏灰飞烟灭。故国神游，多情应笑我，早生华发。人间如梦，一尊还酹江月。

这首词已成为苏东坡的标签，在北宋词坛一片莺莺燕燕之中，突然冒出关西大汉“大江东去”这粗犷悲壮的一声吼，真的是令天下人耳目为之一新！但是，太多人只沉醉于这一声大江东去，却没有细品后面“浪淘尽、千古风流人物”这扫荡古今归之虚空的词句。倒是清人黄苏在《蓼园词选》所作的评价颇为中肯：“题是怀古，意谓自己消磨壮心殆尽也。……题是赤壁，心实为己而发。周郎是宾，自己是主。借宾定主，寓主于宾。是主是宾，离奇变幻，细思方得其主意处。不可但诵其词，而不知其命意所在也。”①“奋励有当世志”的苏东坡，此时“消磨壮心殆尽”，神游赤壁之时，虽依然对雄姿英发、羽扇纶巾，家有绝代之娇妻，外有惊世之功业的风流人物周瑜追慕不已，然而无论是少年得志的周郎，还是“早生华发”的自己，亦都不免湮灭其中，既然“人生如梦”，那么何必苛求自己？这首词是苏东坡对自己“当世之志”放开手去的告白——“放手”不可能是彻底的，后来得从黄州量移汝州时，词中还有“老去君恩未报”之语（《满庭芳》），但却能够给此刻贬谪黄州的东坡以心理上莫大的安慰，从而更能够以随缘自适的态度面对困境中的生活。

《念奴娇》之后词中的“如梦”，凄怆情调已经不复出现，取而代之的是一片豁达开朗之情，如作于元丰五年重九的《醉蓬莱》，起首一个“笑”字，“笑劳生一梦”，生动地表现出苏轼对自己命运的自嘲而不以为意的态度。再如作于元丰六年暮秋的《十拍子》：

---

① 黄苏《蓼园词评》，见唐圭璋《词话丛编》，中华书局 1986 年版，第 3077 页。

白酒新开九酝，黄花已过重阳。身外傥来都似梦，醉里无何即是乡。东坡日月长。 玉粉旋烹茶乳，金齑新捣橙香。强染霜髭扶翠袖，莫道狂夫不解狂。狂夫老更狂。

饮酒赏花，烹茶捣橙，更有"翠袖"相扶，一派士大夫无事居家时的疏荡与雅致，几乎看不出贬谪中应有的悲伤之情，而这正是因为东坡不屑追求身外之"梦"，惟以当下欢乐为怀的自乐精神使然。

元祐年间，苏东坡重新被起用，然而旧党内部的种种纷争又使他无法自安于朝，屡屡外任。这时候的东坡，因为有过黄州时贬谪的心理基础，无复当初的迷茫无措，而是坦定自若的面对仕途上的起伏。元祐六年出知颍州时，作《渔家傲》词，中有"腰跨金鱼旌旆拥。将何用。只堪妆点浮生梦"之语，元祐八年哲宗即位前夕苏轼又出知定州，有《行香子》词："清夜无尘。月色如银。酒斟时、须满十分。浮名浮利，虚苦劳神。叹隙中驹，石中火，梦中身。 虽抱文章，开口谁亲。且陶陶、乐尽天真。几时归去，作个闲人。对一张琴，一壶酒，一溪云。"陈廷焯《词则·别调集》卷一中评价这首词云："看得破，说得透。恬淡中别具热肠，是真名士。"①"看破"，是苏东坡经由贬谪而生的"人生如梦"思想的中心所在，他看破的是那些"蜗角虚名，蝇头微利"，将之视为身外不值得为之烦恼的东西。看破以后的苏东坡并不颓靡无为，他爱惜自己的生命，珍惜当下的美好，将"如梦"的人生过得更加有滋有味，表现在词中，正是"旷达"风格的一个方面。

二、"归去来兮"：设吾乡于心安之处

苏东坡是一个有着很强的"思乡情结"的人，家乡的岷江水、峨眉山，无时无刻不让他魂牵梦萦。与此同时，他又很早就对倾向隐退的老庄思想深感兴趣，《宋史·苏轼传》中载其"既而读《庄子》，叹曰：'吾昔有见，口未能言，今见是书，得吾心矣。'"在苏轼心中，功成身退回乡闲居是他毕生一大愿望。苏辙《栾城集》卷七《逍遥堂会宿二首》序云"及壮，将宦游四方，读韦苏

---

① 陈廷焯《词则·别调集》卷一，上海古籍出版社1984年版，第584页。

州诗，至'安知风雨夜，复此对床眠'，恻然感之，乃相约早退，为闲居之乐"①。东坡的词中经常出现对家乡的思念，对归去的渴望。早在嘉祐八年二十八岁任凤翔府签判之时，便有"老去才都尽，归来计未成，求田问舍笑豪英"之语(《南歌子》)；熙宁四年通判杭州路过苏州，写有《减字木兰花》"一舸姑苏，便逐鸱夷去得无"；熙宁六年，又有《蝶恋花》"问我何年，真个成归计"，《醉落魄》"此生飘荡何时歇，家在西南，常作东南别"，《卜算子》"吴蜀风流自古同，归去应须早"，《浣溪沙》"卖剑买牛真欲老，乞浆得酒更何求"，《南乡子》"搔首赋归欤，自觉功名懒更疏"；赴密州途中作《醉落魄》"苍颜华发，故山归计何时决"，《醉落魄》"故山犹负平生约，西望峨嵋，长羡归飞鹤"；密州任上作《减字木兰花》"不如归去，二顷良田无觅处。归去来兮，待有良田是几时"，《水调歌头·和子由》"一旦功成名遂，准拟东还海道，扶病入西州"，《临江仙》"此身如传舍，何处是吾乡"；徐州任上作《永遇乐》"天涯倦客，山中归路，望断故园心眼"；在黄州时，则将陶渊明的《归去来兮辞》改为《哨遍》一词，《满庭芳》二首则又反复咏叹"归去来兮，吾归何处，万里家在岷峨"、"归去来兮，清溪无底，上有千仞嵯峨"；元祐五年出知杭州时作《鹊桥仙》"乘槎归去，成都何在，万里江涛汉漾"；元祐七年在颍州任上，作《满江红》怀子由："宦游处，青山白浪，万重千叠。孤负当年林下意，对床夜语听萧瑟。恨此生、长向离别中，添华发"……可以说，东坡词中的"归心"比比皆是。

然而，东坡一生几起几落，身如传舍，尤其在贬谪期间，身不由已地辗转于各处荒僻之地，最终也未能实现其归乡之梦。他曾在《题金山寺自画像》中说"心似已灰之木，身如不系之舟。问汝平生功业，黄州惠州儋州"。在漂泊异乡常为客的境遇之下，苏东坡却能够旷达乐观地战胜种种物质上和精神上的窘境，处处为乡，正如其《定风波》词中借柔奴之口所说的一样："此心安处是吾乡。"

在黄州期间，苏轼饱受贫穷、饥寒困扰。《送沈逵赴广南》诗中说"我谪黄冈四五年，孤舟出没烟波里。故人不复通问讯，疾病饥寒疑死矣。"在《答秦太虚》中他曾向秦观讲述了在黄州生活的真实情形："初到黄，廪如既绝，人口不少，私甚忧之。但痛自节俭，日用不得过百五十，每月朔便取四千五百钱，断为三十块，挂屋梁上，平旦用画叉挑取一块，既藏去叉。仍以大竹筒

① 《苏辙集·栾城集》卷七，中华书局 1990 年版，第 128 页。

别贮用不尽者，以待宾客。”因为物质上的贫乏，苏东坡不得不亲自躬耕，饱尝垦荒之艰辛。《东坡八首》自序中说：“余至黄州二年，日以困匮。故人马正卿哀余乏食，为余郡中请故地数十亩，使得躬耕于其中。地既久荒为茨棘瓦砾之场，而岁又大旱，垦辟之劳，筋力殆尽。”然而就在这种困境之下，苏轼却又很快与黄州的百姓打成一片，在与秦观的书信中不厌其烦地对黄州的风光、物产、人情娓娓道来：“所居对岸武昌，山水佳绝。有蜀人王生在邑中，往往为风涛所隔，不能即归，则王生能为杀鸡炊黍，至数日不厌。……”(《答秦太虚》)还作《猪肉颂》、《东坡羹颂》等大谈食物的做法吃法，在寻常琐碎的叙述当中，洋溢着词人对生活的热爱，仕途挫折给他心中带来的创伤就在这种“入乡随俗”之中渐渐平复了。《答李寺丞》中他曾说：“仆虽遭忧患狼狈，然譬如当初不及第，即诸事易了。”在《与赵晦之》中，苏轼更进一步把自己干脆当成了黄州人：“……某谪居既久，安土忘怀，一如本是黄州人，元不出仕而已。”其对故乡的思念也在他随遇而安的精神中得到了缓和：“临皋亭下不数十步，便是大江，其半是峨眉雪水，吾饮食沐浴皆取焉，何必归乡哉！”(《与范子蠡》)贬谪惠州时，客观的实际情况是“瘴疫横流，僵仆者不可胜计”、“旬浃之间，丧两女使”、“况味牢落”(《与林天和》)。然而苏轼却又很快将自己当成了惠州人，《与程正辅书》中说：“某睹近事，已绝北归之望。然心中甚安之。未说妙理达观，但譬如是惠州秀才，累举不第，有何不可！”《记游松风亭》文中苏轼还记叙了这样一件事：“余尝寓居惠州嘉祐寺，纵步松风亭下，足力疲乏，思欲就林止息。仰望亭宇尚在木末。意谓如何得到。良久忽曰：此间有什么歇不得处。由是心若挂钩之鱼，忽得解脱。若人悟此，虽两阵相接，鼓声如雷霆，进则死敌，退则死法，当恁么时，也不妨熟歇。”有了这种思想，苏轼真的是“无处不可安歇”了。最后贬谪儋州，地处天涯海角，环境之恶劣，生活之艰苦，又胜黄州、惠州远甚。“此间食无肉，病无药，居无室，出无友，冬无炭，夏无寒泉，然亦未易悉，大率皆无耳。”(《与程秀才》)初贬至此时，苏轼亦有惶惑之情，但又很快释然：“吾始至南海，环视天水无际。凄然伤之。曰：何时得出此岛耶？已而思之：天地在积水中，九州在大瀛海中，中国在小海中，有生孰不在岛者？覆盆水于地，芥浮于水，蚁附于芥，茫然不知所济。少焉，水涸，蚁即径去，见其泪出涕曰：几不复与子相见！岂知俯仰之间，有方轨八达之路乎？念此可为一笑。”(《在儋耳书》)三年的贬谪海岛生活过后，苏轼侥幸遇赦北归，居然已经对海南恋恋不舍，《别海南黎民表》中说:“我本海南民,寄生西蜀州。忽然跨海去,譬如事远游。”①海南是叶落归根,而遇赦北归,倒是忽然远游了。

东坡词中的“归乡”、“归隐”之心,固然已经表现出苏东坡不以名利萦怀的超逸之情,而他贬谪词中处处为乡、“无处不可安歇”的精神则更表现出东坡的旷达之气。在黄州苏轼开垦东坡之后,作《江神子》词:

梦中了了醉中醒。只渊明。是前生。走遍人间,依旧却躬耕。昨夜东坡春雨足,乌鹊喜,报新晴。　　雪堂西畔暗泉鸣。北山倾。小溪横。南望亭丘,孤秀耸曾城。都是斜川当日境,吾老矣,寄余龄。

词中以耕隐的陶渊明为榜样,将东坡垦荒之地比作陶渊明笔下的斜川,虽然不是自己的家乡,亦非功成身退,但苏轼对终老此地却没有任何苦恼,相反,东坡的晴雨变换,雪堂周围的溪山胜景,都让他心中充满了欢欣之情。再如著名的《西江月》一词:

照野弥弥浅浪,横空暧暧微霄。障泥未解玉骢骄,我欲醉眠芳草。可惜一溪风月,莫教踏碎琼瑶。解鞍欹枕绿杨桥,杜宇一声春晓。

根据词前小序,苏轼当时喝了点酒,乘着月色来到溪桥,枕着马鞍一觉睡到了天亮,醒来看见“乱山攒拥,流水铿然,疑非人世也”,于是作了这首词。在负罪被贬的情况下,能够有如此良好的睡眠,足以表现了他开阔旷达的心胸,而其对黄州山川风月的赏爱,处于人生低谷而毫不失却的雅兴,尤其让我们赞叹和敬佩。

在黄州生活了四年后,苏轼终于迎来了朝廷的量移之命,即将前往汝州的苏轼却已经对黄州恋恋不舍,《满庭芳》“归去来兮”便是一首“留别雪堂邻里二三子”之词:

归去来兮,吾归何处,万里家在岷峨。百年强半,来日苦无多。坐见黄州再闰,儿童尽、楚语吴歌。山中友,鸡豚社酒,相劝老东坡。

---

① 以上苏轼尺牍及文章见《苏轼文集》,中华书局1986年版。

云何。当此去,人生底事,来往如梭。待闲看,秋风洛水清波。好在堂前细柳,应念我、莫翦柔柯。仍传语,江南父老,时与晒渔蓑。

虽仍然念念不忘远在万里的岷峨之乡,然而在黄州住了这么久,家里的小孩子都已经习惯了当地的方言歌谣,自己更是在此交了无数诚挚纯朴的好朋友,怎能忍心与之相别?曾经在雪堂之下种植的柳树,想来自己走后乡亲们会因此念及东坡我,亦会不忍修剪它柔弱的枝条吧!临行时,苏轼还频频嘱咐乡亲要时不时为他翻晒一下自己打鱼用的蓑衣,在他心中,这仿佛已经成为他的家乡,说不定什么时候,自己还会"归来"呢!

苏东坡在惠州所作词并不多,值得注意的是两首"荔枝"词《减字木兰花·西湖食荔枝》、《南乡子·双荔枝》。荔枝乃是岭南之特产,白居易《荔枝图序》中说其"若离本枝,一日而色变,二日而香变,三日而味变,四日五日外色香味尽去矣"。苏轼被贬岭南正得以吃到新鲜荔枝,他对这种热带水果大感兴趣,这两首词虽然在内容和艺术上都平平,但却正表现出苏轼对此的满足和自乐。除了这两首荔枝词以外,苏轼在惠州所作的诗文中更是频频谈及荔枝,如《四月十一日初食荔枝》:"……垂黄缀紫烟雨里,特与荔枝为先驱。海山仙人绛罗襦,红纱中单白玉肤。不须更待妃子笑,风骨自是倾城姝……"《新年五首》:"荔子几时熟,花头今已繁。"《赠昙秀》:"留师笋蕨不足道,怅望荔枝何时丹。"《和陶归园田居》其五:"愿同荔枝社,长作鸡黍局。"此外还有我们最熟悉的一句诗:"日啖荔枝三百颗,不辞长作岭南人!"(《食荔枝二首》其二)只因这荔枝的美味,苏轼便将贬谪于此的愁苦一并消去,不惜永远留在岭南,真是个天真可爱的老者!

这份安土忘怀之心同样表现在他的海南词中。如作于元符二年的《减字木兰花·乙卯儋耳春词》:

春牛春杖,无限春风来海上。便丐春工。染得桃红似肉红。
春幡春胜,一阵春风吹酒醒。不似天涯,卷起杨花似雪花。

全词用了七个"春"字,语句虽平淡,但却透露着对春天来临的无限欢欣。无论是海北天南,春天的到来都是一样的让人充满信心和希望!

再如《减字木兰花·以大琉璃杯劝王仲翁》:

海南奇宝，铸出团团如栲栳。曾到昆仑，乞得山头玉女盆。　绛州王老。百岁痴玩推不倒。海口如门，一派黄流已电奔。

词人对作为“海南奇宝”的大琉璃杯之好奇心，以及两位老人相对酌饮时的痴顽之态，跃然于纸上。此时经历过无数沧桑的东坡老人，已然返璞归真，用一种孩童般的玩兴看待身边的一切，亦如孩童般容易满足。

以上我们从两个方面分析了苏东坡贬谪词的特点，当然，作为千载文人心目中的偶像，苏东坡的魅力是说不尽的，尤其是他在贬谪生涯中创作的文学作品，永远激励着我们珍惜生活，正视苦难。可以说，没有贬谪，就没有历史上这个光芒四射的苏东坡；没有贬谪，就没有今天文学史上嬉笑怒骂皆成文章的泰斗，更没有词史上“使人登高望远，举首高歌，逸怀浩气超然乎尘垢之外”①的东坡词。

作者简介：张英，女，汉族，吉林省柳河县人，常熟理工学院讲师，文学博士，方向为唐宋词研究。

---

① 胡寅《酒边词序》，见金启华等编《唐宋词集序跋汇编》，江苏教育出版社 1990 年版，第 117 页。

白玉蟾与庐山

胡迎建

摘　要: 南宋著名道士白玉蟾,嘉定十一年来游庐山,寓居太平兴国宫。本文考证了其来山时的年龄,从事的道教活动,分析其为寺院修造所作文章。他往来庐山间,行踪所至,妙笔生花。以游名瀑、名寺、名观为多,诗笔清畅轻婉,无宋诗句法之奇崛与好发议论之习。然看似容易却艰辛,其艺术成就与其学问、道法、才气有关,但主要还是来自刻苦磨砺。其诗可证:"学诗有似学仙难,炼句难于学炼丹。"(《赠诗仙》)

关键词: 白玉蟾;庐山;诗

南宋后期,一个诗歌的精灵,栖居庐山,翩跹于峰谷瀑泉,以生花妙笔写下了一篇篇绚丽诗篇,再现庐山雄丽而又幽隽、峭秀而又神奇的风韵。这就是道士白玉蟾。

白玉蟾(1134?—1229),一名葛长庚,字紫清,号海琼子。生于海南琼州,在武夷山师事道士陈楠学内丹。后游历罗浮、龙虎、天台山以及江淮一带。嘉定十一年(1218)春自泰兴往庐山。途中作《泛舟黄桥归庐山》诗云:

> 清风为我送归船,数粒青松起薄烟。帆影惊飞秋水雁,橹声搅断夕阳蝉。几人家在溪头岸,一片云生水底天。满眼良朋无好酒,此心已挂九江边。

"风送我",诗人赋予"清风"以主观意愿。风送帆轻,橹声咿哑,岸边人家,水中云天,一片静中有动的和谐画面。诗中充满了对庐山的向往之情。

磅礴蜿蜒的庐山,雄峙于长江南岸。丹崖翠壑,飞瀑流泉。其得名与道教有关。相传周朝匡续隐居此山,升仙去后唯庐存,即以庐为名。白玉蟾《授墨堂记》称赞庐山为道教的洞天福地:“庐山盖仙灵咏真洞天、虎溪福地也。尝闻之晋钟离权栖隐于山中,唐吕洞宾过山中,遇钟离,获刀圭之传,后与之俱仙矣。”①

白玉蟾来到庐山后,寓居太平兴国宫。唐开元年间,玄宗敕建九天使者庙于庐山北麓,宋徽宗诏升为太平兴国宫,极为兴盛。桑乔《庐山志疏》说:“熙宁中,又置祠官以寓禄。当是时,道士常及数千人。崇轩华构,弥山架壑,废而又新。”②白玉蟾在此炼丹修道,为弟子陈守默、陈如约、陈致和、张知常、詹继瑞传授丹经。弟子们以“所得吾师《金丹捷经》一篇、《钩锁连环径》一卷及《庐山快活歌》一章刊行于世,总而名之《传道集》”。他还应邀为太平兴国宫作有《授墨堂记》,记载“道流以刀剜土沥酒,漱津和之成墨”的神奇事,此事载《太平宫志》,录入《庐山志》中③。还作有《庐山养正先生黄君仙游碑》。两文均收录于康熙版《庐山志》。

三月十五日,作书寄其大弟子彭耜以告近况,信中说:“鄙人今春水陆二千余里,寻隐庐山,幸而四大轻爽,凡事亦随顺,但花晨月夕,杯酒炉香,颇为我南中诸友感怀也,而于老友又甚酸心焉。”

《快活歌二首》疑即《庐山快活歌》,诗中说:“大道三十有二传,传到天台有悟真。四传复至白玉蟾,眼空四海嗟无人。偶遇太平兴国宫,白发道士其姓陈。半生立志学铅汞,万水千山徒苦辛。一朝邂逅庐山下,摆手笑出人间尘。翠阁对床风雨夜,授以丹法使还元。人生何似一杯酒,人生何似一盏灯。蓬莱方丈在何处?青云白鹤欲归去。快活快活真快活,为君说此末后句。”诗中提到在太平宫相遇的陈姓道士,得其传授炼丹法。

这里涉及到白玉蟾来庐山时的年纪。关于其生年,史籍有两种记载。一是白玉蟾大弟子彭耜所作《海琼玉蟾先生事实》,谓生于绍熙五年,其文

---

① 康熙版《庐山志》卷十一,第 334 页

② 毛德琦撰康熙《庐山志》卷十一,星子县政协文史资料研究委员会印,1991 年,第 332 页。

③ 吴宗慈撰、胡迎建校注《庐山志》“纲之二·山川胜迹·山北第二路”,江西人民出版社 1996 年版,第 98 页。

云："时大父有兴董教琼琯，是生于琼，盖绍熙甲寅(1194)三月十五日也。"二是清人彭竹林撰《神仙通鉴白真人事迹三条》，该文云："父振业，于绍兴甲寅岁(1134)三月十五日，梦道者以玉蟾蜍授之，是夕产子，母即玉蟾名之以应梦。"[①]四川大学曾召南副教授《白玉蟾生卒及事迹考略》一文认为前种记载正确，但成有子在《白玉蟾评传》中驳斥前种说法，因按此说，白玉蟾仅活35岁，但就其生平来说，16岁离家出走；从师陈楠9年；在武夷山止止庵主持6年，相加31年。期间又历经多年，活动期远大于35年。所以他认为绍兴甲寅四年之说可靠一些。我为这种观点找到佐证，致彭耜信落款为"琼山老人白某谨书"，不可能二十三岁就称自己为"老人"，称人为"老友"。所以白玉蟾来游庐山时可能已过八十岁。正由于有这样的高年，才有云游多年的艰辛体验。其《云游歌》写其悲怆之情："说着这般滋味苦，教人怎不鼻头酸。""江之东西湖南北，浙之左右接西蜀。广闽淮海数万里，千山万水空碌碌。云游不觉已多年。道友笑我何风颠。"

白玉蟾还为附近佛寺写过《福海院记》。开始即说："天下最胜福地曰庐山，距浔阳以南，山前后庵岩三百六十，其尤胜者今福海也。"然后介绍福溪庵始建于梁、唐改为福海院的过程，宋靖康间至绍兴间先后住持情况。着重叙述僧志勤重建此院，描写宫殿重建而整治一新："罄囊竭技，择材运甓，刻拱雕甍，月斧交飞，星槌竞举。丹青粉垩，中外一新。今焉佛有殿，僧有堂，行有寮，客有省，爨有厨，粥有鱼，斋有鼓，茶有板，警有钟，坐有轩，寝有室，储积有库，粟麦有仓，举动经行，各得其所，周载落成，俨然一化乐天宫也。"杂用骈俪四字句，与排比三字句，传达出欢乐情绪。最后描绘周围的环境：

> 院之居，林峦环抱，松竹周遭，状若鸾翔，形如燕处；院之左，则有月轮云顶，罗汉祥云，翠巘千重，峨峰万叠。是真法窟，如幻龙宫；院之右，则有碣石之门，锦绣之谷。茶香山绿，花媚草灵。河伯飞轮，文殊现相。天池圣灯万颗，呈祥为瑞。屋头妙音，窣堵七层，倒影分形。水底锦云密布，彩雾轻舒。居其前，则有崇冈一七里，岿嶔二九峰。龙侯虎溪，连珠东西。大林映带，面乎淮甸，背彼铁船。万壑风清，千岩月皎。野猿献果，仙鸟衔花。桂子飘香，木奴灿彩。烟霞不老，水石长秋。

---

① 均见萧天石编《道藏精华》第十集之二上。

这一段骈文将左右远近形势交待得历历清楚。周围环抱林峦松竹，有如鸾翔燕处之势。是真正的法窟，幻觉中的龙宫。花呈明媚，草有灵性。河伯转其轮，文殊现其相。远处山上天池寺的圣灯佛光呈现出祥瑞。近处有七层佛塔。前有崇冈岿嵚。虎溪连接东林、西林寺。山上的大林寺，面向淮甸，背靠铁船峰。此文典雅华丽，对庐山充满了挚爱之情。还有《题福海院》诗云：

> 庐阜新兰若，龙天古道肠。殿妆金彩焕，佛放白毫光。竹长真如翠，花开般若香。禅波风浩浩，慈阴日穰穰。鼻祖共毫老，中兴乃谷堂。僧勤今继志，万载一炉香。

此诗可谓《福海院记》的缩写，写到此院修治一新，佛殿金碧辉煌，佛身放射白光。“竹长真如翠”两句出自《祖庭事苑》：“道生法师说：无情亦有佛性。乃云：青青翠竹，尽是真如。郁郁黄花，无非般若。”白玉蟾对佛、道两家毫无门户之见，精通两家典籍，作文写诗，信手拈来，皆成妙谛。

玉蟾遍历庐山，《庐山志》载他“往来庐山间，山南北皆有题咏，而以太平宫为多”①。

白居易谪居江州，作千古绝唱《琵琶行》。四百年后，白玉蟾来到琵琶亭，也满怀伤感而作同名《琵琶行》，韵随意转，共 86 句七言歌行。诗的起头将背景置于广阔时空中：“长江浩浩送千古，江流不断鱼龙舞。芦花荻花愁暮云，天风吹我客湓浦。冰魂雪魄挽不回，涛山浪屋空崔嵬。樯乌惊起水鸥睡，绕船明月夜徘徊。”同样环境，只是来人不同，点出我来作客于此。缅怀当年月夜白居易在此：“江上黄昏月黯黯。”遇到怨女独守孤舟，手抚琵琶，其音“凛如猿咽梧桐晚，款若莺啼春昼暖。鹍弦转处如胡笳，宫调弹时若羌管”，以“猿咽”、“莺啼”、“胡笳”、“羌管”喻其琵琶声。两人倾情交谈，“诉尽平生云雨心，尽是春花秋月语”。更代琵琶女立言：“今嫁商人岂妾意。”于是“居士悲乐似此妇，此妇激发居士情”，最后哀叹“居士还朝此妇死，琵琶古声今已矣”，而今“星霜磨老香山句，香山骨冷今如霜”。然后写到长江，以照应起句：“长江不管愁人恨，泪与江波还共流”、“琵琶无声万艇横，留得庐山遮

① 毛德琦撰、康熙版《庐山志》卷十一，第 334 页。

醉眼。”他认白居易为同宗先祖，自称九代世孙：“呜呼我祖唐少傅”、“我来适是九世孙。”后在《种桃斋写神赞》中又说：“南海琼山子，香山居士孙”、“偶过庐山之下，痛饮蟾溪之滨。”如此说来，很可能他的本名即白玉蟾，而葛长庚是他为道士时的名字。

太平宫附近谷地名莲花洞，周围有莲花峰，清虚观在其下。据吴宗慈《庐山志》载：南宋“高宗诏筑室于此，以居清虚道人皇甫坦，御书‘清虚庵’额及绘皇甫坦像”，“清虚观后有神泉。初，道众苦水远，坦使人斸庵侧地，应手泉涌。德寿闻，为大书‘神泉’二字赐之，坦镌之石，亭于其上，曰‘神泉’”①。张淏《云谷杂记》将神泉出现系于宋光宗的功劳。光宗在东宫时曾问皇甫履，山中缺什么。他回答说：“山中无阙，但去水差远，汲取颇劳。”光宗书“神泉”二字送他，说：“持归随意凿一泉。”“履归于庵，侧穿小井，方施畚锸而泉已涌。”此记将皇甫坦记作皇甫履，故吴宗慈《庐山志》云：“事同名异，待考。”②大词家张孝祥，号紫微，于湖人，其《清虚观》诗中云：“神泉通玉海，帝画丽奎躔。”可证皇帝赐字并赐皇甫坦画像。画像有可能出自宫廷画家之手，这是清虚观的极大荣耀。白玉蟾作有《和张紫微韵题清虚庵》一诗云：

鸡犬声村市，烟霞古洞天。晨坛凝玉露，夜井浸珠躔。凤翼团宸画，龟趺负古镌。于湖诗去后，今昔几千篇。

描绘此地幽静环境，附近村落鸡犬之声相闻。“晨坛”、“夜井”即指观中礼斗坛与神泉井。也提及皇帝“宸画”。还有《赠坦庵告别》诗云：

杖头挑起一天云，政是梅花十月春。猿叫千山风势恶，雪迷万里雨声频。今朝瓢笠游方外，旧处烟霞失主人。好去著鞭行所得，他时相见话头新。

① 吴宗慈撰、胡迎建校注《庐山志》“纲之二·山川胜迹·山北第三路”，江西人民出版社1996年版，第172页。

② 《庐山志》“纲之二·山川胜迹·山北第三路”，江西人民出版社1996年版，第172页。

皇甫坦告别此庵，将云游他乡。白玉蟾以诗送之，“杖头挑云”，写其风神大似。“十月”正是农历初冬，前方险恶不可不知：“风势恶”、“雨声频”，可惜此处烟霞则失去了往日的主人。但他安慰说，著鞭前行，定有所得，盼望他日相逢，更有新的话头。

庐山东有三叠泉，源出大月山下，由五老峰背往北崖口悬注大磐石上。上级如飘云拖练；中级如碎玉摧冰；下级如玉龙走潭，散珠喷雪。此瀑隐在深涧，发现较晚，张世南《游宦纪闻》言绍熙间发现此瀑。朱熹在南康军，未知有此瀑。后至闽，有人告之在庐山发现新泉。他叹惋：“新泉之胜，闻之爽然自失。”(《与黄商伯书》)白玉蟾是幸运的，在朱熹离庐山三十年后来此，作《三叠泉》诗。从现存《庐山志》看，是咏此泉的最早一首诗。诗云：

> 缘溪深入桃花坞，紫霞隐隐幽禽语。九层峭壁划青空，三级鸣泉飞暮雨。落日衔山红影湿，冷云抱石苍崖古。激回涧底散冰花，喷上松梢飘雪缕。点点溅湿嫦娥衣，潭潭下有扶桑府。朝来似展朝天带，夜半如闻捣药杵。寒入山谷吼千雷，派出银河轰万古。广寒殿下银蟾飞，水晶宫中玉龙舞。琼英斧碎非月老，瀑布天成非织女。初疑鱼鳖谒龙门，复恐星辰会牛渚。欲寻当下点额蛟，但见天上拖肠鼠。溶溶浸此一潭霜，滴滴结冻千岁乳。月照神珠洒翠鳞，风吹天粟沾苍虎。瑶虹界碧翻地轴，铁马盘涡卷天宇。谷草凝烟色净明，野猿悲露声清苦。绿苔锁径阻清游，白鹤凌霄唤冲举。当时此地蔡寻真，青鸾一去知何许？锦阁凭空银海寒，宸书丽天丹凤翥。竹炉烧起紫旃檀，古琴鸣咽叶中吕。曲罢萧萧天籁动，长啸一声朝帝所。

“九层峭壁”言九叠屏，“三级鸣泉”即点题。然后展开铺张手法：以冬季才有的“冰花”、“雪缕”喻中下级瀑之飞散状，复用“嫦娥衣”、“朝天带”等喻上级瀑流飘举状，写景逼真。以“捣药声”、“千雷响”比喻瀑声，以“广寒殿”、“水晶宫”、“龙门”、“牛渚”等神话故事比喻此间胜境，还以“点额蛟”、“拖肠鼠”、“铁马”等动物喻瀑布或汹涌、或飘曳、或奔腾之状，博喻络绎，联想丰富。随物赋形，穷形极相，更以“落日”、“冷云”、“月照”、“风吹”写其氛围，以“谷草凝烟”净明之色、“野猿悲露”清苦之声以烘托。设色瑰丽多彩，如“瑶虹、“绿苔、“白鹤、“锦阁“、“青鸾、“紫旃檀”等。运用众多叠词，音韵铿锵，声情并茂。最后转写古迹人文。“当时此地蔡寻真”，即言唐“侍郎蔡某女，幼与李腾空入庐山，蔡居咏真洞天九叠屏南，李居九叠屏北，并以丹药符箓救人疾苦。”①蔡寻真也许乘青鸾而去，但此地还留有一栋锦阁，上有宸书如丹凤之翥。他在炉中点燃旃檀，弹抚古琴。曲罢，只听得天籁萧萧之音，于是仰天长啸，声震岩壑。此诗如时而激昂、时而舒缓的高山流水曲，又宛若“高士寻瀑抚琴图”。

五老峰西南有唐开元间道士刘混成所建白鹤观。陈舜俞说：“庐山峰峦之奇秀，岩壑之深邃，林泉之茂美，为江南第一，此观复为庐山第一。”②白玉蟾《白鹤观》诗云：

琅庭珍馆亦何清，四壁如银窗更明。雨余草色欺苔色，风送松声杂涧声。芍药花开今四月，杜鹃啼恨到三更。我来暂息白鹤观，忆着故人刘混成。松殿空遗金凤舞，芝田不见铁牛耕。云迷古洞虎狼吼，烟锁平林鸟雀惊。日暮山屏增紫翠，晓来天籁自箫笙。杖头挑月过山北，要趁如今几日晴。

入住观中的“琅庭珍馆”，建筑尚称华丽，只是过于凄清；从“四壁如银窗更明”来看，当是月夜所作。一片萧瑟，云迷古洞，烟锁平林，惟闻虎狼吼谷，鸟雀惊心。傍晚落日，映照山色紫翠，早晨醒来，天籁之风声、鸟声，有如箫笙之音。末两句交待其行踪，尚要趁几日天晴，抓紧时间游览山北。

白鹿洞书院南有罗汉寺，北宋咸平间广济禅师建。白玉蟾游此而作《罗汉寺》诗云：

林闲一径似惊蛇，中有禅关闭紫霞。烟锁花松遮寺额，风摇翠竹撼檐牙。客来寂寞盘香穗，饭罢从容瀹茗花。到此徘徊归去晚，夕阳挂树几声鸦。

---

① 《庐山志》“纲之二·山川胜迹·山南第一路”，江西人民出版社 1996 年版，第239 页。

② 《庐山志》“纲之二·山川胜迹·山南第二路”，江西人民出版社 1996 年版，第255 页。

走过蛇曲般的林中小径，即见此寺。第二联写掩映在松竹之中的寺殿，第三联写他在此寺的盘桓，餐香饭，品茗茶，徘徊而别，已是夕阳挂树，乌鸦凄唳。

罗汉寺前玉涧桥，始建于北宋，至今犹存此桥。白玉蟾《玉涧桥》诗云：

> 长虹饮玉涧，飞下苍松湾。高僧一指呼，蜿蜒依青山。涧底绿水寒，倒影卧波间。行人此驻锡，直透赵州关。

瀑如长虹，飞入玉涧。一桥倒影，有如卧于绿波之间。状山涧之景，极为生动活泼。末句用禅宗有名公案。赵州关在建昌（今永修县）云居山真如寺山门前，唐代赵州和尚访云居谒高僧，年八十余犹未悟，向师告别，师云往山门处参悟。赵州和尚在山门外又修行多年顿悟。白氏用此故事说明行人到此桥而悟道。

陆修静简寂观在庐山南金鸡峰下。陆氏在南朝宋大明间在此建太虚观。完备道教斋戒仪式，创南天师道，编《云笈七签》。宋明帝诏至建业，逝后封“丹阳真人”，谥“简寂”，此后太虚观改名简寂观。白玉蟾有《游简寂观》诗云：

> 手把武夷竹，江山满吾目。落花称意红，芳草无心绿。双涧泻翠璃，群山断苍玉。青林隐成帷，碧洞深如屋。烟锁花间猿，雨惊岩下鹿。药炉埋白云，丹井浸枯木。虎岫耸锦屏，龙湫喷银粟。晋人陆修静，于此曾卜筑。饥则饵嫩松，寒则披老槲。惠远同种莲，渊明共采菊。当年学阿弥，飞神到天竺。旧有晒药台，荆棘蔽幽谷。旧有朝元石，雾霭笼飞瀑。园桃晓猿攀，庭柏夜鹤宿。何人建琳宫，先生留宝躅。铁板时敲茶，铜钟晓唤粥。冠褐霭锵锵，车马来仆仆……

拄杖而行，好景目不暇接。移情于物，则“落花称意”，“芳草无心”。“双涧”句言观后两瀑，黎崱《纪游集》云：“东瀑自远奔注，激石若雷；西瀑悬岩倾泻，散珠喷玉。”[①]“药炉”两句言此地文物萧瑟。诗人缅怀陆修静当年在此饵嫩松，披老槲，与慧远种莲，与陶渊明采菊。而今他来此饮茶餐粥，深夜观星斗。以陆子激励志节，欲骑黄鹄升仙而去。

康王谷在庐山西南，谷中有源自汉阳峰的谷帘泉，湍怒喷涌，散落纷纭数十百缕，斑布如谷米激溅，悬注三百五十余丈。陆羽《茶经》品此为天下第一泉。白玉蟾来此有《谷帘下二首》绝句：

紫岩素瀑展长霓，草木幽深雾雨凄。竹里一蝉闻竹外，溪东双鹭过溪西。步入青红紫翠间，仙翁朝斗有遗坛。竹梢露重昼犹湿，松里云深夏亦寒。

岩紫瀑白，林深雨凄，仿佛淡雅色泽的山水画，寥寥数笔，轻灵简炼，濡染水墨之中，生动传神地勾勒出幽夐的仙境。每首绝句的后两句均以对仗作结。

谷帘泉下有景德观，南朝梁大同年间“道士张施深学老子术，栖谷中。武帝嘉之为立观，宋赐今名。”[②]白玉蟾有《景德观枕流》诗写此境：

寒泉泻破青山腹，青山不改寒泉绿。幽人一种泉石心，倚溪看此数椽屋。窗外飘喷万斛珠，枕边玲珑一片玉。山间金龙啸欲飞，涧底银蟾清可掬。敲磬愁惊晓鹭眠，停经坐看昏鸦浴。香浮茗雪滋肺腑，响入松涛震崖谷。清净耳观绝弦琴，广长舌相无生曲。客来坐此亦忘归，溪南溪北千竿竹。

寒瀑从青山腹中破决而出。幽人倚溪而观：屋窗外，瀑如万斛之珠飘喷而下。日照飞瀑，如金龙晃耀；月映寒涧，如银蟾沉静。清晨，道人敲着磬石，清冷之音惊醒了鹭鸶的睡眠。停经而坐观昏鸦浴于水旁。啜香茶滋润肺腑，听瀑音响震崖谷。不闻弦琴之声，惟闻溪流潺潺。诗中“广长舌”用佛

① 毛德琦撰、康熙《庐山志》卷四，星子县政协文史资料研究委员会印，1991 年，第 144 页。

② 《庐山志》“山川胜迹 · 山南第七路”，江西人民出版社 1996 年版，第 392 页。

典。佛舌广而长。《大智度论》卷八云："是时佛出广长舌，覆面上至发际。语婆罗门言：'汝见经书颇有如此舌人而作妄语不？'"此言溪声如广长舌说法。化自苏东坡《赠东林总长老》诗："溪声便是广长舌。"得此佳境，宜其有泉石之心而忘归。

东林寺与西林寺在庐山西北，慧远在此创净土宗，结莲社。白玉蟾来此瞻拜佛教净土有《白莲诗》云：

> 渊明归西天，不作东林社。不见张昌宗，无人举此话。谁家栽绿荷，薰风漾碧波。波底水晶空，化出玉姮娥。嫣然冷无语，冰肌卧晓雨。东君如夏日，此花不受暑。一点天然香，随风入画堂。折之置坐隅，窈窕弄玉郎。忽然心绪变，如睹佳人面。寄语明月楼，莫贮双飞燕。

陶渊明不肯入莲社的故事。据《庐阜杂记》云："远法师结莲社，以书招渊明。渊明曰：'弟子性嗜酒，法师许饮，即往矣。'远公许之，遂造焉。因勉以入社，渊明攒眉而去。"慧远法师希望他入莲社，允许破例在佛门饮酒。但渊明到后攒眉而别。张昌宗，唐定州人，行六。美姿容，人称"难得莲花似六郎"。神功元年，与其兄张易之同入侍宫，为武则天男宠。诗人卑视张昌宗，所以说无人再谈什么"莲花似六郎"了。在他眼中，莲花之形，恍若嫦娥，又如佳人面容。"嫣然冷无语，冰肌卧晓雨"，化自姜夔《念奴娇·闹红一舸》："嫣然摇动，冷香飞上诗句。"苏东坡《洞仙歌》："冰肌玉骨，自清凉无汗。""不受暑"三字化自杜甫《陪李北海宴历下亭》："修竹不受暑。"

东林寺不远处有西林寺。白玉蟾月夜来游，有《戴月游西林》诗云：

> 悄然无人声，但有一杯月。谁家鸣乳尨，万籁静不发。苍须指前路，满地铺翠樾。清露滴秋衾，夜气飞霞屑。遥岑有无中，烟渺天空阔。剑光冲斗牛，长啸苍崖裂。山行二三里，诗肠思酒渴。冷云曳山腰，暗水洗石骨。勒马过断桥，枯木冻欲折。枝头惊乌鹊，草根鸣蟋蟀。试问夜如何，孤猿啼不歇。柴门自推敲，残灯更明灭。回首古招提，地僻居穷发。红裳照轻幢，紫殿闭锁闼。题名墨未干，壁上龙蛇活。秉烛出云房，古径苍苔滑。归来倦拂床，联句斗击钵。老苍拥地炉，坐把寒灰拨。

黄鸡啼四更，惊破梅花雪。

寂静月夜，他穿越满地的翠樾，前往西林寺，但见山腰拖曳着冷云，暗水洗涤着石骨。经断桥，惊动枝头乌鹊，草根蟋蟀在鸣唱。推开柴门，唯残灯明灭。红裳映照着木幢，紫殿锁上大门。墙壁上还有人题名，恍见壁上笔走龙蛇。回到居所，与同伴联句作诗。围炉而坐，拨灰取暖，直至鸡啼四更。这首诗全写游程，令人如临其境。

其时还有《西林入室歌》，以谈佛教、道教教义与故事为主："有一明珠光烁烁，照破三千大千国。观音菩萨正定心，释迦如来大圆觉……杜宇声随晓雨啼，海棠夜听东风落。"重在议论，而又如白话诗般通俗。末两句写景而蕴景趣。

白氏还有《游山》诗云：

庐山山下倒芳樽，八九人家烟水村。千尺云崖春上藓，几重月树夜啼猿。人骑黄鹤去不返，草没丹炉今尚存。携子高歌醉归去，一溪寒碧绕山根。

他曾寻觅仙人骑鹤的踪迹，唯见炼丹炉掩没在草丛中。而今将携侣告归，内心必有几许眷恋与惆怅。

他游庐山时还拜访过僧万庵，有《呈万庵十章·参同》诗云：

道人家在海之南，来访庐山老万庵。露柱灯笼同请举，僧堂佛殿总和南。山河大地自群动，蠢动含灵共一龛。齑瓮里鱼淹未死，此香炷向活瞿昙。

"道人"是白玉蟾自谓，海之南言其故乡，即今海南。颔联言僧堂佛殿的布置。末联"齑瓮"言僧道清苦生活，"活瞿昙"犹言活佛，指万庵禅师，表达了他对高僧的敬崇之意。

白氏庐山诗以游名瀑、名寺、名观为多。诗笔清畅而不乏藻彩，轻婉而不乏景趣，但觉清空一气，气脉斡转自如，无宋诗句法之奇崛与好发议论之习，可谓独树一帜。其中用排律甚多。排律在唐人如杜甫也不常用，以其易板滞受拘束而气机不畅，而他写来却举重若轻，流丽自如。看似容易却艰辛，他自言学诗之难有如学仙。诗云："学诗有似学仙难，炼句难于学炼丹。换骨脱胎君有诀，炷香特特扣诗坛。"（《赠诗仙》）其实他的艺术成就固然与其学问、道法、才气有关，但更主要的还是来自他的刻苦磨砺。笔者希望这位道士诗人被写入"中国诗史"中。

作者简介：胡迎建，江西省社会科学院首席研究员，首都师大中国诗歌研究中心特约研究员，华东交大文学院硕士导师。

论白玉蟾的乐府诗创作

刘　亮

摘　要：白玉蟾是一个道士，但更是一个诗人、文学家。白玉蟾共有旧题乐府诗42首，使用过14个乐府旧题，其选用的《妾薄命》等五题皆上追晋宋而有古意；另外白玉蟾一共自制了33个乐府诗题，作品数量多达86首。从思想内容的角度来说，主要包括对前代同题乐府诗的模仿与追步、师友之间的交际应酬、"自传"式的介绍自己生平经历及游历活动、对于炼气炼丹等道教活动的记述及对于道教思想理念的阐述、游仙、写自然山水田园景物之美及展现遁世隐居生活的乐趣、表现作为一个普通人所有的感伤哀怨情绪等七个方面。从艺术成就上看，白玉蟾乐府诗继承了发展了传统乐府诗中的叙事表现手法，形成质朴通俗的叙事效果；其古体乐府诗在风格上以学习李白豪放飘逸的诗风为主，同时兼采苏轼、杜甫等诸家之长；其绝句体乐府诗继承了杨万里"诚斋体"活法诗的特点，写景真切，生动活泼，读起来给人以轻松风趣之感。

关键词：白玉蟾，乐府，诗歌

白玉蟾，原名葛长庚，祖籍福建闽清，出生于琼州（今海南），是南宋后期著名的道士、文学家。根据笔者考证，其生卒年分别为1153年前后及1243年前后（见拙作《白玉蟾生卒年新证》，《文学遗产》2013年第3期）。除了继承南宗四祖陈楠的衣钵，在道教史上影响深远外，其文学创作也非常丰富，具有很高的研究价值。然而，在已有的白玉蟾研究中，绝大多数学者还主要是从道教这个角度切入，主要开展对其生卒年的考证、对其道教思想的研究等，其文学创作却一直没有成为学界关注的重点。已经发表的一些研究白玉蟾文学的论文包括詹石窗《诗成造化寂无声——武夷散人白玉蟾诗歌与艮背修行观略论》（《宗教学研究》1997年第3期）、孙燕华《烟霞供啸咏，泉石瀹精神——白玉蟾诗文特色散论》（《中国道教》2000年第2期）、马石丁

《白玉蟾杂记类散文特色简论》(《岱宗学刊》第 11 卷第 3 期)、王丽煌《南宋方外词人白玉蟾词略论》(《乐山师院学报》2007 年第 1 期)等。另外,厦门大学硕士研究生尤玉兵的硕士学位论文《白玉蟾文学研究》从诗、词和散文创作探讨了白玉蟾的文学创作。综观以往的研究,虽然不乏精彩的论述,但又有一定的局限性,比如主要是将白玉蟾作为一个道士来研究,完全从道家、道教思想出发来解读白玉蟾的文学创作,这样就导致对白玉蟾文学本身的探讨还远不够深入。比如,白玉蟾的诗歌创作超过千首,却还缺少真正全面、细致、深入的研究,对其诗歌的类别研究更是一片空白。笔者以为,白玉蟾是一个道士,但更是一个诗人、文学家,王时宇《重刻白真人文集叙》就曾经称赞白玉蟾是“固天仙才子,合而为一”①,因此,白玉蟾文学的研究一定不能脱离文学本身,更不能让白玉蟾文学研究成为其道教思想研究的附庸。正因为如此,本文试图从“乐府诗”这个特殊的角度切入,来揭示白玉蟾诗歌创作的内容和特点。

一　白玉蟾乐府诗创作概况

笔者依据周伟民先生等点校《白玉蟾集》统计(海南出版社 2005 年版),白玉蟾共有旧题乐府诗 42 首。笔者在这里评判旧题乐府诗的标准,主要还是依据郭茂倩的《乐府诗集》。白玉蟾旧题乐府诗具体诗题统计情况如下:

白玉蟾旧题乐府诗统计

序　号	题　名	数　量	所属曲调	共　计
1	妾薄命	2	杂曲歌辞	14
2	少年行	1	杂曲歌辞	
3	古别离	5	杂曲歌辞	
4	步虚	5	杂曲歌辞	
5	行路难	1	杂曲歌辞	

① 周伟民等《白玉蟾集》,海南出版社 2006 年版,第 7 页。

续表

序号	题名	数量	所属曲调	共计
6	长歌行	1	相和歌辞(平调曲)	23
7	短歌行	1	相和歌辞(平调曲)	
8	棹歌	20	相和歌辞(瑟调曲)	
9	公无渡河	1	相和歌辞(瑟调曲)	
10	明妃曲	1	琴曲歌辞	3
11	易水辞	1	琴曲歌辞	
12	琴歌	1	琴曲歌辞	
13	将进酒	1	鼓吹曲辞	2
14	有所思	1	鼓吹曲辞	
合计		42		

从这张表格中,我们可以看出,白玉蟾一共曾经使用过14个乐府旧题。从诗歌数量上看,属相和歌辞的最多,为23首;杂曲歌辞次之,为14首;再次是属琴曲歌辞的,共3首。最少的是属鼓吹曲辞的,为2首。

从白玉蟾所选用的乐府旧题上我们可以看出,他对乐府旧题的选用是带有比较明显的倾向性的,而从这种倾向性中我们又可以看出白玉蟾的乐府诗学思想与取向。这42首旧题乐府诗虽然同为拟乐府,但白玉蟾主要使用了相和歌辞、鼓吹曲辞、杂曲歌辞与琴曲歌辞中的14个诗题。而乐府诗史上另外三个非常重要的类别“清商曲辞”、“杂歌谣辞”与“新乐府辞”,却一个诗题都没有选用。尽管杂曲历代有之,但白玉蟾在创作中选用的《妾薄命》、《古别离》、《少年行》、《步虚》、《少年行》五题皆上追晋宋而有古意。即使是《妾薄命》一题,也与汉魏古诗之意相通。

至于白玉蟾为何没有使用“清商曲辞”、“杂歌谣辞”与“新乐府辞”中的诗题,笔者认为原因如下:首先来看清商曲辞。尽管郭茂倩同意将清商乐看作汉代相和歌的继承者,也是“华夏之正声”。但郭氏显然也不能回避一个事实,就是传统的清乐因为晋室南迁而分散,并因宋武定关中而不复存于中原。从此之后,清乐流传于南方,而“民谣国俗,亦世有新声”。这实际上就说明了后来所说的清商曲辞与传统的清乐之间已经有很大的差别,染上了鲜明的江南色彩。从《乐府诗集》中所记载的南朝清商曲辞来看,绝大多数都与男女风情有关，而且唐代的多数相关拟作也是如此。白玉蟾作为一代名道，当然不适合在乐府诗创作中直接去写男欢女爱、男女风情之内容。因此，他也不太可能选用清商曲辞中的题目。再来看杂歌谣辞。杂歌谣辞多来自于里巷民间之歌者，与其他曲调相比，审美趣味更偏重于通俗一类。而白玉蟾对于乐府古题的选用，显然更追求古雅，故也未选用杂歌谣辞之诗题。

至于新乐府辞，“皆唐世之新歌也。以其辞实乐府，而未常被于声，故曰新乐府也”。唐代新乐府最典型的代表就是元稹和白居易的创作，元、白等人将对现实的关注和对时政的抨击融入新乐府创作，一时影响极大。唐代新乐府辞最主要的特点就是鲜明的时代色彩和新制的乐府诗题。所以，后世的诗人如果也想通过“新乐府”的形式来反映现实，那么最好的办法不是照搬唐人的诗题，而是继承唐人的精神而自制诗题。因此，白玉蟾并未选用《乐府诗集》中的新乐府辞诗题，而是采取了自制诗题的方式。

在白玉蟾的诗歌作品中，除了上述 42 首旧题乐府诗处，还有很多其他题目末尾为“歌”、“曲”、“行”的诗作。正如上文已经指出，认定唐以后新乐府诗，绝不能以《乐府诗集》中“新乐府辞”的诗题作为标准，否则就造成刻舟求剑、生搬硬套的后果。既然唐人能自制新题乐府，宋人为何不可以？最关键是还是要调整思路，打破成见。笔者以为，白玉蟾所创作的那些“歌”、“曲”、“行”完全可以认定为其自制的新题乐府诗。根据笔者统计，白玉蟾新题乐府诗情况如下：

白玉蟾新题乐府诗统计

序号	诗题	数量	序号	诗题	数量
1	孤鹤辞	1	9	悲风曲	1
2	红楼曲	1	10	孤鸿曲	1
3	暮云辞	1	11	清夜辞	10
4	黄叶辞	1	12	怀仙吟	3
5	明月曲	1	13	见鹤吟	1
6	琼姬曲	1	14	杜鹃行	1
7	枫叶辞	1	15	悲秋辞	1
8	孤雁叹	1	16	闻鹤叹	1

续　表

序　号	诗　题	数　量	序　号	诗　题	数量
17	观鱼歌	1	26	画中众仙歌	1
18	冥鸿辞	1	27	祈雨歌	1
19	仙岩行	1	28	武夷歌	1
20	云游歌	2	29	西林入室歌	1
21	快活歌	2	30	万法归一歌	1
22	必竟恁地歌	1	31	行春辞	9
23	安分歌	1	32	山歌	4
24	茶歌	1	33	华阳吟	30
25	大道歌	1		共计	86

从表中可以看出，白玉蟾一共自制了33个乐府诗题，作品数量多达86首。其中根据具体的诗歌体裁又大概可以分为三类：一是古体诗，如以《孤鹤辞》、《黄叶辞》为代表的五古，以《枫叶辞》、《悲风曲》为代表的七古，以《孤雁叹》、《清夜辞》为代表的杂言古诗；二是以《杜鹃行》、《大道歌》为代表的歌行体诗；三是以《行春辞》、《华阳吟》为代表的七言绝句体。从诗歌数量上看，七言绝句共39首，几乎占到了全部新题乐府诗的一半。从诗歌长度上看，歌行体的作品大都较长。比如《云游歌》、《大道歌》等。詹石窗先生就说前者"诗分两首，共有1292字。如此大幅的篇幅在宋代以前中国诗坛上是少见的"①。当然这种说法并不十分准确，在宋代以前也有《孔雀东南飞》、《长恨歌》这样的长篇杰作。但《云游歌》二首确实很长，而且保留了很多研究白玉蟾生平经历的重要资料。另外，《万法归一歌》也长达千字以上，《大道歌》也超过800字。

在白玉蟾的新题乐府诗中，咏物之作较多，特别是歌咏鹤、鸿等鸟类的。如《孤鹤辞》、《见鹤吟》、《杜鹃行》、《冥鸿辞》等。另外还有很多是以作者自己的游历、炼丹、修道生活作为创作题材，如《云游歌》、《万法归一歌》、《大道歌》、《华阳吟》等。与他的旧题乐府诗相比，新题乐府创作显然更加灵活和

① 詹石窗《诗成造化寂无声——武夷散人白玉蟾诗歌与艮背修行观略论》，《世界宗教研究》1997年第3期，第25页。

广泛。而两种乐府数量相加，达到了 128 首，占其诗歌总数约 1/10，这个比例在宋代诗人中相当高的。这也说明白玉蟾对乐府诗创作的偏好。

二 白玉蟾乐府诗的思想内容

白玉蟾乐府诗的数量达到 128 首，涉猎的题材又非常广泛，所以从思想内容上来说，想用一两句话概括不太现实。詹石窗先生曾提出："白玉蟾诗词所涉及的内容较多。那么，其主题思想到底是什么呢？笔者以为，这就是'艮止为门，先命后性，性命兼达'的修行观。"[①]试图用"艮背止止"的修行观来概括白玉蟾诗词的思想内容。本文以为，尽管白玉蟾诗词创作中的确有不少作品是和其修观有密切关系的，但如果认为修行观就是白玉蟾诗词创作的全部指导思想的话，未免就太简单化、机械化了。白玉蟾的确是个道士，而且是南宗五祖。但同时他也是一个文学家，一个有血有肉的普通人。尽管他的一些诗歌是以仙幻、炼丹等为题材，但也有大量作品是抒发个人情感的。除了道教思想，他还有另外一片属于自己的情感世界，也会有平常人都有的喜、怒、哀、乐。他的诗词创作也是丰富多彩的，既有和修道相关的内容，也有其他多种复杂的思想内容。我们必须在这个前提下，再来看白玉蟾的文学创作，才有可能得出更加全面也更加客观的结论。白玉蟾的乐府诗从思想内容的角度来说，主要包括以下几种：

一是对前代同题乐府诗的模仿与追步，或完全承袭原意而加以改写，或总结历史上同一诗题作品的思想内容。这主要体现在他的旧题乐府诗创作中。前者如《陌上桑》："春深陌上桑，群蚕赖以食。鞠蚕妾之事，采桑妾之职。……使君一问桑，下车辄思惑。妾固原相从，妾夫不足惜。安得以妇人，而灭使君德。使君勿内热，妾心坚如石。"白玉蟾的这首《陌上桑》，与汉乐府古辞的内容大致相同，而减去了古辞中夸赞罗敷美丽的那部分内容，语言也显得更加简练、平实。后者如《明妃曲》："行行莫敢悲，一死复千怨。脱身歌舞中，姊姒不足恋。蛮帐紫茸毡，虽卑固不贱。昔在后宫时，几见君王面。君王有凤偶，不数芹边燕。……请行安得辞，心心存汉殿。所怜毛延

---

① 詹石窗《诗成造化寂无声——武夷散人白玉蟾诗歌与艮背修行观略论》，《世界宗教研究》1997 年第 3 期，第 27 页。

寿,既杀不可谏。马蹄蹴胡尘,晓月光灿灿。凄怆成琵琶,千古庶自见。他时冢草青,汉使或一奠。”白玉蟾的这首《明妃曲》,将历史上相同诗题的内容进行了一定程度上的总结,有批判,有同情,夹叙夹议,有很强的感染力。

二是师友之间的交际应酬。白玉蟾一生交游甚为广泛,其中既有很多道士高人,也有不少达官贵人。他的一部分乐府诗就作为与师友交际应酬之用了,如《古别离》五首。按照郭茂倩的说法,《古别离》一题应为后人拟《楚辞》及《古诗》所作,内容上一般为诉说别离之苦及别后思念等。白玉蟾的这五首《古别离》,奇就奇在每一首的末尾都有一个小标题,用来注明本诗的写作指向。由小标题我们可以知道,这五首诗分别是写给李讥、谯令宪、彭演、黄庸和苏森的。这五人皆为当时官宦名流。白玉蟾在这五首诗中所写的内容主要是对五人高风亮节的推崇,无论是写梅、松、兰还是龙、凤,无不推崇备至,而且诗中还常常流露自己的感恩之情与向往之心,如“所至蒙恩多”、“怅无与同心”等。由此可见,白玉蟾可能曾在相当长的一段时间里作为这些官宦名流的门客,故诗中才会有这样的内容。另外还有一首《妾薄命》,诗题下面注明“有感故先师而作”,因此我们能知道白玉蟾写这首诗的目的是为了纪念已经去世的师父陈楠。《妾薄命》一题历代作者众多,内容上多写女子婚姻爱情之不幸。白玉蟾此诗在题材上并无新意,写的仍然是女子对远行丈夫的思念和对自身不幸的哀叹。然而只因作者在诗题下注明“有感故先师而作”,则诗中的女子即具有比兴象征之义。陈楠是白玉蟾的授业恩师,也是改变其人生命运的关键人物,故其去世后白玉蟾一直对其念念不忘。当然,在这首诗里,白玉蟾用夫妇之关系来比喻师徒之关系,也可以说是独具一格了。

三是“自传”式的介绍自己生平经历及游历活动的乐府诗作品。由于流传下来的关于白玉蟾生平经历的研究资料极少,仅有的几篇,如彭耜《海琼玉蟾先生事实》、朱权《重编海琼玉蟾先生文集原序》、彭竹林《神仙通鉴白真人事迹三条》等在真实性上又有很大的疑点,所以我们只能更多地从白玉蟾自己的作品中去寻找线索。幸运的是,白玉蟾留后人留下了几篇带有自传性质的乐府诗,这在他的旧题乐府诗和新题乐府诗创作中都有反应,前者如《长歌行》一首,自述诗人生平的大致经历,年少时的气宇轩昂,长大的文采斐然,后得高人传授,与官宦名流交往,然终觉“红尘刺人眼,名利交相煎”,最终决心归于湖山,享受无边之乐。从这首诗我们可以大致看出白玉蟾的志向所在与生平经历。

后者的代表则是《云游歌》其一。与《长歌行》相比，这首《云游歌》对白玉蟾生平经历的描述无疑更加详细具体。这首诗大致勾勒了其在拜陈泥丸为师前的大概行踪。由此诗可知，白玉蟾拜师前的行踪为：海南—漳城—兴化军—罗源—支提峰—剑浦—建宁—龙虎山—上清宫—江浙（淮西、武林）、两湖、西蜀。而白玉蟾拜陈泥丸为师的时间大约是在癸丑年中秋左右。这对研究白玉蟾生平经历来说无疑是极为重要的材料。

四是对于炼气炼丹等道教活动的记述及对于道教思想理念的阐述。白玉蟾继承陈楠衣钵，并成为道教南宗五祖，他一生的道教活动极多，如隐居、炼丹、云游、祈禳等，他的很多诗词作品也都和这些活动相关。在他的乐府诗作品中，主要有几首新题乐府诗作品的内容属于此类。如《祈雨歌》一首，尽管这首诗写得神乎其神，有故弄玄虚之嫌，然而其背后却一定真有其事。一定是某个地方发生的严重的旱灾，白玉蟾作为知名道士前往祈雨而作。在这首诗里，诗人认为“天上快活人诉苦”，并希望自己能“驱雷公，役雷电”，让人间普降甘霖，这种对天下苍生的关爱之情还是值得肯定的。

另一方面，白玉蟾在多首新乐府诗里，表达了自己对于道教教义的理解，并记录了自己对于丹道的体会。其中既有长篇歌行体作品，也有短小的绝句作品。前者如《大道歌》，在这首诗里，作者首先指出——得道须苦修，那些“丹经未读望飞升，指影谈空相诳吓”的人是根本不可能成仙得道的。炼丹修道最大的敌人不是别人而是自己，“三尸六贼本来无，尽从心里忙中有”，人世的忙碌名利之心是修道大忌。诗人认为“形神与性命，身心与神气。交媾成大宝，即是金丹理”，人的自我身心神气调节才是金丹之至理。白玉蟾是内丹派的大家，他的丹道思想除了集中表现在《道德宝章》等专门性著作中以外，这些新题乐府诗也是研究其丹道思想的重要资料。

在一些短小的绝句体新题乐府诗中，也能够看出白玉蟾的炼丹炼气活动及对于丹道思想的阐述，如《华阳吟》三十首中的三首：“人身自有一蓬莱，十二层楼白玉阶。姹女金翁常宴会，堂前夜夜牡丹开。”“片饷工夫炼汞池，一炉猛火夜烧天。忽然神水落金井，打合灵砂月样圆。”“只将戊己作丹炉，炼得红丸化玉酥。漫守火爻三百日，产成一颗夜明珠。”第一首诗将人体自身比喻成一个自成系统的小天地，姹女、金翁的交会实际上指的就是自我精气神的锻炼。后两首则更侧重于介绍外丹的炼制，其中包括炼丹的容器、时间、火候以及炼出的成果等。

五是带有游仙性质的作品。这一类作品与前面所说的表达丹道思想的作品虽然有一定的近似之处，但内容上仍然有明显的区别。丹道思想的表达毕竟还属于一种理性的表述，而游仙性质的作品中，诗人所表现的更接近于一种感性的对现实的超越。如《步虚》四章，在这四首诗里，诗人幻想自己可以上大入地，直达白玉之京，感受大宫生沽的高妙与超脱，这种飘飘欲仙的感觉的确令人神往。又如《华阳吟》三十首中的一首："移将北斗过南辰，两手双擎日月轮。飞趁昆仑山上去，须臾化作一天云。"在这首诗里，诗人想象翱翔于天空之中，穿越北斗南辰，双手握住日月双轮，飞越昆仑之山，片刻间又化作满天白云。虽然这只是一种幻想，但诗人思想却已经进入无拘无束的自由状态。这种思想上的自由状态，也正是道家思想的精髓。

六是写自然山水田园景物之美，展现遁世隐居生活的乐趣。白玉蟾常年生活在福建武夷山、山西龙虎山一带，而且足迹遍步江、浙、湖、广，所见之美景数不胜数。且其多年居住于山林，对山水之乐的体会也超越常人。正如诗人自己所说："以清净为道场，以恬退为法事，以安乐为眷属，不欲与世交，不欲与物累。其修身也，不事乎百骸；其养形也，不溽乎五味。视死之日如生之年，执有之物如无之用。其安禅也，云溪烟垄；其经行也，月洞风林。有麋鹿以为朋，有松竹以为邻。有春韭秋菘之富有，晨霞晚露之贵。语其衣也，编草而纽蒲，辑茅而缀蕙；语其食也，炊参而糗苓，饭松而饲桧。饮石骨之泠泉，哺山肝之腴泥。行枯木之前，坐古崖之下。住深林邃谷之间，卧长松幽石之上。日则长啸于泉云之幽，夜则孤眠于烟霭之深。"①这种思想反映到他的乐府诗创作里，就产生了那些优美的写景诗和一些反映隐居生活的闲静和逸趣的作品。如《九曲棹歌》十首中的两首："三十六峰真奇绝，一溪九曲碧涟漪。白云遮眼不知处，谁道神仙在武夷？""万顷秋光无著处，满潭清水莹青铜。金鸡叫落山头月，淡淡寒烟飒飒风。"白玉蟾常年在武夷山盘桓，并建有"止止庵"。诗人对武夷的山山水水饱含深情。前一首总写武夷三十六峰之奇绝及九曲碧波之美。后一首则专写四曲之妙，满潭清水，淡淡寒烟，读之令人物我两忘。

除了青山碧水，白玉蟾的乐府诗中还有几首是写田园之趣的。如《九曲

① 白玉蟾《海琼传道集》，见《道藏》（三家本），第33册，第143—144页。

棹歌》的最后一首："山市晴岗天打围，一村鸡犬正残晖。稻田高下如棋局，几点鸦飞与鹭飞。"这首诗写了夕阳西下时分村中觅食的鸡犬和村外高下不平的稻田，并将稻田比喻为棋局，雅和鹭一黑一白，比喻为棋子，的确是一首妙手偶得的小诗。再如《山歌》三首，写了山村百姓简单质朴的生活，并在诗中寄寓了对古往今来、人世沧桑的深刻思考，让人读起来饶有兴致。

在山水田园的景色之外，诗人在隐居生活中还有别的乐趣，如《茶歌》一首介绍了采茶烹茶的工艺和要领，并引用了历史上陆羽、苏轼等名人品茶的典故，最后还叙述了自己的"茶经"。从诗人对茶的喜爱中，实际上可以看出隐藏在背后的隐逸之趣。

七是表现白玉蟾作为一个普通人所有的感伤哀怨情绪的作品。正如上文所说，白玉蟾虽然是一代名道，但他同时也是一个普通人，也会有普通人的喜怒哀乐之情。在漫长的修道生活中，也难免会体会到孤独与寂寞。在看到美好的事物逝去时，也难免会感伤。这也是一个人所应该有的正常情感。如《暮云辞》一首："云行太虚中，薄暮何冥冥。仰望青松梢，上有白雪翎。……夫我何凄其，怅哉此幻形！注目玉霄峰，青猿一声声。"诗人于薄暮时分行走于山野之中，抬头仰望青松白鹤，看到千岩落叶，万树以屏，耳听流水呜咽，嗅科蘅草之香，诗人不禁油然兴起怀乡之情，感到无限凄清愁怅。

除了怀乡之情，白玉蟾的乐府诗中还有部分以男女爱情作为题材的作品，从中我们似乎可以感受到诗人对于爱情的渴望。如《黄叶辞》一首："男儿铁石肠，遇秋多凄凉。节物遽凋变，今古堪悲伤。西来白帝风，暗惊万叶黄。拼与舞零落，此意付夕阳。堪叹远行子，只影天一方。佳人去不返，苍烟冥八荒。对此一黯然，两鬓沾吴霜。自顾蒲柳姿，渺在烟水乡。晚汀慨鸿雁，夜浦羞鸳鸯。何当从宋玉？问路游高唐。"铁石心肠的男儿也不能免于悲秋之凄凉，古今一理；佳人一去不返，杳无音信，不知不觉自己已经是两鬓风霜了。如何才能像当年的宋玉一样，兴起高唐之游呢？除了这首《黄叶辞》，诗人还有一首《悲秋辞》，诗中也提到了"佳人一去不复返，顾影度此时光难"，而且最后发出感叹，"何人为我调素琴，叠叠为我写孤襟？庶令鬼神伴伊泣，山空树冷风森森。"这分明是在哀悼一位死去的女性。在以往的白玉蟾研究中，从未有人提及白玉蟾诗歌对于爱情的描写，这很可能就是先入为主的影响，认为白玉蟾不可能有爱情。但从诗人的作品来看，白玉蟾是应该曾经有过爱情经历的。了解了这一点，呈现在我们面前的才是一个更完整、更真实的白玉蟾。

以上七个方面，就是白玉蟾乐府诗创作的主要内容。因为作品数量较多，所以这七种类别也许无法涵盖所有的作品，但从大的类别上看应该不会有大的偏差。

三　白玉蟾乐府诗的艺术成就

白玉蟾的乐府诗数量不少，在诗歌艺术上虽然称不上大家，但也有自己的一些成就和特点。总的说起来，白玉蟾乐府诗的艺术成就主要体现在三个方面：

一是继承了发展了传统乐府诗中的叙事表现手法，形成质朴通俗的叙事效果。尽管中国是一个抒情诗大国，中国古典诗歌也是以抒情诗为主，但乐府诗却是一个非常特殊的类别。与其他诗歌类别相比，乐府诗自身具有更典型的叙事特点。实际上我们的古人早已发现乐府诗在“叙事”这一点上与徒诗的不同。如“乐府往往叙事，故与诗殊”①，“乐府体不尚论宗而叙事”(《李诗纬》)，“乐府之异于诗者，往往叙事。诗贵温裕纯雅，乐府贵遒深劲绝，又其不同也”(《诗友诗传录》)，“盖乐府多是叙事之诗，不如此不足以尽倾倒。且轶荡宜于节奏，而真率又易晓也”②。这些论述都告诉我们，在中国古典诗歌中，乐府诗的叙事特征是最明显的。从乐府诗的接受史来看情况确实如此，汉乐府一直被奉为经典，连像李白这样的伟大诗人都无法超越，主要也是因为汉乐府在叙事上取得的高超成就。在白玉蟾的乐府诗创作中，特别是那些篇幅较长的古体诗中，很好地继承了汉乐府和唐代新乐府诗的叙事手法，如上文已经介绍过的《陌上桑》一首。另外，白玉蟾还创造性地将这种手法用于自我身世及云游经历的叙述上，并通过浅显的诗歌语言，造成质朴通俗的叙事效果。如《云游歌》其二：“尝记得洞庭一夜雨，无蓑无笠处。偎傍茅檐待天明，村翁不许檐头住。又记得武林七日雪，衣衫破又裂。不是白玉蟾，教他冻得皮迸血，只是寒彻骨。……贤哉翠虚翁，一见便怜我。说一句痛处针便住，教我行持片饷间骨毛寒。心花结成一粒红，渠言

① 徐祯卿《谈艺录》，见何文焕《历代诗话》，中华书局1981年版，第769页。

② 许学夷《诗源辩体》，人民文学出版社1987年版，第67页。

只此是金丹。”这首诗叙述了白玉蟾云游经历过程中的几个片段，如洞庭雨夜无处遮蔽，武林大雪衣衫破裂，江东酷暑无扇摇风，青城月夜独步松阴，潇湘梦远，淮西兵乱等，最后还讲到了如何拜入陈楠门下，修成金丹，解除痛苦。这些诗人云游当中的片段依照时间顺序有条不紊地一一道来，诗歌语言上极为通俗浅易，接近日常口语。读起来不仅可以了解诗人早年云游过程中的一些经历，更能体会到诗人饱尝世态炎凉的辛酸。

二是古体乐府诗在风格上以学习李白豪放飘逸的诗风为主，同时兼采苏轼、杜甫诸家之长。白玉蟾与李白之间存在着不少相似之处，比如，两个人都是诗人兼道士的身份，两个人的交游都极为广泛，其中既有官宦权臣，也有方外之士，两个人都爱好自然山水等。今天虽然已经看不到白玉蟾直接评论李白诗歌创作的作品，但从白玉蟾自己的诗歌作品中我们还是可以发现他对李白的向往与模仿。在李白的创作中，豪放飘逸的乐府歌行占有重要地位，白玉蟾在创作乐府诗时显然也是有意在学习李白。如《将进酒》："秋山苍苍秋云黄，鸦浴咸池忽扶桑。一月二十九日醉，百年三万六千场。嗟君千丈擎天手，而有万卷悬河口。乱花飞絮心扰扰，不如中山千日酒。黄凿落，赤叵罗，姑射真人注宝雪，广寒仙子行金波。玉蛆初泛松花露，琼螺再荐椒花雨。米大功名何足数，鸿毛利害奚自苦？醉则已，睡则休！水浩浩，天悠悠。君知否？昔在甲辰尧嗣位，迄今嘉定之辛巳。其中三千六百年，几度寒枫逐逝川？”与李白的名作《将进酒》相比，这首同题的乐府诗明显是有意在向李白学习，除了思想内容同样是蔑视功名利禄外，诗歌在艺术手法也很接近李白。比如诗中多用反问、设问句："米大功名何足数，鸿毛利害奚自苦？"，"其中三千六百年，几度寒枫逐逝川？"诗人还表现出惊人的想像与夸张力，如"一月二十九日醉，百年三万六千场"，"姑射真人注宝雪，广寒仙子行金波"。另外时空呈现出大范围跳跃的特点。这些本来都是李白乐府歌行的特点，白玉蟾显然是在故意仿效。再如《短歌行》一首，为了表现澎湃流荡的情感，不仅大量列举了一系列时空跨跃很大的历史上和名人有关的典故，还使用了歌行体诗中常用的提唱手法"君不见"。任半塘先生曾在《唐声诗》中说："《乐府题解》谓备言世路艰难及离别怨伤之意，多以'君不见'为首。"这种手法鲍照、李白乐府经常使用。到了宋朝，虽然也有王安石《明妃曲》"君不见咫尺长门闭阿娇"这样的句子，但总的来说较为少见。白玉蟾有意在乐府诗创作上追步李白，故除了这首《短歌行》外，还有《公无渡河》一首中“君不见，猿啼苍梧烟，风卷潇湘水。双蛾无处挽重瞳，粉篁点点凝春泪。又不见，鹤饮瑶池月，露泣龟台花”之句；《观鱼歌》一首中又有“君不见，东海有鲤钓不上，冯夷翻江春浩荡。渔者归舟载月明，一声雷震桃花浪。又不见，北溟有鲲能吞舟，浪屋涛山相拍浮”之句。白玉蟾在一首《促拍满庭花》词中曾经说：“多才夸李白，美貌说潘安”，认为李白是古往今来文人才子中的翘楚，可见对李白的推崇和向往。

北宋中期以后，由于黄庭坚及江西诗派的崛起，杜甫越来越受到重视。特别是金兵入侵、宋室南迁后，杜诗忧国忧民的特点刚好适应了时代精神的需要，地位日高。相比之下，南宋前期称道学习李白者不多。然李白豪放飘逸的诗风和伟大的诗歌成就终不能被时代忘记，南宋大诗人陆游即已有“小太白”之称，到了南宋后期，越来越多的人开始推崇李白。如著名的诗词评论家、《瀛奎律髓》的作者方回，就高度评价李白，特别是李白的乐府诗，认为李白的乐府诗不但有豪放、富丽的一面，还有“朴”的一面，而所谓的“朴”就是指真性情流露于诗歌创作中，为情造文而不为文造情。方回曾说：“人言太白豪，其适富以丽。乐府信皆尔，一扫梁隋腐。余编细读之，要自有朴处。最于赠答篇，肺腑露情愫。何至昌谷生，一一雕丽句。亦焉用玉溪，纂组失天趣。沈宋非不工，子建独高步。画肉不画骨，乃以帝闲故。”①可见，白玉蟾对于李白的学习和追步一方面是个人兴趣爱好，同时也有深刻的时代背景。读白玉蟾的乐府诗，虽不如李白乐府歌行那样动人心魄，然自有其魅力。

除了学习李白，白玉蟾的古体乐府诗还兼采众家之长。如《长歌行》一首颇有杜甫五古自叙诗顿挫曲折的特点，诗中“顾我非六六，荷天良拳拳。幼时气宇壮，长日文彩鲜”及“肩依洪崖右，道在灵运前。所得既天秘，与交又国贤。可图大药资，以办买山钱”等句，与杜甫《奉赠韦左丞丈二十二韵》、《北征》等诗非常相似。另外白玉蟾对苏轼清旷超迈的古体诗似乎也很推崇，他的一些创作明显带有模仿苏轼的痕迹，如《清夜辞》十首，其一云：“霜清兮露冷，暮天碧兮微云飞。北风兮吹我衣，梅花下兮明月来几时。”其二云：“月明兮星稀，烟漠漠兮风悲。空阶兮竹影，悄无人兮萤飞。”这种似诗非

① 方回《桐江续集》卷二，见《中国美学史资料选编（下）》，中华书局 1981 年版，第 9 页。

诗，似赋非赋的文体，表现的又是高风绝尘的情调，与苏轼的作品非常接近。另外一首《棹歌联句》则更加明显："西风起兮，落叶黄兮，黍稷香兮白。击空明兮，溯流光兮，天一方兮白。彼美人兮，遥相望兮，彼苍茫兮黎。系孤舟兮，蓼花傍兮，啼寒螿兮黎。"这首诗几乎完全就是从苏轼《赤壁赋》中"桂棹兮兰桨，击空明兮溯流光。渺渺兮予怀，望美人兮天一方"几句敷衍而来，可见白玉蟾对苏轼文学的一瓣心香。

三是绝句体乐府诗继承了杨万里"诚斋体"活法诗的特点，写景真切，生动活泼，读起来给人轻松风趣之感。"活法"最初是禅宗里的一个命题，后来被移植到了诗歌里。诗歌创作中的"活法"最早由《江西诗社宗派图》的作者吕本中提出。吕本中是江西诗派的重要人物，但又倡导变化江西。他认为，"学诗当识活法。所谓活法者，规矩备具而能出于规矩之外，变化不测，而亦不背于规矩也。是道也，盖有定法而无定法，无定法而有定法。知是者，则可以与语活法矣。谢玄晖有言：'好诗流转圆美如弹丸'，此真活法也。"（《夏均父集序》）。身处南宋中期的杨万里，以其深厚的理学、禅学造诣和几十年孜孜不倦的诗学探索，终于悟得"活法"，成就了"活法"诗的典范。杨万里的诚斋体最突出的特点就是善于巧妙地摄取自然景物的特征和动态，并用拟人的手法和平易浅近、自然活泼的诗歌语言加以突出表现，使之生动而饶有风趣。

身处南宋后期的白玉蟾，虽然我们从今天的记载中看不到他的学诗经历和体会，也看不到他和同时代其他著名诗人之间的交往，但从他的创作中我们可以发现，他的绝句体乐府诗与杨万里的"诚斋体"之间存在密切联系。如《行春辞》九首其一云："园园是日是花开，我又何朝不醉来。井有人焉蛙两部，日之夕矣蝶三台。"其五云："几日春功似有加，晓来万象尽排衙。群莺主管园林事，一雨巡行桃李花。"这九首《行春辞》，对景物的描写可谓细致入微而又生动传神，如"夜雨揩磨好山色，晓风抬举旧花枝"、"风条舞绿水杨柳，雨点飞红山海棠"等句，将本来没有生命的雨和风写得生机勃勃，将原本是静态的杨柳花枝写得富有动态美，含味隽永。俞弁《逸老堂诗话·卷上》载："朱子儋《存余堂诗话》云：'顾仲瑛《和刘孝章游永安湖》诗，其警联云："啄花莺坐水杨柳，雪藕人歌山鹧鸪。"极为杨铁崖所称许。'余记宋白玉蟾有《春日游冶》诗云：'风条舞绿水杨柳，雨点飞红山海棠。'亦自隽永。惜无赏音者拈出。”①可见俞弁对白玉蟾诗句的欣赏。另外，九首《行春辞》中处处渗透着幽默诙谐的美感，在诗人的眼中，处处都是美景，处处都饶有风趣，这正是杨万里“诚斋体”的突出特点。对于白玉蟾诗歌所具有的这种对客观景物准确表现的能力，以往的研究者都没有注意到诗人学习继承“诚斋体”这个问题，如詹石窗先生主要是从白玉蟾“止止”修行观来分析：“在白玉蟾的心目中，止止修命法，不是一刹那而过，而是贯穿于生活的一切方面。一个修道者应该懂得在日常生活起居中运用外界事物作媒介，来抑止不正之念，使自己的心灵定位在求道的轨道上。从这个立场出发，那就可以把周围的一切事物都看成行止止之道或锻炼自己心性的‘熔炉’。所以，他把青山白云、落花流水以及啼鸟哀猿都当作‘止止’。事实上，这就是借助外物以炼意的思想。这种思想导致了他‘遇境而止，止而反观’的举动。他从‘止止’动静中捕捉诗歌意象，架构其艺术殿堂，并且形成自己的风格。”②詹石窗先生显然还是试图从“止止修命法”来分析白玉蟾的文学创作，来解释白诗中对于外界事物的描写以及诗歌意象的构建。但正如本文前面所说，白玉蟾不仅仅是个道人，也不能只能道教思想来分析他的文学创作。我们还必须从文学本身出来，来探寻其诗歌创作的特点。白玉蟾的乐府诗，正是在向李白、杨万里等前辈诗人学习的基础上，并加以创造变化产生的结果。如果仅仅从道教这个角度切入，就会得出片面的结论，如“关于白玉蟾诗歌创作的总体评价，如此倚重文学来说明丹道玄趣的倾向，与通常道教传经文字的叙述风格大相径庭，这仅仅是他文学才气的显露，还是反映了他把道理玄趣融入文理意趣的倾向？这或许正是白玉蟾的诗文所以无法独立于中国正统文学主流之中的原因之一。”③这种说法将白玉蟾文学主要看成用诗文手段来说明丹道玄趣，无疑有以偏盖全的嫌疑，而说白玉蟾的诗文“无法独立于中国正统文学主流之中”更是主观臆断之语。白玉蟾的诗歌成就虽然未能跻身于一流诗人行列，但他的诗歌创作与前代诗人之间的联系还是非常清

① 俞弁《逸老堂诗话》卷上，见丁福保《历代诗话续编》，中华书局 1983 年版，第 1300 页。

② 詹石窗《诗成造化寂无声——武夷散人白玉蟾诗歌与艮背修行观略论》，《世界宗教研究》1997 年第 3 期，第 28 页。

③ 孙燕华《烟霞供啸咏，泉石瀹精神——白玉蟾诗文特色散论》，见《中国道教》2000 年第 2 期，第 41 页。

楚的。

白玉蟾的乐府诗内容丰富，手法多样，本文只是粗陈梗概，希望能够起到抛砖引玉的作用，引起更多学界同仁对白玉蟾研究的关注。

基金项目：海南省高校人文社科研究项目（Hjsk2012—06）

作者简介：刘亮，海南大学人文传播学院副教授，出版过专著《晚唐乐府诗研究》等。

论白玉蟾诗的审美意象、意境与意趣

万志全

摘　要:道教金丹派南宗五祖白玉蟾的诗尚未得到全面的美学解读。其美学风貌呈现为“审美意象生机勃勃,审美意境丰富深邃,审美意趣可爱迷人”之特色。其审美意象主要有孤独者意象、游子意象、豪士意象、神仙意象;其审美意境包括和谐优美、豪放壮丽、浪漫灵动、超拔飘逸等;其审美意趣表现为情趣、意趣和乐趣的交融。

关键词:白玉蟾诗;美学特色;审美意象;审美意境;审美意趣

白玉蟾是南宋时期的著名高道,他因发扬光大内丹修炼法(以独身清修,身体力行,“精、气、神”合一为核心)①,被尊为道教金丹派南宗第五祖。令人称奇的是,他既是儒道佛思想兼容之士,也是造诣极高的艺术通才,在文学、书法、绘画等领域皆有突出表现②,尤其是诗歌创作方面,不但数量多达一千二百余首,而且题材广泛、想象奇特、手法多样、平易亲人、信手拈来、自然天成。

学界对白玉蟾的研究主要集中于生平与道教思想等方面,对其诗歌的探讨甚少,且多为诗歌分类以及简略的思想或艺术特色评论,比如詹石窗把白玉蟾诗歌分为“题赠杂咏诗、修道歌谣、神仙人物及圣贤赞颂诗、丹功道意词”等类别,并用其诗歌验证其性命双修之道教思想③;孙燕华概括了白诗

---

① 何敦铧《关于道教金丹派南宗第五祖白玉蟾几个问题的探索》,《世界宗教研究》1999年第4期,第62页。

② 朱逸辉《琼籍文化宗师白玉蟾》,《海南大学学报》(人文社会科学版)2004年第2期,第203页。

③ 詹石窗《诗成造化寂无声——武夷散人白玉蟾诗歌与艮背修行观略论》,《宗教学研究》1997年第3期,第24—32页。

"明白如话、自然壮丽而不施粉黛、内容与词藻相配妥帖且不事雕琢"的艺术特色[①];黎国器通过分析白玉蟾在广州写的三首诗来阐发其道教思想[②];另外,厦门大学2009届中国古代文学专业尤玉兵的硕士学位论文《白玉蟾文学研究》在论述白诗时,将其重新归类为"题咏类、赠送酬寄唱和之作、丹道诗和修道歌谣类、道教神仙人物及圣贤赞颂诗、杂咏类",艺术特色方面则归为"豪放瑰丽,想象奇特;清水芙蓉,清淡出尘;自然天成,不事雕琢;刻画精细,状物工妙;道人特色,意象独特"等。令人意犹未尽的是,能够切入白玉蟾诗歌之内部世界,逐一分析其所有诗作的思想内涵与艺术特色,进而推衍出其总体艺术特色与创作风格者鲜见其人。因此,通览其诗歌之全貌,察看其遣词造句所用的各种审美意象,归纳其诗歌所营造的多种审美意境,指出其诗歌所流露的多样审美意趣,从而全面解读其诗歌的综合性研究尚亟加强,本文即为采用此法展开美学解读与文学批评之尝试,不当之处尚祈方家批评指正。

一、白玉蟾诗的审美意象

除了少数作品营造了一种"孤独者"的审美意象以外,白诗大多构建了"醉情山水、快乐生活、超脱世俗"之"游子、豪士、神仙"审美意象,这些意象要么是诗人日常形象的逼真描绘,要么是诗人理想形象的不懈追求。

(一)偶尔也有孤独时

由于自幼历经磨难,加之为求道而常年跋山涉水,备尝艰辛,炼丹过程中又难得其妙,因此,记录其心灵世界的诗歌自然会呈现"梦和明月冷"(《护国寺秋吟八首》之七)的黯淡色调,在构织审美意象时,自然会有一个"孤独者"意象出现。比如《泊头场刘家壁》:"春深空度可怜宵,江岸风沙好寂寥。人间孤舟多少恨,五更寒雨报芭蕉。"在美好的春夜,诗人独守寂寞,岸边的风光也略显寂寥;和诗人一样,又有多少孤舟上的游子怀着情和恨,在难寐

① 孙燕华《烟霞供啸咏泉石瀹精神——白玉蟾诗文特色散论》,《中国道教》2000年第2期,第40页。

② 黎国器《白玉蟾及其在广州写的三首诗》,《岭南文史》2009年第3期,第42—45页。

的夜晚听任冷雨打芭蕉呢？又如《华阳吟三十首》之一："家在琼崖万里遥，此身来往似孤舟。夜来梦趁西风去，目断家山空泪流。"这首诗更为清晰地点明自己从海南岛万里之遥赶赴四川华阳之艰辛，感觉就像一艘孤舟，在西风的吹送下，惟有让梦魂回归家乡，醒后不禁泪流满面，这可谓孤独者远游、思家之通病，但因有"梦、孤舟、西风、冷月、夜雨"等意象之融入，故而能够锻造出具有较高审美意味的"孤独者意象"。

（二）逍遥自得一游子

白诗中有许多记游之作，它们大多呈现出一种逍遥自得的游子意象。你看，他一会儿"东风正月二，吹我上梅溪"（《闽清醉中》），一会儿又"笑携魏王大瓠落，往观洞庭张帝乐。醉骑八风访广漠，九天之上无南岳"（《南岳九真歌题寿宁冲和阁》）。而《别李仁甫》则详细记载了他最为真实和普通的生活形象：

> 君向星江结草庐，我来抵掌笑相语。三杯碧液涨瓷盏，一缕青烟缠竹炉。剑舞春风花烂熳，琴弹夜雨竹萧疏。明朝拄杖知何处，猿叫千山月满湖。

来到朋友的庐舍，诗人饮酒谈笑，舞剑弹琴，兴尽之余，又要漂流他乡。正因有此习好，所以他能够"东游衡庐颠，北逮灊皖趾。南登苍梧脊，西瞰青城嘴。云伴金华栖，月依玉笥舣。罗浮山以南，彭蠡水之涘。横笛岳阳楼，飞觞金山寺。武夷猿相呼，委羽鹤久俟。禹穴郁罗嶆，秦城就颓靡。桂林岚光娇，瓯越海气诡。合皂青崔峨，麻姑翠迤逦。醉寻张陵孙，走遇许逊婢。澎浪若山高，浯溪与天峙。曾樵雁荡中，亦钓太湖底"（《西湖大醉走笔百韵》）。诗人的游踪已然遍布大半个中国，其间之美乐着实令人羡慕，而其乐游四海之"游子意象"也溢于言表。

（三）才华横溢之豪士

白玉蟾多才多艺，挥毫泼墨之间，其书法或绘画作品一蹴而就，《笔架山》有言："吾是瑶台翰墨仙，操觚弄椠玉皇前。翻云为墨海为砚，一片寒空如雪笺。兔豪象管用不得，倒蘸昆仑醉钩画。当年染罢八角芒，金阙上章求放逸。"诗人想象着前世是一位天庭的书法大师，也曾在玉皇大帝面前用云做墨汁，用海做砚台，用一片寒空做白纸，倒提着昆仑山当毛笔，在醉态浓浓中书写狂草，然后上书请求放逸到人间。诗人每日以艺术自娱，让才华倾泻山水之中，因而胸中得以生出豪迈气概："我亦年来还慷慨，亭前一笑万山青。"（《别蒋都辖用归雁韵》）他抒怀一笑，所有的山都被感染了，因而一下子变青绿了。这种"豪士意象"与李白"天生我材必有用，千金散尽还复来"（《将进酒》）、"仰天大笑出门去，我辈岂是蓬蒿人"（《南陵别儿童入京》）之意旨颇为相似，它们都具有颇为崇高的审美意味，只不过较之李白的豪迈狂放少了一份狂劲自负，多了一份仙风道骨。

（四）饮酒吟诗做神仙

似乎是得魏晋风骨之真传，又像是承唐代醉中八仙之余绪，身为诗人的白玉蟾非常喜爱饮酒，这种嗜好虽于严肃的道教修炼而言是不予容许的，但于其心灵解放与内功修炼而言，则可谓大有裨益，因为诗人能够凭此体会"醉则已，睡则休。水浩浩，天悠悠"（《将进酒》）之美态，亦即能凭饮酒之乐来助己吟诗作词、炼丹成仙。其《呼唤体自述》有言：

> 只贪饮酒与吟诗，炼得丹成身欲飞。曩劫曾为观大士，前生又是派禅师。蓬莱旧路今寻著，兜率陀天始觉非。料我年当三十六，青云白鹤是归期。

诗人贪恋饮酒吟诗，更喜炼丹成仙，他觉得前世是观世音菩萨或者一代禅师，但今世不再做佛陀，而要做神仙，亦即在三十六岁时将骑白鹤飞天，以成就神仙梦想。当然，在成仙之前还要万缘皆弃，寻求什么都不牵挂的真快乐，《快活歌二首》之一有言："放下万缘都脱掉，脱得自如方快活。"在获得真快乐之余，更应努力精进，学习仙道，其《明发石壁庵》为此而大声疾呼："胡不学飞仙，百日升九霞。"因此，《快活歌二首》既是诗人成仙经验之总结，也是"普为天下学仙者，晓然指出蓬莱路"之成仙动员令。

二、白玉蟾诗的审美意境

如果说审美意象是美丽动人的点，审美意境则为感人至深的面。在审美意境的创造过程中，诗人流露了对"和谐优美"与"豪放壮丽"的自然境界之赞美，抒发了对"浪漫灵动"与"超拔飘逸"的精神境界之追求，从而塑造了

“由外摄内、由内烁外”的具有仙道意味的四维审美意境体系。

（一）和谐优美

在具有超常艺术想象力的诗人眼中，大自然的许多成员都具有高明的绘画和音乐才华，从而铸就了“月恋梅窗呈水墨，风依竹槛奏笙竽”（《董双成旧隐二首》之二）的和谐优美意境。在诗人看来，美景之间的和谐相处是天地万物之真实面貌。请看《泛舟黄桥归庐山》：

> 清风为我送归船，数粒青松起薄烟。帆影惊飞秋水雁，橹声搅断夕阳蝉。几人家在溪头岸，一片云生水底天。满眼良朋无好酒，此心已挂九江边。

清风帮我吹动归船，岸边几棵青松挂着薄薄的烟雾，帆影掠过，惊飞了秋水边的大雁，桨声响起，搅断了夕阳下蝉的嘶叫，靠近小溪的尽头，住着几户人家，水底的天空里，生起了一片白云，虽无好酒，但有好友相送，我的心也已飞到九江去了。因此，在构织自然美景时，诗人总能看到万事万物的相互交融，巧妙地创造着“和谐优美的审美意境”。

（二）豪放壮丽

白玉蟾一生饱饫山水美景，凭着诗酒相娱而得以树立豪迈气概，又因追求得道成仙而去除了忧愁烦恼，所以在目睹壮丽景象之际，亦能抒发豪迈气概，在情景交融之中，一种“豪放壮丽的审美意境”呼之欲出。请看《初至肇庆府砚岩》：

> 峡口青门束碧流，天生双剑割清秋。可怜柳叶黄如此，曾见芦花白也不。本意买舟归楚国，此行为砚访端州。渴来欲吸三江水，洗出胸中万斛愁。

峡口非常险峻，都快把流水给捆住了，两岸像两把利剑割断了秋天，柳叶飘黄，芦花飞白，此情此景让人有去楚缅古之怀想，但诗人既已皈依道门，惟有狂吸三江秋水，洗掉胸中万斛惆怅。整首诗在略带压抑的铺垫中意气升扬，从而营造了情感充沛、美景相伴的豪壮意境。身为一代高道，诗人心胸特别开阔，即使美景将逝，也不情绪低落，而是真诚赞美大自然之造化，营造乐观向上的诗歌艺术氛围。比如《春词七首》之七："春色将穷诗未穷，开樽姑为慰东风。偶然行到青苔上，尚有残英一片红。"春色将要穷尽，但因诗兴正浓，诗人便开怀畅饮，聊且安慰即将离去的东风，而无意间走到青苔之上时，低头发现落英缤纷，那红红的一小片，在诗人的眼中便是春天美丽的纪念。这首诗同样可以印证诗人营造豪放壮丽意境之天然喜好。

（三）浪漫灵动

在美景和情绪之抒怀中，除了和谐优美与豪放壮丽的意境以外，也不乏浪漫与灵动充盈其中。只要细心观察，就能发现许多活泼动人的景致，这在自幼聪颖敏捷、想象力超凡的白玉蟾心中，自然会让那些富有"浪漫灵动的审美意境"的诗作喷涌而出。比如《春风四首》之三："底事东风苦欲寒，不教诗客纵游观。无端虚把秋千送，落尽梨花似雪图。"东风不知为何那般狂劲，吹得寒气飕飕，好像是不想让人来赏春似的，它只管把个空荡荡的秋千吹动，让地上落满梨花，像下了一层雪一样，这是对春风的另一种性格描绘，亦即抛弃其娴静优雅的一面，彰显其浪漫多情与孩子气的一面，从而使得全诗浪漫灵动，意境醉人。又如《华阳吟三十首》之九："移将北斗过南辰，两手双擎日月轮。飞趁昆仑山上去，须臾化作一天云。"诗人发动浪漫想象，将北斗星移到南辰星南边去，两只手托着日月的飞轮，把它们送到昆仑山上去，没想到一下子就化作了满天的云彩。这首诗的浪漫灵动气息较之前一首更为浓厚。在想象手法上，诗人能对自然美景浪漫夸张，使得万物之情灵动四溢。比如《春宵酌雨》："更无半点海棠飞，一听黄莺雨里啼。啼得碧坛红药破，淡烟芳草满长堤。"海棠不飞落了，黄莺却在雨里啼开了，它啼得红药在碧坛怒放，啼得芳草长满堤岸。其实，花开草长与黄莺啼叫没有直接关联，但被诗人这么一想，便发现动物与植物之间充满着期盼与爱恋、呼唤与响应。这是诗人的奇妙想象给世界涂抹的一种浪漫色彩，增添的一份灵动气息。

（四）超拔飘逸

身为道士兼诗人的白玉蟾能够超脱功名利禄之羁绊，求得清闲，因而得以遍赏美景，与美为伴。《博罗县驿》描绘了这种心境之追求："虎啸月生海，猿啼风撼山。梦回三鼓尽，身自九天还。云气浮窗外，泉声入枕间。问心宜富贵，为复要清闲。"该诗第一联描绘了壮阔的景象：虎啸猿又啼，海上生明月，天风撼大山。在第二联的触景抒怀中，在半夜梦醒时分，诗人尝到了灵魂遨游九天之愉悦。在第三联的眼前景象描绘中，诗人有着纯洁的美景相伴：云气在窗外浮动，若有若无，似乎身处仙境，泉声滴入枕边，不断洗濯着心中的污浊之气。在最后一联的情感升华中，诗人视富贵如浮云，只求清闲自得，脱胎换骨，进入高级心灵境界。而要达到这种境界，还得随时摆脱凡俗欲望和情爱生活的吸引。其《不赴宴赠丘妓》有言：

> 舞拍歌声妙不同，笑携玉罕露春葱。梅花体态香凝雪，杨柳腰肢瘦怯风。螺髻双鬟堆浅翠，樱唇一点弄娇红。白鸥不入鸳鸯社，梦破巫山云雨空。

前三联描绘了一位歌妓的歌舞技艺和美丽容貌：她才华出众，能歌善舞，满面笑容，态度可爱，手指细嫩雪白，像春天萌发的嫩葱，肤色白净，像凝结的雪，体态轻盈，像梅花飘舞，腰身细小，像杨柳摆动，身材偏瘦，似乎要被风吹倒，头上的双髻插上了翡翠，嘴唇又小又红润。这大概就是宋代美女的标准形象，但已看破红尘的诗人却不为所动，他把寻求尘世肉欲的欢乐比作钻入鸳鸯社，把自己比作白鸥，以白鸥不会钻入鸳鸯社来表白心意，因为他清楚，尘世的东西就像做梦，终有破灭的时候，你看那巫山的云雨，它们缠峰绕嶂、云腾雨落，但一阵喧闹过后，太阳出来了，它们便化为空无。在此，诗人既表白了超脱之心意，又展露了诗歌含蓄蕴藉之风貌，从而营造了一种“超拔飘逸的审美意境”。

三、白玉蟾诗的审美意趣

在白玉蟾的诗歌世界中，既有审美意象的美丽之点，也有审美意境的多彩之面，更有无处不在的审美意趣渗入其中。如果说其中的审美意象像鲜花，审美意境像森林，那么这些审美意趣就像普照鲜花和森林的阳光，因为只有阳光的爱抚，鲜花才更美丽，森林才更青绿。同理，只有审美意趣的渗入，才有审美意象之动人，以及审美意境之感人。在诗歌创作中，诗人发现了万事万物之情趣，体悟出自然美景和日常生活交融之意趣，感觉到用爱心和童心构造巧妙想象之乐趣，这些情趣、意趣和乐趣共同构成白诗的审美意趣。

(一) 万物有情且有趣

白诗富有哪些审美意趣？在其想象世界中，非生物被赋予了丰富的思想感情，动植物被赋予了人类一样的艺术品味，一言以蔽之，曰“万物皆有灵，万物皆有情”。这里仅举四种情况为证：

第一种情况是非生物会听从动植物的差遣。比如《春兴七首》之五：“细雨如毛暮霭浓，山光水色醉春空。认来认去燕还舍，吹落吹开花使风。”在蒙蒙细雨中，暮霭渐渐见浓，山光水色都陶醉在春天的气息中，燕子通过四处寻找终于发现自己的家，花开花落全是花儿指使风儿这么做的。在最后一句中，我们似乎听到花儿对风儿说：“你用点力，把我含苞待放的花蕾给吹开来。”过了一段时间，又听到花儿又对风儿说：“你再用点力，把我开得兴尽的花瓣给吹落下来，好让树儿结果。”看，多么富有审美意趣的奇思妙想啊！

第二种情况是非生物会爱恋着生物。比如“宿雾恋乔木，落花粘瘦枝”（《白云庵》）。睡了一个晚上的雾，在天亮的时候还恋着乔木，不肯散去；已经零落的花儿，还有的恋恋不舍地粘在瘦弱的树枝上，不肯离去。这真像佛教所说的“庄严净土，有情众生”啊！

第三种情况是非生物会做出像人一样顽皮的举动。比如“雨余草色欺苔色，风送松声杂涧声”（《白鹤观》）。雨儿把草色滋润得更加青绿了，它帮着草色来欺负苔色（在色彩深度上，草色更胜一筹）；风儿调皮地把松声送进涧底的流水声中去，从而形成混杂的妙音。

第四种情况是动物也有着一定的艺术品味。比如“鸦翻千点墨，雁草数行书”（《八月三日即事》）。一群乌鸦在天空下飞翔着，就像打翻了千点墨汁，一群大雁在天空下飞翔着，它们以天空为纸，书写着几行草书。在诗人多情的眼光中，非生物和动植物都被移情了，它们在神奇多姿的宇宙中表露着爱恨情仇和艺术想象，它们可谓宇宙情趣浩浩荡荡之源。

(二) 本色自然显随意

白诗的审美意趣是怎样表露的？是随心所欲地表露，是本色自然的表露。诗人往往能够贴近眼前景物，贴近日常生活，看似信手拈来，未曾煞费苦心，但因本色自然，故而呈现出意趣横生之美态。比如《风台遣心三首》之三：“青尽池边柳，红开槛外花。数时长病酒，今日且分茶。”为了表现快乐生活的情趣，诗人先从眼前景物入手，描写池塘边的青青杨柳和门槛外红红盛开的鲜花，面对良辰美景，诗人为何不饮酒助兴呢？不能再喝了，前一阵子人都给喝病了，所以呢，今天对景不喝酒，暂且小酌一杯茶。这样一来，一位热爱生活的顽童形象便跃然纸上，栩栩如生。

正因其本色自然，所以白玉蟾作诗不像杜甫那样“为人性僻耽佳句，语不惊人死不休”，而是像白居易那样明白易懂地描绘日常生活所具有的情趣。比如“雨来闹秋江，全似茶铛沸”（《泊舟听雨》）。此句以生活场景比喻气象变化，显得生动贴切，情趣四溢。又如“酒恶频将花嗅，睡酣便把茶浇。秋到梧桐枝上，夜来风雨萧萧”（《呈懒翁六首》之二）。在醉酒、酣睡、赏花、品茶之中，诗人的生活充满了情趣：他拼命地嗅花，想减轻酒醉的恶心，而在优雅地品茶之际，却惊讶地发现，秋天都站在梧桐枝上了，而且到晚上还弄出了一场潇潇风雨。诗中幽默有趣的嗅花，以及拟人化的“秋到梧桐枝上”，都是随意点染之作，但却充满着审美意趣。

（三）爱心童心与仙心

白诗为何如此富于审美意趣？因为他对大自然充满了爱心，在生活中充满了童心，在炼丹修行中充满了仙心。

《别句呈庚契呈高士》表白了他对大自然的爱心：“只将水竹烟云兴，说与风花雪月知。日落三杯无事酒，人闲八句自然诗。”诗人迷醉于大自然，向它真诚地倾诉心声，酒过三杯之后，赞美它的诗便在闲静中不知不觉地流溢出来。

虽然贵为声望盖世之道士，白玉蟾却能永葆童心，其《百丈岩观水》有言：“池水夜来冰，冻磷殊未澌。戏以藜杖尖，斫破黄琉璃。横杖担两片，忍冻岩前嬉。”到了晚上，池水结冰了，诗人非常兴奋，他用藜杖尖去斫破冰层，然后担着两片冰块，忍着寒冻，在岩石前嬉戏，这简直比小孩子还要疯狂。另外，白诗也把童趣描述得非常可爱，比如《步虚四章》（之四）有言：

> 清都五云天，天中飞紫琼。上皆青琳府，中有白玉京。风露凄且冷，蕊宫云冥冥。玉童折珊瑚，下弄银河星。

前面三联皆为天庭风景之描绘：在五云天的清都上，有飞来飞去的紫琼，有青琳府，青琳府中又有白玉京，那里风大露冷，而在女娲居住的蕊宫周围也是云气沉沉，这么看来，虽有漂亮的宫殿，但天庭还是凄冷的，好像也不怎么有吸引力。然而最后一联，诗人却笔锋一转，描写天庭仙童的可爱举动：在一片凄静之中，走来一个孩子，他欢快地折取美丽的玉珊瑚，还调皮地玩弄着银河里的星星。在此，我们终于看到了玉童的天真烂漫，明白了天庭自有其乐趣，天上也满是童趣。

在炼丹采药的过程中，诗人能将无处不在的药材想象为天上的神仙所种，把仙境和人境糅合起来，用仙境写人境，让人境具有仙境之神奇美丽。请看《呈万庵十章·采药》：

王蕴山头多白云，白云深处药苗芬。威音王佛随时种，元始天尊下手耘。石女骑龙攀雨瓜，木人驾虎摘霜芸。不论贫富家家有，采得归来各一斤。

该诗从远山着眼，一抬头就看见山上的白云，一低头又发现芬芳的药苗，它们是佛祖和道祖共同栽种的(其中，威音王即为如来佛祖，元始天尊乃是道教之最高神)，采摘药材的时候，仙人们骑龙驾虎，好不神气，而分配的时候也实行平均制，每家各分一斤。天上的动人美景和神奇生活多么令人向往啊，可惜，这只是诗人生花妙笔下的意趣化想象。

毋庸讳言，白玉蟾的诗在当时和后世并未得到特别重视，人们更关注其道教思想和修炼功法，对其诗并未发出更多的赞美之声。但在诗的想象世界里，我们不应将其遗忘，而应认真研读，多方借鉴，向白玉蟾学习，学会与大自然密切交流，发现大自然的神奇美丽，对日常生活充满好奇和热爱，用乐观开朗的心态去追求人生的最高境界，倘能如此，当代诗歌即可焕发更具生活情趣和想象乐趣的崭新魅力。

基金项目：教育部人文社会科学规划项目《道家美学在汉魏六朝的传承与衍变研究》(11YJA720024)。

作者简介：万志全，南昌工程学院人文与艺术学院副教授，著有专著《扬雄美学思想研究》等。

椰树风情，人生滋味

——丘濬《椰林挺秀》诗赏析

朱东根

摘　要：丘濬的《椰林挺秀》诗是一首形象鲜明、风味别致的写景咏物诗。诗人选取自己所熟悉的南国风物作诗歌咏，既生动传神地刻画了景物的形态风姿以及随风雨阴晴而变的独特景观，也在写景咏物之中隐然寄托了他那亲近自然的心愿和热爱生活的情怀。由于诗人具有良好的诗学修养，加之对所写景物能了然于胸中，故而写起景物来娴熟老到，得心应手，颇见艺术功力。本诗在取材、风格、语言等方面跳出了明代前期台阁体的影响，给人以耳目一新的感受。

关键词：丘濬；《椰林挺秀》诗；赏析

明代诗人丘濬有《琼台诗文会稿》传于世。读其诗，有如林中探宝，海边拾贝，能使人流连忘返，时有所获。在其堪称名篇佳作的诗中，要说很有特色者，《椰林挺秀》无疑是值得评说的一篇，其诗曰：

千树椰椰食素封，穹林遥望碧重重。腾空直上龙腰细，映日轻摇凤尾松。山雨来时青霭合，火云张处翠荫浓。醉来笑吸琼浆味，不数仙家五粒松。

诗写岐山八景之一。所谓岐山八景者，丘濬皆有诗赋之，曰屏山耸翠、带水湾环、榕树屯阴、椰林挺秀、月池夜色、花鸟春香、山市晓晴、洋田朝雨。丘濬并有序文述岐山之所在及八景之所由：

> 琼城之东两舍许，有胜地曰条岐。其山谓之岐山。山之形若树，屏然苍翠之色，四时不渝。山之下有水，水之流纡迤若带，缭绕乎田塍之间。其田弥望可数十里。越田而南有圩市焉，乡人之贸易者，恒晨集于是，盖亦一方之胜景也。
>
> 友人蒙亨（时中），世居其间。居之前有池，池之中有岛，岛之上杂植花木。而环其居者，又有榕树、椰椰之属。远而望之，郁然深秀之中，栋宇隐然在焉；则又据山水之胜，而独得之者也。君……因即其胜，厘为八景，携以自随，遇能诗者辄请赋之。（《岐山八景诗序》）

岐山风景之胜概确实有如图画中，令人心驰神往。因其间“又有榕树、椰椰之属”，故时人特为之设“椰林挺秀”一景，而丘濬之诗遂得以作焉。《椰林挺秀》诗既是依景而写，则由于它所写之景——椰树的特异新奇而使得本诗天然地就有了一种特别的风味和让人耳目一新的外在特色，亦从而能让大多数没有机会来到海南的读者在特定的诗境中寻求特别的体验。

椰树（Cocos nucifera）是棕榈科常绿乔木，性喜高温、雨水、阳光，还有吹拂的海风，是海南岛的当家树种，也是海南岛当仁不让的天然主人。虽然我国的台湾南部、广东雷州半岛及云南西南部也可见到椰影婆娑，但人们依然把椰岛的美称送给了海南，真是令人怀想！同样，当年岐山八景所在的今之海口也当之无愧获得了椰城的雅号。读着《椰林挺秀》，穿行于椰风海韵中，人们仿佛看到，丘濬笔下的椰树林仍是那样的风姿绰约，正眺望着对岸的大陆，守护着美丽的海南岛呢！

然而，如此富有情趣的景物却很少有机会走进诗人的笔端，以咏椰而名篇的诗作更是少之又少。究其原因，乃是由于椰树生长热带、僻处中华边陲的缘故。翻检唐宋诗人们的咏椰作品，不难发现，其作者大多是谪贬南荒的文人，粤琼本地诗人反而较少。南来的诗人们仔细观察着这迥异中州的南国风物，情不自禁地写下其内心的新奇感受：

> 日南椰子树，香袅出风尘。丛生调木首，圆实槟榔身。玉房九霄露，碧叶四时春。不及涂林果，移根随汉臣。（沈佺期《题椰子树》）
>
> 岭水争分路转迷，桄榔椰叶暗蛮溪。……不堪肠断思乡处，红槿花

中越乌啼。（李德裕《谪岭南道中作》）

炎丘椰木实，入用随茗椀。譬如楛矢砮，但贵从来远。往时万里物，今在篱落间。知公一拂拭，想我瘴雾颜。（黄庭坚《以椰子茶瓶寄德孺二首》之二）

于细致生动的写景咏物中寄寓着复杂的人生意绪，表达了背井离乡的感伤情怀。也有纯然描述性的咏椰诗：

浆成乳酒醺人醉，肉截鹅肪上客盘。有核如匏可雕琢，道装宜作玉人冠。（黄庭坚《以椰子小冠送子予》）

落蒂累累入海航，枯皮犹吐绿芽长。金丝发裹乌龙脑，白兔脂凝碧玉浆。未许分瓢饮醽醁，且堪切肉配槟榔。当时曾挂将军首，此说荒唐未可量。（赵升之《椰子》）

这里既有对椰树形态的刻画，也有对椰树功能的描述，诗人们观察事物之细腻、运笔用墨之工致令人印象深刻。但是说真的，由于这些诗人都是外来客，对椰树的生长环境和生活习性缺少深切体验，其笔下的椰树景观终究让人觉得少了点儿什么，读起来不免有些“隔”。以此而言，从椰树故乡走来的丘濬可谓弥补了这一缺憾。他的《椰林挺秀》不仅给椰树描形画态，形象逼真，而且写椰树风情，写人生滋味，写出了真情实感，写出了境界品味，在唐宋元明清乃至当代的诸多咏椰诗中诚为上品。你能从中真切地感受到椰树之美。

丘濬在刻画椰树形态时显然要比那些前辈诗人们技高一筹。他不是简单地罗列椰树的果实茎叶作功能性描述，而是精心选择富有表现力的语言和意象来摹写椰树的风采情韵：“腾空直上龙腰细，映日轻摇凤尾松。”这短短十四字的一个对偶句意蕴丰富，无疑是椰树形态最贴切而形象的写照。你看，一株株挺拔的椰树噌噌噌腾空而上，直插云霄，颀长秀丽的树干宛若龙腰一握；在明媚日光的映衬下，蓬松纷披的椰叶就像五彩斑斓的凤尾一样艳丽，微风吹来，摇曳生辉。这是一幅多么鲜艳、生动的《椰树映日图》啊。

在这幅图中，诗人赋予了椰树以三重的美感。其一，造型的美。和其他常见树种相比，椰树在外在形态上显得简洁明快：其挺直的树干高大俊俏，整齐光洁。在单项树冠上，椰叶如飞羽状向四方伸展，形成一个漂亮的冠盖。高耸的干和宽大的叶远望去正是一个“个”字造型，煞是好看。诗人紧抓住椰树外形的这一特点，以一“细”一“松”的线条勾勒，准确而利落地完成了椰树的素描速写。其二，比喻的美。为了使笔下的椰树形象生动，唐宋诗人常作比喻和联想，丘濬也是如此。但衡诸前人，丘濬的比喻可谓精妙之极。他把椰干比作龙腰，椰叶比作凤尾，不仅是将中原人见不到的椰树形象“置于眉睫之前”，而且能“含不尽之意见于言外”，给读者留下美好的遐想。你看，龙、凤为祥瑞之物，又有王者气度，用以喻椰树，不是非常贴合它那“海南主人”的身份地位吗？你不妨设想一下万物翔集、龙飞凤舞的灿烂情景。其三，神韵的美。椰树本是无情物，但诗人却以拟人化手法摹写之，写出了它的神韵。“腾空直上”表现了拔地而起的气势，让静态的树干有了生气，有了动感，有了一种阳刚的力量！而“映日轻摇”则又是动中写静，于摇曳的树叶中捕捉那份宁静、恬淡、柔美，捕捉那份情。这样，在蓝天丽日的背景下，动与静的态、力与情的美奇妙组合在一起，使远方的你不能不为之怦然心动。

对“映日轻摇凤尾松”这句诗，有读者以为丘濬是用凤尾松比喻椰树，实属误读。何以知其误也？从诗歌句意及律诗的形式要求上可以推知。所谓凤尾松即学名苏铁（Cycas revoluta），俗称铁树、铁蕉、凤尾蕉的植物，其叶虽呈羽状分裂似凤尾，但因过于粗大坚硬而难见它风中“轻摇”的柔情媚态，用以比喻椰叶可谓不伦。且椰树、凤尾松皆南国树种，若诗人只得以树喻树，则真是应了“论画以形似，见与儿童邻”（苏轼《书鄢陵王主簿所画折枝》）的那句古话了！聪明的丘濬不会如此缺乏想象力、如此笨拙的。又，律诗要求颔联须作对偶句，即“凤尾松”要对“龙腰细”，则“松”与“细”同为形容词明矣。为形容词，“松”就是蓬松之意，是繁体“鬆”的简化字。若视作名词，则不仅对偶不工，还会出现和尾联重韵的问题，扞格于诗律。查《集韵》，鬔鬆的鬆是苏丛切，状发乱貌；松树的松是思恭切，解释为木，两字的音与义皆不相同，不是重韵。实际上，如果依丘濬原文写作“凤尾鬆”，那就不会有歧义了。

丘濬在精心刻画了椰树的形态之后又微微宕开笔墨，结合海南的气候环境，以背景的皴染来衬托主体景物，使画面的空间构图顿然开阔，还融入了时间元素。他写道：“山雨来时青霭合，火云张处翠荫浓。”闲闲道来的两句话,却是海南气候的一个典型概括,非常恰当妥帖。所谓"山雨来时",说的是海南四面环海,境内多山,这依山傍海的椰树林便因此常被不期而至的山雨所光顾。每当山雨来袭时,那一波一波的雨浪借助风之威势横扫整个椰树林,蒸腾出团团雾气;而椰树则在雨骤风狂之中傲然挺立,表现了伟岸的精神,只有繁密柔长的椰叶随风雨摆舞,时分时合。"青霭合"描写的正是千树椰叶壮观而优美的舞姿。霭,云气也,亦指轻烟和薄雾。青霭乃古诗中常见之意象,用以喻山色,如李白所写诗句"云窗拂青霭,石壁横翠色"(《商山四皓》,《全唐诗》卷 181)、"落日舟去遥,回首沉青霭"(《姑孰十咏·天门山》,《全唐诗》卷 181)中即是。丘濬对该意象之意涵的使用诚如前人,但其所创造的捭阖动荡的境界读起来却也别有一番风味在其中。

这是诗人的雨中即景。而一旦"云销雨霁,彩彻区明",太阳露出它灿烂笑脸的时候,天空又马上呈现其峥嵘的气象。海南纬度低,夏季时长半年以上,虽说没摊上"火炉"的名分,但太阳的那个毒辣劲儿无疑会令人望而生畏。所谓"火云张处",实即是夸说气候之炎热。张,开也,喻云彩像花朵一样地开放着,却被太阳烤得火红火红的。这时候,穿行于椰林之中,不啻是一种美好的享受,那浓密的翠荫隔绝了烈日炎火,铺就一地碎影,并送来阵阵醉人的清凉。

《椰林挺秀》诗的颈联是一个鲜明的对比性描写。诗人为椰树林设置了雨晴各别的背景,以表现其不同的风貌与境界。"山雨"的威猛和"火云"的酷烈在凉与热、动与静、声与光的两相对照中一倍增其度,同时也跟主体景物的特质形成强烈反差,即山雨越威猛,则椰林越见其岿然之精神;火云越酷烈,则椰林越见其脉脉之温情。这刚柔相济的两面本来隐然不彰,但经由诗人的提炼和点染,却一下子变得豁然开朗了。椰林如人,有气质,有情意,亦有品格,有境界。当然,景物的此种内在之美不是一般人所能见,乃是需要长期观察和悉心体验,且更有待于观者的慧眼灵心及生花妙笔。昔人云,言情体物"在神不在貌"(《人间词话》),品味这里的描写,实可谓得其意矣。

和颔联一样,诗人在本联中也赋予了椰树以动与静的态、力与情的美,即一种精神的内涵。所不同的是,颔联侧重于对一株椰树的近距描写,而本联则拉开镜头,大气磅礴地点染一片森林。这种由点及面的写法不仅暗含了观察视点的转换和诗歌形式的变化,而且使椰树形象更显丰满有神。在不经意之间,诗人把你带入了一个充满南岛风情的变幻的时空。

中间两联尽管传神生动，能见出诗人的写景刻画工夫，但如果本诗所写仅止于此，那就未免有点儿遗憾了——纯粹为写景而写景，不仅缺乏主体性，而且少了很多情和趣，是不符合情景交融的古典诗学原则的。事实上，《椰林挺秀》诗在景与情的关系上处理得很高明，亦即丘濬在写景之外还不动声色地融入了情感因素，使整首诗都洋溢着浓郁的诗情画意，令人回味不已。而其融情入景的笔法之巧也成了本诗艺术上的一大亮点。

回过头来看首联，可以看到，诗人在刚起笔写景时就显示出了即景抒情的趣味，并为全诗定下了恬淡怡然的抒情基调。他面对着“千树椰椰”，那一大片蓊郁翠绿的树林，心里真是抑制不住的喜悦！“食素封”即是这种心情的表达。所谓食封，指的是战国秦汉时期的分封制，被封的封君在其封地上享有衣食租税等特权。诗人这里是用作比喻：眼前的这一片椰林就好像自己的封地，其间的一切都任凭享用，没有任何外来的限制和束缚。因为自己并非真是封君，而天然美景亦非来自国家的赏赐，故有“食素封”之雅称。素封之素原意是空，引申为无爵位之义，如把孔子叫做素王，即指孔子有王之德而不居王之位。司马迁释曰：“无秩禄之奉，爵邑之入，而乐与之比者，命曰素封。”(《史记·货殖列传》)诗人所言最切近此义，其中的关键词在一个“乐”字，意欲表明从自然美景中所获得的心理上、精神上的满足实不亚于受到实封的贵族王侯。这是一种惬意的、陶醉的、与大自然融为一体的情感，清新，纯美，没有功利和尘滓。它轻轻流淌在胸中，洗涤了心灵，忘却了自我，升华了精神，同时也为诗人将要进行的景物描写作好了情感铺垫和心理准备。你看，那遥望着穹林、指点着美景的神情，看起来不正像拥有无限的精神贵族吗？

同样，本诗尾联“醉来笑吸琼浆味，不数仙家五粒松”两句也以抒情见意，且其抒情方式更显示出了高超的艺术性。在中间两联精妙的写景之后，诗人劈头就拈出一个醉字——好一个神来的醉字啊！不仅转接自然，而且能拓开新意，使诗歌内容别开生面。前面写椰树的形、态、声、色，这里接着写椰树的果实，不是很顺理成章的吗？椰果中有清甜爽口的椰汁，如美酒一般，诗人饮之如醉，甘之如饴，不是也很理所当然的吗？新鲜的椰汁“清如水甜如蜜”，风味独特，营养丰富，丘濬特爱之，径呼曰“琼浆”——意为“小蓬莱”(明朝人对海南的雅称)仙岛的玉液琼浆，亦不妨拆解为琼州府(海南)出产的树头酒浆。从“醉来笑吸”的神态中，不难想见他的那份喜爱与享受、闲适与逍遥。

要说椰子和酒的关系，真是大有文章。《康熙字典》“椰”字词条几乎就是绕着一个“酒”字在解说：

《类篇》：“木高数十丈，叶在其末，肤里有浆，甘如酒。宋李纲有《椰子酒赋》。”又《齐东野语》：“椰子花亦可酿酒。”《殷尧封寄岭南张明府诗》：“椰花好为酒，谁伴醉如泥。”又《正字通》：“其壳有斑缬点文，横破之为酒器，遇毒则酒沸起。”

说到了可酿酒的椰花，可制酒器的椰壳，味美如酒的椰汁，也不忘提及唐宋文人在面对椰酒时的热情抒怀。看来解说者不仅博闻强记、见多识广，而且颇谙椰性，亦颇好酒德，不脱其文人本色。《康熙字典》的总结性解说还可以在前人作品中找到佐证。如椰制酒器，诗人笔下就出现过椰杓（唐李梦符《渔父引》：“椰榆杓子木瘤杯，烂煮鲈鱼满案堆。”）、椰匏（宋黄庭坚《以椰子茶瓶寄德孺二首》之一：“硕果贯林梢，可以代悬匏。携持二十年，煮茗当酒肴。”）、椰瓢（宋秦观《醉乡春》：“社瓮酿微笑，阒缺椰瓢共舀。”）等朴质的酒器。民间传说也给人带来了椰与酒的联想：相传林邑（占城）王与越王构衅，使人乘其醉杀之，割其首而悬于树上。化为椰，其核犹有两眼，故俗称椰果为越王头、将军首，而其浆如酒也。说得虽吓人，却终究难消人们对椰汁美味的怀想。总之，椰子和酒确有渊源，来过海南的文人们能够从中找到诗情与浪漫、激情与灵感，土生土长的丘濬也对它情有独钟，并以诗家本色给予了尽情的赞美。试想，设若椰汁如清茗，则只合优雅地去品，哪能有“醉来笑吸”的忘我与畅快呢？

除了椰汁如酒惹人醉的意思之外，“醉来笑吸”的“醉”也可释作诗人为椰林美景所陶醉。不是吗？那满眼尽望的椰树和高挑纤细的槟榔（两树因大小粗细的形态不同而被谑称为男儿树和女儿树）杂生一处，远望去就是一片绿色的海，重重叠叠，高高低低，苍翠欲滴；一株株椰树亭亭玉立，不枝不蔓，俏丽地映衬在碧空中，时或迎风斗雨，舞姿翩跹，时或遮阳蔽日，翠荫浓密。如此美景怎不令人心驰神往，心醉神迷！难怪诗人要用传说中的仙树来衬托这种心情，说“不数仙家五粒松”了。此一“醉”字兼有酒醉和陶醉两层含意，看似漫不经心，信手拈来，实则深思熟虑，耐人咀嚼，真可谓“文章本天成,妙手偶得之”啊!

末句的“仙家五粒松”(南宋周密《癸辛杂识前集》对“五粒松”有解说)是由“醉”字引出的奇妙联想。诗人跳脱实景,把视线和思绪一下子拉进邈远微茫,这样既暗写了椰树的出尘之姿,又拓开了诗歌的展示空间,并在现实与那虚幻想象的另一时空的对比中作出取舍。这是他人生态度的一种展现。但试想,设若不是“醉眼醉心”,又何来这出人意表的世外之想呢?

椰树通身是宝,可以现于笔端、形诸歌咏的素材很多,而丘濬则仅取干、叶入诗,描其形,画其态,绘其声,写其色,动静结合,形神兼备,读来极有诗味。他又从形态描写出发,就势抒情,表现了很高的技巧性。借助于眼前景物,他鲜明地寄托了远离尘俗、亲近自然的心愿,也隐约表达了热爱生活、不慕神仙的现世情怀。那隐含在曼妙诗句之中的,其实是诗人的性情和旨趣,还有更为幽渺的人生阅历。这只要你去细品,是不难揣摩得之的。

《椰林挺秀》诗在艺术结构上的主要特点是稳称谨严。诗人以“遥望”起笔,笔下写意,意中含情;接着拉近镜头,走进椰林之中,近距离地观察和描写景物,勾勒出南国椰树的独特风姿;又骋笔纵情,极力伸展想象,写出随风雨阴晴而变的景观;最后笔锋略转,写椰汁美味,并巧妙地引伸出人生感受,有较强的抒情性。前三联以景物为中心,或以惬意之情观景,或以欣赏之情描景,皆隐隐然情意蕴含于其中;最后一联则纯属抒情,诗人乃在兴怀感抱,直抒胸臆,但明显是情以景兴,触景生情。总之,本诗重在写景,却又处处含情,是一首情趣盎然、引人入胜的写景诗,可谓饶情景交融之美、文采风流之趣。而其裁剪之精当、意象之鲜明、描写之传神、运笔之工致,以及修辞和语言上的生动贴切,更显示了诗人刻画描写的艺术功力,为本诗增光添色不少。

《椰林挺秀》之所以能成为一首写景咏物的好诗,和诗人丘濬深厚的诗学修养是分不开的。他虽生于台阁体泛滥之时,其本人也是理学名臣,但却能摒弃馆阁大臣的创作习气,跳脱“雍容典雅”的流行诗风,主张写“得天趣之自然”(《刘草窗诗集序》)的诗歌。他认为,不要凭“学力”作诗,而应从生活中寻找诗料素材,写“眼前景物口头语”(《戏答友人论诗》)。此论可谓得作诗之精髓。唯其写熟悉的景物,用活生生的语言,才能写出真情实感,写得得心应手,写出感染力。落实到《椰林挺秀》,可以看出,丘濬实践了他的诗歌主张。他写的不是江南的桃红柳绿或北国的霜叶衰草,而是故乡的风物。他熟悉椰树的形态特征，也了解它的生长习性，乃至于特质品性、四时景观、价值功用等，所以不必像过往海南的迁客那样去刻意比兴寄托，而是从椰景中自然生发，款款写情，娓娓道之。手法近乎白描，却写得流丽宛转，亲切可喜，且别有慧心，真正是臻至他所倡导的“吐语操词不用奇，风行水上茧抽丝”（《戏答友人论诗》）之艺境。在“吐语操词”的语言运用上，他不用典故，不用奇语拗语、硬字僻字，无书卷气，也无俗气，显得娴熟老到，自在潇洒。总之，《椰林挺秀》是一首耐读耐诵的佳作，反映了诗人丘濬具有深厚的诗学造诣和高超的写作技巧。不用说，它是《琼台诗文会稿》中众多诗作的一个亮点；但也不妨说，它即使放在明代前期诗坛上也是很突出的。在当时那萎靡窒闷的创作风气下，能读到这样一首清新自然的诗，能见到这样一位率性作诗的诗人，无疑会让人的情绪为之一振。

作者简介：朱东根，文学博士，海南大学人文传播学院教授。

丘濬诗词研究
——兼及"台阁体"问题

安华涛

摘　要：丘濬在他的时代以及身后，均未能以诗鸣世。其一生之太半在京师度过，诗歌内容较为狭窄，艺术上以达意为宗旨，力求有益于世教。丘濬所处的时代，正是台阁体渐趋没落、新的诗歌风格正在形成的转型时期。其诗歌前有声势赫赫的台阁体，后有开启一代诗风的茶陵派，丘濬身处其间，一生精力又多用于经济与历史，故虽被看做是台阁体作家，终难以诗歌获取名声，赢得在文学史的地位。

关键词：丘濬；诗词；台阁体

丘濬是中明大儒，成化、弘治朝之翰苑名流，一生绩学经籍，博极群书，然留心庶务，著于文章，尤以《大学衍义补》为最。与其卷帙浩繁的学术著作相较，丘濬传世的诗歌确实分量不足①。据笔者统计，丘濬诗词合计 905 首②。在中明及以后，丘濬并未以诗词名世。前贤及当代学者的研究也多集中于丘濬的经济、律法、文化、教育、军事思想等方面。丘濬诗词研究文章

① 李东阳《琼台吟稿序》称："礼部尚书琼台丘公，蚤能诗，信口纵笔，若不经意，而思味隽永，援据该博。平生所得近万篇，往往为好事者取去。晚乃掇其存者，分类为编，殆二十之一而已。"详见丘濬《思亲》，周伟民、王瑞明、崔曙庭、唐玲玲点校《丘濬集》，海南出版社 2006 年版，第 3690 页。

② 笔者统计丘濬诗词所依据之版本，为周伟民等点校《丘濬集》，海南出版社 2006 年版。

见诸期刊与论文集的,屈指可数①。本文专题研究丘濬诗词,从诗词内容、个性风格、个人经历以及文风等几个方面,探讨处于台阁体创作晚期的诗人丘濬的诗词创作。

一、丘濬诗词创作概况

根据内容和主题②,丘濬诗词基本上可以分为以下几类:

(一)寿挽诗

在丘濬的诗词中,祝寿诗和挽诗数量不小,有70余首。将祝寿诗与挽诗划为一类,是处于对诗歌内容的考虑。祝寿诗是丘濬写给长辈的,挽诗也是,且都是人生已经处于尾声或者结束的阶段。在情感的抒发上,或是祝愿,或是哀悼,流露的都是人的基本的情感。祝寿诗一般表达了丘濬的崇敬、仰慕和赞扬,而挽诗则在表达沉痛的哀悼之余,往往有对逝者一生的肯定,这是寿挽诗的基本模式。祝寿诗以《寿陈太常》为例:

> 大雅遗音久寂寥,天教鸣世振诗骚。千年瑞绂苍麟角,五彩光生彩凤毛。云汉昭回卿月迥,紫垣依约寿星高。一杯不为遐龄祝,风虎云龙庆所遭。③

诗中丘濬首先赞扬陈太常的文学成就,认为他以诗鸣世,重启大雅遗

---

① 期刊方面,郑力民《巧化口头语,赋得绝妙词——丘濬其人其诗》,发表于《海南师院学报》1992年第5期,探讨丘濬诗歌的口语化色彩;曾雪华《丘濬近体诗用韵考》,发表于《周口师范学院学报》2005年第11期,对丘濬近体诗用韵情况有着较为全面的统计。论文集方面,海南大学东南亚研究所编、符华儿主编《丘濬邢宥海瑞研究》,东西文化事业公司出版2006年版,收录郑心伶《琼台本色是诗人——序韩林元〈丘濬诗600首〉》、韩林元《浅议丘濬诗词的思想性和艺术性》及钟平《谈丘濬诗联词典的艺术情趣》等三篇文章。朱逸辉主编《丘濬海瑞评介集》,海南出版社2004年版,除了上述三篇文章外,增录范会俊《〈琼台诗话〉与丘濬的诗词》一文。

② 丘濬诗词中或有送别长兄者,或有为母祝寿者,又有悼念亡侄亡子者,更有送人归琼州故里之作,与送别、寿挽等各类稍有重复,现皆归于思乡念亲一类。

③ 《丘濬集》,第3874页。

音，可谓凤毛麟角，这是很高的评价。曲终奏雅，回到祝寿的主题。

挽诗之《王推官挽章》、《挽罗都御史》一为五言排律，一为七言排律，是挽诗中的长篇。后者与土木堡之变有关，丘濬肯定罗都御史安定宣府，守卫京师的巨大贡献。对有些朋友，丘濬的挽诗写得情泪俱下。《哭刘文灿》一诗有小注："文灿名瑛，潜山人，有声场屋，不得一官而死。尝赋十诗哭之，今失其稿，仅忆此篇前四句，因足成之。"诗曰：

> 我忆刘文灿，才全德不形。熔金犹在范，淬刃未离硎。搜索终千古，勤劬老一经。夜来翘首望，天上失文星。①

丘濬同情刘文灿的遭遇，颈联感叹其未官而亡。因前后各四句乃续补而成，后四句在感情上就显得平和得多。而丘濬绝大多数挽诗写得典雅而平稳，显示出台阁体的影响。如《挽金尚书》二首之其二：

> 职任公卿重，才兼将相豪。对难甘任怨，志决顿忘劳。气返山河壮，名垂宇宙高。九重犹轸念，无乃正忉忉。②

其他如《挽彭彦充内子》、《挽常熟刘竑母》歌颂妇德，《医士挽章》③赞扬宋清般的医德等，均是辞达意到。

（二）送别诗

据笔者统计，丘濬送别诗有140首左右。丘濬身在京师，迎来送往，往往有诗歌唱和。从送别的对象看，多数是同朝为官的同僚，或迁或谪或归老，如《送林郎中致仕》、《送蒲进士赴铅山县》、《送费子充告病南归》等。这一类诗往往写得典雅得体。如《送陈缉熙修撰使高丽》：

> 海上天风吹节旄，玉堂仙客锦宫袍。诏颁龙阙恩初下，诗到鸡林价倍高。万仞鳌金浮晓日，一江鸭绿涨秋涛。远夷未识中原风，争睹文章

① 《丘濬集》，第3802页。

② 《丘濬集》，第3804页。

③ 《丘濬集》，第3880、3884、3902页。

五色毛。①

诗中既洋溢着中原大国的优越感，也有对陈缉熙的赞扬。在众多的送别诗中，《分韶得勿字送李应祯因和北征诗与之》、《送广东夏廉宪》均是五言长诗，后者借送别之机，详尽描述广东的民风和百姓生活的艰难，寄托了丘濬希望其解民倒悬的殷切期望。《〈送蒋生归省诗〉序》附五言绝句十四章，则是丘濬对蒋生的殷切嘱托和期望。蒋生即蒋冕，与丘濬有师生之谊，丘濬丧子后，蒋冕执弟子礼甚恭，丘濬诗中所谓“老成悼无传，赖汝以解忧。我有百车货，寄汝万斛舟”。正是因为这样一种特殊的关系，与其他送别诗不同，丘濬俨然是一副长者的口气，鼓励与告诫兼有，其八解曰：

叮咛出我口，妙契在汝心。爱身如爱玉，受言如受金。②

（三）应制勉学诗

这一类诗词在百首之上。从创作上说，应制诗是臣下侍奉皇帝所作、所和的诗，多为歌功颂德之作。《琼台诗文会稿》中冠以“应制”二字的并不多，仅仅 7 首而已，但也可以看出应制诗的特点。《应制》其一：

祖宗功德大，卓冠百王前。净把乾坤洗，重将日月悬。③

应制诗外，丘濬还有数十首《青宫勉学》，是写给太子的，也即尚未登基的朱祐樘。在诗中，丘濬或是教导太子孝道，“文王为世子，一日每三朝。燕寝询安否，天厨视酒肴”；或是劝诫太子要节俭，“祖业起艰辛，皆由俭与勤。每当温饱处，常念冻饥人”；或是叮咛太子勤于学业，“光阴驹过隙，一刻值千金。白日休虚度，经书好用心”；或是叮嘱太子信用贤能，“用贤须信任，闻善要推行”④。

① 《丘濬集》，第 3881 页。
② 《丘濬集》，第 4225 页。
③ 《丘濬集》，第 3771 页。
④ 《丘濬集》，第 3772—3773 页。

在《琼台诗文会稿》中，还有数十首代言劝勉诗。其中《兴王分封之国》十三首，作于成化二十三年，此时朱祐樘是太子。诗出自丘濬之手，他设身处地，在表达兄弟分别之情的同时，殷殷告诫兴王要懂得珍惜，不可祸害地方，不能奢侈："第一劝渠勤惜福，莫贪莫酷莫豪奢。"①类似的代勉诗还有代勉大臣二首、代言勉文臣九首、代言勉武臣五首、代勉文武臣四首、代勉儒臣、代勉百寮二首、代勉百官、代勉宫禁二首、代勉宗藩二首、代勉勋戚、代勉边将二首、代勉内宦、代勉节用②。当是朱祐樘登基之后的作品。其中心主旨在君贤臣忠，各司其职，尽心竭力，节俭守成。

（四）思乡念亲诗

这一类诗词约有 140 首。丘濬一生，自景泰五年中进士，选为翰林院庶吉士，此后的四十年间，除却成化五年至成化八年在家守制外，其他时间都在京师度过。"余自二十有七岁，即离家居京师，今年六十有一矣。中间归家者，通计不过四五载"③。乡情是丘濬诗词的重要主题之一。与上述三类诗歌相较，思乡之作更见诗人的真情。集中表达其思乡之情的作品，当属《〈送陈汝翼归琼山诗〉序》8 首、《〈送陈秉和南归诗〉序》16 首。这些诗以组诗的形式，从各个方面描写诗人记忆中的故乡，字里行间，充满着浓郁的思乡情怀。前者均以"忆昔吾乡全盛时"起笔，从交游、邻里、礼仪、孝义、节日等方面，一一道来，如在目前。丘濬一边追忆，一边频频感叹世风日下："近闻风俗微非旧"，"近来风俗殊非昨"，"无奈淳风日渐漓"。还试图以诗歌拯救民风："淳风一变嗟何及，遮莫渠前诵我诗。"④

其他思乡之作，散见于各卷，而且随着年龄老大，思归的感情日益急迫。《思归》："忽动思归兴，封章拟乞骸。"⑤《思归偶书》："欧公思颍终归颍，老我怀乡不得归。"⑥以欧阳修得偿所愿，归颍终老，反衬自己思归心切，却事与愿违。《辛亥思归偶书》云"六疏求归未得归"⑦，思归之心是何等急切。

① 《丘濬集》，第 3823 页。
② 《丘濬集》，第 3823—3828 页。
③ 《丘濬集》，第 4220—4221 页。
④ 《丘濬集》，第 4217—4218 页。
⑤ 《丘濬集》，第 3801 页。
⑥ 《丘濬集》，第 3916 页。
⑦ 《丘濬集》，第 3916 页。

与家乡相联系的就是亲人。在丘濬的诗中,母亲、兄长、妻子金氏、侄子,还有自己的儿子,都给丘濬带来了幸福,也伴随着终将逝去的痛苦。母亲是丘濬无比的挂念。丘濬七岁丧父,是母亲一手拉扯他兄弟二人长大成人的。而进入仕途之后,丘濬却没法膝前尽孝,这种牵挂和愧疚,深深地折磨着丘濬。在京师,他感叹:“帝城品物多佳味,每恨慈亲未得尝。”①天冷了,他说:“伤心秋又暮,未寄北堂衣。”②母亲寿诞,他又因“一官系词林,称寿嗟无因”③而痛苦;看到自己的白发,不禁推想:“吾犹衰迈况吾亲。”④

在这些亲人中,晚年丧子带给丘濬的是致命的打击:

> 莫怪频频叹息声,天生我辈正钟情。早知今日会有死,何似当初莫要生。垂老可堪增拂郁,养儿何必太聪明。思量于我真无益,落得横斜两泪流。⑤

这真是“未当死时儿先死,正好归时我不归”⑥,人生的不幸丘濬都遭遇了。

上述四类主题相对集中,易于分类。此外,丘濬尚有数量众多的题画诗、赠答诗以及咏史诗。题画诗与赠答诗,可以见出丘濬的交游情况,咏史诗是丘濬作为学者的历史观的体现。

二、丘濬诗歌的特色及文学主张

丘濬诗歌的特色可以概括为三点:

第一,题材的狭窄。丘濬的诗歌主要集中在送别、祝寿、吊挽、应制及思亲等几个主题上。这与丘濬的生平有着直接的关系。纵观丘濬的一生,自景泰五年入仕以后,仕途平稳。从韩林院庶吉士到翰林院编修,升侍讲、侍讲学士,又升翰林院学士,升国子祭酒,加礼部侍郎,掌国子监事,升礼部尚

① 丘濬《思亲》,《丘濬集》,第 3833 页。
② 丘濬《晚秋答友人》,《丘濬集》,第 3799 页。
③ 丘濬《母亲太孺人寿旦》,《丘濬集》,第 3707 页。
④ 丘濬《书怀》,《丘濬集》,第 3884 页。
⑤ 丘濬《哭子昆》,《丘濬集》,第 3896 页。
⑥ 丘濬《偶书》,《丘濬集》,第 3921 页。

书，加太子太保，升文渊阁大学士，入内阁司制诰典机务，加少保兼太子太保户部尚书武英殿大学士。其间除去丁母忧的三年，其余时间基本上是在京师度过的，这样的经历使得丘濬不可能接触到更为多样的人群和更为真切的社会现实，其诗歌题材也就不可能多样化。

第二，体裁的偏爱。体裁之间的不平衡，首先体现在诗多词少上。丘濬流传下来的词作总计 17 篇，与诗相比，无论数量还是质量，都不可同日而语。诗作中也存在体裁的不平衡。据笔者统计，《琼台诗文会稿》诗歌 1—6 卷诗歌部分各体裁分布如下：五言古诗 63 首，拟古乐府 14 首，七言古诗 100 首，五言绝句 89 首，五言律诗 117 首，五言排律 4 首，六言排律 18 首，七言绝句 222 首，七言律诗 237 首，七言排律 6 首，回文诗 6 首，集句诗 7 首，歌行 9 首，词 18 首，共计 730 首。《琼台诗文会稿》卷十五《〈归田乐诗〉序》七言古诗 8 首，《〈岐山八景诗〉序》七言律诗 8 首，《〈送符钟秀知泷水县诗〉序》七言绝句 10 首，《〈送友人唐彦宜诗〉序》七言绝句 10 首，《〈送陈汝翼归琼山诗〉序》七言律诗 8 首，《〈送钱先生归荣诗〉序》七言绝句 10 首，《〈送陈秉和南归诗〉序》五言绝句 16 首，《〈送蒋生归省诗〉序》五言绝句 14 首。[①] 其中《送陈云和南归》五言绝句 8 首与《〈送陈秉和南归诗〉序》相同，《送蒋敬之归省和宋先生送方正学韵》五言绝句 14 首与《〈送蒋生归省诗〉序》全同，则应扣除五言绝句 22 首[②]。以上共计 905 首。其中，七言古诗 108 首，五言绝句 97 首，五言律诗 237 首，七言绝句 252 首，七言律诗 253 首。

第三，语言的平易。这种平易，不是无味之平，也非简单之易，而是经过提炼之后的精致，但这种精致是通过平实、清晰而典雅的语言来表述的。如丘濬集中的数十首勉学诗，虽是写给当下的太子未来的皇上的，但仍然以口语化的语言来表达，像一个长者谆谆教导。其内容都是修身治国的大道理，但出之于丘濬之口，再不是高深莫测，而是平淡中有深意在。这得益于丘濬平易的语言风格。

丘濬的这种诗歌实践，与其自身的诗歌主张关系密切。《明史》载“时经生文尚险怪”，丘濬主持南京乡试，分考会试，“痛抑之”；及其主持国子监，十

① 详见《丘濬集》，第 4206—4225 页。

② 《送陈云和南归》与《送蒋敬之归省和宋先生送方正学韵》二组诗，详见《丘濬集》，第 3783—3785 页。

年之内,“谆切告诫,返文体于正”①。其《大学私试策问》:

> 文章关乎气运之盛衰……洪武永乐之盛,其文章浑厚醇正,明白俊伟,无有雕琢刻画之弊。……正人心,作士气……使修辞者顺理达意,无险怪新奇之作,命题者随文取义,无偏主立异之非……②

这虽是对策问而言,但也可以见出丘濬对浑厚醇正文风的推崇与对险怪文风的压制。具体到诗,丘濬的主张多体现在他给朋友所作序言中。《〈尚约先生集〉序》:

> 先生之诗文,皆有为而作,达意而止,质实之中,而自有文采,醇然其无滓,绎如其无纇,淡乎其有余味,得孔子从先进之意。③

与文论相似,丘濬欣赏质而有文,淡而有味,醇然无滓的诗作。《〈觉非集〉序》也可以看到类似的表述:

> 其诗不事锻炼,用眼前语,写心中事,讽咏之可以知其中心之洞达明白,无城府町畦也。④

“眼前语”,“心中事”,自然而然的语言风格,成为丘濬推崇的典范。《戏答友人论诗》算是丘濬最为鲜明的诗歌主张:

> 吐语操词不用奇,风行水上茧抽丝。眼前景物口头语,便是诗家绝妙词。⑤

① 《丘濬集》,第 5143 页。
② 《丘濬集》,第 4016 页。
③ 《丘濬集》,第 4028 也。
④ 《丘濬集》,第 4301 页。
⑤ 《丘濬集》,第 3849 页。

丘濬认为诗歌创作不需要借助奇险的文辞，最平易的词语更能表达最贴近生活的意思，就像“风行水上”，就像“茧抽丝”，表达清晰即可。他认为诗人最好的作品，就是“眼前景物口头语”，用最平实的语言写眼前的景物。如《甲辰初度》：

百年光景易消磨，三分中间二分过。事到久来天自定，人于老后日无多。一天风月催归思，万古乾坤入浩歌。心上自如无所愧，闲将十指细摩挲。①

甲辰年为成化二十年，诗人 64 岁。人生易逝，以百年算来，诗人恰好三去其二。在感叹自己时日无多的同时，又进一步抒发自己的思归之情。最后是诗人“心上自如无所愧”的坦荡胸怀的抒发，但诗人用了一个颇有味道的细节：“闲将十指细摩挲”。整首诗绝无生僻字词，而“消磨”、“摩挲”则是地道的口语词。这首诗把有一个年逾花甲的老者思归的心情、坦荡的胸怀刻画得生动形象。

丘濬对诗文抱着非常实用的态度：文以载道。与他同时代的程敏政曾引丘濬的话来印证丘濬的诗文观：

先生尝为走言：“世之作文者，类喜锻炼为奇，不究孔子词达之旨；或剽窃以为功，不识周子文以载道之说。虽有言无补于世，无补于世纵工奚益？故予平日不欲以诗文语学者。”

丘濬的诗文观可以概括为两点：一是辞达，二是有补于世。而这两个方面是互相贯通的，辞达是表达方式，有补于世是创作目的②。

三、丘濬诗词创作与台阁体之关系

最早对丘濬的文学创作作出评价的是何乔新，其《琼台类稿序》作于弘

① 《丘濬集》，第 3909 页。

② 程敏政《琼台丘先生文集序》，《丘濬集》，第 3686 页。

治五年，此时丘濬72岁。在序言中，何乔新如此评价丘濬的文章：

盖先生之文，本濂洛之渊源，而不失韩欧之矩彠。其粹然纯正，若弘璧琬琰，陈于周庙；其渼然泓深，若沅渐酉澧，汇于洞庭。其雄玮缛丽，若龙盾鸟，驰骋疆埸之间；珠盘玉斝，周旋坛坫之上。……先生之文，一本于道，足以追踪濂、洛诸名儒而无愧，非韩氏、欧阳氏、曾氏因学文而见道者之可拟……①

何乔新并未明确提出丘濬与台阁体的关系。最早提出这一说法的是晚明叶向高。他在《丘文庄公集序》中说：

而其时又去国初未久，习尚浑朴，文取明白晓畅，不为雕镂剽窃以见奇。间取公他所为诗文读之，率舂容恬适，意尽辞止。根本盛而枝叶衰，事情多而鞶帨少。近凝金华、乌伤，远追庐陵、南丰。即迩来以著作自命，雄视词场者，或以台阁体目公，而要之于修辞立诚，言近指远，竟未能逾胜公也。自公后，而台阁之文，浸明浸昌，长沙、内江、华亭、新郑、江陵，接踵继起。近则吴门、太仓、东阿、晋江，南北两山阴，皆斐然成一家言。遂令文章操柄，不在韦布，不在他曹，而在纶扉尺地，为千载政事堂生色。而要之于博古综今，明体适用，亦未能逾胜公也。②

这段文字包含了两层意思：一是丘濬被看做台阁作家，是晚明时代的事情，且丘濬之后台阁之文大盛；二丘濬的诗文恬淡达意，博古综今，明体适用。丘濬被看做台阁作家，当然与其晚登台阁有关，但在根本上却是与其创作关系密切。丘濬四十年间，仕宦于京师，与其关系密切的萧镃、彭时等都是台阁体作家。其文学创作在风格确实与台阁体相似。李贤《杨溥文集序》曰：

观其所为文章，辞惟达意而不以富丽为工，意惟主理而不以新奇为

① 《丘濬集》，第3684—3685页。

② 《丘濬集》，第3677—3678页。

尚，必有补于世而不为无用之赘言，论必有合于道而不为无定之荒论，有温柔敦厚之旨趣，有严重老成之规模，真所谓台阁之气象也。①

所谓“台阁之气象”主要指达意主理不唯富丽新奇，有补于世而有合于道，主旨则温柔敦厚。这段文字拿来评价丘濬的文学创作也恰如其分。丘濬被看做台阁体作家，也与其文章有绝大的关系。程敏政认为：

其言凿凿乎必可见之于行，行之必可以兴文治，洽文教，而致吾君于尧、舜三代之上，流声实于两间，作楷模于来世，使道不为空言。盖先生之志如此，而文亦足以发之，不可诬也。顾此集虽出于所学之绪余，然闳肆而精醇，明润而雅洁。究本之论，扶世立教之意，郁乎粲然，将上班于毛、董、韩、李、欧、曾、陶、杜之间，视世所谓训诂之陋，声律之卑，殆将挥远之而以为羞道者矣。所谓一代之豪杰，若先生，岂多得哉！②

与叶向高同时的周延儒《丘文庄公集序》云：

盖即是编，有可以得先生者，则以先生之文，非文人之文，而皆本之实学，出自神理之文也。夫文人之文，岂不能新能古，能博能奇，以为工。然中无真蒂，识歉管窥，终不过凌厉叫跳，掇拾剽袭之伎耳。即夙号登坛树高帜者，往往其病正中于所长。今读先生集，而欲举所称奇与博，古与新以名之，不可得。至始凌厉叫跳，掇拾剽袭之病，先生有一于是乎？大而人告之笺，昌言之牍，小而赋物摅怀之牒，记识赠酬之篇，靡不融如灏如，一归浑雅。……本之实学而出自神理者，诚如是也。③

当代学者何坤翁认为，台阁体有诗有文，文为重。“台阁体的存在，完全因为文”。同时，他认为台阁体作家擅长古文，难免移文入诗，形成“台阁体

① 明徐纮编《明名臣琬琰录后集》卷一，周骏富辑《明代传记丛刊》第 43 册，台北明文书局 1991 年版。

② 《丘濬集》，第 3686—3687 页。

③ 周延儒《丘文庄公集序》，《丘濬集》，第 3680—3681 页。

诗春容宏大,词气安闲"[1]的艺术风格。这从《四库全书总目·杨文敏集提要》对杨荣的评价也可以见出:

> (杨)荣当明全盛之日,历事四朝,恩礼始终无间,儒生遭遇可谓至荣。故发为文章,具有富贵福泽之气,应制诸作,沨沨雅音。其他诗文亦皆雍容平易,肖其为人,虽无深湛幽渺之思,纵横驰骤之才,足以震耀一世,而逶迤有度,醇实无疵,台阁之文所由与山林枯槁者异也。

四库对其诗歌的评价是"雍容平易"。这与丘濬的诗歌风格很像,尤其是与其应制勉学、赠别、寿挽等诗。但"雍容平易"的诗风,与丘濬的思乡念亲之诗却大不相同。如《感怀》:

> 忆昔堂前别母慈,号天哭地泪淋漓。想应慈母肝肠裂,亦似当时育我时。[2]

这已经不是"雍容"了,而是情感的迸发,毫无节制,任其自然。天顺年间,瑶人作乱,丘濬在诗中也多次提及,《闻人说海北事有感》其二:"荒郊白骨宵飞磷,风雨啾啾正怨谁。"[3]后来丘濬丁忧,又有《南归经高雷境有感》诗:"颓垣败屋人何苦,剩水残山景可怜。"[4]这些诗已经没有台阁体的雍容了。

要之,丘濬在他的时代以及身后,均未能以诗鸣世。其一生之太半在京师度过,诗歌内容较为狭窄,艺术上以达意为宗旨,力求有益于世教。丘濬所处的时代,正是台阁体渐趋没落、新的诗歌风格正在形成的转型时期。其诗歌前有声势赫赫的台阁体,后有开启一代诗风的茶陵派,丘濬身处其间,一生精力又多用于经济与历史,故虽被看做是台阁体作家,终难以诗歌获取名声,赢得在文学史的地位。

作者简介:安华涛,海南大学人文传播学院讲师。

---

① 何坤翁《明代台阁体诗派的消歇》,《学术交流》2011年第12期。

② 《丘濬集》,第3857页。

③ 《丘濬集》,第3881页。

④ 《丘濬集》,第3887页。

道光重修《琼州府志》之蒙古名宦明谊事迹考

陶慕宁

摘　要：清嘉庆己卯科进士明谊出身蒙古贵胄，于道光十八年(1838)三月至二十一年(1841)任琼州知府。在任期间，体察郡情，关心民瘼，重修《琼州府志》，政声循良。后升任甘肃按察使、塔尔巴哈台参赞大臣，官至乌里雅苏台将军，同治七年卒，谥勤果。明谊在音乐领域亦颇有贡献，曾手录“弦索十三套”曲谱，凡古琴、琵琶、筝、三弦等古曲皆以工尺笔录，取名《弦索备考》，诸曲今经中国音乐学院复原大部，享誉世界。

关键词：明谊；琼州府志；线索备考

一

先高祖讳明谊，字古渔，号荣斋，蒙古正黄旗托克托莫特氏，嘉庆己卯(1819)恩科二甲进士出身，官兵部主事。道光十六年(1836)充张家口税务监督。十八年，京察一等，记名以道府用。三月，授广东琼州府知府，凡三年，升甘肃安肃道，仕至乌里雅苏台将军，同治七年(1868)卒，谥勤果。其仕履详见《清史列传》卷五十。

明谊之先世，本系蒙古大漠之牧主贵族，清初皈依满洲。其大父名策丹，为正黄旗副都统。其兄明训，为吏部右侍郎、内务府大臣、副都统。《清史稿·职官志》载：“副都统，正二品。旗各二人。”“都统、副都统掌八旗政令，宣布教养，釐诘戎兵，以赞旗务。”①盖蒙古诸部初随满洲八旗入关，以娴于弓马，皆充武职。其后贵族子弟渐浸淫于汉儒典籍，乃或循例入八旗官

① 赵尔巽等撰《清史稿》卷一百八，《选举制》三，中华书局 1977 年版，第 3368 页。

学,或径步科第正途。明谊之弃武修文,膺进士之选,正清代中叶游牧种族菁英文化蜕变之显迹。

明谊自道光十八年三月至二十一年任琼州知府,以漠北之贵胄,生长初仕于北京,迁官于张家口,骤来岭南海峤边鄙之地,而能入乡问俗,体察民风,访求乡宦,倡导德化,进而补修郡志,光大斯文,诚乃效法儒家之士范,步趋循吏之箴规也。其续修《琼州府志》序云:

琼郡风俗敦朴,在粤东为第一。前观察鸣庭王公记之,其言至详且悉,无庸复赘。余曩在京师,尤闻琼郡人文蔚起,代有伟人,心辄慕之。未几,出守斯郡。甫下车,得览名贤旧迹,与都人士游,洵逮所闻矣。独郡志历七十年未修,余甚惜焉。自《周官》"小史掌邦国之志,外史掌四方之志",由是郡皆有志,通于古今。志修而国史之采,靡不由之。矧我国家承平二百年于兹,休养生息,在在钟英毓秀。琼郡尤号才薮,此七十年中,事业之炳炳烺烺足备采择者何限?脱久而就湮,后将奚述?斯非郡守事欤?顾念搜罗人物,意在激扬善类,劝诫一方,分其部署,而运以机杼,非具史家三长,曷克胜任?余不文,且无公余之暇,盖难其人矣!适乡宦翰山张方伯读礼于家,以是商之余。余喜曰:"此诚乡先生、乡先达之责也夫!"爰以纂修事即托之方伯。距今二载,稿本告成,而余旋奉命分巡西徼,有甘省之行。蒇事者请余数言,以弁其首。余维是举也,得方伯以总其成,有诸绅士以集其益,余将去而聿观厥成,固余心也,抑余犹有望焉。尝见名区英杰挺生,率钟岳渎之灵,其后之克自振拔,得媲美于前者,无论世族寒门,而皆卓卓有可传。琼郡前明海忠介、丘文庄诸前辈,固同以名臣彪炳史册矣,其他载在郡志并未及入志者,亦皆铮铮有声。如余所见,张方伯即其人矣。郡之奇杰踵兴,信未艾也!志成而抚旧观新,有激劝之道。倘生斯土与守斯郡者争濯磨而求治理,他日人才兴而吏治盛,又非徒风俗之敦朴称第一已也。修志所系,其巨矣哉!是为序。赐进士出身、钦命甘肃安肃道,现兼广东雷琼兵备道,知琼州府事长白明谊谨序。①

① 明谊修、张岳崧纂《道光琼州府志》第一册,海南出版社2006年版。

此序虽谦称“不文”，而条述缘起，征引《周官》，揭橥大旨，瞩望后贤，文字质实无华，态度典重矜慎，甚副志序体例。以视今之为官牧一方，好为大言以惑众，喜倡高论以耸听者，不亦有清浊高下之判耶。

明谊一生之仕履，有中国社科院边疆史地研究专家吕一燃先生所著《清代边疆名臣明谊传》，载于《中国边疆史地研究》1989年第四期，于明谊任塔尔巴哈台参赞大臣、乌里雅苏台将军期间，殚精竭虑，与俄国边界交涉事所述甚详，评价亦甚公允，不假我一二谈也。近阅《道咸宦海见闻录》①，内有数则谈及明谊，可补史志之阙，特拈出以公同好。

《道咸宦海见闻录》本系清人张集馨自订年谱，原未命名，上世纪八十年代，始由杜春和、张秀清勘校整理，命名付梓。张集馨，江苏仪征人，道光九年(1829)进士。道光三十年(1850)任甘肃布政使，时明谊主甘肃臬司(按察使)，二人同僚甚相得。平庆泾道范懋德本系商贾，“通判部曹，层递叠捐，性情乖谬，目不识丁，声音笑貌，不堪向迩”。大学士甘肃总督琦善欲其自行引退，范则恬不知羞，贪墨侵渔，大肆需索。反求张集馨与明谊奏保花翎，“经古渔(明谊)廉访会详，将范并静宁州张若静等一并撤省审办”②。此为明谊秉公整饬地方吏治之一例。

“见闻录”咸丰八年又记“余道光三十年承乏甘藩，握手一见，如旧相识。其时柏台为明古渔廉访，与公亦称莫逆交，彼时即朝夕过从，互相策励”③。此条所云“公”指索文，字翰堂，乌鲁木齐回籍，官至甘肃提督。善用兵，自偏裨以至大将，威名震海内，虽武臣而喜与文士纵谈史鉴。此则可窥明谊交友之一斑。

明谊之著述，存于今者，除上引《琼州府志序》，尚有其在西北边疆“筹办夷务”，勘核边界所上条陈奏议若干篇，属奏章公文，无关文学。今幸有中国艺术研究院馆藏善本《弦索备考》一书，可以觇见其人之诗情雅趣。《弦索备考》乃明谊(荣斋)辑录汇编之古曲弦索十三套曲谱，分六卷十册。其序云：

---

① 张集馨著《道咸宦海见闻录》，中华书局1981年版，杜春和、张秀清整理本。

② 张集馨著《道咸宦海见闻录》，中华书局1981年版，杜春和、张秀清整理本，第126页。

③ 张集馨著《道咸宦海见闻录》，中华书局1981年版，杜春和、张秀清整理本，第223页。

夫弦索十三套乃今之古曲也，琵琶、三弦、胡琴、筝器虽习见，而精之则非易，故玩此者甚稀。余自髫龄即喜丝弦，然苦不能自专，至壮年习十番数套，惟业于鼓，公余之暇，亦曾著帏悬发明一册，以承其传。越数载，得遇蒙古音律处赫公。好有同情，艺系家传，琵琶、三弦皆所素习，而于胡琴为最精。余因浼友人兴、宁二公先容，同隆公造诣，求其指法，朝夕肄习。余得其琵琶、胡琴，隆公得其三弦，亦可谓畅然得所欲得矣！而尚于筝有歉念焉，因思古人玩留此器，断不乏习此技之人，盖皆肄之不精，或艺系独得，因秘而不宣耳何。幸有福公酷嗜丝弦，独善于筝，十三曲无不洞明，我同人祥公得受其传。然福、赫二公所授皆指法，并无谱册可寻，余思无谱册，不惟指法失其传，而二公授人之雅意亦因之不著，余遂与隆、祥二公将所习之曲，阴阳节奏、逐指逐字仿琴谱字母一一著明，颜其名曰弦索备考，以公同好。其感未尽善，尚望精此技者广为发明，则于弦索大有裨益，而余亦与有光焉。谨序。

嘉庆甲戌长夏　荣斋　为光书

以上文字得自北京友人，中有数处疑有舛讹，然仍可见大略。序作于嘉庆甲戌，为公元1814年，乃明谊二十二岁未仕时所撰①。序言自幼即喜丝弦，然未能窥其壶奥。及壮年能奏十番鼓，且著《帏悬发明》一书，专论鼓艺。后得遇蒙古音律家赫公，从之习艺，得其琵琶、胡琴绝艺。复恐指法失传，乃与同人隆公、祥公将所习琵琶、胡琴、三弦、筝曲，逐指逐字，一一以工尺著明。分“指法，汇谱”一卷（第一册），“琵琶谱”卷二（第二、三册），“弦子谱”卷三（第四、五册），“胡琴谱”卷四（第六、七册），“筝谱”卷五（第八、九册），“工尺谱”卷六（第十册）。其卷二“琵琶谱”完整著录弦索十三套曲名及乐谱：

一、合欢令　二、将军令　三、十六板　四、琴音板　五、清音串　六、平韵串　七、月儿高　八、琴音月儿高　九、普庵咒　十、海青　十一、阳关三叠　十二、松青夜游　十三、舞名马

① 据吕一燃《清代边疆名臣明谊传》引俄罗斯巴布罗夫《1859—1875年我在西西伯利亚服务的回忆》一文，定明谊应生于乾隆五十七年（1792）。

赖明谊之记录，此十八世纪之古曲得以传承至今。中国音乐学院已将《弦索备考》所录若干古曲，复原演奏，广布于四海之内。其衣被于今之好雅乐者，岂浅鲜哉！音乐家谈龙建教授评骘《弦索备考》所录古曲云："门子与主子合乐，或是主子们自娱自乐，而从来不在公众场合演奏，因此这种音乐所陶冶的那种细腻别致、清新淡雅的情趣，所追求的那种超凡脱俗的意境，是一种典型的文人音乐。"①

《弦索备考》由先父陶君起于1950年无偿捐献与国家。

作者简介：陶慕宁，南开大学文学院教授。

附：书影

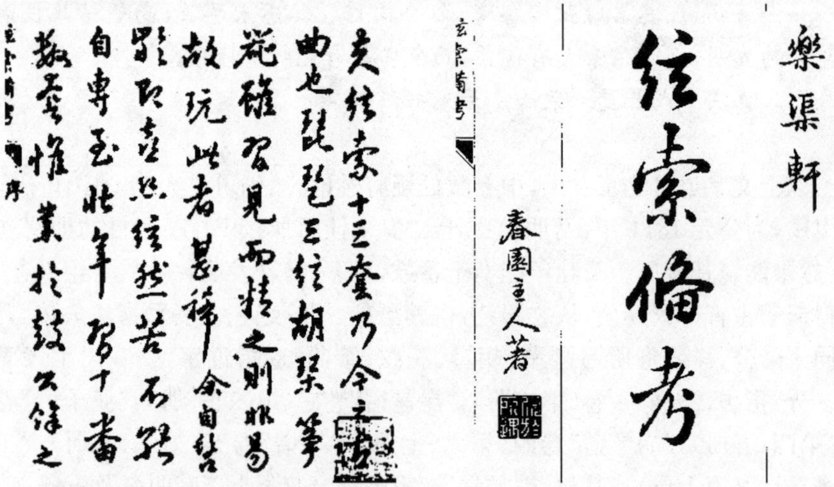

① 谈龙建《线索音乐在恭王府的承袭》，《清代王府及王府文化国际学术研讨会论文集》，2005年。

海南清代诗史的研究价值及其分期

李景新

摘　要:清诗是海南古近代诗歌史的重头戏，自成统系，从清代诗歌在海南整个诗歌史上所占的比重、诗人的地区分布情况、创作的题材内容等方面显示出其研究价值。关于海南清代诗歌发展的分期可以采用两种方法：一种即按照中国文学史的一般方法，分为清初、清中叶和近代三个时期，这样可与中国文学史的划分保持一致。另一种是按照诗脉统系来划分，也就是按照王国宪序中所叙述的来划分，这种分法是把海南清诗发展完全放在海南这个区域文化环境中来考察，虽与整个中国大文学历史环境有些割裂，但基本符合区域文化环境的实际。

关键词:海南清代诗歌史；研究价值；分期

清代诗歌是海南古近代文学史的重要组成部分。海南清代诗歌史研究的主要依据是清末王国宪所编《琼台耆旧诗集》，另外，还有一部分因种种原因未录入总集的诗人，在各地方志中保存一定的作品，共同呈现着海南清代诗歌创作的基本概貌。然而，学术界对于海南清代诗歌的研究却非常薄弱，研究者了了无几，对于海南清代诗史的研究，除周济夫《琼台说诗》中的《海南清代诗歌漫记》之外，更无问津者。对海南清代诗歌史的诸多问题还有待于进一步深入研究，本文就海南清代诗歌史的研究价值及其分期问题作些探讨。

海南清代诗歌史的研究价值

若以整个中国文学史作参照，海南古近代文学史的发展确实显得简单，所以在整个中国大文学史视野之下的海南古近代文学史很难引人瞩目，这是学术界在该领域研究方面非常薄弱的主要原因。但是众所周知,海南岛是一个由地理与历史等诸多因素作用下形成的特殊文化区域,作为我国独一无二的热带海岛,其区域文化的特征是非常鲜明的,区域文化的学术价值是不可忽视的。而在这个区域文化体系之中,古近代文学的分量却是不轻;清代诗歌作为海南古近代文学的重要组成部分,自有其不可低估的研究价值。

首先,从清代诗歌在海南整个诗歌史上所占的比重看其研究价值。海南古近代诗歌史实际就只有宋、明、清三代,其中清代诗歌占有一半的分量。琼籍诗人的出现,始于南宋,有传世作品者,唯白玉蟾一人而已,在《溟南诗选》中存诗二百余首。元代海南文化低落,无诗人名世。明代科举之风大盛,促进了海南文化教育的发展,造就了大批琼籍知识分子,所谓海南文化盛极于明代的说法,即指此而言,这种文化环境下,也产生了大批诗人。然明代作品散失严重,幸赖明末清初陈是集所选编的《溟南诗选》,将明代27人的代表作保存下来,比较完整地保存了明代诗歌创作的全貌。另有丘濬、王佐、钟芳、王宏诲等人的别集,保存了一部分诗歌。清代,虽然海南科举成就不及明代,然诗教一脉却盛行不衰,人才相继,诗风活跃,堪与明代抗衡。清代作品虽仍然散失了很多,然而保存情况要优于明代。清末民初王国宪编《琼台耆旧诗集》,收入清代海南24家诗人的作品,与《溟南诗选》删选的原则不同,《琼台耆旧集》是把当时所能收集到的诗人作品全部录入,在保存诗人创作全貌方面显然优于明诗,不过仍有一些大家如王时宇、李琦、林粟水等人的诗歌散失,未能保存下来。《溟南诗选》存诗一千零数十首,除去宋代白玉蟾的二百多首,加上别集中的作品,现存明诗约三千首。《琼台耆旧诗集》存诗则超过三千首,另外还有保存于各方志中的作品。从数量上看,清诗多于明诗。明代诗人中有堪称领袖、在全国都有影响的人物,在这方面清代虽不能抗衡,而诗人的张扬之势却有过之而无不及。周济夫对明清两代加以比较说:“若问琼人诗明代与清代孰优?此则非可轻易而言之者也,明代有丘濬、王佐、钟芳、王弘诲诸大家在,谁能遽言清诗优于明诗?但平心而论,终明一代存诗二十几家,大体表现都比较坦易平缓,缺少起伏跌宕,异峰突起的状况。而有清一代,无论从总的一代人来看,还是从具体的诗人来看,异峰叠起,令人惊叹不置的状况是确然存在的。即以冯骧声而论,他的英气逼人,壮浪多姿,恐怕即丘公亦不能远过之。”由此看来，清诗与明诗相比，至少是旗鼓相当，甚至有后来居上之势，而从数量上看，清诗则与宋、明两代的总和相当。可以说，清诗是海南古近代诗歌史的重头戏，研究海南古近代诗歌史，非得把清诗拿下不可。

其次，从诗人的地区分布情况看其研究价值。考察海南清代诗人的地区分布情况，自然应以《琼台耆旧诗集》为主，再以各方志等文献所存诗人诗篇相参照。综合观之，清代海南诗人的地区分布是不平衡的。海南清代的行政区划为三州十县，《琼台耆旧诗集》所录 24 位诗人的分布情况为：琼山 13 人，文昌 6 人，定安 4 人，儋州 1 人。又据周济夫所查阅《琼台耆旧诗集》之外见于各方志中有作品存世者还有：琼山王国宪、谢宝、吴小姑等；文昌郑乃宪、林燕典等；定安莫魁士、莫绍悳、莫敬谦、许小韫等；儋州黄河清、陈圣与、陈烺、张绩、王云清、唐丙章等；崖州吉大文、王瑞瑄、孙元度、何秉礼、吉大升、陈瑞、张凤羽、孙如棠、孙宗哲、王熀、林缵统等；万州杨景山、杨名山、许成德、杨士鼎、钟天宠、杨岐山、周云梯等。从这些资料中可知，海南清代诗人主要分布于琼山、文昌、定安、儋州、万州、崖州等地区。北部诗坛最盛，以琼山为中心，包括文昌和定安，形成了一个与整个清代相始终的诗脉统系。北部是琼州府所在地，为整个海南岛的政治文化中心，又是与大陆交流的要道，教育发达，经济状况也最好，为文学兴盛提供了良好的环境，这是清代诗歌盛于北部的主要原因。其他地区就是西部儋州、南部崖州、东部万州，三州相比较，万州较弱，周济夫概括说：“州人诗作见于康熙、道光两朝《万州志》者，在大量八景诗之外，其他诗作少而零散。自明迄清，州人更不见有诗集传世者。”[①]儋州与崖州为唐宋著名的贬谪地，著名文人学者的到来为这两个地区的文化教育带来生机，影响深远，也容易形成良好的文化氛围。万州是李纲的贬谪地，但他并没有到达万州，而万州人民仍表现出对李纲的崇敬，贬谪文化的影响虽不及儋、崖二州，然亦并非没有影响。在上述几个地区之外，尚未发现其余地区有诗人诗作，即使有那也是少之又少，可以忽略不计。

关于诗人的分布地区，看似一个无关紧要的问题，其实并非如此，尤其在如海南岛这样的特殊区域文化中，弄清楚诗人群的分布情况，对于研究区

---

① 周济夫《琼台说诗》，中国文联出版社 2007 年版，第 36 页。

域文化的整体特点,研究区域内文化发展的不平衡及其原因,都具有不可忽视的意义。

第三,从创作的题材内容看其研究价值。不同的作者所偏重的题材内容各有不同,所有作者的作品放在一起,自然呈现出题材内容的丰富性,从不同的角度去研究,各有不同的价值。从区域文化的视觉观察海南清代诗歌的研究价值,我认为有两类题材的意义尤为突出。一类是应考纪行诗。继明代之后,海南清代科考之风仍相继不衰,海南籍诗人大都有北上科考的经历。士人们长期孤居海岛,与外界隔绝,不可避免地带有知识和心理上的局限;同时他们又渴望了解外面的大世界,渴望在更广阔的天地中求取功名,实现价值。因此,当他们跨出海南岛,外面全新的自然人文景观便对他们产生强烈的触发作用,科考的甘苦也油然而生。海南清代诗歌中有不少这类纪行诗,原因在此。从区域文学文化研究的角度,此类诗歌的价值至少有两点:一是其中折射出海南士人在接触全新环境时的感受,二是寄托着海南知识分子万里迢迢参加科举考试的甘苦之情。如琼山曾对颜,光绪十二年(1886)赴京参加廷试不中,光绪二十三年(1897)中广东乡试解元,此后又三次赴京考进士皆无功而返。集中大部分作品为赴试往返行程见闻感受之所作,其中表现上述两种主题的作品具有典型意义。周济夫分析其《汽车驶过武胜关》一首道:"侧重描叙车行的神异感受与作者的感叹,近代工业文明使沉湎于封建科考中的边缘士子为之震惊。"又分析另一首《航海返琼舟中述怀》说:"乃其一生之总结,抒写他光绪三十年赴汴考试未就蹭蹬归来的心境凄婉动人……诗中缕叙三次赴考的情形,心情是一次比一次沉重。初次因选贡而渡海赴京,同舟还有前辈诗人耆宿冯骥声,还有对颜的兄弟行慕颜、志清,他们高自推许,互相砥砺,视取功名为易事。然而曾几何时,他们便各自折羽而归,前述的前辈与兄弟也相继去世,徒留山阳闻笛之悲矣。这便是当时知识分子命运的真实写照。"可以代表此两种主题。

另一类是海南风物诗。独特的区域孕育了海南独特的风物景观,这对岭北人士来说富有强烈的冲击力,所以在李德裕、苏东坡以降来自大陆的诗人学者的作品中,反映海南风物的篇章屡见不鲜。然而海南本土诗人长期居住海岛,岛上的大自然和生活方式已融入他们的生命体验,他们往往满怀热爱之情来描写身边的事物,作者与所描写的事物之间没有隔膜,故而描写更加真实可靠,数量也众多,且往往成为系列,比较全面深刻地反映出海南的自然特征、生活方式、风土人情。以组诗形式系列歌咏海南风情的作品如王廷俌的《海南竹枝词十二首》,“详记海南的节序风俗而兼及人情物产,既有志书的详博,又有文学的韵味”。王沂暄的《海门竹枝词三十首》和《戏作端阳杂咏十六首》,“前者描述海口一地的环境、居民、生产、贸易及风土人情,足当一《清明上河图》,后者于琼人端阳节序风俗,一事一咏,巨细不遗,亦可观风俗”。曾对颜的《海南新乐府》四首,“论述一九〇〇年后海南出现的新事物,如入教、办报、缉捕局、山票厂等,亦有助于了解当时的情况”。杨景山的《万州竹枝词》八首,“咏及万州民情风俗各个方面,且所涵意蕴亦多可取之处”。崖州吉大文《黎村》一首,则真切的描写了一幅黎人生活图景。中国儒家诗歌理论认为诗歌重要的社会功能之一就是“观”,所谓“观”就是通过诗歌可以了解民风民情以及社会政治状况。海南清代诗歌中包含有海南风土人情的大量信息,对于考察海南社会生活的历史变迁与沿革,具有重要的参考价值。

海南自然风光独特,景观丰富多彩,是海南诗人的另一重要题材。诗人们深深爱着家乡的一山一水,一草一木,醉心于对家乡自然景观的歌颂,可谓吟咏成风,不仅数量众多,而且形式多样。大量的八景诗以组诗的方式歌咏一地的系列组景,最为醒目;也有单独对著名景观、身边景色加以描写者。《定安古诗》所收诗歌很具有代表性,集子中绝大部分作品是对定安自然景胜的题咏。全书分四卷:第一卷汇集了众多诗人对文笔峰、金鸡岭、黎母山、五指山的题咏;第二卷收三组“八景诗”:建江楼八景,山椒庄八景,潭丽江八景;第三卷是张岳崧的家园吟咏和许小韫的柏香山馆诗;第四卷为文人学士对各景点的题咏。集中作者除少数明人及大陆人之外,多数为清代海南人士,此集可见海南清代诗人歌咏大自然诗歌创作之一斑。这些作品涉及广泛,描写真切,把海岛自然之美鲜明地呈现了出来。

海南清代诗歌史的分期

王国宪在《琼台耆旧诗集》叙中有段话:

> 爰逮清初,冯潜亭(侯)、王松溪(懋曾)以胜国遗民维持风范,垂老著书,遂开一代风气。家慎斋孝廉传其遗教,学成出试,为翁覃溪(方

> 纲)学使所激赏,与钦州冯鱼山先生为乡试同年,同学诗于苏斋(翁方纲),得其师法所在。由成均而归,主讲琼台,以古学课及门。李卓斋(琦)、符书圃(家麟)、林粟水诸先生传其所学,李雨村学使试琼时,称为"海外三诗人"。宪先曾祖扬斋公(王承烈)从慎斋、卓斋游,为入室弟子。赴试穗垣,又与定安张翰山(岳崧)、莫书农(瑞堂)同学于鱼山之门。及登第后,翰山、书农宦游湖川,惟先曾祖家居课徒,主讲琼台、雁峰,才俊之士多出其门。其时韩紫东(锦云)、家芷庭、林海樵、符绶若、叶丽潭俱为后起之秀,先伯祖雨岩(王廷傅)明经常与诗简往来,联吟唱和,流风遗韵犹有存焉。咸、同以后,诗教益昌,冯琴石(耿光)、潘孺初(存)、陈亮伯(贞)、冯少颜(骥声)嗣响于前,林秋舫(之春)、曾镜芙(对颜)、张梅坪(廷标)继声于后,皆能由苏、陆而上窥杜、韩,为后学之领袖。琼台风雅之盛,复盛于此时,其专集亦视前人为多。①

这段话可视为海南清代诗歌世系图,勾画了海南清代诗歌发展的基本脉络。虽然王国宪并没有进行明确分期,但周济夫认为王国宪是把海南清代诗歌的发展分为三期,概括为:清初顺治康熙时期;乾隆嘉庆道光时期;咸丰同治至光绪时期。并认为"其分期与诸种文学史著作及诗选集有同有不同,但要之皆合于海南清代诗坛实际。"

此须说明,中国文学史对于清代文学的分期基本上依据史学的分期,划分为清初、清中叶、近代三大时期。清朝建国至康熙朝为清初;康熙末至鸦片战争前为清中叶,包括雍正、乾隆、嘉庆和道光的大部分(道光共29年,鸦片战争在道光20年);鸦片战争起至辛亥革命为近代,包括道光后期、咸丰、同治、光绪、宣统。王国宪叙中所言"清初",只提到冯侯和王懋曾二人,为明末遗民,又于清初参加了科考,其中有诗传世者只王懋曾一人,所以关于清初的划分没有疑议之处。《琼台耆旧诗集》中乾嘉时期的诗人六名,即符家麟、王承烈、张岳崧、莫瑞堂、曾日跻、云茂琦,其中叙中提到了四人,作为清中叶的诗人,也没有问题。叙中所言"咸同以后"的诗人当然属于近代,没有疑问。有问题者就是叙中所说的韩紫东等一批"后起之秀",应该划归哪个时期,王国宪对此并未明确表态。若按其诗歌创作的活动年代,他们皆在鸦

① 王国宪《琼台耆旧诗集》,海南出版社2004年版。

片战争以后，而且有些作品中也透露了近代气息，理应归入近代之中。然周济夫推测王国宪叙中把他们划归为第二期，也并非没有任何道理。从诗歌脉络来看，王时宇承清初遗教，又得翁方纲诗传，主讲琼台书院，培养出李琦、符家麟、林粟水“海外三诗人”；王承烈学于王时宇、李琦，又学于钦州冯鱼山，鱼山曾与王时宇同学于翁方纲，可知王承烈乃翁方纲、王时宇一脉真传；王承烈主讲琼台、雁峰书院，而培养出韩锦云、王芷庭、林海樵、符若绶、叶丽潭等一批“后起之秀”，与同时代的王廷傅相唱和，传承关系非常分明。在这个脉系之中，慎斋、王承烈为关键人物。另有张翰山、莫书农二人似乎游离于这个脉系之外，但此二人曾与王承烈同学于冯鱼山之门，所以仍与此脉系有难以分割的联系。从师法上看，除王时宇始承清初冯侯、王懋曾遗教之外，整个脉系主要受翁方纲诗学的影响。翁方纲乃著名的“清诗四说”之一的“肌理说”的创始人，主张“为诗必以肌理为准”(《志言集序》)。“肌理”，包括义理与文理，义理指以六经为代表的思想与学问，文理指诗律、结构、章法等诗法。此说融辞章、义理、考据为一体，注重学问，清代所产生的学人之诗和宋诗运动，主要受肌理说的影响而来。肌理说虽甚合清人口味，然其自身的弱点也是显而易见的，容易限制人的灵性和艺术创造力的发挥。观海南清诗的上述脉系，确实受翁方纲的影响不浅，他们注意人品学问，“以清白自守相砥砺”，使诗教得以相传，这对海南诗歌的发展具有重要意义。然从表现个性和发挥创造力来看，终不如“咸同以后”的诗人表现得出色。咸同以后的诗人更多受近代思潮冲击，思想活跃，诗歌来源也更丰富，实为海南清代诗歌成就最高的时期。所以王国宪对道光以前诗坛的评价只是“流风遗韵犹有存焉”，而对咸同以后的诗坛评价却是“皆能由苏、陆而上窥杜、韩，……琼台风雅之盛，复盛于此时”。王国宪对两个时期评价的态度是有区别的。

综上所论，我认为关于海南清代诗歌发展的分期，可以采用两种方法：一种即按照中国文学史的一般方法，分为清初、清中叶和近代三个时期，这样可与中国文学史的划分保持一致。照此，王国宪叙中的一批“后起之秀”应归于近代。依《琼台耆旧诗集》所编诗人的顺序来看清诗发展：清初有王懋曾一人；中叶为符家麟、王承烈、张岳崧、莫瑞堂、曾日脐、云茂琦六人；近代有王映斗、韩锦云、王廷傅、叶栖鸾、林瀛、吴憬平、潘存、冯骥声、林之椿、曾对颜、张廷标、舒乔青十二人。在中国大文学史上，清代诗歌以清初至中叶成就最高，而海南清诗则以近代最盛。海南作为一个特殊的区城，其文化发展往往比大陆要晚，从诗歌发展来看，也具有这个特点。

另一种分法是按照诗脉统系来划分，也就是周济夫所理解的王国宪的划分。这种分法是把海南清诗发展完全放在海南这个区域文化环境中来考察，虽与整个中国大文学历史环境有些割裂，但基本符合局域文化环境中的实际。如此，则不必用清初、清中叶、近代等概念，而可直接用前期、中期、后期的概念。依《琼台耆旧诗集》所编诗人的顺序来看清诗发展：前期即顺治康熙朝，为开创期，有王懋曾一人；中期即嘉庆道光朝，有自符家麟至吴憬平等十二人，此期可视承前启后期；后期即咸丰同治光绪宣统朝，有潘存以下等十一人，为全盛期。

以上两种分法中所列诗人姓名，皆是有集传世而为《琼台耆旧诗集》所录者。此外，王国宪叙中所论冯侯、王时宇、李琦、林粟水等人，因"遗集散佚已久未能搜寻"，而在总集中无法收录，虽无作品传世，然而在海南诗坛上的作用甚为重大，故应依其主要活动年代分别归入不同阶段之中。还有一批总集中未被录入，而有作品散见于各地方文献中的诗人，大部分已为周济夫《漫记》所介绍，亦应依其主要活动年代分别归入不同阶段之中。这两种分法，在不同的文学史书写之中，研究者可以根据各自的需要加以采用。

基金项目：海南古近代诗歌史：海南省社会科学联合会资助项目(HNSK10—55)；海南省教育厅高等学校科研资助项目(Hjsk2010—48)。本文为该项目阶段性成果。

作者简介：李景新，男，安徽萧县人，琼州学院人文社科学院教授，从事中国古代文学的教学与研究。

《琼台诗文会稿》校注商榷

李彩霞

摘　要：丘濬著，朱逸辉、劳定贵、陈多余、朱逸勇、张昌礼校注的《琼台诗文会稿》是研究丘濬学术成果和政治思想的重要著作。然而书中一些重要字词的注释，如“白衣”、“夏”、“三推”、“丁公”等，颇不合文意，给读者的阅读带来了困惑甚至误导。

关键词：《琼台诗文会稿》；校注；文献

由丘濬著，朱逸辉、劳定贵、陈多余、朱逸勇、张昌礼校注的《琼台诗文会稿》（内蒙古人民出版社2002年版）校勘精严，注释宏瞻，是研究丘濬著作、思想的重要读本。然书中校注似有可商榷者，兹录出以求证于方家。

1.《送广东夏廉宪（天顺癸未）》：“当宁念远氓，涂炭日以极。诏柬在廷臣，往振风纪职。佥曰御史某，秉德刚且直。属耳按江右，风声甚辉赫。……天语重丁宁，纶命光舄奕。百僚无间言，相见咸啧啧。……惟兹东广地，富丽自古昔。秦初已内附，治后益广斥。……贾父每来晚，谢令去不亟。由来非一朝，往者何嗟及。……”（P49）

注：佥，“佥押”、“署名”或“签字”，在文件上由负责者自书其名以为凭证。

按，“佥”此处应作副词，为“全，都”之义，表示人多。《说文》：“佥，皆也。”《书·尧典》：“佥曰：‘于，鲧哉！’”《广雅·释诂三》：“佥，多也。”故而“佥”应释为“全、都”，“佥曰”为“众人皆云，众人都说”。

注：谢令，谢安，晋阳夏人，官至尚书仆射，领中书令，故称谢令。

按，原注称谢令为谢安，韩林元《丘浚诗六百首》则释为谢石。“谢令，疑即谢石,晋阳夏人,曾任南康郡公、尚书令、为人聚敛无厌,取讥当世。"①这里的谢令非指谢安或谢石。《晋书·邓攸传》载吴地歌谣:"铫如打五鼓,鸡鸣天欲曙。邓侯挽不留,谢令推不去。"②晋时吴郡太守邓攸,因廉洁自守,大公无私,离任时人们挽留他,不让他离去。而前任谢姓太守非常贪财,希望他早点离开。谢安虽曾出任吴兴太守,但为人秉直,百姓安居乐业。民谣中所讥之人并非是他。谢石虽有聚贪之名,却未曾出任吴郡太守之职。《晋书·谢安传》:"(谢)石字石奴。初拜秘书郎,累迁尚书仆射。征句难,以勋封兴平县伯。淮肥之役,诏石解仆射,以将军假节征讨大都督,与兄子玄、琰破苻坚。……迁中军将军、尚书令,更封南康郡公。……兄安薨,石迁卫将军,加散骑常侍。"③

可见,歌谣中的"谢令"亦非谢石。故而"谢令"指吴郡太守谢姓官员,而不是指谢安或谢石。《后汉书·贾琮传》又载民谣:"贾父来晚,使我先反;今见清平,吏不敢饭。"④丘濬诗中"贾父每来晚,谢令去不亟。"化用两首民谣,勉励朋友清正廉洁,忠于职守,继续做吏治清明,让官员不敢贪赃枉法的御史。

2.《湘江曲》:"沿江两岸竹低垂,斑斑尽是英皇泪。"(P98)

注:英皇泪,不详。

按,"英皇"指古代传说中尧的两个女儿娥皇和女英。娥皇、女英姐妹俩同嫁舜为妻,也称"皇英"。"英皇泪"指娥皇和女英的眼泪。舜继尧位,娥皇、女英为其妃,舜巡视南方时死于苍梧,二妃往寻,泪染青竹,亦死于湘水之间。陈霆《蝶恋花·斑竹》:"春雨冥迷云委地,节节琅玕,滴滴英皇泪。"

3.《登高丘而望远海》"岂不欲,鼓枻登瀛洲,却愁弱水难胜芥。"(P100)

注:弱水,难以估量的海水。弱,数不足。

按,"弱水"一词,始见于《尚书·禹贡》:"导弱水至于合黎。"见于《史记·大宛传》、《汉书·地理志》、《后汉书·东夷传》、毕沅注《山海经》等。许多浅而湍急的河流,不能用舟船,而只能用皮筏过渡,人们认为这是由于水

① 韩林元《丘濬诗六百首》,内蒙古人民出版社 2003 年版,第 52 页。

② 房玄龄等《晋书》,中华书局 1974 年版,第 2340 页。

③ 房玄龄等《晋书》,中华书局 1974 年版,第 2088 页。

④ 范晔等《后汉书》,中华书局 1965 年版,第 1112 页。

羸弱而不能载舟，故称这样的河流为弱水。《山海经·大荒西经》："有大山，名曰昆仑之丘……其下有弱水之渊环之。"郭璞云："其水不胜鸿毛。"①鲁迅《古小说钩沉》辑《玄中记》云："天下之弱者，有昆仑之弱水焉，鸿毛不能起也。"弱水之名"弱"者以此。原注中释"弱"为"数不足"，又释"弱水"为"难以估量的海水"，自相矛盾。故"弱水"应释为"水弱不能载舟"。

4.《唐马篇》"岂是三郎旧所乘，录功别养当时平。诏令画史为图形，千年神骏还如生。"(P113)

注：三郎，官名。《汉书·百官表》云："有议郎、中郎、散郎，又有左右三将，谓郎中、车郎、户郎。"

按，此处"三郎"应指唐玄宗，因其排行第三，故小字"三郎"。郑嵎《津阳门诗》："三郎紫笛弄烟月，怨如别鹤呼羁雌。"自注："内中皆以上为三郎。"马永卿《懒真子》亦云："'三郎'谓明皇也。明皇兄弟六人，一人早亡，故明皇为太子时，号'五王宅'。宁王、薛王，明皇兄也；申王、岐王，明皇弟也，故谓之'三郎'。"②屠隆《彩毫记·为国荐贤》："一自三郎度曲后，许多天乐在人间。"况且篇名是《唐马篇》，诗中"开元"、"渔阳"、"蜀山"、"哥舒"、"九折坂"等，通篇写唐玄宗间事，应指唐玄宗。

5.《明妃图三首》(三)："功德施夷夏，声名播古今。人言汉恩浅，妾感汉恩深。"(P173)

注：夷夏，古称四方边境未开化之民族，东曰夷。又晋时匈奴赫连勃勃据统万城自立，国号夏，又称大夏，为十六国之一。夏，此指匈奴。

按，国号称大夏的的匈奴，时在晋朝，汉时的王昭君怎会得知？这里的"夏"指汉族，功德施夷夏，是说昭君的和亲，使匈奴和中原皆得安定，功绩施于少数民施和中原大地。

6.《九日有怀》："寂寞重阳节，篱边菊未开。倚门空怅望，不见白衣来。"(P182)

注：白衣，古未仕者著白衣，后因以为无功名者之称。《史记·儒林传序》："公孙弘以《春秋》，白衣为天子三公，封平津侯。"按东汉郑昀，拜议郎告

---

① 袁轲《山海经校注》，上海古籍出版社 1980 年版，第 407—408 页。

② 马永卿《懒真子肯綮录》，《丛书集成初编》第 285 册，商务印书馆 1936 年版，第 5 页。

归，赐尚书禄，时称白衣尚书，是既仕而告归者，亦可称为白衣。

按，此处“白衣”指送酒的吏人。高适《重阳》：“岂有白衣来剥啄，亦从乌帽自欹斜。”司马光《和同舍对菊无酒》：“尽日柴门外，白衣来不来？”沈畯《九日》：“有酒赏重阳，无烦白衣至。”都指的是送酒的吏人。东晋王弘遣“白衣送酒”酌陶潜的典故，出自南朝宋檀道鸾《续晋阳秋·恭帝》：“王宏为江州刺史，陶潜九月九日无酒，于宅边东篱下菊丛中摘盈把，坐其侧。未几，望见一白衣人至，乃刺史王宏送酒也。即便就酌而后归。”①诗中“倚门空怅望，不见白衣来”表达了作者在重阳节，盼望友人赠酒问候的情绪。

7.《闲居杂咏》：“鼎鼎百年间，谁人未老闲。古心惟自得，尘事少相关。风定一花落，帘开双燕还。箪瓢随处有，不是故晞颜。”(P191)

注：晞，干，燥。见《说文》。

按，扬雄著、李轨注、汪荣宝疏《法言义疏》“学行卷第二”：“睎骥之马，亦骥之乘也。睎颜之人，亦颜之徒也。”②“睎骥之马”一词，《说文》云：“睎，望也。”经传多作“希”。《晋书·虞溥传》引此作“希骥之马，亦骥之乘。希颜之徒，亦颜之伦。”③马总《意林》卷三引“睎”作“晞”，云：“晞颜之人，亦颜之徒；晞骥之马，亦骥之乘。”《文选》李萧远《运命论》，李注，“颜尝睎夫子矣。李轨曰：希，望也。言颜回尝望孔子也。”④可见，晞、睎、希三字，在古代通用，为希望、期望、仰望之义。晞颜，即仰慕颜渊，颜渊为孔子最贤能的弟子，“希颜”即仰慕贤者。《隋书·隐逸传·崔赜》：“本无意于希颜，岂有心于慕兰。”朱熹《教思堂作示诸同志》：“咏归同与点，坐忘庶希颜。”

8.《梅窗》：“疏影横窗似画，暗香指鼻如焚。天助梅花清趣，微风淡月黄昏。”(P238)

注：疏影，词牌名。《词谱》：“宋姜夔自度曲。张炎词咏荷花，易名《绿意》。”暗香：词牌名。《词谱》：“姜夔自度曲，咏梅花作也。张炎以此调咏荷花，更名《红情》。”

---

① 檀道鸾《续晋阳秋》，《古今说部丛书》第1集第1册，国学扶轮社1915年版，第57页。

② 汪荣宝、陈仲夫《法言义疏》，《新编诸子集成》第32册，中华书局1987年版，第16页。

③ 房玄龄等《晋书》，中华书局1974年版，第2140页。

④ 萧统《文选》，中华书局1977年版，第731页。

按，影，是疏落有致的影子，指梅花的影子。暗香，是黯淡幽远的香味，指梅花的香味。二词出自宋代林逋《山园小梅》，“疏影横斜水清浅，暗香浮动月黄昏”。

9.《主一齐为陈敬作》：“沉沉天宇定生光，人得心齐已坐忘。学奕几曾思射鹄，挟书争肯更忘羊。”(P324—325)

注：鹄，射之的也。

按，“鹄”指水鸟名，形状像鹅，体较鹅大，鸣声洪亮，善飞，吃植物、昆虫等。《玉台新咏·古诗为焦仲卿妻作》：“青雀白鹄舫。”袁宏道《满井游记》：“脱笼之鹄。”《庄子·天运》：“夫鹄不日浴而白，乌不日黔而黑。”《庄子·庚桑楚》：“越鸡不能伏鹄卵。”嵇康《琴赋》：“王昭楚妃，千里别鹄。”文中“学奕(疑为弈之误)几曾思射鹄”一语，出自学弈时分心思射鹄的典故。《孟子·告子》：“弈秋，通国之善弈也。使弈秋诲二人弈，其一人专心致志，惟弈秋之为听；一人虽听之，一心以为有鸿鹄将至，思援弓缴而射之。”

10.《寄所知》：“晋人风度楚人骚，不为悲秋叹二毛。席地梦回云气湿，仰天歌罢月轮高。”(P349)

注：晋、楚，晋，山西省之简称。楚，湖南、湖北两省之通称。

按，晋指晋朝，晋人风度指魏晋时期，知识分子所特别具有的精神风貌。魏晋时期，政权交替，民不聊生，以“竹林七贤”为代表的士人们，坚守道德情操和处世理想，不肯与统治者合作，提倡“越名教而任自然”，表现出知识分子贯有的精神与骨气，或逍遥于“正统”之外，这就是“魏晋风度”。因屈原为战国楚人，“楚人骚”代指屈原《离骚》所表达的哀怨情境。南朝梁裴子野《雕虫论》：“若悱恻芳芬，楚骚为之祖；靡漫容与，相如扣其音。”苏轼《次韵秦少游王仲至元日立春》之三：“词锋虽作楚骚寒，德意还同汉诏宽。”陈与义《连雨赋书事》诗之二：“老雁犹贪去，寒蝉遂不号。相悲更相识，满眼楚人骚。”丘濬另有《过采石吊李谪仙》：“岸芷汀兰无限意，临风三复楚骚文。”

11.《舟次直沽简彭彦实同寅》：“潞河澄澈卫河浑，二水交流下海门。直北回看龙阙近，极东遥望蜃楼昏。孤城近水舟多泊，列戍分耕野尽屯。我有好怀无处写，欲沽尊酒对君论。”(P371)

注：简，谏也。《左传》成八年：“是用大简”。《诗·大雅》简作谏。

按，原注将“简”释为“谏”，即“进谏”之义。诗是丘濬写给友人彭华(字彦实)。丘浚与彭华既为同年，又是同事。景泰五年(1454)，二人一同考上进士，又一起入选翰林院庶吉士，任职于礼部。丘濬官至礼部尚书，彭华至礼部侍郎。且丘濬年长于彭华十岁，丘生于永乐十八年(1421)，彭生于明宣宗宣德八年(1432)。进谏一词，主要用为规劝君主或尊长，使改正错误。对于年轻自己十多岁的彭华，用“进谏”一词，并不合适。诗中所写，是外出时对友人的问候，及惺惺相惜、志同道合的友谊，与进谏无涉。“简”应为“书信”的动词用法，即“给……写信”。

12.《剡溪图》:“谁人写此沧州趣，邈出高人隐居处。千叠坡仙心上山，半壑丁公梦中树。”(P492)

注:沧洲，后魏置，盖取沧海为名；隋废，唐复置，宋、金、元仍之，治在今河北省沧海县东南；明省青池县入州，移州治长芦故县，即今沧县治。明、清皆属直隶省天津府。

按，这里的“沧州”并不是指河北沧州，诗题剡溪与沧州亦并无关联，而是指滨水的地方，古时常用以称隐士的居处。阮籍《为郑冲劝晋王笺》:“然后临沧洲而谢支伯，登箕山以揖许由。”谢朓《之宣城郡出新林浦向板桥》:“既欢怀禄情，复协沧洲趣。”李白《江上吟》:“兴酣落笔摇五岳，诗成笑傲凌沧洲。”杜甫《曲江对酒》:“吏情更觉沧洲远，老大悲伤未拂衣。”

注:坡仙，宋人，无姓氏，太平兴国时，尝遇吕洞宾于君山，后隐抱黄洞，行灵龟吞吐之法，功成，自号潇湘子。

按，原注所云潇湘子，应名“跛仙”，而非“坡仙”。宋陈田夫《南岳总胜集》卷中:“唐懿禧中，有轩辕弥明隐此年久，后复抱黄洞。太平兴国中，有跛仙遇吕洞宾於君山，后亦隐此行灵龟吞吐之法，功成回岳麓，自号潇湘子。”①明确提到“跛仙”原名李玄，李铁拐，号潇湘子。此处“坡仙”指苏轼，苏轼号东坡居士，文才盖世，仰慕者称之为“坡仙”。“坡仙”一词，最早出自南宋戴复古《赤壁》:“白鸟沧波上，黄州赤壁边。长江酹明月，更忆老坡仙。”张矩《应天长》:“换桥渡舫，添柳护堤，坡仙旧迹今续。”元好问《奚官牧马图息轩画》:“奚官有知应解笑，世无坡仙谁赏音。”

注:丁公，汉薛人，名固，季布同母异父兄弟。为项羽将，窘逐高祖；高祖顾曰:“相贤岂相厄哉!”乃引兵还。项羽灭，丁公来谒，高祖斩之。

按，这里的“丁公”并非汉初季布之弟丁固，而是指三国时吴国山阴人丁

① 陈田夫《南岳总胜集》，清光绪间叶德辉影宋刻本第2册，第13页。

固。《三国志·吴志·卷十二》:“(山阴丁)览子固,字子贱,本名密,避滕密,改作固。固在襁褓中,阚泽见而异之,曰:‘此儿后必致公辅。’……历显位,孙休时固为左御史大夫,孙皓即位,迁司徒。”①《吴书》载,丁固任尚书时曾梦见松树生其腹上,语人云:“松字十八公也,后十八岁,吾其为公乎!”后果然官至大司徒。“丁公梦中树”寄寓人生必有所成的理想和目标。

13.《入阁辞任第三奏》:“臣按,礼经让之三也,象日月之三日而成魄也。古人辞让以三为节。”(P518)

注:礼经,即《仪礼》。

按,《礼经》汉代是指《仪礼》,但因《仪礼》中记载的仪式过于琐碎,后人无从效仿,宋以后《礼经》多指《礼记》。《礼记·曲礼》载:“退让以明礼。”《礼记·乡饮酒》亦云:“让之三也,象月之三日而成魄也。”与作者文中内容相符,故礼经应指《礼记》。

14.《拟贺耕籍田表》“伏以王来万年,即田功以弘治本,帝籍千亩,躬稼事以为民先。当承天践祚之初,举敬天勤民之典。三推礼备,万姓欢腾。”(P572)

注:三推,三次推动前进。

按,三推是古代帝王亲耕之礼。天子于每年正月亲临藉田,扶耒耜往还三度,以示劝农,称三推。《礼记·月令》:“(孟春之月)乃择元辰,天子亲载耒耜……帅三公、九卿、诸侯、大夫,躬耕帝藉,天子三推,三公五推,卿诸侯九推。”张衡《东京赋》:“躬三推於天田,修帝藉之千亩。”梁武帝《藉田》:“一人惭百王,三推先亿兆。”黄庭坚《次韵曾子开舍人游藉田载荷花归》:“三推劝根本,百谷收阜坚。”

15.《世史正纲序》:“虽然,天下之本在国,国之本在家。家必正,而后国定。‘其本乱而末治者,否矣。’是故父有天下,必授之于子。子居大位,必受之于父。父非真尧舜,子非真朱均,必可以与舜禹。子非真武王,父非真西伯,必不可以舍伯邑考。隐摄相位不可也,宣传穆位不可也。父之所予必子,心之所安。子之所承必父,心之所愿。”(P629)

注:必不可以舍伯邑考,决不可抛弃父亲。舍,抛弃。考,父亲。

按,这段话在“《世史正纲》丘濬序”中标点为,“子非真武王,父非真西

① 陈寿《三国志》,中华书局1959年版,第1323—1324页。

伯，必不可以舍伯邑，考隐摄相位不可也，宣传穆位不可也。”①将“伯邑”与“考”，分属上下两句，亦非正解。伯邑考姓姬，名考，全名姬考，周文王长子，周武王之兄。“邑”表明其世子身份，一说是被封为“邑”这个官职。邑考在周文王诸子中排行老大，按照“伯、仲、叔、季”的顺序，故称“伯邑考”。《史记·管蔡世家》：“管叔鲜、蔡叔度者，周文王子而武王弟也。武王同母兄弟十人。母曰太姒，文王正妃也。其长子曰伯邑考，次曰武王发……同母昆弟十人，唯发、旦贤，左右辅文王，故文王舍伯邑考而以发为太子。及文王崩而发立，是为武王。伯邑考既已前卒矣。”②

16.《宦途履历图时诗》：“公自登进士以来，凡三任，皆风宪也。夫仕进之途多矣，而莫荣于进士。历官之阶亦多矣，而莫要于风宪。世人之所以歆艳而爱慕之者，得其一，且以为荣，公乃兼而有之。”(P688)

注：风宪，风化法度。

按，古代御史掌纠察百官，故称御史或监察部门为“风宪”。元结《辞监察御史表》：“臣自布衣，未逾数月，官忝风宪，任廉戎旅。”司马光《初除中丞上殿札子》：“臣蒙陛下圣恩，拔於众臣之中，委以风宪，天下细小之事，皆未足为陛下言之。”陈亮《谢张侍御启》：“风宪之地，执守是先；才智之渊，选抡不易。”李渔《怜香伴·冤褫》：“他怀恨教官，方才在门外相值，不分师长，开口就骂，挥拳就打，故此惊了风宪。”

作者简介：李彩霞，文学博士，海南大学人文传播学院副教授。

① 丘濬《世史正纲》，海南出版社 2005 年版，第 11 页。

② 司马迁《史记》，中华书局 1959 年版，第 1563 页。

后 记

看到如此厚重的一部论文集书稿即将付梓，编者心里的一块石头也算落了地。回想起 2011 年底在海大举办的那一场学术盛会，当时与会的各位专家学者的音容笑貌犹在眼前，而时间竟然已经过去两年，真是岁月匆匆，逝者如斯。编者原本的设想是在会议结束后一年内就将参会论文结集出版，然而由于诸多原因，出版一事一拖再拖，直到 2013 年 6 月才最终敲定下来。对于因此给各位专家学者带来的不便，编者也只能在此表示歉意。由于离举办会议已经过去两年及其他一些原因，当时提交会议的一部分文章没能收入这部论文集，这也算是一个小小的遗憾了。

感谢海南大学各位校领导，特别是党委陈封椿副书记和曹阳副校长对举办会议及出版论文集等工作的关心和大力支持。正是有了他们的支持，我们的工作才得以顺利进行。也要感谢中国韵文学会，是学会给了我们这样一个学习和交流的机会。在办会和出版论文集的整个过程中，学会的领导钟振振先生、刘庆云先生等给予了耐心的指导和必要的帮助，让原本缺少经验的我们能够顺利完成各项任务。最后还要感谢人文传播学院各位领导和老师们，在操办会议和编纂论文集书稿的过程中，他们给予了充分的支持并做了大量细致的工作。因为体例的限制，有些领导和老师的工作无法直接体现在书稿中，但他们的贡献是不可磨灭的。

由于编纂工作量较大，难免会出现一些错误和疏漏，不当之处还请见谅。

编　者

2013 年 10 月